Für Daan Oriah Israel

periplaneta

HANNA-LINN HAVA: „Schneewittchens Geister"

1. Auflage, August 2014, Periplaneta Berlin, Edition Drachenfliege

© 2014 Periplaneta - Verlag und Mediengruppe
Inh. Marion Alexa Müller, Postfach: 580 664, 10415 Berlin
www.periplaneta.com

Alle Rechte vorbehalten. Nachdruck, Übersetzung, Vortrag und Übertragung, Vertonung, Verfilmung, Vervielfältigung, Digitalisierung, kommerzielle Verwertung des Inhaltes, gleich welcher Art, auch auszugsweise, nur mit schriftlicher Genehmigung des Verlags.

Lektorat: Franziska Dreke
Cover: Holger Much - www.holgermuch.de
Satz & Layout: Thomas Manegold - www.manegold.de

Druck & Bindung: CPI
Gedruckt auf FSC- und PEFC-zertifiziertem Werkdruckpapier

print ISBN: 978-3-943876-75-8
epub ISBN: 978-3-943876-37-6

Hanna-Linn Hava

Schneewittchens Geister

periplaneta

1
Die kurze Geschichte von Karl-Heinz
Und: von Damen
Und: von einem Schneewittchen

Die Kirchenglocken läuteten mit lärmendem Crescendo den frühen Morgen ein, um auch noch den letzten Ungläubigen an den verpassten Sonntagsgottesdienst zu erinnern, was vermutlich die wenigsten mit einem reuigen Gewissen strafte, aber dafür immerhin mit unsanft gestörtem Schlaf.

Karl-Heinz Ernst Fritz blubberte vor gehässigem Lachen über seinem dünnen lauwarmen Morgenkaffee. *Fritz* stellte in diesem Fall den Nachnamen in einer Reihe einsilbiger Männernamen dar, welche bereits auf einen Charakter schließen ließen, der nicht zu den liebreizendsten gehörte. Dafür waren sie zu kurz, zu hart, zu deutsch und zu viele.

Dennoch – ein Name ist bekanntermaßen kein Fluch, und so hätte in der kleinen, sonnenbeschienenen Küche auch ein graugelockter, barfüßiger Senior vor einem samtschwarzen, heißen Espresso sitzen und fröhliche Melodien pfeifen können, bevor er mit einem zärtlichen Telefonanruf seine Geliebte geweckt hätte, um sie auf einen Morgenspaziergang im winterweißen Park einzuladen. Dass also die Füße dieses Karl-Heinz in moderbraunen Pantoffeln steckten, die blitzsauber waren und ob ihrer speziellen Farbe dennoch so aussahen, als wären sie in Hundescheiße getaucht, dass er sich die wenigen Strähnen verbliebenen grauen Haars quer über die glänzende Glatze geklatscht hatte, dass er eine wässrige, ausgekühlte Brühe schlürfte und Bösartigkeiten vor sich hin brabbelte – welche Ungerechtigkeit wäre es, das alles nur seinem Namen zuzuschreiben.

Seine garstige Erscheinung half zumindest, die nachfolgenden Ereignisse in einem nachsichtigen Licht zu betrachten. Und den Anderen. Den auch. Schließlich verspielte der Andere mit Sicherheit sowieso früher oder später einen Großteil der Sympathie, die er ansonsten leicht durch sein einnehmendes Wesen gewinnen könnte. Heute missfiel er als Erstes dem muffigen Rentner, indem er mit Nachdruck den Klingelknopf betätigte und somit in diese eben beschriebene un-idyllische Frühstücksszene hineinplatzte. Und sein Auftritt war, wie stets, keine Comedy-Nummer. Karl-Heinz Ernst Fritz unterbrach also sein Morgenritual, als er die Türklingel hörte. Er verharrte einige Sekunden lauschend, ob er sich nicht irrte, da das Kirchenläuten als leiser Nachhall noch in der Luft lag und normalerweise niemand bei ihm klingelte (kein Wunder). Dann hievte er sich aus seinem ächzenden Stuhl, um sich zur Türe zu schleppen, was ebenfalls seine Zeit brauchte.

Insgesamt wartete der Andere so recht lange, was seiner guten Laune nicht zuträglich war. Er hasste Verzögerungen, besonders bei solchen öden Jobs. Sein Plan war bis auf die Minute ausgearbeitet, und wenn auf diesem Plan – (der rein virtuell an die Wände seines Hirns gepinnt war, anstatt auf Papier an die Wände seiner Wohnung, welcher Wohnung auch?) – wenn auf diesem Plan stand: *8:30 Ankunft bei Fritz, 8:35 Abgang bei Fritz*, und er um 8:35 immer noch vor der verschlossenen Türe stand, dann stieg echter Ärger in ihm auf. Außerdem war das Haus ein altes; der Lift fehlte, die Treppen waren steil, und Fritz' Wohnung lag im fünften Stock. Das war kein Konditionsproblem für den Anderen – wäre er nicht in der Lage, diese Strecke schnellen Schrittes zurückzulegen, ohne die kleinste Erhöhung seines Pulses, ohne einen einzigen Tropfen Schweiß zu verlieren und ohne eine hörbare Beschleunigung seines Atems: Er wäre nicht der Andere. Aber es nervte ihn gehörig. Unnötiger Weg, unnötige Zeit. Zusätzlich der Geruch im Treppenhaus, nach jahrzehntelang täglich gekochtem Essen, nach morschem Holz und ja, auch nach ungewaschenen Leibern – dieser Auftrag versprach keine Freude zu früher Stunde.

Karl-Heinz blieb deshalb der Genuss versagt, mit dem gewinnenden Wesen des Anderen Bekanntschaft zu schließen. Stattdessen erblickte er ein unfreundliches und vor allem unbekanntes Gesicht, als er misstrauisch die Wohnungstür einen Spalt öffnete. Vertreter aller Art kamen aber nicht sonntags, die Post kam sonntags schon gleich gar nicht, und die Nachbarn schon lange nicht mehr; die wenigen, die auf der Suche nach freundschaftlichem

Kontakt gewesen waren, hatten schon vor Jahren aufgegeben. Und sonst? An Mitglieder aus seiner wahrlich großen, weitverteilten Familie hätte er sich erinnert, und an alte Bekannte aus anderen Zeiten wohl auch! Daher spiegelten Karl-Heinz' Züge, sobald er die Tür geöffnet hatte, die Unfreundlichkeit seines Besuchers wider.

Niemand reichte die Hand zum Gruß und sie schwiegen beide den einen Moment, in dem Karl-Heinz in seinem Gedächtnis kramte, während der Andere ihn mit den Fotos verglich, die er erhalten hatte und sich der richtigen Türe versicherte, indem er seine Augen über das Namensschild (*K-H. E. Fritz*) wandern ließ.

Er fragte dennoch nach, nicht lächelnd, aber zumindest höflich: „Karl-Heinz Ernst Fritz?"

Das Gesicht des Anderen war eines, an das man sich erinnerte, wenn man es einmal gesehen hatte. Es verriet kein genaues Alter, denn das Netz aus Falten darin war nicht von den Jahren gewebt, sondern von Gefühlen besonderer Art eingebrannt worden und ließ ihn aussehen, als hätte er um einiges mehr Lebenserfahrung, als er Jahre gelebt hatte. Er hatte attraktive helle Augen, doch das, was dahinter loderte, passte weder zu dem unauffälligen Haarschnitt noch zu der unaufdringlichen, aber geschmackvollen Kleidung – graue Jeans, weißes Hemd, graue Lederjacke. Noch weniger passte die aufgesetzte Höflichkeit des Anderen, die sich allerdings schnell als nachlässig vorgehaltene Maske entpuppte, wenn man ihn genauer betrachtete.

Karl-Heinz machte sich die Mühe nicht.

„Geht dich einen Scheiß an, du Lackaffe!", schnauzte er, was niemanden, der ihn kannte, überrascht hätte. „Was willst du von mir?"

Der Andere zeigte sich, obwohl er Karl-Heinz nicht kannte, ebenso wenig überrascht. Weder sein Gesichtsausdruck noch die kühle Höflichkeit in seiner Stimme änderten sich.

„Ich überbringe eine Nachricht", sagte er ruhig. „Der Ausdruck *Lackaffe* scheint mir im Übrigen leicht veraltet und zudem wenig zutreffend."

„Ah ja? Was redest du da für Müll? Was für eine Scheiß-Nachricht? Behalte deine Scheiß-Nachricht für dich!" Trotz dieser Worte knallte Karl-Heinz nicht etwa die Tür zu, sondern hielt sie weiterhin einen Spaltbreit offen.

‚Doch ein wenig neugierig, was diese Scheiß-Störung zu bedeuten hat?', dachte der Andere.

„Die Scheiß-Nachricht lautet", sagte er (natürlich höflich), „Doppelpunkt: Wir werden uns in der Hölle wiedersehen, mein armer Junge, daran ist nichts zu ändern, aber ich kann dafür sorgen, dass du dort früher landest als ich. Und damit ich meine letzten Jahre genießen kann, werde ich genau das auch tun. Nachricht Ende."

Karl-Heinz Ernst Fritz' mürrische Züge glätteten sich in einer Schnelligkeit, die einem Wunder gleichkam, seine missgünstig hochgezogenen Schultern fielen entspannt herunter, und als er sah, was der Andere in der Hand hielt, so plötzlich, als wäre es schon immer da gewesen, nickte er.

„O dulce nomen libertatis", sprach er und starb. Schnell und schmerzlos, durch eine Kugel, die unmittelbar in sein Gehirn einschlug, durch eine Mündung geschleudert, die direkt an seine Schläfe gepresst war, durch eine Waffe, die so leicht und geräuschlos betätigt wurde, als könne man damit Löwenzahnsamen fortpusten – mehr nicht. So wurde auch keine unappetitliche, graue Masse am Türrahmen verteilt – sehr vorteilhaft vor dem Frühstück. Alles, was die Anwesenheit einer Kugel im Kopf bezeugte, war ein leuchtend roter Faden (rot wie die Liebe, rot wie die Wut, rot wie Erdbeeren, rot wie Blut), der aus einem sehr kleinen Loch an der Schläfe rann.

„Alle Achtung, Karl-Heinz", sagte der Andere, „das waren verflucht gute letzte Worte! Wer hätte das von dir erwartet? Ich mag das. Ich mag das, wenn mehr in den Menschen steckt, als man ihnen ansieht!"

Er stand da wie zuvor, die Pistole in einer einzigen Bewegung (*ziehenabdrückeneinstecken*) längst wieder irgendwo an seinem Körper versteckt und zwang sich zu einem letzten Blick auf den am Boden zusammengesackten Körper, der weder erfreulicher aussah, als noch wenige Sekunden zuvor, noch um vieles abstoßender, nur eindeutig toter.

Ein letzter Blick war Teil seines Vertrags, da er nichts vergaß, was er jemals irgendwann irgendwo gesehen hatte, *ein letzter Blick* war wie ein Foto, das er sofort nach der Aufnahme in ein Album klebte, nah an seinem Bewusstsein und gleichzeitig doch tief im Unterbewusstsein versteckt. Ein Album, das die ungewöhnliche Aufschrift *999 987* trug und bereits genügend und doch noch nicht genug Fotos enthielt. Es war kein Album, das man abends bei einem Glas Rotwein durchblätterte, um in Erinnerungen zu versinken und es war auch keines, das man seinen Freunden zeigte.

„Natürlich nicht", murmelte der Andere, „denen zeigt man eine digitale Dia-Show, kein beschissenes Album." Er wandte sich ab und stieg die Stufen hinunter. „Außerdem habe ich keine Freunde. Das hatten wir gemeinsam, Karl-Heinz." Er stand draußen auf der Straße. „Mehr aber auch nicht. Mehr mit Sicherheit nicht. Außer der Vorliebe für das schöne Wort *Scheiße*."

Die Uhr zeigte 8:40, Abgang von und bei Fritz. Annehmbare Verspätung. Die Sonne war inzwischen aufgegangen, wenn auch nur als fahler Schimmer auf den kältegrauen Häusern. Höchste Zeit für einen Kaffee, schwarz, ohne Zucker, und ein frisches Croissant.

„O dulce nomen libertatis..." Der Andere schüttelte den Kopf, und endlich lächelte er. Und lachte. Es gefiel den Menschen stets, ihn lachen zu hören. Leise, voll, wohlklingend, herzlich und heiter.

Woanders, recht weit entfernt, blickte eine Dame aus einem Fenster. Die Zeit, in der man sie als Mädchen bezeichnet hatte, lag bereits vergessen hinter ihr, eine junge Frau war sie möglicherweise einmal gewesen, eine einfache Frau aber nie, und eine Dame würde sie sein bis zu ihrem Ende, welches anhand ihres hohen Alters abzusehen war.

Allerdings war ihr Rücken gerade, ihr Blick zeigte nicht die Spur einer Trübung, und mochten ihre Finger auch vom Rheumatismus verknotet sein wie die Wurzeln einer Krüppelfichte, in ihrer gesamten Haltung lag ein Wille, der dem Tod gut und gerne noch eine Reihe an Jahren abzutrotzen vermochte, obwohl die Dame bereits jetzt mehr als ein Dutzend Jahre länger gelebt hatte, als es Menschen gemeinhin zugestanden wird.

„Ich bin achtundneunzig Jahre alt", schnarrte sie mit einer Stimme, die nicht an Kraft verloren, sondern an Schroffheit gewonnen hatte. „Ha! Achtundneunzig Jahre." Sie sprach durch die geschlossene Scheibe in den Garten hinein, der so still blieb, wie schneebedeckte Gärten es an sich haben und kleine Gärten es nicht vermögen; denn dieser hier trumpfte auf mit einer Weite von über einem Hektar sorgfältig gepflegter Rasenfläche, gekonnt gestutztem Baumbestand und dezent angelegten Blumenbeeten, so dass sein Schweigen das mächtige Schweigen eines Riesen war, ein Schweigen, das als Antwort genügte.

Oft stand sie hier, an genau diesem Fenster, und sprach in den

Garten hinein. Im Sommer lächelten ihr all die bunten Blüten zu, schienen ihr durch ihre muntere Lebendigkeit zuzustimmen, rauschten die Blätter des alten Kirschbaums bestätigend, kündete das grüne Gras von Hoffnung; im Winter aber antwortete die kalte Schneewüste nur mit eisiger Stille, und an solchen Tagen empfand sie diese Stille als strafend.

Sie glättete den Stoff ihres violetten Wollkleides mit beiden Händen, überprüfte den kunstvoll aufgesteckten Knoten grauen Haars, nestelte an ihrer Perlenkette.

„Ich bin achtundneunzig Jahre", wiederholte sie entschieden, als müsse sie den Garten davon überzeugen, dass sie die Wahrheit sprach. „Ich bin gesund. Völlig gesund. Hab ein starkes Herz. Mein Kopf ist fit. Völlig fit. Und ich bin reich. Reich genug, um nochmal achtundneunzig Jahre davon zu leben. Das bin ich."

Sie wechselte von einem auf den anderen in erstaunlich hochhackigen Pumps steckenden Fuß, rülpste – damenhaft leise -, öffnete den obersten Perlmuttknopf an ihrem Kragen, warf einen Blick auf das zierliche Ziffernblatt ihrer goldgeflochtenen Armbanduhr – 8:35 – setzte sich auf den plüschweichen Teppichboden und begann, in einer Lautstärke zu schluchzen, dass der altersschwache Zwergpinscher in seinem Körbchen vor Schreck eine Lache pinkelte, die bis aufs blankpolierte Eichenparkett durchtropfte. Dann starb er lautlos den gnädigen Tod eines versagenden Herzens, gänzlich unbemerkt.

Wieder woanders war ein Schneewittchen dabei, seine Koffer zu packen. So schien es auf den ersten unvorsichtigen Blick. Eine junge Frau, kein Mädchen mehr, eine Dame wohl nie, in einem blütenweißen, knöchellangen Leinenkleid, unter dem nackte, rosige Zehen hervorlugten. Hüftlanges, loses Haar, in dunklen Strähnen über einen zarten Rücken fallend. Weiße, schmale Hände, die Kleidung falteten, um sie auf einem Bett zu stapeln. Dazu ein einzelner Sonnenstrahl, der sich durch die tiefhängende Wolkendecke brach und bis ins Zimmer streckte, um die Silhouette der jungen Frau mit schmeichelnd goldenem Licht und tanzendem Staubglitter zu umspielen.

Vermutlich lag der märchenhaft inspirierte Trugschluss an genau diesem verklärenden Schein, denn sobald man auf Details achtete, wie zum Beispiel auf eine achtlos auf der Bettkante abgelegte brennende Zigarette, eine Nase, die man mit etwas gutem Willen höchstens als *markant* bezeichnen konnte, auf sattschwarz lackierte Zehennägel und knochigere Ellbogen, als man erwartete, verwandelte sich das Schneewittchen in Ernestine Nordmoor, wobei sie erstens selten *Ernestine* genannt wurde und es sich dabei zweitens nicht um ihren vollständigen Namen handelte (was nur wenigen, und zu diesem Zeitpunkt nicht einmal ihr selbst, bekannt war).

Tatsächlich aber war sie, wenn auch keine Märchengestalt, so doch gerade dabei, ihre Koffer zu packen. Zwei davon. Große, breite, braunschwarze Lederkoffer, die nicht nur so aussahen, als stammten sie von einem Trödelmarkt. Trotz ihres immensen Fassungsvermögens überstieg das ausgebreitete Gepäck bei weitem ihre Kapazität, so dass Ernestine sich mit einem Seufzen genötigt fühlte, eine kleine Pause einzulegen und ihre Packstrategie zu überdenken. Sie war gerade dabei, die Zigarette (Marke: *Black Death*), kurz bevor die Glut den Holzrahmen versengte, vom Bett aufzunehmen, um einen tiefen Zug zu nehmen, als es zaghaft an der Tür klopfte.

„Ja, bitte?", hustete sie, gerade laut genug, um gehört zu werden.

„Frau Nordmoor, entschuldigen Sie, wenn ich störe ..." Der rahmenlos bebrillte junge Mann, der zögernd nicht mehr als seinen Kopf hereinstreckte, stockte kurz, um ihr Nachthemd mit einem missbilligenden und gleichzeitig erleichterten Blick zu bedenken. „Aber ich befürchte, Sie haben unsere Verabredung vergessen. Es ist jetzt genau ...", ein Blick auf die runde Uhr über dem kleinen Schreibtisch, „8:37, und da unser Termin schon um zwanzig nach acht ..."

Ernestine unterbrach ihn mit ihrer blütenblattsanften Stimme, die nie lauter wurde als das Maunzen eines Kätzchens. „Oh, das tut mir schrecklich leid!"

Sie schlug sich mit der Hand gegen die Stirn, ohne daran zu denken, dass diese noch die Zigarette hielt, so dass sich ein kleiner Regen von Asche auf ihre subtil ausgeprägte Brust und den Boden ergoss, „Ich habe es einfach vergessen." Sie schüttelte entschuldigend den Kopf. „Ich denke nur noch an den Zug, den ich erwischen muss!"

„Nun ja." Der Mann, an dessen beigefarbenem Hemd ein Schild mit der Aufschrift *Dr. Kern* befestigt war, schien etwas besänftigt und traute sich einen ganzen Schritt ins Zimmer hinein.

„Es war auch nicht so wichtig. Nur eine Art ... Abschiedsgespräch ... um Sie zu verabschieden und nochmal, na, Sie wissen schon ... eine Art Rückblick und vielleicht auch Ausblick ... wir finden, das gehört dazu, macht eine runde Sache daraus, es ist wichtig, die Dinge auch ordentlich abzuschließen, dadurch werden die Dinge nun mal erst zu echten ... nun, zu echten ..."

„Zu echten Dingen?", kam ihm Ernestine zu Hilfe, und die zarteste Andeutung eines Lächelns zupfte an ihren Mundwinkeln. (Mehr Heiterkeit hatte ihr Gesicht bisher noch nie gezeigt und würde es auch nicht. Niemals.) Dr. Kern zeichnete sich durch Kompetenz in einigen Fachbereichen aus, nicht jedoch in ausgefeilter Rhetorik. (Was bereits bei seinem ehemaligen Deutschlehrer für Belustigung gesorgt hatte. Ein Mann, der für den Unterricht kleiner Kinder denkbar ungeeignet gewesen und bei einigen von ihnen für anhaltende Sprachstörungen und eine tiefe Abneigung gegenüber der deutschen Sprache verantwortlich war.)

„Äh, ja." Dr. Kern schien kaum irritiert, „so ist es. Aber nun, wir können es auch hier und kurz machen ..."

„Ja, Dr. Kern, machen wir es hier und kurz." Ernestine blieb unverändert ernst, wo die meisten ein Kichern nicht mehr unterdrückt hätten und hustete nur erneut, wobei dem Arzt schließlich bewusst wurde, dass sie rauchte.

„Aber Frau Nordmoor, das kann ich jetzt doch nicht unkommentiert lassen", entrüstete er sich, „noch sind Sie den Regeln dieses Hauses ... die besagen, es ist verboten, in den Zimmern zu rauchen ... noch sind Sie ... haben Sie diese Regeln auch zu befolgen! Das gilt für die ganze Gemeinschaft hier, für die Patienten ... ebenso wie die Therapeuten, also für Sie, und auch für ... mich!"

„Aber Sie rauchen doch gar nicht, Dr. Kern", erinnerte ihn Ernestine leise, während sie die Kippe artig im Kerzenständer ausdrückte.

„Nun, sicher, aber, wenn ich rauchen würde, dann würde ich ... dann würde ich es dennoch nicht tun ..."

Eine Aussage von beinahe philosophischem Ausmaße.

„Sie haben gewiss Recht", lenkte sie ein, wenn auch vermutlich vor allem, um weiteren Ausführungen seinerseits zu entgehen. „Es tut mir leid, ich bin einfach schon ganz woanders, wissen Sie, es ist so ... es macht mich sehr nervös, nach Hause zurückzukehren, es macht mir beinahe Angst." Denn inzwischen wusste sie sehr genau, was Psychiater wann zu hören wünschten.

„Sicher, sicher", nickte Dr. Kern dann auch verständnisvoll, „deswegen hatten Sie noch diesen letzten Termin, um Sie darin zu bestärken, dass Sie es schaffen werden, dass Sie wirklich bereit sind, Ihren Alltag mit Bravour zu, ja, zu meistern. Daran dürfen Sie nicht zweifeln ..."

Allerdings klang er selbst so, als hätte er daran seine Zweifel, auch wenn er versuchte, aufmunternd zu klingen. Schließlich hatte sie ihn diese oder wenigstens sehr ähnliche Worte bereits das letzte Mal sagen hören; damals mit eindeutig mehr Überzeugung.

„Tja", sie zuckte mit den Achseln, „das wird sich herausstellen, nicht wahr? Ansonsten komme ich eben wieder."

Dr. Kern lächelte verkrampft, als wäre ihm bei dieser Vorstellung nicht allzu wohl – vielleicht bildete sie sich das aber auch nur ein.

„Ja, sicher, sicher ... ha, ... schön, dass Sie darüber scherzen können." Er öffnete die graue Mappe und überflog, wohl eher aus Verlegenheit, die erste Seite.

Patientenakte

Name: Ernestine Nordmoor
Aufenthaltsbeginn: 15.09.11
Aufenthaltsende: 13.12.11
Diagnose: wahnhafte Schizophrenie, Zwangshandlungen, Depressionen, Todessehnsucht ohne akute Selbstmordgefährdung

(...) 28 Jahre alt, weiblich, konfessionslos (...) hat sich selbst eingeliefert (...)
(...) zeichnet sich durch ein ruhiges, höfliches Wesen aus und ist fähig, sich bis zu einem gewissen Grad produktiv an Therapiegesprächen zu beteiligen. (...) allerdings ist sie dem aktuellen Zeitgeschehen entfremdet, benutzt weder das Internet, noch liest sie Zeitung oder verfolgt im Fernsehen die Nachrichten. So sind ihr die politischen und gesellschaftlichen Entwicklungen völlig fremd, was sie in gewisser Weise komplett von ihrer Umgebung isoliert (...)
(...) auffällig sind unter anderem die krankhaften Fixierungen der Patientin auf die verschiedensten Elemente, die den Tod betreffen, wie zum Beispiel die Farben Schwarz und Weiß. Konnten in anderen Bereichen durchaus Fortschritte erzielt werden, so war es den behandelnden Therapeuten nicht möglich, Ernestine Nordmoor dazu zu bewegen, Kleidung in anderen Farben zu tragen. Es scheint, als identifiziere sie sich über die Farben ihrer Kleidung und leide unter der Angst, sich aufzulösen, sobald sich diese änderten. Als Hobbys gibt sie das Lesen von Grabinschriften und Todesanzeigen an, ebenso wie

„Regen". Darauf angesprochen, dass „Regen" wohl kaum als Hobby bezeichnet werden könne, sondern eine Naturerscheinung sei, antwortete sie, dass viele Leute unter Hobby „Meerschweinchen" nennen würden, welche ebenfalls eindeutig Naturerscheinungen seien. Danach wollte sie im Gespräch nicht weiter kooperieren, was eine typische Reaktion auf ein Infragestellen ihres Weltbilds darstellt (...)
(...) wobei bei all diesen Neurosen besonders erwähnenswert die Einbildung tödlicher Krankheiten ist: Die Patientin glaubt wechselweise an allen möglichen Krankheiten zu leiden, von Krebs über Tuberkulose bis hin zu völlig unrealistischen Möglichkeiten wie etwa der Pest (...)
(...) die Unfähigkeit zu lachen oder auch nur zu lächeln, scheint eine neurologische Störung zu sein, da es auch durch gezieltes Evozieren bestimmter Hirnareale nicht möglich ist, entsprechende Reaktionen hervorzurufen (...)
(...) so versichert sie, inzwischen weder Stimmen zu hören, noch diese unheimlichen Erscheinungen wahrzunehmen. Insofern dürfte die über vier Wochen konstante Dosis von tägl. 20mg Haloperidol erfolgreich sein (...)
(...) Totenköpfe in allen Formen und Materialien. Die Patientin findet sie sympathisch, da diese mit einem „gelassenen Lächeln die Sterblichkeit aller Dinge verkörperten" (...)
(...) distanziert sich trotz aller äußerlichen Gemeinsamkeiten ausdrücklich von der Gothic-Szene, da „diese Leute keine Ahnung hätten, worauf sie sich einlassen" (...)
(...) lässt sich nicht von einer Heilung sprechen, jedoch von einer eindeutigen Besserung des Zustandes, so dass nun die stationäre Behandlung als abgeschlossen angesehen werden darf, wenn auch damit gerechnet werden muss, dass weitere Klinikaufenthalte auch in Zukunft nötig sein werden (...)

Dr. Kern blätterte um. „Nun, ... ich habe jedenfalls hier Ihre Entlassungspapiere bei mir, Sie müssen nur noch unterschreiben, das kennen Sie ja schon, haha, keine große Sache ... der Bericht ist natürlich auch dabei, den geben Sie dann bitte ihrem weiterbehandelnden ... Aber Frau Nordmoor, was machen Sie denn da!"

Ernestine hatte sich, wirklich unabsichtlich, weil sehr gedankenverloren, die nächste Zigarette angesteckt und zuckte bei dem jähen Aufschrei des ansonsten beruhigend brummenden Dr. Kern dermaßen zusammen, dass ihr die eben entzündete Tabakstange entfiel und in den Falten ihres weiten Hemdes verschwand, wo sie augenblicklich unter Gestank und großer Hitze ein Loch hineinbrannte.

„Oh, ihr gehörnten, unseligen Dämonen!" Geistesgegenwärtig zog sie sich das Kleidungsstück über den Kopf, bevor sich der Brand bis auf ihre Haut ausbreitete, und stand im nächsten

Moment von wirrem Haar bedeckt, ansonsten aber unterwäschelos und demnach splitternackt, vom hellen Sonnenstrahl wie in Flutlicht getaucht, mitten im Zimmer.

Obwohl dies für sie mit einer guten Portion mehr Blamage verbunden war als für ihr Gegenüber, war es Dr. Kern, der die Mappe mit den Unterlagen auf den Boden und die Tür mit ungewohntem Schwung hinter sich ins Schloss fallenließ und floh.

„Sie hat es getan! Schon wieder!", schnauzte er, ebenso ungewohnt aufgebracht einen Kollegen an, der zufällig den Flur entlangkam. „Sie hat sich schon wieder vor mir ausgezogen! Schon wieder! Das nächste Mal ... also das nächste Mal mache ich das nicht mehr mit, verstehen Sie, das nächste Mal ... übernehmen Sie das, jawohl Sie oder dieser ... dieser Dr. Brander. Der kriegt immer die ganz leichten Fälle! Dieser ... das ist ja wohl kein Zufall, ist das ..."

Ernestine lauschte dem sich entfernenden Gezeter und seufzte. Wie so oft. Das Leben allgemein bot ungeheuer viele Gelegenheiten für Seufzer. Sie würde darauf wetten, dass Dr. Kern ihrem Bericht diesmal einen Abschnitt über ihren Hang zum Exhibitionismus beigefügt hatte. Und sie, die sogar vor einer Ärztin darauf bestand, ihre Unterwäsche komplett anzubehalten, sie, die öffentlich auch am Strand lieber noch ein T-Shirt als einen Bikini trug, kaum aus Schamhaftigkeit, sondern, um möglichst viel Stoff zwischen sich und den Rest der Menschheit zu bringen, konnte seinen Vorwurf nicht einmal entkräften. (Ein Beispiel aus der Theorie. Ernestine hatte noch nie den Strand aufgesucht, weder am Meer noch am Baggersee noch im Schwimmbad. Aber falls sie jemals baden gehen würde, würde sie das in einem schwarzen Ganzkörper-Neoprenanzug tun.)

Es hatte bereits in ihrer ersten Sitzung angefangen. In Eile, weil, wie so oft, etwas zu spät, hatte sie im selben Flur, in dem Dr. Kerns Zimmer lag, noch rasch die Toilette aufgesucht, um anschließend bei ihm zu klopfen. Sie kannten sich ja bereits von ihrem letzten Aufenthalt, das Händeschütteln war freundlich, sein Hinweis, er würde sich eben noch schnell ihre Fragebögen ansehen, auch. Und ihre Idee, solange die großrahmigen Fotografien an der Wand zu betrachten, war eigentlich harmlos.

Allerdings war ihr eines entgangen: Der leichte, lange Rock, den sie trug, hatte sich hinten in ihrem adrett gerüschten Slip verfangen, während dieser samt Rock dermaßen eingedreht war, dass sie mit sozusagen blankem Hintern ihrem Therapeuten den Rücken zudrehte. Im Gegensatz zu ihr entging ihm das jedoch nicht.

Die Situation war ihm peinlicher gewesen als ihr; seine glatten Bäckchen hatten sich niedlich kirschrot eingefärbt und seine Stirn nass geglänzt. Ernestine empfand es als unangenehm, der Mittelpunkt von so viel Unbehagen zu sein, aber als nicht weiter bemerkenswert; es gab Schlimmeres in ihrem Leben als einen nackten Po. Noch hatte Dr. Kern nicht daran gezweifelt, dass es sich dabei um ein Versehen handelte. Noch nicht.

Beim zweiten Vorfall dann musste der Verdacht erstmals bei ihm erwacht sein, ihr Verhalten könne absichtlicher und pathologischer Natur sein. Dabei handelte es sich, im Gegensatz zum dritten Vorfall, nur um ein harmloses Versehen: Ein überheiztes Therapiezimmer. Ein viel zu dicker Wollpullover. Ein schnelles Über-den-Kopf-Ziehen desselben. Ein im Pullover steckengebliebenes T-Shirt – wem war so etwas noch nie passiert? – und ein Dr. Kern, der fast von seinem Stuhl gefallen war, als Ernestine plötzlich im BH vor ihm saß. Dabei handelte es sich um einen äußerst soliden Baumwoll-BH, der absolut blickdicht, abweisend schwarz, und anständig bedeckend war (und mit einem Totenkopf verziert, der den Betrachter ihrer Brust abschreckend aus finsteren Augenhöhlen anstarrte, was ja wirklich nicht als erotische Einladung gelten konnte). Dr. Kern sah das anders. Ihm war so etwas, wie er ihr auf ihr Nachfragen hin versicherte, anscheinend als einzigem Menschen auch noch nie passiert.

Am dritten Vorfall allerdings trug er die alleinige Schuld, nach Ernestines Meinung jedenfalls. Und sie verzieh ihm niemals völlig, aus einer solchen Banalität ein derartiges Drama gemacht zu haben. Ja, sie hatte nur in Unterwäsche auf ihrem Bett gelegen und Musik gehört, na und? Wer tat das nicht?

Es stellte wohl kein unverzeihliches Verbrechen dar, dabei gleichzeitig vergessen zu haben, dass Dr. Kern ihr an diesem Abend die Ergebnisse einer Zwischenuntersuchung vorbeibringen wollte. Wenn einer von ihnen sich inkorrekt verhalten hatte, dann er, indem er, nachdem sie auf sein Klopfen nicht reagiert hatte, weil die laute Musik jedes andere Geräusch verschluckte, einfach hereingekommen war.

Er bestand darauf, dass ihm die unverschlossene Türe signalisiert hätte, ein Eintreten wäre erlaubt und dass er, würde er halbnackt in seinem Bett liegen, die Tür abgeschlossen hätte.

Eventuell verschärfte Ernestine die Situation noch, indem sie, seiner so plötzlich im Türrahmen ansichtig werdend, ihn in bester Absicht krampfhaft fröhlich begrüßte: „Oh, guten Abend, Dr. Kern. Kommen Sie doch herein!" Jeder Mensch, und doch wirklich absolut jeder Psychologe, würde verstehen, dass es sich hierbei um einen ungeschickten Versuch handelte, die Normalität zu wahren.

Und gerade Dr. Kern war es doch gewesen, der ihr gesellschaftlich nicht kompatible Verhaltensweisen diagnostiziert hatte, welche bei ihren Mitmenschen zu Missverständnissen führten. Warum schätzte er dann als Experte diese Situation nicht ebenfalls als Missverständnis ein?

Ernestine gestand ihm allerdings zu, dass die Zeitspanne, in der sich all diese Ereignisse abgespielt hatten (eine einzige Woche), für drei derartige Zufälle knapp bemessen war und zu seiner überstürzten Fehldiagnostik beigetragen haben mochte. Danach jedenfalls wurde eine Sondersitzung einberufen, während der eine unbeteiligte Therapeutin mit anwesend war, für die Ernestine eine echte Antipathie hegte, unter anderem, weil ihr die Auswahl des passenden Lippenstifts zur Garderobe wichtiger zu sein schien, als sich, beispielsweise, die Namen ihrer Patienten zu merken.

In dieser Sitzung gestand Ernestine – mit einem Seufzer – dass ihre ständigen Entblößungen möglicherweise wirklich ihrem eigenen, wenn auch unbewussten Verlangen entsprangen, genau das zu tun. Sie gab es zu, um ihre Ruhe zu haben und nach einer längeren Diskussion, die unfruchtbar blieb. („Aber Dr. Kern", hatte sie zum Beispiel argumentiert, „wenn ich so heiß darauf bin, mich auszuziehen, warum, zum Teufel, sollte ich das ausgerechnet vor Ihnen tun wollen?" Daraufhin hatte die Therapeutin, die sich ansonsten darauf beschränkte, beobachtend dabei zu sein, immerhin zustimmend und ein bisschen gemein gelacht. Dr. Kern hatte sich jedoch umso entschlossener auf seine Theorie versteift.)

Ernestine im wärmenden Sonnenstrahl kratzte sich resigniert am Bauch, als sie noch einige Sekunden nackt verharrte, um sich zu sammeln. Dr. Kern war ein nettes, niedliches Dickerchen, aber für seine Arbeit entschieden zu jung, zu naiv und mit einem riesigen Defizit an Selbstvertrauen ausgestattet. Dafür hatte er sie, abgesehen von der Exhibitionisten-Komplikation, ihre acht Wochen auch relativ unbehelligt absitzen lassen. Wofür sie ihm dankbar war. Denn sie war nicht hierhergekommen, um sich heilen zu lassen. Weil sie, die viel klarer im Kopf war, als es ihre Patientenakte vermuten ließ, genau wusste, dass es für sie keinerlei Heilung gab. Außerdem gefiel es ihr zum Beispiel, stets schwarz und weiß gekleidet zu sein und sie sah keinerlei vernünftigen Anlass, das zu ändern.

„Ich bin achtundzwanzig Jahre alt", sagte sie laut und hustete. „Das ist nicht viel. Wie soll ich noch mal achtundzwanzig Jahre durchhalten? Und dann noch ein drittes Mal achtundzwanzig, wenn ich Pech habe?"

Sie wartete im neutralen Schweigen des unpersönlichen Klinikraums auf eine Antwort, die sie in den vergangenen Wochen hier nicht erhalten hatte, und die auch jetzt nicht kam. Natürlich nicht.

2
Die wilde Geschichte von Ines
Und: vom Höllenhund
Und: vom gutbezahlten Sekretär

Am späten Abend des nächsten Tages in einer Bar, die sich in nichts von anderen Lokalen dieser Art unterschied, trafen sich die verschiedensten Menschen. Oder eher: trafen aufeinander. Denn nicht alle waren verabredet. Viele von ihnen suchten diesen Ort auf, eben weil sie hofften, dort jemanden zu finden, der ihnen für einen Abend Gesellschaft leistete, oder auch für eine Nacht. Die sehr Einsamen und Verzweifelten hofften auf jemanden, der bereit war, ein ganzes Leben zu bleiben, und sie hofften immer wieder darauf, Tag für Tag, Jahr für Jahr. Man erkannte sie leicht an dem jammervoll erregten Blick, mit dem sie jeden Neuen musterten, der durch die Tür kam, an ihrem falschen Lachen, an ihrem Geruch nach Trauer und Angst.

Die meisten an diesem Abend jedoch lachten, weil sie sich aufrichtig amüsierten, weil sie genug getrunken hatten, um dazu in der Lage zu sein, weil es Samstag war und sie sich zurückzogen aus kunstlichtbestrahlten Büros, von ungeliebten Kollegen, aus bevormundenden Elternhäusern und von nörgelnden Ehepartnern oder Lebensabschnittsgefährten. Sie amüsierten sich, weil es zu jeder Gruppe genügend Gleichgesinnte gab. (Selbst diejenigen mit dem Hobby *Meerschweinchen* gab es. Ernestine behielt Recht.)

Ines, zum Beispiel, lachte gerade aus vollem Hals über die Geschichte ihrer Freundin Lena, die aus irgendeinem Grund immer wieder in die absurdesten Begebenheiten verwickelt wurde, wie diese hier, in der ein Korb ungewaschener Wäsche, eine Katze mit Verdauungsproblemen und eine Schwiegermutter eine Rolle spielten. Doch hätte Ines auch über den Wetterbericht gelacht, einfach, weil es befreiend war, endlich wieder zu lachen, lachen, lachen.

In ihrer jüngsten Vergangenheit waren die Rollen ihres Lebens nämlich von einem wohlhabenden, aber psychotisch eifersüchtigen

Lover, hysterischen Streitereien und einer eskalierten Trennung besetzt gewesen. Kein Lustspiel, keine Lacher im Drehbuch vermerkt. Doch heute, an diesem späten Abend, waren sie einfach nur vier Freundinnen, die gerne lachten und zusammen um die Häuser zogen.

Die Bar war berstend gefüllt von Körpern in engen Jeans und glitzernden Tops, in kurzen Röcken und teuren Hemden, gefüllt von frisch gegelten Locken und aufwendig geföhnten Wellen, von Schwaden süßen Parfüms und dem Aroma aus Achselschweiß und Bieratem, gefüllt vor allem mit der steigenden Hitze, die eben diese Körper von Stunde zu Stunde verstärkt produzierten, mit dem Lärm aus hunderten von Kehlen und dem Hintergrundgeräusch der dumpfen Bässe aus den Boxen.

Es war genau so, wie eine solche Nacht an einem solchen Ort sein sollte.

Ines spürte beim Lachen einen gewissen Druck auf der Blase, der vom dritten *Tequila Sunrise Super Special* – Spezialität des Hauses – stammte und entschied, sich umgehend zu erleichtern, um sich beim Weiterlachen nicht behindert zu fühlen. Sie erhob sich und steuerte, die Schritte bereits etwas unsicher, die Toiletten an, welche im hintersten Winkel der Bar versteckt lagen. Dort war es ebenfalls voll und laut, eine Schlange aus Weiber-Leibern, die nie kürzer wurde. Sie hatte in dem Gedränge kaum Zeit, sich kurz im raumhohen Spiegel zu betrachten und Frisur und Make-up zu überprüfen. Ihr Abbild wenigstens beurteilte sie heute als appetitlich. Ziemlich appetitlich. Das Licht im Damen-WC war matt genug, um gnädig kleine Makel zu übersehen; was auffiel, war also nicht, welche Spuren die ein oder andere Tragödie in ihren fünfunddreißig Lebensjahren hinterlassen hatte, sondern: hübsch geformte Beine auf hohen Sandaletten, eine schlanke Taille und volle Brüste im mädchenhaft geblümten Hängerchen, frisch gefärbtes, rassig schwarzes Haar im neckischen Pferdeschwanz und ein durchaus ansehnliches Gesicht. Das war eine Lady, wie sie auch an der Seite von Fußballstars gesichtet wurden! Timmy war zu Recht eifersüchtig gewesen, dachte sie zufrieden, völlig zu Recht, Wichser, der er war!

Beschwingt von ihrer Schönheit, ihrer Freiheit und den drei *Tequila Sunrise Super Special* – nur die kneifende Feinstrumpfhose störte – spazierte sie an die Bar, um sich einen vierten zu holen, stolperte, und fand sich umgehend in den hilfsbereiten Armen eines erfreulich eleganten Mannes wieder, der sie anziehend anlächelte. Es gefiel ihr, wie er lächelte. Es gefiel den Menschen stets, wie er lächelte.

„Hallo, Hübsche", sagte er, „Wo man sich so wiedersieht. Wie war gleich noch mal dein Name?"

„Oh, hallo. Äh, Ines ...". Sie hatte automatisch geantwortet, während sie versuchte, sein Gesicht einzuordnen, ohne sich erinnern zu können, woher sie ihn kennen sollte, aber mit dem Wunsch, ihn wiederzuerkennen, denn er war genau die Art Mann, von dessen Armen man betrunken aufgefangen werden wollte ... obwohl er bei genauerem Hinsehen nicht besonders schön war, das nicht ..., aber es fiel ihr schwer, genauer hinzusehen und ...

„Ah, ja, fürwahr, ich erinnere mich, Ines", sagte er, die Hand immer noch angenehm an ihrem Rücken. „Ines Vasquez? Ines Fernandes? Es war doch irgendetwas Südländisches, nicht wahr?" Und dabei lächelte er so ... so umwerfend interessiert. Auf eine Begegnung dieser Art hätte Ines bei den meisten Typen mit einer demonstrativ genervten Miene und einem ruck-zuck zugewandten Rücken reagiert. Immer diese plumpen (wenn auch heimlich schmeichelhaften) Anmachversuche. Er hier aber ... hmm ...

„Oh nein", kicherte sie hingerissen wie ein Teenager, „Schlosser. Einfach nur Ines Schlosser. Aber das sagt man mir öfter, dass ich etwas habe ... etwas Südländisches ..."

„Ines Schlosser." Der Andere nickte. Natürlich hatte er sie nie zuvor getroffen. Natürlich wusste er dennoch längst, wie sie hieß. Er hatte ihren Namen, er hatte Fotos von ihr im Profil, in Front- und Ganzkörperansicht, und er hatte vor allem nur auf sie gewartet.

Er hatte länger gewartet als nötig: Er mochte die Bar. Er fand Gefallen an der halben Stunde, die er einem doppelten Whiskey, einem *Straight Bourbon*, zugestand, obwohl er einen sechzehnjährigen *Lagavulin* bevorzugt hätte. Er beobachtete all diese Schäfchen, die geborgen in ihrer großen, warmen Herde miteinander blökten, und er beobachtete sie gern. Er fand auch Gefallen daran, wenn ihn Frauen wie Ines mit diesen Blicken bedachten, wie sie es gerade tat, er mochte ihre glänzenden Augen, die so hübsch von schwarzer Farbe umrandet waren, er mochte ihre zarten, roten Lippen, und er mochte es, wenn sie die Sehnsucht verspürten, ihn damit zu küssen. Diese kleine Eitelkeit gestand er sich ebenso zu wie diese halbe Stunde Whiskey. Und vielleicht, als Krönung, ein Zigarillo.

Herrliche Gifte, Genuss der alten Schule eben, ein bekömmliches Überbleibsel aus Zeiten, in denen er weniger maßvoll gewesen war. Aber langsam wurde es Zeit zu gehen. Für ein Uhr dreißig hatte er das Taxi bestellt.

„Wollen wir uns zusammen ein Taxi nehmen, Ines?", fragte er samtweich. Oh, sein Wesen war so einnehmend. Sein Lächeln so charmant. Seine Worte so überzeugend.

Ines fand keinen Grund, der dagegen sprach. Sie suchte auch nur anstandshalber eine halbe Sekunde danach. Sie war jung und schön und frei, sie hatte lange genug mit ihren Freundinnen gelacht; denen würde sie eine SMS schicken, worin sie ihnen den Grund für ihren verfrühten Aufbruch mitteilte – und auf das, was sie ihnen beim nächsten *Girls-Only*-Treffen zu erzählen haben würde, freute sie sich schon jetzt.

„Ja, warum nicht", sagte sie beschwingt, und es fiel ihr nicht einmal auf, dass sie weder seinen Namen kannte noch danach gefragt hatte. Denn er hatte seinen Arm um sie gelegt und lächelte sie an, während er sie durch die friedlich grasende, nein, trinkende und fressende Herde nach draußen in den Schnee geleitete. Nur das zählte, und ihr kleines dummes Herz flatterte vor aufgeregter Erwartung.

Das Taxi, das in Wirklichkeit eine schwarze Limousine war, wartete bereits, selbstverständlich. Der Andere runzelte die Stirn über das Nummernschild; 666. Es gab doch immer wieder solche, die Geschmacklosigkeit mit Stil verwechselten. Er nickte dem Fahrer zu und ließ Ines zuerst auf dem Rücksitz Platz nehmen. Sie fuhren los, ohne dass ein Wort gewechselt wurde, und auch das wunderte Ines nicht, denn der Andere lächelte immer noch und sie wusste, sie würden sich jetzt küssen und es würde sich grandios anfühlen.

Sie küssten sich. Es fühlte sich grandios an. Die zarte Berührung an ihrer Schläfe hielt sie für ein liebevolles Streicheln, und danach gab es keine Berührungen mehr, keine Küsse, kein Morgen, nur noch zwei dünne, rote Rinnsale, die ihre Wangen benetzten wie zwei letzte Tränen.

Der Fahrer summte ungerührt die Melodie zu *„Somewhere Over the Rainbow"* aus dem Radio mit.

Der Andere lehnte sich zurück, um auf ihren Körper herabzublicken, der lautlos in den Polstern zusammengesackt war.

„Wenn du etwas daraus gelernt hast, Ines", mahnte er streng,

„dann Folgendes: Halte dich fern von extrem eifersüchtigen Männern, die reich genug sind, um mich zu bezahlen."

„Ein Kuss immerhin, Ines", fügte er versöhnlich, fast freundlich, hinzu, „ist das schönste aller letzten Worte." Mehr sagte er nicht, denn so behutsam er ihr den Tod auch bereitet hatte, er hatte es bei anderen Frauen zu oft auf ebendiese Weise getan. Hatte zu oft jenen Satz auf exakt diese Art gesagt, so dass er durch die Wiederholung an Bedeutung verloren hatte, genauso wie das „*I love you*" in Hollywood. Ein leichter Job. Ein netter Job. Ein langweiliger Job.

Zehn Minuten später stieg er am vereinbarten Ort aus und sah dem Wagen nach. Der Fahrer würde sich um den letzten Teil kümmern. Um den lästigen Teil. Die Limousine verschwand, die Nacht blieb. Eiskalt, dunkel und so alt wie der Tag. Zeit, zu schlafen.

Es waren einmal: vier Freundinnen, die gerne lachten. Dann kam der böse Wolf, und da waren es nur noch drei.

‚Ein netter Job ist ein Scheiß-Job.' Der Andere betrat das Hotel und wünschte sich anstatt geräuschlos aufgleitender Glasflügel eine alte, schwere Holztür, die er ordentlich hinter sich hätte zuknallen können.

Am gleichen Tag, in der gleichen Stadt, nahm Ernestine frühmorgens den Bus in die Peripherie, weil sie etwas Wichtiges zu erledigen hatte. Am Tag davor war sie endlich und leider daheim angekommen, endlich, weil sie die stundenlange Zugfahrt hinter sich hatte, aber auch leider, weil sie wusste, dass sie in ihrem Zuhause unglücklich sein würde.

Das war jetzt keine *neue* Erkenntnis, immer wieder jedoch eine *enttäuschende*. Etwa so, als würde ein pubertierender Knabe, der sich sehnlichst einen dichten Bartwuchs wünscht, jeden Tag von Neuem in den Spiegel sehen, und erkennen, dass er immer noch genauso milchgesichtig ist wie beim letzten Kontrollblick am Vorabend.

An ihrem Zuhause war allerdings nichts auszusetzen, dort fand sich nicht die Ursache für ihr andauerndes Leid. Im Gegenteil. Ihr war der Luxus eines eigenen Hauses als Geschenk zuteilgeworden, und – Unglück hin oder her – dieses Haus war ein Glücksfall. Zwar handelte es sich um ein winziges Exemplar, alt, und im Zustand dringender Renovierungsbedürftigkeit, doch gehörte es ihr allein, also jedenfalls beinahe.

Es gab einen eigenen kleinen Garten samt abschließender hoher Mauer (die nötig war, sehr nötig), ein wilder kleiner Garten, in dem das Gras kniehoch wuchs, wie es wollte, in dem roter Mohn und weiße Margeriten sprossen und jede Sorte von Unkraut. Gäbe es nicht dieses Haus und diesen Garten – Ernestine würde den armen Dr. Kern als Dauergast heimsuchen (der sich über die blühenden Blumen im Garten gewundert hätte, aber er musste ja nicht alles wissen. Jeder hatte seine dunklen Geheimnisse. Bei dem einen waren es Pornohefte unterm Bett, bei dem nächsten eine Leiche im Keller und bei ihr eben bunte Blumen im Garten.).

Der Grund für die Notwendigkeit der hohen Mauer und die Einschränkung ihrer Alleinherrschaft über das beschriebene Anwesen war auch der Grund für ihre Busfahrt an diesem Tag.

Aus Spaß fuhr Ernestine nicht Bus. Zug auch nicht. Auch nicht Auto. Achterbahn nicht. Motorrad nicht. Heißluftballon nicht. Nichts. Aber sie hatte einen guten Grund. Einen schwerwiegenden Grund. Über hundert Kilo schwer. Ein Grund, der dazu führen würde, dass sie nicht mit dem Bus zurückfuhr, sondern die gesamte Strecke würde laufen müssen. Deswegen trug sie robuste Wanderstiefel (schwarz), zwei paar Strumpfhosen (schwarz), ein Wollunterhemd (weiß), eine dicke, gefütterte Regenjacke (schwarz) und eine Wollmütze (weiß-schwarz gestreift), unter der ihr Riesennäschen neckisch in die Welt ragte. (Ein Aufzug übrigens, der Schneewittchen völlig vergessen ließ und eher an einen vermummten Troll erinnerte.)

Diese Ausrüstung war vonnöten: In weniger als vier Stunden hatte sie den Rückweg noch nie geschafft – im Winter erst recht nicht, da waren fünf Stunden bereits eine starke Leistung. Sie seufzte. Ihr Grund wartete mit Sicherheit bereits ungeduldig und trug den passenden Namen Cerberus.

Als sie an ihrem Ziel ankam, wurde sie zuerst von Rico erwartet.

„Grüß dich, Erni, Liebchen", sagte er und schüttelte ihre Hand. Netter Kerl. Sagte übrigens zu allen weiblichen Wesen, die er mochte, *Liebchen*, also eigentlich nur zu seinen Hündinnen. Ernestine fühlte sich nicht beleidigt, mit Hündinnen auf einen Nenner gebracht zu werden, sondern geehrt. Sie mochte Rico. Netter Kerl, wirklich. In den letzten drei Jahren hatte sich so etwas wie eine Freundschaft zwischen ihnen entwickelt, was auch nicht weiter verwunderte: Eine Naturgewalt wie Cerberus zwang zu enger

Zusammenarbeit und zu brüderlichem Zusammenhalt. (Und zwei Sonderlinge hatten Verständnis für die gegenseitigen Macken.)

„Er kann´s kaum noch erwarten, der Dicke", teilte ihr Rico mit, die Wollmütze von undefinierbarer Farbe tief in die Stirn gezogen und reichte ihr eine rissige Hand.

Kennengelernt hatte Ernestine ihn vor drei Jahren, als die Sache mit Cerberus begann und sie ihr Haus bekommen hatte. Diese beiden Ereignisse hingen unmittelbar und mit einer Erbschaft zusammen. Vor genau drei Jahren hatte Ernestine eine Nachricht in einem dicken DIN A4-Umschlag erhalten, in der ihr von einem weit entfernten Notariat auf edlem Bütten-Papier mitgeteilt wurde, sie hätte eine Erbschaft erhalten und würde gebeten, zum soundsovielten da und dort zu erscheinen, um diese entgegenzunehmen – oder abzulehnen. Es stellte sich heraus, dass es sich bei der Erbschaft um besagtes Haus in der Lindwurmgasse 9 handelte. Es stellte sich weiterhin heraus, dass an die Annahme dieser Erbschaft eine Bedingung geknüpft war: Cerberus.

Der verstorbene Gönner, der Ernestine diese Hinterlassenschaft vermacht hatte, war ein entfernt verwandter Großonkel, ein Dr. T. P. Bischoff, von dem sie noch nie etwas gehört hatte, was sie nicht weiter verwunderte, denn ihre Verwandtschaft war wahrlich groß und weit verteilt, und sie kannte die wenigsten davon. Was hingegen sogar sie verwunderte, war die Tatsache, dass dieser Großonkel gerade sie, Ernestine, als Erbin ausgesucht hatte. Es gab Gerüchte, er sei mehr als stinkreich gewesen und hätte Millionen in andere Richtungen vererbt, so dass dieses Haus nichts weiter als einen winzigen Bruchteil in seinem Vermächtnis ausmachte. Dennoch. Warum gerade sie? Irgendwann, so hatte sie beschlossen, würde sie mehr über die Hintergründe dieser Entscheidung in Erfahrung bringen und etwas Ahnenforschung betreiben. Damals hatte sie nicht die Bohne nachgedacht und ohne zu Zögern zugestimmt. Ja, sie nahm die Erbschaft an. Ja, sie wollte dieses Haus. Ja, sie war gewiss bereit, als zusätzliche Bedingung den Hund des Herrn Bischoff zu sich zu nehmen.

Warum auch nicht? Wer ein Haus hat, kann sich auch einen Hund halten. Oder auch: Wer auf der Welt würde auf ein Haus verzichten, nur eines Hundes wegen?

Danach hatte sie ihre Unterschrift auf eine Unzahl von Papieren gesetzt, es wurden ihr eine weitere Unzahl davon ausgehändigt,

Urkunden, Dokumente, Formulare, was auch immer, und sie war von einem Tag auf den anderen Besitzerin eines Hauses und eines Hundes.

Auf einem der Dokumente war auch die Adresse des Tierheims vermerkt, in dem man den Hund vorübergehend nach dem Tod seines Herrchens untergebracht hatte und die Frist, bis wann sie ihn dort abzuholen hatte.

Und das tat sie dann auch.

Dabei stellte sich dann auch heraus, was es mit der Katze im Sack auf sich hatte. Wo der Hase im Pfeffer begraben lag. Oder auch, warum der Name des Hundes „Cerberus" lautete.

Nirgendwo war vermerkt gewesen, um welche Rasse es sich handelte, ob Rüde oder Hündin; die Dokumente sprachen von „dem Hund". Das jedoch war eine dicke, fette, üble Lüge. Cerberus war kein Hund.

Cerberus war ein Monster. Ohne jede Übertreibung. Er war eine Monstrosität, entstanden aus einer Kreuzung von Dogge und Mastiff und irgendetwas Undefinierbarem anderen. (Ernestine und sogar Rico argwöhnten, dass es ein Grizzly gewesen sein musste oder eher noch ein Krokodil, und dass ihr Onkel mit dem frommen Namen „Bischoff" eine Art Frankenstein der Genforschung gewesen war, keinesfalls ein harmloser Fabrikant.) Doch auch mit dieser Abstammung fehlte ihm die Eleganz der Dogge, die diese trotz ihrer Riesenhaftigkeit besaß, und es fehlte ihm die Gemütlichkeit des Mastiffs, die dieser trotz all seiner Masse ausstrahlte. Cerberus bestach durch keine Spur Eleganz, nicht den kleinsten Rest Gemütlichkeit, sondern durch eine Erscheinung, die nicht nur kleinen Kindern Alpträume bereitete. Er sah nicht einmal aus wie ein hässlicher Hund, sondern so, als sei er geradewegs der Hölle entsprungen, und ja, mochte sein ehemaliges Herrchen durch seine Aufzucht einen kranken Verstand offenbaren, so bewies er doch einen Rest von Vernunft, indem er ihn auf den einzig passenden Namen taufte, den der menschliche Wortschatz für eine solche Kreatur bereithielt.

Außer Rico, dem unrettbaren Idealisten unter hoffnungslos Tierverrückten, war kein Tierheim bereit gewesen, den Hund aufzunehmen. Der Grund dafür ging Ernestine bei ihrem ersten Besuch wie ein düsteres Irrlicht auf. Nach einem einzigen Blick – mehr brauchte es nicht – auf das Monster in seinem Verschlag war Ernestine in

Ricos Büro zusammengebrochen. Alles, was sie gesehen hatte, waren Pranken statt Pfoten gewesen, ein Riesenschädel anstatt eines Kopfes, eine Tonne anstatt eines Leibes, glühende Löcher anstatt von Augen, Dolche anstatt von Zähnen, dumpfe Schwärze anstatt eines Fells. Und das alles in einer Größe, die eher nach Ochse aussah als nach Hund.

Warum sie dann drei Jahre später trotzdem auf dem Weg war, um ihn aus dem Tierheim abzuholen, wo er, unter Ricos liebevoller Aufsicht wohlgemerkt, die letzten sechs Wochen eine Art Ferien verbracht hatte, während sie in einem Urlaub der etwas anderen Art gewesen war?

Rico hatte sich damals als gesprächiger und zuvorkommender entpuppt, als seine verschrobene Erscheinung es hätte vermuten lassen. Er bewies Verständnis dafür, dass Ernestine ein gewisses Erschrecken zeigte. Er hingegen legte glühende Begeisterung an den Tag. Und weil Ernestine still und stumm in einer Art Schockstarre auf dem Besucherstuhl verharrte, ratlos, wie sie aus dieser gemeinen Falle, die der Erbonkel ihr gestellt hatte, wieder entkommen sollte, hatte Rico Gelegenheit, seiner Begeisterung wortreichen Ausdruck zu verleihen. Und ihr einen Schnaps einzuschenken. Für die Nerven. Und sich gleich einen mit. Zur Gesellschaft. Und dann noch einen – auf einem Bein steht´s sich so schlecht – und einen dritten, weil wenn schon, denn schon.

Ab da war die Stimmung umgeschlagen. Ernestine erlangte ihre Geistesgegenwart zurück und begann, ihre Ohren auf Ricos Ausführungen einzustellen, der von Cerberus erzählte, als wäre der ein seltener Schatz. Sie hörte ein paar Mal die Beschreibung „so ein Braver", was ihr sehr zweifelhaft erschien, sie hörte ein anerkennendes „Kiefer, die einem Elefanten das Genick brechen würden" wobei sie zusammenzuckte, sie hörte das beeindruckte „seltene Mutation", woran sie kein bisschen zweifelte, und sie hörte letztendlich das ausschlaggebende „und er hat doch sonst niemanden mehr auf der Welt". Nüchtern hätte dieses Argument sie höchstens eine Braue heben lassen, vom Schnaps aber weich gespült, spürte sie einen Anflug von rührseligem Mitleid, so dass sie sich wider alle Vernunft bereit erklärte, sich „den Dicken" noch einmal anzusehen.

„Der braucht ein Rudel", erläuterte Rico ihr, als sie sich zu den Gehegen aufmachten, sie leicht schwankend. „Wenn der kein

Rudel hat, geht der ein, weißte, es gibt so Hunde, die sensiblen sind das, die brauchen die, wie heißt das, die feste Bindung zu einem Menschen, sonst gehen die ein. Und der Dicke ... das ist ein Prachtkerl, ist das, der hat´s verdient, dass er noch 'ne Chance bekommt, wenn´s einer verdient, dann der."

Auf den zweiten, längeren Blick hin eröffnete sich Ernestine ein Bild, das ihren ersten Eindruck entgegen ihren Erwartungen ins Wanken brachte.

Sie sah einen – wenn auch ungelogen extrem hässlichen – Schädel, der mutlos auf den unproportioniert breiten Pfoten abgelegt war, als hätte alle Kraft ihn verlassen, die ansonsten in diesem riesigen Körper stecken mochte. Sie sah zwei – wenn auch ungeschönt triefende, winzige – Augen, in denen die endlose Traurigkeit einer einsamen Seele lag. Und sie sah, dass Rico in einem Recht hatte: Aus diesen Augen sprach keine Tücke, keine Bösartigkeit, keine Angriffslust. Das war offensichtlich, wenn man sich die Zeit nahm, ihrem Blick zu begegnen, anstatt sofort schreiend davonzulaufen. Obwohl Ernestine stets auch in Zukunft dafür Verständnis haben würde, dass die Leute alle schreiend davonliefen, anstatt sich diese Zeit zu nehmen. Sie selbst hatte folgende Vorteile: ein Gitter zwischen sich und Cerberus, ein restlos von der Gutmütigkeit seines Schützlings überzeugten Experten neben sich, drei ermutigende Schnäpse im Magen, und sie hatte vor allem ein gutes Herz und ein tiefes Mitgefühl für alles, was litt. Sogar, wie sich damals zu ihrer eigenen Verwunderung herausgestellt hatte, für leidende Monster.

Danach geschah alles recht schnell: Ernestine betrat hinter Rico zögernd die Höhle des Löwen. Es half zu sehen, wie selbstverständlich und ohne jede Spur von Angst Rico das tat – er hatte es demnach öfters gewagt und überlebt. Sie blieb in einem gewissen Sicherheitsabstand stehen und sagte schüchtern: „Hallo Cerberus, ich heiße Erni und bin dein neues Frauchen."

Es hieß doch Frauchen, oder? Dämlich. „Und ich bin nicht dein neues Frauchen. Aber du darfst zu meinem äh ... Rudel gehören?" Besser? Rico nickte ihr anfeuernd zu. „Ähm", sie nahm ihren ganzen Mut zusammen, „du guter Hund!"

Cerberus, der sich bisher nicht geregt, sie aber aufmerksam beobachtet hatte, als wolle er ihr Gelegenheit geben, ihre kleine Ansprache zu beenden, tat Folgendes: Er erhob sich höflich zu einer Größe, bei deren Ausmaßen Ernestine beinahe wieder nüchtern geworden wäre (Schulterhöhe 1,03 m, las sie später, Gewicht 112 kg, Länge von der Schwanzspitze bis zum Kopf 1,80 m) und näherte sich ihr mit behutsamen Schritten, als wollte er sie nicht noch mehr zu erschrecken. Dann setzte er sich abwartend hin, legte den Kopf (den unförmigen Riesenschädel) schief und wedelte zaghaft mit dem Schwanz (der nachtschwarzen Peitsche).

Man sah deutlich, wie sehr er daran zweifelte, dass ihm jemand mit Freundlichkeit begegnete. Ernestine machte einen langen, langen Arm und tätschelte mit den Fingerspitzen die Hundestirn. Das Schwanzwedeln wurde heftiger. Sie ging ein wenig in die Knie, um auf gleicher Höhe mit seinem Gesicht zu sein – tief musste sie sich dafür wahrlich nicht beugen – und wiederholte, überzeugter diesmal: „Guter Hund!" Dafür bekam sie eine dankbare, dicke, fleischige und tropfend nasse Zunge ins Gesicht, größer als ein Waschlappen. Cerberus winselte, grinste, schlug ihr eine freundschaftliche Tatze ans Knie und freute sich sichtlich wie ein Kind, das endlich aus dem verhassten Kindergarten abgeholt wird.

„Guter Hund", wiederholte Ernestine hilflos, aber mit dem erleichterten Gedanken, dass ihre Worte tatsächlich der Wahrheit zu entsprechen schienen. Cerberus mochte aussehen wie ein Dämon der Hölle, aber er war nichts weiter als ein guter Hund. (Welch Irrtum, Schneewittchen, welch Irrtum!) Ernestine seufzte. „Ich nehme ihn mit."

Rico freute sich – uneigennützig, denn er würde den Dicken sehr vermissen. Cerberus freute sich – es gab jemanden, der nicht schreiend vor ihm davonrannte. Ernestine freute sich – weil die beiden anderen sich freuten, was ihr das Gefühl vermittelte, alles richtig gemacht zu haben.

Es war ein Gefühl der eher kurzlebigen Art. Ein Gefühl, das eine halbe Stunde später spöttisch ins Nirgendwo entflogen war, nämlich spätestens zu dem Zeitpunkt, als ihr klar wurde, dass sie die gesamten zwanzig Kilometer bis nach Hause zu Fuß zurücklegen würde müssen, da kein Bus – und auch kein Taxifahrer – bereit gewesen war, Cerberus zu transportieren, und sie sich mit einem fremden Riesenvieh an der viel zu dünnen Leine auf den viel zu langen Heimweg machte, mit dem dumpfen Verdacht, sie könnte möglicherweise einen Fehler begangen haben.

Aber das war vor über drei Jahren gewesen. Cerberus war ihr kein einziges Mal an die Kehle gesprungen. Jemand anderem auch nicht.

Das bedeutete, inzwischen funktionierte ihr Alltag zu zweit. Nicht reibungslos, nicht ohne jede Aufregung, aber er funktionierte. Ernestine bereitete sich von damals an routiniert auf eine jede Heim-Wanderung vor, und sie freute sich sogar darauf, ihren Hund wiederzusehen. Was kein Vergleich zu Cerberus Freude war.

An jenem besonders kalten Wintertag also, als sie ihn nach sechs Wochen endlich abholte, sprang er vor Entzücken mit allen vier Beinen in die Luft – der Aufprall ließ den Boden erzittern – bellte, was er nur zu besonderen Anlässen tat – es klang wie das Dröhnen eines startenden Motorrads – und konnte sich nur mit Mühe zurückhalten, nicht an Ernestine hochzuspringen, was sie vermutlich umgebracht hätte.

Und so hatten sie sich wieder, das magere Schneewittchen, das nie glücklich bis ans Ende ihrer Tage leben würde, und das Monster, das eine tödliche Maschine mit besonderen Eigenschaften war, ohne dass es davon wusste, und sie marschierten zurück in ihr Hexenhäuschen mit dem verwunschenen Garten, wo eine Kette von unglückseligen Ereignissen ihren Anfang nehmen sollte.

„Aber Madame, Sie sagten, sie wünschten, davon dringlichst in Kenntnis gesetzt zu werden ...!"
Der unscheinbare Mensch, dessen gesamtes Erscheinungsbild auf „gutbezahlter Sekretär" hinwies, schaffte es, sein Anliegen gleichzeitig devot und bestimmend klingen zu lassen. Das war eine erstaunliche Leistung, die das „gutbezahlt" rechtfertigte und bestätigte.

„Jaja." Die alte Dame mit der schnarrenden Stimme zeigte sich nicht beeindruckt, sondern winkte ungeduldig ab, mit beiden Händen, als würde sie ihn am liebsten zur Tür hinauswedeln. „Ja, ja ..."

„Ich setze Sie hiermit in Kenntnis!" Auch der Sekretär, ein männlicher Vertreter seiner Art, was man aber erst bei genauer Beobachtung bestätigt sah, so sehr hatte er eine allgemeine Neutralität kultiviert, ließ sich nicht abwimmeln. Sie waren offensichtlich gut miteinander und den jeweiligen Eigenheiten des anderen vertraut.

„Auf Ihren Wunsch hin! Wenn Sie also bitte zuhören würden", insistierte der Sekretär tapfer im Angesicht des zornigen Wedelns. „Es geht um die Lindwurmgasse Nr. 9, Madame!"

„Und ich sagte schon: Ich will nichts mehr davon hören, Erwin! Nichts! Es. Interessiert. Mich. Nicht!"

„Nun, Madame, da Sie mich damals darauf hinwiesen ..."
„Damals war damals und heute ist heute! Was interessiert mich mein Geschwätz von gestern? Ha, Erwin? HAHAHA?"
Ja, er kannte ihre Art, seinen Namen zu schreien, aber er zuckte dennoch jedes Mal wieder zusammen.
„Nun, Sie wiesen mich damals darauf hin, Ihnen in jedem Falle, also in wirklich jedem Falle ..."
„Seien Sie nicht so stur, Erwin, ich bin beschäftigt! Beschäftigt! Sie gehen mir auf die Nerven!"
„... in jedem Falle mitzuteilen, wenn das Haus wieder bewohnt wäre. Und es ist wieder bewohnt, ich habe noch nicht in Erfahrung bringen können, wie lange schon ..."
„Ach, bewohnt! Na und? Was brauche ich das zu wissen? Ich will's nicht mehr wissen! Ich bin achtundneunzig Jahre alt, ich verdiene meinen Frieden! Das geht mich alles nichts mehr an! Nichts! Von wem ist es bewohnt?"
„Von einer gewissen ... einer gewissen, Moment, habe mir ihren Namen notiert, einer gewissen Ernestine Nordmoor."
„So."
„Eine junge Frau, über die mir noch nicht viel mehr bekannt ist."
„Soso."
„Doch sie scheint, ähm, bei den Nachbarn nicht allzu beliebt zu sein, wie ich bei meinen ersten vorsichtigen Erkundigungen herausgefunden habe."
Schweigen.
„... von denen mir aber auch niemand sagen konnte, welchen Beruf oder ..."
„Sie Trottel! Sie ausgemachter Trottel! Wie können Sie es wagen, mir das erst jetzt mitzuteilen? Wie lange wissen Sie schon davon?"
„Seit wenigen Tagen erst, Madame, entschuldigen Sie, wenn ich Sie darauf hinweise, dass Sie gerade erst der Meinung waren, es würde Sie nicht interessieren, wie sollte ich da ahnen, dass es dennoch eine solche Dringlichkeit ..."
„Was interessiert mich mein Geschwätz von vorhin! Erwin, das ist eine Katastrophe! Eine Katastrophe! Genau so, wie ich es befürchtet habe! Genau so! Dieser alte Mistkerl, wie konnte er das nur tun, ich verfluche ihn! Soll er in der Hölle schmoren! Ha! Jetzt haben wir den Salat! Ha! – Erwin?"
„Ja, Madame?"

„Engagieren Sie auf der Stelle jemanden, der das Mädchen überwacht. Ich will jemanden, der alles über sie in Erfahrung bringt, der mir jederzeit sagen kann, wo sie sich gerade befindet, mit wem sie sich trifft und was sie tut. Ist das klar? Jemanden, auf den ich mich hundertprozentig verlassen kann!"
„Ich verstehe, Madame."
„Scheuen Sie keine Kosten, Erwin. Diese Angelegenheit ist von höchster Dringlichkeit!"
„Höchste Dringlichkeit, Madame. Ich werde mich noch heute darum kümmern."
„Nicht heute: sofort, Erwin, sofort! Ach, und Erwin?"
„Bitte, Madame?"
„Mir wäre es lieber, ich wüsste nichts davon. Ich habe Sie vor zehn Jahren gebeten, dieses Haus im Auge zu behalten! Vor zehn Jahren! Warum nur haben Sie es nicht einfach vergessen?"
„Weil ich jeden Ihrer Wünsche erfülle, Madame. Ansonsten hätten Sie mich bereits längst vor die Tür gesetzt, wenn ich mir die Bemerkung erlauben darf. Ich werde mich jetzt in mein Büro zurückziehen und mich augenblicklich meiner Aufgabe widmen. Ist das in Ihrem Interesse?"
„Jaja, tun Sie das. Tun Sie das." Und, wieder alleine, fügte sie ungewohnt leise hinzu: „Obwohl Sie mir auch nicht helfen können, Erwin. Niemand kann das. Das Glück entscheidet. Oder das Pech." Sie schwieg eine Weile missmutig, und als zischendes Flüstern kam ein letzter Satz: „Glück im Spiel, das war mir nie vergönnt." Und noch einer: „In der Liebe allerdings auch nicht. Dieser Mistkerl von Hexenmeister! Ha! "

3
Die alte Geschichte von der Schönen und dem Arschloch
Und: von Geistern
Und: von einem fiesen Monster

Das Hotelzimmer war eines der besseren. Groß, hell und sauber. Der Andere hatte sich auf dem breiten Bett ausgestreckt, in Kleidung und mit Schuhen. Es würde sich kaum lohnen, abzulegen; viel Zeit für Erholung gab es für ihn nicht, benötigte er nicht, wollte er nicht.

Sein Blick verfolgte das Treiben einer langweiligen Quizshow auf dem riesigen Flachbildschirm gegenüber. Armselige Primaten, die sich in der Hoffnung auf ein paar mickrige Scheine lächerlich machten. Hysterische Moderatoren in schriller Kleidung, die vulgäre Witze von Kärtchen ablasen, über die ein gekauftes Publikum mit dem Durchschnitts-IQ eines Mastochsen muhend lachte, eine Masse von speckigen Gesichtern, die in ihrer Ähnlichkeit gesichtslos schienen.

Der Andere sah sich öfter derartige Sendungen an. Das hatte groteskerweise eine beruhigende Wirkung auf ihn; zwar neigte er nicht zu Nervosität, doch half es ihm, die Menschheit im richtigen Licht zu sehen: als etwas, um das es nicht schade war.

„Egal, wen man trifft; es trifft doch stets den Richtigen", murmelte er entspannt. Wie um ihn zu bestätigen, brachte der fette Quizmaster einen üblen Kalauer über die Oberweite seiner wasserstoffblonden Assistentin, die ihm daraufhin nicht etwa eine scheuerte, sondern willig in dummes Gegacker ausbrach. „Teufel auch", der Andere schüttelte in gespieltem Entsetzen den Kopf, „und so was lasst ihr eure Kinder sehen!"

Da piepte auf seinem Nachttisch dezent aber durchdringend eine Art Wecker und riss ihn aus seinen Betrachtungen. Es handelte sich dabei um ein recht praktisches Ding: Wenn das Personal Zutritt zu seinem Zimmer wünschte, während er anwesend war, um frische Handtücher oder eine Nachricht zu bringen, so bediente es vor seiner Tür diese Klingel. Er hatte dann die Wahl zwischen einem grünen – eintreten – und einem roten – draußen bleiben – Knopf, woraufhin ein entsprechendes Licht vor seinem Zimmer aufleuchtete und seine augenblickliche Geneigtheit signalisierte. So war es möglich, jeden zwischenmenschlichen Kontakt auf das Nötigste zu beschränken, kein umständliches „Würde es Sie stören, wenn...", kein „Augenblicklich wünsche ich, nicht gestört zu werden..." Ein Knopf, ein Licht. Ein Prinzip, das ihm gefiel. Aus purer Neugier drückte er „grün", und einen Augenblick später öffnete sich die edle, schwere Holztür, um ein Zimmermädchen in hübscher Hoteltracht (hellblauer Baumwollrock, beigefarbene Bluse und Schürze, hellblaues Häubchen, Namensschildchen mit der Aufschrift *R. Hautmann*) einzulassen.

Es trug einen dicken Knollen grünen Papiers vor sich her, wobei es sich vermutlich um einen Blumenstrauß handelte, und lächelte ihn strahlend an. „Guten Tag", sagte es munter, „das hier wurde für Sie abgegeben. Wenn Sie nichts dagegen haben, packe ich die Blumen gleich aus und stelle sie in eine passende Vase."

„Nein, ich habe durchaus nichts dagegen", er nickte dem Mädchen zu, das tatsächlich noch fast eines war, gerade dem Kindesalter entwachsen, mit den letzten Spuren einer Pubertäts-Akne auf der Stirn und den ansonsten rosenfrischen Wangen, mit offenen, arglosen Augen und feinem, zurückgesteckten Haar. In der Ausbildung vermutlich oder eine Schülerin, die sich nebenher etwas verdiente.

Sie verrichtete, etwas nervös unter seinen sezierenden Blicken, ihre Handgriffe, während er in Gedanken längst woanders war. Er hatte das Album an einer bestimmten Seite aufgeschlagen, irgendwo zwischen Mitte und Ende. Es war keines der ersten hundert Bilder, an die er sich, merkwürdig, noch immer am besten erinnerte, aber hatte sich ihm dennoch eingeprägt.

Ein Erbschafts-Fall, wie so oft: Susanne, siebzehn Jahre alt. Sie kauerte auf einem steinernen Balkon, direkt neben der marmornen Statue eines aufspringenden Löwen, einer von vielen, die die Brüstung säumten. Ihr Haar war genauso blond wie das des Zimmermädchens, geflochten zu einer aufwendigen Frisur; das lange, inzwischen altertümlich anmutende Chiffonkleid, in dem ihr lebloser Körper steckte, beinahe in genau der Farbe des Kostüms des Zimmermädchens. Nur ihre Augen hatten alle Ähnlichkeit mit denen anderer Mädchen eingebüßt, hatten ihre Arglosigkeit und jeden anderen Ausdruck verloren; sie starrten ihn aus einem wachsweißen Gesicht blicklos an, mit einer letzten Spur des Entsetzens darin, das sie empfunden hatte.

An der vom Korsett geschnürten Brust hatte sich ein dunkler Fleck ausgebreitet, der rasch allen Stoff durchtränkt und zu einer roten Pfütze auf dem Boden zusammengeflossen war, einer Pfütze, in der die Scherben eines Sektglases schwammen, das kurz davor noch von ihren rundlichen Fingern gehalten worden war. Unter dem Foto standen die Worte: „Oh Gott, nein, bitte nicht!"

Worte, die sich so oder ähnlich unter den meisten Fotos fanden. Nicht besonders originell. Aber was hätte der kleinen Susanne sonst einfallen sollen? Ihr Leben hatte aus nichts anderem bestanden als artigem Lächeln, hübschen Kleidern und Spaziergängen im Park. Aber dieses viele Blut ...

„Die Waffen waren der letzte Scheiß damals", murmelte er, „so eine verdammte Sauerei."

„Entschuldigung?" Das Zimmermädchen lächelte ihn höflich an. Hatte er laut gesprochen? Anscheinend.

„Nichts. Ich habe nichts gesagt. Sind Sie fertig?"

Er betrachtete den Strauß langstieliger Rosen, die von einem derartig dunklen Rot waren, dass sie in gewissem Licht betrachtet beinahe schwarz erschienen. Sie prangten in einer wie versprochen passenden, dickbauchigen Glasvase auf dem Beistelltisch am Fenster.

„Ja, ich wäre dann so weit... ähm, das hier lag noch für Sie dabei ..." Etwas verlegen, als wolle sie ihm nicht zu nahe kommen, wie er da auf dem Bett vor seiner bescheuerten Quiz-Show ruhte, streckte sie ihm einen schwarzen Umschlag hin, den er seufzend entgegennahm.

„Sie sind wunderschön, nicht?" Das Zimmermädchen nickte zu den Rosen hinüber und lächelte mit roten Wangen. Wie schnell sie immer erröteten, die hellhäutigen, jungen Mädchen.

„Wunderschön, jaja". Er riss das Kuvert auf; er kannte diesen Stil und ahnte Unerfreuliches.

„Also dann, einen schönen Tag noch, Herr Böser!"

Böser, er hieß doch gerade nicht wirklich ausgerechnet *Böser*?

„Vielen Dank, Rita", warf er achtlos zurück, als sie bereits im Gehen war und grinste kurz in einer Anwandlung von

35

Selbstzufriedenheit über die Überraschung in ihrem Gesicht, bevor dieses hinter der zufallenden Tür verschwand.

Natürlich kannte er ihren Namen. Das war keine Hexerei. Er reichte, einigermaßen aufmerksam durch die Welt zu gehen. (Neben dem Lastenaufzug hing der Wochenplan für die Angestellten. Für sein Zimmer waren aktuell eine Anette Huber und eine Rita Hautmann verantwortlich.) Aber wer ging schon aufmerksam durch die Welt?

„Die Opfer nicht. Die Opfer sind achtlose Lämmer." Er knüllte den Umschlag zusammen, warf ihn mit zornigem Schwung in den Mülleimer und hielt eine mattschwarze Karte in der Hand, auf die in gedruckten goldenen Lettern stand:

„HEUTE. 13 UHR. MITTAGESSEN HIER."

Aber ja, dieser Stil war ihm leider nur allzu vertraut. Er überprüfte die Uhrzeit. Zehn Minuten vor eins. Wirklich ausgesprochen witzig! Es war allgemein bekannt, dass er auf kurzfristige Planänderungen mit, nun, einer gewissen Gereiztheit reagierte. Wenn sie also die Dummheit besaß, (welche sie Frivolität nannte) ihn zu necken, dann würde er das für sich selbst ebenso in Anspruch nehmen. „Wer Wind sät", er zerriss die Karte, „bekommt eben das, was er sich, wenn auch unbewusst, wünscht: Sturm."

Dann wartete er bis Viertel nach eins, bevor er aufstand, duschte, sich gründlich rasierte und anschließend gemessenen Schrittes in die Lobby begab.

Ernestine ist sechs Jahre alt. Sie trägt eine Unterhose mit Teddybären und ein rosafarbenes T-Shirt. Sie rollt sich unter ihrer dicken Federdecke zusammen; keine Fingerspitze, kein kleiner Zeh darf hinausschauen, keine Körperstelle ungeschützt sein. Solange sie sich versteckt, ist sie in Sicherheit. Solange sie es in ihrer Höhle aushält und die Augen fest zusammenkneift, wird nichts passieren. Aber es ist unerträglich heiß und dunkel hier drinnen; Schweißtröpfchen rinnen ihr die Kniekehlen hinunter, ihr Herz rast in der nächtlichen Stille beängstigend laut, und sie weiß: Das schreckliche Ding ist hier. In ihrem Zimmer. Es ist hier und wartet auf sie. Es kann ihr nicht die Decke wegnehmen; solange sie darunter versteckt bleibt, ist sie in Sicherheit. Sie wiederholt in Gedanken immer wieder diese beiden Worte: in Sicherheit. Ihr Herz beruhigt sich trotzdem nicht. Sie ist allein. Ganz allein mit dem schrecklichen Ding. Ihr kleiner Bruder schläft friedlich in seinem Gitterbettchen gegenüber; er kann ihr nicht helfen. Er ist nur ein Baby. Sie will zu Mama und Papa, dort kann ihr nichts mehr zustoßen. Dort ist sie wirklich in Sicherheit. Aber das Zimmer ihrer Eltern ist weit weg. Aus dem Kinderzimmer hinaus und den Gang entlang, den ganzen unendlich langen, finsteren Gang. Sie wird es nicht schaffen, niemals. Ihr Atem geht schnell und schwer, es ist so staubig und stickig. Sie hält es nicht aus, die Stille, die Hitze und die Dunkelheit. Sie muss es versuchen.

Ihre schwitzige Hand packt Susi, ihre Puppe, und dann springen sie zusammen aus dem Bett und rennen los, ohne sich umzublicken, schnell, schnell, zur Tür, die Tür aufstoßen, sie knarrt laut, schnell, schnell weiter; die zwei geflochtenen Zöpfe flattern hinter Ernestine her wie Fahnen, schnell, schnell; keine Zeit, um beim Lichtschalter anzuhalten und das Flurlicht anzuknipsen, schnell, schnell, der dünne harte Teppichboden verschluckt das Tapsen ihrer nackten rennenden Füße ... da, das Schlafzimmer der Eltern, sie muss nur noch die Hand ausstrecken, schnell, schnell, sie ist drin, es riecht nach Schlaf und vertrauten Körpern, sie ist in Sicherheit.

Erleichtert krabbelt sie ins große Bett und schiebt sich neben Mama unter die Decke. Die dreht sich um und seufzt: „Ach, Erni, was soll das schon wieder? Du bleibst in deinem eigenen Bett, das weißt du doch!" Jetzt wacht auch Papa auf: „Ist sie schon wieder da? Das gibt's doch nicht! Kann man nicht eine Nacht durchschlafen!" Ernestine sagt gar nichts, sie bleibt einfach liegen, völlig regungslos, vielleicht vergessen sie dann, dass sie hier ist und schlafen wieder ein. Aber das tun sie nicht. „Erni, Schätzchen", murmelt Mama, „Du weißt doch; wir haben ausgemacht, dass du nachts nicht mehr zu uns kommst. Du bist ein großes Mädchen! Los, geh wieder rüber!"

„Aber ich hab Angst", jammert Ernestine kläglich, „da ist ein... da ist ein böser Geist in meinem Zimmer!"

Papa schnaubt auf. Er ist mürrisch, wenn er geweckt wird, und er ist streng. „Ich sag´s dir jetzt zum hundertsten Mal, Ernestine, es gibt keine Geister! Du gehst jetzt auf der Stelle wieder in dein eigenes Bett, oder ich werde wirklich böse", schimpft er, „hast du verstanden? Sofort in dein eigenes Bett!"

„Gute Nacht, Schätzchen, hör auf deinen Vater", murmelt Mama und schläft schon wieder tief und fest. Ernestines Unterlippe zittert heftig, als sie langsam, ganz langsam wieder aus dem Bett rutscht. Sie unterdrückt das Weinen, weil es Papa noch wütender machen würde. Er versteht es nicht, dass sie seit Wochen nachts nicht mehr schlafen kann. Er glaubt ihrem Weinen nicht. Sie versucht, winzige Schritte zu machen bis zur Tür; sie versucht, so langsam wie möglich zu sein. Vielleicht schläft Papa doch noch ein, und sie kann sich hier auf dem Teppich zusammenrollen und morgen früh,

heimlich, schnell, wieder in ihr Zimmer schleichen. „Ernestine, wenn du nicht SOFORT von hier verschwindest, setzt es was!" Sie hat verstanden. Sie muss wieder den Flur zurück, den langen, finsteren Flur. Sie presst Susi fest an sich. „Keine Angst, Susi", flüstert sie, „es gibt keine bösen Geister!" Aber es gibt sie doch. Sie hat gerade das Zimmer ihrer Eltern verlassen, da taucht es vor ihr auf, ein furchtbares Wesen mit langen blutverschmierten Klauen, die nach ihr greifen, mit toten, weißen Augen und einem schwarzen Loch, da, wo der Mund sein sollte. Daraus dringt ein grauenhaftes Stöhnen: „Jetzt hab ich dich, kleines Mädchen, jetzt schäle ich deine Haut mit meinen Krallen ab, jetzt fresse ich dein weiches Fleisch und trinke dein warmes Blut!" Schreckliche schmatzende und schlürfende Geräusche ertönen. Ernestines Herz setzt vor Entsetzen einen Schlag aus, der Atem bleibt ihr in der Kehle stecken. Dann brüllt sie los, so laut sie kann. Das Licht geht an. Mama und Papa kommen auf den Gang gerannt. Und das schreckliche, schreckliche Wesen ist verschwunden. Alles andere ist egal. Es ist egal, dass sie mit ihr schimpfen. Es ist egal, dass sie sich in die Hose gemacht hat, wie ihr kleiner Baby-Bruder. Wenigstens lebt sie noch. „Siehst du, Susi", stammelt sie, „du lebst noch! Es ist alles gut!"

Darin hatte es seine Ursache: ihr gesamtes Unglück. Ihr einsames, elendes Leben. Ihre regelmäßigen Aufenthalte in der Weißenhaupt-Klinik. Und ihre Unfähigkeit zu sterben. All das nur wegen jener Geister, wie diesem Heinrich hier.

Sie hatte kaum, ermüdet von dem langen Marsch durch Schneegestöber und über zugefrorene Feldwege, das schmiedeeiserne Gartentor hinter sich und Cerberus zugezogen und abgeschlossen, als es passierte. (Das Abschließen diente nicht ihrer eigenen Sicherheit, sondern der von potenziellen Einbrechern. Ernestine hätte es nicht mit ihrem Gewissen vereinbaren können, dass ein armer, gemeiner (*gemeiner* im Sinne von *gewöhnlicher*) Dieb den Schock seines Lebens bekam, wenn er bei seinem Beutezug auf Cerberus stieß. Sie vergaß dabei, dass kein Einbrecher sich ausgerechnet ihre Bruchbude für einen Beutezug aussuchen würde, aber sie war auch, wie wir bereits wissen, sehr realitätsfremd.)

Cerberus fegte begeistert wie ein Welpe durch den verschneiten Garten, schnüffelte aufgeregt an allen Ecken, hob immer wieder zufrieden sein Bein, um in gelben Schriftzeichen seine Signatur zu hinterlassen und war augenscheinlich glücklich, endlich wieder zuhause zu sein.

Ernestine war weniger ausgelassen. „Stell dir vor, Cerberus, ich komme nach Hause, und jemand hat mir schon einen heißen Kakao vorbereitet und den Kamin angefeuert und ein paar Kekse hingestellt ..." Ihre Socken waren, trotz des soliden Schuhwerks, völlig durchnässt und klebten klamm an ihren eisigen Zehen, ihre Wollunterwäsche war durchgeschwitzt, die Augen brannten von der klaren, trockenen Luft, und auf sie wartete nur ein ungeheiztes, düsteres Haus.

Just in diesem Moment, in dem sie in Gedanken versunken mit nichts anderem als Leere und Stille rechnete, erschien er direkt vor ihr; eben noch unsichtbar, und dann: zack, da war er. Er sah aus, wie Geister eben aussehen: in Größe und Gestalt ihrem sterblichen Körper entsprechend, aber trotzdem so fremdartig, so unmenschlich, wie etwas Menschenähnliches nur sein kann. Trotz aller vorgeblichen Substanz immer leicht verwaschen, wie aus schmutzigem Nebel geformt, die Kälte einer Leiche ausstrahlend. Und vor allem: gruselig. Immer wieder sehr, sehr gruselig.

Ernestine maunzte entsetzt auf, und fiel, beim Zurückweichen über irgendein unter dem Schnee verborgenes Etwas stolpernd, auf ihren, zum Glück gerade gut gepolsterten Hintern.

Der Geist schwebte besorgt näher und beugte ein kleines Kindergesicht über sie, das vor Verlegenheit ganz verschwommen war. „Entschuldige bitte", raunte er, „es lag nicht in meiner Absicht, Dich zu erschrecken, edles Fräulein! Ich bin gekommen, um Dich um Hilfe zu bitten ..., man sprach von Dir und Deinem guten Herzen!"

„Bei allen klappernden Gerippen", Ernestine richtete sich langsam auf und musterte ihr Gegenüber zutiefst misstrauisch. „Man spricht von mir in euren ... euren Kreisen, ja?"

„Oh ja", der kleine Geist nickte eifrig, während seine Konturen langsam an Schärfe gewannen, „ich hörte, dass Dich die Toten nicht schrecken!"

„Hast du gehört, ja?" Sie atmete tief durch, blinzelte ein paarmal und stemmte dann resolut die Fäuste in die Hüften. „Und was in Herrgotts Namen tust du hier auf meinem Grund und Boden, Geist?"

Ernestine hatte gelernt, dass es angebracht war, zu Geistern in entschiedenem, manchmal auch herrischem Ton, zu sprechen. Meist waren sie harmlos (wenn auch stets sehr, sehr gruselig), manche aber nutzten jede Gelegenheit für mitunter recht derben Schabernack, sobald sie spürten, dass man Angst vor ihnen hatte. Es konnte für sie, verbannt ins unsichtbare Zwischenreich, einfach zu verlockend sein, ihr bisschen Macht auszuspielen.

So wie dieses alte, fiese Gespenst sie damals als Kind gequält hatte, indem es sie immer wieder in den verschiedensten Gestalten, eine scheußlicher als die andere, zu Tode erschreckte, nachdem es herausgefunden hatte, dass sie es sehen konnte.

Ernestine hatte dies, wie alles andere, was den Umgang mit Geistern betraf, in einem jahrelangen, mühevollen Prozess allein lernen müssen, und es war schmerzhaft gewesen. Schmerzhaft und nicht folgenlos. Was wurde aus einem kleinen Mädchen, das Geister sah? Nun, sie dachte selten zurück. Sie wollte dieses kleine Mädchen nicht mehr sehen, nicht ihre unendliche Einsamkeit, ihre Aufenthalte in psychiatrischen Anstalten für Kinder, ihre Hilflosigkeit.

Nein, sie dachte nicht zurück. Sie wurde von einem verstörten Mädchen zu einer normalen Frau. (Nun ja. Fast normal. Ein wenig sonderbar, eventuell. Ein wenig, na schön, ein klein wenig speziell. Aber immerhin selbständig und unabhängig und lebensfähig. Das unbestreitbar! Mochte das die gesamte Belegschaft der Weißenhaupt-Klinik auch anders sehen.) Die Geister aber blieben. Normalerweise entdeckte Ernestine sie immer wieder zufällig irgendwo; mitten in einer Menschenmenge, auf dem Flur eines Krankenhauses, im Treppenhaus der alten Bibliothek – überall. Und dann unterhielt sie sich unter Umständen auch mit ihnen. Ein wenig. Über den Tod und das Leben danach. Über die Einsamkeit der Toten, die die der Lebenden noch bei weitem übertraf. Manchmal auch über das Wetter. Überraschend oft über das Wetter.

Ein Geist, wie dieses Kind, das einfach so bei ihr zuhause auftauchte, um gezielt mit ihr zu sprechen, war ihr jedoch noch nie begegnet und irritierte sie. Sie musterte ihn genauer, während er verschämt auf seine Füße starrte und augenscheinlich nach den richtigen Worten suchte.

„Ich ... ich", stammelte er und verschwamm immer wieder zu einem undeutlichen Schemen, „ich bin auf der Suche nach einer edlen Seele, die mir Zuflucht gewährt, und ich ... ich ..."

Es handelte sich tatsächlich um einen bemerkenswert kleinen Geist, der in genau jener Gestalt erschien, die er wohl auch zu Lebzeiten besessen hatte. Das bedeutete, er konnte kaum älter als zehn oder elf gewesen sein, als er gestorben war – ein eher unübliches Alter für Geister. Die meisten Kinder starben unbedarft, waren noch nicht in dem Maße an die irdische Welt gebunden wie die Erwachsenen und glitten demnach nach ihrem Tod einfach ins Jenseits hinüber.

Er trug altmodische Kleidung: hohe, schwarze Schnürstiefel, ein gerüschtes, weißes Hemd, samtene Dreiviertelhosen in einem heutzutage für Jungen recht unüblichen Violett; sein dunkles, halblanges Haar war ordentlich aus dem rundlichen Gesicht zurückgekämmt, und alles in allem erweckte er den Eindruck eines ziemlich gepflegten und wohlerzogenen Geistes.

„Du dachtest, ich könnte dir helfen", erinnerte ihn Ernestine, nun ein wenig freundlicher.

Er nickte eifrig und lächelte sie unsicher an.

„Nun gut, Geist ..." Ernestine seufzte.

„Heinrich. Ich heiße Heinrich", unterbrach er sie rasch, als wäre es ihm peinlich, *Geist* genannt zu werden. „Entschuldige, edles Fräulein, den unverzeihlichen Fehler, mich nicht ad hoc vorzustellen! Mein bescheidener Name lautet Heinrich von Hochstetten, und es war nicht mein Vorhaben, Dir aufzulauern wie ein gemeiner Wegelagerer..."

„Nun gut, Heinrich." Irgendwie war er, war seine Art zu sprechen, ganz allerliebst. Wenn man darüber hinwegsah, dass er tot war. „Ich bin gerade erst nach Hause gekommen, ich bin todmüde und hungrig. Warum kommst du nicht mit hinein, und wir reden drinnen weiter?"

„Du ... Du lässt mich in Dein Haus? Du erlaubst mir, Deine Gastfreundschaft in Anspruch zu nehmen? Das tust Du?" Der Kleine strahlte sie ungläubig an. „Wirklich? Du wölltest nicht etwa ausrufen: ‚Weiche von mir, Ausgeburt der Hölle!' Oder so ähnlich und mit einem Kreuze nach mir schlagen?"

„Ich schlage niemanden mit Kreuzen, wirklich nicht." Jetzt war es an Ernestine, ungläubig den Kopf zu schütteln. „Sowas habe ich noch nie getan und auch nicht vor! Gibt es Menschen, die das tun?"

„Oh ja, andauernd." Heinrich zuckte niedergeschlagen mit den Schultern. „Du bist die erste Sterbliche, die die Güte besitzt, mich anzuhören!"

„Wirklich? Nun, dann ... dann gehen wir ins Haus? Ich werde etwas essen, und du ... Heinrich, du erzählst mir deine Geschichte.

41

Einverstanden?" Sie versuchte etwas, das einem halbherzigen Lächeln so nahe kam, wie es jemandem mit der Unfähigkeit zu lächeln möglich war. Wohl war ihr in seiner Gegenwart nicht; das tiefsitzende Grauen vor den Toten hatte sie bei aller Gewohnheit bisher nicht verloren.

„Ich danke Dir!" Heinrich verbeugte sich schwungvoll, und man sah der Bewegung die jahrelange Übung an. „Ich stehe tief in Deiner Schuld!"

Oh, bei aller Dämonenbrut. Das hier war wirklich kein Knabe aus der Gegenwart. Ernestine schüttelte aus lauter Verwirrung über die gegenwärtigen Ereignisse immer noch den Kopf und rief nach Cerberus, um ihn mit ins Haus zu nehmen. Schwanzwedelnd kam er angesprungen und beschnupperte den kleinen Geist neugierig, um sich nach ausgiebiger Untersuchung zufrieden zu seinen Füßen hinzuhocken und auf eine liebkosende Hand zu warten. (Selbst im Sitzen überragte er den Klein-Geister-Heinrich noch.)

„Sieh einer an", sagte Ernestine nachdenklich, aber nicht allzu überrascht, „du kannst ihn also auch sehen!"

Cerberus schien den kleinen Geist nicht nur zu sehen, sondern auch als ungefährlich einzustufen. (Was nicht allzu viel zu bedeuten hatte. Cerberus stufte ohne Ausnahme jeden als ungefährlich ein, was, an ihm gemessen, sicherlich zutraf.)

„Was für ein stattlicher, majestätischer Rüde", rief Geist Heinrich bewundernd, „ist es erlaubt, ihn zu streicheln?"

Ernestine zuckte mit den Schultern. „Sicher, streichel ihn."

Erstens: Heinrich war bereits tot und somit nicht in Gefahr, von Cerberus getötet zu werden. Zweitens: Geister waren nicht fähig, irgendetwas aus der Menschenwelt anzufassen. (Hätte jemand Ernestine das bereits als Kind erzählt, wären ihr unzählige Schrecknisse erspart geblieben.) Also. Was sollte schon groß schiefgehen, außer dass die beiden, Hund und Junge, enttäuscht wurden, weil die Liebkosungen unspürbar blieben?

So geschah es aber nicht. Mit großen Augen sah Ernestine, wie die kleine Geisterhand durch das glatte, schwarze Fell fuhr und es wonniglich verwuschelte. Cerberus brummte zufrieden und lehnte sich mit vollem Gewicht gegen den schmächtigen Geist, der daraufhin lachend umkippte, sich an dem mächtigen Hundehals wieder nach oben zog und die dicke Hundeschnauze liebevoll an sich presste.

„Ein wahrlich wundervoller Hund!", rief er begeistert; seine Wangen glühten vor Freude knallrot wie eine Verkehrsampel (eine andere Geister-Eigenschaft: Ihre „körperlichen" Reaktionen fanden häufig gar nicht mehr oder völlig übertrieben statt). „Ich hatte auch mal einen ...", ergänzte er sehnsüchtig und blickte gedankenverloren ins Leere.

„Sieh mal einer an!" Ernestine, jetzt zutiefst überrascht, kam aus dem Kopfschütteln nicht mehr heraus.

Listig bat sie Geister-Heinrich, ihr den schweren Rucksack ins Haus zu tragen, was er als Kavalier der alten Schule ohne zu zögern versuchte. Versuchte. Und scheiterte. Seine Hände griffen wirkungslos durch den feuchten Nylonstoff, was ihm äußerst peinlich war – er löste sich beinahe in Luft auf – Ernestine aber nur in ihrer Vermutung bestätigte: Nicht Heinrich war ein ungewöhnlicher Geist, sondern Cerberus hatte die Gabe, sich von Geistern berühren zu lassen. Und das war, besonders für einen Hund, doch sehr speziell. Beunruhigend speziell.

„Sieh mal einer an", wiederholte sie leise und pfiff fassungslos durch die Zähne.

Dann packte sie selbst ihre Last und schloss, Cerberus und Heinrich im Schlepptau, die Haustür auf. Trotz aller Verwunderung musste sich Ernestine eingestehen, dass ihr der kleine Geist schon viel sympathischer war, seit er so unverhohlen begeistert auf ihr Haustier reagiert hatte. Sie war es leid, von allen als Besitzerin eines widerwärtigen Monsters angesehen zu werden, vor dem jedermann Reißaus nahm. Sie hatte die angewiderten Blicke satt, die offene Antipathie, die ihre Nachbarn zur Schau stellten, falls sie sich (was selten der Fall war) über den Weg liefen.

Ein Kind, selbst wenn es nur der Geist eines Kindes war, das sich nicht an Cerberus' furchteinflößendem Äußeren störte, war genau das, was sie brauchte. Und ihr Haustier ebenso. Das trottete sichtlich erfreut hinter dem Neuankömmling her und stieß ihn immer wieder spielerisch mit der Nase in den Rücken, was dieser mit einem belustigten Quietschen quittierte. Oh, bei allen kalten Knochenhänden! Ein Höllenhund und ein quietschender Geist. Jetzt war erst einmal ein großer Pott Kaffee vonnöten. (Kein Kakao – in ihrer Vorstellung stieg immer, wenn sie fror und Hunger hatte, dieses Bild auf von einem köstlichen, warmen, süßen Kakao in einer Tasse aus weißem Porzellan, mit pinken Röschen bemalt. In

Wirklichkeit trank sie nur Kaffee aus billigem Steingutgeschirr. Ob das anderen auch so ging? Sicher. Woanders, aber gar nicht allzu weit weg, sehnte sich eine alte Dame nach einem doppelten Cognac in einem Kristallglas und trank dann doch lieber Kräutertee aus einer filigranen Tasse.)

Nachdem Ernestine dann den alten, schwarzeisernen Holzofen zum Brennen gebracht hatte (Zentralheizung war in ihrer Hütte nicht eingebaut), nachdem sie zwei dicke Käsebrote gegessen hatte und vor ihrer zweiten Kanne Kaffee saß, war sie endlich bereit, sich ihrem uneingeladenen Besuch zu widmen.

Die Stimmung war eine behagliche: Wärme breitete sich langsam in der niederen Stube aus und ließ die Holzbalken knacken, Cerberus seufzte wohlig vor sich hin, alle Viere vor dem Kamin auf seiner schmuddeligen Decke ausgestreckt und verbreitete einen gemütlichen – für feine Nasen belästigenden – Geruch nach feuchtem Fell.

Ernestine und der Geist hatten sich an den runden Holztisch gesetzt, der das Zentrum des kleinen Raums darstellte, und die Zeit zum Geschichtenerzählen war gekommen. (Eine durchaus seltene Situation. Sowohl die Gemütlichkeit als auch das Geschichtenerzählen. Letzteres fand nie statt, weil Ernestine nie Besuch empfing. Ersteres – also die Gemütlichkeit – existierte nicht.) Man liest ja immer wieder von alleinlebenden, armen Mädchen, die ihre Möbel vom Sperrmüll und von Flohmärkten holen, und deren Behausungen dennoch so heimelig, stilvoll und bezaubernd wirken. Weil derartige arme Mädchen stets über einen sicheren Geschmack und einen Sinn von Ästhetik verfügen und sich ein Zuhause zaubern, in dem sich der reiche junge Mann, der nicht lange ausbleibt und aus einer teuren, aber geschmacklosen Umgebung kommt, so wohl fühlt, wie noch nie zuvor in seinem mit repräsentativ teurem, aber hässlichem Kram vollgestopften Leben.

Nun, Ernestine *war* ein alleinlebendes armes Mädchen (sozusagen. Wenn man den Begriff *Mädchen* etwas strapazierte.), sie *hatte* sich ihre Möbel vom Sperrmüll und Flohmärkten zusammengesucht und genau so sahen sie auch aus. Schäbig. Angeschlagen. Altersschwach. Noch dazu passten alle Gegenstände überhaupt nicht zusammen und ergaben in keiner Weise einen adretten Stilmix, sondern höchstens ein hässliches Durcheinander. Und die einzigen Schmuckgegenstände, die herumstanden, hatte Ernestine

selbst gebaut, geschreinert, getöpfert, gemalt, gestrickt, gestickt, gehäkelt, geschnitzt, geschmiedet, gebastelt, geklebt, in unzähligen kreativen Seminaren in der Psychiatrie, welche dort mindestens einmal am Tag stattfanden, theoretisch dazu dienten, den Patienten Entspannung, Entfaltung und Fortschritte zu ermöglichen, die praktisch aber nichts anderes waren als eine billige Beschäftigungstherapie. (Und die es alten Handarbeitslehrerinnen ermöglichten, ihre Tyrannei mit Stricknadel und Keramik noch nach ihrer Rente fortzusetzen.) Man konnte dort alle möglichen netten und nützlichen Dinge herstellen. Man konnte auch, wie Ernestine, ausschließlich Totenköpfe produzieren.
Totenköpfe als Aschenbecher aus Ton.
Tönerne Tassen als Totenköpfe.
Holz-Mobiles mit tanzenden Totenköpfen.
Holz-Untersetzer in Totenkopf-Form.
Gehäkelte Gardinen mit Totenkopf-Muster (ein echtes Glanzstück; sehr schwierig anzufertigen)
Bunte Totenkopf-Fensterbilder.
Totenkopf-Kerzenständer.
Und so weiter.
Ernestine hatte es irgendwie vollbracht, nur freundliche Totenköpfe herzustellen, was an sich schon eine Kunst war. Es hätte dennoch auf Außenstehende ein wenig unheimlich gewirkt, hätte jemand dieses Haus jemals betreten.
So herrschte an diesem Abend eine ungewohnte Gemütlichkeit dadurch, dass das fehlende Licht die Hässlichkeit der Einrichtung versteckte, der warme Feuerschein selbst einer Müllkippe etwas Anheimelndes verliehen hätte und der kleine Gast eine ungewohnte Lebendigkeit in die Bude brachte. (Auch wenn es sich dabei genau genommen ja um einen Toten handelte.)
„Also ...", begann Ernestine einleitend, nahm noch einen Schluck von dem süßen Gebräu, das sie Kaffee nannte, und nickte dem Jungen zu, der etwas unbehaglich auf seinem Stuhl hin-und herrutschte. (In Wirklichkeit tat er natürlich nur so, als säße er auf einem Stuhl, aber Ernestine gab vor, nicht zu bemerken, wenn er hin und wieder eine Handbreit über der Sitzfläche schwebte oder ein Stück hindurch nach unten sank.)
„Edles Weib, ich kann Dir nicht genug danken", begann Heinrich ernster, als es ein Kind in seinem Alter sein sollte, wobei nicht

offensichtlich war, ob das an der der Zeit lag, aus der er stammte oder an seiner Existenz als Geist. „Du wissest nicht, welch Qual es bedeutet, seit Hunderten von Jahren verloren durchs Geisterreich zu streifen..."

„Oh, ich kann mir vorstellen, dass dies keine angenehme Erfahrung ist." Ernestine war fest entschlossen, Mitgefühl zu zeigen, auch wenn sie selbstverständlich keine Ahnung vom Geister-Insider-Wissen hatte. „Seit wann genau bist du schon ...?" Wie formulierte man das nur?

„Seit wann genau ich verflucht bin, ruhelos umherzuziehen, keinen Frieden unter der Sonne zu finden, nicht einmal Frieden zu finden im Schlafe, in dem die Menschen ihre wunden Seelen vergessen dürfen?"

Heinrich atmete tief ein und aus. (Was er sich auch nur einbildete. Aber die menschlichen Gewohnheiten waren nur schwer abzustreifen.) „Wohlan, wir schrieben das Jahr 1788. Ich hatte vor kurzem noch meinen elften Geburtstag mit einem festlichen Empfang begangen, als ... als die Tragödie ihren unseligen Lauf nahm. Wir starben alle auf gar unglückselige und unvorstellbar elende Weise." Er blickte aus dunklen, tieftraurigen Augen zu ihr auf.

„Du armes Kind." Ernestine räusperte sich. Der kleine Kerl tat ihr bereits leid, aber es stellte sie vor eine Herausforderung, jemanden zu trösten, der bereits gestorben war. Das war nichts, das man im Laufe der Jahre so nebenbei lernte, wie zum Beispiel gute Umgangsformen oder die Nutzung öffentlicher Verkehrsmittel. Zumal sie auch in gewöhnlichem Small Talk ziemlich ungeübt war. „Das heißt, deine ganze Familie starb? War es eine schreckliche Krankheit? Die Pest oder so? Ich hatte auch einmal die Pest, aber ich habe sie leider überlebt ..."

„Oh nein!" Heinrich schüttelte düster den Kopf. „Wir starben durch die Hand eines grausamen Mörders! Ein gedungener Schurke ohne Gnade und Gewissen! Er tötete mich und alle meine bedauernswerten kleinen Geschwister. Meine jüngste Schwester war noch ein winziger Säugling! Doch kannte er kein Erbarmen. Sie alle waren noch so klein und hatten nie irgendetwas Böses getan ..." Seine Stimme brach, sein Blick wandte sich ab.

„Das ist wirklich traurig." Ernestine mit ihrem weichen Herz war ehrlich berührt. Das Leben konnte so leidvoll sein, selbst noch im Tod.

„Und was ist mit deinen Geschwistern? Bist du der Einzige, der, ähm, ruhelos umherirren muss?"

„Ach, nein, das nun nicht gerade", er sah ihr immer noch nicht in die Augen, wirkte aber auf einmal eher verlegen als trauernd, „meine Geschwister, sie sind ... ach, sie ..."

Er begann einmal mehr, an Gestalt zu verlieren, doch Ernestine konnte klar erkennen, dass er den Kopf einzog, so, wie es Kindern wohl aus allen Zeiten und Ländern eigen ist, wenn sie schuldbewusst sind.

„Heinrich? Was ist mit deinen Geschwistern?" Ernestine fragte strenger, als es ihre Absicht gewesen war, weil in ihr langsam ein Verdacht keimte.

„Swrtendrssen", nuschelte Heinrich.

„Wie bitte?"

„Sie warten draußen!"

Ernestine eilte ans Fenster und zog den Vorhang ein Stück beiseite. Dort, im Garten, angestrahlt vom Lichtquadrat der Zimmerlampe, stand eine stille Reihe kleiner Gestalten, dicht nebeneinandergedrängt, als frören sie. Sie blickten alle zum Haus hin; ihre Gesichter waren nicht zu erkennen, ihre Hoffnungslosigkeit und Angst aber fühlte Ernestine bis in die Tiefe ihrer Knochen.

Sie wandte sich zu Heinrich um, der als kaum zu erkennendes Geisterhäuflein auf seinem Stuhl waberte.

„Das sind deine Geschwister?", fragte sie leise.

Das Geisterhäuflein schien zu nicken.

Ernestine blickte noch einmal hinaus zu den regungslosen Silhouetten in der aufsteigenden Dämmerung.

„Fünf Geschwister?"

„Nein, sechs", flüsterte Heinrich.

Ernestine sah genauer hin. Die größte der Gestalten, anscheinend ein Mädchen, hielt etwas im Arm, das ein Baby sein mochte.

„Ah ja", sagte sie und schloss kurz die Augen. „Sag ihnen, sie sollen reinkommen."

Was hätte sie denn sonst auch tun sollen?

Die Einsamkeit in dem winzigen, verfallenen Haus am Ende der Lindwurmgasse war nun ein für alle Mal dahin, denn von da lebte Schneewittchen dort mit ihren sieben kleinen Geistern. Und wie es das Gesetz der Märchen wollte, würde eines nicht mehr allzu fernen Tages die böse Hexe an die Türe klopfen. Und eine

Überraschung erleben. Denn zum Glück hatte dieses Schneewittchen etwas, das traditionell nicht in der Geschichte vorkam: einen Höllenhund.

Der Andere durchquerte mit ruhigem Schritt die Empfangshalle des Hotels, als ein Page oder wie auch immer die Dienstgrade im Hotelgewerbe sich momentan nennen mochten, auf ihn zusteuerte und ihn zurückhaltend von der Seite ansprach.

„Herr Böser?"

„Ja, sieht so aus." Er hatte sich daran gewöhnt, ständig andere Namen zu tragen, und gleichzeitig gewöhnte er sich nie daran.

„Herr Böser, ich wollte Sie nur noch einmal höflichst daran erinnern, dass Sie sich in ein Nichtraucherzimmer eingemietet haben! Falls Sie wünschen, ein anderes Zimmer zu beziehen, werden wir Ihnen jederzeit entgegenkommen!"

Aha, die kleine Rita Hautmann hatte also die ausgedrückten Zigarillostummel in der Seifenschale entdeckt und gepetzt. Er nahm es ihr nicht weiter übel; an ihrer Stelle hätte er sich selbst auch nicht direkt darauf angesprochen. Dafür gab es Männer von Substanz wie diesen hier, die sich nicht scheuten, die Dinge beim Namen zu nennen.

„Haben Sie vielen Dank für dieses Entgegenkommen, aber ich bin mit meinem jetzigen Zimmer absolut zufrieden." Der Andere klopfte dem Pagen kameradschaftlich auf die Schulter. „Die Raucherzimmer beleidigen meinen empfindlichen Geruchsinn. Finden Sie nicht auch, dass der Geruch nach kaltem Rauch nicht mehr aus der Einrichtung zu kriegen ist? Besonders diese Zigarren sind widerlich, nicht? Unerträglich!"

Damit ließ er ihn stehen und begab sich in den Speisesaal. Das Ziffernblatt der großen runden Uhr über dem Eingang zeigte fünf Minuten vor zwei. Das sollte genügen, um für Unmut zu sorgen. Er betrat die weitläufige Halle, in der gediegene Elfenbein- und Goldtöne vorherrschten (zum Kotzen) und sah sich suchend, aber unauffällig um. Das war unnötig, aber eine Angewohnheit. Außerdem brauchte er nicht zu suchen; er erkannte seinen „Kontakt" auf den ersten umherschweifenden Blick, denn es handelte sich dabei um eine echte Erscheinung, die auch denjenigen auffiel, die nicht mit ihr verabredet waren. Wobei es sich genau genommen um keine Verabredung handelte, sondern um ein Herbeizitieren seiner Anwesenheit, dem er Folge zu leisten hatte.

Sie saß an einem Tisch bei den Fenstern, nicht gerade zentral, aber auch nicht gerade versteckt. Das augenblicklich silberblonde, gelockte Haar umwallte das Oval ihres Gesichts wie ein Heiligenschein, ein Silberblond, das nach einer schweineteuren Färbung aussah und hervorragend mit dem zarten Rosé harmonierte, in dem ihre hochgeschlossene Seidenbluse gehalten war. Selbst im Sitzen war ihre Größe zu erkennen und ihre außergewöhnliche Schönheit sowieso.

Sie saß, wie stets in bewundernden Blicken badend, aufrecht an diesem Tisch wie auf einem Thron, und sie war nicht allein.

Neben ihr saß das Arschloch. Selbstzufrieden über die feisten Backen grinsend, wie man es von ihm kannte. Zugegeben, die feisten Backen waren eine Übertreibung. Das Arschloch, das war ihm nicht abzusprechen, sah ziemlich gut aus. Braungebrannt. Blond. Jungenhaft hübsch. Strahlend. Schmierig. Klebrig, wie ein glänzendes Bonbon, das einem schon vom bloßen Ansehen die Zähne zusammenpappte. Wenn er geahnt hätte, wen er damit noch zusätzlich ertragen musste; der Andere hätte mindestens noch eine zusätzliche Stunde im Bad verbracht.

„Ein Unglück kommt eben selten allein", brummte er. Dann zog er sich einen Stuhl unter dem Tisch hervor und setzte sich dem Paar gegenüber – das war natürlich so geplant. Sie auf der einen, er auf der anderen Seite. Zwei gegen einen.

„Hallo, hallo", grüßte er überschwänglich, als wären sie alle alte Freunde, „lang nicht gesehen, was? Muss Monate her sein! Miss Biss, hinreißend wie stets, geschmackvoll aber originell, eine neue Brille? Steht dir hervorragend! Wobei ich sagen muss, dass die Blumen, die du mir geschickt hast, nicht zu deinem Lippenstift passen, da ist, wie soll ich es formulieren, ein gewisser Stilbruch zu erkennen, eine unschöne Disharmonie. Und Damon: auch ganz hinreißend, wirklich, ganz hinreißender Anzug. Schwarz wie stets, bist ja auch ein böser Junge, was? Ihr seid schon fertig mit Essen, wie ich sehe? Nicht gerade höflich, hm? Hatte mich ehrlich gesagt schon richtig gefreut, mit euch zusammen zu speisen, schade, schade, schade … Ihr habt doch sicher nichts dagegen, wenn ich gleich mal einen Blick auf die Karte werfe, aha, das Gericht des Tages klingt doch ausgezeichnet, hatte das einer von euch, nein? Ich probier's einfach aus!"

Kaum hatte er die Karte mit einem Knall zugeschlagen, als bereits eine Bedienung neben ihm auftauchte und nach seinen Wünschen fragte, die er umständlich beschrieb. Ja, der Salat mit Meeresfrüchten als Vorspeise, sehr gern, aber die Muscheln bitte entfernen, die bereiteten ihm Kopfweh, nein, keinen Aperitif, aber, wenn es ginge, ein Mineralwasser mit Holundersirup, das war möglich? Wunderbar, wunderbar, und die Ente – doch selbstverständlich aus biologischer Freilandhaltung? Bitte Vorsicht, nicht zu knusprig, darauf lege er sehr viel Wert ... und so weiter, und so weiter. Der Andere spürte den eisigen Blick von Miss Biss auf sich gerichtet, während er seinen Monolog hielt, und beobachtete das zwar immer noch selbstzufriedene, aber inzwischen doch sichtbar genervte Grinsen des Arschlochs. Sie waren verärgert. Sie sollten sich ärgern.

„Du bist zu spät, K." Wenn er sie nicht bereits oft genug gehört hätte, wäre er verblüfft gewesen, wie eine so saure Stimme über die schönen Lippen eines solch lieblichen Geschöpfs tropfen konnte wie ätzende Säure. Aber er kannte diese Stimme, und er kannte diesen Ton. Sie war verärgert. Definitiv. Gut.

„Ach was?" Breit lächelte er sie an. „Dabei hatte ich mich dermaßen beeilt!"

Sie beugte sich unmerklich zu ihm hinüber und zischte: „Es ist genug! Glaubst du, ich lasse mir alles von dir bieten, du Ratte?"

Der Andere neigte sich ihr ebenfalls leicht entgegen: „Was willst du dagegen tun, Hexe?"

Schön, damit konnte das eigentliche Gespräch beginnen. Zuerst war aber das Arschloch der Meinung, es müsse sich auch noch zu Wort melden.

„Ich bin übrigens nur dabei, weil ich mir dein Gesicht nicht entgehen lassen wollte, das du gleich machst, wenn du die Neuigkeiten erfährst, K.", grinste er bösartig. Es war kein Geheimnis, dass sie sich gegenseitig nicht ausstehen konnten.

Der Andere grinste noch bösartiger: „Dann ist es wohl wieder nicht der Auftrag, schließlich und endlich dich zu eliminieren, Arschloch, wäre das doch der einzige, bei dem ich mehr als Pflichtbewusstsein empfinden würde!"

„Meine Herren!" Miss Biss funkelte sie hinter ihrer Fassade eines perfekt geschminkten Puppengesichts wütend an. „Ihr seid keine Straßenköter, die sich hier in meiner Gegenwart anjaulen!

Tretet euch später in die Eier, ihr einfältigen Proleten! Wir sind immer noch Kollegen und wir sind hier, um Geschäftliches zu besprechen!" Ihre Miene verwandelte sich zu einem süßen Lächeln. „Wobei ich später liebend gern noch einen privaten Teil einschieben würde!"
Sie schenkte dem Anderen ein vieldeutiges Zwinkern und einen eindeutigen Luftkuss. Sicher. Sie würde es immer wieder versuchen, das lag in ihrem Naturell. Einen Mann, den sie begehrte, konnte sie hassen, verachten, umbringen – sie würde nicht eher aufgeben, bis er ihr zu Füßen lag. Aus reiner Gewohnheit. Und sie begehrte vor allem Männer, die gefährlich und nicht an ihr interessiert waren.
Der Andere lehnte sich zurück, während seine Suppe aufgetragen wurde. Hatte er denn Suppe bestellt? Er hasste Suppe. „Nein, danke", er schob der Bedienung das Schüsselchen wieder zu, „ich hasse Suppe! – Schön, meine lieben Kollegen, dann legt los. Was gibt es dermaßen Wichtiges, das rechtfertigt, mich so kurzfristig zu informieren. Was sind eure sagenhaften Neuigkeiten? Welche Scheiße darf ich für euch als Nächstes erledigen? Sprecht!"
Miss Biss zog sofort wieder eine entstellende Fratze. „Du bist überheblich!", fuhr sie ihn an, „deine Dreistigkeit steigt von Jahr zu Jahr! Ich werde mich bei höchster Stelle über dich beschweren müssen! Dein Verhalten sollte einen gewissen Respekt vor deinen Vorgesetzten zum Ausdruck bringen!"
„Wäre mir neu, dass du meine Vorgesetzte bist, Miss!", winkte der Andere müde ab, „du wirst von meinem Vorgesetzten geschickt, deswegen gebe ich mich überhaupt mit dir ab, aber du hast mir nichts zu sagen. Du richtest mir aus, was mir mein Vorgesetzter zu sagen hat. Ist ein enormer Unterschied. Vielleicht hörst du also auf, dich aufzuspielen und kommst endlich zur Sache?"
Sie fauchte ihn an. Ein echtes Fauchen, wie von einer wütenden Katze. Er schüttelte tadelnd den Kopf. Wann würde sie lernen, sich im Zaum zu halten? Vermutlich nie. Sie war um einiges älter, als sie aussah – was niemand vermuten würde. Der scharfe Blick des Anderen hatte bereits bei ihrer ersten Begegnung die verräterischen kleinen Anzeichen dafür bemerkt, die sowohl von chirurgischen Eingriffen als auch von schwarzer Magie herrührten; seine Verachtung galt allen, die mehr Aufwand für die Sanierung ihrer Fassade als für die Entwicklung eines starken Charakters betrieben. Womit

er bereits den kleinsten gemeinsamen Nenner für den Großteil seiner Kollegen gefunden hatte, der mit Sicherheit auch auf die beiden zutraf, die er gerade am Hals hatte.

„Na schön". Einen Herzschlag später hatten sich die Züge der falschen Schönen bereits wieder geglättet, und ihre Stimme troff wie süßer Honig. „Lasst uns nicht noch mehr Zeit vergeuden, nicht wahr, Jungs? Es gibt da ein paar Fakten, die ich loswerden muss, und dann kümmern wir uns um ein Dessert. Wir haben mit dem Nachtisch extra auf dich gewartet, K., damit wir auch Köstlichkeiten miteinander teilen, nicht nur harte Fakten. Obwohl ich mich über harte Fakten freue. Besonders über die sehr harten!"

Sie kicherte glockenhell. Das Arschloch grinste. Der Andere schwieg und gab mit einer knappen Geste zu verstehen, dass er bereit war, die harten Fakten anzuhören. (Aber nicht mehr länger bereit, ihr blödes Gelaber zu ertragen. Er argwöhnte bereits seit längerem, dass die höchste Instanz ihn durch die ständige Konfrontation mit Gestalten wie diesen bewusst provozierte, um ihn zu unüberlegten Taten zu verleiten. Vergeblich, selbstverständlich.)

„Also..." Miss Biss zog geschäftsmäßig einen Stapel Unterlagen aus einem handgefertigten Wildleder-Aktenkoffer (welcher farblich hervorragend mit ihrem Lippenstift korrespondierte) und räusperte sich. „Zum einen soll ich dir ausrichten, K., das wir sehr zufrieden mit deinen letzten Arbeiten sind. Du hast alles in höchster Perfektion ausgeführt."

Der Andere hob nur die Brauen. Das war nichts Neues. Er hatte bisher alles perfekt ausgeführt.

„Zum anderen gibt es noch ein paar ergänzende Worte zu deinem nächsten Auftrag, über den du ansonsten alle nötigen Unterlagen hier findest." Sie schob ihm mit kunstvoll manikürten Fingern geziert eine unauffällige Mappe zu. „In diesem speziellen Fall wirst du nämlich, auch wenn es dir nicht besonders zusagen wird, mit Damon zusammenarbeiten."

Damon grinste. Der Andere zwang sich, nicht den Hauch einer Regung zu zeigen, er nickte nur, zum Zeichen, dass sie fortfahren solle, weil Damon sich bereits auf einen Wutausbruch als Reaktion auf diese Mitteilung gefreut hatte.

„Ihr werdet also gleich anschließend einen Termin vereinbaren, an dem ihr beide alles Weitere besprechen werdet. Es handelt sich hierbei um eine heikle Angelegenheit, die Fingerspitzengefühl und

Klugheit erfordert, aber wir sind uns sicher, dass ihr zwei genau die Richtigen dafür seid!"

Ein strahlend weißes Lächeln, von dem jede Stewardess noch lernen könnte. „So. Die zweite Angelegenheit betrifft nur dich, K. Wir haben beschlossen, Vorbereitungen zu treffen, für die Zeit, wenn dein Vertrag erfüllt ist. Da du in deinem Fach der Beste bist, den wir jemals in unseren Diensten hatten", ein weiteres anerkennendes Lächeln, „wäre es schade, wenn dein Können mit dir gehen würde. Also bekommst du in Kürze einen Lehrling zugeteilt, den du einige Zeit zu betreuen und auszubilden hast."

„Wie bitte?" Eiserne Selbstbeherrschung schön und gut, doch auf einen derartigen Tiefschlag war nicht einmal er vorbereitet. „Das meinst du nicht ernst! Du nimmst mich hoch, Missy! Du bist sauer, weil ich dich mit dem Idioten hier eine Stunde habe warten lassen, und versuchst nun, mich ganz gewaltig zu verarschen!"

„Aber nicht doch, mein Lieber!" Wie sie sein Entsetzen genoss. Wie lieblich sie auflachte, endlich zufrieden im Oberwasser planschend. „Nun werde doch nicht ausfallend, du süßer, kleiner Spatz! Und nenn den armen Damon nicht einen Idioten," sie drohte mit spielerisch tadelndem Zeigefinger, „in seinem Fach ist schließlich *er* der Beste! – Nein, nein, wir meinen es natürlich ernst. Alle näheren Informationen hierzu darin", eine weitere Mappe wurde über den Tisch geschoben. „Wir bitten dich, alles gründlich zu lesen und dich dann unverzüglich wieder mit uns in Verbindung zu setzen. Die Rosen sind der Schlüssel. Sie haben dir doch gefallen, nicht wahr? Riech mal daran, ihr Duft ist atemberaubend, kein Vergleich zu diesem billigen Gewächshaus-Schrott, den mir normalerweise meine Verehrer zukommen lassen!"

Das Arschloch beugte sich vertraulich zu ihm vor, bis der Andere seinen übelriechenden Atem im Gesicht hatte. „Wenn sie mich sprechen will, schickt sie mir nie Rosen. Du bist ihr kleiner Liebling!"

„Aber, aber", Miss Biss kraulte zärtlich Damons blonden Schopf, „dich hab' ich doch viel lieber!"

Die beiden kicherten blöde. Der Andere ballte seine Hände zu Fäusten, um dem Arschloch nicht einen Faustschlag ins Gesicht zu verpassen. Nach all den Jahren brach sein altes ungestümes Temperament hin und wieder durch. Nur hin und wieder. In neunzig Prozent aller Fälle, wenn er das Arschloch traf. Aber er hatte es im

Griff. Er hatte es im Griff. Verbissen verzog er seinen Mund zu einem Lächeln. „Ein Lehrling. Nette Idee, wirklich. Nur leider absolut nicht durchführbar. Tut mir leid. Ich werde ablehnen müssen."
„Oh, aber das kannst du nicht", die blonde Schönheit strahlte ihn an, „das ist ein fester Beschluss. Steht alles hier drin!" Ein aufreizendes Klopfen mit einem langen, rosafarbenen Fingernagel auf die Mappe. „*Mir* tut es leid, mein Schatz. – Oh, wie ich sehe, ruft bereits der nächste Termin. *Schade, schade, schade.* Ich hätte so gerne noch eine Schale Eis mit euch geteilt. Meldet euch, sobald es Neuigkeiten gibt! Au revoir!"

Anmutig erhob sie sich, griff nach ihrem weißen Pelzmantel (eine Spur zu dick aufgetragen, manchmal ließ sie ihr Stilempfinden erbärmlich im Stich), warf ihre silbernen Engelslocken mit einer gekonnten Kopfbewegung über die Schultern und beugte sich im Gehen noch einmal nahe an das Ohr des Anderen.

„Mit dir, mein Schöner, würde ich noch viel mehr teilen, aber das weißt du ja bereits", und sie biss liebevoll mit ihren ebenmäßigen, messerscharfen Zähnchen hinein, bis sie Blut schmeckte. „Ahhh", stöhnte sie zufrieden, ließ eine schlangengleiche Zunge herausschnellen, um sich einen Tropfen von der Oberlippe zu lecken und entschwand auf langen, seidenbestrumpften Beinen, graziös einen wohlgeformten Po in einem engen Bleistiftrock schwingend, den Aktenkoffer in der einen Hand, den Pelzmantel in der anderen.

Der Hauch eines schweren Parfüms hing auch noch einen Moment lang, als sie nicht mehr zu sehen war, in der Luft, bevor auch er verschwand.

Der Andere blickte ihr mit blutendem Ohrläppchen nach. „Nein, so stellt man sich Satans Sekretärin gewiss nicht vor. So nicht. Andererseits: Wer hat schon davon Kenntnis, dass Satan eine Sekretärin beschäftigt?"

Das Arschloch warf ihm einen scheelen Blick zu. „Du bist es doch: Du bist ihr Liebling. Stimmt's? Stimmt's?"

„Eifersüchtig?"

„Hahaha, ja, klar, eifersüchtig. Und, hast du sie schon gefickt?"

„Ich ficke nicht." Er hasste dieses Wort. Hunde fickten. Pferde fickten. Vermutlich fickten auch verdammte Mikroben. Und natürlich fickten die Menschen. „Vielleicht werde ich sie töten, nachdem ich gekündigt habe, das wird die einzige Form der Intimität sein, die sie von mir zu erwarten hat, falls du mit dem Wort

„Intimität" etwas anfangen kannst."

„Oho! Hab' gehört, sie soll echt sauer auf dich sein. Du hättest sie öffentlich beleidigt, erzählt man, so richtig übel bloßgestellt. Nicht, dass sie das zeigen würde. Und trotzdem: Du bist vielleicht ihr Liebling, aber sie hasst dich. Sie *hasst* dich! Und du kennst sie ja. Also, wenn sie auf mich so sauer wär' ... huh, ich würd' mir vor Angst in die Hosen scheißen!"

„Ja, da bin ich mir sicher." Der Andere packte seine Mappen und stand auf. „Wir sehen uns, wenn ich mir diese überaus interessanten Papiere durchgelesen habe, Arschloch."

„Moment mal, das sollten wir hier tun, sofort, zusammen, so war das abgemacht!"

„War abgemacht. *War*. Vergangenheitsform von *sein*. Das *war* einmal, kapiert? Gerade gehe ich. Gegenwart. Ich *werde* mich bei dir melden, sobald ich so weit bin. Zukunft! Kleine Lektion in deutscher Grammatik für Banausen. Und, Arschloch: Ich freue mich schon auf eine gute Zusammenarbeit!"

Der Andere verließ den Saal.

Damon starrte ihm aus zusammengekniffenen Augen hasserfüllt hinterher. „Du hältst dich für so wahnsinnig toll, was? Du hältst dich für unbesiegbar! Du kleiner Scheißer! Wart nur ab! Du wirst schon sehen, auch dich krieg' ich zum Winseln! Auch du wirst vor mir knien und mich um Gnade anflehen. Das tun sie alle. Alle. Du auch. Oh ja. Auch du! Du ganz besonders! Wirst schon sehen!"

Der Andere musste sich nicht umdrehen, um die lodernde Wut zu spüren, die ihm folgte.

„Aber wie er es inzwischen akzeptiert hat, von mir *Arschloch* genannt zu werden. Erstaunlich." Er lachte. Die Bedienung von vorhin lächelte zurück, obwohl er sie behandelt hatte wie ein Stück Dreck. Aber so waren die Menschen. Es gefiel ihnen, wenn er lachte. „Erstaunlich. Ganz erstaunlich."

Hatte es wirklich eine Zeit gegeben, in der ihm derartige Treffen einen gewissen Kitzel verschafft hatten? Eine Zeit, in der er Befriedigung gespürt hatte, zu den geheimsten inneren Kreisen einer der höchsten Mächte zu gehören und in aller Öffentlichkeit konspirative Sitzungen abzuhalten? Und vor allem: Wann genau hatte dieser Kitzel nachgelassen? Wann hatte die große Langeweile begonnen?

4
Die lästige Geschichte von der vererbten Nase
Und: von einem irren „Apfel"
Und: vom Ärger des Anderen

Widerwillig landete die Lesebrille auf der betagten Nase. In einem derart stattlichen Alter sollte es der Mensch wohl gewohnt sein, mit nachlassender Körperkraft und allerlei Hilfsmitteln zu leben; die verächtlich herabgezogenen Mundwinkel der alten Dame und die spitzen Finger, mit denen sie die Brille platzierte, machten jedoch deutlich genug, dass sie sich nie mit ihrer Schwäche abfinden würde. (Wie sie sich mit keiner Schwäche abfinden würde, weder bei sich noch beim Rest der Menschheit.)
„Dann zeigen Sie die Fotos mal her, Erwin. Und berichten Sie, los, los, ich bin durchaus in der Lage, Ihnen gleichzeitig mein Ohr zu leihen und ein paar Bilder in Augenschein zu nehmen, also sprechen Sie!"
Die Bibliothek war der ungewöhnlichste Ort in der herrschaftlichen Villa. Lang wie ein Schlauch war der Raum, und an beiden Seiten erstreckten sich die Regale bis an die Decke, gefüllt mit tausenden von Büchern. Am Stirnende, direkt vor dem raumhohen Fenster, stand ein mächtiger, mit dunkelrotem Leder bezogener Schreibtisch, vor dem die alte Dame in einem mahagonihölzernen Lehnstuhl saß, nein, hofierte, wie eine Kaiserin oder Hohepriesterin eines seltsamen Volkes. Sie war in einen schweren, goldenen Brokatmorgenmantel gekleidet, das stahlgraue Haar verbarg ein Turban aus demselben Stoff. Nun vertiefte sie sich in die Bilder, die ihr von Erwin, dem Sekretär, übergeben worden waren, welcher sich nun in gebührendem Abstand in Position stellte und sich bedeutsam räusperte.
„Nun, es war keine besondere Herausforderung, an die gewünschten Informationen zu gelangen", begann er sachlich seinen Bericht, „anscheinend wurden keinerlei Versuche unternommen, die Vergangenheit dieser Person vor allgemeinem Zugriff zu

schützen; alle Daten waren frei zugänglich und demnach ..."

„Ach, jetzt kommen Sie doch auf den Punkt, Erwin! Sie klingen ja, als müssten Sie ein Referat für ihren Deutschlehrer halten, gute Güte! Wir sind hier nicht in der Oberprima, hier gibt es keine Sonderpunkte für eine gelungene Einleitung, mein Junge. Jetzt schießen Sie endlich los!"

Falls des Sekretärs Gefühle durch diese Unterbrechung verletzt worden waren, ließ er es sich nicht anmerken. „Wie Sie wünschen, Madame, dann also die Daten: Ernestine Nordmoor, 28 Jahre alt. Geboren am 31.12.1982 in... , Mutter Realschullehrerin, Vater Ingenieur,..."

„Geboren um wie viel Uhr?"

„Entschuldigen Sie bitte?"

„Na, um wie viel Uhr wurde sie geboren? Die genaue Zeit!"

„Es tut mir leid, Madame, das weiß ich nicht!"

„Natürlich nicht, natürlich nicht, die wirklich wichtigen Dinge weiß er nicht..." Die alte Dame brummelte Unverständliches vor sich hin. „Na, dann weiter, los, los!"

„Sicher, Madame. An ihrer Schullaufbahn lässt sich nichts Außergewöhnliches finden, außer vielleicht, dass sie als Kind unverhältnismäßig oft krankgeschrieben war; einmal fehlte sie ein halbes Jahr in der sechsten Klasse, welche sie daraufhin wiederholen musste. Abgesehen davon war sie eine unauffällige Schülerin mit durchschnittlichen Noten und ...."

„Oh Erwin, Fakten sind ja schön und gut, aber verschonen Sie mich bitte mit allen unnötigen!"

„Sie wünschten, Madame, ausführlich informiert zu werden!"

„So ausführlich nun auch wieder nicht! Es genügt, die Dinge hervorzuheben, auf die es ankommt! Kürzen Sie den Rest ab!"

„Ganz wie Sie wünschen, Madame. Seitdem die Zielperson also ein Studium im Fach Medizin nach dem ersten Semester abgebrochen hat, war sie in einer Bäckerei angestellt für genau ...ähm ... eine Woche. Danach wurde sie für berufsunfähig erklärt."

„Aha!"

„Um einiges auffälliger ist aber noch die Tatsache, dass sie seit ihrer Kindheit regelmäßige Aufenthalte in psychiatrischen Kliniken verbuchen kann!"

„Aha!"

„Jawohl, Madame, *das* würde ich nun als etwas bezeichnen, auf das es ankommt. De facto wurde sie erst vor zwei Tagen aus der Weißenhaupt-Klinik entlassen. Da unser Informant über ausgesucht gute Kontakte verfügt – was er sich auch reichlich bezahlen lässt, wie ich am Rande anmerken möchte – war es ihm möglich, Einblick in die Krankenakte des Fräulein Nordmoor zu erhalten. Sie leidet demnach unter psychotischen Schüben mit ausgeprägten Halluzinationen, einer tiefen Depression, die phasenweise in Todessehnsucht umschlägt, ohne jedoch eine Selbstmordgefährdung dazustellen; außerdem zeigt sie exhibitionistische Tendenzen."

„Ach was." Skeptisch beäugte die alte Dame die Fotos auf dem Tisch. Das aktuellste war drei Jahre alt und stammte aus der Unizeitung. Es zeigte Ernestine Nordmoor in einer Gruppe von Kommilitonen. Sie stand ganz links, eine Spur abseits, verloren wirkend und unpassend, gleichzeitig aber in durchaus aufrechter Haltung (die alte Dame legte Wert auf eine aufrechte Haltung, welche für sie gleichbedeutend mit innerer Stärke war): Eine junge Frau in einem altmodischen, bodenlangen Rock in einem wenig aparten, schwarzweißen Blumenmuster, unter dem unpassende derbe Lederstiefel zu sehen waren; über einer weißen Spitzenbluse trug sie eine dicke, schwarze Strickjacke und um den Hals einen mehrfach gewickelten Schal in einem schmuddeligen Schwarz. Passend dazu waren die Fingernägel tiefschwarz lackiert.

Von Stilempfinden konnte man trotz der konservativen, in sich stimmigen Farbwahl dennoch nicht sprechen. Auch ihr Gesicht war eher ... nicht direkt hässlich, doch *leider* nach Meinung der alten Dame alles andere als klassisch schön. Diese Nase! Der Rest war ja ganz ansprechend: märchenhaft helle, *leider* auch leichenblasse Haut, dunkles, hüftlanges, *leider* ein wenig strähniges Haar, große, durch dicken schwarzen Kajal betonte Augen mit schweren Augenlidern, die ihr *leider* etwas Verschlafenes verliehen, ein hübscher, voller Mund, der *leider* ein wenig schief lag, aber dann – diese Nase! Darüber gab es kein gutes Wort zu verlieren! Unproportional lang und gebogen. An der Spitze rot glänzend. Mein Gott! Wie ein altmodisches Schneewittchen mit dem Riechkolben der bösen Hexe.

„Das arme Kind", murmelte die Dame, „wie sich immer die schlimmsten Merkmale weitervererben! Als wäre sie nicht schon gestraft genug! Muss sie auch noch mit seiner Nase leben! Ha!" Sie schüttelte den Kopf. „Und dann auch noch dieser

Gesichtsausdruck! Wie drei Tage Regenwetter! Bringt man den jungen Dingern heutzutage nicht mehr bei, wie man lächelt?"

Aber an den jungen Mädchen allgemein konnte es nicht liegen. Die anderen Studentinnen auf dem Foto strahlten um die Wette, zeigten süße Grübchen und ließen Zähne aufblitzen, trugen verwuschelte Kurzhaarfrisuren und enge Jeans, die ihre jungen Beine betonten, und sahen, ganz im Gegensatz zu Ernestine, jede Einzelne von ihnen so aus, als wären sie Exhibitionismus gegenüber nicht ganz abgeneigt.

„Das arme, arme Kind", wiederholte die Dame bedauernd. „Sie mag ja ein wenig merkwürdig aussehen, aber definitiv nicht bösartig. Was meinen Sie, Erwin?"

„Nun, Madame, es wäre anmaßend zu behaupten, ich verfügte über eine gute Menschenkenntnis; mein Metier lässt alles Emotionale außen vor. Fragen Sie mich etwas zu den aktuellen Aktienkursen oder zu den einzelnen Posten der Buchhaltung; die Feinheiten der menschlichen Psyche sind keinerlei ..."

„Erwin! Schwafeln Sie nicht! Sie sind doch ein junger Mann, nicht wahr? Traten Sie nicht vor etwas mehr als zehn Jahren in meinen Dienst, direkt nach Ihrer Ausbildung? Wie alt werden Sie heuer?"

„Dreiunddreißig Jahre, Madame."

„Na also, ein junger Hüpfer, sagte ich doch, hahaha, auch wenn sie sich kleiden und verhalten wie ein Greis, Erwin. Sagen Sie also, wie finden Sie als junger Mann... dieses Mädchen?"

Sie tippte energisch mit dem Finger auf Ernestines Gesicht. Erwin beugte sich über das Bild.

„Ich finde ihren Rock sehr hübsch. Ein dezentes, aber doch lebhaftes Muster. Scheint mir aus einem hochwertigen Stoff ..."

„Ihr Rock, ihr Rock! Doch nicht ihr Rock! Ihr Gesicht! Ihr Gesicht sollen Sie sich ansehen!"

„Wenn ich auch wiederholen möchte, dass mein Urteil nicht stellvertretend für die Meinung des jungen Mannes im Allgemeinen sein kann, da ..."

„Machen Sie mich nicht wahnsinnig!"

„Ich empfinde sie als durchaus nicht unsympathisch, aber ein wenig melancholisch. Sie wirkt, als hätte sie sich als ihre eigene Großmutter kostümiert und wäre jetzt traurig über ihre ..."

„Ha! Das ist ja lachhaft! Erwin, Sie hatten Recht, behalten Sie Ihre Meinung für sich! Wie ihre eigene Großmutter, Sie ... Sie!

Fahren Sie lieber mit Ihren Fakten fort. Sonst noch was? Sonst noch was, das von Belang wäre?"

„Nun", der Sekretär schniefte, beleidigt, wie es klang, durch die Nase. „Nicht mehr allzu viel. Ungewöhnlich häufige Arztbesuche. Beinahe wöchentlich bei allen Arten von Ärzten, Allgemeinmediziner, Radiologen, Onkologen, Gynäkologen,...... Allerdings war nichts über Diagnosen in Erfahrung zu bringen, die besagen würden, an welchem Leiden sie erkrankt ist."

„Soso."

„Und ihre sozialen Kontakte beschränken sich ... beschränken sich anscheinend auf Gespräche mit ihrem Hund, der in diesem Bericht als *ungewöhnlich* beschrieben wird, was auch immer das bedeuten mag. Aber Genaueres wird man uns in ein, zwei Wochen mitteilen, wenn unser Beauftragter seine Beobachtungen abgeschlossen hat."

„Gut. Gut. Sehr schön, Erwin. Das ist genug fürs Erste. Ich danke Ihnen für Ihre Mühe. Wenn Sie mich jetzt bitte entschuldigen, ich fühle mich erschöpft."

Der Sekretär deutete eine Verbeugung an. „Ja, Madame. Falls Sie etwas brauchen sollten ..."

„Was ich brauche, ist ein großes Glas Cognac, das brauche ich! Aber was Sie mir bringen, Erwin, was Sie mir bringen, ist eine große Kanne Kräutertee. Mit Kamille!"

Erwin hegte nicht einmal den heimlichsten Gedanken, dass er ja wohl kaum für solche Tätigkeiten wie Teekochen eingestellt worden war; er hätte seiner Chefin ohne zu zögern auch einen Burger aus dem nächstgelegenen Fast-Food-Imbiss besorgt, wäre das ihr Wunsch gewesen. Dabei wurzelte ein Teil seiner Ehrfurcht vor ihr gerade in der Tatsache, dass sie sich lieber erschossen hätte, als einen Burger zu verspeisen. Sie hielt an ihren altbewährten Werten fest, zu denen kultivierte Speisegewohnheiten genauso gehörten wie tadellose Kleidung.

Trotzdem ging Erwin von Jahr zu Jahr mehr auf, dass in ihr wohl mehr stecken musste, als eine alternde Aristokratin. Viel mehr. Und auch, wenn er sich zwang, diesen Verdacht nicht weiter zu verfolgen, fiel ihm auf, wie er sich hin und wieder vor ihr fürchtete. Einfach so, aus heiterem Himmel.

Die Geister stellten sich artig einer nach dem anderen vor. Das war auch nicht anders zu erwarten gewesen, wenn man davon ausging, dass sie sich ihren großen Bruder zum Vorbild nahmen, der an Artigkeit nicht zu überbieten war.

Die Zweitälteste hauchte mit einem Knicks, sie hieße Henriette. Sie war ein für ihr Alter (zehn) ein ziemlich großgewachsenes Mädchen mit einem runden Gesicht, das auch zu Lebzeiten schon von einer großen Ernsthaftigkeit gezeichnet gewesen sein musste. Ihr kastanienbraunes Haar war zu zwei dicken Schnecken über ihren Ohren aufgesteckt, und sie presste das Baby mit einer Inbrunst an sich, die bezeugte, dass sie es unter keinen Umständen loslassen würde.

Nach Henriette kam ein weiteres Mädchen, acht Jahre alt, mager und unruhig, mit strohblondem Haar, welches nicht in dem dünnen Zopf bleiben wollte, zu dem es geflochten war. Es ahmte rasch den Knicks der großen Schwester nach und flüsterte seinen Namen, Anna-Amalia, wobei es sich mit den zierlichen Händen ununterbrochen am Rock zupfte. Wenigstens huschte ein scheues Lächeln über ihr Gesicht, als Ernestine ihren Namen als hübsch bezeichnete.

Als Drittes in der Reihe traten die Zwillinge gemeinsam vor. Jungen. Sieben Jahre alt. Ebenso blond und mager wie ihre Schwester, völlig identisch in ihren samtenen blauen Kitteln und den blauen Kappen auf dem wilden Haar. Sie verbeugten sich höflich und zaghaft, wie die anderen vor ihnen, murmelten ihre Namen, Theodor und Fridolin, ohne Ernestine in die Augen zu sehen, aber irgendwie war trotzdem auf den ersten Blick erkennbar, dass diese Zurückhaltung nicht lange anhalten würde.

Als Letztes in der Reihe trat noch einmal ein kleines Mädchen vor. Es war barfuß und trug ein bodenlanges, weißes Nachthemd, ähnlich denen, die Ernestine bevorzugte. Ihr aschblondes Haar hing ihr gelöst und wirr bis auf die Hüfte, ihr winziger Mund in dem feinen Gesicht blieb fest zusammengekniffen. Mit einer trotzigen Falte zwischen den Augenbrauen starrte sie ins Leere.

„Das ist Lilli", erklärte Heinrich unbehaglich, „sie zählt fünf Lenze. Und sie ist der Sprache verlustig gegangen. Kein Wort hat sich von ihrem Munde gelöst seit ... seit ..." Er verstummte.

„Hallo Lilli", sagte Ernestine sanft, „hallo, alle zusammen. Lasst mal sehen: Henriette mit dem Baby, Anna-Amalia, die Zwillinge

Fridolin und Theodor, die kleine Lilli ... Hab' ich mir das alles richtig gemerkt? Ja?" Die Kinder nickten. „Ach ja, und nicht zu vergessen, Heinrich natürlich, aber der ist ja auch schon ein alter Bekannter, was Heinrich?" Heinrich grinste unsicher. „Also gut", fuhr sie fort, „euer großer Bruder hat mir von eurem Schicksal erzählt. So wie es aussieht, habt ihr keinen Platz, an dem ihr bleiben könnt. So wie es außerdem aussieht, hab' ich hier genügend Platz."
Sie seufzte. „Ich habe nichts dagegen, dass ihr vorerst hierbleibt, bis wir eine andere Lösung gefunden haben. Einverstanden? Vorerst."
Ein ganzes Dutzend Kindergeisteraugen starrte sie hoffnungsvoll an. Das war ja nicht auszuhalten!
„Aber es gibt Regeln", fügte sie streng hinzu. Besser von vornherein klarstellen, wer der Herr im Hause war – das hatte Rico ihr übrigens im Umgang mit Hunden empfohlen. Von Anfang an die Regeln klarmachen. „Erstens: Niemand nimmt irgendwelche grauenhaften Gestalten an, um mich zu erschrecken. So etwas ist nicht lustig. Verstanden?" Alle Geisterkinderköpfe nickten.
„Zweitens: Mein Schlafzimmer ist absolut tabu. *Niemand* betritt mein Schlafzimmer. Weder durch die Tür noch durch das Fenster, die Wände oder durch den Boden. Klar?" Erneutes synchrones Nicken.
„Gut." Ernestine nickte zufrieden. „Ihr seid wirklich liebe Kinder. Jetzt mache ich euch mit meinem Hund bekannt, und dann überlegen wir uns, wie es weitergeht."
Cerberus brach das Eis. Er konnte sein Glück nicht fassen, auf einmal von so vielen kleinen Menschen umgeben zu sein, die nicht nach ihrer Mami schrien, wenn sie seiner ansichtig wurden, sondern die nicht genug davon kriegen konnten, ihm das Fell zu kraulen, sich von ihm das Gesicht abschlecken zu lassen, sogar auf seinen Rücken zu klettern (Lilli – erstaunlicherweise) und ihn am Schwanz zu ziehen. „Fridolin, das hab' ich gesehen! Cerberus wird *nicht* am Schwanz gezogen!"
Alles in allem war es ein erfreuliches und reibungsloses Kennenlernen. Der erste Schritt war getan. Und weiter? Wie kümmerte man sich um ein Haus voller Geister? Schließlich waren es dazu noch Kinder. Und Ernestine hatte mit Kindern noch weniger Erfahrung als mit Geistern. Wenn sie so zurückdachte, hatte sie sogar deutlich öfter mit Geistern Konversation betrieben als mit

Kindern. Was für manch anderen eine schon längst offensichtliche Tatsache dargestellt hätte, wurde nun auch ihr nach und nach bewusst: Es war nicht unwahrscheinlich, dass sie in eine Situation geraten war, die eine gewisse Überforderung mit sich brachte, weil sie das Know-how Normalsterblicher bei weitem überstieg. Die Erkenntnis, dass sie sieben gruseligen Geschöpfen Asyl in ihrem Heim versprochen und das Grauen Einzug in den intimsten Bereich ihres Lebens gehalten hatte, schlich sich in einer Gänsehaut, die jeden Zentimeter ihres Körpers bedeckte, heran. Übelkeit begann, ihr die Kehle zuzuschnüren. Sie durfte sich nicht von den harmlosen Kindergestalten täuschen lassen: Geister waren Geister!

Ernestine beschlich das dringliche Gefühl, dass sie auf der Stelle Hilfe benötigte: Dies hier war kein Zustand auf Dauer! Ihr Haus würde ein geisterfreies Haus bleiben! Doch dafür musste sie die schaurige kleine Schar auf nettem Wege loswerden.

Ja, sie brauchte Hilfe, und Hilfe war vorhanden. Sehr wahrscheinlich. Sehr nahe. Sozusagen nebenan.

Und sie sollte besser nicht zu viel Zeit mit Nachsinnen verbringen, wenn man beobachtete, in welchem Tempo die Geisterkinder auftauten und von stillen Zombies zu lebhaften Gespenstern wurden, die begannen, das Zimmer einschließlich aller darin befindlichen Objekte genauestens zu inspizieren, fröhlich durcheinanderzuplappern (bis auf Lilli) und Cerberus am Schwanz zu ziehen. „Das gilt auch für dich, Theodor! Cerberus wird *nicht* am Schwanz gezogen!"

Schön, der Entschluss war gefasst. Sie würde umgehend, wenn auch nicht sofort, Alexandro „den Apfel" Appollo aufsuchen. Davor waren ein halbes Dutzend Geisterkinder so zu versorgen, dass erst einmal eine provisorische Ordnung einkehrte. So schwer konnte das schließlich nicht sein. In Überlegungen vertieft kramte Ernestine im Küchenschrank und beförderte eine staubige Flasche Cognac zutage, die dort seit Jahrzehnten vor sich hindöste.

Sie nahm einen tiefen Schluck aus der Flasche (ohne auch nur zu ahnen, dass woanders, aber nicht allzu weit weg, eine alte Dame sich vor kurzem nach einem doppelten Cognac gesehnt hatte), sie hustete, was sie daran erinnerte, dass sie seit heute Morgen im Tierheim nicht mehr geraucht hatte, steckte sich dankbar eine Zigarette an, nahm einen tiefen Zug, sie hustete noch mehr, beobachtete das immer wilder werdende Treiben in ihrem vorab so

beschaulichen Wohnzimmer und beschloss: Ein Kinderzimmer musste her!
Das Haus als winzig zu beschreiben war keine Übertreibung. Doch weil Ernestine weder viel Platz benötigte noch sich viel aus fertig eingerichteten Räumlichkeiten machte, existierte im oberen Stockwerk ein unbewohntes Zimmer.
Es diente als Ablage für Gegenstände, die Ernestine nur dort hatte unterbringen können. Zwei große Säcke mit ausrangierten Kleidern, die aber zu schade zum Wegwerfen waren. Zwei große Pappkartons mit allerlei Krimskrams aus der Vergangenheit: unnütze Erinnerungsstücke, Fotos, Briefe. (Viele davon stammten von einem kleinen, traurigen australischen Jungen, der vor beinahe zwanzig Jahren Ernestines Brieffreund gewesen war, bevor die Eltern beider Kinder den Kontakt untersagt hatten, weil die beiden angefangen hatten, Selbstmordtaktiken auszutauschen.) Ein zusammengeklappter Wäscheständer. Der alte Synthesizer ihres jüngeren Bruders. Solche Dinge, wie sie sich eben in leerstehenden Räumen zu einer traurigen Versammlung des Ausrangierten einfinden. Und dort sollte wieder Leben in Form von sieben kleinen Geisterkindern einziehen. Naja. Leben? Es müsste korrekterweise unter Berücksichtigung der ungewöhnlichen Daseinsform dieser Kinder heißen: Dort sollte jetzt der Tod einziehen in Gestalt von sieben kleinen Geisterkindern, und das klang ... nun, das klang eigentlich ganz nett.
Wenn der Tod sich irgendwo einquartieren wollte, so wäre doch ihre Hütte bestimmt die erste Wahl gewesen ... Ernestine nahm noch einen ordentlichen Schluck aus der Flasche. Das tat gut. Sie hätte diesen wunderbaren Cognac schon vor Jahren öffnen sollen! Warum nur hatte sie vor Alkohol immer solche Angst gehabt? (Weil ihr der Boden, auf dem sie sich auch nüchtern nicht sicher fühlte, angetrunken zu sehr schwankte. Weil sie nichts brauchte, um der Realität zu entfliehen, sondern um in die Wirklichkeit zurückzukehren.)
Aber dieser Cognac, der war fantastisch! Wärmte ihren Magen. Machte ihren schweren Kopf leicht. Ließ sie mit freudiger Nachsicht auf die kleine Gruppe herabsehen, die sich in ihrem Anwesen tummelte. Ach ja. Waren sie nicht niedlich, diese Jungen und Mädchen in ihren hübschen antiken Kostümen – wie aus einem Märchenbuch.

Hicks. Niedlich, niedlich. Noch ein Schluck. Noch eine Zigarette. Noch mehr Husten. Niedlich und dazu bestimmt, in ihre Gräber zurückzukehren, möglichst bald. (Metaphorisch gesprochen. Ernestine wusste, dass Geister nicht in Gräber gehörten.)
„Hört mal alle her!", sagte sie beinahe beschwingt, „ich weiß, was wir jetzt machen. Fridolin, ich sagte *alle* mal herhören! – So ist´s brav. Ihr kommt jetzt mal mit mir da rauf ...", ein Fingerzeig gen Treppe, „und ich zeige euch euer neues Zuhause!"
„Was tust du da?" Fridolin war neugierig näher geschwebt und verschlang die Zigarette mit Blicken. „Da kommt Feuer aus deinem Stäbchen!"
„Jaja", hustete Ernestine und stieß den Rauch aus, was Fridolin zu einem bewundernden Ausruf veranlasste. „Das ist nichts für Kinder. Ist ...ungesund. Kann man von sterben!" Allein aus diesem Grund hatte sie ja mit Rauchen angefangen. Sie hätte gekichert, hätte sie gewusst, wie das funktionierte.
„So. Jetzt." Noch ein Schluck. „Alle mir nach!" Hicks.
Sie hätte nie damit gerechnet, aber die Schar war insgesamt sehr angetan von der Abstellkammer. Die Geister flogen durch Tüten und Kisten, schauten in jede Ecke und bekamen allesamt ampelrote Glühbäckchen, selbst die ernste Henriette.
„Unser Dank ist unbeschreiblich", bestätigte Heinrich, der immer noch als Sprecher fungierte, mehrere Male. „Bisher war uns nie der Frieden einer eigenen Ruhestätte vergönnt! Uns diese herrliche Bleibe anzubieten, zeugt von einer gütigen Gesinnung, edle Dame!"
„Erni. Nennt mich Erni", stellte Ernestine klar. Ihre Aussprache klang bereits leicht verwaschen. „So. Ihr Geister. Ich meine ... Kinder. Hier könnt ihr wohnen. Erst mal. Ich muss ... muss ... muss noch weg. Nicht für lange. Bin gleich wieder da. Heini, äh, ich meine, Heinrich, du passt auf, dass niemand etwas anstellt. Und ihr zwei, Fridolin und Theodor ..."
„Cerberus wird nicht am Schwanz gezogen!", sangen sie einstimmig und verschwanden tuschelnd in einem Pappkarton.
„Ja", seufzte Ernestine, „genau!" Und dachte: ‚Alexandro „der Apfel" Apollo, ich komme!' Sie war froh, nicht mehr nüchtern zu sein. Alexandro „der Apfel" Apollo war kein leicht genießbarer Zeitgenosse. Soweit sie ihn kannte. Und sie hatte ihn bisher nur einmal getroffen – eine Begegnung, die eher unglücklich verlaufen war.

Aber er war der Einzige, der ihr helfen konnte. Hoffte sie. Aus tiefstem Herzen. Sie zog sich ihren Wintermantel über und die Tür hinter sich ins Schloss und schritt in den frühen Abend hinein, angetrieben von der ermutigenden Mischung aus Hoffnung und Cognac.

Der Andere verzog abfällig das Gesicht. „M. Geier!" Er hatte schon länger die Vermutung, dass man ihm absichtlich derartig unsägliche Namen in die immer neuen Ausweise schrieb. *Böser, Geier*; davor hatten sie solche Schätze ausgegraben wie *Metzger, Schnitter* oder *Messer*. Dieser Hang zu dämlichen Andeutungen. Warum nannten sie ihn nicht gleich *Totmacher*? Idioten! Wenigstens das neue Hotel, in welches er noch am gleichen Tag umziehen sollte, war erträglich: die *Wasserburg* im Osten der Stadt.

M. Geier. Handelt mit Antiquitäten. Ist für einige Tage in der Stadt, um eine wichtige Auktion zu besuchen. Verheiratet, zwei Kinder. Ein glücklicher Mann mit einem erfüllten Leben. Einer von denen, die selten auf seiner Liste standen. Einer von denen, wie er es nie war. Zum Glück.

Er gähnte und streckte sich. Bevor er packte, würde er eine Stunde laufen gehen. Fünfzehn Kilometer, wie mindestens drei Mal die Woche. Danach eine heiße Dusche. Und dann erst würde er sich genauer mit dem Inhalt der Mappen beschäftigen, die er achtlos aufs Bett geworfen hatte.

Mitten hinein in diese Überlegungen piepste der Tür-Wecker. Ohne zu zögern: ein Druck auf Grün. Diese verfluchte Neugier! Als wäre es so wichtig, stets genau zu wissen, wer sich wo, wann und warum herumtrieb und ihn zu sprechen wünschte. Es war eine Unart, die der Erfahrung entsprang, dass tatsächlich jede Information eine wichtige Information sein könnte; und wichtig in seinem Fall und Metier war gleichbedeutend mit überlebensnotwendig. Dennoch. Im Lauf der Jahre hatte sich daraus eine Art Zwang entwickelt. Und für jemanden, der sich rühmte, nur aus freiem Willen und mit totaler Kontrolle über die eigenen Instinkte zu handeln, stellte es eine Schwäche dar, aus einer Angewohnheit heraus zu agieren. Ein Punkt, an dem er arbeiten musste. Er grinste. Es war ihm jedes Mal ein Vergnügen, festzustellen, dass es noch Punkte gab, an denen es zu arbeiten lohnte. Entwicklung. Fortschritt. Herausforderungen. Das bedeutete Leben!

Und er liebte das Leben. Sein Leben!

Die Tür öffnete sich und herein trat ein pummeliger Junge in Uniform, den er in diesem Hotel noch nie gesehen hatte. Der Kleine blieb in respektvollem Abstand stehen und räusperte sich.

„Guten Abend, Herr Geier!", quäkte er mit hoher Stimme, „ich wurde benachrichtigt, dass Sie heute Abend noch abzureisen wünschen! Ich wurde beauftragt, Ihre Koffer abzuholen und Sie danach zu Ihrem Ziel zu chauffieren!" Dabei zwinkerte er nervös mit beiden Augen.

„Ach du heilige Scheiße!" Der Andere stöhnte auf.

„Wie bitte?", fragte der Junge irritiert und knetete dabei seine Hände. „Wenn Sie gestatten, ich würde ..."

„Mach doch mal die Tür hinter dir zu, Kleiner!" befahl der Andere ruhig.

Der Junge gehorchte und blieb abwartend stehen.

„Und jetzt ausziehen!"

„Was? Also, das ..."

„Ausziehen!"

„Nein! Ich glaube, ich gehe lieber ..."

„Das wirst du nicht."

Mit einer beinahe unsichtbaren Bewegung stand der Andere plötzlich neben dem Jungen, dieser fühlte die Mündung einer Schusswaffe als unmissverständliche Drohung an seine Schläfe gepresst, während er an seinem Ohr ein Flüstern hörte:

„Alle Angestellten dieses Hotels sind verpflichtet, die hoteleigene Unterwäsche zu tragen. Deswegen gab es vor einigen Monaten schon Beschwerden bei der Gewerkschaft, ohne dass sich daran etwas geändert hätte. Den männlichen Beschäftigten wurde daraufhin das Zugeständnis gemacht, zwischen Boxershorts oder Slips in Hellblau oder Weiß zu wählen, die Damen haben die Wahl zwischen einem Unterhemd oder einem BH, wahlweise ebenfalls in Hellblau oder Weiß. Ich wette, das war dir nicht bekannt, Kleiner, denn du wirkst nicht wie ein Profi! Also, dann zeig mal her, was du so drunter trägst!"

„Das ist ... das ist ein Missverständnis", krächzte der Junge, „wirklich! Ich komme ... ich komme, um etwas abzugeben! Wirklich!"

„So." Das metallische Klicken, mit dem der Revolver entsichert wurde, ertönte. „Da ich mich nicht erinnern kann, etwas bestellt zu haben, hindert mich auch nichts daran, die paar Gramm, die dein dummes, kleines Gehirn ausmachen, über den Fußboden zu verteilen, du Mädchen!"

„Nein, nein, nein!" Wenigstens zitterte der dicke, kleine Körper vor Furcht. „Hier, bitte, ich hab´s in meiner Tasche! Hier! Bitte!" Mit bebender Hand zog er einen zusammengefalteten Zettel aus seiner Hose und wedelte damit herum.

Der Andere riss ihm die Seite aus den Fingern und überflog den Text. „Ist das so", meinte er angewidert.

Es war ein einfaches Blatt, auf der in vertrauter Handschrift ein einziger Satz stand: „Bitte sehr, dein neuer Lehrling. Miss Biss."

Er hatte es natürlich bereits geahnt, sobald sich die Tür geöffnet hatte und er dieser merkwürdigen Gestalt ansichtig geworden war, und er bereute es, nicht einfach ohne Worte abgedrückt und Unkenntnis vorgetäuscht zu haben. Wenn sich ein neuer Lehrling durch einen solch bescheuerten Auftritt selbst ums Leben brachte, dann wäre er es auch nicht wert gewesen, ausgebildet zu werden. Absolut vertretbarer Ansatz. Hätte er mit ruhigem Gewissen vor höchster Stelle dargelegt. Aber diese Chance hatte er versäumt. Oder?

„Wer könnte schon mit Sicherheit sagen, dass ich diese Nachricht nicht erst in deiner Tasche gefunden habe, nachdem ich dich irrtümlicherweise umgelegt habe, weil dein Auftritt so gotterbärmlich war, hm?" Der Andere ließ die Pistole um seine Finger tanzen. Das war kein Trick, den man lernen musste. Das war etwas, das sich nach jahrelangem Umgang mit diesen Dingern von selbst ergab.

Der Junge, immer noch blass, aber sichtlich erleichtert, nicht mehr direkt bedroht zu werden, versuchte ein Lächeln.

„Sie sind echt cool!", sagte er bewundernd. „Ich hätte nicht gedacht, dass Sie mich so schnell durchschauen! Das mit der Unterwäsche, also das ist ja der Hammer, dass Sie das wissen! Hätte ich nie mit gerechnet! Wahnsinn!"

Der Andere seufzte. „Du bist ein Schwachkopf. Und du *bist* ein Mädchen."

Jetzt grinste der Junge und nahm die Kappe ab, die als Versteck für einen Schopf roter Locken fungiert hatte.

„Na klar, bin ich", sagte er. Sagte sie. „Wenn ich mich endlich vorstellen darf: Mein Name ist Charlotta Clarissa Krahmer."

„Du bist ein Schwachkopf. Du bist ein Mädchen. Und du bist höchstens achtzehn Jahre alt. Raus hier."

Der Andere richtete seine Waffe auf das Grinsen, das in sich zusammenfiel wie ein Soufflé.

„Aber, aber ...", stammelte das Mädchen, „ich dachte ..."

„Irrtum. Du dachtest nicht. Wenn du in der Lage wärst, zu denken, wärst du niemals auf die schwachsinnige Idee gekommen, hier aufzutauchen. Wenn du allerdings über einen letzten Rest Verstand verfügst, würde ich vorschlagen, diesen einzusetzen, um unverzüglich diesen Raum zu verlassen, danach unauffällig dieses Hotel und am besten auch diese Stadt. Kapiert, Kleine? Falls du in fünf Sekunden nicht genügend Abstand zwischen dich und mich gebracht hast, wird deine Denkfähigkeit durch eine Kugel in deinem Schädel stark beeinträchtigt sein, falls du ausnahmsweise verstehst, was ich meine!"

Sie verstand. Das Letzte, was er von ihr hörte, war ein: „Neunzehn! Ich bin neunzehn!" und das Letzte, was er von ihr sah, war ein verärgert verzogenes Gesicht, bevor er die Tür mit einem Fußtritt hinter ihr zuschlug.

Diese Wahnsinnigen! Er wühlte in dem Strauß schwarz-roter Rosen nach einem winzigen Mobiltelefon, das darin kunstvoll versteckt war und auf dem eine einzige Nummer gespeichert war. Diese Nummer würde nur für diesen einen Anruf verfügbar sein. Aber ein Anruf genügte ihm. Völlig. Es gab nicht viel, das er zu sagen gedachte.

E̸rnestine wurde von der eisigen Nachtluft getroffen wie von einer Ohrfeige. Übelkeit kroch ihr aus dem Magen in die Kehle. „Oh Knochenkram", ächzte sie, „ich hätte Kräutertee trinken sollen, nicht Cognac." Nun, sie würde auch noch in das Alter kommen, in dem man Getränke mit mehr Bedacht auswählte.

Alexandro „der Apfel" Apollo wohnte zum Glück nicht weit entfernt. Unter rein örtlichen Aspekten wäre der Ausdruck „Nachbar" sogar zutreffend. Unter allen anderen Aspekten hätte er ebenso gut auf dem Mond leben können.

Erklärenderweise ist eine kleine Beschreibung der Lindwurmgasse nötig: Erstens *war* es eine Gasse. Eine Sackgasse. Die Nummer neun, Ernestines Nummer, war das letzte Haus in der Reihe. Die Lindwurmgasse war die letzte kleine Straße in einem ruhigen Viertel. Alle acht villenartigen Häuser waren in großzügigem Abstand voneinander platziert und mit weitläufigen Gärten gesegnet.

Bewohnt von reichen Rentnern, die mindestens einen BMW in der Einfahrt stehen hatten und damit wetteiferten, ihr Domizil zum schönsten, gepflegtesten, saubersten, kitschigsten oder protzigsten der gesamten Gasse herzurichten.

Die Nummer neun war immer der Schandfleck in dieser anständigen Gegend gewesen. Mit Ernestines Inbesitznahme waren ihr zunächst einmal Freundlichkeit und Hoffnung entgegengebracht worden, die allerdings sofort in Feindseligkeit umgeschlagen waren, nachdem sich herausgestellt hatte, dass von ihr keine Renovierungen zu erwarten waren.

Cerberus hatte dem bereits angeknacksten nachbarschaftlichen Verhältnis den Rest gegeben; seitdem fürchteten die Anwohner um das Leben ihrer pinken Königspudel, ihrer nasenlosen Perserkatzen und um ihren eigenen geldschweren Hintern.

Der Einzige, der mit eventuell noch mehr Misstrauen beäugt wurde, war A. „der Apfel" A., weil der nämlich unter anderem Künstler war, und nichts war so bürgerschrecktauglich wie ein durchgeknallter Kreativer. (Und durchgeknallt war er. Oh ja. Ganz egal, wie man diesen Ausdruck definieren mochte.)

Als die Lindwurmgasse noch das Zentrum eines Dorfes gewesen war – vor langer, langer Zeit, bevoralle umliegenden Dörfer von der Stadt verschlungen worden waren – hatte man diesem Dorf auch eine Kirche gebaut. Diese Kirche stand noch immer am Ende der Gasse, nicht weit von Ernestines Haus. Und in der Kirche, verschanzt hinter einem Dickicht aus Sträuchern und Bäumen, von denen jede einzelne Sorte Dornen und Ranken besaß, wohnte er. „Der Apfel".

Als Alter und Lebenserfahrung noch etwas galten, hätte man ihn als *Philosophen* bezeichnet. Als Bildung und Wissen noch etwas galten, wäre er ein *Gelehrter* gewesen. Seit Geld und Karriere alles waren, was noch galt, war er einfach nur *Der Verrückte*. Obwohl. Ernestine seufzte. Um fair zu bleiben: „Der Apfel" wäre, egal in welcher Epoche, in welchem Land und in welcher Gesellschaft, auch immer *der Verrückte* gewesen.

Einmal hatte Ernestine den Versuch unternommen, sich mit ihm gegen die geballte Unfreundlichkeit in der Nachbarschaft zu solidarisieren. Er hatte sie mit Geschrei vom Grundstück gejagt. Als „blöde Hippie-Tussi" hatte er sie beschimpft und ihr den Rat gegeben, „sich ihre dämliche Freundlichkeit in ihren Allerwertesten (sein Ausdruck war allerdings ein anderer gewesen) zu schieben". Ernestine war Ablehnung gewohnt, sie kannte Verachtung, Zurückweisung und Unverständnis. Aber nicht diese Art von Beschimpfung. Sie hatte sich an diesem Tag in ihrem Bett verkrochen, vor sich hin geschluchzt und sich geschworen, von da an einen großen Bogen um die alte Kirche zu machen.

So zeigte sie heute wahren Mut, als sie sich entschlossen und nur ein klein wenig wankend durch den aufkommenden Schneesturm den Pfad entlang kämpfte, der zum Kirchentor führte. Dort war es stockdunkel; keine Straßenlaterne erhellte den Weg, kein Licht drang aus den Kirchenfenstern, die wie riesige leere Augenhöhlen aus der weißen Wand starrten.

Nach etlichem Gestolper und Gefluche erreichte sie dennoch den Eingang. Neben dem Eingangstor hing eine gewaltige blecherne Glocke, die man betätigen musste. Einmal zögerliches Ziehen. Ein lauter Glockenschlag. Warten. Kein Mucks aus dem Kircheninneren.

Ein zweites Mal ziehen. Ein lauter Glockenschlag. Warten. Kein Mucks. Ein drittes Mal: Diesmal ließ sie die Glocke so wild tanzen, dass diese in wildes Geschepper ausbrach, das vermutlich alle im Umkreis von mehreren Kilometern aus ihren Betten auffahren ließ. Ernestine war wild entschlossen, die Glocke so lange läuten zu lassen, bis dieser verrückte alte Mann endlich seine verdammte Tür öffnete.

Was dann auch geschah, und zwar auf diese Weise: „Der Apfel" stieß sie mit einem wütenden Ruck auf und stierte wild in die Nacht, sein graues Haar ungekämmt und wild, eine goldene Brille verrutscht auf der Nase, als hätte er sie sich hastig aufgesetzt.

„Sieh da, die dumme Gans!", schrie er, als er Ernestine erkannte. „Was will die denn schon wieder? Plätzchen verteilen? Friedenslieder singen? Hä?"

Ernestine hob das Kinn und deutete auf das Metallschild, das neben der Tür befestigt war. *Alexandro „der Apfel" Apollo - Okkultist und Künstler*, verkündete es.

„Ich brauche Ihre Hilfe", sagte sie entschieden. „Ich brauche Ihre Hilfe, weil Sie der Einzige sind, der sich mit so was auskennt!"

„Hilfe braucht sie!", schrie der alte Mann, „da hat sie Pech! Ich helfe nicht jeder herbeigelaufenen Person, die glaubt, sie könne mir die Zeit mit ihren kleinen Problemchen stehlen!"

Ernestine war betrunken, und sie war verzweifelt – eine Kombination, die ihr eine ungewohnte Standhaftigkeit verlieh.

„Ich habe kein *Problemchen*, Herr Apfel", bemerkte sie schnippisch, „ich habe sieben kleine Geister adoptiert, und ich habe keine Ahnung, was ich mit denen anstellen soll! Ich finde, das ist ein *großes* Problem!"

„Sieben kleine Geister, was?" Er starrte sie durchdringend an. „Adoptiert, was? Das Weib ist ja irre, völlig irre!" Er kicherte begeistert.

„Na los doch, komm rein, das interessiert mich, das interessiert mich außerordentlich!" Alexandro „der Apfel" Apollo tat einen Schritt zu Seite, um sie passieren zu lassen, und Ernestine betrat das seltsamste Wohnhaus, das sie je gesehen hatte.

5
Die unheimliche Geschichte vom bösen, blonden Prinzen
Und: von einem Kreischen
Und: vom Sterben der Gerechten

Obwohl es nur eine kleine Kirche war, nicht weit entfernt von einer besseren Kapelle, wirkte das Innere beeindruckend, seit der Kirchensaal nicht mehr dem Gottesdienst diente. Als Atelier und Studierstube war es wahrhaft luxuriös.

Von der Decke winkten kunstvoll gemalte Heilige und leuchteten goldene Sterne, der Altar war als einziges „Möbelstück" erhalten geblieben und diente als monumentaler Schreibtisch, der bedeckt war von aufgeschlagenen Folianten und beschriebenen Seiten; ansonsten standen einige Staffeleien herum mit teils vollendeten, größtenteils aber erst begonnenen großformatigen Ölbildern, die alle grauenhafte Szenen zeigten, in denen irgendwelche Leute in kochende Töpfe getaucht, von scheußlichen Kreaturen gefressen wurden oder sonstwie brutal zu Tode kamen. (Typische katholische Malerei also.)

Der Boden war übersät von Bleistift- und Kohleskizzen. Zwei große Holztische trugen Lasten in Form von dicken Farbtuben, Gläsern mit Lösungsmitteln (deren Geruch den gesamten Raum schwängerte), und in einer Ecke stand ein müder alter Plüschsessel. So stellte sich die Umgebung auf den ersten Blick als beinahe perfektes Klischee von dem Wirkungsort eines Genies dar (oder von jemandem, der sich für ein Genie hielt. Die Grenze von *Genie* zu *einfach irre* verlief in diesem Fall absolut fließend.).

Was aber das wirklich Besondere an diesen Räumlichkeiten ausmachte, das, was Ernestine mit offenem Mund bereits im Eingang innehalten ließ, war Folgendes: In der alten Kirche wimmelte es von Geistern. So schien es. Auf den zweiten Blick wurde daraus eine überschaubare Zahl, vielleicht fünfzehn, vielleicht zwanzig. Doch waren das immer noch mehr, als Ernestine jemals in ihrem Leben an einem Ort versammelt gesehen hatte. (Und sie hatte durchaus schon andere Kirchen betreten. Dort war es stets geisterfrei zugegangen. Nicht einmal den Heiligen Geist hatte sie dort angetroffen.)

„Oh mein Gott", entfuhr es ihr demnach spontan (ein Ausruf, der durchaus kirchentauglich war), „hier ist ja alles voller Geister!" A. „der Apfel" A. starrte sie mit ebenso offenem Mund an wie sie das geisterhafte Treiben. „Sie kann sie sehen!", brüllte er. „Nicht mal ich kann sie sehen!"

Ernestine wandte sich ihm zu und wusste nicht, ob sie erleichtert oder verärgert sein sollte.

„Natürlich kann ich sie sehen!", schnappte sie. „Und eigentlich habe ich erwartet, dass jemand, der sich selbst als Okkultist bezeichnet, genauso dazu in der Lage wäre! Deswegen bin ich ja hier!" Einerseits war sie froh, dass es da endlich jemanden zu geben schien, der sie nicht für eine Spinnerin hielt, sondern von der Existenz der Geister wusste. Allerdings hatte es den Anschein, dass dieser Jemand noch weniger Ahnung hatte als sie. (Letzteres würde sich glücklicherweise sehr rasch als Irrtum herausstellen; was ihm an praktischer Erfahrung fehlte, wurde durch Theorie wettgemacht.)

A. „der Apfel" A. kratzte sich hingebungsvoll den Kopf, bevor er antwortete. „Tja ha", machte er dann, „tja ha, sie mag ja vielleicht sehen, aber sie hat keine Ahnung. Keine Ahnung. Ich jedoch weiß alles. Habe jahrelang studiert. Jahrelang. Ich weiß alles, was man wissen kann. Und doch, doch weiß ich, dass wir nichts wissen können, und das, das will mir schier das Herz verbrennen!" Er schüttete sich fast aus vor Lachen. „Na, wer hat das gesagt? Wer? Wer hat das gesagt?"

„Das ist mir ehrlich gesagt egal", sagte Ernestine kühl. „Vermutlich einer, der genauso schräg drauf war wie Sie!"

Sie zweifelte langsam an der Richtigkeit ihrer Entscheidung, diesen verwirrten Greis aufzusuchen, obwohl er sich bei genauerer Betrachtung als jünger herausstellte, als es den Anschein hatte. Das ergraute Haar, die zerfurchte Stirn, der gebeugte Gang waren zwar Eigenschaften eines Greises. Sein tatsächliches Alter konnte aber durchaus bei kaum über sechzig liegen, überlegte Ernestine. Früh gealtert durch die unbarmherzige Hand des Wahnsinns. Dann riss sie sich zusammen. Also bitte! Da hatte sie ein ganzes Leben darunter zu leiden, als verrückt bezeichnet zu werden, einfach nur, weil sie mehr sah als andere, und beim Erstbesten, den sie nicht sofort einordnen konnte, war sie bereit, genauso schnell zu urteilen. Zu verurteilen. Sie seufzte.

„Ich würde mich freuen, wenn Sie sich ein wenig Zeit für mich nehmen könnten", bat sie demnach betont höflich, „falls mein Fall in Ihren Zuständigkeitsbereich ..."

„Oh ja, oh ja!" Er nickte so heftig, dass seine wirren Locken flogen. „Nicht umsonst rühme ich mich, auf diesem speziellen Fachgebiet des Paranormalen eine enorme Kompetenz vorweisen zu können. Daher auch mein Name, falls sie versteht, *Alexandro* wie der große Alexander, der bereit war, die Welt zu erobern, so wie ich bereit bin, die Welt des Wissens zu erobern, *Apollo* nach dem Gott der Künste und der Weisheit, einem Gott, dem ich mich verschrieben habe, und der *Apfel* dazwischen, der den Gott vom Feldherren trennt. Der Apfel erinnert stets an die Versuchung durch Wissen und Erkennen, eine Versuchung, welche die Menschheit letztendlich zu Fall brachte, wenn sie versteht, wenn sie die Großartigkeit dieses Namens versteht! In anderen, alten Kulturen, in Afrika, in Asien, zum Beispiel, wurde derartiges Wissen viel breiter, umfassender weitergegeben als bei uns, wenn sie versteht! Aber als Okkultist habe ich bei herausragenden Lehrern an verborgenen, an geheimen Orten ... jaja, ich langweile sie, ich merke es, ich schweife aus, ich schweife ab, blablabla, blablabla, das kommt davon, wenn man tagein, tagaus nur mit demselben alten Zausel spricht!"

Er kicherte und stieß Ernestine kameradschaftlich einen spitzen Ellbogen in die Seite. „Um auf ihr Problem zurückzukommen. Um mich adäquat auf das Thema vorzubereiten zwei Fragen: Die besagten Geister, um die es geht: Sind sie friedlich?"

„Na ja", Ernestine zuckte mit den Schultern, „bis jetzt, ja. Also, sie sind nicht wirklich böse, wenn Sie das meinen ... Sie sind nur ... naja, wie Kinder so sind, nicht wahr?"

„Hm, hm ..." Er nickte. „Und sie sollen erlöst werden, ja? Ihre Seelen sollen heimkehren dürfen, darum geht es, ja? Einen Weg zu finden, ihnen den richtigen Weg zu zeigen, ja? – Das war schön gesagt, im Übrigen, findet sie das nicht ebenfalls? Darum geht es also, ja?"

„Ja, ich denke schon", sie zuckte abermals mit den Schultern, „ähm, ich weiß nicht viel über Geister. Ich kann sie nur sehen, und ich kann mit ihnen reden, verstehen Sie? Ich bräuchte jemanden, der mir einfach erklären kann, warum sie existieren, wie man mit ihnen umgeht ... Ich bräuchte eine Art Lehrstunde in Geister-Theorie mit dem Schwerpunkt Geisterkindererziehung!" Jawohl. So war das. Genau das hätte sie bereits vor Jahren gebraucht.

„Ja, ja, das machen wir, das machen wir! Das machen wir morgen! Ich bereite mich vor, ich vergebe einen Termin! Sie hat einen Termin, morgen früh um elf Uhr in meinem Büro. Ein offizieller Termin, verstanden?"

„Ja, gut!" Ernestine war erleichtert. „Dann ... bis morgen um elf!" Ihre sozialen Kompetenzen waren nach diesem langen kommunikationsreichen Tag erschöpft. Also wandte sie sich zum Gehen, als „der Apfel" noch einmal ganz nahe an sie herantrat und sie mit stechendem Blick musterte. „Diese Nase", murmelte er, „diese Nase ist mir doch gleich aufgefallen ... Sie gefällt mir nicht! Gefällt mir ganz und gar nicht!"

Damit war's genug. Zutiefst gekränkt wirbelte sie herum und ging. Endgültig.

„Nicht vergessen! Morgen früh um elf!" krähte es hinter ihr her, bevor der Schneesturm alle weiteren Geräusche aus der Kirche verschluckte. „Ach, rutsch mir doch den Buckel runter", schimpfte sie, während sie sich die lästigen Äste aus dem Gesicht wischte, die den Pfad kreuzten. „Warum lerne ich nicht mal jemanden kennen, der nett ist und normal? Und vielleicht noch dazu jung und gutaussehend. Verdammt!"

Ernestine hatte keine Ahnung, wie schnell sich ihr Wunsch erfüllen sollte, dann aber auf eine ganz andere Art und Weise, als sie es sich vorgestellt hatte. Manchmal sollte man mit unbedacht geäußerten Wünschen doch vorsichtiger sein.

„Herzlich willkommen in unserem Hause, Herr Geier!" Die Dame am Empfang zeigte ein herzliches Lächeln, eine gut sitzende Frisur und eine perfekt geschnittene Bluse. Wie breitwillig Frauen ihre Freundlichkeit für einen mageren Lohn verkauften. Demütigend.

„Wir haben für Sie ein Zimmer im dritten Stock reserviert, Blick auf den Innenhof, sehr ruhig, direkt am Lift."

„Nichtraucher?"

„Aber selbstverständlich!" Sie lächelte, als würde sie es mit überschäumender Freude erfüllen, das sagen zu dürfen. Eine Spur zu viel Rouge übrigens. Und der dunkle Ansatz der blondgefärbten Haare wurde bereits sichtbar.

„Außerdem war es uns sogar möglich, Ihre Assistentin wenn auch nicht direkt nebenan, so doch noch im selben Stock unterzubringen, obwohl die Reservierung erst so kurzfristig eintraf! Ich hoffe, das ist zu Ihrer Zufriedenheit!"

Sie schaffte es in der Tat, so auszusehen, als würde ihr ganzes Seelenheil davon abhängen, ob alles zu seiner Zufriedenheit war oder nicht. Ja, sie war gut. Allerdings, würde er ehrlich antworten, müsste er sie enttäuschen: Er war nicht nur unzufrieden – er war heftig vor den Kopf gestoßen. Und glaubte einen kurzen Moment, sich verhört zu haben. Was man ihm nicht ansah. Natürlich nicht. Geistesgegenwärtig lächelte er förmlich zurück und antwortete automatisch das, was sie von ihm zu hören erwartete: „Ja, ganz hervorragend, Frau Behrends, vielen Dank, Frau Behrends!", während er gleichzeitig dachte: „Ich bringe dieses kleine Biest um. Früher oder später. Eher früher. Möglicherweise innerhalb der nächsten fünf Minuten."

Denn da tauchte es auch schon auf, nicht im Geringsten irgendwie biestig wirkend, sondern adrett in einem apfelgrünen Business-Kostüm, das in frischem Kontrast zu den ordentlich zurückgebundenen roten Locken stand. Ein schlichter, kleiner Koffer, flache praktische Pumps, subtiles Make-up, genau die richtige Dosierung von Atemlosigkeit. „Entschuldigen Sie, Herr Geier, der Zug hatte Verspätung!", rief sie eifrig, „dafür habe ich alle Verträge beisammen, die Sie morgen benötigen!"

Eine Assistentin wie aus einem Bilderbuch für Berufsberatung. Nur ein bisschen zu wohlgenährt vielleicht, die Bäckchen zu prall, die Ärmchen zu rundlich, um den Eindruck vollkommener Effizienz zu bedienen. Zu *sweet* um *tough* zu sein. Verdammte Anglizismen. Man konnte einige Jahrhunderte früher geboren sein als der Rest der Bevölkerung, aber gewisse Ausdrücke hatte man genauso schnell im Repertoire oder sogar schneller als die Normalsterblichen. Schließlich benötigte man eine gewisse Anpassungsfähigkeit, um Jahrhunderte zu überdauern. Trotzdem: verdammt. Verdammt sollten alle pummeligen Sweetheart-Möchtegern-Assistentinnen in apfelgrünen Kostümen sein. (Ein Fluch, der mehr Treffer erzielte, als man annehmen mochte.)

Der Andere klatschte ein paar Mal langsam, beifällig, in die

Hände, wobei er ihr einen Blick zuwarf, der alles andere als freundlich war. „Aber das ist ja wun-der-bar ...", intonierte er eine Spur zu bissig. „Ganz wun-der-bar, alle Verträge, nein, kaum zu fassen, wie unglaublich kompetent Sie doch sind, Fräulein ..."
„Watson", stellte sich die Assistentin geistesgegenwärtig am Empfang vor und lächelte ihn nervös an. Immerhin nervös. Also nicht komplett kaltblütig. „Peggy Watson. Für mich wurde heute nachträglich ein Zimmer zur Firma Geier reserviert."
„Gerade habe ich Ihrem Chef mitgeteilt, dass das reibungslos klappt!" Die Empfangsdame strahlte.
Peggy Watson strahlte.
Der Andere hatte kurz das Bild vor Augen, wie er mit einem einzigen Schwerthieb zwei Frauenköpfe sauber von ihren Rümpfen trennte, so dass das Lächeln blubbernd in einer Lache ihres eigenen Blutes ertränkt würde. Nichts ging über die demonstrative Endgültigkeit abgetrennter Köpfe. Er seufzte. Vielleicht sollte er darüber nachdenken, sein altes Schwert wieder auszugraben; er hatte ganz vergessen, wie gut dieses schwere Stück Metall in der Hand lag, auch wenn es für seine tägliche Arbeit untauglich war. Schade. Also lächelte er ebenfalls. Genauso überzeugend wie der Rest der kleinen Runde. „Wirklich schön, Sie hier zu sehen, Fräulein Watson", sagte er, wobei nur das Fräulein ahnen konnte, dass er genau das Gegenteil meinte. „Ich würde sagen, wir kümmern uns um das Gepäck und nehmen uns ein paar Minuten, um uns frisch zu machen. Danach würde ich Sie gern auf meinem Zimmer sehen. Wir haben noch einige ... äußerst wichtige Dinge zu besprechen, Fräulein Watson!"
Fräulein Watson verlor nicht ihr Lächeln, schluckte jedoch einige Male merklich. Sie schien also nicht unbedingt unfassbar dumm zu sein, sondern entweder tollkühn oder einfach unaussprechlich naiv. Mit großer Wahrscheinlichkeit Letzteres. Ein behütetes Mädchen aus gutem Hause, das aus irgendeinem uneinsichtigen Grund in Dinge verstrickt wurde, denen es nicht gewachsen war.
Der Andere warf den Damen einen Gruß vor die Füße und zog sich zurück. Um in der Abgeschiedenheit seines Zimmers so laut „Scheiße!" zu brüllen, dass die Bilder an den Wänden wackelten, die Scheiben klirrten und eine Spinne vor Schreck tot von der Decke stürzte. Zum Teufel mit der Selbstbeherrschung ...

𝒟as Kreischen hatte einen Klang, der nicht von dieser Welt war. Einen Klang, der für menschliche Ohren schmerzhaft war und furchteinflößend. Einen Klang, der von gefährlicher Größe und unberechenbarer Grausamkeit kündete und von ohnmächtiger Wut.
Lange war das gewaltige Wesen hier schon gefangen. Es zählte nicht die Tage und auch nicht die Jahre, es rechnete nicht nach den irdischen Gesetzen, aber es fühlte seine Zeit verrinnen und es fühlte, wie sein Hunger wuchs. Es hungerte nach lebendigem Fleisch, es hungerte danach, Leiber zu zerreißen und sich an den Eingeweiden der Toten satt zu fressen. Es hungerte nach dem Wind in seinen riesigen Schwingen und der Freiheit der Lüfte. Zornig schlug es mit seinem muskulösen Schwanz gegen die Wände seines Gefängnisses. Einmal und noch einmal. Aber die Mauern waren zu massiv, der Zauber, der sie festigte, zu stark. Es legte den Kopf zurück und ließ erneut ein schrilles Kreischen hören, dann sank es in sich zusammen, schloss die fahlgelben, reptilienhaften Augen und begann erneut mit dem Warten. Es würde warten, solange es nötig war. Bis der Fels, der es einschloss, zu Staub zerfiel, oder bis zum Ende der Welt.
Oder, bis irgendjemand kommen würde, um es zu befreien ...

ℬis zu diesem Zeitpunkt war es ihr wie die vernünftigste Idee überhaupt erschienen, die Einladung anzunehmen. Wann war sie denn zuletzt von einem jungen, gutaussehenden Mann auf ein Bier eingeladen worden? Als Ernestine sich jedoch in dem Lokal umsah, in dem sie gelandet waren, stieg ein gewisses Unbehagen in ihrer bis dato cognacbeschwingten Brust auf.
Erstens hatte es bisher an diesem Ort gar kein Lokal gegeben, sondern lediglich einen schon seit Jahren leerstehenden Laden im Erdgeschoss, dessen blinde Schaufenster stets mit Plakaten vollgepflastert waren. Sie war erst vor kurzem hier vorbeigelaufen – zwei Straßen von der Lindwurmgasse entfernt -, und da war dieses Café oder was auch immer das sein sollte, definitiv noch nicht da gewesen. Zweitens sah es auch innen nicht aus wie ein Café. Eine Bar war vorhanden. (Aus rohen Planken fahrlässig zusammengezimmert. Sogar ein paar dicke Nägel ragten aus dem Holz!) Ein paar Tische mit Stühlen waren vorhanden. (Drei davon. Jeder in einer anderen Form und Größe.)

Aber das alles wirkte eindeutig so, als wäre es schnell aus irgendwelchen Hinterhöfen geklaut worden, um es kurzfristig aufzubauen und etwas daraus zu machen, das entfernt aussah wie eine Bar. Allerdings gaben sich die Bühnenbildner auf jeder Hinterwäldler-Theaterbühne mehr Mühe. Das hier wirkte nicht überzeugend. Zu staubig. Zu sehr nach modrig unbenutzten Räumen riechend. Zu schäbig. Niemand würde sich in diesem düsteren, dreckigen Loch verabreden. Niemand würde hier freiwillig einkehren, um etwas zu trinken, niemand!

Nur Ernestine. Weil sie in erschreckendem Ausmaß naiv war. (Mehr noch als eine gewisse falsche Assistentin.) Dabei hatte sie bis vor fünf Minuten noch nicht daran gezweifelt, dass alles in Ordnung war. Ganz im Gegenteil. Bis vor etwa fünf Minuten war in Ernestines Gehirn, was selten vorkam, eine vergnügte Gruppe von Endorphinen herumgesprungen. Schließlich handelte es sich um ein seltenes Ereignis, dass man sich etwas wünschte und dieses stante pede erfüllt wurde.

Genau das hatte sich aber zugetragen: Sie war vor einer guten halben Stunde missmutig nach ihrem durchwachsenen Besuch beim Herrn „Durchgeknallter Apfel" aus dem kirchenumrankenden Gestrüpp auf die Lindwurmgasse hinausgetreten, hatte sich an die Nase gefasst und überlegt, ob diese wirklich so hässlich war, dass fremde Leute sie darauf ansprechen mussten, als sie beinahe in eine Gestalt hineingerannt war, die dort herumstand, als hätte sie nur auf sie gewartet.

Dann hatte sich die Gestalt – oh Wunder! – als junger, gutaussehender, netter Mann entpuppt. Unbefangen hatte er sie begrüßt.

„Sieh an, sieh an!", hatte er gerufen, „was hier alles aus den Gebüschen herauspurzelt!" Dabei hatte er sie angestrahlt, als wäre sie für ihn eine ebenso erfreuliche Überraschung wie umgekehrt. Anscheinend wollte er, wie er mitteilsam berichtete, seine Großeltern besuchen, die in der Lindwurmgasse lebten, aber leider noch nicht zuhause waren. (Das klang durchaus glaubwürdig. Er machte ganz den Eindruck eines schnöseligen, porschefahrenden Enkelsohns.) Deswegen hätte er sich noch kurz hier umgesehen, bis sie wieder zurück wären. Allerdings war es ja ziemlich kalt und ungemütlich mit dem ganzen Schneegestöber, und er wollte ja nicht aufdringlich sein, aber da gab es ein so bezauberndes kleines Café gleich um die Ecke, und ob es vermessen sei, sie dorthin für eine halbe

Stunde einzuladen, um sich gemeinsam bei einer Tasse Tee aufzuwärmen oder ein Bier zusammen zu trinken, sie würde so aussehen, als ob sie einen schweren Tag hinter sich hätte, und er würde sie auch wohlbehalten wieder hier absetzen, wenn er später noch einmal seine Großeltern aufsuchte...

Erfrischend kommunikativ war er gewesen, redselig und zutraulich. Und außerdem trug er Schwarz. Ausschließlich Schwarz. Schwarze Schuhe, schwarze Jeans, schwarzes Hemd, schwarze Lederjacke. Und sogar einen schwarzen Schal. Es schien ihren sehnsuchtsvollen Augen, als wäre er geradewegs ihrer eigenen, vom Tod gezeichneten Welt entstiegen, als hätte ihr der Himmel ein Zeichen geschickt: Sieh her, hier ist der Mann, von dem du nie glaubtest, dass er existieren würde, der Mann, der so ist wie du ...

Deswegen saß Ernestine dem besagten jungen Mann inzwischen auf einem wackeligen Stuhl gegenüber und musterte ihn genauer, nachdem sie ihre Umgebung bereits einer ausführlichen Betrachtung unterzogen hatte.

Die Endorphine hatten sich längst wieder in ihre Verstecke zurückgezogen, denn nicht nur ihre Umgebung hielt einem zweiten prüfenden Blick nicht stand. Auch der junge Mann verlor rapide an Attraktivität, je länger sie ihn ansah ohne die verklärende Brille der Hoffnung auf einen Schicksalsgefährten, ohne die trübenden Linsen der Geschmeicheltheit, weil es ihr so selten geschah, dass ihr der Hof gemacht wurde.

So wischte ihr der Verstand die Augen nach und nach wieder klar: Er war immer noch sehr gutaussehend, hatte halblanges, dichtes, blondes Haar, ein jungenhaftes Gesicht und eine athletische Statur. Aber irgendwie ... bröckelte seine Freundlichkeit zusehends, seit sie die einzigen Gäste in diesem zweifelhaften Etablissement waren. (Die anderen beiden waren vor fünf Minuten aufgestanden und gegangen, und zwar fünf Minuten nachdem ein komischer Kellner ihnen einen Geldschein zugesteckt hatte. Möglich, dass es sich dabei nicht um einen Zufall gehandelt hatte.) Obwohl immer noch träge, elektronische Musik den Raum bedudelte, wurde es von Minute zu Minute stiller und stiller und stiller und stiller. Ernestine wurde nämlich langsam bewusst, dass sie, abgesehen von dem wenig vertrauenerweckenden Kellner, ganz allein waren.

„Jetzt sind wir also unter uns, Ernestine", stellte der junge Mann zusätzlich fest. Er hatte sich als Damon vorgestellt (ausgesprochen:

Dey-min), und sein Lächeln war nicht mehr ausnahmslos liebenswürdig, es lag etwas Drohendes darin, genau wie in seinem Ton. Ernestine besaß feine Antennen (sicherlich ein nicht unwesentlicher Grund, aus dem sie so feinstoffliche Dinge wie Geister wahrnahm und ihr halbes bisheriges Leben in Psychiatrien zugebracht hatte. Sie war sensibel, intuitiv, feinfühlig und nur hin und wieder in einem erschreckenden Ausmaß naiv.), und was diese Antennen aktuell an Schwingungen aufnahmen, war alles andere als beruhigend.

Gerade weil sie oft genug von Geisteskranken umgeben gewesen war (von echten Geisteskranken, nicht nur solchen wie sie selbst, nur um das klarzustellen!), kannte sie diese Aura, die hin und wieder fast greifbar um Psychopathen waberte und die selbst durch sedierende Medikamente hindurch spürbar blieb. Eine Aura, die auf völlig fehlgeleitete menschliche Instinkte hinwies, auf das totale Unvorhandensein jeglicher konventionellen Moral. Auf eine Persönlichkeit, so wie die, die sie gerade vor sich hatte. Sie war in einer nicht einmal besonders raffiniert ausgelegten Falle gelandet. Wie ein dummes Kaninchen.

Zwar hatte sie nicht den blassesten Schimmer, was wie und wozu das passiert war; aber auch ein dummes Kaninchen spürt, wenn sich eine Schlinge zuzieht. Wenn ein Greifvogel die Krallen ausfährt. Wenn ein Fuchs zum Sprung ansetzt. Wenn ein Jäger die Flinte anlegt. Oder was auch immer einem dummen Kaninchen so alles zustoßen konnte (eine ganze Menge). Ernestine setzte sich aufrecht hin, nahm einen Schluck von dem ungekühlten Bier, um ihren trockenen Mund zu befeuchten, räusperte sich und stellte tapfer die einzig relevante Frage: „Werde ich lebend zu dieser Tür hinausgehen?"

Damon grinste diabolisch. „Oh, ich weiß nicht", sagte er gedehnt, nicht einmal überrascht davon, wie schnell und ohne Umschweife sie auf den Punkt kam, „das ist noch nicht sicher. Hängt von dir ab, Erni. Erni! Hat dir schon mal jemand gesagt, dass du einen bescheuerten Namen hast?"

Ernestine antwortete nicht. Ihr Name war noch das am wenigsten Bescheuerte an ihr, aber das musste sie ja nicht verraten.

Damon lachte spöttisch auf. „Bist ein komisches Mädchen, Erni. Bist ein echt komisches Mädchen. Also, ich treff' ja auf viele komische Leute in meinem Job, aber du bist schon ´ne sehr spezielle Nummer!"

Er musterte abfällig ihren abgetragenen, schwarzen Wollpulli, das ungekämmte Haar und die riesigen Silberohrringe in Form von, natürlich, grinsenden Totenköpfen.

Sie hingegen musterte seinen glänzenden, schwarzen Anzug, das seidene Hemd, das weit genug offenstand, um blondes Brusthaar zu entblößen, die aufwendige Föhnfrisur und dachte grimmig, dass es bestimmt sehr teuer gewesen sein musste, so billig auszusehen, aber sie hielt den Mund.

Ernestine mochte manchmal, und zwar in den unpassendsten Augenblicken, erschreckend naiv sein, aber sie war nicht zu dumm, um zu wissen, wann es an der Zeit war, sich zu fürchten. Und jetzt fürchtete sie sich. Sie befand sich in einer für sie sehr ungewohnten Situation: Sie wurde real bedroht. Nicht von grauenerregenden, aber letztendlich harmlosen Geistern. Nicht vom Wahnsinn, der in den Tiefen ihres eigenen Selbst lauerte. Nicht vom Unglück, das ihr Leben verpfuschte. Sie wurde bedroht von einem Mann aus Fleisch und Blut, der sie in eine schäbige Kneipe gelockt hatte, die nicht einmal das war, und der ihr möglicherweise Schreckliches antun würde. Vielleicht war es ein Serienkiller, dessen Opfer junge Frauen waren, die er wochenlang gefangen hielt, auf schlimmste Weise missbrauchte und ihre toten Körper verstümmelte und anschließend mit Rosmarin gedünstet aufaß. Oder so.

Ernestine verfluchte ihre Fantasie und zwang sich, weiterhin ruhig und aufrecht auf diesem verdammt wackeligen Wrack von einem Stuhl zu sitzen und einen Schluck von dem widerlichen lauwarmen Bier zu nehmen.

Damon beobachtete sie genau, belauerte sie und spürte ihre Angst. Wartete auf ihre Angst. Genoss ihre Angst.

„Also, komische Erni mit dem komischen Namen", sagte er gedehnt, „du fragst dich bestimmt gerade, was hier los ist und was ich mit dir vorhabe!" Wie aus dem Nichts hatte er plötzlich ein handlanges Messer in der Hand, das er mit der Spitze voran in die Tischplatte rammte, wo es zitternd steckenblieb. Natürlich zuckte Ernestine zusammen (und spürte den plötzlichen heftigen Drang zu pinkeln). Ihr Gegenüber grinste zufrieden. ‚Wenigstens ist es um den hässlichen Tisch nicht schade', sagte sie sich, und wunderte sich gleichzeitig über diese nebensächlichen Überlegungen. Die nächste Erwägung war, ob sie es schaffen würde, dem Typen mit der Bierflasche den Schädel einzuschlagen, bevor er sein Messer wieder herausziehen konnte. Ein weitaus nützlicherer Gedanke, wie sie fand. In diese Richtung sollte sie weiterdenken.

Sie zog eine Zigarette aus ihrer Packung und zündete sie an.

„Ich nehme mal an, in diesem Café gibt es kein Rauchverbot", bemerkte sie und wunderte sich selbst ein wenig, dass weder ihre Hand noch ihre Stimme zitterten. Aber ach, bei allen tanzenden Gerippen, wenn sie in die richtige Richtung weiterdachte, kam dabei ganz einfach Folgendes heraus:

Sie hatte das doch schon alles hinter sich. Sie hatte Tage, Wochen, Monate von Todesangst hinter sich, Todesangst, die noch um einiges heftiger gewesen war als diese hier und sich absolut real angefühlt hatte. Sie dachte an die Begegnung mit einem Geist, der sich den Scherz erlaubt hatte, ihre, Ernestines Gestalt, anzunehmen, um ihr dann genüsslich optisch vorzuführen, wie ihr Körper langsam verfaulte, wie sich das Fleisch verfärbte, wie die Haut aufbrach, wie sich gärende Blasen bildeten, wie dicke Maden sich aus ihren Augenhöhlen fraßen. Sie hatte sich selbst beim Verfaulen zugesehen.

Das war vor ihrem dreizehnten Geburtstag gewesen. Da hatte sie bereits Grauen gesehen, das alles überstieg, was in Horrorfilmen gezeigt wurde. Und nicht nur das. Sie hatte ebenfalls gesehen, wie sich Vanessa, ihre Zimmergenossin in der Jugendpsychiatrie, umgebracht hatte, indem sie sich mit einer Glasscherbe die Unterarme aufgerissen hatte. Nicht aufgeschnitten. Gerissen. Die Muskeln und Sehnen waren zerfetzt gewesen, die Blutlache riesig. Ernestine hatte sie morgens so im Bad gefunden. Längst tot. Sie hatte sechs oder sieben sehr reale Liter Blut auf den weißen Fliesen verteilt gesehen, sie hatte das Blut gerochen, sie hatte ihre Hand in Panik an einen realen toten Hals gelegt, um nach einem Puls zu fühlen. Und: Sie hatte Vanessas Geist gefunden, neben der Leiche. Ein verlorenes, zartes Ding, das nach seiner Mutter weinte und weder begriff, dass es tot war noch wusste, wohin es sollte. Es war noch tagelang schluchzend durchs Zimmer geirrt und hatte Ernestine um Hilfe angefleht. Sie hatte noch nie so viel Verzweiflung und Angst in einem Geschöpf gespürt. Das war einer der Gründe, warum sie sich niemals selbst das Leben nehmen würde. Zu sehr fürchtete sie, ihre Seele würde danach keine Ruhe finden.

Sie hatte also bereits eine ganze Menge gesehen. Und was hatte sie nun hier? Einen Schnösel, der ihr mit einem Messer drohte. Mit einem *Messer*! Mit einem *kleinen* Messer. Er würde sie im schlimmsten Fall quälen und umbringen. Und? Das würde nicht ewig dauern und irgendwann zu Ende sein. Und danach? Würde sie frei sein. Frei von allen Schmerzen, allem Unglück, aller Einsamkeit. So frei, wie sich es sich seit Jahren ersehnte. Und das sogar, ohne die Unannehmlichkeiten einer langen tödlichen Krankheit ertragen zu müssen.

Sie stieß hustend den Rauch aus, sah Damon direkt in die Augen und fragte herausfordernd: „Na, dann. Sag´s mir. Was hast du denn mit mir und deinem kleinen Messer vor?"

Das Telefongespräch, das er früher am selben Tag geführt hatte, war natürlich genauso gelaufen, wie er es erwartet hatte. Egal, welche Vorwände er vorbrachte: Nichts würde etwas daran ändern, dass er die verwöhnte Göre am Hals hatte, die er zur Killerin ausbilden sollte. Er hatte eingeworfen, dass ein derartiges Abkommen nicht in seinem Vertrag enthalten sei.

Die Antwort hatte gelautet: Wenn er den Vertrag noch einmal in die Hand nähme und im Kleingedruckten nachsähe, würde er feststellen, dass er sich dazu bereit erklärt hätte, einen Lehrling aufzunehmen und zu den Konditionen anzulernen, die ihm in den Unterlagen nahegebracht würden, welche er von Miss Biss enthalten hätte.

Der Andere ersparte es sich, im Kleingedruckten nachzusehen. Als er seine Laufbahn bei jener Firma begonnen hatte, war im Vertrag noch keine einzige Zeile Kleingedrucktes vorhanden gewesen. Es hatte sich um ein einzelnes Stück Pergament gehandelt, mit wenigen einfachen, federkielgeschwungenen Sätzen darauf und ordentlich mit seinem eigenen Blut unterzeichnet. Im Lauf der Jahre waren aus der einen Seite auf wundersame Weise mehrere geworden, die immer neue Ausnahmefälle und Extraregelungen beinhalteten.

Nicht, dass ihn das erstaunte. Nur die Dummen glaubten daran, dass es fair zuginge, wenn sie die eigene Seele verkauften. Der Andere hatte mit Betrügereien gerechnet; er kannte seinen Vertragspartner nur zu gut. Aber manchmal ärgerte es ihn doch. Es war streckenweise harte Arbeit gewesen, sein Album so weit zu füllen.

Er hatte viele kommen und gehen sehen, die ihr Blut und ihren Namen unter ähnliche Verträge gesetzt hatten. Die meisten hatten keine paar Tage durchgehalten. Immer wieder erstaunlich, wie viele keine Ahnung hatten, worauf sie sich einließen, wie viele geblendet waren von der Aussicht auf Erfolg, wie viele kümmerliche Kleingeister aber gleichzeitig nicht begriffen, dass sie, wenn sie nicht einmal in der Lage waren, ihr eigenes kleines Leben so zu beherrschen, dass sie sich selbst zu Reichtum und Ruhm und Einfluss verhelfen konnten, auch nicht der Macht gewachsen waren, die ihnen diese Dinge versprach.

So gesehen war es sein Privileg, das es ihm erlaubte, sich um Kleingedrucktes zu streiten. Er war der Günstling des Teufels. Er durfte murren. Aber auch er musste gehorchen.

Demzufolge war er mit den entsprechenden Unterlagen beschäftigt, als es in einer Mischung aus Forschheit und Zaghaftigkeit, die auf nur eine Person hindeutete, an seine Zimmertür klopfte.

„Es ist weder abgeschlossen", sagte der Andere barsch, „noch bin ich nackt. Demnach gibt es nichts, was dich daran hindern sollte, diesen Raum zu betreten, Watson!"

„Sie hatten darum gebeten, Sie wegen einiger wichtiger Themen aufzusuchen." Die mädchenhafte Stimme kroch, als wolle sie wie eine Vorhut erst einmal das Terrain sondieren, in den Raum. Dann schob sich der dazugehörige Körper hinterher und blieb direkt an der Tür stehen.

Der Andere wandte nicht den Kopf von dem Text, den er auf dem Bett liegend las, aber er erkannte aus den Augenwinkeln, dass sie nicht so dumm war, ein süßes Lächeln zu produzieren. Gut. Sie wusste, dass ihn so etwas nicht beschwichtigen würde, und sie versuchte es erst gar nicht. Statt dessen blieb sie bewegungslos und respektvoll stehen und wartete auf seine Anweisungen, was ihm leider keinerlei Grund lieferte, sie anzufahren oder sofort wieder hinauszuwerfen. Na schön. Dann eben nicht.

„Setzen Sie sich, Watson", forderte er sie schließlich in einem Ton auf, in dem andere „Verpiss dich!" sagten. Sie setzte sich schräg gegenüber auf einen weißledernen Drehsessel. Lehnte sich zurück. Schlug die Beine übereinander. Soso. Fühlte sich also einigermaßen sicher, trotz aller Nervosität.

Nun, sie wussten beide, dass er keine andere Wahl hatte, als sie zu akzeptieren und dass es nicht infrage käme, sie einfach ein für alle Mal zu beseitigen. Man hatte sie dementsprechend beruhigt und ihn gewarnt. Es herrschte somit gewissermaßen eine Pattsituation.

„In einem üblichen Verfahren", brach der Andere das Schweigen, ohne von seinen Seiten aufzusehen, „würden eine Vielzahl an Bewerbungen eingehen. Dutzende von jungen, hirnverbrannten Leuten hätten ihre Lebensläufe geschickt, und mir, als neuem Chef..." (er kam nicht umhin, bei dem Wort *Chef* die Augen zu verdrehen. Verdammt, er war niemals der *Chef* von irgendwem gewesen und es wäre ihm recht, diesen Zustand beizubehalten), „... und mir, als neuem, bedauernswerten Chef, der ab sofort den Babysitter für eine einfältige Närrin zu spielen hat, wäre die Aufgabe zugekommen, aus dieser Vielzahl von Bewerbern den geeignetsten auszusuchen." Er legte eine kurze Kunstpause ein. „Und jetzt sagen Sie mir, Fräulein Watson, was genau *Sie* dazu prädestiniert, diese sicherlich sehr begehrte Stelle ohne eine Vorauswahl oder Prüfung zu ergattern. Oder hängt die Antwort ganz einfach mit Ihrem Namen zusammen, und damit, dass dieser Name zu einer bestimmten Anwaltskanzlei gehört – *Krahmer und Söhne*, wenn ich mich nicht irre -, welche über einen gewissen Einfluss verfügt, da sie schon seit Generationen demselben Herrn dient wie ich auch?"

Er sah sie das erste Mal, seit sie den Raum betreten hatte, direkt an und registrierte einen feinen roten Schimmer auf ihren Wangen. Wie leicht sie erröteten, diese jungen Mädchen, selbst wenn sie aus der skrupellosesten, mächtigsten und verderbtesten Familie der Stadt stammten.

„Charlotta Clarissa Krahmer. Wenn ich mich richtig erinnere, müsstest du die Enkelin von Clarissa Carla Krahmer sein, richtig? Eine alte Bekannte von mir. Wusstest du, dass deine Großmutter mich vor Jahren beauftragte, ihren eigenen Bruder aus dem Weg zu schaffen, weil sie die alleinige Leitung der Kanzlei wollte?"

Charlotta schien sich nicht sicher zu sein, ob er von ihr erwartete, eine Antwort zu geben oder weiterhin schweigend dem Monolog zu lauschen, also blickte sie einen Moment fragend zu ihm hinüber und setzte dann zu einer Entgegnung an.

„Ähm, das ist richtig!", sagte sie zögernd. „Ich bin die Tochter von Michaela und Klaus Karlo Krahmer, die zusammen mit meiner Tante und deren Mann die Kanzlei *Krahmer und Söhne* leiten. Dabei sind es traditionell eher die Frauen unserer Familie, die die Geschäfte führen. Das *Söhne* befriedigt nur das patriarchalische Denken der Gesellschaft." Sie versuchte ein verschwörerisches Lächeln, das an der steinernen Miene des Anderen abprallte.

„Meine Großmutter Clarissa wird allgemein für ihren klugen Schachzug bewundert, ihren unfähigen, verweichlichten Bruder beseitigt zu haben, bevor er zu einer Gefahr für unser ganzes Familienunternehmen wurde. Sie war mir eine ausgezeichnete Lehrerin!"

Die kleine Krahmer schaffte es, gleichzeitig wohlerzogen bescheiden und herkunftsmäßig stolz mit den Wimpern zu klimpern. Eine kleine Krahmer! Gab es noch irgendeine Steigerung? Ließ sich die Liste noch um irgendeine andere negative Eigenschaft erweitern? Der Andere schloss kurz die Augen und sah unwillkürlich das Album an einer bestimmten Seite geöffnet. „Kurt Krahmer, 3. Juni 1951" lautete die Überschrift.

Kein Tag, an den er gern zurückdachte. Wie lange das bereits her war...! Es war ein hochsommerlich warmer Vormittag gewesen, die Luft noch rein und frisch von der Nacht, der Himmel blau und klar.

Der Andere war pfeifend in die Kanzlei marschiert und hatte mit Freude der Stunde entgegengesehen, die er danach im Park mit einem guten Roman verbringen würde. Am Empfang hatte er sich – wie stets unter falschem Namen – vorgestellt und wurde zu der jungen Frau Krahmer geführt, mit der er verabredet war.

Sie war wirklich sehr jung gewesen, nur ein paar Jahre älter als ihre Enkelin jetzt; sie hatte die gleichen roten Locken besessen, wenn auch eine schlankere Figur, und einen stählernen Blick, aus dem Machthunger und unendlicher Ehrgeiz sprachen. Er kannte solche Blicke. Er hatte sie hundertmal gesehen. Offiziell erledigte sie als brave Tochter anfallende Schreibarbeiten. Inoffiziell wurde sie bereits eingearbeitet, die Kanzlei in einigen Jahren zu übernehmen. Sie hatte ihm nach einem kurzen Gruß die Tür gezeigt, die zum Zimmer ihres Bruders führte und sich sofort verabschiedet.

„Warum tust du es nicht selbst?", hatte er ihr noch aus reiner Neugier hinterhergerufen.

„Ich mache mir nicht die Hände schmutzig", hatte sie über die Schulter zurückgeworfen. Und der Bruder ... Ein armer Kerl, der bemitleidenswerte Pläne geschmiedet hatte, die Kanzlei wieder auf den Weg der Rechtschaffenheit zurückzuführen, wieder Recht zu sprechen, anstatt sich selbst durch Unrecht zu bereichern, einer dieser jungen dummen Idealisten, die davon überzeugt waren, durch ihr mickriges Aufbegehren den Lauf der zu Welt verändern.

Er hatte den Anderen bereits erwartet. Erregt war er hinter seinem Schreibtisch aufgesprungen, hatte einen zitternden Zeigefinger auf ihn gerichtet. „Ich weiß, wer du bist!", hatte er geschrien. „Ich weiß, warum du kommst! Aber ich habe keine Angst! Ich habe keine Angst! Vielleicht werde ich sterben, aber die Gerechten werden siegen! Die Gerechten werden siegen!"

„Vielleicht werden sie das, Kurt, vielleicht werden sie das irgendwann tatsächlich. Ich drücke ihnen die Daumen", hatte der Andere zuvorkommend erwidert und das Ganze beendet. Noch im Tod zeigten die Züge des jungen Anwalts eine wütende Entschlossenheit, bevor die Ströme von Blut aus dem Loch in der Stirn das Gesicht unkenntlich machten. So hatte der Auftrag gelautet. Ausdrücklich Kopfschuss. Eine saubere Hinrichtung.

Und aus irgendeinem Grund, obwohl alles, wie gewöhnlich, kurz und glatt abgelaufen war, hatte der Andere keine Lust mehr verspürt, sich ein nettes Plätzchen im Park zu suchen und in der Sonne zu schmökern.

„Soso, eine kleine Krahmer", wiederholte er nachdenklich und schwang seine Beine über die Bettkante, um Charlotta genau gegenüberzusitzen. „Dann dürftest du tatsächlich gewisse Fähigkeiten mitbringen, die für unser Gewerbe nicht untauglich sind."

Das Mädchen setzte eine erfreute Miene auf.

„Allerdings bist du dann auch mit allerlei Charakterzügen gesegnet, die mir zutiefst widerwärtig sind, falls du nicht, wie dein unglücklicher Großonkel, völlig aus der Art geschlagen bist. Und zudem unterstelle ich dir, auf einem verwöhnten, gezuckerten und dekadenten kleinen Arsch zu sitzen, was dich wiederum völlig unbrauchbar für mich macht."

Charlottas Selbstzufriedenheit schmolz zusammen.

Bevor sie wieder ein neutrales, geschäftsmäßiges Gesicht machte, blitzte kurz Zorn in ihren Augen auf.

‚Natürlich', dachte der Andere, ‚diesen Ton kennst du nicht. Das wird sich jedoch mit sofortiger Wirkung ändern.'

Er lächelte sie liebenswürdig an. Die Menschen mochten es, wenn er lächelte.

Charlotta mochte es nicht.

6
Die grausige Geschichte vom kleinen Finger
Und: von einer Lehrlingsprobe
Und: von einem Schneewittchen, das zuschlägt

Sie saßen sich sekundenlang stumm gegenüber, und für diesen kurzen Augenblick befand sich die Situation gewissermaßen im Remis. Offensichtlich war Ernestines Reaktion nicht so ausgefallen, wie Damon mit dem Messer es gewohnt war: Er hatte augenscheinlich Mühe, mit seinem Text fortzufahren, wie ein Schauspieler, der den falschen Einsatz erhalten hat und dadurch gezwungen wird, zu improvisieren. Nur war die Kunst der Improvisation nicht jedermanns Stärke, denn sie setzte eine gewisse Flexibilität des Geistes oder wenigstens einen rasch arbeitenden Verstand voraus, was bei jungen Männern, die mit einem guten Aussehen gesegnet sind, nicht unbedingt der Fall sein musste, wie Ernestine zufrieden (soweit es die Umstände erlaubten) feststellte.

Dieser Knoten löste sich, als der unechte Kellner auftauchte. Inzwischen wirkte er so falsch, wie ein verkleideter Kellner nur wirken kann, und sah aus, wie das, was er war: ein stiernackiger, kahlrasierter, bulliger, affenstirniger Schläger. (Falls man sich fragt, wieso in Erzählungen regelmäßig Schläger auftauchen, die aussehen, wie der Zwilling des eben beschriebenen, dann dürfte das daran liegen, dass Schläger nun einmal genauso ausschauen. Man stelle sich vor, es würde heißen: ein mickriger, dünnhalsiger, goldgelockter Schläger. Das wäre bestenfalls eine originelle, aber ungeeignete Beschreibung, denn sie würde die Frage aufwerfen, wie lange so einer als Mann fürs Grobe durchhalten würde.

„Hey, Boss", brummte dieser hier undeutlich. „Wenn du nix dagegen hast, geh' ich raus und hab 'n Auge drauf, dass niemand hier reinkommt. Mit der da" – abschätziges Nicken in Ernestines Richtung – „wirste alleine fertig, was?"

Damon lachte. Er war zurück auf vertrautem Terrain. „Davon gehe ich aus, davon gehe ich aus. Oder Erni, was meinst du", fuhr er fort, während der Kellner-Schläger sich davonmachte. „Wir können uns doch auch zu zweit ganz gut amüsieren, du und ich, zusammen? Oder, Schätzchen?"

Ernestine drückte ihre Zigarette auf der Tischplatte aus.

„Um ehrlich zu sein", erwiderte sie nüchtern, „hab' ich mich schon mal mehr amüsiert. Zuletzt auf dem Klo."

Na also. Das war gar nicht so schwer. Der gute Damon mochte eine Niete im Improvisieren sein; er lieferte dafür aber ganz passable Stichworte.

„Hast du das, ja, hast du das?" Er blickte sie finster an und zog beide Augenbrauen hoch. „Dann wollen wir doch mal sehen, ob ich nicht dafür sorgen kann, dass du dich weniger langweilst. Willst du sehen, was der gute Onkel Damon für dich hat, mein liebes Kind, willst du sehen, was der gute, gute Onkel Damon für dich hat?"

Wieder eine exzellente Vorlage für einen gekonnten Konter.

„Bonbons, nehme ich an?", schlug Ernestine gelangweilt vor, „oder Schokolade? Was Onkel eben so für liebe Kinder dabeihaben?" Sie war kein einfaches Opfer.

„Oh nein", zischte der Psychopath, irritiert und verärgert über die ungewohnte Unverfrorenheit, aber voller Vorfreude auf das, was er gleich aus seiner Tasche ziehen würde und was Ernestines Langeweile in abgrundtiefen Schrecken verwandeln sollte.

„Sieh doch nur, sieh doch, was ich Feines habe!" Er verwandelte sich in einen Juwelier, der einem reichen Kunden in gediegenem Tonfall seine Schätze vorstellte.

„Zuerst haben wir hier einmal ein einfaches Nagelbrett. So etwas wurde früher benutzt, um Notizzettel aufzuspießen, ein praktisches kleines Ding, leider aus der Mode gekommen, aber ich mag es, ich mag es sehr. Siehst du, das Holz ist aus stabiler Eiche, und der Nagel ist fest darin verankert, ein langer, extra spitz zugefeilter Nagel. Wenn man ein kleines Patschehändchen darauf schlägt – also zum Beispiel *dein* kleines Patschehändchen – geht dieser Nagel, zack, glatt hindurch, wie durch Butter. Wundervoll! Deswegen habe ich auch zwei davon, siehst du: zwei kleine Patschhändchen, zwei kleine Nagelbretter. Als Nächstes nehme ich diese Schüssel aus Marmor – das ist wichtig, hörst du: aus Marmor – und schütte dieses nette Pülverchen hinein, so. Wenn ich jetzt eine Flüssigkeit dazugebe, zum Beispiel das Bier aus dieser Flasche, dann schäumt es ganz wunderhübsch auf, ja, siehst du, Erni, Schätzchen, und schwupps habe ich eine ganz hervorragende Säure. Sehr, sehr nützlich, um die Haut an empfindlichen Stellen auf unvorstellbar schmerzhafte Art zu verätzen, glaub mir, da fangen selbst Kerle an zu flennen, wenn ich ihnen das Zeug auf die Eier gieße, oh ja, immer wieder eine wahre Augenweide."

Er unterbrach seine kleine Vorstellung, um einen erwartungsvollen Blick auf Ernestine zu werfen.

„Mhm", sie nickte anerkennend, „doch, doch, gefällt mir ganz gut. Ich kann mich nur noch nicht entscheiden, was ich zuerst ausprobieren möchte. Gibt es noch mehr Auswahl?"

Sie ließ ihr Feuerzeug schnipsen, um sich die nächste Zigarette anzuzünden, was einzig ihre Nervosität verraten mochte.

Damon lachte künstlich mit zusammengebissenen Zähnen.

„Oh, sie ist eine ganz Kecke, unsere kleine, süße Erni, wer hätte das gedacht, was? Nun, was sagst du dann zu dieser praktischen Handsäge, hübscher roter Griff, äußerst effektiv: Knochen lassen sich damit auf besonders langsame Weise zersägen. Das ist ein großer Spaß – nur nicht für den, der zersägt wird. Und hier: ein Feuerzeug. Ein stinknormales Feuerzeug. Es sieht so harmlos aus, so klein, so unschuldig, so nichtig, aber du wirst dich wundern, was man damit alles machen kann!"

„Oh, ich hab mein eigenes mitgebracht, siehst du? Meines ist sogar größer!"

Wenn sie sich nicht täuschte, war er jetzt mit der kleinen bisschen Langmut, über die er verfügte, am Ende. Sie sollte Recht behalten. Mit einem Satz, der seinen Stuhl zu Boden schleuderte, sprang Damon auf. Er beugte sich weit über den Tisch und schrie sie an: „Du kleine Schlampe, was bildest du dir ein!" Dabei lösten sich kleine Spucketröpfchen von seinen Lippen. Ekelhaft. Hatte sie ihn anfangs wirklich attraktiv gefunden? „Glaubst wohl, du kannst hier einen auf cool machen? Glaubst du das? Du hast keine Ahnung, mit wem du es zu tun hast, keine Ahnung!"

‚Mit einem spuckenden, sabbernden Widerling?', dachte Ernestine und lehnte sich ausweichend zurück. Sie hatte immer weniger Lust darauf, von so einem umgebracht zu werden. Er stellte sich als so ungemein unsympathisch heraus, nein, sie glaubte nicht, dass sie ihm die Freude gönnen würde, sie genüsslich zu Tode zu foltern.

„Such`s dir aus, Erni-Schlampe!", zischte er, „such`s dir aus: Entweder du machst mit, oder meine nette kleine Sammlung wird zum

Einsatz kommen, bis du dann eben doch mitmachst. Kapiert? Unterschreibe oder blute, du suchst es dir aus!"

„Es tut mir leid, wenn ich nicht genau verstanden habe, worum es hier geht", wagte Ernestine einzuwenden, denn sie verstand es wirklich nicht. Bisher hatte es nicht den Eindruck gemacht, als wäre sie zu einem anderen Zweck hier, als umgebracht zu werden. Sie nahm an, dass Damon ein Serienkiller war, der Leute aus Spaß sterben ließ, wie es eben die – unschöne – Angewohnheit von Serienkillern war. Hatte sie etwas Wichtiges verpasst? War von irgendwelchen Forderungen, von einer Unterschrift die Rede gewesen? Für einen Moment war sie sich fast sicher, zu träumen. All das, was gerade geschah, war an Absurdität nicht mehr zu überbieten. Diese Umgebung war absurd. Dieser Dialog, den sie hier führten, war absurd. Dieser Typ war mega-absurd. So etwas passierte normalerweise nur in Alpträumen.

Damon würde sich also gleich in ein riesiges, weiches Kaninchen verwandeln, sie selbst würde mit Elfenflügeln durch den Kamin davonfliegen und in ihrem eigenen warmen Bett erwachen. Schön wär´s gewesen. Was tatsächlich anstelle dessen geschah, lief in einer derartigen Geschwindigkeit ab, dass Ernestine es erst richtig verarbeitete, als es vorbei war und sie die Vorgänge noch einmal vor ihrem inneren Auge rekonstruierte:

Damon, den man als reizbare Natur bezeichnen darf, verliert endgültig die Geduld mit seiner unkooperativen Kundin. Nach zehn Minuten in seiner Gesellschaft sitzen ihm normalerweise bebende, in Tränen aufgelöste, menschliche Wracks gegenüber, vor allem, wenn sie weiblichen Geschlechts sind. Frauen sind wegen ihrer Emotionalität eine viel interessantere Zielgruppe als die gewöhnlich eher verhalten reagierenden Männer. Daher hat Damon dem heutigen Abend auch mit einer gewissen Vorfreude entgegengesehen und mit dem befriedigenden Rausch der Macht gerechnet, der ihn bei derartigen Sitzungen normalerweise durchfließt wie eine starke Droge.

Diese Ernestine Nordmoor schien zunächst in das Schema zu passen, das er bevorzugt, so dass es ihn jetzt wirklich, wirklich frustriert, wie sie ihm kühl gegenübersitzt und seelenruhig Rauchwolken pustet. Es gehört zwar nicht zum geplanten Ablauf, dass er brutal wird, noch bevor er ihr überhaupt das Angebot unterbreitet hat, das er für sie in der Tasche bereithält, und das sie, wie jeder vor ihr, früher oder später annehmen wird (als Alternative bliebe ihr immer noch zu sterben), aber er bekommt große Lust, gegen den üblichen Ablauf zu verstoßen. Der Rausch nach Gewalt ist so stark, dass er Damon übermannt und er, ohne groß nachzudenken (was ohnehin nicht zu seinen Stärken gehört, wie Ernestine bereits korrekt vermutete) sein geliebtes Messer mit der rechten Hand aus dem Tisch zieht, während er gleichzeitig mit der linken über die Platte greift, Ernestine am rechten Arm packt, sie mit seiner ganzen Kraft (von der er im Gegensatz zum Verstand genug hat) von ihrem Stuhl reißt, bis sie mit ihrem Oberkörper in vermeintlich wehrloser Position auf dem Tisch hängt, ihr Arm fest in seinem Griff.

Anschließend holt er mit dem Messer aus – er hat die Erlaubnis, sie geringfügig zu verletzen, um sie gefügig zu machen – und beschließt, „geringfügig" sehr großzügig auszulegen (was er eigentlich stets so handhabt). Während er aber darauf konzentriert ist, Ernestines kleinen Finger sauber von ihrer Hand zu trennen, übersieht er, dass Ernestines linke Hand ihrerseits mit der halbvollen Bierflasche zum Schlag ausholt, da er insgesamt übersehen hat, mit welcher Vehemenz sie sich den gesamten Abend an zwei Dingen festgehalten hat: mit der rechten Hand an ihren Zigaretten, die sie sich fest zwischen Daumen und Zeigefinger geklemmt hat, und mit der linken Hand an ihrer Bierflasche.

Schon seit sie das erste Mal den Gedanken hatte, diese Flasche als mögliche Waffe zu betrachten, hält sie diese so fest in der Hand, dass ihre Knöchel weiß hervortreten, und spult in ihrem Unterbewusstsein ununterbrochen den einen Satz ab: ‚Ihm damit den Schädel einschlagen. Ihm damit den Schädel einschlagen. Ihm damit den Schädel einschlagen.' Sie ist sich dessen nicht einmal selbst bewusst; dieses Verhalten funktioniert nach einem uralten, automatischen Mechanismus und wird stets dann aktiviert, wenn sich der Mensch allgemein in akuter Lebensgefahr befindet.

Nun, Ernestine hört diese Stimme nicht bewusst, aber sie folgt ihr. In just diesem Augenblick realer Bedrohung, als ihr Gegenüber handgreiflich wird, erhebt sich die um den Flaschenhals geballte Faust und lässt die Flasche mit ganzer Wucht niedersausen.

Zwei Dinge finden also genau parallel statt: Die Messerschneide fährt auf Ernestines kleinen Finger nieder und trennt, wie geplant, die obersten zwei Glieder vom Rest der Hand sauber ab, während die Bierflasche gegen Damons Schläfe kracht. Das kühle *wutsch* des Messers und das dumpfe *whomm* der Flasche ertönen als zwei synchrone Geräusche. Ernestine richtet sich fassungslos wieder auf, Damon hingegen taumelt überrascht zurück und gerät ins Straucheln – möglicherweise betäubt ihn der Hieb auf seinen Kopf, möglicherweise stolpert er über den umgekippten Stuhl, möglicherweise ist es beides, das ihn fallen und mit beiden Händen Halt suchen lässt.

Er bekommt den Tisch zu fassen, aber die Tischplatte ist bedeckt mit allerlei Gerätschaften, und durch einen bösen Zufall versucht er, sich mit beiden Handflächen genau dort abzustützen, wo die Nagelbretter stehen. Zwei Nagelbretter für zwei kleine Patschehändchen. Er hätte es sich wahrscheinlich nicht träumen lassen, dass es sich dabei um seine eigenen handeln könnte.

Damon ist ein schwerer Mann; sein Körpergewicht, auf die Hände gestützt, reicht aus, um die Nägel bis zum Ansatz durch seine Handflächen zu treiben. Er brüllt vor Schmerz und Entsetzen, und als er die Hände zurückreißt und sich zusammenkrümmt, trifft er mit Schwung die Schüssel mit Säure, die dort direkt vor ihm auf dem Tisch steht und der Inhalt schwappt ihm als kalter Schwall ins Gesicht.

Es ist kein schöner Anblick. Ätzender Dampf steigt in Schwaden auf, als die Säure mit seiner Haut reagiert, welche sofort den garstigen Geruch nach verbranntem Fleisch verströmt; das Gebrüll aus seinem Mund schraubt sich hinauf zu einem hohen Gekreische, während er, wahnsinnig vor Schmerzen, mit beiden Fingern auf sein eigenes Gesicht einschlägt (was die Sache der langen Nägel wegen nicht gerade verbessert).

Nein, es ist kein schöner Anblick. Er ist so grauenhaft, dass Ernestine sogar von dem Stumpf an ihrer Hand abgelenkt wird, wo gerade noch ein lebendiger Finger saß. Sie erfasst die Situation zu Genüge, um nach einer kurzen Schockstarre wieder die Herrschaft über ihren Körper wiederzuerlangen. Hastig packt sie den abgetrennten Finger, der so traurig mit seinem schwarzlackierten Nagel auf dem Tisch liegt, sie nimmt ihn in die Hand, die erst jetzt ordentlich zu bluten beginnt, und presst sie fest gegen ihre Brust. Dann rennt sie zur rettenden Tür. Kurz bevor sie hinaustritt aus diesem schrecklichen Raum, bleibt sie abrupt stehen, dreht sich noch einmal zu dem zuckenden, wimmernden Bündel um, das sich in Qualen auf dem Boden wälzt. Sie zögert kurz. Irgendwie hat sie das Gefühl, dass sie es tun muss.

Sie räuspert sich und sagt mit fester Stimme: „Du hast genau das bekommen, was du verdient hast, du Schurke!"

Die alte Dame stand in Hut und Mantel im äußeren Entrée. Der Mantel: figurnah geschnitten, aus feinstem cremefarbenem Mohairgarn und pelzverbrämt. Der Hut: aus demselben Material, sehr elegant, doch eher modisch als wärmend. Beide Kleidungsstücke waren bei dem regen Schneetreiben und den Temperaturen, die draußen herrschten, nicht unbedingt die bestmögliche Wahl. Andererseits war die Dame trotz ihrer nicht zu vernünftig nennenden Art, Prioritäten zu setzen, älter geworden, als manch einer, der im Winter stets dicke Wollmützen getragen hatte. Also sollte man ihr diese Liebe zu erlesener aber unpraktischer Kleidung wohl nachsehen. (Man betrachte nur ihre Stiefel! Aus dünnem Lammnappa mit spitzen Absätzen, die im Schnee versinken würden wie leckgeschlagene Kähne. Aber schick waren sie. Schick, schick!)

Erwin, der Sekretär, war bei ihr, ebenfalls in Hut und Mantel gekleidet, seinem Naturell entsprechend jedoch um vieles zweckmäßiger und unauffälliger (und wetterfester). Er machte unter seiner Wollmütze (zu dieser Sorte von Menschen gehörte er nun einmal) ein eher unglückliches Gesicht.

„Ich bitte Sie, Madame", sagte er gerade in flehendem Tonfall, „wollen Sie sich das Ganze nicht doch noch einmal überlegen!"

Sie stöhnte ungeduldig. „*Ich* bitte *Sie*, Erwin, endlich damit aufzuhören, es mir auszureden! Nein, ich *befehle* es Ihnen! Ich habe Sie doch nicht eingestellt, damit Sie mich behandeln wie ein kleines Kind!"

„Aber Madame, es läge mir fern, Sie auf irgendeine Weise bevormunden zu wollen! Alles, was mich dazu veranlasst, mich in Ihre Pläne einzumischen, obliegt der ehrlichen Sorge um Ihre Gesundheit!"

„Was soll denn sein mit meiner Gesundheit, ha? Da ist alles bestens, alles bestens! Glauben Sie, dass mich ein paar Schneeflocken umbringen, ha? Ich habe dreimal so viele Winter überlebt wie Sie, Erwin, und wenn ich Sie mir so ansehe, dann kommt es mir doch eher so vor, als wären *Sie* etwas angeschlagen. Schnupfen, was? Erkältet? Sag' ich doch! Ihr seid nichts mehr gewohnt, ihr Jungen, habt ständig irgendwas. Eine Allergie hier, ein Magengeschwür da, und sobald es Herbst wird, kriegt ihr den Schnupfen, allesamt, trotz eurer dicken, hässlichen Wollmützen! Sehen Sie mich an, Erwin! Na? Sehen Sie da etwa einen Schnupfen?"

Sie schien recht erregt, und Erwin ahnte, dass es ihr selbst nicht ganz recht war, zu so später Stunde bei solch schlechtem Wetter noch eine Reise in die Stadt anzutreten. Vor allem, da er derjenige war, der den alten Mercedes fahren musste. Er war nun einmal ein eher defensiver Fahrer, was die alte Gräfin mit *unsicher, ängstlich* oder sogar *unmännlich* gleichsetzte. Er wusste, dass sie es ihm nicht zutraute, sie beide auf glatten Straßen bei schlechter Sicht sicher ans Ziel zu bringen, und es kränkte ihn nur marginal. Schließlich traute er es sich selbst nicht recht zu. (Ob das Tragen dicker Wollmützen von schlechten Autofahrern bevorzugt wird? Dementsprechende Studien könnten Interessantes zutage fördern ...)

Wenn es ihm also nicht gelänge, ihr den wahnwitzigen Einfall auszureden, unbedingt noch heute und sofort diesem Professor einen Besuch abzustatten, den sie so plötzlich zu sehen wünschte, wäre er gezwungen, den Wagen aus der Garage zu holen und eine Zitterfahrt über Land anzutreten. Er würde mit schweißnasser Stirn das Lenkrad umklammern und ihre wenig schmeichelhaften Kommentare zu ertragen haben. („Sind wir immer noch auf dem Parkplatz, oder warum schleichen Sie so dahin, Erwin? – Überholen, sage ich, überholen! Nun geben Sie schon Gas und überholen Sie diese Schnecke! – Wenn Sie noch langsamer werden, Erwin, dann steige ich augenblicklich aus und gehe zu Fuß!")

Also versuchte er es erneut: „Madame, es ist bereits neun Uhr abends. Wir werden bei diesem Wetter nicht vor zehn dort sein, und da Sie ihn telefonisch nicht erreicht haben, ist es sehr wahrscheinlich, dass er nicht einmal zuhause oder bereits zu Bett ist!"

„Ach was, ich habe ihn telefonisch nicht erreicht, weil er kein Telefon besitzt! Wenn ich ihn sprechen möchte, *muss* ich ihn persönlich aufsuchen. Und ich *möchte* ihn sprechen!"

„Aber das hat doch sicherlich Zeit bis morgen. Ihrer Beschreibung entnehme ich, dass es sich bei diesem Professor um einen, nun, etwas sonderlichen Charakter handelt ..."

„Er ist nicht sonderlich, er ist ein alter Spinner!"

„Nun, dann könnte er womöglich etwas ungehalten auf so späten unangemeldeten Besuch reagieren. Verstehen Sie mich nicht falsch, Madame, ich möchte Ihnen nur die weite Fahrt und eine Enttäuschung ersparen!"
„Ach, jetzt ist es aber genug, Erwin! Geben Sie es doch zu: Sie sind es, der nicht fahren will! Sie haben einen Schnupfen und sind bei schlechter Gesundheit und deswegen versuchen Sie, mir so einen Unsinn einzureden! So seien Sie doch ehrlich!"
„Madame, es tut mir aufrichtig leid ... Sie ... Sie haben ja so Recht. Ich fühle mich tatsächlich schon den ganzen Tag etwas angeschlagen ... Mein ... ähm ... Hals schmerzt, meine Nase ist ... äh ... geschwollen, es scheint sich auf den Abend sogar ein leichtes ... ein ziemliches ... Fieber zu entwickeln ..."
„Aha. Sie *sind* also krank!"
„Ich befürchte ja, Madame, ja, das bin ich. Krank. Es war mir unangenehm, es Ihnen mitzuteilen, da ich doch weiß, welche Unannehmlichkeiten Ihnen ein krankheitsbedingter Ausfall meinerseits bereiten würde, jedoch kann ich es nicht länger verleugnen. Meine körperliche Verfassung zwingt mich dazu, mich zu sofortiger Bettruhe zu verpflichten, definitiv."
„Das sehe ich allerdings auch so. Mein Gott, Junge, Sie sind ja ganz blass! Schlecht sehen Sie aus! Sehr schlecht! Nun, wenn das so ist, dann können wir nichts machen. Dann sehen Sie zu, dass Sie sich bis morgen wieder erholt haben, schlafen Sie sich so richtig aus, nicht wahr, und dann werde ich eben meinen Ausflug auf morgen verschieben. Morgen ist auch noch ein Tag! Ab mit Ihnen ins Bett, Erwin, na los, ich komme für heute noch ganz gut allein zurecht. Aber wie ich es sagte, die jungen Leute heutzutage, kaum trifft sie ein kleiner Windhauch, kriegen sie die Grippe. Ha!"
Erwin seufzte. „Ja, Madame", sagte er ergeben, „genau so ist es." Und er hustete ein paar Mal demonstrativ in die hohle Hand, was für sein bescheidenes Schauspieltalent bereits eine bemerkenswerte Leistung darstellte.

Woanders, aber nicht allzu weit weg war ein alter Spinner namens Alexandro „der Apfel" Apollo eifrig damit beschäftigt, in den Hinterzimmern der Sakristei in einer alten Holztruhe herumzuwühlen. Er durchblätterte Stapel von Zeitungsausschnitten und zusammengehefteten, dicht beschriebenen Seiten, er öffnete unzählige Kuverts und Ordner. Allem Anschein nach war er auf der Suche nach etwas Bestimmtem. Und wurde fündig. Er hielt sich ein zerknittertes, vergilbtes Bild dicht unter die Nase und musterte es lange mit verkniffenem Gesicht. Dann ließ er sich schwer auf dem Rand der Truhe nieder und die Hand mit dem Bild müde sinken. „Ich wusste es, wusste es", murmelte er, „diese Nase. Sowas ist kein Zufall. So eine Nase ist nimmermehr eine Zufallserscheinung."

So in etwa klang es jedenfalls, doch sprach er sehr leise und unverständlich, und so waren es vielleicht Worte von ganz anderer Bedeutung. Allein sein Ton ließ keinen Zweifel an seiner Gemütslage, einer Mischung aus negativer Überraschung, eingetroffenen Erwartungen und großer Nachdenklichkeit. So mochte ein Wissenschaftler sich fühlen, der wochenlang an einer unbekannten Krankheit forscht, um am Ende herauszufinden, dass sein Anfangsverdacht sich bestätigt hat und die Krankheit tödlich, unheilbar und zusätzlich noch hoch ansteckend ist.

„Ich dachte, es wäre zu Ende. Wir alle dachten, es wäre zu Ende", waren die letzten Worte, die an jenem Abend in der Hinterkammer der Sakristei von einem Menschen geflüstert wurden. (Die Geister tratschten die gesamte Nacht durch. Worüber, ist unbekannt und sicherlich nicht von allzu großer Bedeutung.)

Erst als sie das schmiedeeiserne Gartentor hinter sich abgeschlossen hatte, fing Ernestine an zu zittern. Sie war ohne weitere Zwischenfälle nach Hause gelangt. Der wachehaltende Schläger vor der Tür der falschen Bar hatte ihr Gehen mit Desinteresse registriert; wahrscheinlich war er den Anblick von fliehenden blutenden Gestalten gewöhnt und sah darin keinen Grund zu der Annahme, dass sein Boss sich in noch üblerem Zustand drinnen auf dem Boden wälzte.

Ohne daher von ihm aufgehalten zu werden, war Ernestine innerhalb von zehn Minuten zurück in ihrem Garten. Zurück in ihrem Haus. Erst als sie die Haustür hinter sich abgeschlossen hatte, fing sie an zu schluchzen. Es war kein lautes, hysterisches Schluchzen, sondern ein ganz leises, erleichtertes. Sie begann auch, ein bisschen unkontrolliert mit den Zähnen zu klappern. Und dann hörte sie gleich wieder damit auf. Sie zeigte alle Anzeichen von Übersprungsreaktionen auf ein Schockerlebnis, was sie jedoch nicht davon abhielt, stracks hinauf ins Bad zu eilen und dort nach

Verbandmaterial zu suchen. Cerberus trampelte hinter ihr die Stufen hinauf und versuchte besorgt, sich mit ins Bad zu zwängen. Er roch das Blut und schnupperte nervös an ihr herum, was ihr jeden Handgriff erschwerte.

„Raus hier!", fuhr sie ihn ungewohnt barsch an. „Platz! Sitz! Raus!" Cerberus faltete sich demütig vor der Türschwelle zusammen, ließ sie aber nicht aus den Augen. Ebenso wenig wie Henriette. Sie schwebte in respektvollem Abstand über der Badewanne, den Säugling wie stets fest an sich gedrückt, und starrte beunruhigt auf Ernestines blutverschmierte Hand.

„Verzeih mir die Unhöflichkeit, wenn ich die Frage nach der Ursache für diese grässliche Verletzung stelle", flüsterte sie schließlich. Ernestine war schwer damit beschäftigt, die Blutung irgendwie mit Handtüchern zu stillen, den Verbandmull abzurollen und abzuschneiden und vor allem damit, das Entsetzen zu unterdrücken, das sie beim Anblick ihrer verstümmelten Hand empfand. Gerade eben noch war sie vollständig gewesen, und nun fehlte ein Teil von ihr, war gewaltsam entfernt worden. Das löste ein bis dato unbekanntes Gefühl von Übelkeit bei ihr aus. Mehr als das Blut. Das Blut war zwar massenweise vorhanden, aber das Nichtvorhandensein des kleinen Fingers war das größere Problem. Oder das Vorhandensein des kleinen Fingers in ihrer Jackentasche. Oh bei allen kalten Gräbern! Bei diesem Gedanken verdichtete sich die Übelkeit in ihrer Kehle zu einem dicken Knoten. Sie würgte, übergab sich aber nicht.

„Mein Finger", antwortete sie mit ungewohnt schriller Stimme auf die Frage des Geistermädchens, „wurde mir abgeschnitten. Von einem Schurken!"

„Bei unsrer lieben Maria, der gütigen Mutter Gottes!", flüsterte Henriette erschrocken. (Es schien unvorstellbar, sie jemals schreien zu hören. In dieser Hinsicht waren sich die beiden sehr ähnlich.)

„Warum tut er dir etwas Derartiges an?"

„Weil er ein Schurke ist?" Mit zusammengebissenen Zähnen wickelte Ernestine den Verband um ihre Hand und zog ihn so fest wie möglich, um genügend Druck auf die Wunde auszuüben, damit die Blutung gestoppt wurde. Sie hatte eine halbe Flasche Desinfektionsmittel darauf gesprüht – mehr konnte sie nicht tun. Der pochende Schmerz, der sich von der Verletzung ausbreitete, wurde schier unerträglich. Seltsam – zuerst hatte es gar nicht wehgetan.

Ob man am Verlust eines Fingers sterben konnte? Am Blutverlust? Oder daran, dass sich die Wunde entzündete und sich zu einer Blutvergiftung entwickelte? Und ob das ein schmerzhafter oder schneller Tod werden würde? Oder ob es möglich war, den Finger wieder anzunähen? Oh nein, oh nein, eine zu übelerregende Vorstellung; wie bei einer kaputten Puppe mit Nadel und Faden ... Außerdem wäre es dafür vonnöten gewesen, einen Arzt oder ein Krankenhaus aufzusuchen, und Ernestine würde nicht zulassen, dass ein Fremder ihren Finger auch nur berührte. Zudem war es unvorstellbar, dass sie heute noch einmal ihr Haus verließ. Dass sie jemals wieder in ihrem gesamten restlichen Leben ihr Haus verließ, mochte es auch noch hundert Jahre andauern. Was nun zwar unwahrscheinlich war, aber egal.

„Aber wer könnte dir Böses wollen?", Henriette schwebte vorsichtig näher und flüsterte Ernestine aus ihren wirren Gedanken, „du hast doch niemandem etwas getan?"

„Hab' ich nicht!" Ernestine nickte in grimmiger Zustimmung. „Oh, nein, hab' ich nicht. Ich hab' nie irgendjemanden irgendetwas getan. Ich hab' mich nicht mit schlechter Gesellschaft eingelassen, ich hab' mich nicht mal mit guter Gesellschaft eingelassen. Ich hab' mich mit nichts und niemandem eingelassen, außer mit Geistern, gezwungenermaßen!" Sie musste tief Luft holen, um nicht wieder mit dem Schluchzen anzufangen. „Aber das Schlimmste ist: Er weiß, wo ich wohne. Er weiß, wie ich heiße und wie er mich finden kann!"

Und gleichzeitig mit der Angst, noch lange nicht in Sicherheit zu sein, kam auch die Erkenntnis, dass sie kein zufällig ausgesuchtes Opfer war. „Er hat mich gesucht", wurde ihr langsam bewusst, „er hat dort auf mich gewartet. Und er will etwas von mir. Und zwar mehr, als einfach nur ... gemein sein."

Es war ein sehr erschreckender Gedanke. Also wurde sie ohnmächtig. Vielmehr wünschte sie sich, auf der Stelle ohnmächtig zu werden, aber es klappte nicht. Sie blieb leider bei vollem Bewusstsein (es war eine Schande) und hörte sich sagen: „Henriette, hast du Lust, mir bei einer Tasse heißem Kakao Gesellschaft zu leisten?" Sie hätte nie erwartet, wie froh sie einmal über die Gesellschaft eines Geistermädchens sein würde.

„Zunächst aber müssen wir ... meinen Finger beerdigen." Erst während Ernestine dies aussprach, wurde ihr bewusst, dass sie es

tatsächlich ernst meinte. „Schließlich ist er tot. Und ich kann ihn ja nicht hier herumliegen lassen, bis er verfault ..."
So geschah es, dass in der winterlichen Dunkelheit eine kleine Schar durchsichtiger Gestalten pietätvoll schweigend dabeistand, während ein frierendes Schneewittchen mit viel Mühe ein Loch in den gefrorenen Boden grub und das in Küchenpapier gehüllte Glied ihrer Hand hineinlegte, es sorgfältig mit Erde bedeckte, ein kleines Kreuz aus Zweigen darauf steckte und mit einigen schlichten Worten den Abschied sprach: „Ruhe in Frieden, kleiner Finger. Bald werde ich dir nachfolgen ... hoffe ich."

Es war ein Zimmer, das junge Mütter in Entzücken versetzen würde. Die Wände leuchteten in einem zart marmorierten Kornblumenblau, der Teppich fühlte sich flauschig an, an der Decke hing eine freundliche, runde Leuchte und über der überaus hübschen, hölzernen Wiege ein wunderschönes Mobile aus seidenzarten Schmetterlingen. Die Möbel waren allesamt teuer und geschmackvoll. Es gab eine Wickelkommode, gut bestückt mit naturkosmetischen Pudern, hochwertigen Ölen und recycelbaren Windeln und auch ein handgeschreinertes Regal, gefüllt mit den entzückendsten Plüschtieren; darunter ein fast mannsgroßer Tiger, der freundlich lächelte und für ein Kleinkind bestimmt einen großartigen Gefährten zum Kuscheln und Toben abgab. Daneben fanden sich eine wunderschöne Schneekugel aus bruchsicherem Kristallglas, in der Miniatur-Elfen Ringelreihen tanzten und eine zierliche Puppe im geblümten Sommerkleid mit langen, braunen und echt menschlichen Haaren und einem Gesicht, das nach dem Vorbild der Mutter gefertigt worden war. Genügend Spiele zum Schulen der motorischen und kognitiven Fähigkeiten waren säuberlich aufgereiht. Kurzum – es war ein Regal, wie es üblicherweise zu Werbezwecken in das Schaufenster eines Spielwarenladens mit betuchtem Kundenstamm gestellt wurde. In einer Ecke drehte sich eine Schlummerlampe, warf kleine goldene Sterne auf Wände, Decke und Boden und verbreitete ein gedämpftes, warmes Licht.

Es war ein Zimmer, wie man es sich für sein sehnlichst erwartetes Baby wünschte. Und ebenjenes Baby schlief liebevoll zugedeckt in seiner nach Bienenwachs duftenden Wiege. Es war ein hübsches Baby, vielleicht knapp ein Jahr alt, mit runden Bäckchen und zart gekringelten, dunklen Locken. Sein kleiner, glänzender Mund stand leicht offen, die Ärmchen waren selig neben dem Kopf ausgestreckt, die winzigen Finger zuckten hin und wieder leicht im Schlaf. Ein gesundes, friedlich schlafendes, unschuldiges kleines Geschöpf.

Der Andere hielt seine Waffe auffordernd in der Hand. Er streckte sie Charlotta hin, die ihren Blick starr auf das Kind gerichtet hielt und keinerlei Anstalten machte, nach der Pistole zu greifen.

„Die Eltern sind unten im Wohnzimmer und werden uns nicht stören", sagte der Andere. „Der Vater weiß, dass ich um diese Uhrzeit hier bin. Er hat seine klassischen Konzerte laut genug gedreht und wird dafür sorgen, dass die Mutter die nächste halbe Stunde nicht nach ihrem Kind sieht. Sie ist eine sehr besorgte Mutter, es wird sicher nicht leicht sein, sie zu überreden, ihr Kind eine Weile allein zu lassen."

„Ich hätte nie gedacht, dass Eltern ihr eigenes Kind ..." Charlotta bewegte sich nicht. Beide sprachen leise, tonlos, um das Baby nicht zu wecken. Der Andere hatte zwar behauptet, es wäre egal, wenn es aufwachte, selbst das Schreien würde unten momentan nicht zu hören sein, aber er hatte freundlicherweise hinzugefügt, dass er aus Rücksicht auf die Nerven seines Lehrlings das Kind nicht wecken würde, da es für eine junge Frau mehr Überwindung kosten würde, ein Kind in den Kopf zu schießen, welches sie anblickte.

„Das von jemandem aus eurer gewissenlosen Familie zu hören, überrascht mich gelinde gesagt ein klein wenig", bemerkte er trocken. „Eine Schwester, die ihren Bruder töten lässt. – Ein Vater, der das Kind seiner Frau tötet, weil er nicht der Vater ist. So sind die Menschen. Wobei dieser Mann, wie alle, gute Gründe hat. Er hasst dieses Kind. Es ist für ihn die tagtägliche Erinnerung an den Verrat, den seine Frau begangen hat, eine Erinnerung an die Liebe, die sie einem anderen Mann geschenkt hat. Er erträgt die Liebe seiner Frau zu dem Kind nicht. Der Mann liebt seine Frau, und er hasst dieses Kind. Wie stets: Wo die Liebe wohnt, zieht auch der Hass gern ein. Hast du das alles notiert, Lehrling? Das war ein kleiner Vortrag nur dir zu Ehren. Ich pflege für mich allein keine langen Unterredungen am Arbeitsplatz. Keinen Block, kein Stift dabei? Wie nachlässig. Das sollte sich schleunigst ändern. Und nun, Lehrling: Zeige mir deine Fertigkeiten im Umgang mit Schusswaffen, von denen du mit einem gewissen Stolz berichtet hast, wenn ich mich richtig erinnere."

„Ich dachte ...", die junge Frau wich seinem Blick aus, „ich dachte, ich sehe die ersten Male nur zu. Ich dachte, ich lerne, wie ich unbemerkt komme und gehe ... und sehe nur zu ..."
„Oh, es gibt eine Aufnahmeprüfung." Der Andere lächelte leicht. „Dies ist sie."
Charlotta atmete, beinahe unmerklich, schneller als gewöhnlich. Sie trug sportliche, weite Jeans, einen dunklen Kapuzenpulli und die roten Locken unter einer schwarzen Mütze. Sie sah auf den ersten Blick wieder aus wie ein kecker Junge, aber sie hatte die Hormone eines Mädchens und wurde davon gesteuert, vor allem beim Anblick einer winzigen Stupsnase und einem runden Gesichtchen – eines banalen Kindchenschemas: Wie alle Angehörigen des emotional und hormonell instabilen Geschlechts war sie ihrer Biologie voll ausgeliefert. Damit hatte er gerechnet. Natürlich. Was nicht bedeutete, dass er Frauen allgemein weniger zutraute als Männern. Für einen derartigen Irrtum war er dann doch zu lange im Geschäft. In unzähligen Situationen zeigten Frauen mehr Entschlossenheit, Kraft und Mut als jeder Mann. Nie jedoch im Angesicht eines hilflosen Säuglings. Ein Baby konnte eine perfekte Falle sein. Und in genau solch eine war gerade eben seine Möchtegern-Nachfolgerin getappt.

„Eine Verweigerung ist gleichbedeutend mit Versagen, was wiederum gleichgesetzt wird mit einem glatten ‚Durchgefallen' ", bemerkte der Andere sanft, „und du hast nur noch eine Chance, mit ‚Ja' oder ‚Nein' zu antworten. Länger als zehn Sekunden Schweigen bedeutet ‚Nein'. Den Raum verlassen bedeutet ‚Nein'. Alles außer einem klaren, sofortigen ‚Ja', bedeutet ‚Nein' und damit: ‚Durchgefallen'." Er streckte ihr noch einmal die Waffe hin, als würde er ihr eine Platte mit Gebäck anbieten.

Charlotta straffte ihren Körper, ihre Hand hob sich, als wolle sie danach greifen; dann drehte sie sich wortlos um und verschwand im dunklen Flur.

Einen Moment verharrte der Andere, während kleine Lichter-Sterne über seinen Körper glitten, dann ließ er die Waffe verschwinden. Er beugte sich über die Wiege und ließ seinen Blick auf dem kleinen Körper ruhen. „Man schießt Babys doch nicht in den Kopf", raunte er, „das tut man doch nicht."

Behutsam zog er das Federkissen unter dem Köpfchen hervor. „Schlafe, kleines Ding, schlafe und wache in einer besseren Welt wieder auf." Vorsichtig presste er das Kissen auf das Kindergesicht, so vorsichtig, dass das ruhige Atmen ganz unauffällig immer leiser wurde und schließlich mit einem letzten, fast unhörbaren Aufseufzen ganz verebbte. Anschließend bettete er die winzige Leiche wieder auf das Kissen, so, als schliefe sie noch. „Wie leicht die ganz Kleinen doch sterben", murmelte er, während er sich zum Gehen wandte, „so leicht, als wären sie noch nicht in ihrem Körper verhaftet. So leicht, als wären sie der andern Welt noch näher als der Irdischen. Hätte der Tod mich so früh ereilt, wäre ich mit Freude gestorben. Nun sterbe ich eben nie." Er hielt kurz inne, dann lachte er gutgelaunt. „Womit ich wahrscheinlich doch die bessere Alternative gewählt habe."

Charlotta wartete im Taxi. Sie hockte mit angewinkelten Knien auf der Rückbank, eine Skulptur für gestaltgewordenen Trotz, und starrte mit vorgeschobenem Doppelkinn finster durch die schwarze Scheibe in die schneehelle Nacht. Der Andere setzte sich neben sie und lehnte sich zurück. Der Fahrer ließ den Wagen an und fuhr los. Aus den Lautsprechern plärrten E-Gitarren; im Spätnachtprogramm war Heavy-Metal-Best-Of angesagt und der Fahrer fand das anscheinend gut. (Unter seinem Business-Anzug prangte ein AC/DC-Tattoo auf seiner Brust, das er sich vor über zwanzig Jahren hatte stechen lassen, das also bereits auf der Haut verblasst, doch im Herzen noch frisch war.)

„Mach dir keine Vorwürfe", meinte der Andere irgendwann, doch sein Ton ließ keinen Zweifel daran offen, dass diese Worte kein Trost waren, sondern reiner Spott. „Du bist jung. Dir stehen alle Wege offen. Studiere Jura und reihe dich in die Anwältinnen deiner Familie ein, das ist durchaus respektabel. Oder, was weiß ich, entscheide dich für den Waffenhandel. Lukrativ und ebenfalls sehr angesehen. Du scheinst intelligent und mit guten Beziehungen gesegnet, nutze sie und ..."

„Man darf einmal durchfallen", unterbrach das Mädchen ihn verbissen, „das ist allgemein so üblich. Jeder hat das Recht, eine versaute Prüfung zu wiederholen! Ich auch! Jawohl! Ich kenne meine Rechte, das können Sie mir glauben, die kenne ich verdammt gut!"

Der Andere seufzte. „Bist du dir ganz sicher, Lehrling?"

Charlotta blitzte ihn aus geröteten Augen an. „Ich bin mir sowas von verdammt sicher, dass ich sofort, hier und jetzt, diesen Scheiß-Fahrer erledige, wenn Sie es so wollen!"

Der Andere schüttelte amüsiert den Kopf. „Das wäre ... unangebracht. Erstens handelt es sich dabei um einen unserer wertvollen Mitarbeiter, zweitens benötigen wir ihn noch und drittens werden wir für ihn nicht bezahlt."

„Na, was`n Glück aber auch", meldete sich der Fahrer gelassen zu Wort.

„Na schön", zischte Charlotta. Ihre Wangen glühten rot. Unter ihrer Nasenspitze klebte feuchter Rotz. „Ich weiß, dass Sie mich hassen. Ich weiß, dass Sie mich loswerden wollen. Aber ich will diesen Job! Das mit dem Baby, das war verdammt unfair, und so was wird nicht nochmal passieren, das schwör' ich!"

„Du hast geheult", der Andere streifte sie mit einem gelangweilten Blick, „was soll ich mit flennenden Mädchen?"

Innerlich hatte er beinahe so etwas wie Spaß, als sie so neben ihm zappelte wie ein Fisch, der gleichzeitig auf dem Trockenen und am Haken hing. Emotional eben. Ein Mädchen eben. „Außerdem lässt du dich viel zu einfach provozieren", fügte er hinzu, „das ist eine Schwäche. Noch eine zusätzliche Schwäche von dir." Er reckte sich und gähnte. „Für heute ist Feierabend. Alle weiteren Gespräche morgen. Falls es sich nicht vermeiden lässt, dich wiederzusehen."

Er hörte, wie sie tief und heftig Luft holte. ‚Los doch', dachte er, ‚lass deinen Gefühlen ihren Lauf. Hau mir eine rein, mach schon, genau das willst du doch gerade, hau mir eine rein, und ich habe einen Grund, dich zu feuern.'

Aber das dicke kleine Mädchen hatte sich im Griff. Oder zu viel Respekt.

„Sie lassen sich wohl überhaupt nicht provozieren, was? Sie sind wohl immer total cool! Sie sind der total obercoole Wichser, der sich nie provozieren lässt, was? Sie... Sie..." Das dicke kleine Mädchen hatte sich doch nicht im Griff.

Der Andere seufzte. „Charlotta, würdest du bitte die Klappe halten? So die nächsten ein, zwei Jahre lang? Ich wäre dir sehr verbunden."

„Aber Sie sind so unfreundlich!"

„Tatsächlich?"

„Ja! Sowas von scheiß-unfreundlich! Wir arbeiten jetzt schon seit ein paar Tagen zusammen..."

„Das tun wir mit Sicherheit nicht."

„... und ich weiß noch nicht mal, wie Sie richtig heißen! Wenigstens *das* sollte ich doch wohl wissen, oder? Sie stellen sich vernünftig vor, okay, so wie man das macht, wenn man zusammenarbeitet ..."
„Wir arbeiten nicht zusammen."
„... und dann halte ich meine Klappe. Ich kann nämlich meine Klappe halten, wenn´s sein muss, so lange wie es sein muss, oh ja, das kann ich, null Problemo, und das werde ich auch, weil ich nämlich respektiere, was Sie sagen, weil ich nämlich Sie respektiere, und ich wünsche mir, dass Sie mich auch soweit respektieren, dass Sie mir wenigstens sagen, wie ich Sie ansprechen soll, verstehen Sie, so etwas ist unheimlich wichtig für ein harmonisches Miteinander ..."
Gute Güte. Noch ein Nachteil an Frauen. Sie hielten eben nicht die Klappe. Nie.
Der Andere wandte sich ihr langsam zu. „Wir arbeiten nicht zusammen", wiederholte er kalt. „Und ich habe keinen Namen. Man nennt mich allgemein *Herr Geier* oder *Herr Böser* oder *Herr Schnitter*, wie du weißt. Außerdem weißt du ebenfalls, unter welchem Namen ich in unseren Kreisen bekannt bin." Die Menschen mochten es, wenn er lächelte. Und die Menschen fürchteten sich, wenn er wollte, dass sie sich fürchteten.
„Naja", flüsterte Charlotta, fürchtete sich und zog ihre Stupsnase kraus, „ich weiß schon. Sie sind der *Killer*."
„Richtig. Kluges Mädchen. Man nennt mich schon seit über hundert Jahren nur *den Killer*. Wozu, denkst du, brauche ich da noch einen Namen? Meine Freunde nennen mich einfach K." Er grinste und seine Zähne wirkten irgendwie spitzer und weißer als sonst. Wie das Gebiss eines Killers eben. „Oder die, die sich für meine Freunde halten. Wovon es viel zu viele gibt."
Und viel mehr musste man über den Anderen dann auch nicht mehr wissen, um zu begreifen, dass er gefährlich war, wenn man zu den Begriffsstutzigeren gehörte und es nicht schon längst begriffen hatte: dass er richtig gefährlich war. Es existierte kein erwachsener Mann, der sich *Killer* nannte und nicht die Karikatur eines Gangsters darstellte. Teenager nannten ihre Charaktere in Egoshooter-Spielen *Killer*. Typen in Bomberjacken hatten Pitbulls an ihrer Seite, die auf den Namen *Killer* hörten (oder auch nicht hörten).
Es existierte jedoch kein erwachsener Mann, der sich ernsthaft mit *Killer* vorstellte und nicht ausgelacht wurde, egal auf welchem

Kontinent, in welcher Sprache und in welchen Kreisen auch immer. Hierbei handelte es sich um eines der weniger bekannten, doch dadurch nicht weniger unumstößlichen Naturgesetze. Und um eines der seltenen, die selbst auf anderen Planeten Anwendung fanden: Es mochten Lebensformen existieren, die ohne Schwerkraft, ohne Sauerstoff und ohne McDonalds auskamen, doch auch unter denen war es eine Lachnummer, sich *Killer* zu nennen.

Im ganzen Universum mochte es nur ein einziges Wesen geben, das sagte: „Guten Tag, mein Name ist *Killer*." Ohne dass irgendjemand lachte. Nicht einmal lächelte. Oder ein Lächeln unterdrücken musste. Im Normalfall war derjenige, der diese Worte hörte, auch innerhalb der nächsten Minute tot. Und falls er noch lebte, fühlte er den Drang, sehr schnell wegzulaufen und sich zu verstecken, anstatt zu lachen. Und wenn er lachte, dann höchstens viel später, aus purer Erleichterung, noch am Leben zu sein. Denn der Andere nannte sich nicht einfach *Killer*, er war der Killer. Punkt.

Neben ihm rückte die junge Frau ein Stück von ihm ab, anstatt zu kichern, hielt schlussendlich doch noch den Mund und schielte unter ihrer dunklen Kappe in der Hoffnung, es wäre nicht zu auffällig, zu ihm hinüber. Sie sehnte sich nach ihrer weißen Perserkatze *Candy*, um ihr Gesicht in dem weichen Fell zu vergraben, was sie stets als sehr tröstlich empfand, aber sie hätte sich lieber einen Finger abgeschnitten, als das jemals zuzugeben. (Im Gegensatz zu Ernestine hatte sie ja auch keine Ahnung, wie traumatisierend ein abgeschnittener Finger tatsächlich war.)

Allerdings ... so im Licht der Straßenlaternen war das Profil des Anderen ziemlich attraktiv beleuchtet. Er hatte etwas von einem Filmstar, wie er so ins Nichts starrte, die Brauen finster zusammengezogen: nicht schön, aber markant. Und ja, ziemlich cool. Gedankenverloren zog Charlotta eine Bonbontüte aus ihrer Jackentasche und steckte sich eine Handvoll Weingummis in den Mund, nur die roten, ihre Trosthandlung Nummer eins, noch vor Candys Flauschepelz. Sie lächelte schüchtern.

„Also ich finde ja ...", nuschelte sie verlegen, ohne zu merken, dass die Weingummis ihre Aussprache etwas beeinträchtigten. „Also ich finde ja ..., ich finde Sie ja wirklich ziemlich cool, K.!"

Der Andere sah auf das pausbäckige Gesicht, den roten Zuckerspeichelfaden, der aus dem einen Mundwinkel tropfte, die speckigen Finger, die in der Bonbontüte wühlten, und hätte vieles zu sagen gefunden. Aber er sagte nichts.

Inzwischen war „Nothing else matters" von Metallica dran. Vorn ärgerte sich der Fahrer, dass Heavy-Metal von Jahr zu Jahr mehr in die seichte Pop-Schiene rutschte. Ein Orchester zu einem Metal-Song. Das war ärgerlich. Also wirklich. Das war unerträglich.

Auf der Rückbank aber herrschte ein beinahe einträchtig zu nennendes Schweigen, nur gestört vom leisen Schmatzen der Weingummis. Ob der Andere gerade in seinem Album blätterte und auf einer Seite hängengeblieben war, auf der ein Bild klebte, das seinem Lehrling nicht unähnlich war, oder ob er ganz anderen Gedanken nachhing ... es war nicht zu erkennen.

Die Nacht breitete mütterlich die Decke des Schlafs über die Häuser, die Menschen und die Tiere in ihren Ställen.

Ernestine hatte sich auf der Seite zusammengerollt, die Knie ans Kinn gezogen, die verletzte Hand geborgen in den Fingern der anderen. Ihr langes Haar ringelte sich wie dunkler, flüssiger Schatten in Strähnen übers Kissen, und sie bemerkte in ihrem unruhigen Schlaf nicht, wie die Geisterkinder, das Verbot, ihr Zimmer zu betreten, missachtend, lautlos neben ihr Wache hielten.

Woanders, aber nicht allzu weit weg, schlief Charlotta in beinahe identischer Haltung, nur waren ihre Hände selbst im Schlaf noch um ihre Weingummis zu Fäusten geballt; ihr klebriges Gesicht wurde durchs Fenster von einer Straßenlaterne beleuchtet.

Ein paar Zimmer weiter lag der Andere auf dem Rücken im Bett, die Augen geschlossen, der Körper entspannt; es war unmöglich zu sagen, ob er nur ruhte, oder ob er schlief, ob er in seinen Träumen in dem Album mit den toten Gesichtern blätterte oder ob er barfuß am Strand eines türkisblauen Meeres stand und sich im Anblick des Horizonts verlor.

Wieder woanders schnarchte eine alte Dame in ungestörtem Schlaf, während ihr verschneiter Garten schon lange wieder sehnsüchtig vom Sommer träumte.

Ihr Sekretär schlief ebenso tief, dank einer Biss-Schiene, die ihn am nächtlichen Zähneknirschen hinderte. Bis er von einer rasenden Fahrt über eisige Straßen, vorbei an klaffenden Abgründen träumte, und einem Lenkrad, das nicht funktionierte und Bremsen, die versagten; da schrie er einmal im Schlaf leise auf.

Ganz woanders schrie einer die ganze Nacht durch. Damon, der

Schurke, in einem sterilen Krankenbett, dicht vermummt in Verbandsmaterial, mit einer Infusion im linken Arm, durch Gurte fixiert, warf sich, soweit möglich, hin und her und schrie vor Schmerzen und Wut. Das immerhin bewies, dass er noch lebte. Ob er sich darüber freute, war eine andere Frage.

Und einer schlief nicht, sondern drehte unruhige Runden in einer unordentlichen Kirche, murmelte vor sich hin, zauste sich das Haar und dachte nach, dachte, und dachte und dachte; denn das war eines der Dinge, die er am liebsten tat.

„Schlaft, Kinder", sprach die Nacht traurig, „schlaft und sorgt euch nicht. Sorgt euch am Tage, aber schlaft jetzt!" Dann vergoss sie einige Tränen und schlich erst auf leisen Sohlen davon, als der Tag erschien und müde die wintertrübe Sonne an den Himmel hängte.

7
Die unerfreuliche Geschichte von der bösen weißen Hexe
Und: vom In-die-Lehre-Gehen
Und: vom Wiedersehen

Bereits vor Sonnenaufgang hatte die Wetterfee die letzten Wölkchen vom Himmel gewischt, so dass er sich nun in blankgeputztem Blau wölbte. Der Wind hielt den Atem an, die Sonne sendete mit fröhlichem Fleiß ihre ersten winterzarten Strahlen, die die Schneedicke glitzern ließen, als wäre sie aus Puderzucker. Wäre nicht die eisige Kälte gewesen – man hätte sich im Märchenland glauben können. Doch dann durchschnitt die morgendliche Frische eine helle Stimme, die nach jemandem klang, der sich vergeblich bemühte, leise zu sein ...

„Ja, der totale Kotzbrocken! Echt übel! ... Ja! ... Nee, keine Ahnung, wie ich das überstehen soll. Drei Jahre, glaub ich. Drei Jahre! ... mhm ... mhm ... oh, du müsstest ihn mal sehen, wie er ständig so die Stirn runzelt, in so 'ner arroganten Ich-weiß-alles-und-du-bist-bloß-ein-doofes-Ding-Art, da könnte ich ihm eine reinhauen, ehrlich, aber es reicht ja schon, wenn ich nur ‚Hallo' sage, und ich muss Schiss haben, dass *er* mir eine reinhaut, verstehst du? ... Ja, genau! ... Ganz genau! Ein total von sich selbst überzeugter, arroganter Wichser! ... Was? Wie meinst du das, gutaussehend? Ha, von wegen, er ist ein alter Sack, der ..."

Der Andere betrachtete nachdenklich den Rücken von Charlotta, die wieder in ihrem adretten, grünen Fräulein-Watson-Kostüm steckte, das ihre Polsterungen kunstvoll kaschierte und angeregt in ihr schickes Mobiltelefon sprach. Fräulein Watson hatte vermutlich auf dem Weg zum Frühstückssaal eine kleine Rauchpause auf der überdachten Raucherterrasse eingelegt, stand nun möglichst nah an der geöffneten Terrassentür, um etwas Wärme abzubekommen und nutzte die Gelegenheit, um sich einer vertrauten Person über die Umstände ihrer eben erst begonnenen – und so gut wie beendeten – Ausbildung mitzuteilen.

„Guten Morgen, Fräulein Watson!"
Die Angesprochene ließ gleichzeitig ihre Zigarette und ihr Handy fallen – war dieses Telefon tatsächlich *pink*? – und verhedderte sich in ihrem goldbestickten Schal, bevor es ihr gelang, beides wieder aufzuheben, das eine zu verstauen und das andere auszudrücken. Sie lachte schrill mit starrem Gesicht, wie Menschen lachen, wenn sie bei etwas Peinlichem ertappt werden und durch falsche Fröhlichkeit versuchen, die Situation zu retten. Das führt jedoch stets dazu, dass sie jeden Rest Souveränität verlieren, der ihnen noch irgendwie helfen würde, das anschließende unerfreuliche Gespräch würdevoll zu überstehen, ohne dass sie jemals daraus lernen und es anders machen würden. Evolution war nun mal keine schnelle Sache.
„Haha, guten Morgen, Herr Geier, haha, ich hab' Sie gar nicht kommen sehen, haha ..."
„Offensichtlich nicht."
„Ich... äh... haha... äh... ja, nun..., na so was, haha..."
„Sie waren in ein anregendes Gespräch vertieft, Fräulein Watson", der Andere lächelte freundlich, „entschuldigen Sie die Unterbrechung. Es war sehr interessant, Ihnen zuzuhören, und es wäre mir ein Vergnügen gewesen, Ihnen noch eine Weile länger zu lauschen, obwohl ich, das müssen Sie mir glauben, gewiss nicht mit Absicht *gelauscht* habe. Dies würde einem Verhalten entsprechen, welches mir ausgesprochen zuwider ist. Ihre Stimme, wertes Fräulein, war jedoch auf eine Lautstärke eingestellt, die nicht mehr in den Bereich der Diskretion fiel, welche Sie sicherlich zu wahren wünschten, wenn ich mir den prekären Inhalt ihrer Konversation vor Augen führe."
„Oh, äh, nein, ich ma ... ma ... meinte doch ga ... ga ... gar nicht Sie, also, äh haha ... haha ... haha ... *Scheiße*."
Schweigen. Immerhin gehörte ein gewisser Mut dazu, besser spät als gar nicht zu erkennen, dass hysterisches Gelächter nicht die beste Wahl gewesen war und es umgehend abzustellen.
„Fräulein Watson, würden Sie bitte wieder Haltung annehmen – es bricht mir das Herz, sie mit einem derart bemitleidenswerten Gesichtsausdruck zu sehen – und mir zum Frühstück folgen. Es gibt Neuigkeiten zu besprechen. Ich bin nicht im Geringsten distinguiert, keine Sorge ..."
„Entschuldigung, *disgingu*... was?"

„Distinguiert. Erbost. Verärgert. Erzürnt. Unangenehm berührt. Nichts davon, dummes Kind. Es interessiert mich schlicht nicht, wie oder was Sie von mir denken, Watson, also stehen Sie nicht so dekorativ herum, Sie werden fürs Arbeiten bezahlt!" Der Andere tätschelte jovial ihre eingesunkene rundliche Schulter.

„Abgesehen davon bin ich, wenn auch kein Wichser, so doch bestimmt von mir selbst überzeugt und ja, auch arrogant. Sogar was das *alter Sack* betrifft, muss ich Ihnen zustimmen, auch wenn Sie keinerlei Vorstellung davon haben, *wie* alt. Der Edle kennt die Wahrheit über sich und leugnet sie nicht."

Er entfernte sich beschwingten Schrittes und fröhlich pfeifend. Charlotta atmete tief durch, bevor sie dieselbe Richtung einschlug. „Einen verdammten Scheiß werd' ich bezahlt", knirschte sie grimmig. Dann dachte sie: ‚Ich brauche auch nicht bezahlt zu werden, denn ich bin reich.' Weiter dachte sie: ‚Was ich gerade alles so von mir gegeben habe, das war purer Selbstmord. Und er hat nicht gedroht, mich umzubringen. Er hat nicht mal angekündigt, mich rauszuwerfen. Da stimmt doch irgendwas nicht.' Anschließend dachte sie: ‚Aber einen süßen Arsch hat er schon.' (Die Frauen mochten im Allgemeinen die Rückansicht des Anderen. Das war einer der wenigen Fakten, die dem Anderen nicht bewusst waren, weil Frauen das im Allgemeinen nicht in seiner Gegenwart aussprachen.) Und zuletzt dachte sie: ‚Hoffentlich gibt es am Buffet auch Kuchen. Ich würde sterben für schokoglasierten Marmorkuchen. Und Omi ist nicht da, um mich anzumotzen, wenn ich zum Frühstück so richtig reinhaue! Ich Glückspilz! Vielleicht gibt es sogar Sahne dazu ...'

Das Erwachen glich dem Auftauchen aus einem warmen, dunklen Tümpel, einem Tümpel aus dickflüssiger, heißer Schokolade, einem Tümpel, in dem Ernestine eine behagliche neue Heimat gefunden hatte und aus dem sie eines nicht wollte: auftauchen. Denn die Umgebung, in der sie erwachte, war grell und kalt und voller Schmerzen. Hartes, weißes Licht drang aggressiv durchs Fenster, die Laken fühlten sich klamm an, und ihr eigener Kopf schien mit Blitzen gefüllt zu sein, die darum kämpften, die Schädeldecke zu durchbohren, um ins Freie zu gelangen. Es war wahrlich kein Erwachen der angenehmen Sorte und es ging auch nicht erbaulich weiter.

Ernestine hatte nämlich vergessen, in welchem Stadium sich ihre linke Hand befand, und es hob ihre Stimmung nicht, als es ihr wieder einfiel, sobald sie den dumpf pochenden Stumpf sah. Mit jedem Moment, den ihr Bewusstsein mehr erwachte, nahmen auch die Schmerzen an Unerträglichkeit zu.

Die Wintersonne durchdrang nach wie vor gnadenlos die leichten Gardinen und ließ ihre Augen tränen. Oder heulte sie etwa? „Verflucht, kann es nicht mal im Winter anständig düster und dunkel sein!" Sie zog sich die dicke Decke über den Kopf und dachte nach. Dann hörte sie damit auf, weil es nicht funktionierte, denn alles, was sie zustande brachte, war nur: „Ich muss nachdenken, ich muss nachdenken, ich muss nachdenken, ich muss nachdenken ...", und nach dem achtzehnten Mal hatte selbst ihr mattes Hirn begriffen, dass dies vor dem Frühstück der einzig klare Gedanke war, den sie zu fassen bekommen würde.

Also zog sie sich ihren gefütterten, samtschwarzen Morgenmantel über und wankte in Richtung Küche, ohne die Absicht, einen Umweg über das Bad zu nehmen. Tatsächlich kam Ernestine jedoch nicht weit, denn schon beim Überschreiten ihrer Türschwelle fiel sie über einen warmen, weichen und schnaufenden Berg und blieb darauf liegen. „Ach Cerberus, ich wünschte mir, ich könnte mit dir reden. Ich wünschte mir, ich könnte dir alles erzählen und du würdest es verstehen ... Ich wünschte, du würdest mir meine Zigaretten bringen und mir eine anzünden."

Ein dicker Schwanz klopfte freundlich auf den Boden. Darüber schwebten einige Gestalten mit besorgten Gesichtern.

„Kann mir einer von euch meine Zigaretten bringen?", seufzte Ernestine, obwohl sie natürlich wusste, dass Geister dafür nicht zu gebrauchen waren. Sie waren eigentlich zu überhaupt nichts zu gebrauchen. Alles, was sie konnten, war, sich unsichtbar zu machen und zu sprechen. Ungefragt zu sprechen (bis auf Lilli, die nie ein Wort sagte). Oder rührte diese Eigenschaft eher daher, dass es Kinder waren? Wenn auch, man konnte es nicht oft genug betonen, ungewöhnlich wohlerzogene Kinder. „Die Zeiten damals waren einfach besser", seufzte Ernestine weiter. Die Geisterkinder warfen sich beunruhigte Blicke zu. Sie waren alle versammelt und wirkten auf eine unbestimmbare Weise so, als hätten sie sich zuvor beraten und nun etwas Dringendes mitzuteilen. „Also dann, sprecht schon", seufzte Ernestine und hatte den dringenden

Verdacht, dass sie nun auf ewig verflucht war, nur noch zu seufzen, anstatt normale Worte von sich zu geben. (Ehrlicherweise muss hinzugefügt werden, dass sie bereits davor prozentual gesehen bei Weitem mehr geseufzt hatte, als zu sprechen.)

„Wir sind in großer Sorge", begann der altkluge Heinrich. „Dein Wohlergehen liegt uns allen am Herzen, und es scheinen sich Ereignisse anzubahnen, die Dir, unserer barmherzigen Wohltäterin, einiges Unglück bescheren mögen ..."

„Eine sehr böse Dame!", warf die sprunghafte Anna-Amalia ein. Sie hüpfte aufgeregt von einem Bein auf das andere (nun ja, es war in ihrem Fall eher ein Wasser-Treten in der Luft) und zwirbelte mit den Fingern wild ihr blondes Haar. „Ich mag sie nicht! Pfui!"

„Anna!" Tadelnd blickte Heinrich sie an. „Würdest du mich nicht unterbrechen, ich bitte dich! Die edle Ernestine ist sehr krank, wir sollten sie mit Schonung darauf vorbereiten ..."

„Sie wartet schon seit beinahe der Hälfte einer Stunde draußen!", platzte Theodor heraus. Oder Fridolin. Der andere von beiden nickte eifrig und fügte begeistert hinzu: „Und sie ist wirklich sehr, sehr böse!"

Mit einem Fauchen blies sich Heinrichs Geistergestalt zu ihrer doppelten Größe auf und begann, in einem roten Licht zu pulsieren. Beeindruckend. Er musste ziemlich wütend sein.

„Es genügt mit eurem Geschwätz!", donnerte er mit mächtiger Geisterstimme. Ernestine nickte anerkennend. Starke Leistung für einen so jungen Geist. Seine Geschwister allerdings rollten nur genervt mit den Augen (jedenfalls die Zwillinge. Die ernste Henriette war zu vernünftig dafür.). „Es obliegt *mir*, diese Mitteilung zu überbringen!"

Ein lautes *Ding-Dong* unterbrach ihn, das Ernestine daran erinnerte, was sie eigentlich geweckt hatte. Genau dieser Ton hatte sie aus ihrem unruhigen Schlaf gerissen: das disharmonische *Ding-Dong* der Türglocke.

„Oh, da ist jemand an der Tür", seufzte sie und richtete sich an Cerberus auf, der es geduldig ertrug, als Stütze benutzt zu werden.

„Ja!", schrie Anna-Amalie, wild mit den Händchen wedelnd. „Die böse Dame!"

„Sie hat einige Male geklingelt und wartet bereits überaus lange!", schrien die Zwillinge unisono.

„Senkt gefälligst eure Stimme!", schrie nun auch Henriette. Sie wurde durchaus resolut, wenn es die Erziehung ihrer kleineren Geschwister erforderte.

„Schweigt und überlasst mir das Reden!", brüllte Heinrich. Alle schwiegen. Sozusagen. Anna-Amalia flüsterte trotzig: „Aber sie *ist* böse!" Die Zwillinge tuschelten sich etwas zu, was in etwa klang wie: „Heinrich ist ein Stinker!" Henriette wiegte beruhigend das Baby (obwohl nicht auszumachen war, ob es tatsächlich weinte) und warf Heinrich einen vorwurfsvollen Blick zu. Nur Lilli starrte, wie zuvor, mit verkniffenem Gesicht zu Boden und sagte nichts.

Der älteste Geisterjunge schrumpfte zu seiner gewöhnlichen Form und Farbe zurück, trat einen Schritt vor, richtete sich auf und räusperte sich.

„Gerade waren wir dabei zu beratschlagen, ob die Notwendigkeit bestünde, Dich zu wecken, da eine Dame Einlass in Dein Heim begehrt und sie dies auf eine dringliche Weise tut." Er trat stolz einen Schritt zurück.

Ernestine seufzte. „Sehr schön formuliert, Heinrich." Heinrich strahlte. Die Zwillinge tuschelten sich etwas zu, was in etwa klang wie „Heinrich ist ein Streber!" Heinrich überhörte es. Anna-Amalia kicherte. Henriette flüsterte mit dem Baby. Lilli schwieg. Ernestine seufzte noch einmal. Sehr lange und tief und ausgiebig.

Wer oder was auch immer sie gestern so zugerichtet hatte – dieser Damon mochte vieles gewesen sein, aber keine Dame. (Obwohl das wunderbar mit seinem Namen harmoniert hätte: Damon die Dame. Dame Damon. Die dämliche Dame Damon.) Damit war wenigstens auszuschließen, dass gerade er sie als Überraschungsgast heimsuchte. Allerdings sollte er dazu auch nicht in der Lage sein. Das letzte Bild von ihm, das sie noch im Kopf hatte, wies eher darauf hin, dass er inzwischen nicht mehr unter den Lebenden weilte.

Also eine Dame an der Tür. Eine, laut Anna-Amalia, böse Dame, aber was besagte das schon. Auch unter den eifrigen Missionaren diverser religiöser Gruppierungen gab es einige Damen, bei denen sich Ernestines Nackenhaare aufstellten. (Zum Beispiel die winzige, dürre Frau Gruber. Wenn diese, stets mit einem braunen Jackett bekleidet, eine braune Hornbrille auf der spitzen Nase, mit ihren Broschüren winkte, leuchtete Wahnsinn aus ihren Augen. Es war ihr deutlich anzusehen, dass ihrer Meinung nach den Ungläubigen, die sich nicht bekehren ließen, der Kopf abgehackt werden sollte. Mindestens. Sie ließ sich in ihrem religiösen Fanatismus nicht einmal von Cerberus einschüchtern. In einem früheren Leben musste sie ein grausamer General gewesen sein, und nun hatte sie als Missionarin einen effektiven Weg gefunden, die Menschheit weiterhin zu tyrannisieren. Kinder würden sie wahrscheinlich als „böse" bezeichnen, obwohl sie nur beabsichtigte, Seelen zu retten.)

„Na, dann werde ich die Dame nicht länger warten lassen", sagte Ernestine, wankte zur Treppe, diese hinab und auf die Tür zu, während hinter ihr die Geister als heller, unruhiger Schatten dahinglitten und Cerberus trampelnd folgte. Gerade als die gesamte Schar an der Haustür angekommen war, ding-dongte es wieder, sehr lautstark und ausdauernd diesmal. Offenkundig hatte die Dame bereits zu lange gewartet.

Ernestine raffte ihren Morgenmantel zusammen, seufzte, drückte die Klinke und zog die Türe dann entschlossen auf. Und wünschte sich sofort, sie hätte zuvor ausgiebig geduscht, sich das Haar gekämmt, ihren dicken schwarzen Kajal erneuert, ein hübsches Kleid angezogen und ihren besten Schmuck (silberne Ohrringe in der Form baumelnder Skelette mit Augen aus winzigen schwarzen Onyx-Stücken) angelegt, denn diese Dame war eine Dame, die den Titel *Dame* wirklich verdiente. Auf den ersten Blick jedenfalls. Sie stand sehr groß und sehr schlank auf sehr hohen weißen Stiefeln, umhüllt von einem sehr figurnah geschnittenen weißen Pelzmantel, das sehr blonde Haar, beinahe so weiß wie der Mantel, zu einer sehr perfekten Frisur aufgesteckt, ebenso sehr perfekt wie das Gesicht. Ein Supermodel, das Dame spielte.

Ihre Stimme allerdings missfiel schon beim ersten Hören. Sie klang zwar wohlmoduliert, melodiös und weich, aber so klangen keine Vertreter, die eine frohe Botschaft verkünden wollten (die sahen, nebenbei bemerkt, auch nicht so aus), so klangen Meerjungfrauen, die Matrosen in den Tod lockten. Anna-Amalia war nur zuzustimmen: Diese Dame war böse. Auch Ernestine sah das so, und das lag nicht nur daran, dass sie sich in der Gegenwart dieses unerwarteten Besuchs so schäbig fühlte wie eine Landstreicherin nach einer Nacht unter der Brücke (mit pinkelnden Hunden, nagenden Ratten, spuckenden Betrunkenen und allem Drum und Dran), sondern an der unheilvollen Ausstrahlung der Dame, die nicht nur den Wohlklang der süßen Stimme durchtränkte.

„Guten Morgen, Ernestine", tönte diese Stimme aus den

blutroten Lippen, „oder besser: Das ist ein schöner Morgen für den Rest der Welt. Für dich nicht, Kleine. Du hast mich warten lassen. So etwas macht mich sehr, sehr böse!"

„Siehst du!", zischte eine Kleinmädchen-Geisterstimme an Ernestines Ohr. „Böse! Ich *wusste* es! Sie ähnelt meiner Gouvernante, der abscheulichen Ignatia Huddelstone, welche genauso war, stets in hübschen Kleidern, doch mit einem schwarzen Herzen! Sie zwang uns, jeden Morgen Hafergrütze zu speisen, *ungesüßt*, nur aus Freude an unserem Leiden!"

„Ach nein, wie gemein!", murmelte Ernestine abgelenkt.

„Wie bitte?" Die Dame runzelte die Stirn. (Viel runzelte sich da nicht. Es war eine Stirn, glatt wie aus starrem Beton gegossen.)

„Ich meinte die Hafergrütze", sagte Ernestine. Die Dame verzog irritiert die Lippen. Lippen prall wie Hartgummischläuche. Je länger man ihr Gesicht betrachtete, desto mehr wirkte es wie das einer Barbiepuppe. Aus buntem Plastik.

„Du hast ein echtes Problem, Ernestine Nordmoor!", lächelte das Gesicht auf eine bedrohliche Weise.

„Oh, ja! *Sehr* böse!", flüsterte eine zutiefst zufriedene Anna-Amalia-Stimme.

„Schweige endlich still, und überlasse der edlen Ernestine das Reden!", wisperte eine strenge Heinrich-Stimme.

„Schon in Ordnung", sagte Ernestine beschwichtigend.

Für einen Augenblick herrschte verwirrtes Schweigen. Ernestine und die fremde Frau musterten sich kritisch, während jede versuchte, die andere einzuschätzen. Die Situation hatte etwas zutiefst Unwirkliches an sich. Die Sonne ließ den schneebedeckten Garten blitzen, als wäre er mit Diamanten gepflastert. Eine Meise hüpfte ungerührt über den Boden und hinterließ eine drollige Spur. Der Wind hielt immer noch den Atem an, und nur die Kälte schien beißender als je zuvor. Ernestine zog den Morgenmantel enger, der nur unzureichend wärmte. Die Fremde fand zuerst ihre Sprache wieder.

„Mein Name ist Miss Biss", flötete sie, während weiße Schwaden aus ihrem Mund entwichen wie Rauch aus den Nüstern eines Drachen. „Ich warte schon viel zu lange in der Kälte, also habe ich keine Lust mehr, freundlich zu sein. Eigentlich lässt man mich nicht warten und eigentlich kümmere ich mich auch nicht persönlich um derartige Dinge..." Geringschätzig deutete sie mit dem

Kinn auf Ernestine, was zeigte, dass sie zu „diesen Dingen" zählte. „Du hörst mir jetzt besser genau zu, denn ich werde alles nur ein einziges Mal sagen, kapiert? Ja, Nicken reicht völlig, du redest ja doch nur wirres Zeug. Bist nicht gerade die Hellste, was? Gut, also, wo war ich? Ach ja. Entweder du unterhältst dich jetzt mit mir, denn mehr will ich nicht als mich einfach nur nett unterhalten. Oder du weigerst dich, dann werde ich sofort gehen und nie wiederkommen, aber du wirst dafür sterben. Kapiert? *Sterben!*"

„Damit drohte die böse Gouvernante ebenfalls! ‚Fresst euren schleimigen Brei', sprach sie, ‚oder ihr werdet sterben, ihr vermaledeiten Bälger!' "

Es gab einen geflüsterten wilden Tumult und Ernestine spürte, wie die Geisterkinder sich ins Haus zurückzogen – in den meisten Fällen widerstrebend. Es war eine echte Herausforderung, sich zu konzentrieren. Sie hatte weder einen Kaffee getrunken noch eine Zigarette geraucht. Sie hatte schlimme Schmerzen. Und sie verstand nicht im Geringsten, was diese irre weiße Hexe von ihr wollte.

Also sagte sie genau das, in ihrer sanften, stets ein wenig schläfrigen Stimme: „Ich habe nicht die geringste Ahnung, was Sie von mir wollen." Auf „irre weiße Hexe" verzichtete sie, weil sie eben ein höflicher Mensch war, dem derartige Beleidigungen auch dann nur schwer über die Lippen kamen, wenn sie zutreffend oder gar angebracht waren. „Aber es wäre schön, wenn Sie Ihre Drohung nicht nur so dahinsagen würden, ehrlich. Ständig drohen mir Leute damit, mich umzubringen, und was passiert? Nichts! Gar nichts! Es ist sehr unschön, immer wieder in seinen Hoffnungen enttäuscht zu werden! Also seien Sie so freundlich und tun sie es auch, anstatt hier nur Versprechungen zu machen! Ich habe nichts dagegen zu sterben, wirklich nicht, aber es ist lästig, sich immer darauf zu freuen und dann passiert doch nichts!" Ernestine empfand ihren Tonfall selbst als etwas weinerlich und hielt darum inne.

„Dann werde ich dir mal erklären, was ich von dir will, du kleine, dämliche Schlampe!", knurrte es undamenhaft, und Ernestine fiel zum ersten Mal auf, dass die Augen der Frau das Einzige an der ganzen Erscheinung waren, das nicht passte: So perfekt sie auch geschminkt sein mochten, es blieben doch kalte, schwarze Löcher, wie Höhlen, die den Eingang zu einer unheimlichen Gruft bildeten.

„Ah, jetzt verstehe ich", unterbrach Ernestine entschlossen und ergriff die Initiative. „Sie müssen eine Bekannte vom guten alten Damon sein, richtig? Das erkenne ich doch sofort an der Ausdrucksweise! *Ich hoffe, es geht ihm gut?*" Den letzten Satz ließ sie vor Ironie nur so triefen. Sie schielte über ihre Schulter zurück, um eine Reaktion der Geisterkinder zu erhaschen. Etwas Unterstützung seitens Anna-Amalia wäre eine gute Rückenstärkung. Zuerst schien es so, als würde sie ihrem großen Bruder gehorchen und der ganzen Angelegenheit fernbleiben, doch dann war ein ganz zartes, doch nicht minder entschlossenes Raunen zu vernehmen: „Jawohl, biete ihr die Stirn, der bösen Gouvernante!" Und genau das würde sie tun!

Die Reaktion der angeblichen Miss Biss war extrem genug, um Ernestine darin zu bestärken, den richtigen Ton oder wenigstens den richtigen Namen getroffen zu haben: Die ranke Gestalt krümmte sich angriffslustig zusammen wie ein Skorpion und hob einen Arm wie einen Stachel zum Schlag. Mit verzerrten Zügen zischte sie Ernestine an, während sie zwei Schritte näher kam: „Schon allein dafür sollte ich dich umbringen, du hässliche kleine Krähe! Damon! Er war mein Liebling! Mein Schatz! Mein armer kleiner Schatz! Du hast ihn für immer verstümmelt!"

„Also lebt er noch. *Wie schön!*" Triefende, giftige Ironie. Ernestine wich trotzdem lieber einen Schritt zurück.

„Er lebt, ja, als Krüppel, entstellt, unter furchtbaren Schmerzen! Deswegen, nur deswegen, komme ich persönlich, um dir das hier zu bringen! Ich wollte dich mit eigenen Augen sehen, damit ich Rache nehmen kann, sobald ich darf!" Eine weiß behandschuhte Hand griff in die Tiefen des Mantels, holte einen dicken, schwarzen Umschlag hervor und schleuderte ihn Ernestine mit wütender Wucht direkt vor die in Wollstrümpfen steckenden Füße.

„Lies dir das genau durch und unterschreibe es! Du hast drei Tage Zeit! Wenn ich dann das nächste Mal hier an deiner schäbigen Tür läute und du mir diese Unterlagen nicht unterschrieben zurückgibst, tja, dann bist du tot. T-O-T! Kapiert? Vergiss die Polizei, vergiss jede irdische Hilfe. Niemand wird dir helfen! Niemand!" Sie stürmte drei weitere Schritte auf Ernestine zu, als könnte sie sich kaum zurückhalten, diesen Tod mit ihren eigenen Händen sofort herbeizuführen. Ernestine wich vier weitere Schritte zurück; also standen sich die beiden nunmehr, bedingt durch den fehlenden

Flur, mitten im Wohnzimmer gegenüber, wo Cerberus sich in seiner ganzen gewaltigen Größe postiert hatte. Zum ersten Mal, seit Ernestine ihn kannte, begrüßte er einen Fremdling nicht mit demutsvoller Freundlichkeit, sondern stand angespannt da, den Kopf aufmerksam erhoben, das Fell gesträubt, und dann – und das hatte Ernestine auch nie zuvor vernommen – drängte sich ein Knurren aus seiner Kehle, das so breit und tief war, dass es eigentlich in diesem Hundekörper keinen Platz finden durfte. Es war eher das Knurren eines Löwen oder eines Elefanten – falls Elefanten zu knurren imstande wären. Und es klang eindeutig sehr bedrohlich.

Das schien auch die angebliche Miss Biss so zu empfinden. Beim Anblick des haarigen Ungetüms, das so unvermutet aufgetaucht war, rannte sie zwar nicht schreiend davon, wie es ein Großteil der durchschnittlichen Bevölkerung getan hätte, doch verwandelte sich ihre angriffslustige Haltung fließend in eine der Vorsicht: Ihre Arme fielen hinab, ihr Oberkörper nahm sich zurück, und sie erstarrte in Reglosigkeit. (Wer genau hinhörte, konnte ein beinahe tonloses, aber umso emotionaleres: „Braver Hund, spring der bösen Gouvernante an die Kehle! Los! Spring!", vernehmen.) Als Nächstes zog sie jedoch elegant und ohne viel Federlesen einen kleinen, weißen Revolver aus der Tasche ihres pompösen Mantels und richtete ihn auf Cerberus.

„Wo hat die kleine Krähe nur so ein Monster her", murmelte sie nachdenklich. Und drückte ab.

Die Dame verfehlte den massigen Hundeleib nicht. Sie hatte gut gezielt: genau auf Cerberus' mächtige Brust, wo das Herz saß, wo eine Kugel entweder enormen Schaden anrichtete oder den augenblicklichen Tod verursachte.

Ein leiser, beinahe harmloser Knall war zu hören, und im gesamten Zimmer begann es, dezent nach Silvesterraketen zu riechen. Weder Knall noch Geruch wurden jedoch von irgendjemandem registriert, denn als die Kugel Cerberus erreichte, da geschah nicht das, was geschehen sollte. Kein Blut, das spritzte, kein Aufstöhnen oder Zusammensacken des riesigen Hundeleibs... Cerberus blieb in aufrechter Haltung stehen, versuchte weder, der Kugel auszuweichen, noch jaulte er ängstlich auf oder ging gar zum Angriff über. Er blieb einfach stehen, unversehrt, denn die potentiell tödliche Kugel, die ihn aus nächster Nähe traf, verhielt sich im Widerspruch zu allen Naturgesetzen: Sie prallte für alle beobachtenden

Blicke sichtbar an seinem Fell ab, so unverrichteter Dinge wie ein nasses Taschentuch. Es ertönte nichts weiter als ein leises *Ping*, als bestünde Cerberus aus Metall und nicht aus Fleisch, und dann lag da ein winziges Kügelchen auf dem Boden, das genauso harmlos wirkte, wie es gewesen war und doch niemals hätte sein dürfen.

Ernestine, die ihren Mund bereits für einen Entsetzensschrei sperrangelweit aufgerissen hatte, ließ ihn verdattert offen stehen. Miss Biss, die ihrem Gesicht bereits ein triumphierendes Lächeln gegönnt hatte, erbleichte, erholte sich aber rasch von ihrer Verblüffung und trat ohne zu zögern einen fluchtartigen Rückzug an. Cerberus stand weiterhin da wie eine Statue und knurrte – er war der Einzige, den es offensichtlich nicht überraschte, dass er kugelfest war. Eventuell war ihm diese spezielle Eigenschaft bereits bekannt.

Die Geisterkinder jubelten frenetisch (hörbar natürlich nur für Ernestine und Cerberus).

Der Briefträger, der sich just diesen Moment ausgesucht hatte, um die Post zu bringen, stand irritiert vor der Tür und blickte mit einer Mischung aus Verwirrung und Verzückung der forteilenden, zauberhaften weiblichen Erscheinung nach, die ihn beinahe umgerannt hätte. Ein Hauch ihres Parfums umspielte noch seine verwunderte Nase, die diesen Duft erfreut einsog, als Ernestine ihm die für sie bestimmten Briefe aus der Hand nahm.

„Sie brauchen sie gar nicht so anzustarren", sagte sie steif, „sie ist *nicht* so nett, wie sie aussieht!" Damit knallte sie ihm die Tür vor der immer noch schnuppernden Nase zu (was ihm das Aussehen eines hungrigen, wenig vorteilhaften Kaninchens verlieh).

Für heute war sie wahrlich ausreichend höflich gewesen. Jetzt aber war sie wütend. Diese... diese... Person hatte versucht, ihren Hund umzubringen! Sie warf die Briefe auf den Esstisch und strich Cerberus liebevoll über die Stirn. Sie hatte noch immer keinen Kaffee getrunken, keine Zigarette geraucht und schlimme Schmerzen im Stumpf, – kurzum, sie fühlte sich nicht, als wäre sie bei vollem Bewusstsein. Trotzdem galt es, herauszufinden, was es als Nächstes zu denken, zu tun oder zu sagen gab, und so öffnete Ernestine, weil es das Naheliegendste war, die Briefe. So nebenbei, als eine Art Übersprungshandlung. Um irgendetwas zu tun, das normal war. (Den dicken, schwarzen Umschlag ließ sie auf dem Boden liegen. Er war zu unheimlich, um sich mit ihm zu beschäftigen. Wenn man nämlich nicht hinsah, schien er sich zu bewegen und düstere Worte zu murmeln, was zwar völlig unmöglich, aber eben trotzdem unheimlich war.)

Als Ernestine den ersten Brief öffnete, gaben ihre Beine nach. Sie fiel auf einen der Stühle und blieb sitzen. Augenblicklich war sie umringt von einer Schar aufgeregter Geister, die sich aufführten, als würden ihnen die Vorfälle der letzten Zeit mehr Spaß als Sorge bereiten. Vielleicht hatten sie sich die letzten hundert Jahre wirklich extrem gelangweilt.

„Welch wichtige Nachricht hast Du bekommen, sprich!", rief Heinrich, der erregt hin- und herwaberte.

Ernestine blickte durch ihn hindurch (was bei seiner materiellen Konsistenz nicht weiter schwer war) und seufzte. „Ich bin seit nicht einmal zwei Tagen wieder zuhause, und am liebsten würde ich sofort wieder in die Klinik zurückkehren. Normalerweise halte ich mindestens zwei Monate durch, bestenfalls auch zwei Jahre. Zwei Tage ist ein Rekord. Dies ist eine Nachricht von einem Kriminalkommissariat. Mein Vater ist tot. Er wurde erschossen."

Das Telefon begann zu klingeln.

Und auf dem Boden lag immer noch der dicke, schwarze Umschlag wie eine gestaltgewordene stumme Drohung. Er war umhüllt von schwerem Parfum und einem Hauch von Schwefel, und sobald man nicht hinsah, begann er tatsächlich zu zittern und sich zu winden und in einer fremden Sprache böse Verwünschungen auszustoßen, so leise, dass selbst die feinen Ohren von Cerberus es nicht wahrnahmen. Aber eine kleine Spinne, die unweit des Umschlags über den staubigen Dielenboden krabbelte, wurde von einem dieser Flüche getroffen und wand sich in jämmerlichen Zuckungen, bis sie, zu einer trockenen Kugel der Qual zusammengeknüllt, verstarb.

Anderswo beendete man gerade eben erst gemütlich das Frühstück. (Gemütlich im Sinne von *langsam*, denn was die Atmosphäre betraf, war es genau das Gegenteil.)

Der Andere nippte genussvoll an einer hauchdünnen Porzellantasse, die mit glühend heißem Earl Grey gefüllt war – er trank seinen Tee entweder glühend heiß oder gar nicht – und schenkte seinem Lehrling ein anerkennendes Nicken.

„So gefällst du mir schon besser", stellte er fest. Sein frischgewaschener, grauer Mohair-Pullover schmiegte sich weich um seinen muskulösen Brustkorb, die verblichenen, sauberen Jeans schienen trotz ihrer Schlichtheit eine Maßanfertigung zu sein, und sein Teint wirkte erholt und frisch. „Weiß steht dir gut, das solltest du öfter tragen."

Charlotta saß ihm schwer atmend gegenüber. Ihr krauses, rotes Haar war schweißverklebt und kringelte sich feucht über ihre Stirn, die ebenfalls von Schweiß glänzte. Sie trug ein schlabbriges, weißes T-Shirt – schweißdurchtränkt –, eine sportliche, schwarze Trainingshose – schweißnass – und weiße Turnschuhe – verschwitzt. Vor ihr stand eine leere Ein-Liter-Wasserflasche, und in ihrem kindlichen Gesicht war eine zutiefst frustrierte Erschöpfung eingemeißelt. An ihrem rechten Nasenflügel zeigte sich ein erster roter Stresspickel. Ihre Gesamterscheinung entsprach also in allen Punkten korrekt derjenigen, die sie vorzeigen musste, um Folgendes zu beweisen: Sie hatte in der vergangenen Stunde, anstatt sich an Schokoladenkuchen mit Sahne zu laben, ihre Zeit mit höchst anstrengenden, unerquicklichen und ungewohnten Übungen im hoteleigenen Fitnessraum verbracht.

Der Andere nahm einen weiteren Schluck Tee, räkelte sich und gähnte ausgiebig. Er hatte als ersten Punkt auf seiner Liste Fräulein Watson die Instruktion erteilt, vor den Freuden einer morgendlichen Mahlzeit mit dem Sportprogramm zu beginnen, das von nun an ihre tägliche Pflicht sein würde. Denn wenn sie der Meinung sei, in seine Fußstapfen treten zu wollen, so müsse sie als Erstes die physischen Voraussetzungen dafür erfüllen, und diese beinhalteten nun einmal eine größtmögliche körperliche Fitness.

„Zehn Kilo weniger", hatte er befohlen, „und zehn Kilometer schneller Lauf. Beides zu erreichen in den nächsten zwei Monaten. Dies stellt das absolute Minimum und die Grundlage für deine weitere körperliche Ausbildung dar. Bei Nicht-Erreichen dieses lächerlichen Etappenziels gilt: Beruf mit Bravour verfehlt. Ende. Abschied." Und damit hatte er sie in den Fitnessraum geschickt, mit dem Zusatz, anschließend sofort wieder an diesem Tisch zu erscheinen, um den weiteren Tagesplan zu besprechen.

Die darauffolgende Stunde hatte der Andere in recht guter Stimmung damit verbracht, die Zeitung zu lesen, zu frühstücken und Tee zu trinken, kurz, dem Müßiggang zu frönen. Er war selbst ein wenig erstaunt, wie vergnügt er sich dabei fühlte, da Heiterkeit nicht zu den Eigenschaften zählte, die er sich selbst im Übermaß zusprach. Es bereitete ihm jedoch einiges an Behagen, die kleine Krahmer dabei zu beobachten, wie sie sich nunmehr missmutig frisches Obst und einen Kanten Schwarzbrot am Buffet besorgte – und einen Kaffee. Schwarz. Milch war als „zu fetthaltig" von ihrem Speiseplan gestrichen.

Während Charlotta schweigend auf ihrer kargen Mahlzeit herumkaute, öffnete der Andere entspannt die Nachricht, die ihm heute in aller Frühe von einem Eilkurier besonderer Vertrauenswürdigkeit überbracht worden war. Bisher hatte es ihn nicht in den Fingern gejuckt, das zu tun, denn er ahnte wenig Gutes. Und wieder einmal hatte ihn sein Instinkt nicht getrogen. Allgemein betrachtet waren die Entwickelungen seines jüngsten Auftrages nicht gerade wünschenswert – im Speziellen aber brachte ihn diese Nachricht dazu, spontan in lautes Lachen auszubrechen. Die Leute mochten es, wenn er lachte. Es klang so herzerfrischend echt und mitreißend.

Charlotta stimmte dennoch nicht mit ein; ihre Laune befand sich nämlich im Gegensatz zu der seinen auf dem absoluten Nullpunkt. Sie erlebte den mit Abstand furchtbarsten Vormittag ihres ganzen kurzen Lebens und nach der Quälerei, die sie gerade durchlitten hatte, hätte selbst eine ganze Tortenplatte nur für sie allein nicht ausgereicht, um ihr auch nur ein mildes Schmunzeln zu entlocken.

„Wusstest du, mein Kind", lachte der Andere, „dass dein Großonkel sich einst mit seinen letzten Worten wünschte, die Gerechten sollten siegen? Nun, letzte Nacht hat ein David einen Sieg über einen Goliath errungen, und auch wenn es mir mehr anstände, darüber eine gewisse Bestürzung zu zeigen – spielt doch der Goliath auf meiner Seite – so komme ich doch nicht umhin, ihm diese Niederlage aus meinem ganzen verderbten Herzen zu gönnen. Schließlich ist er ein verdammtes Arschloch. Ein Arschloch, nunmehr ohne Gesicht, wie ich hier lese. Ein Arschloch, das sein Gesicht verloren hat! Ein Arschloch, das nur mit einigem Glück noch am Leben ist. Ein wahres Glück übrigens, denn ich hätte es als enttäuschend empfunden, ihm nicht persönlich irgendwann sein krankes Hirn durch die Schädeldecke zu quetschen."

Charlotta hustete. Worte wie *Hirn* in der Verbindung mit *quetschen* stießen ihr in ihrer momentanen Verfassung unangenehm auf.

„Ich verstehe kein Wort", murrte sie. Wenn es auch ein zurückhaltendes Murren war. Schließlich fühlte es sich um einiges besser an, wenn der Anderen davon sprach, irgendwelche Typen töten zu wollen, als selbst mit dem Tod bedroht zu werden. So sollte es auch bleiben. Selbst wenn er sie dafür ohne Essen zu Tode hetzte, was letztendlich nur eine subtilere Art von Mord darstellte.

„Das macht doch nichts", antwortete der Andere zuvorkommend, „ich bin mir sicher, wenn du mehr verstehen würdest, wärst du nicht auf die dumme Idee gekommen, dich mit mir einzulassen. Man darf den Menschen ihre Dummheit nicht vorwerfen."

Anstatt etwas zu entgegnen, schluckte Charlotta klugerweise mit einer Weintraube ihren Frust hinunter.

„Doch bleibt es mir nach wie vor ein Rätsel, wie eine junge Frau ohne erkennbare besondere Fähigkeiten dazu in der Lage sein sollte, jemanden wie das Arschloch so zuzurichten. Das ist eine interessante Begebenheit, fürwahr."

„Man sollte junge Frauen nicht unterschätzen", warf die junge Frau am Tische mit vollem Munde ein, die auch von Weintrauben nicht gänzlich am Widersprechen gehindert wurde.

„Genauso wenig, wie sich junge Frauen selbst überschätzen sollten", stellte der Andere dem entgegen, der um so vieles älter war, als es den Anschein hatte. „Aber sei´s drum." Er leerte die Tasse in einem Zug, bevor der Inhalt erkaltete, und schenkte sich eine neue aus der Kanne nach. „Falls die vortreffliche Miss Biss erfolglos bleibt – und sie wird sicherlich toben, da sie nun gezwungen ist, persönlich in der Sache Hand anzulegen – werden wir in drei Tagen das Vergnügen haben, betreffende junge Frau selbst kennenzulernen und zu eliminieren."

„Wie schön", murmelte Charlotta und zerbiss ein Stück Ananas, das sich als ziemlich zäh erwies. Kein Vergleich zu Vollmilchschokolade. „Um wen handelt es sich dabei?"

„Zwar ist das nichts, was dich etwas anzugehen hat, aber da ich voraussichtlich länger brauche als drei Tage, um dich loszuwerden und du demnach bei diesem Job anwesend sein wirst – als der übliche nutzlose Klotz am Bein – sollst du es eben wissen. Es handelt sich um ...", er warf einen Blick auf das Papier in seiner Hand, „... um eine gewisse *Ernestine Nordmoor*, wohnhaft in der Lindwurmgasse. Gehen wir einfach davon aus, dass Miss Biss genauso wenig ausrichtet wie das arme Arschloch und dass wir darum als letzte Instanz zum Einsatz kommen – als allerletzte. Es wird mir ein Vergnügen sein, die finalen Worte aus dem Munde derjenigen

zu hören, die das Arschloch beinahe in seiner eigenen Säure ertränkt hat. Eine neue interessante Seite in meinem Album. Neun Millionen neunhundertneunundneunzigtausendneunhundertundachtzig. Der Countdown läuft."
„Ich verstehe immer noch so gut wie gar nichts." Charlotta beäugte kritisch den leeren Teller vor ihr. Ob ihr noch ein Nachschlag von diesem scheußlichen Grünzeug gestattet war?
„Natürlich nicht", sagte der Andere milde. „Es wird Zeit, dass du dich umziehst."
Sie atmete erleichtert auf.
„Ich hoffe, du hast Badesachen dabei, ansonsten wünsche ich, dass du dir innerhalb der nächsten fünfzehn Minuten welche besorgst; finanziell wird dir das keine Probleme bereiten, denke ich. Deine Pause ist hiermit beendet; als Nächstes hast du fünfzig Bahnen Schwimmen vor dir. Mindestens. Für jeden Stopp, den du einlegst, gibt es eine Bahn extra. Mehr Anweisungen gibt es nicht; nichts hindert dich daran, augenblicklich aufzustehen und zu beginnen!"
Charlotta stemmte stöhnend ihren müden Hintern vom Stuhl.
„Das hier ist die Hölle", bemerkte sie finster, bevor sie widerwillig von dannen schlurfte, weiteren Qualen entgegen.
„Da irrst du", der Andere blickte auf Bilder in der Ferne, die nur er sah, „die Hölle, kleiner, dummer Noch-Lehrling, die Hölle sieht anders aus. Bete darum, dass du nicht so lange durchhältst, bis ich dich auf den nächsten Besuch mitnehmen muss."

Der Vormittag ging allmählich in den Mittag über und der Mittag in einen Spätnachmittag, was im Dezember bedeutete, dass es dunkel wurde.
Erwin, der Sekretär, stand vor einer Staffelei mit einem großformatigen Ölgemälde. Von diesem ließ sich nicht so genau erkennen, ob es bereits vollendet war, da manche Figuren darauf um einiges detaillierter als andere gestaltet waren, die teilweise nur angedeutet wurden. Außerdem war der Pinselstrich sehr verwegen, weniger gnädige Kritiker würden es schlampig nennen. Erwin neigte nicht zur Ungnädigkeit, er verfügte viel mehr über die Gabe, in jedem und allem das Gute zu sehen (eine bei weitem unterschätzte Eigenschaft), und so gab er erst einmal seiner Bewunderung Ausdruck.
„Welch kühner Farbauftrag", urteilte er sachlich, „welch

interessante Motivwahl. Gewiss keine übliche Art der Malerei, nicht wirklich modern, doch ein zeitgemäßes Zitat aus der Kunstgeschichte, so möchte ich das formulieren. Hmm... Die Gewandung der Abgebildeten lässt auf das fünfzehnte Jahrhundert schließen, die Art der Foltermethoden ebenso ... Dies scheint ein Heiliger zu sein, den man ... nun, den man so behandelt, dass ziemlich viel Blut im Spiel ist, denn das da über seinem Kopf ... nun, das müsste ein Heiligenschein sein. Welche Absicht wohl dahintersteckt, ihn schief zu malen? Womöglich bedeutet der schiefe Heiligenschein, dass seine Standhaftigkeit langsam erschüttert wird durch seine Qualen und er kurz davor steht aufzugeben ... Diese Folterknechte scheinen Diener des Bösen zu sein, bei all den Hörnern und Krallen und Schwänzen, die so detailgetreu und ... wirklich reichhaltig ausgeführt sind ... also, ich muss sagen, es war mir bisher noch nie vergönnt, so viele Hörner und Krallen an einem einzigen Geschöpf zu sehen, das ist wohl eine bewusste Übersteigerung, um auf die groteske Lächerlichkeit aufmerksam zu machen, die solch fantastische Bestien ausmacht, ja, das wird es sein, sie wurden absichtlich als lächerliche Parodien ihrer selbst überzeichnet ... interessant ... interessant ... und die klagenden Frauen hier, die um den Heiligen weinen ... Ich bezweifle, dass sie in jenen Epochen so ... unbekleidet dargestellt wurden ... zwar ist Nacktheit in der Kunstgeschichte ein beliebtes Thema, und gerade der weibliche Akt wurde über alle Epochen hinweg immer wieder ... aber du liebes Bisschen, es scheint mir doch nicht nötig, die Nacktheit solchermaßen ... ich kann mir nicht vorstellen, dass es Frauen gibt, die mit derartig ... ausladenden Formen bestückt sind!"

Errötend wandte er den Blick ab, der dabei auf den Boden und einige dort herumliegende Magazine fiel, die auf fotografische Weise eindrücklich bewiesen, dass Frauen aller Naturgesetze zum Trotz über derartige Formen verfügen konnten, und diese der Malerei als Vorbild gedient haben mussten.

„Ach herrje", murmelte Erwin, der Sekretär, der schon in seiner Jugend eher in Wälzern über Kunstgeschichte geschmökert hatte als in derart anstößigen Journalen. „Wie ... wie außerordentlich geschickt doch der Künstler seine Kritik an ... an ... derart sexuellen Ausbeutungen des weiblichen Geschlechts äußert, nicht wahr, sehr geschickt, wie er sie als Klageweiber ihr Elend herausschreien lässt ..." Wurde schon erwähnt, dass Erwin über die großartige

Gabe verfügte, selbst in heiklen Situationen nur das Gute in Absichten und Menschen zu erkennen? Zum Glück hörte ihn der Urheber dieses Werkes nicht – er hätte vermutlich ganz andere Interpretationen geliefert. Niemand hörte Erwin zu, außer einigen Geistern, die, von ihm unbemerkt, interessiert seinem Vortrag lauschten. Der Sekretär beschäftigte sich schon eine ganze Weile geduldig allein in der alten Kirche, die A. „dem Apfel" Apollo und seinen geheimnisvollen Gespenstern als Atelier und Behausung diente, denn der Herr des Hauses war in eine hitzige Diskussion mit der Arbeitgeberin des Sekretärs verwickelt, welche nun bereits Stunden andauerte. Das lag allerdings nicht nur am gewichtigen Inhalt des Gesprächs, sondern viel mehr daran, dass den beiden Debattierenden Erwins eben erwähnte Gabe fehlte, und sie sich die meiste Zeit angelegentlich damit beschäftigten, sich gewisse Dinge vorzuhalten.

Es hatte damit begonnen, dass die alte Dame, erfreut über die schnelle nächtliche Genesung ihres Sekretärs, am Morgen darauf bestanden hatte, so rasch wie nur möglich den alten Spinner aufzusuchen, der ihr so wichtig erschien. Das führte dazu, dass sie unangemeldet bei A. „dem Apfel" Apollo, der, wie inzwischen sicherlich ersichtlich, jener besagte alte Spinner war, auftauchten und Sturm klingelten. (Die alte Dame hieß Erwin, den Sekretär, Sturm zu klingeln. „Nicht so zögerlich, mein Junge, das sind doch Muskeln da in Ihren Armen, nicht wahr, also, dann strengen Sie sie auch an! Ha, der alte Spinner ist doch längst schwerhörig! Los, los, sehen Sie zu, dass er uns in seinen Schweinestall einlässt!")

Worauf sich der alte Spinner, der weder Freude noch Überraschung über den unerwarteten Besuch zeigte, lautstark und mit groben Ausdrücken darüber beschwerte, dass sie einfach so ohne Anmeldung bei ihm erschienen und ihn, wie er behauptete, bei wichtigeren Angelegenheiten störten. Worauf die alte Dame ihn nicht weniger lautstark und beinahe ebenso unverblümt darauf aufmerksam machte, dass das allein seine Schuld sei, da er sich weigerte, sich ein Telefon zuzulegen. Daraufhin gab eine streitlustige Antwort die nächste. Zum Glück wurden sie wenigstens aus der Kälte ins Innere der Kirche gelassen; das heißt, die alte Dame bat nicht um Einlass, sondern rauschte vielmehr mit fliegenden Mantelschößen an dem kleinen zornigen Männchen vorbei und zog Erwin in ihrem Sog mit sich hinein.

Und seitdem stritten sich die beiden, wie es für des Sekretärs Ohren klang. Dabei hatte er zwar nicht Unrecht, aber Recht hatte er auch nicht. Denn sie stritten sich, wie sie es seit jeher taten: Durch jahrelange Übung schafften sie es, in ihren Streit auch eine Unterhaltung einzuflechten, die es ihnen ermöglichte, notwendige Informationen auszutauschen. Es war eine sehr spezielle Art des Gesprächs, die eine längere Zeitspanne, einen gesunden Atem und speziell dafür geeignete Persönlichkeiten erforderte.

„Wedel mir nicht mit dem Foto vor der Nase herum, ich weiß genau, wie er aussieht, schließlich war er einmal *mein Mann*! Ha!", trompetete die alte Dame mit erhitzten Wangen.

„War er nicht, war er nicht, haha", kreischte der irre Apfel, „sie hat ihn nicht geheiratet, hat sie nicht, hat sie nicht, auf dem Papier war sie *nie* mit ihm verheiratet, niemals, die alte Schachtel!"

„Was scher' ich mich um die Papiere eines nichtigen Staates! Ha! Er war *mein* Mann, das war er, egal, was du für Verleumdungen ausspuckst, du schäbiger Landstreicher! Los, her mit dem Foto! Lass deine dreckigen Pfoten von diesem Foto! Her damit! – Ah. Ja, ja. Das ist er, gewiss. Ach, ich hatte schon längst alle seine Bilder vernichtet, aber wenn ich ihn so ansehe, dann ist mir jede Linie in diesem Gesicht vertraut, jede Linie!"

„Sie faselt schmachtenden Firlefanz, das tut sie, das tut sie immer noch, nach all den Jahren, mag sie auch all seine Bilder vernichtet haben, sie schmachtet noch immer nach ihm wie ein verliebter Backfisch, das tut sie, ja, das tut sie!"

Die schwarzweiße Fotografie, die die alte Dame in den vom Alter gezeichneten Händen hielt, die Fotografie, nach der der alte Apfel in der Nacht zuvor so eifrig gesucht hatte, stellte einen schmucken Mann in der Mitte seines Lebens dar. Seine Kleidung war prächtig und übersät mit seltsamen Symbolen, die Haltung stolz, sein Blick entschlossen und seine Nase ... seine Nase war ein gewaltiger Zinken, der in diesem Gesicht jedoch durchaus am rechten Platze war; er verlieh der ganzen Erscheinung einen unverwechselbaren Schliff. An dieser Statur wirkte diese Nase so schmückend wie der Schnabel eines Adlers. An einer schlanken, weiblichen Gestalt tat sie das nicht. An einer schmalen, stets etwas kummergebeugten, jungen Frau war sie ein Makel, und, nach Meinung der alten Dame, die jeden Fehler energisch auszumerzen suchte, ein Fall für die Schönheitschirurgie.

„Ach, diese Nase", seufzte die alte Dame ungewöhnlich milde, „was habe ich sie geliebt. Was er hatte er doch nur für eine große, starke, herrliche Nase!"

„Und genau an dieser Nase, diesem außerordentlichen Riechorgan, dieser extremen Knolle, genau daran hab ich *sie* erkannt, sofort, auf den ersten Blick, mit dem Urteilsmögen des Geübten, ja des Künstlers, der jedes Detail aufsaugt, mit dem Blick, der die Welt erfasst, mit dem hab ich sie erkannt, das hab ich, selbst als sie daherkam wie eine Hippie-Braut, so geblümt und weichherzig, wie er's niemals war, wie sie es wohl am Besten weiß, die alte schmachtende Schachtel..."

„Ach, halt den Mund, du zeternder, magerer Gockel! Ist mir nichts Neues, was du da sagst! Prahlt mit dem Blick eines Künstlers, man sehe sich doch nur mal die ganzen Schundwerke an, die er da in seinem Schweinestall fabriziert! Künstler! Ha! Dass ich nicht lache! Ein Schmierfink, das ist er! Außerdem wusste ich´s vorher, verstehst du, deswegen bin ich ja hier! Ha! *Ich* wusste Bescheid! Sobald die Kleine eingezogen war, sozusagen, wusste ich Bescheid! *Du* hingegen ... solltest du das Haus nicht observieren? Solltest du es nicht bewachen wie deinen Augapfel, ha? Was für eine Schande! Da wohnt das Mädchen seit drei Jahren in diesem gottverdammten Haus, seit *drei* Jahren! Ha! Und du merkst es nicht! Merkst es nicht, in all den drei Jahren nicht! Wo war denn dein Blick, dein wacher Künstler-Blick, was? Hast wohl eher mit Blindheit zu kämpfen, so wie es aussieht! Ha!"

Die beiden legten eine Pause ein. Das Alter machte sich langsam bemerkbar; der Atem ging ihnen schneller aus als früher, die Erschöpfung stellte sich rascher ein.

„Haben wir ein Problem?", fragte die alte Dame dann leise.

„Wir haben ein großes Problem", erwiderte der alte Apfel ernst.

„Können wir uns nicht irgendwo setzen, Alfred? Meine Beine sind doch nicht mehr ganz so jung, und etwas Wärme täte mir gut." Sie rieb sich müde die Augen.

„Komm mit in die Küche, Graziella, ich mach' uns einen Tee mit was Starkem drin." Er bedeutete ihr mit matter Hand, ihm zu folgen. „Und bring den sympathischen jungen Mann mit, der so fasziniert ist von meinen Gemälden."

Da klingelte das Telefon. Einmal. Zweimal. Dreimal.

„Alfred?" Die alte Dame stemmte die Fäuste in die Hüften. „Ich dachte, du hast kein Telefon? Was soll das bedeuten, Alfred? Kann es sein, dass du mir dieses Telefon verschwiegen hast, damit ich dich nicht belästige? Ist es das? Was? Antworte mir!"

Alfred, wie er vielleicht früher wirklich einmal geheißen hatte, kämpfte sich aus seiner zusammengesackten Haltung hoch. „Und wenn´s so wäre, was dann? Wenn ich es zugebe, und das tue ich, ja, das tue ich, dass sie mir auf den Sack geht, die alte Schachtel mit ihrem Gekeife und ihrem Geschimpfe und ich sie nicht ständig hören mag, weil mir davon die Galle hochkommt, was will sie da noch sagen, hä? Was?"

Graziella, wie sie tatsächlich hieß, holte tief Luft, um zu einer Antwort anzusetzen, die ihrem Gegenüber das Grinsen vom Gesicht wischen dürfte.

Erwin, der Sekretär, der bei der Erwähnung von „Sitzen" und „Küche" und „Tee" aufgehorcht hatte, seufzte enttäuscht und wandte sich dem nächsten Bild zu. Es zeigte einen Heiligen, der von irgendetwas mit unzähligen Hörnern und Klauen und Zähnen verschlungen wurde, während viele unbekleidete Frauen das beklagten. „Dieser Himmel", murmelte er, inzwischen jedoch mit merklich weniger Begeisterung als am Anfang, „ist außerordentlich gelungen. Ja, doch, ist er. So schön ... blau." Und er seufzte noch einmal.

So endete dieser ausnehmend schöne Winterabend mit vielen, vielen Seufzern.

Die einen seufzten wegen ihrer geschundenen Glieder, die unter ungewohntem Sportprogramm litten. Die anderen, weil, wo einst ein fideler kleiner Finger sich regte, nun nur noch ein blutender Stumpf saß. Andere wiederum, weil ihnen nicht nur ein Finger fehlte, sondern gleich das ganze Gesicht, was vermutlich sogar mehr Anlass zum Seufzen gab.

Wenige nur seufzten aus seelischem Leid, das ihnen durch Gemälde zugefügt wurde. Aber auch diese gab es. Auch diese.

8
Die schmerzhafte Geschichte von einem, der sein Gesicht nicht verlor
Und: vom rundlichen Rotkäppchen
Und: von solchen und solchen Großmüttern

Folgendes geschah woanders, in einem nüchternen weißen Krankenzimmer: Im Schein von blinkenden roten Lämpchen und kalten grünen Bildschirmen, untermalt von monotonem Piepsen, umgeben von allerlei Apparaturen, richtete sich ein stöhnender Mann auf einer schmalen Liege langsam auf. Sein einer Arm war durch einen Plastikschlauch mit einer Infusionsflasche verbunden. Mit einer dick bandagierten Hand zog er den Schlauch aus seinem Handgelenk und schleuderte ihn auf den Boden, wo er sich wand und bog wie ein sterbender Wurm.

Die Hände des Mannes waren mit Verbänden aus weißem Mull bedeckt, auf denen rote Flecke in unterschiedlichen Schattierungen prangten. Er starrte keuchend eine ganze Weile darauf, als müsse er sich erst erinnern, wie es dazu hatte kommen können. Dann stand er gebückt auf, begab sich unsicheren Schrittes in das angrenzende zweckmäßige Bad und erleichterte sich, was durch die vermummten Hände deutlich erschwert wurde. Beim Hinausgehen zögerte er vor dem schmucklosen Spiegel, blieb stehen und sah sich an. Das Gesicht war unter Verbänden verschwunden, nur zwei Augen, von denen eines blutgefüllt war, blickten ihn an; darunter war ein Loch, wo sich der Mund befand. Auch diese Verbände zeigten dunkle Flecken, wo Blut und Wundflüssigkeit hindurch gesickert waren.

Das Neonlicht an der Decke summte mit einem durchdringend hohen Ton, der sich mit dem angestrengten Keuchen aus der Kehle des Mannes vermischte. Die Infusion enthielt Morphium, doch auch dieses reichte nicht aus, um die Schmerzen zu betäuben, die unter den Verbänden tobten.

Behutsam begann der Mann, die Bandagen von seinen Händen zu lösen. Es dauerte lange, da er in seiner Motorik eingeschränkt war und sich durch keine Scheren oder Messer zu behelfen wusste. Als er endlich das bloße Fleisch sah, kroch ein winselnder Jammerton aus seiner Brust: Beide Hände waren nicht nur von einem durchgehenden Loch brutal verwundet, blutverkrustet und rot geschwollen, sie waren auch nicht mehr als menschliche Hände erkennbar. Säure hatte das Gewebe zerfressen und die Haut völlig zerstört. Übrig blieb eine rohe Masse, die besser in das Schaufenster eines Metzgers gepasst hätte als an die Arme eines Menschen.

Danach musste es ihn Überwindung kosten, auch den Verband von seinem Gesicht zu entfernen, da er bereits gesehen hatte, womit er auch dort zu rechnen hatte. Doch er tat es. Mit fahrigen, wütenden Bewegungen riss er sich die Stoffbahnen vom Kopf, wobei er vor Qualen ächzte. Dabei lösten sich bereits getrocknete Schorffetzen von seinen Händen, so dass diese wieder zu bluten begannen. Obwohl er sich gleich ganze Gewebestücke von seinem Gesicht mit abriss, ruhte er nicht eher, bis er sich vom letzten Rest Mull befreit hatte. Hineingesteigert in Raserei zerrte er, erstickte Gurgeltöne von sich gebend, mit verzweifelter Gewalt so lange an sich herum, bis er sich auch das dünne Krankenhemd vom Körper gerissen hatte und vollkommen nackt, vom eigenen Blut verschmiert, von pfeifenden Atemstößen erschüttert, vor dem Spiegel stand.

Und als er sah, was von nun an da sein würde, wo früher sein Gesicht gewesen war, schrie er in tiefstem Entsetzen auf, taumelte er im ungläubigen Wahn umher, während er seine Verzweiflung herausbrüllte, die sich von Sekunde zu Sekunde mehr in eine brennende Wut, in einen alles verzehrenden Hass verwandelte. Es gab nur eines, an das er von nun an denken würde: diejenige zu finden, die ihm das zugefügt hatte, und ihr mit seinen eigenen verstümmelten Händen auf die langsamste und qualvollste Art und Weise das Leben zu nehmen, die er sich ausdenken konnte. Und wenn er in etwas wirklich gut war, wenn er in etwas der Beste war, dann darin, sich üble Dinge auszudenken, um menschliches Leben zu quälen und zu beenden.

Der Andere hatte sich geirrt. Damon hatte nicht sein Gesicht verloren. Er hatte nur endlich das Gesicht bekommen, das zu ihm passte.

Ernestine hatte das Telefon läuten lassen, nicht ahnend, dass A. „der Apfel" Apollo versuchte, sie zu erreichen, da er wider Erwarten sehr wohl einen eigenen Anschluss besaß und auch diese Art der Technik zufriedenstellend zu beherrschen wusste (er neigte dazu, in den Hörer zu brüllen, deswegen nur zufriedenstellend).

Sie hatte weder das Bedürfnis noch die Kraft dazu verspürt, ein weiteres Gespräch mit wem auch immer zu führen; genau das wäre jedoch um elf Uhr morgens ihre Aufgabe gewesen, denn um diese Zeit war sie mit dem alten Apfel verabredet, um Fortschritte in der Geisterkinder-Erlösungs-Aktion zu machen. Dieser Termin stand seit dem vorigen Tag, da es ihr aber so vorkam, als hätten im Laufe der letzten vierundzwanzig Stunden Ereignisse stattgefunden, die für vierundzwanzig Tage gereicht hätten, erinnerte sie sich weder an den Termin noch rechnete sie mit einem Anruf aus dieser Richtung.

Das fingerlose Schneewittchen verbrachte stattdessen den Tag damit, Kaffee zu trinken und zu rauchen. Und damit, sich mittags zu überwinden, die nächste Apotheke aufzusuchen, um sich ein starkes Schmerzmittel zu besorgen.

Das adrette Fräulein an der Kasse hatte sie kompetent nach der Art der Schmerzen gefragt, für die das Medikament bestimmt war. Ernestine hatte nur ihre Hand erhoben, die mit dem Stumpf und dem blutverschmierten Verband, woraufhin das Fräulein „Oh, mein Gott", gerufen und die Hände vor dem Mund zusammengeschlagen hatte und Ernestine nachdrücklich empfahl, sofort einen Arzt aufzusuchen, woraufhin diese erklärte, dass sie auf dem Weg dorthin sei, aber auch gleichzeitig kurz davor, wegen unerträglicher Schmerzen ohnmächtig zu werden, was das Fräulein dazu veranlasste, nach einem Krankenwagen rufen zu wollen, was wiederum Ernestine energisch unterband, so dass das Fräulein ihr schließlich die stärksten Tabletten überließ, die sie auf Vorrat hatte. So war immerhin eine Schlacht gewonnen.

Ernestine ging nicht zum Arzt, sie ging nach Hause. Sie suchte ihre Ärzte regelmäßig auf, um sich eine tödliche Krankheit diagnostizieren zu lassen, was leider bisher noch nicht funktioniert hatte. Wegen so etwas Banalem wie einem abgeschnittenen Finger würde niemand sie dem Tode zuschreiben, das war klar, es sei denn, es entwickelte sich doch noch eine Blutvergiftung, wenn sie großes Glück hatte ... Nie wäre sie auf die Idee gekommen, dass ihre Einstellung zu Ärzten genau die gegenteilige der meisten Menschen war, die jedes Wehwehchens wegen zum Arzt rannten, doch nichts so sehr fürchteten wie die Entdeckung einer tödlichen Krankheit.

Also saß sie lieber den Rest des Tages zuhause und rauchte. Sie steckte sich eine neue Zigarette an der alten an, was die Geisterkinder, vor allem die Zwillinge, mit Faszination verfolgten, und trank Kaffee. Literweise. (Wovon ihr übel wurde. Was ihr egal war.) Weil sie es gewohnt war, mit sich und Cerberus allein zu sein, gingen ihr in ihrer derzeitigen Verfassung die Kommunikationsversuche ihrer Gäste aus dem Jenseits ziemlich auf die Nerven, also entstaubte sie den Fernseher, den sie einst von ihrer Mutter zu irgendeinem Geburtstag bekommen hatte, und setzte die ganze Bande davor, was ein absoluter Volltreffer war. Von da an war es möglich, in absoluter Ruhe zu rauchen, Kaffee zu trinken und nachzudenken.

Die Schmerztabletten zeigten schnell Wirkung (drei davon auf einmal geschluckt hätten wohl auch ausgereicht, um einen Stier schmerzfrei zum Ochsen zu machen), und so gelang es Ernestine dann auch irgendwann, den Brief mit der Todesnachricht erneut zu lesen und die besagten Ereignisse der letzten vierundzwanzig Stunden Revue passieren zu lassen.

Zuerst einmal hatte sie einen Moment gebraucht, um zu begreifen, dass der Vater, von dem im Zusammenhang mit „erschossen" die Rede war, ihr leiblicher Vater war und nicht ihr Stiefvater. Dann wurde ihr klar, dass sie das „erschossen" schockierender fand, als das „tot", was nicht etwa darauf zurückzuführen war, dass sie ein grausames Kind war, sondern darauf, dass sie ihren leiblichen Vater nicht kannte. Ihre Mutter hatte ihn verlassen, als sie mit Ernestine schwanger gewesen war, und so hatte es in ihrem Leben nur ihren Stiefvater gegeben, den sympathischen, wenn auch etwas langweiligen Ingenieur, Autoliebhaber und Modellbau-Anhänger, mit dem sie eine Art gleichgültige Zuneigung verband. Von Anfang an hatte Ernestine nicht in die Bilderbuchfamilie gepasst, die sich ihre Mutter ersehnte und auch genau so verbissen zu erschaffen versucht hatte.

Wenn andere Mütter zu ihren Töchtern sagen: „Du bist genau wie dein Vater!", meinen sie damit meistens kleine Charakterfehler wie Dickköpfigkeit, Unpünktlichkeit oder Ähnliches auf gleichem Niveau. Wenn Ernestines Mutter zu Klein-Erni sagte: „Du bist genau wie dein Vater!", meinte sie damit: „Du bist genauso wahnsinnig! Du bist eine genauso verdammte Irre, wie dein Vater es war!" Das sagten die Psychiater auch. Wenn auch in anderem Wortlaut. Bei ihnen war die Rede von einer genetischen Disposition, von der vererbbaren Veranlagung zu psychotischen Schüben oder auch zur Schizophrenie. Was das Gleiche bedeutete: Ernestine geriet nach ihrem leiblichen Vater, der anscheinend verrückt gewesen war. Dennoch hatte ihre Mutter unerklärlicherweise darauf bestanden, diesen Verrückten als ihren Vater eintragen zu lassen. Und so wurde sie, als offizielle Tochter, vom Tode dieses Vaters benachrichtigt und auch vom Zeitpunkt der Beisetzung, die in einigen Tagen stattfinden würde.

Beim nächsten Anruf hatte Ernestine ihre Sinne wieder so weit beieinander, dass sie den Hörer abhob.

„Ernestine Nordmoor, hier spricht Ihre Großmutter!", dröhnte es aus dem Hörer. „Sind Sie zuhause, Kind?"

„Ja, Oma", antwortete Ernestine automatisch, so bestimmt klang die Stimme, bevor ihr einfiel, dass sie überhaupt keine Großmutter hatte und dass es eigentlich eine ziemlich dämliche Frage war, jemanden zu fragen, ob er zuhause war, wenn er dort ans Telefon ging. Diesen Effekt hatte die alte Dame auf die meisten Menschen, und Ernestine war ein leicht zu beeinflussendes Geschöpf.

„Gut, gut", dröhnte es weiter, „wir kommen jetzt bei Ihnen vorbei, verstehen Sie? Was? Einen Augenblick, mein Kind ... Was? Sie soll was? Fällt dir reichlich spät ein, wirklich, Alfred, du bist aber auch ein schwieriger Mensch! Ein schwieriger Mensch! Also gut! Jaja, also gut habe ich gesagt! – So, Ernestine, ich nehme an, Sie haben heute nichts weiter vor. Sind ohne Verpflichtungen, nicht wahr? Dann richten Sie es ein, dass Sie innerhalb der nächsten halben Stunde zu uns stoßen. – Was? Wie, zu spät? Ha! Also schön! – Ernestine? Sofort! Es gibt keinen Grund mehr zu zögern, wir haben schon viel zu lange gezögert! Wir sehen Sie in zehn Minuten!"

Es entstand eine kurze Pause, die Ernestine nutzte, um etwas Sinnvolles einzuwerfen, bevor die seltsame Anruferin weiterreden oder auflegen konnte. „Ähm, *was*?", sagte sie. Das war das Sinnvollste in diesem Zusammenhang, was ihr auf die Schnelle einfiel.

„Ach, Mädchen, wir haben keine Zeit für Erklärungen! Glauben Sie mir, es ist wichtig, dass Sie unverzüglich hier erscheinen! Unver-züg-lich! Solche Dinge bespricht man doch nicht am Telefon!

Ha! Sie haben Ihren Termin heute Morgen verpasst, also holen Sie ihn jetzt nach!"

„Äh, wie? Welcher Termin?" Ernestines sämtliche Gehirnzellen liefen heiß bei dem Versuch, etwas Verständliches in diesem seltsamen Dialog zu erfassen. Einige von ihnen verglühten mit einem lautlosen Ächzen.

„Welcher Termin, welcher Termin! Der Termin bei dem alten Spinner, der sich für einen erstklassigen Okkultisten hält, diesen Termin meine ich! – Oh Gott, oh Gott, sie scheint wirklich nicht gerade mit brillantem Geist gesegnet, ich muss schon sagen. – Nebenan! Gleich bei Ihnen nebenan! Ich meine Ihren Herrn Nachbarn, der so beschäftigt war mit seinem eigenen Firlefanz, dass er nicht einmal Ihren Einzug vor drei Jahren bemerkte! Ha! Wie nennt er sich? Wie? Ach ja: A. „der Apfel" Apollo. Nicht zu glauben. Diese Anmaßungen ... Diesen meine ich! Jetzt schwingen Sie Ihre Beine herüber, es wird Zeit, dass wir uns kennenlernen!"

Es gab Geraschel und Gemurmel, dann hörte Ernestine eindeutig die Stimme des irren Apfels: „Ist wahr, ist wahr, die Frau Großmutter belästigt mich hier in meinen Studien und wird erst wieder verschwinden, wenn sie die Hippie-Tussi gesehen hat, also komme sie, komme sie herüber, höre sie sich an, was es zu besprechen gibt! Und lasse sie sich gleich sagen, dass ich große Fortschritte mache, was das Problem der Geister betrifft, große Fortschritte, es dürfte mir noch heute gelingen, sie ..."

Abrupt wurde der Hörer auf die Gabel geknallt. Ernestine hatte den Verdacht, dass der Hörer dem irren Apfel entrissen worden war. Sie nahm einen tiefen Zug aus der einundvierzigsten Zigarette dieses Tages und hustete erbärmlich.

Es war Abend geworden. Auf dem Boden vor ihrem Fernseher saßen im Halbkreis sieben kleine Geister mit offenen Mündern. Die Welt war verrückt. Ihre eigene kleine Welt jedenfalls war es definitiv. In wie vielen Märchen verkleideten sich die bösen Wölfe noch mal als Großmütter? Ständig passierte das, oder? Eigentlich sollte sie das eine gewisse Vorsicht lehren. Aber hatte sie sich nicht schon immer eine Großmutter gewünscht? (Außerdem, auch wenn es Ernestine auf die Schnelle nicht einfiel: Im Märchen vom Schneewittchen tauchte kein böser Wolf auf, der sich als Großmütterchen ausgab; sie sollte also in Sicherheit sein, solange keine dubiosen Apfelverkäuferinnen sie belästigten.)

Weil sie inzwischen also begriffen hatte, mit wem diese angebliche Großmutter in Verbindung stand und von wo aus sie angerufen hatte, und weil sie sich trotz ihrer schlechten Erfahrungen mit Unbekannten immer noch zu wenig vorsah (was auch ihrer Todessehnsucht geschuldet sein könnte), packte sie sich in ihren warmen Wintermantel ein, kraulte Cerberus, der zufrieden bei den Kindern lag, hinterm Ohr und ermahnte die Geister: „Aber spätestens um zehn Uhr ist der Fernseher aus!"

„Jaja", kam es fünfstimmig zurück, ohne dass jemand auch nur zu ihr aufsah. Ernestine seufzte, verschwendete einen kurzen Gedanken an die Manipulationsmöglichkeiten von Kindern (wovon auch die geisterhaften anscheinend nicht ausgeschlossen waren) durch bunte, bewegte Bilder, schlüpfte in ihre Stiefel und zog die Haustür hinter sich zu. Erst draußen im Garten fiel ihr ein, dass niemand da war, um den Fernseher auszuschalten. Geisterfinger waren dafür nicht zu gebrauchen. Was dazu führte, dass die armen, verdammten Seelen heute womöglich das erste Mal in ihrem Leben nach dem Tod den Vorteil zu schätzen wussten, Geister zu sein.

Just in dem Moment, in dem sich die einsame, traurige Maid also durch die Winternacht aufmachte, um eine sehr seltsame Verabredung wahrzunehmen, lag der Andere in einem dieser teuren, sich stets ähnelnden Hotelzimmer nach einem ereignislosen Tag entspannt auf seinem Bett und las.

Er hatte später lesen gelernt, als es heutzutage gemeinhin von den Kindern verlangt wird, doch hatte er inzwischen mehr Bücher gelesen, als es sich jemand in einem normalen Leben erhoffen durfte. Er liebte es zu lesen, wenn nichts anderes, wie zum Beispiel die Beseitigung eines weiteren menschlichen Daseins, anstand. Mit Vorliebe las er moderne Kriminalliteratur, die fand er zum Totlachen. All diese innige Beschäftigung mit dem Bösen im Menschen. All dieses liebevolle Analysieren des psychischen Profils des Täters, der stets zu irgendeinem Zeitpunkt das hilflose Opfer gewesen war, bevor er zum psychopathischen Monster mutierte, was man in mitfühlenden, seitenlangen Rückblenden aufgezeigt bekam. Rührend. Und so naiv! Genau das, was die Schäfchen hören wollten: dass auch die bösen Wölfe in ihrem tiefsten Innern liebe Schäfchen waren. Die Schäfchen, die gleichzeitig nach explizit geschilderten Folterszenen und der Darstellung extrem grausamer

Morde gierten und sich dennoch weiterhin für liebe Schäfchen hielten. Diese selbstgerechten Narren!

„*Dann sprach der Herr: ‚Das Klagegeschrei wider Sodom und Gomorra ist groß, ihre Sünde ist überaus schwer. Ich will hinab und sehen, ob das Klagegeschrei, das zu mir gedrungen ist, ihren Taten entspricht oder nicht.'* – *da ließ der Herr auf Sodom und Gomorra Schwefel und Feuer vom Himmel herabregnen und vernichtete von Grund auf jene Städte, die ganze Umgebung, alle Einwohner der Städte und was auf dem Erdboden wuchs.* Zitat Ende. Hätte er es doch nur nicht auf zwei Städte beschränkt, sondern gleich gründlicher mit dem ganzen niederträchtigen Haufen aufgeräumt! Was ist das nur für ein Schäfer, der nicht nur einen Pferch, nein, gleich einen ganzen Planeten voller minderwertiger, fehlerhafter, verblendeter Schäfchen umsorgt, anstatt Gnade zu zeigen und diesem tollwütigen Treiben ein Ende zu machen? Ein Schäfer, der weder den Mut zeigt, das Übel auszurotten und die kranken Tiere mit seinem heiligen Feuer zu verbrennen, ein Schäfer, der gleichzeitig zulässt, dass die Wölfe unter seinen kranken Tieren wüten – kann das ein guter Hirte sein?" Der Andere warf einen Blick nach oben. „Und nein, ich erwarte keine Antwort, vielen Dank. Diese habe ich mir bereits vor Jahr und Tag selbst gegeben, wie du weißt."

Charlotta, alias Fräulein Watson, lag nebenan in einem identischen Zimmer in einem identischen Bett, allerdings missvergnügt, auf dem Bauch, den Kopf in ihren Armen vergraben und hatte Kummer, den sie mit niemandem teilen durfte. Es bedeutete nichts Neues für sie, niemanden in das einzuweihen, was sie auf dem Herzen hatte, doch hatte sie sich seit ihrer frühesten Kindheit angewöhnt, erst gar keinen Kummer zu empfinden, oder diesen, falls er doch hin und wieder an die Oberfläche ihres Bewusstseins stieg, sofort und nachdrücklich zu verdrängen. Mit dieser Strategie war sie bisher ausgezeichnet gefahren. Ohne sie hätte sie aller Wahrscheinlichkeit nach bereits im zarten Alter von fünf Jahren nach dem Strick gegriffen, also in dem Alter, in dem sie zu begreifen begann, in was für eine Familie sie da hineingeboren worden war.

Charlotta Clarissa Krahmer war ein Musterbeispiel für diese unbekümmerten Frohnaturen, wie es sie zuhauf gab; Frohnaturen, die bei genauerem Hinsehen nur eine lange Geschichte von Leid und Einsamkeit offenbarten; Frohnaturen, die eines nie taten: sich mit diesem Leid auseinanderzusetzen. Perfekte Verdränger. Leute, deren Fassade auch dann noch fröhlich lachte, wenn in ihnen etwas tränenreich erzitterte, weil sie ganz einfach gelernt hatten, dieses Etwas so lange zu ignorieren, bis sie es nicht mehr wahrnahmen. Irgendwann jedoch gerieten sie dann alle in eine Situation, in denen ihr bewährtes Konzept nicht mehr einwandfrei funktionierte, und Charlotta war augenscheinlich an genau diesem Punkt angelangt.

Sie biss mit knirschenden Zähnen in den Kissenbezug, was ein derartig schauriges Geräusch verursachte, dass sich ihr gesamter Körper (und es gab bei ihr jede Menge Körper) mit Gänsehaut überzog. Charlotta hatte Kummer und ungewohnt ernste Probleme, was bedeutete, dass sie gezwungen war, nachzudenken. Für sie stellte das eine recht abnormale und anstrengende Tätigkeit dar; doch nicht, weil es ihr an ausreichend Grips mangelte. Nein, sie war eine überdurchschnittlich intelligente, junge Frau, die aber ihre geistigen Fähigkeiten ausschließlich dazu benutzt hatte, möglichst allem Ungemach weitläufig aus dem Weg zu gehen (wofür jede Menge an Intelligenz nötig war, wuchs man in einer Umgebung auf, in der es üblich war, dass Schwestern ihre Brüder ermorden ließen). Sie war so clever, dass sie ihre bedrohliche Umgebung mit Bravour glauben ließ, es nicht zu sein; denn wer zu gescheit war, war gefährlich. Wer gefährlich war, wurde mit mehr Aufmerksamkeit und steigendem Argwohn bedacht. Und das musste vermieden werden.

In der gewaltigen Anstrengung, wieder in ihre gewohnte Unbesorgtheit zurückzufinden und sich gleichzeitig einen Ausweg aus ihrer Misere zu erarbeiten, fiel Charlotta in einen fiebrigen Halbschlaf und wurde von Erinnerungen eingeholt:

Charlotta ist sechs Jahre alt. Sie trägt eine pinkfarbene Strumpfhose, ein rosa Tutu und ein Hemdchen derselben Farbe. Sie hat hart darum gekämpft, genau diese Kombination anzuziehen, und so sitzt sie angesichts ihres Siegs zufrieden auf dem persischen Teppich in ihrem Kinderzimmer und spielt mit ihren Barbies. Sie singt irgendein Lied vor sich hin, das sie sich selbst ausgedacht hat, und stellt sich vor, wie sie auch noch das wunderschöne, weiße Plastikpferd mit den glitzernden Flügeln zum nächsten Geburtstag bekommt, so dass Susi, ihre Lieblingsbarbie, darauf bis in den Himmel zu den kleinen, süßen Engeln fliegen kann. „Englein flieg", singt sie fröhlich, ihre Stimme ist auch schon in jenen jungen Jahren ein eher

disharmonisches Quäken, was jedoch ihrer Singlust keinen Abbruch tut.
Es ist kurz vor dem Abendessen und Hochsommer; eines der großen Fenster steht offen, und von draußen weht eine laue Brise herein, spielt mit den Gardinen und fährt durch die roten Korkenzieherlocken des Mädchens, die ihm hübsch arrangiert bis weit über die Schultern hängen.
Schritte und Stimmen nähern sich. Charlotta horcht auf. Ja, sie bewegen sich auf ihr Zimmer zu. Die Haltung ihres kleinen Körpers verkrampft sich ein wenig, doch unbeirrt singt sie weiter und lässt ihre Puppen einen hübschen Tanz zu dem Lied aufführen. Schließlich sind es Primaballerinen, genau wie sie selbst.
Ihre Mutter und Großmutter betreten den Raum. Die Mutter ist eine zarte, blonde Frau mit rundlichen, hübschen Proportionen und einem ansprechenden Gesicht. Sie trägt stets pastellfarbene, mädchenhafte Kleidung und glänzenden Schmuck. Charlotta findet sie wunderschön. Ihre Großmutter ist das genaue Gegenteil: groß und schmal, aufrecht wie ein Feldwebel, stets im Designer-Kostüm und mit strenger Frisur, die gleichen roten Locken, wie auch ihre Enkelin sie hat, gebändigt zurückgesteckt. Ihre Lippen sind ebenfalls sehr rot, ihre Ketten und Ringe schwer und golden, und auch wenn sie bestimmt für ihr Alter als sehr attraktiv gilt, so findet Charlotta sie doch schrecklich. (Was wohl daran liegt, dass sie die Großmutter nicht leiden kann.) Die beiden Frauen unterhalten sich angeregt; Charlotta gibt vor, ganz in ihr Spiel versunken zu sein, doch nimmt sie jedes Wort auf, auch wenn sie nur einen Bruchteil davon versteht.
„Ach, aber Mama", sagt Charlottas Mutter in beschwichtigendem Tonfall, obwohl sie gar nicht die echte Tochter ist. Charlottas Vater ist der echte Sohn. Ihre Mutter ist nur die Schwiegertochter, sie nennt die Großmutter trotzdem stets „Mama". „Sie ist doch noch so klein! Das hat gar nichts zu bedeuten, du wirst schon sehen, in dem Alter ist das völlig normal! Alle kleinen Mädchen spielen gern mit Barbie-Puppen, das gibt sich irgendwann ganz von selbst!"
Die Großmutter scheint alles andere als überzeugt. Sie macht ein strenges, böses Gesicht, wie eigentlich stets, und schüttelt vehement den Kopf. „Du bist zu nachlässig mit dem Mädchen, Michaela!", sagt sie herrisch. „Diese Erziehung wünsche ich nicht für meine Enkelin! Diese Erziehung erzeugt Weichlichkeit und Phlegma! Sieh sie dir doch nur an, wie sie wieder aussieht in dieser lächerlichen Kostümierung! Was für eine schreckliche, geschmacklose Farbe! Rosa ist die Farbe für Homosexuelle und Prostitution! Die Farbe der Liederlichen und Idioten! Außerdem kommt sie mir schon wieder etwas speckiger vor. Was gibst du diesem Kind zu essen, Inge? Sie soll

ihre Diät halten, sie wird ja jetzt schon fett! Ich kann das nicht zulassen, verstehst du, dass eine Krahmer sich derart entwickelt! Es ist deine Pflicht, unsere Traditionen fortzuführen, das war dir bewusst, als du meinen Sohn geheiratet hast, meine Liebe, das war dir bewusst!"

„Ja, Mama", sagt Charlottas Mutter hilflos und blickt sich in den exquisiten Räumlichkeiten um, die einem Lord zur Ehre reichen würden, einem Kind aber keineswegs Geborgenheit vermitteln.

„Dann erwarte ich augenblickliche Konsequenzen! Ansonsten, befürchte ich, bleibt mir keine andere Wahl, als sie eben schon in diesem Alter auf das Internat der..."

„Mama, nein, ich bitte dich!", Charlottas Mutter muss sehr verzweifelt sein, wenn sie die Großmutter unterbricht. Das traut sie sich nur selten.

„Lass ihr nur noch ein bisschen Zeit! Sie hat gute Anlagen, wirklich, sehr gute Anlagen!"

Charlotta spürt die angespannte Atmosphäre. Etwas Drohendes bahnt sich an, weil sie sich falsch benommen hat. Blitzschnell erfasst sie, dass sie das Missfallen ihrer Großmutter erregt hat, und dass sie rasch dafür sorgen muss, wieder ein gutes Kind zu sein, sonst bekommt ihre Mutter großen Ärger und sie selbst auch. Also tut sie das einzig Richtige: So, als würde sie das Gespräch der beiden nicht im Mindesten interessieren, baut sie eine neue Dynamik in ihr Spiel ein. Sie hebt ihre Stimme dabei auf eine Lautstärke, die sicherstellt, dass alle Anwesenden jedes Wort verstehen, das sie sagt.

„Es wird Zeit, dich zu bestrafen, Verräterin!", ruft sie energisch. Aus den Augenwinkeln nimmt sie wahr, dass es funktioniert: Die beiden Frauen schauen zu ihr herüber.

„Ich war zu nett zu dir!", ruft sie weiterhin, in der Rolle ihrer Barbie Sissi. „Doch du verdienst das nicht! Ständig klaust du meine schönsten Kleider! Du bist gemein zu mir, und ich werde dir das nicht durchgehen lassen!" Sie lässt Sissis Arm in strafendem Schlag auf die andere Puppe niedersausen. „Und wenn du denkst, das ist genug, so ein kleiner Klaps, dann hast du dich geirrt, du böse, böse Susi! Du bist nicht mehr meine Freundin! Das Einzige, was du verdienst, ist der Tod!" Mit einem dramatischen Ruck reißt sie Susi den Kopf ab. „Stirb, du Verräterin, stirb!" Sie springt auf und trampelt mit den Füßen auf dem kopflosen Puppenkörper herum, dann schießt sie zum Finale den Kopf quer durchs Zimmer.

„Und so geht es allen, die meine Kleider klauen! Nur damit ihr es wisst! Ich werde euch alle töten, alle!"

Die Großmutter lacht herzlich. Anscheinend hat ihr die Vorstellung gefallen. „So spielst du also mit deinen Puppen, mein Schatz!", lacht sie, beugt sich zu Charlotta hinunter und drückt ihr mit spitzem Mund einen Kuss auf die Stirn. „Wie niedlich!"

Sie wendet sich Charlottas Mutter zu. „Nun, also gut, Michaela, vielleicht hast du Recht, vielleicht bin ich zu ungeduldig, du kennst mich ja, Geduld gehört nicht gerade zu meinen Tugenden. Vielleicht geht die Kleine ihren eigenen Weg, um die wahren Qualitäten zu entwickeln. Lass uns das beobachten. Sie war ja ganz allerliebst, wie sie diesen lächerlichen Kopf gegen die Wand geschmettert hat, nicht wahr, ganz allerliebst!"

Dann bleibt ihr kritischer Blick an dem Kaninchenkäfig in der Zimmerecke hängen. „Was diese widerlichen kleinen Biester betrifft, mein Schatz", flötet sie an ihre Enkelin adressiert, „meinst du nicht auch, dass du sie ebenfalls bestrafen musst? Sieh nur, sie haben ihren Käfig beschmutzt! Wollen wir nicht bald einmal sehen, was passiert, wenn man einem von ihnen den Kopf abreißt, hm? Ich verspreche dir, das wird noch viel lustiger! Da gibt es dann richtig Geschrei, und das Blut spritzt ganz wundervoll! Wäre das nicht ein Spaß, mein Schatz?"

„Oh ja!", brüllt Charlotta begeistert. „Ich will Schnucki und Stupsi bestrafen! Ich will! Darf ich gleich, Oma, bitte, bitte, spielst du mit mir Schnucki-Köpfen?"

Nachsichtig lächelnd tätschelt die Großmutter Charlottas Locken. „Nicht heute, mein Schatz, nicht heute, Omi hat noch wichtige Dinge zu erledigen, aber ein andermal, versprochen! – Komm mit Michaela, lass uns nach dem Dinner sehen, wir erwarten unsere Gäste um acht, nicht dass diese dusselige Köchin wieder den Zeitplan durcheinanderbringt!"

„Bestraf die Köchin!", quietscht Charlotta vergnügt. „Reiß ihr den Kopf ab!"

Die Großmutter lacht und rauscht aus dem Zimmer. Die Mutter bleibt noch einen Moment und nimmt Charlotta fest in den Arm; das Mädchen schmiegt sich eng an sie. Sie kann das Parfum wahrnehmen und den Geruch nach Nervosität. Ihre Mutter ist oft nervös. „Ich hab dich lieb, Mami!", flüstert sie und kuschelt sich noch enger in ihre Arme. Sie fühlt, wie sich die Mutter merklich entspannt. Na also, dann hat sie die jetzt auch wieder froh gemacht. Es ist alles gut gegangen.

Als sie wieder allein in ihrem Zimmer ist, verharrt sie zunächst und lauscht, ob auch wirklich niemand mehr in der Nähe ist. Dann stürzt sie zu ihrer Kommode, zieht die unterste Schublade auf und gräbt unter der letzten Schicht von Sockenpaaren nach ihrem Geheimvorrat. Kekse, Bonbons, Schokolade. Sie reißt die Verpackung auf und stopft sich mit beiden Händen alles wild durcheinander in den Mund – so lange, bis sie das Bild vergisst, *wie sie einen leblosen Kaninchenkörper in den Händen hält, während ein blutender Kopf danebenliegt. Aber sie wird in dieser Nacht davon träumen, das wird sie. Und in vielen darauffolgenden Nächten auch. Heute jedoch kann sie erst einmal wieder gut machen, was sie angerichtet hat. Sie steckt mit zitternden, klebrigen Fingern den Puppenkopf wieder auf den Körper zurück. „Siehst du, Susi", stammelt sie, „du lebst noch! Es ist alles gut!"*

Und alles war gut! Schon immer gewesen!! Jawohl!!! Das war es!!!! Es hatte nie Probleme gegeben!!!!! Charlotta war ein glückliches Kind gewesen!!!!!! Ein ausnehmend glückliches, zufriedenes, geliebtes Kind!!!!!!! Charlotta hatte ein wunderbares Leben in einer wunderbaren Familie!!!!!!!! Es ging ihr gut!!!!!!!!! Es ging ihr wahnsinnig gut!!!!!!!!!! Sie war auch jetzt glücklich, während sie schwitzend auf dem fremden Bett in einem ihr fremden Hotel lag und einen beschissenen Tag hinter sich hatte!!!!!!!!!!! Beschissene Tage waren völlig okay. Auch glückliche Menschen hatten beschissene Tage!!!!!!!!!!!

Aber weil es unmöglich war, sich hier einen geheimen Vorrat zuzulegen, gab es keine Schokolade, und weil sie dazu noch seit gestern nichts anderes als erbärmliches Obst und widerliches rohes Gemüse zu sich genommen hatte, blieb ihr nichts anderes übrig, als ihren gesamten Kummer, der ja eigentlich gar nicht vorhanden war, unter herzerweichendem Schluchzen als Rotz und Wasser in das Kopfkissen herauszuspülen, während ihr lockiges, kurzes Haar im Licht der Nachttischlampe tiefrot funkelte.

Wie war das noch mal gleich mit dem Rotkäppchen und seiner kranken Großmutter? War es nicht so ein ausnehmend artiges, kleines Mädchen gewesen, dieses Rotkäppchen, das extra durch den dunklen, tiefen Wald gestapft war, Wein und guten Kuchen im Körbchen, um das stärkende Gut trotz aller Gefahren und Mühen der bettlägerigen Großmutter in ihrem abgeschiedenen Häuschen zu bringen? Braves Rotkäppchen. Doch dann verführte der Wolf das unschuldige Kind, vom rechten Pfade abzuweichen und sich etwas derartig Scheußlichem wie dem Pflücken von Blumen zu widmen.

Und dann fraß der Wolf die Großmutter. Manche Märchen sollten vielleicht genau so enden: Der Wolf fraß die böse Großmutter, und alle pflückten Blumen glücklich und zufrieden bis an ihr Ende.

Während sich in einem noblen Hotelzimmer ein dickes Rotkäppchen, das an die Kette seiner Großmutter gefesselt und dem bösen Wolf ausgeliefert war, seinem Kummer Luft machte, war anderswo ein trauriges Schneewittchen, das nicht mit sieben fröhlichen Zwergen, sondern mit sieben verdammten Seelen zusammenlebte, gerade auf dem Weg zu einer Großmutter, die es gar nicht geben durfte.

Ernestine war nicht allzu wohl zumute, als sie bereits zum zweiten Mal innerhalb von zwei Tagen den kurzen Weg zur alten Kirche entlangschritt. Dieses Mal fiel kein Schnee, die Nacht war klar und ohne Wind, doch die Szenerie war ähnlich genug, um sie an das zu erinnern, was gestern auf diesem Wege geschehen war. Dort hatte der eine Irre auf sie gelauert, wegen dessen die andere Irre sie heute aufgesucht hatte ... Sie bereute es, Cerberus bei den Geistern zurückgelassen zu haben. Die brauchten keinen Schutz, die waren schließlich bereits tot. Sie nahm Cerberus normalerweise nicht mit, wenn sie irgendjemanden besuchte, da Cerberus nun einmal gewohnheitsmäßig dazu neigte, seine Umgebung in Angst und Schrecken zu versetzen. Wenn Ernestine ehrlich war, wurde er ihr langsam selbst ein Stück weit unheimlich. Ein Hund, der Geister so deutlich zu sehen vermochte, wie sie selbst, nun gut. Die meisten Tiere nahmen Geister wahr. Ein Hund, der von Geistern berührt werden konnte, war bereits etwas ungewöhnlicher. Und ein Hund, der noch dazu Kugeln an sich abprallen ließ, das war, nun, ziemlich praktisch, aber dann doch ... auch gruselig.

Einen alten Irren aufzusuchen, als hätte sie es nicht bereits mit genug Irren zu tun, während dort gleichzeitig eine Frau wartete, die sich als ihre Großmutter ausgab – das war ebenfalls unheimlich, genau wie die Tatsache, dass ihr leiblicher Vater (noch ein in das Schema passender Irrer) erschossen aufgefunden worden war, und zwar genau zu einem Zeitpunkt, als ihr diese ganzen Schrecklichkeiten zugestoßen waren. Ernestine besaß einen Hang zu seltsamer Kleidung und zu Totenköpfen – doch nur, weil sie schon seit jeher von Toten umgeben gewesen war. Noch nie aber hatte sie dergestalt morbide Züge besessen, dass sie sich im Unheimlichen zuhause gefühlt hätte. Im Gegenteil: Sie mochte es nicht, wenn es unheimlich wurde. Sie mochte es ganz und gar nicht.

Als sie zuletzt diesen Weg zur Kirche eingeschlagen hatte, war sie vom ungewohnten Cognac-Konsum ermutigt worden. Heute waren es die Schmerzmittel, die sie so weit benebelten, dass sie keine Angst, sondern nur ein leichtes Unwohlsein verspürte.

Die Flügeltür zur Kirche war diesmal nur angelehnt; anscheinend wurde sie erwartet. Durch den Spalt drangen ein Streifen Licht und das Gewirr angeregter Stimmen nach draußen in die Dunkelheit. (Es war bezeichnend, dass nur zwei Personen durch die Lautstärke ihrer Stimmorgane und den Willen, ihr Gegenüber nicht zu Wort kommen zu lassen, für ein Stimmgewirr sorgen konnten.) Ernestine schob sich unauffällig in den Innenraum der Kirche und sah sich um. Es herrschte dieselbe wilde Unordnung, unter der Decke schwebten lautlos die (für alle anderen unsichtbaren) Geister. Neben dem ehemaligen Altar stand mit seiner gesträubten grauen Frisur A. „der Apfel" Apollo. Er war mit einer alten Frau ins Gespräch vertieft, die äußerst energisch auf alles konterte, was er sagte. Wobei: Bei dieser Erscheinung konnte man nicht von einer alten Frau sprechen, sie stellte zumindest eine Dame dar, wenn nicht noch mehr. Ihre Haltung war majestätisch, ihre Kleidung königlich, ihre Stimme befehlsgewohnt. Diese Dame schien einem Adelsgeschlecht entsprungen; die Aura von Stil und altem Geld umgab sie so greifbar wie ein intensives Parfum, und Ernestine zweifelte nicht länger daran, dass es zumindest im Bereich des Möglichen lag, dass diese Dame ihre Großmutter war.

(Zu dem wenigen, was sie über ihren biologischen Vater wusste, gehörte seine Abstammung aus einem alten Adelsgeschlecht. So hatte Ernestine es zumindest von ihrer Mutter gehört, die es sich wohl nicht nehmen lassen wollte, wenigstens einen positiven Aspekt zu betonen, der die Abstammung ihrer Tochter betraf.)

Niemand beachtete Ernestine, die noch immer neben der Tür stand. Ihre Ankunft war zwar ungeduldig erwartet worden, nur hatten sich die beiden Streithähne in eine so hitzige Diskussion verstrickt, dass sie für kurze Zeit ihre Umgebung aus den Augen verloren hatten. Erwin hingegen war irgendwo zwischen den Leinwänden verloren gegangen und schon seit einiger Zeit nicht mehr gesehen worden. (Und nein, er hatte sich nicht in einem versteckten Winkel mit diversen Magazinen zurückgezogen. Sein Anstand beschränkte sich nicht auf die Demonstration desselben in der Öffentlichkeit, sondern hatte seinen Ursprung im tiefsten Innern seines Wesens. Er schmückte sich nicht mit einer Moral, er war von ihr durchtränkt. In diesem Fall war Erwin nur einfach wirklich ermüdet auf einem Hocker vor einem Bild zusammengesunken und hatte es längst aufgegeben, vernünftige Interpretationen für das Gesehene zu finden.)

Als Ernestine sich gerade schmollend zurückzuziehen gedachte, wurde die alte Dame ihrer ansichtig. „Ha! Ernestine Nordmoor!", dröhnte sie durch das gesamte Kirchenschiff, das für eine großartige Akustik geplant worden war und demnach ihren Stimmumfang vollendet zur Geltung brachte. „Da sind Sie ja endlich, Kind! Treten Sie näher, treten Sie näher, damit ich Sie ansehen kann!"

Ernestine kam zögerlich näher.

„Meine Güte, sieh sich einer dieses Mädchen an!" Die alte Dame senkte ihre Lautstärke trotz des sich verringernden Abstandes zwischen ihnen nicht. „Geht es Ihnen nicht gut, Ernestine? Sind Sie krank? Blass wie eine Moorleiche! Und diese Augenringe! Bringt man euch jungen Dingern nicht mehr bei, wie man derlei richtig kaschiert? Ha! Mir scheint, diese junge Frau hat dringend eine anständige Mahlzeit nötig! – Alfred! Nun ist es aber auch Zeit, uns deine Gastfreundschaft anzubieten und uns in angenehmere Räumlichkeiten zu führen!"

Den letzten Satz hatte sie über die Schulter geworfen, während sie bereits auf Ernestine zuschritt und ihr hoheitsvoll die Hand reichte. „Damit einer hier die Höflichkeit wahrt, stelle ich mich diesem armen Mädchen zuerst einmal vor. – Sie müssen ja ganz verwirrt sein, mein Kind, habe ich Recht? Wusste ich es doch! Ganz verwirrt! Ich entschuldige mich bei Ihnen, auch ich hätte mir gewünscht, wir würden uns unter anderen Umständen an einem anderen Ort kennenlernen, aber was will man machen, ha, es sind schwierige Zeiten, äußerst schwierige Zeiten! So, reichen Sie mir Ihre Hand, mein Kind, huch, wie kalt sie ist, schlechte Durchblutung, schon in Ihrem Alter, ha! Mein Name ist Graziella Augusta Ernestine vom Hoch und Nordenmoor, jawohl, Sie haben richtig gehört, Mädchen, wir haben denselben Vornamen, was glauben Sie denn, wo Sie den Ihren herhaben! Hm? Ja nun. Es gab Gründe, warum Ihr Vater, Gott hab ihn selig, seine Herkunft verleugnete und seinen Titel ablegte, nicht wahr, die gab es, aber dazu gleich mehr, sobald uns dieser Mensch eine Gelegenheit bietet, ordentlich Platz zu nehmen und uns an einem Tisch zusammenzusetzen, wie es sich gehört! Alfred? Bitte sehr! – Soso, Ernestine, ich bin den weiten Weg gekommen, nur um Sie zu sehen, verstehen Sie, das bedeutet,

Sie werden gleich einiges erfahren, was Sie nicht erfreuen wird! Aber wie mir der alte Spinner hier berichtete, scheinen Sie es gewohnt, Unerfreuliches zu durchleiden, da werden Ihre Nerven so etwas aushalten, nicht? Ha! Wäre ja auch ein Wunder, wenn nicht, schließlich sind Sie trotz allem meine Enkelin, auch wenn man es Ihnen nicht unbedingt ansieht. Sie sind meine Enkelin, da werden Sie ja wohl Haltung besitzen! Haltung! Wir von Hoch-und Nordenmoors waren stets berühmt für unsere Haltung und Unerschütterlichkeit im Angesicht von Gefahr! Da muss doch etwas durchgeschlagen sein, selbst bei Ihnen! Ha!"

Und so lernte Ernestine nach achtundzwanzig unerfreulichen Jahren in dieser Welt schlussendlich ihre Großmutter kennen. Und um eventuell aufkeimende Verdachtsmomente auszuräumen: Andere verwandtschaftliche Verwicklungen waren fürs Erste nicht gegeben. Weder stellte sich Erwin, der Sekretär, als Ernestines lange vermisster Bruder heraus, noch war A. „der Apfel" Apollo ihr Großvater – obwohl der Streit zwischen der Dame und dem alten Spinner durchaus die Vermutung nahelegte, dass sie sich einst geliebt hatten. Was aber nicht die Spur der Fall war, wie die beiden empört bestätigt hätten, wären sie darauf angesprochen worden. Nicht die Spur!

Was nun allerdings Ernestines Großvater ihrer geheimnisvollen väterlichen Seite betraf – dazu gab es eine Geschichte zu erzählen. Eine lange Geschichte, die einige unerfreuliche Überraschungen barg. Eine Geschichte, die so erzählungsreif war, dass der Saft bereits daraus tropfte. Eine Geschichte, faul wie ein Mäusekadaver, der drei Tage in der Sonne gelegen hatte, und der, sobald jemand darauf trat, in einer lautlosen Explosion stinkende Eingeweide und Leichengift verspritzte. So eine Geschichte war das.

9
Die verstörende Geschichte von einer unheilvollen Stimme
Und: von einer blutigen Lehrstunde
Und: von einem Monster in der Nachbarschaft

Es war eine Stimme, wie man sie sonst nicht zu hören bekam. Eine Stimme aus dunklem Sirup und schwarzem Samt. Eine Stimme, die durch ein bloßes Flüstern sämtliche Lichter in einem Raum löschte und durch ein Brüllen selbst die Sonne verdunkelte. Eine Stimme, in der die Hitze brodelnder Lava schwelte und die Kälte im Nordmeer erfrorener Leichen klirrte. Eine Stimme, in der das Dröhnen von Panzern den Bass bildete und das Kreischen von sterbenden Robbenbabys die Höhen. Eine Stimme, die auf Schlachtfeldern triumphierend schrie und aus lichtlosen Gräbern beschwörend wisperte. Eine Stimme, die süßes Verlangen weckte und schrecklichen Tod versprach. Es war eine Stimme, wie man sie niemals zu hören wünschte und auch nicht zu hören bekam. Ganz selten geschah es, dass sich ein schwaches Echo dieser Stimme in die dunkelsten Alpträume einer schwarzen Nacht schlich, und wer aus diesen Träumen dann schweißgebadet aufschreckte, der fand keinen Frieden und keinen Schlaf mehr.

„Doch scheint es mir, als wüchse die Schlange, welche ich an meinem Busen nährte, zu einem Drachen heran, der nicht davor zurückschreckt, selbst seinem Herrn an die Kehle zu springen", sprach die Stimme. Sie hallte von den marmorschwarzen Wänden und Decken wieder, die ein gigantisches, düsteres Kellergewölbe bildeten. Versteckte Lichtquellen erhellten die Räumlichkeiten gerade so weit, dass man kaum mehr als ungefähre Umrisse erkennen konnte, bis sich das Auge an die Dunkelheit gewöhnt hatte und die Pracht erkannte, die dort verborgen war.

Sämtliche Möbel bestanden aus purem Gold, waren besetzt mit schmuckvollen Ornamenten aus Diamanten, Rubinen und

Smaragden, Granaten, Bernstein und Amethyst. In verborgenen Nischen waren zierliche goldene Diwane eingebaut, die, mit schwarzem Samt gepolstert und mit weichen Fellen bedeckt, als Ruheplätze dienten; teilweise wurden sie von schweren, golddurchwirkten Vorhängen beschirmt. An allen übrigen Wänden wurden in kristallverglasten, raumhohen Vitrinen prunkvolle Antiquitäten ausgestellt, die jedes Museum auf der Welt in den Schatten stellten; jedoch wechselten sich diese kostbaren Einzelstücke, deren Wert teilweise in die Milliarden gehen mochte, mit anderen Dingen ab, die der reinste Plunder waren. So stand die prächtige Stammeskrone eines Wikingerkönigs neben einer kitschigen Marienfigur aus buntem Plastik; eine makellos erhaltene griechische Vase teilte sich den Platz mit einem fernsteuerbaren Modell eines Monstertrucks; ein elegant geschwungenes Samuraischwert aus mehrfach gehärtetem Stahl musste in der Gesellschaft eines pink beleuchteten Miniatureiffelturms ausharren.

Auf ähnliche Weise waren die Innenräume dekoriert; ein Wald aus schwarzen Marmorsockeln wuchs aus dem Boden, der wechselweise mit einem filigranen Mosaik aus goldenen Plättchen oder persischen Teppichen bedeckt war. Auf den Sockeln war alles platziert, was nicht in die Vitrinen passte; so stand dort die anmutige Statue einer römischen Göttin aus weißem Marmor der lebensgroßen Actionfigur von Spiderman gegenüber; ein ausgestopfter majestätischer Löwe brüllte einen türkisfarbenen Teddybär mit Schleife an, und die vollständige Paradeuniform eines französischen Prinzen befand sich in direkter Nachbarschaft zu einer aufblasbaren Gummipuppe aus dem Erotikbedarf.

Stunden, wenn nicht sogar Tage wären nötig, um einen kompletten Rundgang durch diese kuriosen Schatzkammern zu absolvieren, doch würde sich kaum jemand finden, der so unerschrocken war, sich dorthin zu begeben. Trotz aller Pracht schien man eher eine unheilgeschwängerte Gruft voller toter Dinge zu betreten, als die Gemächer eines egozentrischen Sammlers, denn in der stickigen Luft zitterte diese Stimme, schwebte über allem, durchdrang alles und sorgte dafür, dass nicht einmal eine winzige Maus sich auch nur in die Nähe des Gebäudes wagte, in dem jener Keller lag.

„Fern liegt mir das Gefühl von Angst, doch fühle ich den Drang, ihn loszuwerden, ihn aus meiner Nähe zu entfernen und ihm jede Macht zu nehmen. Zu lange schon ließ ich ihn wandeln auf meinem Grund, ließ ihn jagen in meinen Wäldern, ließ ihn sich laben an meiner Stärke. Es muss einen Weg geben, ihn zu entfernen. Finde einen Weg, Diener!", sprach die Stimme weiter und wand sich dabei schlangengleich hervor aus den hintersten Tiefen der Halle. Auf einem mannshohen Fundament aus demselben schwarzen Marmor, aus dem der Rest der Mauern gefertigt war, stand ein Thron aus Gold, geschmückt mit tischtennisballgroßen Diamanten, belegt mit prächtigen Tierfellen. Er lag im Schatten, so dass die Gestalt darauf nur schemenhaft zu erkennen war, doch schien sie von ungewöhnlicher Größe zu sein und eine Aura von purer Kraft ging von ihr aus, trotz der lässigen Haltung, in der sie auf ihrem Sitz lagerte, ein Bein, an dem sich mächtige Muskeln wölbten, achtlos über die Armlehne geschwungen. Im dämmrigen Licht leuchtete hin und wieder ein spärlicher Glanz in gelockten Haarsträhnen auf, die die Farbe von flüssigem Gold besitzen mussten. Auch war derjenige zu sehen, zu dem die Stimme sprach; in ehrerbietiger Haltung kniete er vor dem Thron, so dass seine Stirn den Boden berührte, gehüllt in einen schwarzen Umhang, der seinen Körper und sein Gesicht verbarg und ihn beinahe mit dem schwarzen Boden verschmelzen ließ. Vielleicht kniete er aus purem Respekt, vielleicht zwang ihn auch die Gewalt der Stimme in die Knie, denn als er antwortete, klang er so zittrig und voller Qual, als hätten ihn große Schmerzen niedergezwungen.

„Ich werde einen Weg finden, Eure Verruchte Majestät, ich werde einen Weg finden!"

„Das will ich dir auch raten!" Die Stimme gewann an Schärfe, die den niederkauernden Diener noch mehr zusammenschrumpfen ließ. „Und nenne mich nicht *Verruchte Majestät*, du wertlosester aller Hohlköpfe! Ich dachte, ich hätte dich bereits davon in Kenntnis gesetzt, dass ich seit neuestem den Titel *Präsident des Terrors* bevorzuge! Ein Titel, der meiner Position bei weitem mehr gerecht wird und von ausgesucht moderner Eleganz ist, nicht wahr?"

„Oh ja, Euer Präsident des Terrors – sehr modern, wirklich sehr modern! Eure Findigkeit kennt keine Grenzen, Euer Präsident des Terrors, es ist beeindruckend, ungemein beeindruckend! Ich verneige mich vor Eurer unendlichen Klugheit, Euer Präsident des Terrors! Niemand außer Euch ..."

„Übertreibe es nicht mit deinen Lobhudeleien, ich kann das Geschleime von deinesgleichen nicht ausstehen", unterbrach ihn die

Stimme, die nichtsdestotrotz recht zufrieden und bereits um einiges weniger bedrohlich klang als zuvor.

Die Gestalt auf dem Thron tätschelte mit einer blassen, goldberingten Hand, die trotz ihrer Langgliedrigkeit eindeutig männlich war, den ausgestopften Kopf des Tieres, dessen Pelz ihr als Decke diente. Es war der riesige Schädel eines perfekt erhaltenen Säbelzahntigers, dessen aufgesperrter Rachen zwei Fangzähne, lang und spitz wie Dolche, enthielt.

Die mit weichem, schwarzem Leder behandschuhte Hand, die die zierliche Handfeuerwaffe hielt, beugte graziös den Zeigefinger und drückte ab. Einmal. Zweimal. Dreimal. Viermal. Fünfmal. Sechsmal. Dann ließ sie das schicke Modell aus mattgehämmertem Stahl in einer Bewegung sinken, die so fließend war, als handelte es sich dabei um eine gewichtslose Rose, an deren Duft sich gerade jemand erfreut hatte, um sie nun achtlos zu Boden gleiten zu lassen.

Auf der weißen Zielscheibe mit den schwarzen Linien prangte deutlich das halbe Dutzend Einschusslöcher. Alle lagen direkt im Zentrum, so eng beisammen wie ein Nest voller Spatzeneier, so dermaßen eng beisammen, dass selbst Robin Hood beeindruckt gewesen wäre.

Doch der Andere war nicht Robin Hood. „Beeindruckend", sagte er zwar, „wirklich ganz und gar beeindruckend, Fräulein Watson", jedoch in einem Tonfall, der weniger beeindruckt nicht hätte klingen können. Das breite Lächeln, das in Charlottas Gesicht aufging, ging gleich wieder unter.

„Ich habe das Fach *Gebrauch von Schusswaffen* mit einem *Hervorragend* abgeschlossen", versuchte sie ihre Leistung trotzig zu unterstreichen, während die zurückgeschobenen dicken, schwarzen Ohrenschützer ihr das Aussehen eines wütenden Bärenbabys verliehen. „Und das heißt was! In unserem Jahrgang gab's nur zwei, die mit *Hervorragend* abgeschlossen haben, und das waren ich und diese blöde Kuh Summer-Banana Parker-Smith, die kommt aus den USA, wie man an ihrem Namen leicht erkennt, also hatte die praktisch 'nen Colt in der Hand, bevor sie laufen konnte, wenn Sie wissen, was ich meine! Gegen die hatte niemand 'ne Chance, außer, raten Sie mal wem, genau: mir!"

Mochten diese Worte auch etwas ungeschliffen gewählt sein, sie kamen doch aus tiefstem Herzen und kündeten von einem ehrlichen Stolz auf ein Talent, das nicht alltäglich und deswegen durchaus lobenswert war. Außerdem war es ein Talent, das Charlottas Berufswunsch ein wenig verständlicher machte und ihre Eignung dafür deutlich hervorhob. So sollte es sein. Hätte sie darüber nachgedacht, wäre ihr natürlich klar gewesen, dass sie vergebens auf ein Lob ihres unfreiwilligen Ausbilders hoffte, aber sie war anscheinend nach wie vor fest entschlossen, möglichst wenig zu denken; dafür kaute sie umso wilder auf ihrem rosarotem *Bubble-Gum*, der keinerlei Kalorien enthielt und deswegen gerade noch so erlaubt war.

„Mein Zeugnis ist insgesamt ausgezeichnet mit einem Schnitt von 1,3; und das bei einer Schule, wo gerade mal die Hälfte von denen, die da angefangen haben, soweit kommt, ihren Abschluss zu machen! Wir gelten als Eliteinternat, aber das, was so allgemein *Elite* genannt wird, darüber lachen wir nur! Ein *Hervorragend* im *Gebrauch von Schusswaffen*, bedeutet, dass ich es mit jedem professionell trainierten Scharfschützen aus jeder Sondereinheit auf der ganzen Welt aufnehmen kann!"

Der Andere wechselte mit ruhigen Fingern das Magazin seiner Waffe und grinste in sich hinein. „Deswegen sagte ich doch auch: beeindruckend! Wirklich ganz und gar beeindruckend! Oder hat dieser Ausdruck in den letzten hundert Jahren seine Bedeutung insofern verändert, dass er nicht mehr überraschter Bewunderung Ausdruck verleiht, wie es meine Absicht war?"

Charlotta schob eine schmollende Unterlippe vor. „Die Absicht war pure Ironie. Ich bin doch nicht blöd."

„Worüber wir nach wie vor geteilter Meinung sind, wie bei so vielem anderen auch, doch genug davon. Mir scheint, du hast noch nicht verstanden, wie wenig dieses *Hervorragend* in der wirklichen Welt bedeutet, dieses *Hervorragend*, das man dir in deiner kleinen Puppenstubenschule für privilegierte Bonzenkinder aufgrund deiner unverdienten Herkunft geschenkt hat ..."

„Das war ein Eliteinternat für Hochbegabte! *Das einzige* Eliteinternat mit dieser speziellen Ausrichtung auf der ganzen Welt!"

„... und abgesehen davon befindest du dich momentan nicht in der Ausbildung irgendeiner überbewerteten Spezialeinheit. Wäre ich auf deren Niveau, wäre ich bereits seit sehr langer Zeit tot. Es gibt nur ein Niveau, das ausreicht, um diese Ausbildung abzuschließen, an der dir anscheinend wirklich viel liegt, was wiederum meine bereits zuvor geäußerte Meinung über deine Intelligenz nur unterstreicht. Pass also jetzt auf, wenn du etwas sehen willst, das wirklich beeindruckend ist, oder auch, wenn es dir lieber ist, das ein *Hervorragend* tatsächlich verdient."

Der Andere nahm Charlottas Platz vor einer neuen Zielscheibe ein, die ans andere Ende der Halle gefahren worden war. Im Gegensatz zu ihr trug er keine Ohrenschützer und änderte auch nicht viel an seiner Haltung. Weder schien er bewusst zu zielen, noch sich überhaupt auch nur den Anschein von Sorgfalt zu geben. Im einen Moment war er seinem immer noch empörten Lehrling im Gespräch zugewandt, im nächsten feuerte er ohne ein einziges Mal innezuhalten sein gesamtes Magazin leer; keine einzelnen Schüsse waren zu hören, sondern der gleichmäßige Lärm eines lauten Motors. Als er fertig war, lag Pulverdampf wie feiner, stinkender Nebel in der Luft.

„Ich dachte, mehr als einunddreißig Schuss hätte kein einziges Magazin!", tönte Charlottas missmutig quäkende Stimme in die darauffolgende Stille und gleich danach das Ploppen, als eine große, pinke Kaugummiblase platzte.

„Spezialanfertigung", antwortete der Andere. „Sechsundsechzig Schuss."

„In dieser winzigen *NightHunter21*?" Besiegt von ihrer Liebe zum Schießsport klang ihre Stimme schon jetzt leicht beeindruckt.

„Keine 21. Eine NightHunter666. Auch eine Spezialanfertigung, wie du dir aufgrund dieses bescheuerten Namens denken kannst." Der Andere betätigte den Knopf, welcher die immer noch qualmende Zielscheibe an ihren Schienen aufgehängt zu ihnen zurückbrachte. Beim Näherkommen wurde ersichtlich, dass etwas damit nicht stimmte: Anstatt dass die gesamte Fläche durch die Vielzahl der Geschosse durchlöchert war wie ein Sieb, wie es zu erwarten gewesen wäre, wirkte sie beinahe unversehrt. Charlotta starrte mit zusammengekniffenen Augen darauf und wischte sich eine rotgekringelte Strähne aus dem Gesicht, als würde diese Bewegung das Bild verändern, das sie zu sehen bekam.

„Ich sehe ... nur ein einziges Einschussloch?", sagte sie zögerlich, beinahe fragend, als witterte sie eine Falle. „Links oben, ganz am Rand?"

„Richtig. Du siehst nur ein einziges Einschussloch, links oben, ganz am Rand", bestätigte er. „Und was folgerst du daraus?"

Charlotta kratzte sich am Kopf. „Naja", sagte sie unsicher. „Naja, normalerweise würde ich sagen, das bedeutet: ein einziger, ziemlich mieser Schuss, der gerade noch so getroffen hat und über sechzig andere, die total daneben waren. Normalerweise würde ich sagen: echt erbärmlicher Schütze!"

„Ja", der Andere nickte, „das würdest du normalerweise sagen. Weil du aber deinen Abschluss an einem Eliteinternat für Hochbegabte gemacht hast, nehme ich an, dass du noch eine andere Theorie auf Lager hast."

Charlotta, die in Jeans und schwarzem Pulli womöglich bereits ein klein wenig schlanker wirkte als am Tag zuvor, ließ einen immer noch speckigen kleinen Finger über die Ränder des Loches gleiten.

„Es scheint ein winziges Bisschen zu groß zu sein", murmelte sie, „also wär`s schon möglich. Wie krass! Also, eigentlich ist es so was von überhaupt nicht möglich, dass es null Sinn macht, auch nur darüber nachzudenken, aber ... aber angenommen, rein theoretisch ... könnten, also wirklich *könnten*, alle nachfolgenden fünfundsechzig Kugeln durch genau *dieselbe* Stelle ... aber das wäre ... das wäre wirklich absolut unmöglich!"

„Nein", widersprach der Andere leichthin, „nicht unmöglich. Nur das, was *ich* unter beeindruckend verstehe – und übrigens auch als Grundvoraussetzung zu Ausübung meiner Tätigkeit. "

„Ja, klar!" Das rotgelockte Mädchen starrte nach wie vor auf die Zielscheibe und überging die kleine Anspielung auf ihre demnach nicht vorhandene Eignung mit einer Routine, die sie in den letzten Tagen als Reaktion auf gemeine, kleine Anspielungen entwickelt hatte. „Ja, ganz klar! Als wär das was, das ein Mensch jemals fertigbringen könnte!"

Einer der Männer, die ebenfalls in der Halle trainiert hatten, kam an ihnen vorbei, als er auf dem Weg zum Ausgang war. Sein Blick blieb an der Zielscheibe und an Charlottas fassungslosem Gesichtsausdruck hängen. „Mach dir nichts draus, Kleine", kommentierte er jovial, „jeder von uns war mal Anfänger. Feste weiterüben, dann wird das auch irgendwann was!"

Der Andere lachte laut auf. „Besser hätte auch ich das nicht formulieren können, Fräulein Watson. Immer schön weiterüben, dann wird das auch irgendwann mal irgendwas. – Heute allerdings ist die Zeit der spielerischen Übungen für unsere Kleinen vorbei. Es wartet eine wichtige Aufgabe für unseren Nachwuchs."

„Ja, ganz bestimmt", nuschelte Charlotta unhörbar in ihren Pulli-Kragen.

„Bevor ich eine Zielperson eliminiere, veranschlage ich normalerweise einige Tage bis hin zu einigen Wochen für die Observation, um genaue Details über den Tagesablauf und demnach auch über die beste Gelegenheit für die Aktion zu erlangen. Mein nächster Job verlangt genau dies, und da ich weder Lust noch Zeit habe und außerdem einen willigen Lehrling, so sehe ich deutlich, dass diese Aufgabe wie gemacht für dich ist: Die nächsten drei Tage wirst du dich überall dort aufhalten, wo sich diese Ernestine Nordmoor aufhält. Klar soweit?" Der Andere schlüpfte in seine graue Lederjacke, die er über die Brüstung gehängt hatte und unter der er nur ein einfaches weißes Baumwoll-T-Shirt trug. Obwohl tiefster Winter war, schien er nie zu frieren.

„Mmmh", machte Charlotta unbestimmt, bevor ein kleines triumphierendes Leuchten in ihren Augen aufblitzte. „Eines kapier' ich aber nicht ...", fügte sie dann kaugummikauend hinzu.

„Wie könnte es auch anders sein."

„Wir sind hier mitten in der Öffentlichkeit, oder? Ist es da nicht ziemlich gefährlich, einfach so über solche Sachen zu reden? Ich meine, das klingt ja nicht gerade harmlos: *observieren* und *eliminieren* und so, stimmt´s? Was, wenn jemand mithört? Was, wenn jemand Verdacht schöpft? Soweit ich damit vertraut bin, sollte das alles *streng* geheim sein! Ich finde das ja ganz schön *nachlässig*, so unvorsichtig zu sein!"

Der Andere musterte sie nachdenklich. Es hatte welche gegeben, die es gewagt hatten, ihn auf Fehler hinzuweisen. Das Besondere daran war, dass es sie gegeben *hatte*, ... dass es sie inzwischen nicht mehr gab. Nachdem sich dies herumgesprochen hatte – und derlei Dinge sprachen sich schnell herum -, blieb er vor unerwünschter Kritik oder weiteren Unhöflichkeiten aus dem Kreise seiner Kollegen weitgehend verschont (außer von denen, die eine Sonderstellung einnahmen wie zum Beispiel Miss Biss oder denen, die noch gebraucht wurden, wie etwa Damon). Charlotta Clarissa Kramer zeichnete sich wahrlich durch eine originelle Art der Dummheit aus, die ihn extrem hätte verärgern müssen, die ihn jedoch erstaunlicherweise eher amüsierte. Außerdem war sie die Konsequenzen nicht wert, die er zu erdulden hätte, würde er die Welt und vor allem sich selbst doch noch von ihrer Anwesenheit befreien.

„*Nachlässig* oder gar *unvorsichtig* gehören als umschreibende Adjektive nicht zu meinem Repertoire der Charaktereigenschaften", erklärte er. „Dabei handelt es sich um eine unleugbare Tatsache. Kleines Beispiel gefällig, nur so als Lektion im weiten Feld deiner Ausbildungspunkte?"

Charlotta hütete sich, zu antworten, nachdem es ihrem leicht überhitzten Hirn dämmerte, dass ihre Vorwürfe eventuell als Beleidigung aufgefasst worden sein konnten und eine wie auch immer geartete Lektion demnach recht unangenehm ausfallen würde.

„Ich biete dir gerade an, etwas zu lernen, worauf du freudig zustimmen solltest! Oder muss ich dich abermals darauf hinweisen, dass ich derjenige bin, der dieses Mal dein Zeugnis ganz allein schreibt und mit Sicherheit dabei nicht ein einziges Mal *Hervorragend* darin vermerken wird?"

„Nee, klar, ich will das lernen", wand sich der trotzige, doch ehrgeizige Lehrling in Verlegenheit und zwang sich, motiviert hinzuzufügen: „Ich nehme natürlich sämtliche Gelegenheiten wahr, alle möglichen Lektionen zu lernen, die mein Ausbilder für nötig hält!"

„Natürlich", lächelte der Andere, „was auch sonst. Nun gut. Wir befinden uns hier in Kabine Nummer sieben in einer Übungshalle mit acht Kabinen. Als wir um Punkt 9.34 Uhr den Raum betraten, waren davon Kabine Nummer eins, fünf und acht besetzt. In Kabine Nummer eins trainierte ein männlicher Europäer im Alter zwischen zweiundvierzig und achtundvierzig Jahren, etwa 1,78 m, mittlere Statur, braune Cordhose, hellblaues Hemd, ergraute kurze Haare, braune Augen, Brille, auffälligen Leberfleck an der rechten Wange, Nichtraucher, benutzte eine *Kirch*, Modell 180X, Standardmagazin 9, leichter Linksdrall. Mittelmäßiger bis guter Schütze, absolvierte fünf Übungseinheiten, bevor er sich um 9.55 Uhr zum Gehen wandte. In Kabine fünf halten sich immer noch zwei Personen auf. Bei der ersten handelt es sich um einen männlichen Europäer im Alter zwischen einundzwanzig und fünfundzwanzig Jahren, etwa 1,82 m, schlank, aber kräftig, kurze, blonde Haare, blaue Augen, auffällige Narbe an der linken Augenbraue, graues T-Shirt, Jeans, Raucher, benutzt ein *Lerche*-Modell aus der Fünfer-Serie, Standard-Magazin 9, schwerer Abzug, eindeutig Anfänger, genauso wie sein Kollege, männlicher Europäer, ebenfalls zwischen einundzwanzig und fünfundzwanzig Jahre alt, etwa 1,73 m, muskulös, kurze, dunkelblonde Haare, braune Augen, auffällig gebogene

Nase, schwarzes T-Shirt, Jeans, Raucher, benutzt das gleiche Modell – mit dem gleichen, mäßigen Erfolg wie sein Kollege, was nahelegt, dass die beiden sich in polizeilicher Ausbildung befinden, da die hiesige Polizei seit Jahren nur mit *Lerche* arbeitet." Charlotta spuckte ihren ausgelutschten, geschmacklosen Kaugummiklumpen in ein Taschentuch, verstaute es in ihrer Hosentasche und packte einen neuen, saftig-rosafarbenen *Bubble-Gum* aus, der stark nach künstlichem Erdbeeraroma roch.

„In Kabine acht befand sich bis vor vier Minuten eine Person, männlicher Europäer, zwischen fünfzig und vierundfünfzig Jahren, etwa 1,88 m, kräftig gebaut mit Bauchansatz, lockiges, lichter werdendes, dunkelbraunes Haar, Schnurrbart, rotkariertes Hemd mit brauner Lederweste, Jeans, auffällig in der gesamten Erscheinung, speziell die weißen Cowboy-Stiefel. Absolvierte in unserer Anwesenheit sechs Übungseinheiten mit seiner nagelneuen *Phoenix2000* in Chromverkleidung, leidlicher Schütze, aber extremer Waffennarr (von der *Phoenix2000* gibt es eine streng limitierte Auflage von gerade mal tausend Stück), Zigarrenraucher, Hundebesitzer. Momentan, um genau 10.13 Uhr, ist außer der unseren also nur Kabine fünf mit den beiden jungen Polizisten besetzt, die artig ihre Ohrschützer tragen und nicht einmal ihre eigenen Schüsse richtig hören, geschweige denn das, was drei Kabinen weiter gesprochen wird. Die Überwachungskameras laufen ohne Ton und diejenige, die unsere Kabine filmt, hat derzeit nur meinen Hinterkopf und nichts anderes im Bild. Es ist mir also möglich, nicht nur über Dinge wie *eliminieren* zu sprechen, sondern diese auch aktiv auszuführen, ohne dass irgendjemand direkt darauf aufmerksam werden würde. Wenn sie einige Minuten später deine Leiche finden würden, wäre ich längst nicht mehr im Haus und die Überwacher müssten feststellen, dass sie die gesamte Zeit nur meine nicht besonders vielsagende Rückenansicht gefilmt hätten – wobei es nebenbei bemerkt mit meinen direkten Verbindungen zu Posten in höchsten Rängen keine große Sache darstellte, die Überwachungsfilme unbemerkt verschwinden zu lassen."

Der Andere hielt in der nächsten Sekunde seine Waffe in der Hand, die genau auf Charlottas versteinertes Gesicht zielte. Sein Finger am Abzug bewegte sich kaum merklich.

„Keine Munition mehr!", krächzte Charlotta tapfer. „Hab genau aufgepasst! Alles leergeschossen! Alle 66 Schuss! Haha!"

„Aber nicht doch, niemand verschießt seine ganze Munition, ohne wenigstens eine einzige Kugel als Reserve im Magazin zu behalten", belehrte der Andere sie sanft, „oder, wie meinem Fall, ohne sofort nachzuladen, auch wenn dir das in einem Moment der, wie sagtest du, Unaufmerksamkeit, entgangen sein sollte!"
Er drückte den Finger durch. Ein Schuss löste sich und eine einzelne Kugel raste auf die leichenblasse Charlotta zu, der nicht der Hauch einer Chance blieb, sich aus der Schussbahn zu werfen und deren letzte Gedanken wahrscheinlich von Reue durchtränkt waren. Eine einzelne dicke, rote Locke löste sich, abgetrennt von ihrem Haupthaar, und segelte langsam zu ihren Füßen hinunter, wo sie liegenblieb.

Gleich darauf löste sich ein zweiter Schuss und eine Kugel fuhr durch Charlottas Hand, die gerade erhoben wurde, um nach der Stelle zu sehen, von der die Haare abgetrennt worden waren. Die Kugel fuhr mitten hindurch und hinterließ ein sauberes, recht kleines Loch, denn es handelte sich um eine kleinkalibrige Waffe. Dieses Mal floss Blut.

Dann war die Waffe aus der Hand des Anderen verschwunden.

„Lektion gelernt?", fragte er.

Das teigweiße Mädchen schluckte mit trockenem Mund und nickte schwach. „Ich habe ... ich habe mir in die Hose gepinkelt, glaube ich", brachte es heiser heraus.

Der Andere betrachte die kleine Pfütze, die sich um Charlottas Füße ausbreitete. „Glaube ich auch", sagte er. „Was einen weiteren dringlichen Grund darstellt, dich augenblicklich umzuziehen und deinen Beobachtungsposten aufzunehmen. Die nötigen Unterlagen findest du im Tresor deines Hotelzimmers. Dort findest du auch die Adresse eines Arztes, der sich um deine Hand kümmern wird, ohne Fragen zu stellen; mein Rat wäre, ihn unverzüglich aufzusuchen. Ich erwarte deinen Bericht um 20.00 Uhr beim gemeinsamen Abendessen. Vor deinem Aerobic-Kurs, wenn ich mich richtig erinnere. Klar soweit?"

„Alles klar." Charlotta bückte sich, hob mit zitternden Fingern ihre Locke auf und wandte sich still zum Gehen. Ein äußerst unkomfortabler Heimweg mit nasser Hose bei Minusgraden und etwaigen spöttischen Blicken lag vor ihr, eine verdiente, wenn auch vermutlich bei weitem zu gnädige Strafe. Es war ihr allerdings zugutezuhalten, dass sie nicht das Bewusstsein verloren hatte, eine überraschende Stärke, die ihre schwächliche körperliche Erscheinung Lügen strafte.

Der Andere blickte ihr nach, wie sie davonschlich, bevor er seinen Koffer öffnete und die Sammlung seiner Waffen betrachtete, die ihn seit vielen Jahren begleitete. Auch er hatte heute noch einen schmerzvollen Gang zu gehen, denn es wurde Zeit, dass er das Arschloch aufsuchte – nichts, worauf er sich freute. Umso mehr genoss er es, noch einige Minuten für sich und seine Pistolen zu haben: jene mit Zielvorrichtungen und langen Läufen, andere mit großen Kalibern oder kleinen, einige aus Plastik und manche aus Stahl, er war mit ihnen allesamt gut befreundet und nahm sie regelmäßig in die Hand, um mit ihnen vertraut zu bleiben.

„Wie ein kluger Mann einst sagte: Mit einem netten Wort und einer Pistole erreicht man mehr als mit einem netten Wort allein!"
War das nicht ein hübsches Motto für diesen Tag?

Die Küche überraschte. Durch gemütliche Geräumigkeit, durch moderne Geräte und durch Sauberkeit und Ordnung. Es war eine Küche mit wertigen Echtholzhängeschränken und blitzblanken Anrichten, mit einem glänzenden ziegelroten Fliesenboden und einer freundlich sonnengelb getünchten Gipswand, an der geschmackvoll gerahmte Zeichnungen von verschiedensten Kräutern und Gemüsen hingen. Zusätzlich gab es noch einen offenen Kamin mit einwandfrei funktionierendem Abzug, in dem ein Rest Glut vor sich hinschmorte, so dass der gesamte Raum in mollige Wärme und den Duft von verbranntem Holz gehüllt war. Und wie um das Erstaunen der Besucher noch zu steigern, wurden sie von einem winzigen Terrier erwartet, einer von der Sorte, deren lange Stirnfransen mit einem Schleifchen zu einem Schwänzchen hochgebunden werden (wenn ihre Besitzer sie der Lächerlichkeit preiszugeben bereit sind). Dieser hier trug ein Schleifchen in Samtschwarz und sah damit – wie erwähnt – lächerlich aus, aber er wedelte freundlich mit seinem winzigen Schwanz und sprang alle, die den Raum betraten, fröhlich kläffend an.

Die Küche war vor allem deshalb eine Überraschung, weil sie ebenso wenig in die Behausung eines wahnsinnigen Okkultisten passte wie eine karierte Küchen-Schürze an den Papst. Angemessen peinlich war es dem alten Spinner dann auch. Er huschte murmelnd hin und her, deckte den soliden Kirschholztisch mit geschmackvollem Keramik-Geschirr, ließ einen Wasserkocher an, servierte heißen Tee, sorgte für erlesene Kristallgläser und eine Flasche dunkelroten Wein und für eine große Schale mit einer delikaten Mischung verschiedenster Kekse.

„Aber der Hund!", krächzte er, als er sich schließlich zu den anderen setzte, „der Hund gehört nicht mir! Der ist nie und nimmer meiner, der nicht! Braucht niemand zu denken, dass *mir* so ein Hund gehört, oh nein!"

„Na, wem denn dann?", fragte die alte Dame in unwilligem Ton, doch sie meinte es als Feststellung und ging gleich darauf dazu über, die Leitung über das seltsame kleine Treffen in der seltsamen, gar nicht so kleinen Küche der Kirche am Ende der Lindwurmgasse in einer Stadt, die nicht seltsamer war, als andere, an sich zu reißen. (Woran niemand etwas auszusetzen fand. Außer dem alten Apfel vielleicht, aber der war immer noch etwas schweigsam durch die Blamage, anstatt über ein exzentrisches Labor über eine biedere Küche zu verfügen, die einem Werbeprospekt für die perfekte Hausfrau entsprungen zu sein schien.)

Während ihr Gastgeber während der vergangenen fünfzehn Minuten damit beschäftigt gewesen war, ein echter Gastgeber zu sein, hatten die übrigen Drei sich bekanntgemacht („Erwin, dies ist meine Enkeltochter Ernestine. Ernestine: mein geschätzter Sekretär Erwin." – „Sehr erfreut." – „Sehr erfreut.") und gingen danach zum Smalltalk über („Ungewöhnlich viel Schnee, was?" (Die alte Dame) – „Oh ja, vielleicht gibt´s eine weiße Weihnacht." (Ernestine) – „Das wäre schön." (Der Sekretär) – „Aber so kalt!" (Ernestine) – „Im Winter ist´s nun mal kalt! War schon immer so!" (Die alte Dame) – „Ja, ganz im Gegensatz zum Sommer." (Ernestine), der, trotz seiner Unsinnigkeit, oder auch gerade deswegen, alle ein wenig entspannte. Erwin konnte sich von den Gemälden erholen, Ernestine von den letzten vierundzwanzig Stunden und die beiden Alten von ihrem ausgedehnten Streitgespräch. Nur der Hund scharwenzelte, in der Hoffnung auf ein paar Kekse, unruhig von einem zum anderen und gehörte immer noch niemandem.

„Wenn wir jetzt also endlich anfangen würden", klopfte die alte Dame energisch mit einem Knöchel auf den Tisch. „Es sind Dinge vorgefallen, denen wir uns widmen müssen. Wir alle. Und besonders Sie, Ernestine. Wenn´s nicht so wäre, hätte ich Sie niemals hergebeten. Nun, es sind außergewöhnliche Umstände. Wie soll ich es formulieren, damit der Ernst der Lage deutlich wird. Nun. Wir sind in Gefahr. In großer Gefahr. Ich sollte sagen, unser aller Leben ist bedroht, und das von vielen unschuldigen Menschen auch. Und diese Gefahr ... sie lauert genau hier! Nein, nicht *hier*, ihr depperten Leute, ha, seht euch nicht so erstaunt hier um, ich meine selbstverständlich hier in der Nähe! In der Lindwurmgasse! Ha! Was denkt ihr denn, woher diese Straße ihren Namen hat, was? – Ruhe, Alfred, Ruhe! Versuch nicht, mir ins Wort zu fallen! Ha! Mir ist bewusst, dass dir diese Fakten bekannt sind, ich teile sie auch nicht dir mit, sondern meiner Enkelin und meinem jungen Sekretär! Schadet nicht, wenn er auch Bescheid weiß, nicht wahr, Erwin? Sie sind doch gern über alles informiert? Eben, sag ich doch, sag ich doch! Sehr gewissenhaft, das ist er, sag ich doch! Nun. Wo war ich? Bei der Lindwurmgasse, richtig. Nun, in dieser Lindwurmgasse haust bereits seit Menschengedenken ein Ungeheuer. Ob es ein Lindwurm ist oder nicht, da sollen sich die Experten doch den Kopf zerbrechen, ein Ungeheuer ist es jedenfalls. Ein furchtbares, gefährliches Ding mit gewaltiger Macht. Und seine Ruhestätte, Ernestine, hören Sie, befindet sich genau unter Ihrem Haus. Jawohl. So, wie ich es sage, genau dort! Woher ich das weiß? Ha! Da wird es wohl nötig sein, ein wenig weiter auszuholen, befürchte ich ... Wie waren so jung damals, so unfassbar jung und voller hochtrabender Pläne und Ideen ..."

Als sie verstummte, den Blick nach innen gerichtet, versunken in ihrer Vergangenheit, breitete sich Stille über der kleinen Runde aus. Das angefachte Feuer prasselte behaglich im Kamin, der inzwischen friedlich eingenickte Terrier schnorchelte leise im Schlaf und der Rest schwieg. Der Smalltalk war entschieden zu Ende, doch weder der Sekretär noch Ernestine wussten etwas zu dem eben Gehörten zu sagen. Erwin, weil er nicht darauf vorbereitet war, dass seine geschätzte Arbeitgeberin mit furchtbaren Ungeheuern verkehrte und er sich unsicher war, ob er sie für verrückt erklären oder ihr im weiteren unerschütterlichen Vertrauen auf ihren scharfen Verstand und ihre geistige Klarheit Glauben schenken sollte.

Ernestine, weil sie gerade intensiv darüber nachdachte, ob es nicht langsam angebracht wäre, in der Weißenhaupt-Klinik anzurufen, um den Termin für ihre nächste Einlieferung festzulegen, oder sich augenblicklich in ein Taxi zu setzen, um persönlich dort vorzufahren. Und zwar bevor sie zu dem Schluss kam, dass, falls sie inzwischen nicht wirklich verrückt geworden war, hier, in genau dieser unerwarteten Eröffnung, die Lösung für all ihre Probleme verborgen liegen mochte.

„Es würde mir gefallen", seufzte sie verträumt, „von einem Monster gefressen zu werden. Ja wirklich, ich glaube, diese Art von Tod hätte etwas unschlagbar Dramatisches und wunderbar Endgültiges!"

Die Verwirrung der Anwesenden war nun deutlich zu spüren. Genauso wie die einen nicht damit gerechnet hatten, dass eine adelige, resolute alte Dame und frischgebackene Großmutter das Thema *Probleme mit Ungeheuern in der Nachbarschaft* zur Sprache brachte, erwarteten die anderen nicht, derartig erfreute Reaktionen auf diese unheilvollen Eröffnungen zu erhalten. So gipfelte dieses eigenartige Treffen zuerst einmal in allgemeiner Irritation. (Ausgenommen davon waren der winzige schnarchende Terrier und einer der vielen Geister, der sich in die Küche verirrt hatte, und, von den meisten ungesehen, von den anderen ignoriert, in der Spüle saß und schaurige Grimassen zog.)

Erwin, der Situationen, in denen sich verlegenes Schweigen ausbreitete, aufgrund seiner Hingabe zu höflichen Umgangsformen am wenigsten ertragen konnte, ergriff das vernünftige Wort eines kultivierten Mannes: „Dieser originelle Sinn für Humor meiner werten Gräfin gibt mir immer wieder Anlass zur Heiterkeit!" Er ließ, wie um seine Aussage zu unterstreichen, ein kurzes heiteres Lachen einfließen. „Und es scheint mir, als hätte ich da eine Familienähnlichkeit entdeckt: Auch die reizende Enkelin hat wohl diesen Hang zu ungewöhnlichen Scherzen, die aufgrund ihrer sprühenden Skurrilität nicht immer sofort auf Verständnis stoßen!" Er lachte abermals, um zu beweisen, dass er persönlich den Witz verstanden hatte, und sein Lachen klang genauso geziert wie seine Sätze. „Ein Lindwurm in der Lindwurmgasse! Köstlich! Haha! Und diese Reaktion darauf: Das Gefressenwerden als spannendes Erlebnis! Haha! Mir wird heute erneut die wunderbare Erfahrung exquisiter Unterhaltung zuteil, ein Vorteil, den ich in meiner Anstellung als Ihr Sekretär, Madame, immer wieder genießen darf! "

Schweigen.

Kleine Schweißperlen begannen, an Erwins Stirn zu glänzen. Hatte er kläglich versagt in seiner Mission *Rettung der Gesprächsrunde zurück auf alltäglichen Boden*? Er, der ein Meister im Herstellen von distanzierter Herzlichkeit war, ein Verfechter der förmlichen

Gesprächskultur, ein Liebhaber der angemessen kontrollierten Diskussion? Er, vor allem, der selbst in der Konversation mit der alten Gräfin von Hoch- und Nordermoor stets, nun ja, meist, nun ja, wenigstens ziemlich oft, den richtigen Ton traf?

Der alte Apfel räusperte sich ausgiebig. „Sie scherzt nicht, die alte Schachtel, sie scherzt ja nicht, allgemein nicht, weil sie nicht die Spur von Humor hat, nicht wahr, das hat sie nicht, hatte sie noch nie, aber was sie da eben sagte, das ist purer Ernst. Das sollten die Hippie-Göre und der blasse junge Knilch da ruhig zu glauben wagen, sollten sie!", ergriff er auf seine eigene uncharmante Art und Weise Partei für seine alte Freundin oder Feindin (oder in welcher Verbindung die beiden auch immer stehen mochten). „Ich weiß Bescheid; bin einer von den wenigen Auserwählten, die von der Existenz der Kreatur wissen. Einer der wenigen Auserwählten und aufgrund meiner geschätzten Weisheit und meiner unerreichten Erfahrungen mit der Aufgabe betraut, in nächster Nähe zum Kerker Wache zu halten, auf dass niemand ..."

„Marie-Antoinette!", schallte da eine klagende Stimme durch das alte Kirchengemäuer und unterbrach des alten Apfels Ausführungen. „Mariiiie-Antoiiiinette!" Es war ein tiefer Schrei der Verzweiflung, der allen Anwesenden die Nackenhaare aufstellte. „Marie-Antoinette, mein Schatz, wo bist du?" Der schwarzbeschleifte, winzige Hund fuhr mit einem nervösen Furz aus seinem Schlaf auf und sprang fiepsend zur Tür, an der er wie ein pelziger Gummiball auf-und niederhüpfte.

„Marie-Antoinette, bist du das?" Der Rufer näherte sich nun der Küchentüre. Die alte Dame verharrte nervenstark, ohne sich vom aufkommenden Tumult stören zu lassen, im Sinnieren über längst Vergangenes. Der Sekretär blickte unentschlossen von einem zum anderen und sammelte sich innerlich, um angemessen auf die Ereignisse reagieren zu können. Ernestine hielt sich ihren schmerzenden Finger und fragte sich, ob ihre Großmutter ebenfalls unter der anscheinend erblichen Familienkrankheit Schizophrenie litt und deswegen von irgendwelchen Monstern fabulierte, bis ihr einfiel, dass ihre von Psychiatern als Wahnvorstellungen abgetanen Geister sehr real existierten, und es darum genauso gut auch Monster geben mochte, die für andere unbemerkt irgendwo ihr Dasein fristeten, und zwar unter anderem, warum auch nicht, genau unter ihrem Haus ... Ihr Gastgeber, der alte Irre, entschloss sich

inzwischen dazu, klärend ins Geschehen einzugreifen und brüllte: „Komm er nur rein, komm er nur rein! Seine blöde Töle befindet sich genau hier, in meiner Küche, mal wieder in meiner Küche und hat schon wieder in die Ecke gekackt!"
Damit war ihm die gesamte Aufmerksamkeit der Versammelten sicher, und auch die des Störenfrieds, der so voll hoffnungsfroher Intensität nach Marie-Antoinette, wie „die blöde Töle" anscheinend benannt war, suchte. Die Klinke der Küchentüre wurde hinuntergedrückt und ein junger Mann stand auf der Schwelle, um gleich darauf den hysterisch kläffenden Terrier überschwänglich in die Arme zu schließen. „Meine kleine Prinzessin!", rief er aus. „Wo hast du nur gesteckt! Papa hat sich schon solche Sorgen gemacht, dass dich die bösen, bösen Trolle in ihre dreckigen Pfoten bekommen haben!" Er ließ sich von einer Miniaturzunge das Gesicht lecken, bevor er, seine Marie-Antoinette im Arm, den anderen gegenübertrat.
„Verzeiht die Störung", intonierte er mit näselnder Stimme, die entweder auf eine Entzündung der Nebenhöhlen, auf Arroganz oder auf den Versuch, vornehm zu wirken, hinwies. „Ich war in Sorge um mein wertes Schoßtier und vergaß meine guten Manieren, indem ich derartig ungestalt in Ihre trauliche Runde platzte!"
„Ungestalt in der Tat, der blutleere Sack, der dämliche Dichter, der!", schrie der alte Apfel. „Wollte ich ihn meinen Gästen vorstellen? Nein, das wollte ich nicht! Wollte ich, dass er in seinem verfluchten Turm bleibt? Ja, das war mein Wille! Und habe ich im Übrigen nicht ausdrücklich betont, dass dieser clowneske Köter nicht der meinige sei? Ja, das habe ich! Wenigstens dafür bekommen sie den Beweis, wie sie sehen, wie sie mit ihren eigenen Augen sehen: Dem da gehört er, der Hund, der depperte, nicht mir, dem da!"
„Eine Störung ist mir augenblicklich in der Tat nicht willkommen", kommentierte die alte Dame unheilschwanger. „Wer ist dieser Mensch, Alfred, und was bitteschön macht er hier in deiner Küche?"
Der aufgebrachte Alfred schüttelte seine wirren Locken. „Niemand ist das!", knurrte er. „Ein Überhaupt-Niemand! Wohnt nur hier zufällig. Im alten Glockenturm. Vorübergehend. Habe ihm Kost und Logis gewährt, weil er ein Asylsuchender war. Wie ich eben so bin. Ein Gentleman der alten Schule. Großherzig. Gütig. Viel zu gütig. Hab ihn aufgenommen. Vorübergehend!"

„Alfred! Ha! Wie kannst du nur! Hast du nicht vor Jahren beteuert, du wolltest das endlich sein lassen, dieser lächerliche Zwang, sich als guter Hirten dieser Abscheulichkeiten aufzuspielen?" Die alte Dame klang ernsthaft verschnupft. Sanfte Röte breitete sich auf ihren Wangen aus.

Der Neuankömmling richtete sich samt Hund zu seiner nicht gerade stattlichen Größe von vielleicht knapp 1,68 m auf. „Werte Dame, ich muss doch sehr bitten!", verteidigte er sich stolz. „Es scheint mir ein Verstoß gegen jede grundlegende Umgangsform, mich als *Abscheulichkeit* zu bezeichnen!"

„Womit er durchaus Recht hat, durchaus", murmelte Erwin lautlos (aber aus ganzem Herzen erleichtert, dass es in diesem Hause noch jemanden zu geben schien, der die gleichen Dinge wertschätzte wie er selbst).

„Doch sehe ich voller Erhabenheit über diese Anfechtung meiner Würde hinweg und nehme mir die Freiheit, mich selbst in eigener Person vorzustellen, da mein geschätzter Herbergsvater nicht die Absicht zu besitzen scheint, dies zu übernehmen!" Er warf dem alten Apfel einen giftigen Blick zu. „Ihr habt die große Ehre, Ihr Sterblichen, die Bekanntschaft zu schließen mit dem ruhmreichen Poeten Basilius Wjatscheslaw Gennadi Jegorewitsch Koroljow, auch bekannt als: der König der Sonette!"

„Ein Russe!", zischte abfällig die alte Dame.

„Ein Dichter!", juchzte erfreut der Sekretär.

„Kein Mensch!", murmelte überrascht Ernestine.

Drei Augenpaare ruhten auf der mickrigen Gestalt, denn das war der erste Eindruck, der hängenblieb: eine mickrige Gestalt ganz in Schwarz, so schwarz und aus etwas angestaubtem Samt wie die Schleife des Hundes. (Auf keinem anderen Stoff haftete Staub derart sichtbar wie auf schwarzem Samt.) Abgesehen von der bescheidenen Größe trug auch die Statur des seltsamen Männchens zu diesem Eindruck bei: Schlank an der Grenze zur Magerkeit, die schmalen Schultern gebeugt, so stand er da, die nicht vorhandene Brust gebläht, das fliehende Kinn erhoben, eine Hand hielt den Hund, mit der anderen ordnete er die schwarzen, präzis gescheitelten Locken, die kinnlang waren und irgendwie ölig wirkten. An seinem Gesicht war kein Alter abzulesen; auf den ersten Blick wirkte er wie ein junger Mann, noch an der Grenze zum Jüngling, doch der Ausdruck seiner umschatteten, dunklen Augen, die eingefallenen Wangen und die Verkniffenheit um den Mund herum sprachen von mehr Lebenserfahrung. Dazu mochte auch seine auffällige Tracht beitragen, die so extravagant war, wie es einem Poeten zustand: Mit seiner Halsschlaufe (schwarz), dem gestärkten Hemd (weiß), der Weste (schwarz) und einem Gehrock (schwarz) wirkte er wie ein Dandy aus dem vergangenen Jahrhundert, doch war alles an ihm eine Spur zu groß und einen Deut zu schmuddelig, und zu allem Überfluss waren an seinen Fingern deutlich Tintenflecke zu sehen, und zwar an den Fingern *beider* Hände, womit er vielleicht seine Eigenschaft als Schriftschaffender unterstrich, jedoch auch einen gewissen Hang zur Übertreibung offenbarte. Letzteres wurde durch eine vertrocknete Rose im Knopfloch, übergroße goldene Schnallen an den lackschwarzen Schuhen, einem Dutzend Ringe an seinen Fingern und dem penetranten Geruch nach einem schweren Parfum (dem ein Beiklang von verrottendem Holz und moderndem Papier anhaftete) noch zusätzlich unterstrichen. Es war eine Ausstaffierung, die den eigentlichen Mann darin ertrinken ließ wie eine Gummiente im Ozean, und die selbstredend auch den behaarten Kläffer samt Schleife erklärte.

Ein wenig erinnerte er an Ernestines Geisterkinder: Hatte sie deswegen „Kein Mensch" ausgerufen, obwohl er eindeutig kein Geist war, sondern nur einen ähnlichen Kleidungsstil pflegte; oder war sie so eingenommen gewesen von der Wahl seiner Farben, dass sie einen Seelenverwandten vor sich glaubte und so ihrer freudigen Überraschung Ausdruck verlieh? Sie wusste es nicht. Aber sie war sich durch die langjährige Erfahrung mit Übersinnlichem sicher, dass dieses Geschöpf vor ihr vieles, vielleicht sogar ein russischer Dichter, sein mochte, aber eines bestimmt nicht: ein Mensch.

Was es auch war, es genoss die Aufmerksamkeit, mit der es empfangen wurde. „Jawohl", rief es bedeutungsschwanger mit seiner näselnden Stimme aus. „Ein Russe, ein Dichter und kein Mensch, all das bin ich!" Es deutete eine gezierte Verbeugung an und schielte dabei zu Ernestine hinüber. „Welch reizende junge Dame von erlesenem Scharfsinn! Noch dazu von hinreißender Schönheit, eine wahrlich erquickliche Kombination! Würdet Ihr mein einsames Herz erfreuen, indem Ihr mir euren Namen offenbart?" Er zwinkerte ihr auf eine Weise zu, die womöglich verführerisch wirken sollte, obwohl es eher den Eindruck machte, als hätte er etwas ins Auge bekommen.

„Nichts wird offenbart, gar nichts! Er soll in seinen Turm verschwinden und sein Maul halten oder ich werde ihm dasselbige mit sofortiger Wirkung stopfen!", antwortete der Eigentümer der Kirche rüde. „Falls meine Anwesenheit momentan derartig unerwünscht ist, ziehe ich mich selbstredend umgehend in meine Gemächer zurück, wurde ich doch nur durch den Verlust meiner teuren Prinzessin zum Suchenden." Er hauchte ein Küsschen in Richtung des Hundes. „Doch wenn Ihr, mein geliebter Wohltäter, und Eure Gäste Eure ernsten Gespräche über die Bedrohung durch das schreckliche Untier abgeschlossen habt, so würde ich mich dazu herablassen, Euch den Genuss eines Vortrages meiner Kunst zu gönnen und bei einem Glas rotem, süßem Wein in Eurer illustren Runde", er zwinkerte abermals in Richtung Ernestine, der von so viel Aufmerksamkeit ganz anders wurde (also noch anders, als ihr sowieso schon zumute war), „aus meinen erlesensten Gedichten rezitieren!"

„Aber das wäre ja ganz wunderbar!", ließ sich der Sekretär hinreißen, seiner Bewunderung für die schönen Künste Ausdruck zu verleihen. Anscheinend hatte er nichts aus seinen Erfahrungen mit den Gemälden des A. „der Apfel" Apollo gelernt. „Ich würde es begrüßen, Ihr Werk kennenzulernen und danach die Gelegenheit beim Schopfe packen, mit dem Verfasser der Lyrik höchstselbst einige Worte über die Poesie zu wechseln. Man kann nie genug von Kultur bekommen, nicht wahr?" Zustimmung heischend sah er sich in der kleinen Runde um, traf aber nur auf irritierte und angewiderte Gesichter. Er seufzte hilflos. Es war wahrlich nicht leicht, als einziger Verfechter der guten Sitten dazustehen; selbst seine Vorgesetzte hatte sich in seinen Augen doch ein wenig im Ton vergriffen, als sie diesen reizenden Poeten als „Abscheulichkeit" bezeichnet hatte, ohne ihn zu kennen, auch wenn Erwin sich nie anmaßen würde, sie zu kritisieren.

Die „Abscheulichkeit" strahlte den jungen Sekretär einen Augenblick völlig fassungslos an. „Tatsächlich? Ihr wollt meinen Werken lauschen? Freiwillig? Ein Mann nach meinem Geschmack, ein wahrer Gentleman!" Er verbeugte sich wieder und vergaß vor lauter Begeisterung ganz, Ernestine zuzuzwinkern, was diese etwas enttäuscht zur Kenntnis nahm. „Wie es mich freut, Eure Bekanntschaft zu machen! So sei es! Empfangt nun denn eine Kostprobe meines Genies als Dank für Eure Zugewogenheit! Lauschet nun dem Klagelied, welches ich heute frisch verfasste, als ich des Verlustes meines teuren Schoßtieres gewahr wurde!"

Bevor jemand widersprechen konnte, begann er selbstbewusst mit derart lauter Stimme zu rezitieren, als spräche er von einer Bühne zu einem tausendköpfigen Publikum. Allerdings war seine Stimme wenig volltönend, so dass sie auch bei voller Lautstärke nichts von ihrem quengelnden Unterton verlor.

Vom Verschwinden von Marie-Antoinette!!!

Oh, einsam wach' ich noch zu später Stunde!!!
Mein Herz getrübt vom Leid der kalten Nächte!!!
Vorbei die Zeit, in der ich fröhlich zechte
in heitrer, unbeschwerter Freundesrunde!!!

Ach, denn´s ereilte mich die Unglückskunde
gerade als ich an nichts Schlimmes dächte!!!
Nie glaubt 'ich, dass der Tag so Übles brächte:
Oh weh, es war verschwunden mein lieb Hunde!!!

Wer hat die Prinzessin von mir gestohlen?!!
Wer hat sie auf schurkischste Weise geraubt?!!
Nie hätt ich derartigen Frevel geglaubt!!!

Ihr bösen Diebe, ich werd' sie mir holen
und euch töten mit glühenden Kohlen!!!
Ach, müde neig' ich mein weinendes Haupt!!!

Mit unverhohlenem Stolz verbeugte er sich vor seinem begeistert applaudierenden Publikum (dass nur Erwin und Ernestine zaghaft ihre Handinnenflächen aneinanderlegten und der Rest ihn mit bösen Blicken bedachte, übersah er gnädig. Für ihn gab es nur begeistert applaudierendes Publikum, nichts anderes.) Er winkte bescheiden ab und schloss seinen Vortrag mit den Worten: „Ich werde mich nun zurückziehen, doch kehre ich zur rechten Zeit wieder! – Komm, meine Prinzessin, wir gehen!" Und bevor noch irgendjemand irgendetwas zu sagen in der Lage war, zog er sich zurück, so leise und schnell, als wäre er nie da gewesen. Nur eine letzte Ahnung seines sehr speziellen Parfums verriet deutlich, dass er wirklich existierte. Der alte Irre setzte auch sofort alles daran, so zu tun, als hätte es den Dichter nie gegeben.

„Also kehren wir zurück zum Ungeheuer, dem Thema unseres Treffens", legte er los, noch ehe die Türe richtig zugefallen war. „Wo waren wir stehengeblieben, was hatte ich zuletzt gesagt, ich hatte doch etwas gesagt, das hatte ich doch? Ah ja, ich erinnere mich selbstverständlich, ich war dabei, die näheren Umstände der Katastrophe zu erläutern, die in Form einer unbezwingbaren Bestie über uns hereinbrechen wird, wenn wir nicht ...!"

„Langer Rede, kurzer Sinn", unterbrach ihn die alte Gräfin, „das Einzige, was diese Kreatur aufzuhalten vermag, meine liebe Enkelin, bist du. Du trägst sein Erbe und sein Blut!"

„Und ganz bestimmt seine Nase!", fügte Alfred hinzu.

„Und leider auch seine Nase", bestätigte die Gräfin. „Ha! Er hatte eine wahrlich majestätische Nase, nicht wahr?" Sie gönnte sich ein kleines, kokettes Lächeln, eines von der Sorte, das niemand zuvor, nicht einmal ihr Sekretär, je an ihr gesehen hatte. Dann wandte sie sich mit einem ganz anderen Blick direkt an den irren Apfel. „Im Übrigen, lenke nicht von deiner Schandtat ab, Alfred? Was fällt dir ein, etwas derartig Abscheuliches in deinem Glockenturm hausen zu lassen? Bist du des Wahnsinns?"

„Die meisten würden sagen, ja, das ist er", merkte Ernestine hilfsbereit an. „Absolut und total des Wahnsinns!"

Auch der Sekretär konnte sich nicht verkneifen, etwas beizusteuern: „Madame, verzeihen Sie mir die Bemerkung, aber ist es nicht eine Spur ungerecht, jemanden als *abscheulich* zu bezeichnen, nur weil er ein Bohemien ist?"

„Erwin, Sie verstehen mal wieder nicht das Geringste! Bohemien! Ha! Nichts gegen die Bohème, außer dass es sich dabei um ein Pack arbeitsscheuer Tagediebe und drogensüchtiger Nichtsnutze handelt, aber dieses Ding da eben, das war nicht nur ein *Dichter*", sie spie das Wort förmlich aus, „sondern noch dazu ein *Vampir!*"

„Aber, aber, Madame", beschwichtigte sie Erwin, „auch wenn Sie damit auf Ihre eigene erfrischend direkte Art ausdrücken wollen, dass der junge Mann von der Güte dieses Herrn hier lebt, so finde ich diesen Ausdruck einem wahren Künstler gegenüber zu hart gewählt!"

„Ich fürchte, sie will damit überhaupt nichts ausdrücken", seufzte Ernestine, „außer dass er ein Vampir *ist!"*

„Sie haben ganz Recht, mein Kind!" Die Großmutter nickte ihrer Enkelin wohlwollend zu, die in ihren Augen das erste Mal etwas Vernünftiges zu diesem Gespräch beitrug, obwohl dieser Eindruck sich sofort wieder trübte, als Ernestine in aller Unschuld hinzufügte: „Auch wenn ich mir Vampire immer ganz anders vorgestellt habe. Der hier war irgendwie ... reizend! Oder nicht?"

„Auf jeden Fall ein sehr ansprechender junger Mann – auf eine unkonventionelle Art und Weise!", bestätigte Erwin, froh darüber, dass noch jemand außer ihm freundliche Worte fand.

Die alte Dame schnaubte verächtlich. „Unfug! Ihr jungen Leute! Ha! Bildet euch so viel ein auf eure Toleranz und eure Weltoffenheit! Werdet schon noch sehen, was ihr davon habt! Nichts Gutes, das verspreche ich euch! Seinerzeit suchten wir unser Heil in der Flucht, wenn wir einem derartig monströsen Geschöpf begegneten!"

„Der Adel hegt schon seit jeher Aversionen gegen die Bohème!", wandte sich Erwin flüsternd mit einer Erklärung an Ernestine.

„Ich verstehe", flüsterte sie zurück.

Und sie verstand tatsächlich nur zu gut: Ihr Leben hatte einmal mehr eine Wende zum Schlechteren genommen. In welches Schlamassel sie hier auch immer hineingezogen worden war – es würde alles bisher Dagewesene überbieten. Auf eine unvorstellbar unerfreuliche Weise. Die einzig lichte Hoffnung war ihr mit großer Wahrscheinlichkeit immer näher rückender, gewaltsamer Tod. Hoffentlich wurde das, was sie davor erwartete nicht zu schmerzhaft ... Sie seufzte mit der ganzen Kraft ihrer teerdurchtränkten Lunge.

Ihre Vorahnung täuschte sie nicht: Es würde ein leidvoller Winter werden. Ob es auch ihr letzter werden würde, das stand noch in den Sternen. Und die Sterne waren sich alles andere als einig, ob sie gut stehen sollten oder schlecht. Es würde ihnen nichts anderes übrig bleiben, als darüber abzustimmen. Zum Glück wusste Ernestine nichts davon; sie und auch sonst niemand würde den Gedanken beruhigend finden, dass das eigene Leben von einer demokratischen Entscheidung streitbarer Schicksalssterne abhing.

Die alte Dame hatte sie mit kritischem Blick beäugt. „Wenn man Sie so ansieht, Ernestine, dann möchte man nicht glauben, dass sie tatsächlich sein Erbe tragen!", bemerkte sie missbilligend. „Ist Ihnen überhaupt bewusst, was das bedeutet? Ist Ihnen bewusst, welche Gabe Ihnen geschenkt wurde?"

„Mir wurde nichts geschenkt. Ich bin verflucht!", seufzte Ernestine mit hängendem Kopf.

„Unsinn!" Die Gräfin schnaubte. „Dummes Kind!" Und die Sterne, die für Ernestines Tod stimmten, hoben die Hand.

10
Die schreckliche Geschichte vom gemeinen Lindwurm und späten Gästen
Und: vom Monster mit der Schürze
Und: von dem Gedanken an Rache

Der erste Eindruck war der eines von Papieren überladenen Tisches. Auf den zweiten Blick erkannte ein aufmerksames Auge bald, dass es sich bei all diesen Papieren um sorgfältig gesammeltes Informationsmaterial zu einem bestimmten Thema handelte. Doch nicht alle der Anwesenden waren angesichts des zu bearbeitenden Papierberges so ganz bei der Sache. Während Ernestine und Erwin sich konzentriert durch die Fülle an Wissen ackerten, waren der alte Apfel und die adlige Dame eigentlich ausschließlich damit beschäftigt, sich gegenseitig schwungvoll Schimpfworte an den Kopf zu werfen, denn sie waren seit längerer Zeit in einer erhitzten Diskussion festgefahren, die durch das Anstoß verursachende Auftauchen des Dichter-Vampirs ausgelöst worden war.

Ernestine fühlte sich von einer verführerischen Mattigkeit gelockt, auf der Stelle einzudösen; sie hatte zwar schon länger keinen Blick mehr auf die Uhr geworfen, aber sie vermutete, dass es bereits nach Mitternacht sein musste. Anstatt sich durch immer neue Informationen zu wühlen, hätte Ernestine liebend gern ihren Fingerstumpf, in dem mittlerweile ein unangenehmer, dumpfer Schmerz pochte, neu verbunden, um sich danach in ihr Bett zu legen und in Ruhe über die kürzlich stattgefundenen Ereignisse zu sinnieren. Stattdessen war sie jetzt dazu gezwungen, sich mit Material über etwas derartig Absurdes wie das Wesen und die Verbreitung von ausgerechnet *Drachen* herumzuschlagen! Ihre heranschleichende Müdigkeit verschwand jedoch (und sogar ihre Schmerzen traten in den Hintergrund), als sie unter der Vielzahl von Pergamenten, dicken Wälzern, zerfledderten Notizbüchern und angestaubten Bildbänden doch einige Aufzeichnungen entdeckte, die ihr augenblicklich ihr bereits schlummerndes Interesse weckten. Sie vertiefte sich in einen handgeschriebenen Brief:

19. August im Jahre 1979

Es gibt Dinge, welche die Nachwelt erfahren muss, und so sehe ich es als meine Aufgabe, meine Erinnerungen schriftlich festzuhalten.

Zu meiner Schande muss ich gestehen, dass auch ich nicht ohne Schuld bin, doch will ich versuchen, die Geschichte zu berichten, ohne meinen Anteil daran zu beschönigen. Ich war damals nicht mehr als ein junges Ding, das in den Bann gewisser Kreise geriet. Die Mystik war zu jener Zeit groß in Mode, viele junge Leute, die das Geld und die Muße hatten, setzten sich damals mit geheimen Wissenschaften auseinander. Es wurden Treffen arrangiert, Séancen abgehalten, von Spuk-Erfahrungen berichtet – derlei Zeug. Kindisch und harmlos. Doch ich, ein intelligentes, gelangweiltes Mädchen aus dem Hause der von Hochmoors, gebildet, doch ohne Aufgaben, fand meinen Gefallen daran und ließ mich auf jede neue Geheimgesellschaft ein, die sich damals rasch bildeten und wieder auflösten. Ich ging so voller Inbrunst in jenen Dingen auf, dass meine Eltern sich zu sorgen begannen, und mich kurzerhand verheirateten, was in meiner Jugend eben so gehandhabt wurde. So wurde der mit Recht hoch angesehene Graf von Nordenmoor, ein direkter Nachbar unserer Ländereien, mein Gemahl, und es war eine günstige und standesgemäße Heirat, was mich jedoch, allen Hoffnungen zum Trotz, nicht davon abhielt, mich weiter meiner Leidenschaft zu widmen. Eines Tages traf ich auf einen ganz besonderen Mann, dessen faszinierender Ausstrahlung ich sogleich verfiel. Er nannte sich Lucius Luziferus und war bei seinen Nachforschungen über die dunklen Mächte weiter gekommen als irgendwer sonst. Ach, was war er nur für ein Bild von einem Mann: groß, stattlich, mit diesem sauber geschnittenen, dunklen Bart, den funkelnden schwarzen Augen und dieser markanten Nase. Er war ungewöhnlich klug, gebildet, mit einem Charisma gesegnet, das ihm eine treue und ergebene Anhängerschaft sicherte. Mich erwählte er zu seiner rechten Hand, eine Auszeichnung, die mir alle Sinne schwinden ließ. Wäre ich nicht so verblendet gewesen von seinem Wesen, hätte ich von Anfang an gesehen, was für ein Mensch er war: skrupellos in seinem Hunger nach Macht, gierig nach Ruhm und Unsterblichkeit, bereit, seine eigene Seele zu verkaufen und für seine Ziele Blut zu vergießen. So kam es, dass ich ihm behilflich war, etwas ausgemacht Verwerfliches zu tun, ja, ich half ihm, seine schrecklichen

Ziele in die Tat umzusetzen. Nie werde ich diese Zeit vergessen ... Es ist mir unmöglich, in Worte zu fassen, was ich damals sah, es ist wohl auch besser, darüber zu schweigen und diese Gräuel für immer zu vergessen, doch eines lässt sich nicht vergessen, eines wird mir auf immer als meine Bestrafung und mein Fluch erhalten bleiben.

Auf welchen Wegen auch immer, Lucius hatte damals ein uraltes Pergament in seine Hände bekommen, welches den Weg zu einer unbesiegbaren Waffe verhieß. Er war wie besessen davon, an diese Waffe zu gelangen. Hartnäckigkeit war einer der Wesenszüge, die ihn auszeichneten: Wenn er an etwas glaubte, dann ruhte er nicht eher, bis er sein Ziel erreicht hatte. So gelangten wir schließlich auf unserer fanatischen Suche in diese Gegend hier, die damals noch kaum besiedelt war, nur eine Kirche war errichtet worden. Bereits seit der Frühzeit hatte es an dieser Stelle heilige Stätten für die heidnischen Götter gegeben, später dann eine Kirche für die Christen, wie Lucius aus seinen Aufzeichnungen wusste. Die Menschen ahnten seit jeher, dass dies ein Ort war, an dem das Böse lauerte, an dem es umso wichtiger war, einen Altar zu erbauen, um davor Schutz zu suchen. Wäre ich doch nur auch ein wenig klüger gewesen! Aber ich war jung, begeisterungsfähig und leidenschaftlich. Niemanden aus meinem Umfeld gelang es, mir Zügel anzulegen und mich auf den richtigen Weg zurückzuführen, niemandem! Also bereitete ich jenen unglücklichen Tag vor, zusammen mit einer Gruppe seiner engsten Anhänger. Wir schafften ihm all das Zeug herbei, das er brauchte, wir hielten die scheußlichen Rituale ab, um seine Macht zu stärken und in der letzten Nacht, in der Nacht, in der es geschah, da opferten wir eine Kuh, damit unser Meister in ihrem Blut badete. Und dann beschwor er diese Kreatur herauf, befreite sie aus ihrem tausendjährigen Gefängnis, und die Kreatur gehorchte ihm und kam. Hatte ich davor alles für ein spannendes Spiel gehalten, so lehrte mich diese Nacht, was Entsetzen bedeutet, oh ja, echtes Entsetzen. Ich sah dieses Wesen mit eigenen Augen. Es erschien. Und es tötete. Es war nicht unter Kontrolle. Es war voller Hass und Blutdurst und durch nichts zu bändigen. Ich überlebte nur, weil ich das Glück hatte, ein Versteck zu finden, und weil es Lucius irgendwie gelang, einen Weg zu finden, es wieder zurückzuverbannen. Das allein muss ich ihm lassen; er verlor nicht den Kopf, suchte nicht sein Heil in der Flucht, er handelte kontrolliert und rasch. Er verbannte es mit der Aufbietung seines gesamten Könnens zurück in seinen unterirdischen Kerker. Dazu hatte er die Macht, wenn auch nicht dazu, ihm seinen Willen aufzuzwingen und es als die Waffe zu benutzen, als die er es begehrt hatte. Ich beobachtete, doch ich verstand nichts davon, was dort genau geschah. Nur der Meister allein *hatte Kenntnis davon, wie er es fertigbrachte, eine derartige unvorstellbare Tat zu begehen! Nur er, er allein, war eingeweiht in die Details dieser Rituale, wir waren nichts als seine unwissende Anhängerschaft. Danach zerstreuten sich die, die überlebten, in alle Winde. Lucius verschwand in die Ferne; ich habe seither nie wieder etwas von ihm gehört oder gesehen. Und ich kehrte zu dem Leben zurück, das mir von Geburt an bestimmt war, und fand endlich Frieden darin. Mögen mir meine Kinder verzeihen, falls sie jemals davon erfahren.*

*Gezeichnet
Graziella Augusta Ernestine vom Hoch und Nordenmoor*

Ernestine bemerkte erstmalig, dass sie sich für die Materie zu erwärmen begann. Diese Zeilen hier hatte ihre leibliche Großmutter geschrieben, eine Großmutter, die ihr immer sympathischer wurde. Zum einen schien sie ein weitaus interessanteres Leben geführt zu haben, als es auf den ersten Blick den Anschein machte (Perlenkette, strenger Haarknoten und Designerkostüm wiesen im Allgemeinen nicht gerade auf ausgeprägte Abenteuerlust hin) und zum anderen handelte es sich hierbei um die einzig lebende Verwandte, die, ähnlich wie Ernestine selbst, einen Bezug zum Übersinnlichen hatte. *Und* sie war eine echte Gräfin! (Ihre Großmutter, nicht Ernestine, obwohl – wenn man darüber nachdachte: Wurden derartige Titel nicht vererbt?)

Ernestine, die in ihrer eigenen Familie stets eine Fremde gewesen war, kam sich ein wenig vor wie in diesen Geschichten, in denen die in armen Verhältnissen aufgewachsene Heldin nach diversen Schicksalsschlägen erfuhr, dass sie eigentlich in ihr erbärmliches Leben hineinadoptiert worden war, und dass ihr ein ganz anderes, glorreiches Leben zustand als die lang vermisste leibliche Tochter von, je nach Genre und Überzeugung des Autors, Königen, Gutshofbesitzern, Fabrikanten oder auch, bei unkonventioneller Lektüre, tapferen Revolutionären oder unsterblichen Aliens. Die alte Dame gab ihr zwar nicht gerade das Gefühl, dass sie wild darauf war, ihre lang ersehnte Enkelin endlich in ihre Arme zu schließen, aber man musste nehmen, was man kriegen konnte. Und wenn es darum ging, irgendein Monster zu vernichten, das anscheinend unter ihrem Haus lebte – nun, das war eine Aktion, die zusammenschweißte. Eine Aktion, für die sie, Ernestine anscheinend gebraucht wurde! Wenn sie weiter darüber nachdachte, hatte niemand sie jemals für irgendetwas gebraucht. Es war ein so ungewohnt warmes und angenehmes Gefühl, gebraucht zu werden, dass die prekäre Angelegenheit, um die es sich dabei handelte, als nebensächlich verschwand. Geister, Monster, Vampire, Menschen – was war schon der Unterschied! Sie machten doch alle gleichermaßen nur Ärger. Ernestine begann, vergnügt vor sich hinzusummen, während sie die Unterlagen weiter durchstöberte, die der alte Apfel in seinem wissenschaftlichen Eifer gesammelt hatte. In einem uralten Werk, das handgeschrieben schien und kunstvolle Zeichnungen enthielt, wurden verschiedene Spezies von Drachen näher beschrieben. Auch das war interessant. Oh ja! Unter „Lindwurm" fand sie Folgendes:

Vom Gemeinen Lindwurm
Eyn eklerregendes Getyr, welches durch seyne langgezohgene Gestalt auffigfallet, eynem rihsenhaften Wurme gleich. Seyn uebelriechender Ahtem bewirkt bey den Opfern eyne Benommenheyd heftigen Ausmases und koennet zur sofortigen Ohnemachtung fuehrigen, wonach die unglueckseligen Opfer mit den gifttriefenden Klauen durchbohret und sofortig verspeiset werden. Es wurde erzählet von Lindwuermern, welche ein gesamtes Dorff ausrottigten, indem sie jeden Mann jede Frau jedes Kind und jegliches Getier von ausgewachsenen Stiehren bishyn zur kleynsten Katze mit irem enormen Apetit verschlangen. Zu allem Uebel wyrd iehr Koerper von eyner Schicht schleimiger Schuppen bedecket, die weder von Schwert noch von Pfeil oder einer anderen von Menschenhandt gemachten Waffe durchdrungen wyrd.

Interessant, interessant. Vielleicht auch ein wenig gefährlich. Und ja, auch die Illustration legte nahe, dass es sich bei einem Lindwurm um ein ziemlich unerquickliches Geschöpf handeln musste. Man sah eine Scheußlichkeit, tatsächlich einem Wurme gleich, die sich zum Angriff zusammenringelte und ein mächtiges Haupt, eine Mischung aus Schlangen- und Nilpferdkopf, erhob, bösartig verzerrt, zähnebewehrt und besetzt mit eindrucksvoll rot ausgemalten Augen. Gelbe Kringel, die das Ungetüm umgaben, sollten wohl die übelriechenden, giftigen Dämpfe darstellen. Ernestine spielte nachdenklich mit dem Totenkopfanhänger, den sie um den Hals trug, und dachte nach: Hätte sie nicht irgendwie merken müssen, wenn etwas Derartiges sozusagen in ihrem Keller lebte? Sie warf einen Blick auf Erwin, der in irgendeine Lektüre versunken in einem der alten Sessel saß, die farbbespritzt überall herumstanden. Er wirkte in dieser Umgebung in seinem gebügelten Anzug, dem sorgfältig geschnittenen Haar und seinen feinen Manieren so deplatziert, dass er genauso gut von einem fremden Planeten stammen konnte. Aber er war auf eine sympathisch verschrobene Art nett, hatte Ernestine kein einziges Mal komisch angesehen und fürchtete sich nicht einmal vor Vampiren. (Sie selbst tat das auch nicht, aber das war nicht zu vergleichen. Und auch, dass dieser spezielle Vampir, der sich ihnen vorgestellt hatte, wohl kaum zu den furchterregenden Exemplaren seiner Gattung zählte, musste nicht näher hervorgehoben werden.)

„Wie finden *Sie* denn diese ganze Geschichte?", fragte sie den Sekretär ihrer Großmutter (wie gut das klang: Sekretär! Andere Großmütter beschäftigten keine Sekretäre, sondern höchstens Altenpfleger!) und machte eine Handbewegung, die das Wirrwarr an Unterlagen umfasste.

Erwin blickte auf und schenkte ihr eines seiner zurückhaltenden Lächeln. „Oh, ich finde das alles überaus faszinierend!", sagte er. „Es muss ein langwieriges Unterfangen gewesen sein, all diese Schätze der Buchkunst zusammenzutragen! Selbst unsere Bibliothek im Schloss muss vor diesen Schmuckstücken kapitulieren!"

„Es gibt ein echtes Schloss?" Ernestine vergaß für einen Moment den Ernst der Lage.

„Ich bin mir sicher, es wird Ihrer werten Frau Großmutter ein Vergnügen sein, Sie bald dort zu empfangen und Ihnen das ausgesprochen liebliche Anwesen zu zeigen. Schließlich sind Sie ja die einzige ..." Er brach abrupt ab, doch zu spät. Ernestine mochte nicht wissen, wie ein Bahnticket-Automat funktionierte oder wie viele TV-Kanäle es inzwischen leider, leider gab oder welcher Z-Promi den letzten Skandal verursacht hatte, aber sie dachte ausgezeichnet logisch und auch mitunter blitzschnell.

„Die einzige Erbin?", ergänzte sie erstaunt. „Wirklich?"

Erwin wand sich auf seinem Sessel. „Nun, eigentlich bin ich nicht befugt, Sie in die Angelegenheiten der Gräfin einzuweihen. Doch wie soll ich sagen ... wie Sie selbst eben sagten ... es ist ja nicht gerade ein Geheimnis, dass ihre einzige Tochter kinderlos vor vielen Jahren verstarb und ihr Sohn erst vor kurzem unter tragischen Umständen ums Leben kam ..."

„Mein Vater", flüsterte Ernestine. „Mein leiblicher Vater wurde erschossen, ich weiß, man hat mir einen Brief geschickt ... Richtig, mein Vater ist ihr Sohn, wie traurig ... *Sie* scheint nicht gerade zu trauern?"

Die beiden wandten ihren Blick der alten Dame zu, die in ihrem modischen Kostüm, das noch immer ebenso tadellos saß wie ihr Make-up, grandios und bestimmt nicht wie achtundneunzig Jahre aussah, und die mit entrüsteter Begeisterung Beschimpfungen ausstieß.

„Man mag es ihr nicht ansehen", erklärte Erwin etwas pikiert, „doch im Grunde ihres Herzens ist sie ein *sehr* feinfühliger Mensch!"
Ernestine blickte ihn grübelnd an. „Sie kann auf jeden Fall *sehr* froh sein, dass sie einen Sekretär hat, der nur gut über sie spricht!"

Vielleicht zeigte sich eine Spur verlegener Röte auf den glattrasierten Wangen des Sekretärs, als er antwortete: „Ich finde, sie darf sich auch über eine *sehr* wohlgeratene Enkelin freuen!" Woraufhin Ernestine an der Reihe gewesen wäre, rot zu werden, aber das passierte nicht, weil ihr Körper nicht wusste, wie das funktionierte. Er war zu lange darauf trainiert worden, immer nur zu erbleichen.

„Vielen Dank", sagte sie stattdessen ernst und fragte sich nunmehr, ob ihr Schicksal vielleicht doch keine Wende zum Schlimmsten genommen hatte, wie befürchtet, sondern sie erstmalig mit und Geistern und Vampiren ... und Menschen zusammenführte, die ihr wohlgesonnen waren und das nicht auf der Grundlage eines Psychiater-Patienten-Verhältnisses, sondern auf der Basis von Ebenbürtigkeit.

Ob der nette Vampir – wie hatte er sich noch einmal ausgedrückt? „Hinreißende Schönheit", jawohl, das waren seine Worte gewesen! – ob der nette Vampir später noch einmal vorbeischauen und seine Gedichte vortragen würde? Womöglich war er gerade dabei, in seinem malerischen Turmzimmer ein romantisches Gedicht über sie, Ernestine, zu verfassen? Mit Sicherheit schrieb er ganz zauberhaft morbide und umwerfend düster!

„Wenn wir jedoch schon beim Thema der Verwandtschaft sind", riss sie Erwins verschwörerisch raunende Stimme aus ihren in rosarote (oder in ihrem Fall samtschwarze) Gefilde abschweifende Gedanken, „so möchte ich mir erlauben, einen Gedanken auszubreiten, der mir bereits vor geraumer Zeit in den Sinn kam. Ich gehe zwar nicht davon aus, dass meine Überlegungen der allgemeinen Geheimhaltung verpflichtet sind, doch werden sie wahrscheinlich

auch vonseiten der Mitbetroffenen nicht gerade mit Euphorie quittiert werden!" Er nickte leicht in Richtung der alten Gräfin, um klarzumachen, wen er mit *Mitbetroffene* meinte. „Es liegt mir fern", fuhr der Sekretär mit gesenkter Stimme fort, „alten Kummer in meiner werten Madame wiederzuerwecken. Doch scheint mir diese Information gerade für Sie von äußerstem Interesse. Sehen Sie, Ernestine, normalerweise ist es nicht meine Art, mich in das Leben anderer Leute einzumischen. Falls sie mein Verhalten als anstößig empfinden, so zögern Sie nicht, mir das mitzuteilen. Ich komme jedoch nicht umhin, Sie auf Ihre Nase anzusprechen..."
Ernestine seufzte. „Ja, schon gut. Sie ist groß. Und hässlich. Ich weiß das! Und ja, ich empfinde es als anstößig, wenn Sie mich darauf ansprechen, vielen Dank auch!"
„Aber nicht doch, nicht doch, ich bitte Sie, verstehen Sie mich nicht falsch! Es gibt rein gar nichts an Ihrer Nase auszusetzen, das ist nicht im Geringsten das, worauf ich hinauswollte! Entschuldigen Sie vielmals, wenn ich Anlass zu diesem unverzeihlichen Missverständnis gab! Nein, nein, ich habe, wie Sie auch, den Brief meiner Gräfin gelesen, in dem sie über ihre bewegte Jugend erzählt – ein Dokument von erstaunlich fantasievoller Fiktion, nicht wahr? – und habe bemerkt, wie sie die Nase jenes Teufelsanbeters erwähnte, dem sie damals anscheinend verfallen war. Nun gehe ich zwar davon aus, dass es sich dabei um nichts weiter als ein Märchen handelt, dass jedoch dieser Lucius Luziferus als Vorbild einen sehr reellen Mann hatte. Sehen Sie selbst!" Er reichte Ernestine ein vergilbtes Foto. Es war genau das Foto, das der alte Apfel erst vor kurzem so verzweifelt gesucht hatte. Das Bild zeigte einen stattlichen Mann mit unverwechselbar markanter Nase und trug auf der Rückseite in verblasster Tinte den Schriftzug *Lucius Luziferus.*
Ernestine fasste sich ins Gesicht. Dort saß dieser Zinken, über den sich seit ihrer Geburt alle mokiert hatten, und er war unbestreitbar ein Zwilling desjenigen Zinkens, den der Mann auf dem Foto trug. Es *gab* so etwas wie Zufall. Die identische Übereinstimmung dieser speziellen zwei Nasen jedoch konnte unter Berücksichtigung aller Naturwissenschaften, insbesondere der Vererbungslehre, kein Zufall sein, das hatte sich Erwin als aufmerksamer Beobachter sofort gedacht, und auch Ernestine war dieser Meinung. Wenn man dann eins und eins zusammenzählte ... kam dabei ein eindeutiges Ergebnis heraus.

„Das ist mein Vater?", fragte Ernestine verdattert.
„Ihr Großvater!", berichtigte Erwin.
„Ja, stimmt, natürlich ...Aber das würde ja heißen ..."
„Sprechen wir es lieber nicht direkt aus, es würde dann doch gar zu indiskret klingen; nur so viel: Jener Herr mit dieser Nase ist *nicht* der Baron von Nordenmoor, dessen bin ich mir aufgrund zahlreicher Bildnisse, die von ihm existieren, ganz sicher!"
„Meine Großmutter hatte eine Affäre mit einem Teufelsanbeter?"
Just in diesem Augenblick legten die beiden alten Streithähne eine erschöpfte Pause ein, was dazu führte, dass Ernestines letzte Frage, obwohl so leise gehaucht wie stets, dank der ausgezeichneten Akustik für alle Ohren hörbar in den Weiten des Kirchenschiffs verhallte.

Es herrschte kurz die Art von Stille, die etwas sehr Unangenehmes ankündigt, doch reagierte die eben in wenig schmeichelhaftem Zusammenhang erwähnte Großmutter mit Souveränität:
„Ja, es ist wahr!", rief sie aus. „Mein erster Sohn stammte nicht aus meiner Ehe, sondern war der Sohn von Luziferus! Ihr Vater, Ernestine! Und wie alle Männer aus dieser Blutlinie erbte er den Hang zum Wahnsinn und die Gabe der dunklen Macht!"
„Ach, nur die Männer? Wie ungerecht!", murmelte Ernestine, leise genug, um nicht abermals gehört zu werden. Die Situation war immer noch ein wenig peinlich.
„Die Frauen aus dieser Blutlinie", fuhr die Gräfin fort, als hätte sie ihre Enkelin gehört, „sind selten, und verfügen, wie ich durch intensive Nachforschungen erfahren habe, über ungleich mehr Fähigkeiten. Unter ihnen waren berühmte Hexen, die letzte wurde im Jahre 1643 erwähnt ... Hören Sie gut zu, Ernestine, damit sind Sie gemeint! Nun schauen Sie nicht so unsäglich zweifelnd drein! Ich sagte ja bereits, man glaubt es kaum, dass Sie tatsächlich mit magischem Talent bedacht sind, wenn man Sie so ansieht, aber nun ... mein Sohn war es. Mein Sohn erbte die Gabe und den Wahnsinn."
„Ja, ich weiß." Ernestine erinnerte sich nur zu gut an ihre Kindheit und den selten ausgesprochenen, doch stets in der Luft hängenden Vorwurf an den ihr unbekannten Vater, dessen Gene sie zu einer Irren gemacht hatten.
„Er entfremdete sich mir allzu früh und schlug einen finsteren Weg ein. Dann leugnete seine Abstammung und verfiel dem seltsamen Wahn, von kleinbürgerlicher Herkunft zu sein. Er begann,

sich scheußlich zu kleiden und Beschwerdebriefe an alle möglichen Ämter zu schreiben. Sogar seinen Namen änderte er. Ich sollte ihn nur noch Karl-Heinz Ernst Fritz nennen – das war seine Vorstellung eines durchschnittlichen Namens."

„Klingt für mich nicht allzu verrückt", wagte Ernestine zu kommentieren.

Die alte Dame bedachte sie mit einem finsteren Blick. „Und dann wurde er böse. Von Tag zu Tag bösartiger. Er verbot mir jeden Kontakt zu ihm, doch ich beobachtete ihn: Er vergiftete die Tauben im Park und den Hund seines Nachbarn. Er begann darüber nachzudenken, Giftköder auf Spielplätzen auszulegen, weil er Kinder verabscheute. Und ich spürte, wie mit seiner Bösartigkeit seine Macht zunahm. Es war nur noch eine Frage der Zeit, bis SIE auf ihn aufmerksam geworden wären, und dann hätte er nicht gezögert, sich IHNEN anzuschließen, um sein Blut für die Befreiung des Ungetüms zu spenden. Ich beschloss, dies zu verhindern. Mein Sohn würde nicht zu einem Mörder werden! Also heuerte ich jemanden an, der ihn tötete. Das habe ich getan. Das war alles, was ich noch für ihn tun konnte."

Die Stille, die sich nun über den Kirchenraum legte, unterschied sich grundlegend von jeder anderen Stille. Ernestines Verstand hinkte, als er versuchte, die Tatsache zu begreifen, dass sie die Tochter eines irren Magiers war, der von ihrer neu entdeckten Großmutter vor wenigen Tagen um die Ecke gebracht worden war. Wahrscheinlich traf es Erwin, den Sekretär, noch um einiges heftiger – er schien zu einer erschrockenen Statue erstarrt.

Doch bevor es dazu kam, dass irgendjemand eine wie auch immer geartete Reaktion auf diese spektakuläre Enthüllung zeigte, ertönte ein scheppernder, langanhaltender Lärm, der jeden im Raum, außer den alten Apfel, zusammenzucken ließ. „Es klingelt!", brüllte der erleichtert. „Es klingelt an meiner Tür!" Und dann fügte er verwirrt hinzu: „Niemand klingelt an meiner Tür, schon seit Jahren nicht mehr, bis diese Hippie-Göre hier auftauchte mit ihren Keksen und Friedensliedern und Geistern ..."

„Von wegen Kekse! Von wegen Friedenslieder!", empörte sich Ernestine. „Das ist allein ihrer Fantasie entsprungen, Herr Apollo! Ich möchte mir das nicht immer wieder anhören müssen!"

„Niemand klingelt hier, niemals niemand, hab sie alle vertrieben. Hehehe", fuhr der irre Parapsychologe unbeeindruckt und zufrieden fort. „Alle außer dieser einen, dieser vermaledeiten braunberockten Sekten-Tante, die kommt direkt aus der Hölle, jawohl, die taucht jeden Dienstagmorgen hier auf, jeden Dienstagmorgen, und immer wenn sie klingelt, klingle ich auch, aber die Kirchturmglocken! Hehehe! Die sind lauter! Hehehe! Viel lauter!" Damit wäre immerhin geklärt, was das mysteriöse dienstagmorgendliche Glockengeläut zu bedeuten hatte. Ein kindischer Klingelwettkampf. Ernestine schüttelte entrüstet den Kopf.

„Willst du nicht nachsehen, wer das ist, Alfred, anstatt so blöde vor dich hinzukichern!", schaltete sich die alte Dame ein, als hätte sie nicht soeben den Mord an ihrem Kind gestanden, doch Alfred schüttelte weiter wild den Kopf.

„Nein, nein, nein!", weigerte er sich. „Nein, nein, ich ahne nichts Gutes! Nichts Gutes! Wer hier mitten in der Nacht Einlass verlangt, der ist keiner, dem ich Einlass gewähre, nein, das tu ich nicht! Tu ich nicht und basta, aus die Maus, fertig und finito!"

„Du bist ein Angsthase, Alfred, ein Angsthase vor dem Herrn! Wer soll das denn Furchterregendes sein? Der Leibhaftige? Haha!"

„Wer weiß, wer weiß? Vielleicht der Leibhaftige, jawohl, genau der! Und dem öffne ich nicht meine Tür, nein, nein, nein!"

„Das ist lächerlich! Einfach lächerlich!" Als das andauernde Klingeln nicht abriss, schritt die alte Dame in eigener Person auf das Tor zu. Der alte Irre sprang ihr in den Weg, um sie aufzuhalten.

„Das hat sie gefälligst zu lassen, dieses befehlshaberische Feldwebelweib, das ist mein Haus und meine Tür und mein Gast und allein meine Entscheidung, ob ich ihn reinlassen will oder nicht, verdammich nochmal!"

Erwin und Ernestine tauschten einen Blick und ein Achselzucken. Da ihre Meinung nicht gefragt war, konnten sie genauso gut abwarten. Und weiter in den Unterlagen schmökern. Oder sich nach Hause und endlich ins Bett wünschen, das in weiter, weiter Ferne zu liegen schien und immer weiter fortrückte, denn die Nacht war nicht mehr jung, doch die Ereignisse schienen nicht abzureißen. Was aber abriss, war das stürmische Klingeln. Von einem Moment auf den anderen herrschte abermals Stille, eine Stille, die nach dem nervenraubenden Lärm alles andere als friedlich wirkte.

Dafür wurde ein Zettel unter der Tür durchgeschoben. Im Zeitalter der Mobiltelefone, des drahtlosen Internets und der insgesamt eher papierlosen Kommunikation geschah es nur noch höchst selten, dass Zettel unter Türen durchgeschoben wurden, wodurch diese altmodische Handlung die Aufmerksamkeit aller Anwesenden auf sich zog.

„Mein Haus, meine Tür, mein Zettel!", zischte der alte Apfel und eilte los, um die Botschaft aufzusammeln. Er warf einen Blick darauf, was anscheinend ausreichte, um sie zu lesen und runzelte versonnen die Stirn.

„Nun ja", machte er unentschlossen.

„Was: nun ja?", rief die alte Dame aus. „Was soll das heißen: nun ja? Würdest du verbohrter alter Holzkopf uns mitteilen, was um alles in der Welt um diese Zeit so wichtig ist, dass man dir deswegen fast die Tür einrennt?"

„Nun ja, nun ja", machte der verbohrte alte Holzkopf. „Wichtig in der Tat, wichtig in der Tat scheint es zu sein, das Anliegen!"

Umgehend wurde ihm der Wisch aus der Hand gerissen. Auch die Gräfin brauchte nicht lange, um die Botschaft zu begreifen. Ihre Stirn zog sich in tiefe Furchen.

„Soso", machte sie skeptisch.

„Nun ja, nun ja!", machte der alte Apfel.

„Soso, soso!", wiederholte sie.

Sie blickten sich auf eine hilflose, aber ungewöhnlich übereinstimmende Art an, bevor die alte Gräfin das Wort an ihre Enkelin richtete: „Ernestine, würden Sie sich das bitte rasch ansehen!"

Ernestine raffte sich aus ihrem bequemen Sessel auf und nahm das Papier entgegen. Die Zeilen darauf waren von ungelenker Hand in Großbuchstaben gekritzelt, so, als wäre ein grobmotorisch veranlagter Rechtshänder gezwungen, unter Zeitdruck mit Links zu schreiben, aber sie waren lesbar. Sie lauteten:

RÜKT SOFORT DIE SCHWARZHAARIGE SCHLAMPE
RAUS ODER ICH MACH EUCH ALLE KALT!!!

„Ach!", machte Ernestine und reichte das Blatt an Erwin weiter, der dazu getreten war. „Hm!", machte der dann.

„Nun ja, nun ja!"

„Soso, soso!"

„Ach, ach!"

„Hm, hm!"

Dabei war die Angelegenheit so klar wie ein unberührter Weiher vor der industriellen Revolution im Mondenschein: Es gab in diesen Räumlichkeiten nur eine einzige Person, auf die diese recht dürftige Beschreibung in etwa zutraf, und das war Ernestine. Und wer auch immer das da draußen war – obwohl Ernestine natürlich einen gewissen Verdacht hegte – verlangte unter eindeutigen Drohungen ihre Auslieferung.

Bevor jemand etwas Vernünftiges sagen konnte, wiederholte sich der gleiche Vorgang: Ein Zettel wurde unter der Türe durchgeschoben. Einen Moment lang regte sich niemand. Dann ergriff erstaunlicherweise Ernestine selbst die Initiative, ging zögerlich zu der Tür, die immerhin massiv genug war, um einen gewissen Schutz vor dem zu bieten, was davor lauerte, und las:

DIE SCHLAMPE STIRBT SOWIESO! DER REST VON EUCH WICHSERN VIELLCIHT NICH WENN IHR EUCH BEEILT.

Ernestine seufzte tief. Ein dritter Zettel tauchte im Türspalt auf.

HI ERNI SÜSSE! HAST DU MICH VERMIST?

Und gleich, nachdem sie diesen an sich genommen und weitergereicht hatte, folgte ein nächster:

P.S: IHR HAPT GENAU SECHZIK SEKUNDEN. 59, 58, 57, 55, 50 ...

Die kleine Gruppe, jeder von ihnen mit einem der vier Zettel in der Hand (was sie aussehen ließ wie ein verängstigter Mini-Kirchenchor vor einem Auftritt), wich einstimmig von der Tür zurück. Denn nur wenige Sekunden zeitversetzt zur Ankunft der vierten und anscheinend letzten Botschaft erhob sich draußen ein undefinierbares und dennoch bedrohliches Geräusch: ein klapperndes Rauschen und aufbrandendes Tosen wie von Dutzenden ledrigen Schwingen. Dann pochte etwas leicht gegen eine der buntverglasten Scheiben der hochrahmigen Kirchenfenster. Das Pochen wurde zu einem unangenehmen, vielstimmigen Klopfen, gleich vieler Schwingen, die sich mit voller Absicht gegen Glas warfen. Was sich auch immer da draußen in der Dunkelheit herumtrieb, es hatte es auf sie da drinnen abgesehen.

„Ich weiß, wer das ist!", hauchte Ernestine und ihr kleiner, blutiger Fingerstumpf schrie in schmerzvoller Erinnerung auf. „Und er meint es absolut ernst!"

„Jedenfalls hat der Verfasser dieser Zeilen ein orthografisches

Problem", murmelte Erwin, der Sekretär; doch war er sehr weiß um die Nase und wirkte einer Ohnmacht näher als allem anderen – ob aus Furcht oder aus Fassungslosigkeit über derart viele Rechtschreibfehler auf so wenig Papier, war ihm nicht anzusehen.

„Mir ist es absolut wurscht, wer das ist! Ha!", erregte sich die alte Gräfin. „Aber ich bin mir sicher, es hat etwas mit dem Geheimnis des Lindwurms zu tun! Oh ja! Darum geht es!"

„Scheißegal!", brüllte der alte irre Apfel. „Er meint es ernst, wie sie sagt, die lange Dünne da, die schwarzhaarige Schlampe, und er hat übles Zeugs dabei, übles Zeugs! Hören sie hin, hören sie doch, die lahmen Dackel, die!" Und sie hörten hin.

„Ich bin keine Schlampe", murmelte Ernestine, aber auch sie hörte die Geräusche von draußen und fürchtete sich.

Das Rauschen und Klopfen um die Kirche herum steigerte sich zu einem Crescendo, in dem ein weiteres Geräusch deutlich zu vernehmen war, ein Geräusch, das nicht nur ein Herz aus dem Rhythmus brachte: das Klirren von springendem Glas.

„Alle Mann in den Keller!", brüllte der alte Apfel in höchster Lautstärke und Panik. „Sofort! Mir nach!"

Aus den Augenwinkeln sah Ernestine noch, wie sich ein weiterer Zettel durch den Türschlitz schob; es war nicht nötig, ihn zu lesen, um zu wissen, was darauf stand: **Die Zeit ist um!** (Sinngemäß stimmte das tatsächlich; der Wortlaut war allerdings ein anderer:

SIEBEN, ACHT, GUTE NACHT,
NEUN, ZEHN, AUF WIEDERSEN,
ELF, ZWÖLF, BÖSE WOLF,
DREIZEHN, VIERZEHN, KLEINE MAUS,
ICH BIN DRIN, UNT DU BIST RAUS!
ICH KOME!

Und es war wirklich jammerschade, dass dieser originelle Text nicht gelesen und demnach auch nicht gewürdigt wurde. Damon, der sich mit seinen verstümmelten Händen so viel Mühe gegeben hatte, würde davon sehr enttäuscht sein!)

Über die Kakophonie des tobenden Lärms hinweg schwang sich die disharmonische Melodie eines ansteigenden Gelächters, in dem keinerlei Freude lag, sondern die vorweggenommene Lust auf Blut, ein Gelächter, das Ernestine bereits in milderer Form gehört hatte. Sie spürte ohne hinzusehen, wie ihre Großmutter ihr etwas in die Hand drückte, und schloss instinktiv die Finger darum. Dann barst die erste Scheibe in einer Explosion aus glitzernden Scherben und Schneeflocken und ließ etwas herein, das Ernestine mit einem letzten entsetzten Blick nur streifte, bevor sie den anderen nachrannte, die dem alten Apfel dahin folgten, wo sie – vielleicht, hoffentlich – in Sicherheit waren.

Eine ganze Weile vorher, doch noch am gleichen Tag, hatte der Andere den erholsamen Teil seines Trainings beendet und sich aufgemacht, Pflichten zu erfüllen. Während er darauf wartete, nach einer eingehenden Prüfung durch die Überwachungskamera eingelassen zu werden, zeigte er ein durchgehend freundliches Lächeln, das in keinster Weise seiner eigentlichen Stimmung entsprach, und nutzte ansonsten die Zeit dazu, sich innerlich zur Ordnung zu rufen. Was nötig war, weil ein unliebsames Treffen anstand mit dem, der einst das schöne Arschloch gewesen war und der, wie man so munkeln hörte, seit kurzem zum hässlichen Arschloch mutiert war. In den Augen des Anderen war das zwar immer noch besser als gar nichts, aber eben doch nicht so erfreulich, als wenn Damon nun den Beinamen „das tote Arschloch" getragen hätte. Und da es dem Anderen nach wie vor nicht vergönnt war, diesen idealen Zustand herbeizuführen, musste er sich zur Ordnung rufen: In den folgenden Minuten würden genügend Situationen auf ihn zukommen, die eine Prüfung an seine Selbstbeherrschung darstellten. Eine Herausforderung, die er bestehen würde, da er sich längst abgewöhnt hatte, aus einem reinen Impuls heraus zu handeln. Trotzdem war er sich durchaus der Entwicklung bewusst, die die Jahrhunderte mit sich gebracht hatten: Das Töten ging ihm inzwischen allzu leicht von der Hand; einen Tod herbeizuführen, kostete ihn ebenso wenig Überwindung wie ein Händeschütteln – nein, falsch: Jemandem die Hand zu schütteln, kostete ihn bei weitem mehr Überwindung, als ihn einfach umzulegen; ein mitunter lästiges Problem, vor dem wohl nur wenige andere standen. Zu wenige jedenfalls für Selbsthilfegruppen in der Art der „Anonymen Serien- und Auftragskiller".

„Hallo, mein Name ist momentan XXX, und ich töte seit, ach, keine Ahnung, kann mich nicht mehr erinnern. Gestern habe ich aus Versehen bereits meine dritte Frau erschossen, als sie ein anderes Fernsehprogramm sehen wollte! – Willkommen, XXX, wir

verstehen dich, das ist jedem von uns schon mal passiert!", lächelte der Andere probeweise in die Kamera. Nein, das klang ziemlich unglaubwürdig. Er sah keine Zukunft für eine derartige Organisation. Die Gegensprechanlage schaltete sich mit einem Knacken ein. „Was? Hab dich nicht verstanden", rauschte es wenig erfreut aus dem Lautsprecher. Der Andere seufzte.
„Ich sagte: Mach endlich auf, Arschloch!"
„Leck mich!"
Der Summer ging und die Tür sprang auf, eine Tür, die in den Garten einer gut abgesicherten Villa führte, die von derart protziger Hässlichkeit war, dass selbst die Wachhunde, drei muskulöse Dobermänner mit kupierten Ohren, sich vermutlich hin und wieder übergeben mussten.

Die Tür fiel hinter dem Anderen ins Schloss und die Dobermänner bauten sich mit drohend gebleckten Gebissen vor ihm auf. Ihre aggressive Haltung erklärte ihren Willen zum Angriff genauso deutlich, wie das bösartige Knurren aus ihren Kehlen.

Der Andere blickte sie neugierig an. „Sitzt!", befahl er freundlich, woraufhin einer der Drei mit eingekniffenem Schwanz floh, der zweite sich prompt setzte und erstarrte, und der dritte wimmernd heranschlich in dem unterwürfigen Versuch, dem Anderen die Hände zu lecken, was sich dieser verbat.

„Brave Hunde!"

Er winkte dem Arschloch zu, das im Schatten der Haustür aufgetaucht war, und die Szene beobachtet hatte. „Dabei hatte ich gehört, du würdest deine Viecher auf meinen Geruch hin scharfmachen – lächerliche Gerüchte, wie ich sehe!"

Aus dem Schatten bewegte sich eine winkende, behandschuhte Hand und ein Knurren folgte, dem der Hunde nicht unähnlich: „Komm rein. Bin gerade im Keller beschäftigt. Kennst ja den Weg."

Der Andere kannte den Weg nicht, doch die diversen Keller, die sich das Arschloch in seinen jeweiligen Häusern einrichtete, kannte er gut. Sie unterschieden sich in ihrer Widerwärtigkeit ebenso wenig voneinander, wie es die Häuser selbst in ihrer geschmacklosen Zurschaustellung von Luxus taten.

Der Eingangsbereich prahlte mit weißem Marmor und goldgerahmten Spiegeln, nur um den Besucher erbarmungslos in ein Wohnzimmer von ähnlicher Beschaffenheit zu führen: Der Raum öffnete sich und gab den Blick frei auf eine vollverglaste Wand, an der dunkle Jalousien herabgelassen worden waren, was dank der großzügig eingeschalteten Beleuchtung aber nicht der Verdunkelung, sondern nur dem Verbergen vor etwaigen neugierigen Blicken von außen diente.

Zum Verbergen hatte es scheinbar genug gegeben; die Spuren einer exzessiven Party waren das, was als Erstes ins Auge fiel, Spuren, zu denen unzählige leere und halbvolle Flaschen, ein verwüstetes Buffet, alle Arten von Müll und ein sich hingebungsvoll zur monotonen Musik knutschendes Pärchen gehörten.

„Wie gelange ich den Scheiß-Keller?", ergriff der Andere die Gelegenheit, um nach Auskunft zu fragen. Eines der beiden jungen, halbbekleideten Geschöpfe musterte ihn mit einem desinteressierten, drogenverschleierten Blick und hob dann einen trägen, richtungsweisenden Arm. Ein Danke wäre verschwendet gewesen und so sparte er es sich und war sich wohl der Verachtung bewusst, die er gegenüber den beiden empfand, zweien von vielen, die dem Arschloch und seinem Lebensstil huldigten – allesamt gezeichnet von Genusssucht, Dummheit und einem grausam großen Ego und perfekte Anwärter für Jobs, die genau derlei Charaktereigenschaften erforderten. Selbst Gefühle von Verachtung waren an derartiges Pack verschwendet, also stellte er den Gedanken augenblicklich ab und machte sich auf, den Raum zu durchschreiten, das Treppenhaus zu betreten und sich durch die offenstehende Kellertür in die unteren Regionen und damit in die Gesellschaft desjenigen zu begeben, der seine Verachtung *tatsächlich* verdiente, was, man musste es so formulieren, leider einer Art Anerkennung gleichkam.

Auch der Keller war hell erleuchtet, überschwemmt von grellem Neonlicht wie in einem Krankenhaus – und genau daran erinnerte dieser Raum auch, denn er war die perfekte Pervertierung eines Operationssaals.

Der Andere kannte das Szenario des Schreckens bereits und zeigte keine Reaktion. Außerdem war es für niemanden, der Damon näher kannte, eine große Überraschung, wie dieser seinen Hobbyraum umgebaut hatte: in eine raffinierte, bis ins letzte scharfgeschliffene Detail geplante Folterkammer, inklusive der zu folternden lebenden Objekte, wobei nicht mehr alle davon allzu lebendig schienen.

Damon selbst war angelegentlich über einen Tisch mit irgendwelchen Gerätschaften gebeugt und hatte seinem Besucher den

Rücken zugewandt. Zu seinem obligatorischen schwarzen Anzug waren seit neuestem schwarze, dicke Handschuhe und eine schwarze, enganliegende Mütze hinzugekommen, dazu trug er eine weiße Schürze, die durchaus ihren Zweck erfüllte, wie deutlich sichtbar wurde, als er sich endlich umdrehte. Doch zunächst fiel sein Gesicht auf, und zwar, weil es nicht mehr da war. Die Mütze entpuppte sich als eine Art Sturmhaube, die nur die Augen und den Mund freiließ; die Teile nackter Haut allerdings, die sichtbar blieben, verrieten genug, um die Maskierung zu verstehen: Damon hatte keine Lippen mehr, höchstens Reste davon. Ein Teil der Oberlippe war so weit weggeätzt, dass seine Zahnreihe teilweise bloßgelegt wurde, was dem Gesichtsausdruck seiner drohenden Dobermänner nahekam; die Augen schienen in lidlosen, fleischigen Höhlen zu sitzen wie fahle Murmeln in einem Stück Steak.

Diese kleinen Ausschnitte reichten, um zu verstehen, dass vom jungenhaften Schönling Damon nicht mehr viel geblieben war – kein Umstand, der im Anderen Mitleid auslöste. Nicht, wenn er die weiße Schürze bedachte, die großzügig mit Blut bespritzt war, so dass die Gestalt vor ihm wie ein irrer Metzger wirkte; mit dem Unterschied natürlich, dass ein Metzger die Leichen, die er zerteilte, zum Verzehr verarbeitete, während die Leichen, die hier herumlagen, einfach nur so herumlagen und verwesten, bevor sie irgendwann weggeschafft wurden.

„Hi K.", knurrte Damon. „Hab schon auf dich gewartet. Wie findest du meinen neuen Stil, hm?"

„Ziemlich passend", erwiderte der Andere. „Hallo Damon. Wie schön zu sehen, dass du noch am Leben bist. Ich hatte auch Gegenteiliges gehört."

„Ach ja?", Damon wischte eine große metallene Kneifzange an seiner Schürze ab, wo sie einen weiteren blutigen Streifen hinterließ. „Die Wichser reden viel. Hätten wohl gern, dass es mich erwischt, was? Du doch auch K., gerade du! Sag nicht, du hättest geflennt, wenn ich verreckt wär`!"

Der Andere zuckte nur mit den Schultern. Er hatte es gerade eben bereits erklärt: Er freute sich, das Arschloch noch am Leben zu wissen, und er meinte es, wie alles, ernst.

„So einfach bringt man mich nicht um, merk dir das!", fuhr Damon fort. Seine Stimme bebte vor unterdrücktem Zorn. „Willst du sehen, was sie aus mir gemacht hat? Willst du das Monster sehen,

das sie aus mir gemacht hat?"
Ohne eine Antwort abzuwarten, zog er sich mit einem Ruck die Stoffmaske vom Kopf. Es war viel rohes Fleisch zu sehen und wirklich wenig, das an einen Menschen erinnerte.
„Passend", nickte der Andere erneut, „ziemlich passend. Und das hat eine junge Frau mit dir angestellt?" Er kam nicht umhin, ein wenig beeindruckt zu sein. Normalerweise lagen die Dinge genau anders herum; und wie, um ihm Recht zu geben, ertönte in diesem Moment ein durchdringendes Stöhnen, das von einer jungen Frau stammte, die an Ketten gebunden von einem Haken an der Decke hing und anscheinend das aktuelle Projekt Damons darstellte. Ein Projekt, das offensichtlich bereits recht weit gediehen war, was bedeutete, dass es auch dort viel rohes Fleisch zu sehen gab.
„Die Quacksalber wollten mich die nächsten Wochen dabehalten, sagten, ich wär' schwerverletzt, könnte immer noch an Infektionen oder so 'nem Scheiß verrecken! Schwerverletzt! Mir geht's prima! Nur, dass ich jetzt ein Monster bin, ein echtes Monster! Sieh mich an, los, sieh mich doch an! Kommt dir da nicht das große Kotzen, K.? Willst du nicht einen deiner Scheiß-Sprüche loslassen? Hä? Missy hat mir versprochen, wir kriegen das wieder hin. Wir gehen zu ihrem Schönheits-Fritzen, und der macht mich wieder hübsch! Aber glaubst du, sowas kriegt man wieder hin? Sowas?" Er berührte das, was von seinen Wangen übriggeblieben war und zuckte augenblicklich vor Schmerzen zusammen. Noch nichts davon war verheilt. „Und meine Hände", winselte er, „meine Hände waren immer meine Gabe, weißt du! Was konnte ich nicht alles mit diesen Händen anstellen! Ich war ein gottverdammter Künstler mit diesen Händen! Und jetzt sieh dir meine Arbeit an: Stümperei! Kunstloses Rumgemetzel! Ne Schande ist das!"
Der Andere warf einen weiteren Blick auf Damons *Arbeit*. Seiner Erfahrung nach würde das geschundene Geschöpf nicht mehr länger als vierundzwanzig Stunden am Leben bleiben. Er sah lange, schwarze Haare und einen verstörten Blick aus geweiteten Pupillen. „Hilf mir!", stöhnte eine Stimme, in der unerträgliche Schmerzen und das verzweifelte Wissen um nahende noch schlimmere Schmerzen mitschwangen. „Oh Gott, bitte hilf mir!"
Nicht weit entfernt lag eine fertige *Arbeit*, etwas, das vor Kurzem ebenfalls eine junge Frau mit langen, schwarzen Haaren gewesen war. Viel mehr konnte man aber nicht mehr erkennen, außer, dass

ihr jeder Finger einzeln abgetrennt worden war.

„Diese Ernestine Nordmoor", begann der Andere das eigentliche Thema aufzugreifen. „Diese Ernestine Nordmoor, die für deinen augenblicklichen Zustand verantwortlich ist, hat nicht zufällig lange, schwarze Haare, oder?"

„Hat sie, die kleine Schlampe!", zischte Damon. „Hat sie! Noch! Ich werd' sie ihr Strähne für Strähne ausreißen, ihre beschissenen schwarzen Haare!"

„Verstehe. Und du hast nicht Sorge, dass du ihr das nächste Mal ebenfalls nicht gewachsen sein könntest?"

„Ich? Dieser dummen, irren Schlampe? Das war nichts weiter als ein Unfall! Pech! Die ist doch blöder als ein Stück Brot! Ich bin gestolpert, das war alles! Ein Unfall! Der war ihre Schuld, nur allein ihre Schuld, okay, das ja! Aber die? Eine abgedrehte Loserin!"

„Sie stellt also nach deinem Ermessen keine ernstzunehmende Gegnerin dar?"

„Scheiß-Witz! Ne Lachnummer ist sie, kein Gegner!"

Damon bedachte den Anderen mit einem lauernden Blick – soweit seine verbliebene Mimik noch lesbar war. „Braucht dich aber nicht zu interessieren, K.! Ich weiß schon, dass du jetzt demnächst an der Reihe wärst, aber diesmal nicht! Das hier is' was Persönliches! Die kleine Erni, das is' jetzt mein Mädchen, klar? Ich bin dran! Heute! Heute noch hol' ich sie mir!"

„Wie du meinst." Der Andere hatte wenig Lust zu streiten. „Warum sollte ich mich in deine Privatangelegenheiten einmischen, Arschloch? Wenn es etwas gibt, von dem ich mich fernzuhalten wünsche, dann bist das du mitsamt deinen schmutzigen kleinen Rachefeldzügen, glaub mir. Mein Einsatz findet erst in einigen Tagen statt, falls Ernestine Nordmoor nicht kooperiert. Falls sie vorher verstirbt ... findet mein Einsatz eben nicht statt. Sehr unkompliziert. Falls ich diese Ernestine Nordmoor jedoch aufsuchen muss, brauche ich Informationen. In dem Bericht, den ich von deiner bezaubernden Freundin Miss Biss erhielt, stand etwas über einen sehr außergewöhnlichen Hund."

„Weiß ich nichts von", grummelte Damon mürrisch.

„Es schien mir den Anschein zu machen, dass mehr als nur der Hund ungewöhnlich in dieser Angelegenheit ist."

„Unsinn. Da ist absolut nichts Ungewöhnliches an dieser Erni dran, außer dass sie ein total irres, hässliches Miststück ist."

„Das ist alles, was du mir über sie sagen kannst?"
„Das ist alles, K., absolut alles. Und was ich dir noch sage: Ich greif' sie mir heute noch, und dann bist du sie los! Mehr brauchst du nicht zu wissen, klar?"
„Dann war es reine Zeitverschwendung, dich aufzusuchen." Der Andere richtete die Mündung einer Pistole auf Damon.
Damon begann zu grinsen, was an das Zähneblecken eines halbverfaulten Totenschädels erinnerte, und breitete die Arme aus. „Tu´s doch endlich!", schrie er. „Ja, tu es! Na los! Ich warte schon darauf, seit wir uns kennen!"
„Aber nicht doch." Der Andere schüttelte leicht den Kopf und drückte ab. Ein leiser Seufzer der Erleichterung schwebte auf sterbenden Schwingen durch die blutgetränkte Scheußlichkeit des Raums, als der Rest von Leben aus dem Körper der angeketteten jungen Frau wich.
Damon schrie auf, als er begriff, was da eben geschehen war. „Oh Scheiße!", brüllte er und riss dabei seinen lippenlosen Mund zu einem spuckenden Schlund auf. „Scheiße, scheiße, scheiße! Ich hatte sie gerade so weit, dass es richtig Spaß gemacht hat! Das war mein letzter Spaß, bevor ich aufbreche! Du hast mir den ganzen Spaß verdorben! Scheiße, scheiße, scheiße! Ich hatte mich so darauf gefreut! Das war meine Vorbereitung! Scheiße!"
Der Andere wandte sich zum Gehen, unbemerkt von dem Rasenden, der für nichts anderes Augen hatte als für den Verlust seines Spielzeugs, unbemerkt von dem Pärchen, das ungeachtet der Dinge, die sich im Untergeschoss abspielten, weiter in sich selbst vertieft war.
Draußen war es bereits dunkel. Das gelbliche Licht der Straßenlaternen gab dem Schnee einen trügerisch warmen Schimmer. Die klare kalte Luft schmeckte nach abgasöliger Winternacht.
„Hallo, mein Name ist XXX, und ich habe ein Problem: Heute habe ich schon wieder aus Versehen das Opfer meines Kumpels erschossen und ihm so den ganzen Spaß verdorben." Der Andere grinste und stieg in den wartenden Wagen, der ihn zurück ins Hotel fahren sollte, wo außer einem Abendessen mit dem lästigen, aber zähen Ding namens Charlotta Clarissa Kramer nichts weiter anstand als ein gutes Buch bei einem Glas Whiskey und einer Zigarre. Und eine heiße Dusche. Und eine ruhige Nacht mit erholsamem Schlaf.

Das lästige aber zähe Ding namens Charlotta Clarissa Kramer hatte keinen angenehmen Tag hinter sich, als sie um Punkt acht Uhr am reservierten Tisch im Speisesaal des Hotels Platz nahm und sich, da ihr Boss noch nicht in Sicht war, einen doppelten Ouzo bestellte, den sie in einem Schluck ihre ausgetrocknete Kehle hinunterrinnen ließ.

So ein winziger Schnaps war ja wohl erlaubt. Der enthielt mit Sicherheit keine einzige Kalorie und war sowas wie Medizin. Und wer wollte einem Kranken Medizin verwehren? Sie schnäuzte sich die laufende Nase. Erkältet hatte sie sich zu allem Überfluss auch noch bei der völlig unsinnigen Aktion, diese „Zielperson" zu überwachen. Sie hatte den halben Tag vor dem Haus in der Lindwurmgasse 9 in der schneidenden Kälte herumgestanden, ohne dass sich dort irgendjemand blicken ließ, und hatte sich gelangweilt, ihr Leben verflucht, gefroren, gehungert und die Schmerzen in ihrer rechten Hand ausgehalten. Natürlich hatte sie sich gefragt, ob es das alles wert war. Die Antwort lautete: nein. Aber sie hatte keine Wahl. Nie eine gehabt. Es gab da diesen einen Spruch: „Jeder ist seines eigenen Schicksals Schmied", oder so. Charlotta lachte darüber. Es war ein bitteres Lachen, das weder zu ihrem Alter noch zu ihrem ansonsten sonnigen Gemüt passte. Sie wusste leider durch eigene Erfahrung: Ein Schicksal wurde einem mitunter als unwillkommenes Geschenk in die Wiege gelegt, ohne die Möglichkeit, es gegen ein anderes umzutauschen.

‚Ansonsten hätte ich mit dieser blöden Ernestine Nordmoor getauscht', dachte Charlotta missmutig, ‚die hat wenigstens keinen Stress!' Dann fiel ihr ein, dass die „blöde Ernestine Nordmoor" ganz oben auf der Todesliste stand und es demnach schlechter getroffen hatte als sie selbst, und ihre Miene hellte sich wieder auf. Als gleich darauf am Tisch nebenan noch zwei wirklich gutaussehende junge Männer Platz nahmen, von denen der eine, der mit den dunklen Locken, mit einem ganz besonderen Blick zu ihr hinsah, als ihre kalten Füße langsam wieder auftauten und die Aussicht auf ein Abendessen näher rückte, da war ihre Welt beinahe wieder in Ordnung.

Es hätte nur ein kleines Stück Schokolade gefehlt. Nur ein einziges Stück! Also bestellte sie sich ein winziges Stück in Form dreier ausgesucht köstlicher handgefertigter Pralinés in den Geschmacksrichtungen Mandelschaum mit Pistazienkrönchen,

Crème-Caramel mit Nougat-Krokanthaube und Mousse-au-Erdbeer auf weißer Schokolade.

Sie schmeckten wahrlich wunderbar und knipsten in Charlottas Welt weitere rosa Lichter an, bis der Andere genau in dem Moment an ihrem Tisch stand, als sie sich Mousse-au-Erdbeer auf weißer Schokolade in den Mund schob, worauf die Lichter augenblicklich wieder erloschen und nichts als den Hunger, die Schmerzen und das schlechte Gewissen zurückließen.

Doch die erwartete negative Reaktion blieb aus; stattdessen ließ sich der Andere entspannt auf den bequem gepolsterten Stuhl sinken, der dem ihren gegenüberstand, und lächelte sie freundlich an. Charlotta lächelte nicht zurück, weil sie zu erstaunt dafür war und außerdem hinter einem freundlichen Lächeln wenig Freundliches vermutete, wenn es von dem Anderen kam. Sie war schließlich lernfähig. Und hatte gerade gegen eine Regel verstoßen, die besagte: keine Schokolade.

„Hi, Boss!", versuchte sie sich stattdessen in einem Flucht-nach-vorn-Ablenkungsmanöver. „Auftrag ausgeführt! Ich war den ganzen Tag über in der Nähe der Adresse und hab sie einwandfrei überwacht!"

„Das hoffe ich. Wie geht es deiner Hand?"

Charlotta zeigte einen sauberen, weißen Verband, der straff um ihre Hand gewickelt war. „Alles paletti. Der Arzt hat wirklich keine Fragen gestellt, keine einzige. Er meinte nur, ich hätte verdammtes Glück gehabt. Anscheinend ging die Kugel genau zwischen zwei Fingerknochen durch und hat nicht mal eine Sehne zerfetzt. Kommt bei einem Handdurchschuss faktisch nicht vor, dass es bei einer reinen Muskelverletzung bleibt."

„Nein, faktisch nicht. Aber es wäre doch mehr als ärgerlich, wenn du für die nächsten Wochen durch langsam heilende Knochen in der Ausübung deiner Pflichten behindert wärst. Knochen heilen langsam. Muskeln heilen schnell."

„Hat der Doc auch gesagt. Ich werde meine Hand für gerade mal 'ne Woche oder so nicht bewegen können und danach wieder so wie früher. Krass, was? Allerdings hat mir niemand gesagt, dass ein glatter Durchschuss so höllisch weh tut! Klingt so nach Kinderkram: *glatter Durchschuss*, oder? Und in Hollywood kämpfen die Typen noch weiter mit 'nem glatten Durchschuss im Bein *und* im Arm *und* in der Schulter ..."

„Oder im Kopf", fiel der Andere hilfreich ein. Charlotta lachte.

„Richtig, oder im Kopf auch, weil bei denen kein Gehirn da ist, das Schaden nehmen könnte, stimmt´s?"

Der Andere grinste. „Ich hätte es nicht gewagt, das bei dir zu probieren."

„Na immerhin, wenn das kein Kompliment ist!"

Charlotta verschwieg natürlich, wie es sich im Taxi auf dem Weg zurück ins Hotel angefühlt hatte, als sie in ihrem eigenen erkalteten Urin saß und der Schock nachgelassen hatte, worauf sie sich umgehend auf ihren eigenen Schoß erbrochen und danach, beschmutzt und blutend in ihr Zimmer geschleppt hatte, um dort auf dem Boden zu sitzen und die erste Welle tiefer Schluchzer abzuwarten, bevor sie sich waschen, umziehen und den Arzt aufsuchen konnte. Sie spürte instinktiv, dass es unmöglich war, die Anerkennung des Anderen zu gewinnen, aber dass er Stärke respektierte, egal wo er sie fand. Und sie war fest entschlossen, stark zu sein. Auch ohne Gummibärchen und Schokolade.

Der Kellner nahm die Bestellung auf. Der Andere orderte Fisch und Gemüse für sich und einen kleinen Salat ohne Dressing für Charlotta, die es sich nicht verkneifen konnte, ihn empört anzustarren. Ohne Gummibärchen und Schokolade, okay, aber nicht ganz ohne vernünftiges Essen!

„Drei Pralinen enthalten mehr Fett als ein mageres Steak", begründete der Andere mokant den Salat. „Das war deine Entscheidung, nicht die meine."

„Schon klar", brummelte Charlotta, „und wenn die Zwei dann sehen, dass ich trockenen Salat in mich reinstopfe, glauben sie, ich hätte es nötig, abzunehmen!"

„Du *hast* es nötig, abzunehmen. Und von welchen Zweien sprichst du, bitteschön?"

Er folgte ihrem verlegenen Schielen und wandte seine Aufmerksamkeit den beiden jungen Männern zu.

„Die beiden?" Sein Lachen war laut, herzlich und echt. „Du lässt dich von mir ausbilden und deine größte Sorge dabei ist, was zwei schmucke Knaben von dir denken könnten?"

„Niemand spricht heutzutage mehr von *schmucken Knaben*", murmelte Charlotta angesäuert. „Außerdem können sie uns hören!" Dann riss sie sich zusammen und fragte heiter: „Und, wie war Ihr Tag so, Boss?"

„Nun, ich hatte ein recht amüsantes Training heute Morgen. Und ich freue mich darauf, ausgiebig zu Abend zu speisen ..."

Charlottas Heiterkeit wurde durch leichte Schatten verfinstert.

„Und außerdem nimmt mir das Arschloch wahrscheinlich meinen nächsten Job ab, was ich insofern nicht bedaure, als dass es mich mit gewissem Widerstreben erfüllt hätte, die Person zu töten, die ihn so überaus übel zugerichtet hat."

„Wie meinen Sie das? Sollte das nicht mein eigener erster Auftrag werden? Sie können es doch nicht zulassen, dass irgendein Arschloch hingeht und diese Nordmoor-Tussi einfach kaltmacht, oder? Ist das nicht gegen die Regeln?"

„Das ist ganz klar gegen die Regeln. Und? Ich bin nicht sein Kindermädchen! Wenn er sich Ärger einhandelt, indem er unerlaubt eine Zielperson beseitigt, ist mir das entweder egal oder willkommen. Warum sollte ich ihn also aufhalten?"

„Weil er ein fieses Schwein ist und sie nicht einfach so schmerzlos erschießen wird?"

„Und?"

„Weil ..."

„Nur um sicherzugehen, dass du dich nicht irrtümlich für das falsche Amt bewirbst: Wir stehen nicht auf der Seite, die Bösewichte jagt und zur Strecke bringt, um die Unschuldigen zu retten. Wir sind die Bösen, die Jagd auf die Unschuldigen machen und sich dafür auch noch bezahlen lassen, was uns nicht nur böse, sondern auch noch skrupellos und unmoralisch dazu macht. Gibt es da deinerseits etwa ein Verständnisproblem?"

„Nö", schniefte der Lehrling. „Alles klar! Hab ich kein Problem mit! Keine Spur!"

Aber sie dachte an das kleine Haus in der Lindwurmgasse 9 mit den hell erleuchteten Fensterchen, das irgendwie etwas Märchenhaftes an sich gehabt hatte und an das Bild einer traurigen jungen Frau in seltsamen Kleidern, die von einem psychopathischen Sadisten aus Rache verfolgt wurde, und sie dachte nicht gern daran.

Der Andere hingegen dachte an den Keller des sadistischen Psychopathen und daran, dass er selbst einen Menschen getötet hatte, ohne dass er auf seiner Liste stand, also ohne den geringsten Wert, ohne ein weiteres Blatt für sein Album, was er schon sehr lange nicht mehr getan hatte. Zwar war es leicht, zu behaupten, es wäre ein Akt der Bosheit gegen das Arschloch gewesen; aber der Andere machte es sich nicht leicht und wusste daher, dass es ein Gnadenschuss gewesen war, um eine Unschuldige vor weiteren Schmerzen zu bewahren, und er dachte nicht gern daran.

Dann kam das Essen – eine schmackhaft dampfende Platte voller Köstlichkeiten für den Anderen, eine kleine Schüssel mit einigen grünen Blättern für Charlotta – und beide waren dankbar, an etwas so Banales wie Essen denken zu können.

„Jedenfalls", sagte der Andere, „beginnt dein Wachdienst morgen früh um 5.30 Uhr vor der Lindwurmgasse 9. Falls die Zielperson noch lebt, verfolgst du sie vierundzwanzig Stunden lang, bevor du mir deinen Bericht ablieferst. In geschriebener Form. Mindestens zwei Seiten. Falls sie nicht mehr lebt, hast du einen Tag frei."

„Echt jetzt? Einen ganzen Tag?" Charlotta konnte es kaum fassen. „Und wie stehen die Chancen, dass sie die Nacht überlebt?"

Der Andere blickte in die Ferne. „Bei jedem anderen würde ich sagen: Es gibt keine Chance, die Nacht zu überleben. Aber hier sehe ich die guten Karten nicht alle auf der einen Seite. Wer weiß. Wir werden sehen, wer das letzte Ass ausspielt."

Und er dachte: ‚Ich habe es langsam satt. Noch zwanzig Seiten. Nur noch zwanzig Seiten, und du kannst mich mal kreuzweise, Satan!'

Doch allein ‚Du kannst mich mal, Satan!', zu denken, wenn man sich mit eben diesem eingelassen hatte; würde das ungehört und ungestraft bleiben?

Die Stimme aus dunklem Sirup troff vor dicker, freudiger Bosheit.

„Das gefällt mir!", rollte sie als warme Welle triumphierend durch die samtene Dunkelheit. „Das gefällt mir gut! Ich will ihn gleich am morgigen Tag sehen und es ihm Auge in Auge in sein kleines, sterbliches Antlitz sagen! Ich will ein Fest für ihn feiern, ein letztes Fest in aller Pracht, und zur Krönung will ich es ihm in ausgesuchten Worten sagen, um den Frieden seiner vermaledeiten Seele für immer zu zerstören! Schick die Einladungen hinaus, Sklave!"

Die zitternde Gestalt zog sich unter andauernden Verbeugungen zurück, einen Stapel von golden bedruckten Karten aus schwerem, schwarzen Papier an sich drückend, die sich eben in seinen Armen materialisiert hatten. „Ich eile, mein über alles verehrter Präsident des Terrors, ich eile, ich eile!"

Während die jahrhundertealten, kunstvollen Fenster der kleinen Kirche von bösen Mächten achtlos zerstört wurden, während das zerbrechende Glas in schrillen Tönen splitterte, floh die kleine Gruppe, der dieser Angriff galt, in herzschlagrasender Panik ihrem Anführer nach, der den Weg in die Sicherheit kannte. Nur die alte Dame blieb, von den anderen unbemerkt, dort stehen, wo sie war und bewegte sich nicht. Keinen Zentimeter.

Sie richtete sich zu ihrer ganzen eindrucksvollen Größe auf, drückte ihr müde gewordenes Kreuz ein letztes Mal in die stolze, aufrechte Haltung, in die sie sich ihr Leben lang gezwungen hatte, und breitete ihre dünnen Arme in einer einladenden Geste aus.

„Ich bin achtundneunzig Jahre alt", murmelte sie der kalten Nacht entgegen, die durch die zerstörten Fenster hineinströmte und den geflügelten Tod mit sich brachte, „ich bin achtundneunzig Jahre alt, und ich werde keinen einzigen Tag älter werden. Ich habe genug. Ha! Ich habe endgültig genug! Hörst du, du Mistkerl, ich komme zu dir! Jawohl! Ob du im Himmel steckst oder in der Hölle, ich werde dich finden!"

Sie erhob ihre Stimme: „Tötet mich, ihr widerlichen Kreaturen, los, tötet mich!"

Und so geschah es.

11
Die gefährliche Geschichte von einer nicht so netten Familie
Und: von einem herben Verlust
Und: von einem explosiven Dornröschen

Feuchte Dunkelheit umschloss sie wie eine klamme Decke, durch die kein Lichtstrahl drang. Ernestine klammerte sich an irgendjemandes Jacke, um nicht zu stürzen, als sie über eine Unebenheit im steinernen Boden strauchelte. Nur anhand der Beschaffenheit des Stoffes konnte sie feststellen, dass es sich dabei wahrscheinlich um Erwin handelte. Sie hörte die keuchende Anstrengung des alten Apfels, als er zwei schwere Riegel mit einem dröhnenden Schnarren vor eine Tür schob, die hoffentlich stabil genug war. Die Riegel an sich klangen vertraueneinflößend.

Geräusche und Satzfetzen waren zu hören: „Wo ist der Lichtschalter?" Das Rascheln von Kleidern, hektisches Atmen nach einem schnellen Lauf. „Autsch, das war mein Fuß!"
– „Entschuldigung!"
Und schließlich das Gemurmel: „Ich hab' doch hier irgendwo, wo hab' ich sie denn, ach da sind sie ja!" Woraufhin ein Streichholz aufflammte und eine uralte Öllampe entzündet wurde, die trüben Schein auf die fremde Umgebung und die kleine, eng zusammengedrängte Gruppe warf.

„Diese Türe ist stark", versprach A. „der Apfel" Apollo und beleuchtete sie wie zum Beweis mit seiner Funzel. Sie war aus massivem Eichenholz, so alt und grimmig, dass es, anstatt morsch zu werden, versteinert war, mit intakten Eisenbeschlägen und zwei armdicken Riegeln, die wirklich einen guten Eindruck machten. „Aber ich weiß nicht, wie lange wir das da draußen damit aufhalten!", fügte er düster hinzu. „Weiter, weiter, wir müssen weiter, immer mir nach, den Gang entlang!"

Keiner stellte Fragen. Wohin sie auch geführt werden mochten

– alles war besser, als dem zu begegnen, was sie verfolgte.
 Ernestine hatte den Fehler gemacht, einen Blick zurückzuwerfen, während sie dabei waren, in den Keller zu fliehen, dessen Eingang glücklicherweise nur einen kurzen Sprint entfernt gelegen hatte. Was sie jedoch innerhalb dieses winzigen Augenblicks erhascht hatte, würde ausreichen, um ihr Alpträume zu bescheren: Mit dem berstenden Glas war ein Schwarm von Kreaturen in die Kirche eingefallen, die zu keiner ihr bekannten Spezies gehörten und erschreckender waren, als alles, was sie je zuvor gesehen hatte. (Vielleicht nicht ganz. Es hatte über die Jahre hinweg genügend Geister gegeben, die Gestalten angenommen hatten, welche an Schrecken nicht mehr zu übertreffen waren. Aber es sollte deutlich werden, dass die Grässlichkeit dieser Kreaturen groß genug war, um alles andere zu vergessen.) Die ledrigen Schwingen, nach denen der Lärm vor der Kirche geklungen hatte, waren eine korrekte Einschätzung gewesen. Der Rest der Anatomie ließ sich nur erahnen, doch handelte es sich dabei um den bleibenden Eindruck von:
- Babyköpfen mit flaumigen, goldenen Locken,
- Babyköpfen mit aufgerissenen Mündern, die mit dem rasiermesserscharfen Gebiss eines weißen Hais bestückt waren,
- Babyköpfen, in denen leere schwarze Augenhöhlen saßen und aus denen fransige Fühler, wie von überdimensionalen Motten, ragten,
-Babyköpfen, die hasserfüllte, gierige Schreie ausstießen mit Stimmen, die gleichzeitig wie das Gurgeln von Abflussrohren und das Kreischen von rostigen Sägen klangen,
- Babyköpfen, die auf etwa fuchsgroßen, katzenartigen, unbehaarten Körpern saßen, aus denen sechs Gliedmaßen ragten, welche an Spinnenbeine erinnerten und in dolchartigen Klauen endeten.
 So ungefähr. Vielleicht gab es noch den einen oder anderen Schwanz oder die Beschaffenheit der Haut, die gleichzeitig pergamentartig trocken und widerlich schleimig wirkte, aber das Übelste blieben erstaunlicherweise die Babyköpfe selbst, die Stupsnäschen und die hohe Stirn, die dicken Bäckchen und die blonden Locken. Und Ernestines erstem flüchtigen Eindruck nach zu urteilen, gab es mehr als zehn davon. Vielleicht dreißig? Fünfzig? Hundert? Es stellte ohne Frage eine traumatische Erfahrung dar, wenn eine Armee von Babys, auch wenn es entartete Babys waren, versuchte, einen zu töten, denn das hatten sie mit Sicherheit vor – die Zielstrebigkeit und Wildheit, mit der sie sich aus der Luft auf ihre Opfer

stürzten, ließen keinen Zweifel an ihren Absichten zu. Gerettet wurden besagte Opfer nur dadurch, dass nur wenige Schritte hinter ihnen der Zugang zum Keller lag. Die obere Tür war zwar nur aus leichtem, geschmückten Holz, genügte aber, um ihnen Zeit zu verschaffen, die Treppe hinab und immer weiter hinab zu stolpern, um hinter die zweite Tür mit den Riegeln und in den düsteren Gang zu gelangen, den sie nun taumelnd und sich aneinander festhaltend entlanghasteten.

Niemand fragte danach, wohin der Weg führte – Hauptsache, sie brachten möglichst viel davon zwischen sich und die Horror-Babys.

Zuerst einmal erreichten die Flüchtigen eine dritte Tür – eine Tür, die von außen verschlossen war, was den alten Apfel dazu veranlasste, eine gefühlte Ewigkeit nach dem richtigen Schlüssel an seinem gut bestückten Schlüsselbund zu suchen. Letztendlich fand er ihn, und so hatten sie eine weitere stabile Barriere zwischen sich und die Verfolger gebracht.

Nach der dritten Tür erwartete sie – soweit dies bei dem spärlichen Licht sichtbar war – ein kleines Kellergewölbe, von dem vier verschiedene Türen abgingen. Zielstrebig schloss ihr der Apfel eine davon auf – schon wieder das Warten auf den richtigen Schlüssel – und führte die kleine Gruppe dann einen engen, stickigen Gang entlang, der für mindestens zehn Minuten bergab führte – so fühlte es sich jedenfalls an. Es folgte noch eine verschlossene Tür und dahinter eine Sperre aus Eisenstäben, die man aufschließen konnte.

Endlich, nach einem mühsamen Marsch, der ihnen allen wie Stunden und gleichzeitig doch wie ein einziger panikerfüllter Moment erschien, endlich würgte der alte Apfel unter Atemnot hervor: „Das genügt. Hierher kommt niemand. Niemand!" Er schnaufte tief durch und platzierte die Lampe mit zitternden Händen auf einem Mauervorsprung. Die anderen sahen sich um. Sie waren in einer Art Krypta gelandet, einem langgezogenen Gewölbe mit vielen Bögen an der Decke und so etwas wie steinernen Grabmälern in der Mitte. Ernestine meinte, noch einige weitere Türöffnungen zu sehen, die von diesem Raum abgingen. Hier unten musste ein wahres Labyrinth von Kellern herrschen! Außerdem erspähte ihr geübter Blick einen Geist, der auf dem vordersten Grabmal saß, die Beine baumeln ließ und die Ankömmlinge mit neugierigen Blicken musterte. Er trug eine weite Robe und auf dem Kopf eine von diesen Bischofshüten, die spitz aufragten. Wahrscheinlich war er ein einst ein hoher Würdenträger der Kirche gewesen und deswegen hier begraben.

„Wäre es nicht klüger, uns weiter weg zu bringen? Bestimmt gibt es hier noch andere Räume, mit noch mehr Türen davor!" Auch Ernestine, die zwar Schrecken, aber keinen Sport gewohnt war, atmete etwas schwerer als sonst, klang jedoch davon abgesehen recht gefasst.

„Nein, nein, nein, wir bleiben, wir bleiben hier! Genau hier! Niemand bewegt sich von hier fort, niemand!" Auch der irre Künstler klang trotz seines eindringlichen Tonfalls für sein Alter noch erstaunlich fidel.

„Warum denn das? Ich halte es für keine gute Idee, einfach hier zu warten, bis diese ... diese fliegenden Dinger uns hier aufspüren!"

„Oh doch, doch! Wir warten! Hier, genau hier! Soll sie doch endlich den Mund halten und es mir glauben! Meine Kirche, mein Keller! Wenn ich sage, wir warten, warten wir!"

Niemand hatte bisher Fragen gestellt oder innegehalten, und niemand hatte bemerkt, dass jemand fehlte.

Da stieß Erwin, der Sekretär, der sich bisher noch nicht zu Wort gemeldet hatte, einen tiefen, zittrigen Seufzer aus. „Madame", stammelte er, „sind Sie wohlauf? Madame? Madame? Oh gütiger Gott, sie ist nicht hier! Sie ist nicht bei uns! Sie ist zurückgeblieben!"

Woraufhin sich die anderen endlich gründlicher umsahen und erkannten, dass Erwin Recht hatte: Die alte Gräfin hatte es scheinbar nicht geschafft und war, von allen unbemerkt, während der eiligen Flucht irgendwo zurückgeblieben. Diese Erkenntnis führte zu einer verzweifelten Sprachlosigkeit. Niemand hatte überhaupt daran gezweifelt, dass die alte Dame souverän, unbehelligt und ungebrochenen Mutes noch vor ihnen allen ins Ziel einmarschieren würde, weshalb auch niemand innegehalten hatte, um ihr behilflich zu sein. Abgesehen davon hatte die Brisanz der Situation verhindert, an mehr zu denken als an das eigene Wohlergehen. Dennoch – dies hätte nicht geschehen dürfen! Und so brach nach dem Moment der Stille die herzzerreißende Reue herein.

„Ich muss hinaus!", kreischte der bis dahin durch seine Ruhe bestechende Sekretär in unerwarteter Hysterie. „Ich muss sie suchen! Schnell, schnell, öffnen Sie die Tür!"

„Oh, Graziella, meine Liebe, meine Gute, meine dumme, alte Schachtel! Wo ist sie, wo ist sie? Ich werde nicht zulassen, dass man sie tötet, hier in meinem Haus, nein, das werde ich nicht, ich werde sie retten!", brüllte der alte Apfel außer sich und riss an dem Schloss herum, um es wieder zu öffnen.

Nur Ernestine blieb ruhig. Sie erinnerte sich an die letzte Tat ihrer Großmutter und öffnete ihre bisher zusammengeballte Hand. Darin fand sie einen von Damons Zetteln, der, auf den er gekrakelt hatte, dass sie die schwarzhaarige Schlampe rausrücken sollten, der miese Schurke, der er war! Auf der Rückseite fand sie, eilig hingeworfenen in der schwungvollen, etwas altmodischen Schrift der Gräfin, eine Botschaft.

„Liebe Enkelin", las Ernestine laut vor, „ich bin achtundneunzig Jahre alt. Ich habe etwas Furchtbares getan und will damit nicht mehr weiterleben. Lasst mich um Himmels willen sterben! Ich habe vollstes Vertrauen in dich. Töte das Monster! Deine Großmutter." Es war mit Abstand das Seltsamste, was Ernestine jemals laut vorgelesen hatte.

Niemand hörte ihr zu.

Beide Männer, der junge und der alte, waren dabei, hysterisch zu werden und der Gefahr kopflos entgegenzustürzen.

Ernestine holte tief Luft.

„Seid still!", flüsterte sie laut, doch das war zu leise.

„Seid still!", rief sie lauter, doch es war immer noch nicht laut genug. „SEID VERFLUCHT NOCH MAL STILL, BEI ALLEN DÄMLICHEN DÄMONEN!", brüllte sie mit einer Stimme, die sie selbst nicht kannte. Es war die Stimme einer wahren Gräfin von Hoch- und Nordenmoor, eine Stimme, die selbst verhaltensauffällige Grundschüler zur Ordnung gerufen hätte, und die eine augenblickliche Stille erwirkte, welche Ernestine dazu nutzte, ihren kleinen, traurigen Brief weiterzureichen. Sie drückte ihn zuerst Erwin in die Hand.

„Lies!", befahl sie heiser. Er las stumm, und als er geendet hatte, verzog sich sein müdes Gesicht zu einer Grimasse tiefen Leids. Tränen quollen ihm aus den Augen und er sackte als kraftloser Haufen auf dem kalten Boden zusammen.

Auch der alte Apfel Apollo las. Er schien weniger verstört als der Sekretär und schüttelte nur stumm und blass immer wieder den Kopf. „Also hat sie´s doch getan", murmelte er, „also hat sie´s getan, hat sie´s getan." Er schien wenig überrascht, nur traurig, auf eine Art, als hätte er es schon lange erwartet.

„Warum?", fragte Ernestine ruhig. Bis auf ein leichtes Zittern war sie sehr gefasst.

„Weil sie gewartet hat. Weil sie nur auf die gewartet hat, die an ihrer Stelle kämpfen wird. Deshalb hat sie´s getan ..." Der „alte" Apfel sprach so sanft wie nie zuvor. „Die dumme alte Schachtel! Hat sich ihren Frieden genommen. Soll sie doch. Soll sie doch abhauen. Soll sie mich doch alleine lassen."

„Heißt das, sie wollte mich nur kennenlernen, um sich danach umzubringen?" Ernestine war erschüttert.

Der alte Apfel zuckte matt mit den Schultern. „So sieht´s aus."

„Es gibt ein Testament", schluchzte Erwin, der Sekretär. „Darin erklärt sie ... alles. Sie hat ... sie hat mir aufgetragen, es an ihre ... ihre Enkelin zu überreichen, sobald sie ... sobald sie das Zeitliche gesegnet ... gesegnet ..." Die Stimme versagte ihm, und er vergrub das Gesicht in seinen Armen.

„BEI ALLEN TANZENDEN GERIPPEN!", schrie Ernestine mit ihrem neuentdeckten Organ. „Dreimal schwarze Hexennacht! Das ist nicht gerecht!"

„Senke sie ihre Stimme, ich bitte sie, kein Geschrei hier, nur Flüstern und Raunen. Verstanden? Keinerlei Geschrei!", beschwichtigte sie der alte Apfel sofort.

„Warum denn nicht? Wer soll uns hier schon hören?" Ernestine entdeckte nicht nur die Kraft ihrer Stimme, sondern auch eine gewisse Trotzigkeit.

„Nur so, nur so, aus reiner Vorsicht, aus reiner Vorsicht!"

„Von mir aus. Weiß jemand, was um alles in der Welt uns da oben angefallen hat?"

Keiner wusste es.

Erwin, der dabei war, sich seinem Charakter entsprechend wieder zusammenzureißen, murmelte etwas von „genmanipulierten Entartungen oder, wahrscheinlicher, eine Art Massenhalluzination", aber niemand hörte auf ihn.

„Und wer war´s, der uns diese Dinger auf den Hals gehetzt hat? Wer war´s? Wer will den Tod der Hippie-Göre?"

Das konnte Ernestine beantworten. Sie überhörte die „Hippie-Göre" und erzählte von ihrer ersten Begegnung mit Damon und von dem darauffolgenden Besuch der schönen Hexe. „Aber ich weiß nicht, warum. Ich habe keine Ahnung!", schloss sie ihren knappen Bericht.

„Ein Glück, ein Glück, dass wir es rechtzeitig erfahren haben, als sie in dieses Haus gezogen ist, die Enkelin mit der Nase, ein Glück!", murmelte der alte Apfel fahrig.

„Ähm, ich wohne dort schon seit drei Jahren ...!"

„Eben, eben! Was für ein Glück, dass Graziella sie gerade eben noch zur rechten Zeit entdeckte, gerade noch, bevor *die* sie erwischten!"

„Wer *die*?"

„Hat sie den Brief geöffnet, den sie erhalten hat von diesem Hexenweib? Hat sie hineingesehen?"

„Nein, hat sie nicht. Weil sie irgendwie völlig unverständlicherweise nicht die Zeit dazu gefunden hat!" Die sanfte Ironie war an den irren Künstler ebenso verschwendet wie ein Schneeballwurf auf einen Panzer.

„Bedauerlich, bedauerlich. In diesem Brief hätten wir die restlichen Antworten gefunden, die mir fehlen, die mir fehlen, um das Bild zu vervollständigen, um die Sache klar zu machen ... Bedauerlich! Oh, meine müden Knochen, mein dummer alter Kopf! Wie soll ich denken, wie soll ich unter diesen Bedingungen denken? Ach, Graziella, die dumme alte Schachtel, warum jetzt? Warum ausgerechnet jetzt?" Eine feine Tränenspur wanderte die schmutzige Wange hinunter in den noch schmutzigeren Bart.

Unterdessen wankte Erwin an ihnen vorbei, wischte abwesend den gröbsten Staub auf einem Grabmal beiseite und ließ sich kraftlos darauf niedersinken. Wenigstens war er wieder mehr er selbst. Direkt neben ihm saß der Geist des Bischofs und musterte ihn interessiert, doch Ernestine hütete sich, den Sekretär auf diese Gesellschaft aufmerksam zu machen.

„Ich habe diesen verflixten Brief nicht gelesen. Ich habe keine Ahnung von gar nichts. Alles, was ich weiß, ist, dass sich heute das erste Mal in meinem Leben meine Großmutter bei mir gemeldet hat, um mir irgendwelche unglaublichen Eröffnungen zu machen und dann zu sterben. Einfach so. Würden Sie mir also bitte wenigstens das erklären, was *Sie* wissen? Wäre es zu viel verlangt, von Ihnen ein *bisschen* Hilfe zu erwarten?" Ernestine war immer noch sehr ruhig, bis auf ihre Stimme, die zwar nicht mehr so laut, aber scharf und nüchtern war. Erwin bemerkte still für sich, dass er Ernestines Stimme davor ansprechender empfunden hatte, als sie noch weich, leise und zögernd war.

„Alles hängt mit dieser Bestie zusammen, mit dieser blutrünstigen Bestie, die auf ihre Wiedererweckung wartet, um Verderben über die Menschheit zu bringen, diese furchtbare Bestie ..." stieß der alte Apfel hervor.

„Sie meinen den Lindwurm unter meinem Haus?", vergewisserte sich Ernestine. „Ja, so weit waren wir schon. Etwas genauer, bitte!"

„Puh, genauer, genauer! Genauer! Wenn sie´s wissen will ... dann soll sie´s wissen. Graziella hat es so geplant, also soll sie´s wissen ... die wollen sie haben, die Hippie-Göre und neue Gräfin, die sie ist, die wollen sie haben, die Enkelin des Zauberers!"

„Sie haben *Schwarzhaarige Schlampe* vergessen!", stellte Ernestine trocken fest. „Außerdem habe ich das auch schon bemerkt. Sehen Sie ..." Sie hob ihren Fingerstumpf. „Einen Teil von mir haben die sogar schon!"

„Sie braucht nicht witzig zu sein, nein braucht sie nicht!", empörte sich der Alte. „Die wollen mehr! Die wollen ihr Blut!"

„Mein Blut? Aber wozu?"

„Weil die es brauchen, um die Bestie zu befreien. Weil sie der letzte Nachkomme ist von Lucius Luziferus, dem vermaledeiten Schwarzmagier, der das Vieh mit seinem eigenen Blut verbannt und den Bann verhängt hat, der nur mit seinem Blut wieder zu lösen ist. Kapiert sie das, die doofe Trulla? Kann sie mir folgen? Findet sie das immer noch witzig?"

„Glauben Sie mir, ich finde hier überhaupt nichts witzig!" Ernestine seufzte. „Mein leiblicher Vater ... ist er deswegen gerade jetzt gestorben? Hat er etwas damit zu tun?"

„Er hatte ebenfalls das Blut, er ebenfalls ... aber was weiß ich schon, nichts weiß ich! Graziella wusste es, alles, und nun ist sie fort!"

„Es gibt ein Testament", wiederholte der Sekretär mit qualvoller Stimme und eisernem Pflichtbewusstsein. „Ich bin mir sicher, Madame hat alle Erklärungen und weitere Anweisungen, um mit dem gegebenen Problem umzugehen, sorgfältig niedergeschrieben!"

„Und warum?", fragte Ernestine. „Warum sollte jemand den Lindwurm befreien wollen?"

„Warum? Dummes Gör, dummes Gör. Was glaubt sie warum? Weil diese Kreatur eine mächtige Waffe ist im Kampf gegen das Gute, weil sie in den falschen Händen Schlimmes ausrichtet, ganz und gar Schlimmes! Darum!"

„Und wer sollte so etwas wollen? Und aus welchem Grund?" Mit dieser Frage verlieh Ernestine ihrer gesamten Irritation und Hilflosigkeit Ausdruck. Sie war nicht tatsächlich so naiv, sich zu fragen, was für einen Grund irgendjemand haben musste, um Leid und Elend zu verursachen; denn das Verursachen von Leid und Elend war in den letzten Jahrtausenden zur Spezialität der Menschen geworden; meist aus schierem Eigennutz, oft aus reiner Freude an der Sache und mitunter nur aus Fahrlässigkeit.

Wenn also ein mächtiges Monster als effektive, wenn auch potenziell allgemeingefährliche Spezialwaffe auf einem Silbertablett präsentiert wurde, so war es nur eine Frage der Zeit, bis jemand „Hier!" schrie und versuchte, es sich zu nehmen, um es zu benutzen. Falls das schieflief, dauerte es genauso lange, bis der Misserfolg vergessen war und der Nächste es wieder versuchte. Ja, das war Ernestine durchaus klar. Sie scheiterte nur immer noch daran, zu verstehen, warum genau sie im Mittelpunkt dieser Sache stehen sollte. Also ergänzte sie: „Warum gerade jetzt?"

Doch bevor diese wichtige Frage weiter erörtert werden konnte, trat eine Störung in Form eines Besuchers auf. Er erschien so unvermittelt, dass er jeden der nervenschwachen Flüchtlinge beinahe zu Tode erschreckte. Es hätte sich dabei um den ruhmreichen Basilius Wjatscheslav Gennadi Jegorewitsch Koroljow handeln können, der zu ihrer Rettung herbeigeeilt war und aufgrund seiner mystischen Vampir-Kräfte auf nur ihm zugänglichen Wegen zu ihnen gestoßen war. (Ernestine hatte einen Moment lang eine Fantasie, die in diese Richtung ging und für die sie sich später schämte.) Aber er war es nicht; zu groß und plump war die Gestalt, die sich langsam aus den Schatten des Raums in den Lichtkreis schob und sie stumm anglotzte. Das Wesen konnte auch kein Geist sein, da es nicht nur für Ernestine sichtbar war (ganz im Gegensatz zu dem durchsichtigen Bischof, der inzwischen gut gelaunt über ihren Köpfen Purzelbäume schlug).

„Wer sind Sie? Und was machen Sie hier?", fragte Ernestine so empört, als spräche sie zu einem Eindringling in ihr eigenes Zuhause und hätte nicht gerade eben selbst Asyl in diesem Kellerloch gefunden. Auch diesmal klang sie eher nach ihrer Großmutter als nach sich selbst.

Die Gestalt schob sich schwankenden Schrittes näher, so dass langsam Details zu erkennen waren, die nicht gerade beruhigend wirkten: Der Körper war massig, massiger, als es bei normalen Menschen üblich war, massig wie ein Gebirge in Menschenform; der Kopf war unnatürlich klein, wie eine Erbse auf einem Kürbis. Die Haut schien eine seltsame Farbe und Beschaffenheit zu haben, soweit das in diesem Halbdunkel erkennbar war, und es gab viel Haut zu sehen; graue, grobe Haut, die man bei einem Nashorn oder so erwartete und die nur von einigen schmutzigen Fetzen um die Körpermitte gnädigerweise verhüllt wurde.

„Flaiiiisch?", artikulierte, was auch immer es war, undeutlich mit tiefer Stimme. „Flaiiiisch?"

Es bekam keine Antwort auf seine simple Frage, denn die Häupter waren müde und die Köpfe wirr. Angstvoll schlugen die Herzen. Keiner war dabei, der sich neuen Herausforderungen in Form eines gruseligen Muskelbergs stellen wollte. Keiner, außer Erwin, dessen Höflichkeit seine Angst besiegte: Entschlossen streckte er eine zitternde Hand in Richtung der erneuten Heimsuchung aus und sagte forsch: „Guten Abend, mein Name ist Erwin Winter, und ich freue mich, Sie kennenzulernen!"

Die Heimsuchung langte mit einer Pranke nach der Hand des Sekretärs und glotzte sie mit seinen hellen Glubschaugen an.

„Freuuee?", fragte sie verwirrt.

„Ja sicher!" Erwin schüttelte die bewarzte Riesenhand. „Ich freue mich, Sie kennenzulernen!", wiederholte er, genauso wenig überzeugend wie beim ersten Mal.

„Weer du bis? Hä?" Worum es sich auch immer bei diesem Geschöpf handelte – es war eindeutig nicht das schärfste Messer im Küchenschrank Gottes.

„Erwin Winter. Mein Name ist Erwin Winter." Da sich seine Hand weiterhin fest im Griff der Pranke befand, schüttelte er sie tapfer weiter.

„Eriin-Hintern? Du Eriin-Hintern?" Das Geschöpf verzog den lippenlosen Spalt, den es als Mund hatte, zu einem breiten Grinsen. „Deein Name sein Hintern? Popo?"

„Ähm, nein. Erwin. Erwin Winter. Winter, nicht Hintern! Und mit wem habe ich das Vergnügen?"

„Gnüügen? Was? Was saaagen Popo daa?"

„Ihr Name? Wie lautet Ihr Name, bitte sehr?"

„Weer ihr? Wooo ihr? Hä? Popo!"

„Nun gut" (immer noch andauerndes Händeschütteln). Erwin

räusperte sich und versuchte es anders. „Wie. Du. Heißen?", fragte er überdeutlich und sehr laut. „Was. Sein. Dein. Name?"
Das Geschöpf, welches das Händeschütteln für eine Art Spiel zu halten schien, schüttelte vergnügt immer wilder, so dass der Arm des Sekretärs auf- und niederflog.
„Meein Name sein Baaby! Ich Baaby bin!"
„Ah ja! Baby! Sehr ... äh ... angenehm!" Irgendwie schaffte es Erwin, seine Hand zu befreien und taumelte durch die Kraftanstrengung einige Schritte zurück.
„Ich glaube, wir haben es hier mit einem Individuum zu tun, das auf dem geistigen Niveau eines Kleinkindes verweilt!", raunte er den anderen zu. „Ich frage mich allerdings, was es hier unten macht? Wahrscheinlich hat es sich bereits seit längerem verirrt, wenn man den Zustand seiner Kleidung in Betracht zieht."
„Nicht ganz, nicht ganz!", murmelte der alte Apfel in seinen wirren Bart. „Leider, leider, nicht ganz!"
Ernestine hatte den Eindruck, dass er deutlich mehr wusste, als er bereit war, zuzugeben.
„Würden Sie uns bitte mitteilen, was hier vor sich geht, Herr Apollo?", forderte sie ihn in schärferem Ton als beabsichtigt auf.
„Auch ich wäre überaus erleichtert, zu wissen, was das hier zu bedeuten hat!", stimmte der Sekretär zu, der auf wunderbare Weise langsam wieder zu funktionieren schien.
Alfred Apollo sah sich von zwei identisch missbilligend zusammengekniffenen Augenpaaren attackiert und kapitulierte.
„Blöde Weiber!", motzte er zwar. „Verfolgt von dämonischen Heerscharen, aber herumreiten auf harmlosen Gästen, ja, das tun sie!" Aber er motzte auf eine kleinlaute Art und Weise. „Harmlose Gäste! Hab' sie im Keller einquartiert, weil sie ... weil ihre Art gewissermaßen lichtscheu ist und sie ... sie gehören zu einer missverstandenen und verfolgten Spezies, missverstanden und verfolgt, die armen Wichte!"
„Ach, Asylanten!", rief Erwin, der Sekretär erleichtert aus.
„Asylanten, gewissermaßen!", bestätigte der alte Apfel.
„Höre ich da einen Plural?", hakte Ernestine nach.
„Plural!", nickte der Sekretär.
Offenbar gab es mehr als nur dieses eine Exemplar.
Tatsächlich gab es mindestens zwei weitere, wie sich unverzüglich herausstellte, denn der Boden begann, unter mächtigen

Schritten zu erzittern. Etwas näherte sich schlurfend und warf ein hallendes Echo durch die Kellergewölbe – ein Duett der sich nähernden Gefahr.

Der Bischofsgeist grinste breit – das nahm Ernestine aus den Augenwinkeln heraus wahr, und sie ärgerte sich kurz über diese Unverfrorenheit – ihr Hauptaugenmerk richtete sich jedoch auf das, was hinter dem „Baby-Asylanten" auftauchte und den Gedanken nahelegte, dass es sich bei diesem tatsächlich um ein Baby handelte: zwei breite, bemuskelte Gestalten, die so groß waren, dass sie ihre kleinen, deformierten Köpfe einziehen mussten, um nicht gegen die hohe Decke zu stoßen. Da sie sich in den äußeren Merkmalen deutlich ähnelten, schienen die Drei in einer verwandtschaftlichen Beziehung zueinander zu stehen. Als Truppe waren sie durchaus geeignet, Angstschauer über menschliche Wirbelsäulen kriechen zu lassen, und wenn man das drohende Knurren berücksichtigte, das sich aus ihren dicken Kehlen löste, waren sie auch darauf aus, Furcht und Schrecken zu verbreiten.

Auf der einen Seite verharrte also eine Truppe gejagter, verschwitzter, staubbedeckter und vom plötzlichen Tod einer Angehörigen traumatisierter Menschen. Auf der anderen Seite fanden sich drei monströsen Kreaturen, die wenig freundlich, dafür aber ausgesprochen hungrig wirkten. Hunger loderte aus ihren hervorstehenden, bleichen Augen, Hunger zeigte sich im Tropfen von zähem Speichel aus rissigen Mündern, Hunger äußerte sich in dem vielstimmigen Ruf nach: „Fleeiiisch!"

Erwin, der sich in eine gefährlich nahe Position zu der anderen Seite gebracht hatte, wich ein, zwei Schritte zurück, konnte sich aber nicht zurückhalten, weiterhin Konversation zu machen.

„Ah, guten Abend, ich nehme an, Sie beide sind die Eltern dieses entzückenden ... Sprösslings, nicht wahr? Wie ich bereits erwähnte, mein Name ist Erwin Winter, und ich gehöre zu den Gästen des werten Professors hier, nicht wahr, Herr Apollo?" Er wandte sich hilfesuchend an den Genannten, während kleine Schweißtropfen an seiner Stirn zu glitzern begannen.

„He, du, Apfel!", grölte der unmerklich kleinere der beiden Riesen mit tiefem Bass. Der Schluss lag nahe, dass es sich dabei um eine weibliche Kreatur handelte, denn die wenigen Haare mit der Beschaffenheit von Gitarrensaiten waren zu einer Art Zopf hochgebunden (steckten im Zopfgummi als Schmuck kleine Knochen?), und anstatt eines Lendenschurzes trug das Wesen ein klägliches Kleid. Kleine Knochen hingen als Kette um den nicht vorhandenen Hals und dienten sogar als Nasenpiercing. Auf derlei Eitelkeiten verzichtete der andere Riese ganz und gar. Er schien bei genauerem Hinsehen auch deutlich schmutziger zu sein als seine Gefährtin.

„He, du Apfel!", grölte also das Weibchen und meinte ziemlich sicher den kleinlauten A. „der Apfel" Apollo, weil der nämlich erstens am ehesten so hieß und zweitens zusammenzuckte, als sein Name fiel. „Du uns gebracht viel Fleisch?"

„Guuck, Mamaaa, guuck!", grunzte der Kleinste der Drei, womit die Familienkonstellation bewiesen war. „Daas seein meeiin Freeund Popo!" Er deutete mit einem klobigen, schmutzigen Finger auf Erwin, der ein wackeliges Lächeln zustande brachte. „Einen prächtigen Sohn haben Sie da, Herr und Frau ... Herr und Frau ... ja, ähm, einen wirklich prächtigen jungen Mann!"

Die knochenbehangene Mama richtete den Blick ihrer Glubschaugen misstrauisch auf den Sekretär. „Das sein Mädchen! Mein Mädchen-Baby!", grollte sie.

„Aber natürlich, natürlich, wie konnte ich die Zartheit dieser reizenden Züge übersehen, die Eleganz der Bewegungen ... ein sehr ... sehr ... äh ... liebes Mädchen, wirklich, durchaus!"

„Lieb Mädchen?", wiederholte die Große. „Popo sagen lieb Mädchen?"

„Äh, ja, ja, abgesehen davon, dass mein Name nun wirklich nicht, also wirklich nicht Popo lautet, meinte ich, dass Ihre Tochter ein wirklich liebes Mädchen ist, wirklich lieb!"

„Lieb Mädchen, ja!", brüllte die stolze Mutter, und ihr Gesicht hellte sich auf, wobei Falten in Bewegung gesetzt wurden, die wie steinerne Verwerfungen wirkten. „Hab ein sehr lieb Mädchen, ja! Stimmt so! Popo sein süß!"

„Oh, danke, vielen Dank!" Mit eifrigem Nicken zog sich der Sekretär Schritt für Schritt zurück, bis er zwischen den anderen stand und bestand nicht einmal mehr darauf, seinen Namen richtigzustellen. Ernestine suchte unwillkürlich Halt an seinem Arm.

„Popo, Entschuldigung, ich meine Erwin, Sie sind ein sehr tapferer Mann, man glaubt es kaum, aber Sie sind sehr tapfer! Wie gut kennen Sie eigentlich diese ... Leute, Herr Apfel?"

Der alte Apfel hüstelte ein Weilchen verschämt auf der Wahrheit herum und spuckte sie dann hastig aus: „Ach, dreimal verfluchtes Schicksal, das einen großen Geist wie mich dazu zwingt, sich zu rechtfertigen wie ein verlogener Verbrecher! Verflucht! Jajaja, ich kenne diese Wesen, ich kenne sie sehr genau, ich kann sie benennen demnach, kann sie beim Namen nennen und es erklären, was ich hiermit tue, umgehend! Verflucht! Hab' sie aufgenommen, hab' sie versteckt vor der Welt, in der sie keinen Platz finden, die armen Wesen, vor einer Welt, in der man sie jagt und tötet und verabscheut! Dabei sind´s nur Ghule, einfache, aufrechte Ghule, die nichts weiter wollen, als nach ihren Gewohnheiten zu leben! Und wen stören sie schon? Wen stören sie schon hier unten? Na? Niemanden! Niemanden! Jaja, schwenkt eure Mistgabeln, ihr fanatischen Menschenrechtler, vertreibt sie mit euren Fackeln, das tut ihr, ohne sie zu kennen, ohne sie zu verstehen, so seid ihr ... muss allerdings zugeben, dass sie nicht ohne weiteres zu verstehen sind, diese Ghule, sie sind durchaus speziell, hehe, haben gewisse spezielle Eigenheiten, hehe, und ich wollt' es nicht auf eine Begegnung ankommen lassen, nein, lieber nicht, nicht ohne ihnen ihr Fleisch mitzubringen ..." Seine Stimme wurde leiser und erstarb, als sich die Truppe der Ghule langsam aber hungrig heranwälzte.

Ernestine versuchte, ihre Situation einzuschätzen: Ihr erster Gedanke war, dass sie Vampire mehr mochte als Ghule. Ihr zweiter, dass es keinen Fluchtweg gab, da die verschlossene Tür hinter ihnen nur zu einer anderen tödlichen Gefahr führte. Ihr dritter führte zu einer Erinnerung aus einem Märchenbuch:

„Fressen Ghule nicht nur Leichen? Also definitiv totes Fleisch?", fragte sie vorsichtig.

„Also, ich glaube kaum, dass diese Leute vorhaben, uns zu verspeisen!", lachte Erwin ein wenig nervös. „Wir sollten sie nicht aufgrund ihrer befremdlichen Erscheinung vorverurteilen, denke ich!"

„Sie fressen nur Leichen!", bestätigte der alte Apfel düster. „Aber es wird nicht allzu lange dauern, und ihr seid alle welche! Leichen meine ich! Wenn sie´s drauf anlegen, die Ghule, dann seid ihr in Sekundenschnelle tote Leichen und für sie genießbar. Verfügen über erstaunliche Kräfte, diese Ghule, bewundernswert!"

„Warum nur wir? Warum bleiben gerade Sie verschont?" Ernestine suchte fieberhaft nach Auswegen, denn ihr war gerade klargeworden, dass sie nicht ihr Leben lassen wollte, weil sie von Ghulen verspeist wurde, das erschien ihr zu unappetitlich. Ein grässlicher

Lindwurm wäre glorreicher. Sie würde weiterhin auf diesen setzen.
„Weil ich ein Apfel bin."
„Was?"
„Hab' ihnen klargemacht, den Ghulen, dass ich nicht nur Apfel heiße, sondern einer bin!"
„Was?"
„Die mögen kein Grünzeug! Denken, ich schmecke so scheußlich wie Obst! Weil ich ein Apfel bin! Jawohl! Ja und? Wenn sie´s glauben ...!"
„Aber Sie sehen nicht einmal annähernd aus wie Gemüse oder Obst! Sind diese Ghule denn komplett bescheuert?"
„Sind sie! Sind sie! Na und? Kann nicht jeder über einen herausragenden Intellekt wie den meinen verfügen, oder? Kann nicht jeder vom Genie erleuchtet sein, was? Macht sie doch nicht zu Untermenschen, nur weil sie nicht ganz helle sind, die armen Dinger, die!"
„Das sind keine Menschen, das sind Ghule!", erinnerte Ernestine ihn freundlich. „Und sie haben vor, uns aufzufressen! – Erwin, es ist Zeit zu kämpfen!", fügte sie etwas eindringlicher hinzu.
Erwin wischte sich den Schweiß von der Stirn. „Ich bin mir sicher, wir finden eine friedlichere Lösung, Madame!" Doch er klang weniger überzeugt als sonst, denn nun sprach das ghulische Familienoberhaupt das erste Mal, mit einer Stimme, die wie die eines sterbenden Löwen grollte: „Apfel bringt uns vieeel frisches Fleiiisch! Guuuuuut! Guuuuut!"
„Zwei frische, saftige Leiber! Zweimal frisch und gut", schloss sich die Mutter an, während sie beim Sprechen blubberte, weil ihr bereits das Wasser im Mund zusammenlief.
„Niiicht Popo essen, Baaaby maaaag Popo!" Neben seinen Eltern klang der Baby-Ghul wie eine Quietscheente.
Obwohl nach einer kurzen Überschlagung im Kopf mit Ernestine somit nur eine Person übrigblieb, an der die Ghule ihren übermäßigen Appetit stillen konnten, gab Erwin nicht auf:
„Lassen wir nicht kulturelle Verschiedenheiten zu traurigen Missverständnissen führen!", versuchte er es weiter, aber er sprach gegen hungrige Ghule an, gegen die selbst ein Horrorbaby noch als barmherzig gegolten hätte.
Als die Ghule näherkamen, kam mit ihnen auch ihr Gestank. Es roch nach faulendem Fleisch und verwesenden Gedärmen, nach offenen Gräbern und nach Schlachtabfällen. Es war ein Gestank,

der einem den Atem nahm und gleichzeitig alle Hoffnung auf vernünftige Verständigung.

Ernestine erstarrte wie eine Maus unter dem Blick der Schlange, als sich die Aufmerksamkeit der Gemüseverächter ihr und ihrem fleischhaltigen Körper zuwandte. Viel war´s ja nicht gerade, was davon vorhanden war, aber immerhin war es noch recht jung und zart. ‚Bin ich ein mageres Filetstück, das mit gutem Gewissen für die schlanke Linie genossen werden darf?', fragte sie sich. ‚Bei allen grinsenden Geistern!'

Sie machte es ihrer Großmutter nach, richtete sich zu ihrer ganzen – gar nicht so geringen Größe – auf und erhob ihre Stimme abermals zu einer Lautstärke, die alle zusammenzucken ließ. Selbst die Ghule.

„KEINEN SCHRITT NÄHER!", brüllte sie. „Sucht euch irgendwelche Ratten! Ich werde nicht gegessen! Ist das klar?"

Es entstand ein Moment der Stille.

„Raatten bääh!" Das war das Baby.

„Meenschenfleeisch besser!", verkündete der Vater entschieden.

„Schaafe auch guuut!", meinte die Mutter einlenkend.

„Schön", sagte Ernestine. „Dann gehen wir jetzt eben nach oben und holen euch Schafe. Wie klingt das? Lecker Schaffleisch?"

„Klingt guuut!" Immerhin schien in der Mutter noch ein Rest an Empathie zu schlummern. Nicht jedoch im Vater. „Jetzt Fleeisch!", dröhnte er. „Huuunger! Sofooort!"

Es war nicht sicher, zu wessen Gunsten die Waagschale sich senken würde, und es würde auch niemals geklärt werden, denn in diesem Moment wurde ein Zettel unter der Tür durchgeschoben.

Genau. Schon wieder ein Zettel. Der nur deshalb bemerkt wurde – wie banal ist ein einfacher, winziger Zettel im Angesicht dreier riesiger Ghule – weil die kleine Menschengruppe mittlerweile nicht nur bildlich mit dem Rücken zur Wand stand, sondern sich ganz reell an die Tür presste, unter der besagter Zettel durchgeschoben wurde. Das Papier raschelte zwischen Ernestines Füßen; also ergriff sie die Gelegenheit und damit das Papier, bevor es jemand anders an sich reißen konnte. Ihr Herz raste aufgeregt in ihrer Brust, ihr Magen krampfte sich schmerzhaft zusammen, und ihr Atem ging flach: Damon hatte sie eingeholt. Jetzt war wirklich alles aus. Jetzt gab es nur noch die Wahl zwischen zwei verschiedenen Todesarten und das war, nun, das war nicht so grandios, wie sie sich das immer vorgestellt hatte. Irgendwie nicht. Hätte sie nicht vor kurzem noch alles dafür gegeben, endlich sterben zu dürfen? Hatte sie sich nicht seit Jahren inbrünstig nach Umständen gesehnt, die ihr den Tod bringen würden? Und nun, da diese Sehnsucht kurz vor ihrer Erfüllung stand – warum freute sie sich nicht? „Ich muss dringend einen Termin mit Dr. Kern vereinbaren", murmelte sie. „Das wird ihn bestimmt interessieren!" Und dann betrachtete sie den Zettel und erkannte auf den ersten Blick: Die Handschrift war eine andere. Anstatt mit ungelenkem Gekritzel war das Papier mit flüssig geschwungenen Buchstaben bedeckt, die folgende Worte formten:

Weg von der Tür! Hier kommt Hilfe.

„Ähm. Leute, schaut mal!" Ernestine wedelte mit dem Zettel, um die Aufmerksamkeit der Männer von den hungrigen Ghulen abzulenken. Dann wandte sie sich der Tür zu.

„Netter Versuch, Damon!", rief sie. „Aber so blöd sind wir dann auch nicht!"

Draußen vor der Tür blieb alles still. Dann erschien ein weiterer Zettel.

Fuck Damon. Der Arsch ist fort. Und jetzt verdammt noch mal weg von der Tür!

Ernestine zwinkerte nervös. „Okay!", rief sie. „Wenn du uns wirklich helfen willst, dann ... gib uns ein Zeichen! Ein lautes! Zünde einen Feuerwerkskörper oder so! Irgendwas richtig, richtig Lautes! Schnell!"

Vater Ghul war inzwischen so nahe, dass Ernestine ihn berühren konnte. Seine Nasenlochkrater bebten, als er den Kopf senkte, um an ihr zu schnüffeln. „Guut Fleisch!", brummte er. „Essen jetzt!"

„Oh nein!", widersprach sie mit zitternder Stimme. „Wenn du mich isst, wird etwas Furchtbares geschehen, verstanden? Etwas Furchtbares! Da draußen ist mein Freund, ein mächtiger Zauberer, kapiert? Der macht gleich lautes **BUMM**! Und dann gibt's eins auf die Birne! Oh ja!"

Der Ghul zögerte und zog seine bereits ausgestreckte Pranke zurück. „Lautes Bumm?", fragte er skeptisch. „Aua?"

„Total lautes Bumm!", bestätigte Ernestine. „Und richtig großes Aua Aua!"

Und dann kam das **BUMM**. Wer auch immer da draußen war, ob Damon oder nicht, feuerte irgendetwas ab – einmal zweimal, dreimal – das klang wie Schüsse aus einer monströsen Kanone und so plötzlich ertönte, dass alles erschrak, was hören könnte. Der alte Apfel, Erwin und auch Ernestine krümmten sich zusammen, die Hände an den Ohren, ein Schwarm Fledermäuse flatterte aufgescheucht vorbei, und die Ghule verfielen in ein dreistimmiges Geheule: „Oh, oh, aua, aua, bumm, bumm!", war das Letzte, was man von ihnen hörte, während sie einen panischen Rückzug in die verlassensten und dunkelsten Ecken des Kellerlabyrinths antraten.

„Sagte ich doch, sagte ich doch", ließ sich der alte Apfel mit immer noch etwas unsicherer Stimme vernehmen, „sind sensible Wesen, diese Ghule, kein Problem, sensibel und leicht zu bändigen, wie sie sehen können, nicht wahr, diese Hetzer gegen alles Fremde!" Und er warf Ernestine einen giftigen Seitenblick zu, den diese zu übersehen vorgab.

„Wer oder was ist jetzt da draußen?", verlangte er dann zu wissen.

„Keine Ahnung." Ernestine zuckte mit den Schultern, dann erschien ein Leuchten in ihren Augen. „Oh, wahrscheinlich ist es Basilius!"

„Wer?"

„Der Vampir!"

„Quatsch mit Soße. Vampire sind ein feiges Pack, die helfen niemandem. Also, wer ist das da draußen?"

„Wir könnten die Tür öffnen und nachsehen", schlug Erwin vor, was dermaßen unbedarft war, dass niemand sich herabließ, darauf zu antworten.

„Wir sind hier drinnen in Sicherheit und werden uns niemals ergeben! Niemals!" Ernestine klang mehr als entschlossen.

„Nein, das werden wir nicht!", schloss sich der alte Apfel unvermutet an.

„Nun gut, dann ist das auch meine bescheidene Meinung", erklärte der Sekretär, dem inzwischen eine gewisse Erschöpfung anzumerken war.

In diesem Moment erschien ein weiterer Zettel:

Idioten. Weg von der Tür. Sofort!

Die tapfere kleine Schar warf sich beunruhigte Blicke zu und wich dann zum Glück einstimmig einige Schritte zurück. Man konnte ja nie wissen! Und in diesem Fall lohnte sich das Misstrauen, denn das **BUMM**, das nun folgte, war ein derartig mächtiges **BUMM**, dass die Ghule sich auf Monate hinweg nicht mehr in diese Gegend trauen würden. In einer dicken Staubwolke regnete es Holzsplitter und kleine Gesteinsbrocken, und nachdem sich die Sicht wieder aufgeklart und alle sich die Tränen aus den Augen gerieben hatten, wurde es offensichtlich: Es war keine Tür mehr da. Stattdessen klaffte ein doppelt so großes Loch in der Kellerwand und gab den Blick auf den Gang frei, durch den sie hierher geflohen waren. Inzwischen wurde er von einigen Fackeln erleuchtet, die jemand in den dafür vorgesehenen Halterungen entzündet hatte, ein Jemand, dessen Silhouette nun fackelscheinbeleuchtet und staubumweht in dem Loch erschien, das er in die Wand gesprengt hatte. Auf den ersten Blick befürchtete Ernestine, dass es sich dabei doch um Damon handelte. Die Gestalt war eindeutig menschlich, auch die Größe passte ungefähr. Doch nachdem sich ihre Augen an die Helligkeit gewöhnt hatten, erkannte sie, dass ihre Vermutung nicht stimmen konnte: Diese Person war sehr viel zierlicher als der gedrungene Damon. Breitbeinig stand sie da, in beiden Händen eine Waffe, als stiege sie geradewegs aus einem Feuerbad, und schwieg.

Sie hatten keine Chance. Wenn es der Wille des Neuankömmlings war, sie zu töten, so waren sie faktisch bereits erledigt.

„Und wer sind Sie, bitte schön?", fragte Erwin, erstaunlicherweise immer noch die Contenance wahrend.

Schweigen. Die Waffen wurden gesenkt, die Gestalt kam näher, und als sie ihnen direkt gegenüberstand, wurde Ernestine klar, was sie so irritiert hatte: Dies war eine Frau. Eine Frau, die einem Actionfilm entsprungen schien, nur dass sie im Gegensatz zu den Heldinnen dort wenig Wert auf Sexappeal legte und deswegen um einiges gefährlicher wirkte. Sie war vollständig in undefinierbare Tarnfarben gekleidet, trug derbe Stiefel, weite Armeehosen mit breitem Ledergürtel, in dem so allerhand steckte, und zwar bestimmt keine Lippenstifte oder Puderdöschen und hatte anstatt eines Push-up-BHs Lederriemen als Kreuz vor der Brust, die mit Sicherheit als Waffengurt dienten.

Zudem trug sie kein Make-up im überraschend fein geschnittenen

Gesicht, das möglicherweise hübsch, vielleicht sogar schön war, jedoch so finster blickte, dass man nicht darauf achten konnte, sondern sich eher darauf konzentrierte, dem Blick aus stechend hellen Augen auszuweichen und deswegen wieder auf der Brust landete, wo an einer Kette etwas hing, das wie eine Ansammlung kleiner Karten wirkte und das den einzigen, seltsam deplatziert wirkenden Schmuck darstellte.

Man musste sich unwillkürlich fragen, ob nicht Damon und sogar die Ghule eigentlich ganz angenehme Gesellen waren im Gegensatz zu dieser neuen Gesellschaft, doch diese Frage war verrückt, denn sowohl Damon als auch die Ghule waren Monster, während das hier doch nichts weiter war als ein Persönchen. Und dann kam man zu dem Schluss, dass der Grund für die aufkeimende Furcht vor dieser Erscheinung in ihrem seltsamen Gesicht lag.

Es verriet kein genaues Alter, denn das Netz aus Falten darin war nicht von den Jahren gewebt worden, sondern von Gefühlen der besonderen Art eingebrannt. Diese Zeichnung war altersunabhängig, doch wer sie trug, gehörte zu einem Club ohne Namen, dessen Mitglieder nicht allzu viel miteinander gemein hatten, außer ihrer einzigen Aufgabe: den Tod zu bringen.

Bei einem Anderen aus demselben Club wurde die Aura von Gefahr durch ein einnehmendes Wesen gemindert, und durch ein Lachen überdeckt, das die Menschen mochten; bei diesem Mitglied fand sich nichts dergleichen. Kein einnehmendes Wesen. Und nicht einmal die Andeutung eines Lächelns.

Sie hob ihre Hand. Ernestine zuckte unwillkürlich zusammen.

Dann fasste sie an eine der kleinen Karten an der Kette und hob sie hoch.

Ich bin stumm. Nicht taub!, stand darauf.

Niemand wagte, seine Verwunderung zu verbalisieren, und alle warteten ab, wie kleine Tiere in der Falle, die sich tot stellen. Sie spuckte verächtlich und undamenhaft aus und hob ein zweites Mal die Hand, um eine andere Karte zu zeigen:

Ich bin eine von den Guten!

Niemand sagte etwas, was so viel besagte wie: schwer zu glauben. Andererseits: Sie lebten noch. Die Ghule waren vertrieben, Damon und seine höllischen Heerscharen anscheinend auch. Das konnte man durchaus als Argumente für diese grimmige Amazone gelten lassen, oder nicht? Ernestine öffnete den Mund, doch bevor sie etwas sagen konnte, hielt ihre seltsame Retterin eine weitere Karte hoch: Keine Fragen!

Ernestine klappte ihren Mund wieder zu, doch Erwin räusperte sich. Sein Weltbild war innerhalb der letzten Stunden gehörig umgezeichnet worden. Sein Wirkungsbereich, der sich ansonsten auf behaglich beheizte Büros und anheimelnde Bibliotheken begrenzte, war in deutlich unwegsamere Gefilde verlegt worden. Und auch wenn seine geliebte Madame sich für den Tod entschieden hatte, war er immer noch Erwin, der Sekretär.

„Ich freue mich, Ihre Bekanntschaft zu machen", schwindelte er wie immer äußerst überzeugend, obwohl es wahrscheinlich nicht einmal eine Lüge war. „Darf ich uns vorstellen? Mein Name ist Erwin Winter und ich bin der Sekretär der soeben tragisch verschiedenen Gräfin von Hoch- und Nordenmoor, die Sie deswegen nicht in meiner Begleitung sehen. Außerdem haben wir hier ihre Enkelin, Ernestine von Hoch- und Nordenmoor ..." (Ernestine war selbst beeindruckt vom Klang ihres neuen Namens), „ ... und den geschätzten Professor A. „der Apfel" Apollo."

„Den alten Spinner!", wisperte Ernestine.

Erwin streckte ihrer Retterin seine höfliche Hand hin, die diese ganz und gar ignorierte. Ohne eine Miene zu verziehen, deutete sie mit einer Kinnbewegung an, dass sie ihr folgen sollten, drehte sich dann brüsk herum und eilte geschmeidigen Schrittes davon, während ihr ein taillenlanger, straff geflochtener Zopf in der Farbe ihrer Kleidung hinterherschwang.

„Sollen wir ihr folgen?", fragte Ernestine.

„Auf jeden Fall!", rief Erwin. „Auf jeden Fall! Es scheint alles besser, als in diesem Keller zu bleiben, in dem ... nun, möglicherweise weitere unangenehme Überraschungen auf uns warten!" Er schien erleichtert, eine Frau gefunden zu haben, die wusste, wo es langging.

„Unangenehme Überraschungen, Firlefanz, in meinen Kellern gibt's keine Überraschungen! Aber ich kenne sie, dieses Weib ... diese hier, ich kenne sie! Jaja! Hab' von ihr gehört, hab' Gemunkel gehört und Geraune in bestimmten Kreisen, das muss sie sein, das muss sie sein ... Hab' nicht so viel Gutes gehört." Der alte Apfel kratzte sich am staubbedeckten Kopf. „Hab gehört, mit ihr ist nicht zu spaßen. Soll unter einem Fluch leiden, einem üblen Fluch, der sie dazu verdammt, hundert Jahre kein Wort zu sprechen! Oh ja! ... Das hört man so ... Welch wundersame Begegnung! Hätte nie gedacht, sie zu treffen, hätte nie gedacht ... war ein Mythos, nur ein Mythos ... aber das muss sie sein, das muss sie sein! Man sagt, sie entstamme einem alten Königsgeschlecht, ja, so heißt es, sie sei eine Prinzessin unter einem Fluch! Dornröschen wird sie allerorts genannt. Die Stumme, die so gar nicht beliebt ist in diesen gewissen Kreisen, oh nein, man munkelt und raunt ... nichts Gutes!"

„Ach!", machte Erwin noch ein wenig erleichterter als bereits zuvor. „Alter Adel also? Das reicht mir, um den Leumund dieser Dame als positiv zu erachten!"

Schnurstracks trottete er hinter der Stummen her wie ein verlorenes Jungtier, das seine Mutter wiedergefunden hat. Dann folgte der immer noch erregt vor sich hin murmelnde Apfel. Am Schluss kam holprig Ernestine, die sich nicht entscheiden konnte, ob es sie nach einer großen Tasse heißer Schokolade verlangte oder nach der Cognacflasche aus ihrem Spülschrank. Vielleicht nach beidem? Auf jeden Fall nach einer Zigarette! Wo waren überhaupt ihre Zigaretten? Nach kurzer Suche förderte sie ein ziemlich zerknautschtes Päckchen zutage, genau wie ein noch funktionierendes Feuerzeug, und so inhalierte sie, der modrigen, staubigen Kellerluft zum Trotz, tief die beruhigende Mischung aus Nikotin und Teer. Während sie sich die Kellergänge hinaufschleppte, schwor sie sich, ganz gleich was heute noch geschehen würde, morgen früh in der Klinik anzurufen und einen Termin zu vereinbaren. Es war wieder an der Zeit, dass sie in die Sicherheit eines weißen Krankenzimmers zurückkehrte, bevor sie wirklich wahnsinnig wurde. Zunächst einmal hatte sie wohl noch eine Großmutter zu beerdigen (obwohl sich herausstellen würde, dass es da keinen Körper mehr gab, den man unter die Erde bringen konnte), sie hatte einen Vater (den sie nicht kannte) zu Grabe zu tragen, und sie hatte bereits die Bestattung ihres kleinen Fingers hinter sich.

„Ich glaube, es gibt keinen Wahnsinn", seufzte sie zwischen zwei tiefen Zügen an ihrer Zigarette, „ich glaube, es gibt nur viel zu viel Realität."

Und davon wartete noch eine ganze Menge mehr auf sie.

12
Die mysteriöse Geschichte von einer Einladung
Und: von einer erhellenden Aufklärung
Und: von einem frierenden Rotkäppchen

Während der Andere in tiefem traumlosen Schlaf lag, von dem er sich nächtlich nicht mehr als fünf Stunden gönnte (wobei diese fünf Stunden sein Pensum vollends erfüllten und ihm die nötige Ausgeruhtheit für den nächsten Tag verliehen), während er also in tiefem traumlosen Schlaf lag, der jedoch nie so tief gewesen wäre, dass ihn nicht das leiseste Geräusch daraus geweckt hätte, erklang ein ebensolches leises Geräusch, um nicht zu sagen ein beinahe geräuschloses Geräusch. Eine Einladungskarte aus schwerem, schwarzen Papier manifestierte sich auf dem Nachttisch mit einem derart winzigen *Plopp*, dass selbst das Husten eines Nachtfalters dagegen wie ein Donnern wirkte. (Ja, auch Nachtfalter litten hin und wieder unter Hustenreiz.)

Der Andere, den derartige Erscheinungen schon längst nicht mehr verwunderten, erwachte und entdeckte die Quelle der Ruhestörung. Als er die güldenen Lettern sah, runzelte er in tiefem Missfallen die Stirn. Eine Einladung. Zu einem exklusiven Event. Am nächsten Tag. Es wurde nicht danach verlangt, sich anzumelden, also wurde vorausgesetzt, dass man erschien. Es gab nicht viele, die vom Anderen erwarteten, dass er kurzfristig und auf jeden Fall eine Einladung annahm, de facto gab es nur einen einzigen. Demnach bedeutete diese verfluchte Karte nichts Gutes, um nicht zu sagen, sie bedeutete richtig großen Ärger.

„Scheiße!" Er benutzte dieses primitive Wort wahrscheinlich zu häufig und zu gern, jedoch war es diesmal wenigstens angemessen, wenn nicht gar eine bescheidene Untertreibung. Der Andere ließ sich zurück ins Kissen fallen. Er hatte geahnt, dass seine letzten Arbeitstage nicht ohne Komplikationen ablaufen würden; doch waren ihm die Hände mit Fesseln aus Höllenfeuer gebunden, die ihn daran hinderten, irgendetwas daran zu ändern.

War er bisher nicht aus jeder Situation, die sich als Falle erwiesen hatte, ohne größere Verletzungen entkommen? War er nicht jedes Mal gut damit gefahren, eine Gefahr ruhigen Mutes auf sich zukommen zu lassen, um sich ihr wohlüberlegt zu stellen und sie dann stets zu besiegen? Warum sollte es ausgerechnet diesmal anders sein?

Doch als er die Augen schloss, um seinen unruhigen Geist zurück in einen erholsamen Schlummer zu zwingen, hatte er das ungute Gefühl, dass es diesmal tatsächlich anders kommen würde. Dennoch fiel er, wenn auch erst nach einem kleinen Kampf mit düsteren Vorahnungen zurück in tiefen Schlaf; denn es wäre äußerst kontraproduktiv gewesen, den nächsten Tag anders als ausgeruht zu beginnen.

Woanders, aber nicht allzu weit weg, zur selben Zeit, also mitten in der Nacht, fand in der Küche des Apollo ein weiteres ungewöhnliches Treffen statt.

Es wurde, wie bereits früher an diesem Abend, Tee gebraut, kochend heißer Tee, der dankbare Abnehmer fand; Ernestine stellte fest, dass sie inzwischen am ganzen Körper schlotterte wie ein Papierfetzen im Sturm.

„Das ist nur der Schock", erklärte sie dem besorgten Sekretär, der selbst keinen viel besseren Eindruck machte mit seinem beschmutzten und zerknitterten Anzug, seiner verworrenen Frisur, den Tränenspuren unter den geschwollenen Augen und dem Gestank nach Ghul, der ihm anhaftete wie Schneckenschleim.

„Nur der Schock! Eine Tasse Tee – könnte ich bitte einen Schluck Cognac in meinen Tee haben? Vielen Dank – und es geht mir gleich viel besser, wirklich! Vielleicht noch eine Zigarette ... hups, jetzt ist sie mir runtergefallen, meine Hände zittern so ... Vielen Dank. Erwin, könnten Sie mir noch Feuer geben? Ja, genau so, sie machen das prima, Erwin! Ich darf doch den Untersetzer als Aschenbecher benutzen, oder? Wunderbar!"

Ja, so verhielt man sich unter Schock. Man plapperte dummes Zeug vor sich hin und zitterte. Oder war das einfach die Müdigkeit? Vielleicht litt sie auch unter den ersten Anzeichen einer Blutvergiftung, hervorgerufen durch ihre verletzte Hand? Sie war jedenfalls noch klar genug bei Bewusstsein, um festzustellen, dass sie zwar allesamt recht angeschlagen, aber ansonsten unversehrt wirkten, was ein wirkliches Wunder darstellte, wenn man den Verlauf des Abends bedachte. Dazu kam, dass sich Damon mitsamt den Horror-Babys anscheinend tatsächlich in Luft aufgelöst hatte. War es möglich, dass eine einzelne Frau dazu in der Lage war, ihn derart rasch und effektiv zu verjagen? Misstrauisch musterte Ernestine ihre Retterin. (Sie neigte neuerdings dazu, jedem zu misstrauen – womit sie endlich eine wichtige Lektion gelernt hatte.) Diese hatte sich der kleinen Sitzgruppe nicht angeschlossen, sondern lehnte mit verschränkten Armen im Türrahmen. Im hellen Neonlicht dieser zivilisierten Umgebung konnte man sie gründlicher in Augenschein nehmen, aber allein aus ihrer Erscheinung wurde Ernestine nicht klug. Ihr fiel auf, dass die schweigsame Kämpferin aus nur einem einzigen Farbton zu bestehen schien: braun. In allen Schattierungen. Ihre Haut war tief bronzebraun gebrannt, so dass sie sich kaum von dem verwaschenen, bräunlichen Khaki ihrer Kleidung abhob; ihre Haare hatten den gleichen Ton wie die Kleidung, eine Mischung aus braun und grau, wobei nicht ersichtlich wurde, ob sie bereits ergraut waren oder von Natur aus diese Farbe besaßen. Nur die Augen hoben sich wie kleine, ungewöhnlich grüne Feuer von ihrem Gesicht ab.

Außerdem grinste sie inzwischen, was ihren brachialen Auftritt zwar ein wenig abmilderte, jedoch keineswegs vertraueneinflößend wirkte. Es war vielmehr das Grinsen einer Katze, die sich über das Gebaren einiger, in die Ecke gedrängter Mäuse amüsiert. Als sie bemerkte, dass Ernestine sie beobachtete, zog sie einen kleinen Block aus ihrer Tasche – wahrscheinlich hatte sie stets Papier und Stifte vorrätig –, kritzelte etwas darauf, riss die Seite ab, knüllte sie zusammen und warf sie Ernestine zu. In neugieriger Erwartung auf erhellende Erklärungen entfaltete diese die Botschaft:

Ihr seid ein Haufen von Waschlappen!

„Ach ja", seufzte Ernestine, die sich nicht im Geringsten angegriffen fühlte. „Ich befürchte, das stimmt!"

„Was stimmt?", verlangte der alte Apfel zu wissen.

„Ach nichts", seufzte die Gräfin Junior.

„Wir sind zu großem Dank verpflichtet, zu großem Dank", wandte sich der Apfel an ihre Retterin und setzte zu einer seiner weitschweifenden Ausführungen an.

Die Stumme winkte ab und beschrieb in atemberaubender

Geschwindigkeit drei weitere Zettel, von denen sie einen zu Ernestine hinüberwarf. Darauf stand ihr eigener, vollständiger Name, den sie selbst erst an diesem Tage erfahren hatte. Wer auch immer diese Frau war, sie wusste Bescheid. Nachdem jedem klargeworden war, dass es nicht nötig gewesen war, sich vorzustellen, weil die Söldnerin (so sah sie jedenfalls aus) bestens informiert war, landete noch eine weitere Papierkugel in der Mitte des Tisches.

Ernestine war am dichtesten dran und faltete sie auseinander:

Sucht nicht nach der Gräfin. Sie wurde gefressen. Mein Beileid.

Obwohl dies eine naheliegende Vermutung gewesen war, klang es so schwarz auf weiß doch grässlich genug, um Ernestine weiter erbleichen zu lassen. Sie ließ den Zettel fallen, als hätte sie sich daran verbrannt, was in gewisser Weise durchaus der Fall war. Niemand sollte von diesen Dingern gefressen werden, niemand. Eine leichte Übelkeit schwappte an ihre Kehle, und sie fragte sich, ob sie später in der Lage sein würde, Trauer zu empfinden.

Ein weiterer Zettel landete. Ernestine überließ es Erwin, ihn zu lesen.

„Annabelle?", fragte der höflich interessiert. (Ernestine überlegte, ob er seine Trauer bereits überwunden hatte oder sie nur unterdrückte, weil er eben ein Mensch war, der Emotionen zu unterdrücken gelernt hatte.). „Einfach nur Annabelle? Nun, ein wirklich ausgesprochen seltener und wunderschöner Name von sehr weiblichem Klang!"

Dafür erntete er einen derart tödlichen Blick von derjenigen, die er versucht hatte, mit seinem Kompliment zu bedenken, dass er zusammenschrumpfte und die Augen niederschlug.

„Erwin hat sich verliebt!", flüsterte Ernestine, die damit eine ganz neue Gehässigkeit an sich entdeckte. Ob das die Müdigkeit war? Der Schock? Ihre wahre Natur, die dadurch zum Vorschein kam? Auf jeden Fall tat es gut zu sehen, wie der Sekretär errötete.

Ernestine spürte – und nicht zuletzt an sich selbst -, dass die wenigen, in diesem Raum noch vorhanden Nerven, geschwächt waren – außer natürlich bei Annabelle. Die sah nicht so aus, als hätte sie überhaupt Nerven. Die hatte wahrscheinlich stattdessen Zündschnüre ...

Woanders schäumte Damon vor Wut, und das nicht nur metaphorisch: Spucke bildete an seinem verstümmelten Mund weiße Blasen, als er durch das inzwischen komplett verwüstete Wohnzimmer seiner Villa tobte und dabei ein unartikuliertes Gebrüll ausstieß.

Miss Biss, gehüllt in türkisfarbene Seide, silbernen Pelz und vanillesüßen Duft, lehnte in perfekter Pose an der noch intakten Bar und nippte an einem klebrigen Gesöff in stilvollem Glas.

„Beruhige dich, mein Schatz!", riet sie zum wiederholten Mal gelassen. „Beruhige dich! Eine verlorene Schlacht ist noch kein verlorener Krieg!"

Es grenzte an ein Wunder, dass Damon sie bei seinem Geschrei überhaupt verstand. „Das ist kein beschissener Krieg!", kreischte er, seine steifen Finger zu Klauen gekrümmt, in dem vergeblichen Versuch, die Fäuste zu ballen. „In einem Krieg gibt's Gegner! Hier gibt's keine Gegner für mich, nur Opfer! Ich hab' die Macht! Er hat mir die Macht über seine Bestien verliehen, damit ich mich rächen kann! Und diese ... diese ... diese ... verdirbt mir alles! Alles!" Selbst Damon fand keine Worte, um Annabelle hinreichend zu beschreiben.

„Du warst nicht auf sie vorbereitet, Schatz! Niemand hätte ahnen können, dass dieses Weibsbild auftaucht, oder? Es ist eine Unverschämtheit, dass die sich einmischt, dieses arrogante Miststück! Komm, komm, es war nicht deine Schuld! Du hast alles richtig gemacht! Wo sind denn eigentlich deine kleinen Engel?"

„In den Keller gesperrt", knirschte Damon, immer noch mit zusammengebissenen Zähnen. „Sie haben meine Hunde zerfleischt. Da unten können sie die Leichen der toten Schlampen fressen!"

„Oh, sie sind so niedlich, nicht?" Miss Biss lächelte lieblich. „Ich kann gar nicht genug von ihnen kriegen! Darf ich mir einen als Schoßtierchen ausleihen? Immerhin war es doch ein großer Spaß für dich, als sie diese hässliche alte Harpyie auseinandergerissen haben, oder etwa nicht? So viel Blut, so viel Gewalt!"

„Lass mich in Ruhe mit deinem Scheiß!", zischte Damon, der ansonsten nie ein Widerwort gegen seine geliebte Miss Biss richtete. Er musste extrem verärgert sein.

„Aber, aber, wer wird denn so launisch sein!", verzieh ihm die schöne Böse leichthin. „Ich habe eine wundervolle Idee, die meinem kleinen Dada-Schatzi gut gefallen wird, einen durch und durch diabolischen Plan. Na? Willst du ihn nicht hören, du schmollender kleiner Troll, du? Einen Plan, um große Macht zu erlangen und Chaos zu verbreiten?"

Damon, dessen Erscheinung durch neue Brandflecke und Verletzungen weiter gelitten hatte, ließ sich aufstöhnend zu ihren Füßen nieder und legte sein zerstörtes Gesicht an ihre Schenkel.

„Sag´s mir, Missy", keuchte er in einer Mischung aus Heulen und Lachen. „Sag mir, wie ich sie alle fertigmachen kann! Und ich schwöre dir, ich schwöre dir ..."

„Schwöre mir später, mein Schatz, schwöre mir später." Sie kraulte mit golden lackierten Fingernägeln seinen verschorften Kopf, wobei sich eitrige Bröckchen lösten. „Wie ich deine blonden Löckchen vermisse, Süßer, aber was soll´s ... Pass auf ... ja, so ist´s gut, ganz ruhig, ganz ruhig ... Ich habe einen Plan ersonnen, mit dem wir die Macht über den Lindwurm erlangen, ganz ohne die Hilfe dieser hässlichen, schäbigen, widerlichen Ernestine-Trine. Einen Plan, wie wir sein Gefängnis öffnen und ihn befreien können ... was glaubst du, was wir mit einer derartigen Waffe alles erreichen werden? Hm? Richtig! Und unser geliebter Meister wird uns reich belohnen und uns all unsere Wünsche erfüllen. Interessiert, Schnuckelchen? Gut! Dann spitz deine Öhrchen und hör zu ..."

Und während die Horror-Babys im Keller ihre grausige Mahlzeit verschlangen, während schwarze Einladungskarten mit leisem „Plopp" in der schicken Handtasche von Miss Biss und der zerfetzten Hosentasche von Damon erschienen, wurde ein Plan erläutert, der in seiner Perfidie bestimmt unter die Top-Ten der bösen Hexenpläne gehörte. Aber Miss Biss war eben auch keine gewöhnliche Hexe. Sie besaß die Portion Extra-Klasse, die sie zur Sekretärin des Teufels machte.

Was wohl Erwin dazu sagen würde, wenn er wüsste, dass ihre gefährlichste Gegenspielerin in demselben Beruf tätig war wie er?

Annabelle schmetterte ein kleines ledergebundenes Taschenbuch auf den Tisch. Es schien so ihre Art zu sein, Dinge am liebsten zu werfen oder zu schleudern oder explodieren zu lassen.

Diesmal fing es der alte Apfel, vielleicht, weil er es als wahrer Gelehrter auf Bücher aller Art abgesehen hatte. Neugierig schlug er es auf der ersten Seite auf, las einige Absätze und sagte dann: „Oh. Na sowas. Also sowas aber auch. Oh, oh. Karamba und Karacho!

Hehe! Nicht zu glauben, nicht zu glauben! Und wir dachten, der unsere wäre der einzige seiner Art!"

Ernestine ergriff die Gelegenheit, das Buch als Nächstes an sich zu nehmen. Zum Glück hatten ihre Hände aufgehört, so erbärmlich zu zittern. Sie blätterte über die ersten paar Seiten – Titel, Inhalt usw., usw., – hinweg und landete bei einer Liste.

Monster Kategorie 1-10

Nummer 1: Monster Kategorie 1
Schattenwesen   genannt: der Unheilbringer
Mokuht-n-oms
die große Dunkelheit
gebannt
Aufenthaltsort: Grabmal Nebukadnezars
Wächter: ~~die andere Seite~~ – *unsere Seite*
bisheriger Schaden: hoch

Nummer 2: Monster Kategorie 1
Erdgeist   genannt: Golem
König der Titanen
gebannt
Aufenthaltsort: Stonehenge, England
Wächter: ~~unklar~~ – *unsere Seite*
bisheriger Schaden: ~~hoch~~ – *sehr hoch*

Nummer 3:

Ernestine blätterte weiter, bis sie weiter hinten einen Eintrag fand, der frisch mit einem roten Aufkleber versehen war:

Nummer 133: Monster Kategorie 8
Lindwurm   genannt: Schlange der Bosheit
Rognir
Teufelswurm
gebannt
Aufenthaltsort: Lindwurmgasse, ehemaliger Kultplatz, nahe der Heidenkirche
Wächter: ~~unsere Seite~~ – ~~die andere Seite~~ – *unklar*
bisheriger Schaden: niedrig

Ernestine blickte erstaunt auf und dachte nach.
„Heißt das, es gibt eine Liste mit allen bekannten Monstern?",
fragte sie verblüfft. Niemand antwortete, denn die Antwort war ja
offensichtlich.
„Heißt das, unser Lindwurm kommt erst an Stelle *einhundertdrei-
unddreißig?*", fragte sie weiter. Auch das war aber mehr als eindeutig.
„Heißt das, unser Lindwurm ist *keiner* von den ganz Gefährli-
chen?" Damit bewies sie wieder einmal, dass sie Dinge doch recht
zügig auf den Punkt zu bringen wusste.
Ein Zettel landete vor ihrer Nase. Sie entfaltete ihn und las laut
vor: „Euer Lindwurm ist ein verficktes Scheiß-Baby!"
Ein weiterer Zettel traf den alten Apfel am Kopf, der, anstatt da-
rob in aufgebrachtes Gezeter zu verfallen, ihn glatt strich und las.
„Oho!", machte er. „Oho!" Er räusperte sich, schob seine goldene
Brille zurecht und las in angemessen getragenem Ton vor:
*„Annabelle ist in offizieller Mission eingesetzt, um als Hüterin der Mons-
ter auf der Erde für Ordnung zu sorgen. Ziel ist unter anderem eine Über-
nahme aller Ungeheuer Kategorie 1-10, um die andere Seite zu schwächen.
Die Ungeheuer und Dämonen der Kategorie 11-100 sind unter Beobachtung zu halten, zu überprüfen und, wenn nötig, in ihre Schranken zu weisen oder zu eliminieren."*
Die Wangen des alten Parapsychologen röteten sich vor Aufregung. „Dann ist sie eine Expertin, das stumme Dornröschen, dann
ist sie eine Expertin auf dem von mir studierten Feld der paranormalen Kryptozoologie! Welch übergroße Freude! Hurra! Welch hoher Gast in meinem bescheidenen Heim! Kann sie Geister sehen,
kann sie selbst die Geister sehen?"
Eine Zettelantwort:
Deine ganze Hütte ist voller Geister, alter Mann!

Der alte Apfel freute sich diebisch. Ernestines Skepsis wuchs.
Annabelle war also mit dem gleichen Fluch behangen wie sie selbst?
Und hatte den Fluch zu ihrem Beruf gemacht, anstatt deshalb wie
sie ins tiefste Unglück zu verfallen? Das war kein Gedanke, den sie
weiter verfolgen wollte, nein, heute ganz bestimmt nicht mehr. Ihr
mickriges Selbstbewusstsein sollte nicht noch mehr leiden.
„Das nun, das erscheint mir ein deutlich zu gefährlicher Beruf
für eine junge Dame", merkte Erwin, der Sekretär, an, der insgesamt sehr verunsichert schien, während er krampfhaft versuchte,

sich dies nicht anmerken zu lassen. Jedenfalls war seine deutlich deplatzierte Bemerkung Anlass für ebendiese junge Dame, die vierte und letzte ihrer Standardkarten herzuzeigen, die sie für alle Fälle um den Hals trug. Auf dieser stand:

Fick dich!

Während Erwin entsetzt zusammenzuckte, atmete Ernestine erleichtert auf. Eine Stumme, also ernsthaft Behinderte, die mit nur vier Kommunikationskarten auskam, die folgende Aussagen beinhalteten: *„Ich bin stumm, nicht taub!"*, *„Ich bin eine von den Guten!"*, *„Keine Fragen!"* und *„Fick dich!"*, die war aus einem derart speziellen Holz geschnitzt, dass sich ein Durchschnittsmensch nicht mit ihr vergleichen durfte. Der Schutzherr der Toten sei gesegnet! Es war also absolut in Ordnung, als Geisterseherin ein verfluchtes Leben zu führen und sich in Psychatrien herumzutreiben, anstatt die Monster dieser Welt zu bekämpfen!

Annabelle richtete ihren Zeigefinger auf Ernestine.

Die schluckte. „Ja, bitte?"

Sie erhielt einen Zettel.

Wie geht's deinem Hund?

„Gut, glaube ich ... Warum, was ist mit Cerberus?"

Pass gut auf ihn auf!

„Und warum?"

Warum wollen dich diese Schwanzlutscher wohl?

„Was?"

Du hast Macht.

„Was?"

Macht. Magie. Ein Talent. Was auch immer. Du siehst magische Wesen und kommunizierst mit ihnen. Wertvolles Potential für die Wichser. Dein Blut befreit den Lindwurm, und du kannst ihn lenken.

„Was?"

Entweder für uns oder für die anderen.

„Was?"

Entscheide dich für die anderen: Ich töte dich. Entscheide dich für uns: Die anderen versuchen, dich zu töten.
„Was?"
Annabelle rollte genervt mit den Augen.
„Zehn Mal nacheinander „was?" zu sagen, spricht nicht unbedingt für großen Einfallsreichtum", kommentierte der Sekretär, der ihr wohl in Sachen Gehässigkeit nichts schuldig bleiben wollte.
Ernestine riss sich zusammen und verkniff sich ein weiteres entsetztes und unproduktives *Was*, welches ihr bereits zu entschlüpfen drohte.
„Was ist ... äh ... deine Seite?"
Annabelle deutete nach oben.
„Und äh ... die andere?"
Annabelle deutete nach unten.
„So was wie Himmel und Hölle oder so?"
Annabelle rollte abermals mit den Augen und nickte.
„Das und nichts anderes haben wir versucht, ihr zu erklären, der Hippie-Göre, meine Wenigkeit und die gute alte Graziella-Schachtel! Das Böse hat sie noch vor uns gefunden und versucht, sie auf ihre Seite zu ziehen! Doch hat sie widerstanden, die junge von Hoch- und Nordenmoor, doch hat sie widerstanden!"
„Wann genau hat das Böse versucht, mich auf seine Seite zu ziehen?", wunderte sich Ernestine. „Das muss ich verpasst haben!"
„Nun, nun, dieser junge Mann, dieser Damon, dieser bösartige, der sie auf dem Gewissen hat, meine gute, alte, dumme ...", der Apfel schniefte kurz, „dieser hat ihr doch ein Angebot unterbreitet, oder wie oder was?"
„Ähm, nein, der hat mir einen kleinen Finger abgehackt, ohne mir ein Angebot zu unterbreiten – sonst würde ich mich daran erinnern, bestimmt!"
„Wie barbarisch!", entrüstete sich Erwin. „Meine liebe Ernestine, davon haben Sie nichts erzählt! Welch höchst krimineller Bursche!"

Ein Arschloch

„Hehehe, ein Arschloch, ein echtes Arschloch, hehehe, richtig, richtig, ein Arschloch!"
„Dann war das Angebot wohl in dem Umschlag, den mir diese Hexe dagelassen hat, diese Miss ... Miss irgendwas."

Miss Scheiß-Schlampe

„Hart formuliert, aber zutreffend", bestätigte Ernestine. „Eines meiner Kinder meinte, sie würde es an die böse Gouvernante von früher erinnern. Ganz allerliebst, was?"
Niemand ging darauf ein. Wahrscheinlich lag es außerhalb jeglicher Vorstellungskraft, woher Ernestine plötzlich Kinder herbekommen haben sollte.

„Ich fand es allerliebst", murmelte Ernestine und bekam plötzlich Sehnsucht nach ihrem kleinen Zuhause, wo die Geisterkinder und Cerberus auf sie warteten.

„Können wir nicht eine kleine Pause machen und schlafen?", schlug sie vor und schämte sich nicht im Geringsten dafür, dass sie als die Jüngste in der Runde als Erstes Ruhe brauchte. Sie hatte einige strapaziöse Tage hinter sich, extrem strapaziöse! „Damon kommt doch nicht so schnell wieder, oder?"

Annabelle zuckte mit den Schultern.

Solange du im Haus bei deinem Hund bleibst, kann nicht viel passieren.

„Ja, kann schon sein. Er ist ein ziemlich ungewöhnlicher Hund, denn zum Beispiel ist er unter anderem kugelfest! Wusstest du das?"
Annabelle nickte.

„Kannst du mir auch sagen, was es genau mit ihm auf sich hat? Manchmal wird er mir fast unheimlich!"
Annabelle zeigte Karte Nummer 3:

Keine Fragen!

Ernestine seufzte. „Schon gut, schon gut. Dann vertrau mir eben nicht. Mir auch egal. Vielleicht entscheide ich mich ja doch noch für die Seite, die mir so charmant Finger abhackt. Ich will nach Hause und schlafen. Und zwar sofort. So wie es aussieht, werde ich die nächste Woche nicht überleben, da muss ich mich nicht noch zusätzlich quälen. Ich finde, eine Ruhepause ist mir vergönnt!"

Annabelle bedachte sie mit einem Blick, der deutliche Verachtung sendete, aber die prallte an Ernestine ab.

„Meine bescheidene Meinung wäre ebenso, dass es sinnvoll wäre, uns allen die Möglichkeit zur Rekonvaleszenz zu geben!", warf der Sekretär ein, der blass war und dazu dicke, dunkle Augenringe als Beweis für seine Müdigkeit trug. Wahrscheinlich würde er nach der heutigen Nacht nie wieder der Alte sein, was er sich recht tapfer nicht anmerken ließ. „Ich habe einen Berg von Aufgaben vor mir, unter anderem werde ich ... werde ich die Andacht vorbereiten ..." Der alte Apfel sprang von seinem Stuhl auf, streckte sich und ließ dabei seine morschen Knochen knacken.

„Jaja!", raunzte er. „Raus mit euch allen! Muss aufräumen, muss mich ordnen, muss Strategien ersinnen, wie wir weiter vorgehen! Brauche Ruhe, brauche Zeit, brauche die Stille!"

In dem Moment ertönte ein schrilles Kläffen und Marie-Antoinette tauchte in der Küchentür auf. Hechelnd und lärmend sprang sie mit flatternder Schleife am Bein der Kriegerin empor, die dem Terrier nur insofern Beachtung schenkte, dass sie ihm einen Tritt versetzte, der ihn schwungvoll ans andere Ende der Küche verfrachtete, wo er sich wimmernd in eine Ecke verkroch.

„Nie im Leben gehört die zu den Guten!", raunte Ernestine dem Sekretär zu. „Die Guten sind lieb zu Tieren und Kindern! Und sie singen!"

Der Sekretär enthielt sich jeglichen Kommentars; entweder aus Angst oder Loyalität zu der Stummen.

„Feigling", flüsterte Ernestine, was für sich genommen auch nicht besonders nett war.

Doch wo Marie-Antoinette war, da war auch ihr Herrchen nicht weit; wie ein schwarzer, muffiger Blitz flitzte er in die Küche und blieb in dramatischer Geste (mit erhobenem Arm, abgespreiztem Bein und zurückgeworfenem Haupt) mitten im Raum stehen wie das Standbild eines stümperhaften Schauspielers.

„Oh, Kameraden!", rief er aus. (Seine näselnde Stimme war in den letzten Stunden weder klarer noch angenehmer geworden.) „Welch unbeschreibliche Freude, zu sehen, dass ihr die schreckliche Invasion der Feindesbrut überlebtet! Lasst euch erzählen, wie ich mich ihnen todesmutig entgegenwarf, wie ich unter dem Einsatz meines eigenen Lebens mit ihnen kämpfte, um euch zu schützen, vor allem Euch, schönes Fräulein!" (Da war es wieder, das kokette Zwinkern für Ernestine!) „Gern würde ich Euch die Häupter der Erschlagenen als Tribut vor Eure zarten Füße legen, doch möchte ich nicht Euren mädchenhaften Geist durch derlei Gräuel schrecken!" Er verbeugte sich tief. „Euch zu Ehren verfasste ich jedoch folgendes Sonett."

Mit jahrhundertelanger Übung ließ er seine Zuhörerschaft gar nicht erst zu Wort (und damit zu Widerspruch) kommen und begann, vom Fleck weg laut leiernd zu deklamieren:

Die Schlacht des Dichters

In dunkler Nacht einsam wachte der Dichter,
sein Herz war in feuriger Liebe entbrannt,
gefesselt von einem romantischen Band!
In seiner Seele brannten bunte Lichter.

Doch! Hört er das Nahen der bösen Wichter?
Sie kommen in schrecklichen Scharen gerannt!
Auf! Schon hat der Dichter das Schwert in der Hand!
Ein Held ohne Furcht, so stürmt er und ficht er!

Ein Feind nach dem anderen fällt hernieder.
Ach! Getroffen von seinem tödlichen Schwert!
Er reitet herum auf seinem edlen Pferd!
Noch Jahre später ertönen die Lieder:
Nur er hat den Feinden den Zutritt verwehrt!
Sein Name wird ewig als Held nun geehrt!

Beifallheischend blickte er sich mit strahlendem Lächeln um (wobei er spitze Eckzähnchen zeigte, die gelblich und wenig erschreckend wirkten). Doch bevor der wieder munter gewordene Sekretär sich erfreut dazu äußern konnte, dass endlich wieder ein Stück Kultiviertheit Einzug in das Chaos gehalten hatte, bevor die erblasste Ernestine die „feurige Liebe" und das „gefesselte Herz" verkraftete hatte, wurde der Dichtervampir unsanft von einer Papierkugel am Kopf getroffen.

„Aua!", sagte er vorwurfsvoll, las dann aber laut vor, was auf dem Papier stand. Es war, im Gegensatz zu seinem Gedicht, recht kurz und prosaisch:

He, du, Vampir!!!

Verunsichert sah er sich im Raum um, wobei er zum ersten Mal die Stumme wahrnahm, die immer noch im Türrahmen lehnte und angelegentlich damit beschäftigt war, sich mit nichts anderem als einem Holzpflock demonstrativ die Fingernägel zu säubern.

Augenblicklich erloschen seine glutvollen Blicke in Richtung Ernestine, und seine Heldenpose fiel zu einem mickrigen Häufchen aus parfümierten Lumpen zusammen.

„Nun muss ich euch aber verlassen, Kameraden!", improvisierte er hektisch. „Es rufen mich die äh ... Heldenpflichten woanders hin, wo Schlachten geschlagen und die Poesie gewürdigt wird! Doch werdet ihr mich wiedersehen, fürchtet euch nicht!" Damit verwandelte er sich in eine winzige, räudige Fledermaus, segelte in rasantem Flug an seiner ihn ignorierenden Bedrohung vorbei und verschwand in den Untiefen der Kirche. Sein misshandeltes Hündchen folgte ihm keifend und furzend. Ein dramatischer Abgang – für einen Dramatiker angemessen!

Der alte Apfel erhielt einen Zettel.

Es werden Strafgelder für das Beherbergen von Vampiren verhängt!

Einen Strafzettel also. Dass es so etwas für derartige Vergehen gab! Aber was gab es nicht alles auf dieser Welt, was gab es nicht alles für Dinge, die kaum zu glauben waren? Mehr als man im Allgemeinen so anzunehmen bereit war, mehr als das mit Gewissheit!

Der alte Apfel wunderte sich nicht und verzichtete sogar darauf, Annabelle mit seinen üblichen Beschimpfungen zu antworten. Was auch immer er über sie gehört hatte, es schien ihm einen untypischen Respekt einzuflößen. Unter unverständlichem Gemurmel steckte er den Zettel weg.

Die Runde löste sich nun recht schnell auf, weil es erst einmal nichts mehr zu sagen gab: Das wehrhafte Dornröschen verschwand ohne Abschied dahin, woher es gekommen war. Der alte Apfel verzog sich in seine Kammer, wo er lange keinen Frieden fand, und danach in tiefen, tiefen Schlaf fiel.

Erwin, der Sekretär, schaffte mit letzter Anstrengung die Fahrt zurück ins nunmehr leblose Schloss, wo er sich in den Schlaf schluchzte. Seine Gefühle für die Gräfin waren tief und aufrichtig gewesen; die Erlebnisse des letzten Tages hatten sein gesamtes Weltbild auf den Kopf gestellt, und er spielte, ebenso wie Ernestine, mit dem Gedanken, sich in eine psychiatrische Anstalt zu flüchten.

Diese taumelte den kurzen Weg zurück nach Hause, wo die Fenster immer noch erleuchtet waren, und wo, mitten in der Schwärze des heraufsteigenden Wintermorgens, jemand auf sie wartete.

Diesmal war es kein attraktiver, blonder Prinz, der bei näherem Kennenlernen zuerst seine Freundlichkeit und später noch dazu sein gutes Aussehen verlor, sondern ein Mädchen mit roten Locken, die sich vorwitzig unter einer dicken Wollmütze herausringelten. Ernestine, die bei dem Anblick einer fremden Gestalt vor ihrem Haus bereits wieder um ihr Leben gefürchtet hatte, entspannte sich. ‚Allen guten Geistern sei Dank – nur ein junges Mädchen!' Man fragte sich unwillkürlich, wie das mit der Lektion gewesen war, die sie Misstrauen gegenüber Fremden gelehrt hatte. Aber auch Schneewittchen hatte im Märchen arglos der bösen Stiefmutter drei Mal hintereinander die Tür geöffnet und war daran beinahe zugrunde gegangen ...

Charlottas Knochen hatten sich bereits nach einer halben Stunde in Eis verwandelt. Vorher waren ihr nach und nach jeder Zeh, jeder Finger, die Nase, die gesamte Haut und alle Muskeln abgefroren, was daran lag, dass sie einen leeren Magen hatte und ergo keinen Treibstoff für ihren inneren Ofen.

Um sich aufzuwärmen, lief sie vor dem Haus auf und ab, ohne es aus den Augen zu lassen. Der festgefrorene Schnee knirschte hämisch unter ihren Schuhen, während vereinzelte Schneeflocken sich immer wieder in ihren Wimpern festsetzten. Sie hatte keine Thermoskanne mit heißem Tee dabei, sie hatte zu wenig Kleider an, sie hatte Langeweile, und sie hatte deswegen auch überhaupt keinen Spaß.

Charlotta war, wie befohlen, seit Punkt 5.30 Uhr (morgens!) auf ihrem Wachposten, und seitdem (erst eine Stunde und vierzehn Minuten später, aber es fühlte sich an wie eine Ewigkeit) brannten in dem winzigen windschiefen Haus in der Lindwurmgasse 9 alle Lichter und das unstete Flackern hinter den Fenstern im Erdgeschoss verriet, dass dort jemand im Warmen vor dem Fernseher saß.

„Was für ein Leben", murmelte Charlotta mühsam mit brombeerblauen Lippen. „Die ganze Nacht vor der Glotze hocken und es sich gutgehen lassen! Keine Pflichten! Kein Stress!" Dann fiel ihr wieder einmal ein, dass sie ja deshalb zu einer unmenschlichen Zeit in unerträglicher Kälte ausharrte, weil es in Kürze sehr viel Stress im Leben der Ernestine Nordmoor geben würde und ihr Selbstmitleid, das davor in unmessbare Höhen geklettert war, fiel wenigstens um zwei Grad ab. Außerdem wurde sie einen eiskalten

Moment später (die ganze Nacht bestand aus nichts anderem als eiskalten Momenten, aneinandergereiht wie schneeweiße Perlen an einer Schnur aus Frost), von etwas abgelenkt, mit dem sie beileibe nicht gerechnet hatte: Sie stand plötzlich der leibhaftigen Ernestine Nordmoor gegenüber.

Charlotta hatte sie weder aus dem Haus treten noch die Straße entlangkommen sehen; sie musste aus dem schneebedeckten Gestrüpp gekrochen sein (richtig!), das sich am Ende der Sackgasse befand und gar nicht zu dem ansonsten überpflegten und superschicken Image der Straße passen wollte. Zu dem Schock über das unmittelbare Auftauchen ihrer Zielperson gesellte sich noch Charlottas Überraschung über den furchtbaren Zustand, indem sich Ernestine befand. Die Ähnlichkeiten zu den Fotos, die Charlotta gesehen hatte, waren zwar unbestreitbar vorhanden, jedoch ließen körperliche Zeichen der totalen Erschöpfung Ernestine für einen Augenblick aussehen wie einen Geist, so wie sie da stand, in der Dunkelheit, eingehüllt in einen tiefschwarzen Mantel, das schwarze Haar offen, zerzaust und staubmatt, ein totenbleiches Gesicht umwehend, in dem die tiefen Augenringe wie die Höhlen eines Totenschädels wirkten.

„Heilige Scheiße!", entfuhr es Charlotta, die einen weiteren eisigen Moment bereit war, zu glauben, dass diese unheimliche junge Frau mehr war als ein normaler Mensch und dazu imstande, jemanden wie Damon tatsächlich so nebenbei zu verstümmeln. Aber der Moment verflog zusammen mit den tanzenden Schneeflocken und zurück blieb nichts als eine Ernestine, die entsetzlich müde war nach einer wirklich, wirklich anstrengenden Nacht und die sich fragte, warum um diese Uhrzeit dieses fremde Mädchen hier herumstand, das den Eindruck von schlechter Laune, Verfrorenheit und gesundem Appetit machte. Andererseits hatte sie während der letzten Tage weitaus seltsamere Begegnungen gemacht und – noch wichtiger – überlebt, also was kümmerte sie diese kleine, dickliche Person, die was auch immer in dieser Gegend zu tun hatte?

„Guten Morgen", sagte Ernestine etwas steif, denn die Situation gestaltete sich unangenehmerweise so, dass die beiden sich gegenüberstanden und gegenseitig anstarrten, was die konventionellen Begrüßungsriten zweier Fremder empfindlich verletzte. (Das war sogar Ernestine bekannt, die ansonsten nicht immer die Feinheiten der menschlichen Konventionen verstand.)

„Ähm, guten Morgen?", fragte die Kleine mit einer recht heiseren Stimme zurück und schien irritiert. Ernestine seufzte.
„Das sagt man so: ‚Guten Morgen': wenn sich zwei Personen morgens treffen. Oder nicht?"
„Ähm, an sich schon. Glaube ich. Klar. Guten Morgen! Es ist ... nur so dunkel, deswegen ... also mir kommt´s eher vor, wie mitten in der Nacht, nicht als wär´s schon morgens!"
„Ja, die Nächte im Winter sind endlos und schwarz!", seufzte Ernestine.
„Ja, grässlich, was? Ich komm' dann immer kaum aus dem Bett, am liebsten würd' ich schlafen bis zum Mittagessen, aber da wird's dann ja auch schon wieder dunkel! – Du siehst übrigens ganz schön fertig aus!"
Charlotta war zwar völlig überrumpelt, weil sie überhaupt nicht damit gerechnet hatte, ihrem Überwachungsobjekt von Angesicht zu Angesicht gegenüberzustehen, aber sie fand, dass es unverfänglich war, mit ihm zu reden – wie sollte Ernestine Nordmoor auch erraten, dass Charlotta eine Spionin war? – Also. Keine Gefahr. Im Gegenteil: Vielleicht bekam sie hier eine unwiederbringliche Chance, mehr herauszufinden, indem sie dicht am Objekt agierte, also voll in die Konversation einstieg und die Gelegenheit ergriff, Ernestine besser kennenzulernen und dadurch, nur so nebenbei, als Zusatzbonus, in das wunderbar warme Haus hineinzugelangen! Wo es vielleicht sogar etwas zu essen gab! Und heißen Kaffee! Heißen Kaffee! Oh Gott! Vor Charlottas innerem Auge erstrahlte die Vision einer dampfenden, pechschwarzen Flüssigkeit in einer riesigen Tasse so verheißungsvoll wie der Heilige Gral, und sie wollte nur noch eins: raus aus dieser klirrenden Kälte!
„Naja, ich bin gerade das erste Mal in meinem Leben meiner Großmutter begegnet", rechtfertigte Ernestine ihren mitgenommenen Zustand.
„Oh, verstehe. Versteh' ich gut! Die können einen aber auch echt fertigmachen, was? Du müsstest mal meine Großmutter erleben ..." Charlotta schauderte aufrichtig. „Und, oh Mann, ist das arschkalt hier! Ich komme von der ... ähm ... Uni und muss ... ähm ... so 'ne Untersuchung durchführen, weißt du, wie Leute reagieren, wenn sie gleich nach dem Aufwachen von Fremden angesprochen werden, genau, eine psychologische Untersuchung, weil ich nämlich Psychologie studiere, richtig, und ich so einen blöden

Professor habe, der mich hasst und mich ständig für die dümmsten Jobs aussucht ... Professor Dödel heißt er, witzig, was? Total passender Name! Und in dieser verdammten Straße ist aber noch niemand wach! Jetzt steh' ich hier und warte und warte und bin schon halb erfroren ... Wohnst du hier?"
„Ich? Ja ... Ich ... ich wohne hier. Gleich hier!" Ernestine deutete mit einem schlappen Zeigefinger auf das kleine, schiefe Haus.
„Nein, *wirklich*? Gleich hier! In diesem Haus? Gerade eben dachte ich noch, was für ein *nettes* kleines Haus! So *gemütlich*!"
„Ja?"
„Ja! Richtig *nett* und *gemütlich*! Also, halte mich bitte nicht für unverschämt, okay, aber meinst du, ich könnte zehn Minuten mit rein kommen und mich aufwärmen? Nur ganz kurz ..."
„Was?"
„Okay, okay, sorry, vermutlich war das unverschämt, schon gut, blöd von mir! Mir ist nur so kalt und ich bin total müde ..."
„Ja?"
Ernestine fühlte sich überrumpelt. Aber „kalt" und „müde" konnte sie sehr gut nachvollziehen. Und das Mädchen sah wirklich aus wie ... ein Mädchen eben. Hungrig und verfroren und absolut harmlos. Und: Es hatte eine Großmutter. Was das bedeutete, wusste Ernestine nach der letzten Nacht nur zu gut, und sie hatte Mitleid mit Mädchen mit Großmüttern. Und außerdem war anscheinend inzwischen überall bekannt, dass Ernestine nun einmal ein gutes Herz hatte. Sie gab Monsterhunden ein Zuhause, Geister-Kindern Asyl und warum dann nicht auch einmal zur Abwechslung etwas so exotischem wie einem Menschen-Mädchen für kurze Zeit Gelegenheit zum Aufwärmen?
„Ja, warum nicht? Willst du vielleicht auch eine Tasse Kaffee?"
„Oh, Hölle aber auch, kannst du Gedanken lesen oder was? Ich würde *sterben* für eine Tasse Kaffee!"
Und so besuchte Rotkäppchen an einem frühen schwarz-weißen Wintermorgen erstmals Schneewittchen, die sieben Geister und den Höllenhund.
Es war durch und durch verwunderlich, aber die beiden Frauen verstanden sich auf Anhieb recht gut. Erstens war Ernestine zutiefst dankbar für normale menschliche Gesellschaft; und Charlotta verströmte eine derartig erfrischende Aura von Normalität, dass Horror-Babys und hungrige Ghule nur noch wie Bilder aus

einem weit entfernten Alptraum wirkten. Zweitens war Charlotta mindestens ebenso dankbar für eine warme Unterkunft, heißen Kaffee und die Gesellschaft von jemandem, der sie nicht herumkommandierte, herunterputzte oder sich mit ihr messen wollte. Zuerst einmal brach aber Chaos aus, weil Cerberus und die Geisterkinder darum wetteiferten, Ernestine als Erstes zu begrüßen und zu ihrem langen Verbleib zu befragen.

Anna-Amalia war am schnellsten (sie schummelte, indem sie sich in ein Nebelwölkchen verwandelte, das blitzschnell durchs Zimmer wehte) und klammerte sich mit einer innigen Umarmung an Ernestine fest – sozusagen. Ernestine tat so, als würde sie die strohblonden Härchen streicheln und freute sich. Charlotta beäugte mit gewisser Skepsis, wie Ernestine seltsame Bewegungen machte, mit der leeren Luft redete und sich insgesamt wie eine Verrückte aufführte, aber sie hielt sich mit Kommentaren zurück – schließlich wollte sie ihr Vertrauen gewinnen und wusste überdies Bescheid darüber, dass Ernestine als verschroben galt.

Der nächste Zwischenfall war die Begegnung zwischen Charlotta und Cerberus, bei der sich Ernestine eingestehen musste, dass sie einen gewissen Neid auf das rothaarige Mädchen verspürte, als sie beobachtete, mit welcher Coolness diese auf das Hundemonster reagierte. Sie rannte weder schreiend weg, noch wurde sie ohnmächtig – höchstens ein wenig blass. „Krasser Hund!", kommentierte sie nur und ließ es über sich ergehen, von einer riesigen Schnauze beschnüffelt zu werden.

Ernestine erinnerte sich ungern daran, dass sie selbst bei ihrer ersten Begegnung mit Cerberus viel weniger Mut bewiesen hatte.

„Ja, krasser Hund", bestätigte sie und hatte den seltsamen Eindruck, dass Cerberus in den vergangenen Tagen ein Stück gewachsen war – sie hatte ihn nicht *derart* riesig in Erinnerung. Oder doch?

„Setz dich doch!", fügte sie hinzu. Es kam so selten vor, dass sie Gäste hatte ... nein, es kam nie vor! Nie! Aber so langsam entwickelte sich ihre Einöde zu einem Ort des kunterbunten Treibens. Während Ernestine in der Küchenecke mit den Kaffeeutensilien hantierte und sich gleichzeitig eine Zigarette ansteckte, beobachtete sie aus den Augenwinkeln, wie Charlotta an ihrem wackeligen Tisch saß, umringt von einer Schar Geister, die sie neugierig beäugten, ohne dass das Mädchen etwas davon mitbekam. Heinrich und Henriette (plus Baby) leisteten Ernestine Gesellschaft.

„Wir sahen gar Wundersames!", berichtete Heinrich erregt. „Unglaubliche Geschichten von den seltsamsten Dingen! Da war ein edler Herr, der allein auszog, um das Böse zu richten! Stets, wenn er in der allergrößten Bedrängnis war, kam ihm eine geheime Waffe zu Hilfe, die in seinem Federhalter versteckt war ..."

„Sie nannten es Kugelschreiber, nicht Federhalter", berichtigte ihn Henriette besserwisserisch.

„... und stets ging alles mit gewaltigem Lärm in lodernden Flammen auf, selbst die motorisierten Wagen zersprangen mit Feuer und Rauch!"

„*Autos!*", erklärte Henriette, die eine ungeahnte Lernfähigkeit in Bezug auf die moderne Welt zu entwickeln schien. „Autos *explodierten!*"

„Wie hieß denn der Film?", wollte Ernestine wissen.

„James Bond!", antwortete Heinrich.

„Ein wahrer Held!", ergänzte Henriette schwärmerisch und verschwamm zart in ihren Konturen.

Ernestine, die nur eine vage Ahnung hatte, was James Bond betraf, seufzte belustigt. „Oh, ja", sagte sie freundlich. „Und dabei sieht er noch so gut aus, was?"

Henriette nickte undeutlich und versteckte ihr Gesicht in dem Babybündel.

„Ette hat einen Lover, Ette hat einen Lover!", sang Theodor (oder Fridolin) und flog fröhliche Kreise über ihren Köpfen, während der andere Zwilling sich den Spaß erlaubte, Charlotta die übelsten Grimassen zu zeigen, die er sich nur ausdenken konnte. Dabei offenbarte er eine Palette von Gestalten, die sichtlich vom nächtlichen Fernsehprogramm inspiriert waren: Ernestine erkannte einen Donald Duck mit Reißzähnen und einen Schlagersänger mit Feueraugen, und zum ersten Mal kam ihr der Gedanke, dass der ungezügelte Fernsehkonsum der Geisterkinder auch Auswirkungen auf ihren gemeinsamen Alltag haben würde – und nicht nur positive. Wahrscheinlich am wenigsten positive. Heinrich strahlte sie unschuldig an. „Es wäre mir eine Freude, einmal James Bond zu werden, wenn ich groß bin!" Sein Lächeln verschwand. „Doch werde ich niemals groß sein ..."

„Es spricht nichts dagegen, James Bond zu werden, auch wenn man noch klein ist!", versprach Ernestine.

„Wirklich?" Sein Lächeln kehrte unsicher zurück.

„Wirklich! Und jetzt muss ich mich um meinen Gast kümmern. Ich erzähle euch später, was ich heute Nacht erlebt habe!"
„Wir werden sie genau obser ... obser-rier ... obbsvervier ... beobachten!", mischte sich Anna-Amalia begeistert ein. „Vielleicht ist sie auch eine Hexe, da sie rote Haare hat!"
„Ja, tut das", seufzte Ernestine. „Observiert sie! Leise!"
Und dann stellte sie der immer noch lächelnden Charlotta eine Tasse dampfend heißen Kaffee vor die verfrorene Nase, was das Lächeln sogleich noch verstärkte.
„Oh, danke, vielen Dank, du rettest mir damit das Leben! Das tut gut! Mmmh! Schön stark, so mag ich das! Du hast hier ja wirklich ein verdammt cooles Zuhause, echt!" Charlotta ließ ihren Blick über die unzähligen Totenkopf-Muster wandern, über die Unordnung und die billigen Möbel und fühlte, dass hier jemand lebte, der sich einrichten durfte, wie es ihm passte. Sie dachte an ihr eigenes Zimmer in der Villa ihrer Familie, an die Designermöbel und die Markenkleidung und die Putzfrau ... und stellte fest, dass sie liebend gern mit dieser Ernestine Nordmoor tauschen würde. Wenn sie nicht das Problem am Hals hätte, auf der Abschussliste zu stehen, natürlich nur dann.
Ernestine hingegen wunderte sich ein wenig:
„Echt? Du findest es hier nicht ... irgendwie gruselig?"
„Doch, klar, ziemlich gruselig. Aber das hat was! Hast du das alles selbst gemacht? Wow! Das könnt' ich nicht! Bist du 'ne Künstlerin oder so?"
Ernestine fühlte sich unvermittelt ziemlich geschmeichelt. Wie wohltuend, einmal nicht als Verrückte bezeichnet zu werden!
„Oh, nein, das ist nur so ein Hobby von mir", sagte sie bescheiden.
„Verkaufst du die Sachen? Also falls ja, dann hätte ich total gern einen Schlüsselanhänger aus pinkem Samt mit aufgesticktem goldenen Totenkopf! Das fänd' ich total schick!"
„Das fände ich auch total schick!", wisperte Henriette. „Pinke High Heels sind auch schick!"
„Pinke High Heels sind auch schick?", wiederholte Ernestine entgeistert.
„Ja, klar, pinke High Heels sind auch schick!", nickte Charlotta, deren Wangen bereits wieder an Farbe gewannen.
„Was sind pinke High Heels?", wollte Anna-Amalia wissen.
Ernestine rieb sich die Schläfen, wo sich ein stechender Schmerz

meldete: Dieses Gespräch entwickelte sich nach dieser Nacht zu einer Herausforderung.

„Woher weißt du, was pinke High Heels sind?", wandte sie sich an Henriette.

„Hübsche Damen tragen pinke High Heels!"

„Ähm, weil ich eine Frau bin?" Charlotta bezog die Frage natürlich auf sich. „Die gern High Heels trägt?"

„Ich wünsche mir pinke High Heels zu Weihnachten! Und eine Intimrasur!", verkündete Henriette begeistert.

„Was?", entsetzte sich Ernestine.

„Es wurde in den Pausen zwischen den Geschichten verkündet, dass schöne Frauen noch schöner würden durch eine Intimrasur!"

„Werbung!", stöhnte Ernestine.

„Wie bitte?", versuchte Charlotta den Faden nicht zu verlieren.

„Warum kümmerst du dich nicht um deine kleinen Brüder, Henriette! Die beiden sind gerade sehr ungezogen, und du bist so gut darin, sie zu mäßigen!", versuchte Ernestine das bereits nach einer Nacht konsumgesellschaftlich geschädigte Geistermädchen loszuwerden, um sich auf ihren Gast konzentrieren zu können.

„Na schön!" Henriette löste sich in Luft auf, um zwischen den zankenden Zwillingen wieder aufzutauchen. Ernestine atmete tief durch.

„Du hältst mich vermutlich für total ... verrückt", seufzte sie.

„Aber nein, aber nein", log Charlotta. „Vielleicht bist du ziemlich originell, aber das ist doch gut! Wer will schon langweilig und durchschnittlich sein, was?"

„Naja, ich", seufzte Ernestine, „ich habe mir mein ganzes Leben lang gewünscht, nichts weiter als normal und durchschnittlich zu sein!"

„Echt? Ich auch!", gestand Charlotta überrascht. „Glaub mir, genau das hab' ich mir auch gewünscht!"

Die beiden maßen sich mit neugierigen Blicken.

„Also, was ist dein Problem?", fragte Charlotta zuerst.

Ernestine seufzte erneut. „Ich kann Geister sehen. Und deswegen halten mich alle für psychisch krank. Sogar meine Familie ... Und du sicherlich genauso ..."

„Geister, ja? Tja, naja, ich kann keine Geister sehen, aber hey, ich weiß, dass es sie gibt. Meine Großmutter nämlich ..." Charlotta wusste genau, dass sie sich niemals, niemals, unter keinen

Umständen, jemandem anvertrauen durfte, der nicht eingeweiht war, aber sie hatte das dringende Bedürfnis, jemandem, der ..., nun, nicht böse war, ihr Herz auszuschütten! „Meine Großmutter hat einen Pakt mit dem Teufel geschlossen. Und ich soll ihr nachfolgen. Das ist mein Problem. Voilà. Klingt genauso wahnsinnig, wie Geister sehen, was?"

„Nein, ganz und gar nicht." Ernestine war nach der letzten Nacht nur milde erstaunt. „Das glaube ich dir sofort."

„Echt? Und du lachst nicht oder kriegst voll Schiss oder so?"

„Nein. Du lachst ja auch nicht über mich und meine Geister. Und warum sollte ich auch Angst haben? Stell dir vor: Gerade vorhin habe ich erfahren, dass man mich auch auf der Seite des Bösen haben will! Auch mir wurde ein Pakt mit dem Teufel angeboten, weil ich anscheinend über eine magische Gabe verfüge!"

„Nein, ist nicht wahr! Sachen gibt's! Was ist das für 'ne magische Gabe?"

„Ich habe keine Ahnung", gab Ernestine kleinlaut zu. „Aber anscheinend kann mein Blut ein Monster erwecken. Und es sieht so aus, als könnte ich irgendwie mit Tieren ... reden? Du weißt schon, so ähnlich wie im Märchen: Schneewittchen singt ihre Lieder, und alle Tiere des Waldes kommen angelaufen und tanzen um sie herum? Klingt irgendwie wenig beeindruckend, sondern eher komisch, oder?"

„Irgendwie schon. Klingt ziemlich krass. Aber ich würd' gern mit dir tauschen! In deinem Märchen bin ich nämlich eher das Rotkäppchen, das der große böse Wolf am Wickel hat! Auch nicht grade toll! Wie kommst du damit klar?"

Ernestine war überrascht. Niemand hatte sie bisher gefragt, wie sie sich fühlte.

„Ich bin ... verwirrt. Aber es tut gut, mit jemandem darüber zu reden. Das ist ... ähm ... nett!"

„Ja? Ich finde das auch nett!" Charlotta lächelte Ernestine mit verwunderter Aufrichtigkeit an. Und wenn Ernestine hätte zurücklächeln können, sie hätte es getan.

„Was ist eigentlich mit deiner Hand passiert?", fragte Charlotta und hob ihre eigene, um die ein strammer, weißer Verband gewickelt war. „Wie ich sehe, tragen wir beide den gleichen Schmuck! Also ich, ich wurde angeschossen. Aus nächster Nähe. Glatter Durchschuss; ein richtiges Loch mittendrin!"

„Wie furchtbar!", flüsterte Ernestine. „Wer hat dir das angetan? Das muss fürchterlich schmerzen!"
„Alter Scheiß, das kannst du laut sagen!"
„Mir wurde der kleine Finger von einem Schurken mit einem Messer abgetrennt!"
„Krass! Ganz ab? Das ist ja noch mal 'ne ganze Nummer heftiger als mein winziges Loch. Mir hat das übrigens mein ... Professor angetan, du weißt schon, Professor Dödel, weil ich eine kritische Bemerkung in seinem heiligen Unterricht gemacht hab`!"
„Nein!"
„Doch!"
Sie würden bei weitem noch mehr Gemeinsamkeiten finden, das verfrorene Rotkäppchen und das erschöpfte Schneewittchen, aber fürs Erste dachte jede von beiden im Geheimen genau das gleiche: ‚Vielleicht', dachten sie, ‚vielleicht könnte das die Freundin sein, die ich früher nie hatte!'
Und wieso sollte das ein abwegiger Gedanke sein? Schließlich hatten beide als Kind eine Puppe mit dem Namen Susi ihr Eigen genannt – was auf mehr Gemeinsamkeiten hinwies, als der erste Eindruck vermuten ließ, wenn man sie so beieinander sah. Die eine klein und weich, mit ein wenig mehr Speck als notwendig, wild gekringeltem, leuchtenden Haar und einem Stupsnäschen im runden Gesicht. Die andere lang und eckig, mit deutlich weniger Speck als notwendig, mit grasglattem, stumpfen Haar und einem langen Erker im schmalen Gesicht. Aber blass, zum Beispiel, waren sie beide. Und unglücklich auch – was man der einen nie anmerkte, der anderen dafür ständig.
Kein ganz und gar abwegiger Gedanke also; in Rotkäppchens Fall jedoch ein äußerst trauriger; denn die Vielleicht-Freundin war dem sicheren Untergang geweiht. Entweder sie starb doch noch durch Damons Hand (was dessen fester Vorsatz war), oder sie würde zur letzten Chance auf das Bestehen der Prüfung eines Lehrlings werden. Und falls dieser Lehrling abermals scheiterte, so würde dessen Boss die Sache übernehmen. Was bedeutete: Schneewittchen würde sterben. So oder so. (Außer die launischen Sterne hatten sich anders entschieden.)

13
Die beunruhigende Geschichte von der Ruhe vor dem Sturm
Und: von nie gekanntem Kopfschmerz
Und: von zarten Freundschaftsbanden

Selbst an diesem schwarzen Morgen ging irgendwann die Sonne auf, doch hüllte sie sich immerhin in einen angemessenen Schleier aus schiefergrauen Wolkenfetzen. Matt kündigte sie den neuen Tag an, diesen einen, der eingebettet in rasche Dunkelheit der kürzeste im Jahr war.

Annabelle, die auf dem höchsten Hügel im Stadtpark stand, füllte ihre Lungen mit der eisigen Morgenluft. Ein Wind kam auf, der nach Art des Winterwindes pfeifend und keuchend durch die kahlen Äste der schwarzen Bäume strich und ihren geflochtenen Zopf hin und her warf wie eine angreifende Schlange. Sie ließ ihren Atem in den Wind strömen und sammelte sich in der Pause vor der neuen Bö.

Annabelle wusste, dass dieser Tag kein Verbündeter war. Im Schutz der langen Dunkelheit krochen ihre Feinde mit neuer Kraft aus ihren Verstecken, um in der unheilschwangeren Zeit zwischen den Jahren zu erstarken, während sie selbst, ein Geschöpf der Hitze und des Lichts, der grünen Blätter und des Sommerregens, dazu gezwungen war, auf ihre Reserven zurückzugreifen. Sie gewann ihre Kraft durch bloße Füße auf warmer, feuchter Erde, heiße Sonne auf nackter Haut, durch sprudelnde Bäche und den Geruch von Heu ... und all dies war eine ganze Jahreszeit weit entfernt. Und gerade jetzt ahnte sie das Nahen eines Gegners, dem sie nicht gewachsen war, eines Gegners, den sie selbst am helllichten Tag mitten in einer glühenden Wüste nicht besiegen würde können. Sie hatte die blutige Spur der Toten beobachtet, die er hinter sich herzog, durch alle Länder dieser Erde und durch die Jahrhunderte, und es hatte sie nicht geeilt, ihm entgegenzutreten.

Wahrhaftig nicht. Doch nun schien das Schicksal sie letzten Endes dennoch zusammenzuführen.

Tief sog sie die reine Luft des jungen Tages ein und lächelte. Sie würde auf ihn treffen und das tun, was sie immer tat: Sie würde den verfickten Scheißkerl in seine verdammten Eier treten und sein schwarzes Herz herausreißen! Ihre grünen Augen glühten wie klare Waldtümpel im gleißenden Sonnenschein.

Der Andere erwachte, abrupter als sonst, als hätte er gespürt, dass ihm woanders, doch gar nicht weit weg, auf einem schneebedeckten Hügel im ersten Morgengrauen, jemand auf wenig charmante Art den Tod geschworen hatte.

Er warf einen kurzen Blick auf die Nachttischuhr, doch spürte er auch so, dass ihm etwas unterlaufen war, das er nicht für möglich gehalten hätte: Er hatte verschlafen. Seine innere Uhr hatte ihn nicht, wie sonst, zu früher Stunde geweckt. Es war unfassbare acht Uhr vormittags, und sein Kopf, ansonsten klar wie Gletscherwasser, war angefüllt mit einer schmutzigen Brühe und vermeldete einen leicht bohrenden Schmerz. War es möglich, dass er so etwas wie Anspannung fühlte? Fühlte sich das nicht genau so an? Kopfschmerzen, gestörte Nachtruhe und auch, tatsächlich, so richtig miese Laune? Es war viel zu lange her, seitdem er unter Verspannungen gelitten hatte, als dass er sich noch an die genauen Symptome erinnern konnte, aber an diesem Tag war er definitiv nicht in seiner üblichen ausgezeichneten Verfassung.

Nackt, wie er war, sprang er aus dem zerwühlten Bett und streckte sich. Ja, da war so etwas wie eine sorgenvolle Härte in seinen normalerweise geschmeidigen Muskeln. Er berührte irritiert seine Schläfen. „So also fühlen sich Kopfschmerzen an", murmelte er, und vage Erinnerungen stiegen in ihm auf an eine Zeit, in der er des Öfteren mit einem schrecklichen Dröhnen im Kopf erwacht war, nachdem er die Nacht davor Krug um Krug eines starken Gesöffs geleert hatte im Beisammensein mit seinen ebenso trunkenen Männern ... Aber das war ein anderes Leben gewesen, ein Leben, das vor über tausend Jahren sein Ende gefunden hatte. Wenn er sich heutzutage in einer für seine Maßstäbe derart jämmerlichen Verfassung befand, dann hatte er allen Grund anzunehmen, dass sich etwas zusammenbraute, das tatsächlich gefährlicher war, als er zuerst zu glauben bereit gewesen war. Er konnte sich auf seine körperlichen Symptome genauso verlassen, wie auf sein Gefühl und beides schrie: Gefahr.

Verärgert nahm er eine Flasche Mineralwasser aus dem Kühlfach der Minibar und knallte die Tür zu. Das kalte Wasser tat ihm gut; nach den ersten Schlucken fühlte er sich wieder mehr wie er selbst. Er zog sich funktionelle Sportbekleidung über – eine der menschlichen Entwicklungen, die er wirklich schätzte – und entschloss sich zu einem ausgedehnten Lauf noch vor dem Frühstück. Die Bewegung würde ihn entspannen. Danach war immer noch genug Zeit, um sich auf den heutigen Abend vorzubereiten. Er wünschte sich, Charlotta wäre da, um sie ausführlich anschreien zu können, was immer etwas Befreiendes hatte. So war er dazu gezwungen, seinen Ärger an dem Hotelgast auslassen, der ihn auf dem Weg zum Lift versehentlich anrempelte. Mit Charlotta jedoch hätte es bei weitem mehr Spaß gemacht.

In dem schiefen Häuschen am Ende der Lindwurmgasse, wo sich sieben kleine Geister, ein Höllenhund und zwei Menschenmädchen in trauter Eintracht zusammengefunden hatten, wurde in diesem Moment vorrangig tief und fest geschlafen. Ernestine jedenfalls war bis zum Äußersten erschöpft in ihr Bett gesunken. Ihr überhitztes Gehirn, das zu viel gesehen und erlebt hatte, schaltete sich einfach von selbst ab. Sie schlief den Schlaf derer, die gerade so überlebt haben, das heißt, sie würde nicht so schnell wieder erwachen. Erst wenn die Angst vor all dem, was noch vor ihr lag, sie rufen würde, würde sie ihre Augen wieder aufschlagen. Noch jedoch war sie taub für alles, und sie hörte Mutter Angst nicht, die neben ihrem Bett kauerte und traurige kleine Lieder sang.

Cerberus schlummerte ausgestreckt auf dem Läufer vor dem Eisenofen, in dem immer noch ein wärmendes Feuer flackerte. Er träumte seltsame Träume, die keine Hundeträume waren, Träume von Feuer und den unheimlichen Weiten dunkler Hallen, und während er träumte, wuchs er wieder ein ganzes Stück, in einer Geschwindigkeit, die keine Hundegeschwindigkeit war. Auf der linken Seite seines Halses bildete sich eine Schwellung, die bereits vor einigen Tagen aufgetaucht war. Inzwischen war sie so groß, dass ein aufmerksamer Betrachter sie sofort entdeckt hätte, aber Cerberus zeigte keinerlei Schmerzen oder auffälliges Verhalten und so war diese Veränderung Ernestine bisher entgangen.

Die Geisterkinder hatten sich in ihr inzwischen heißgeliebtes Gerümpelzimmer zurückgezogen. Zwar hatten sie keine Körper mehr, wurden also von Ermüdungserscheinungen wie zufallenden Augen und schweren Gliedern verschont, doch hatte die Nacht vor dem Fernseher ihre nicht mehr vorhandenen Gehirne bis zum Rand mit nie gekannten, bunten Bildern gefüllt und bis zum völligen Verschwimmen ermattet. Jedes von ihnen hatte sich einen gemütlichen, angenehm vollgestopften Karton gesucht, in dem es verschwand und sich seinen eigenen kleinen Gespensterträumen überließ.

Heinrich träumte davon, wie er knallende Waffen schwang, während er in einer dieser rauchenden, funkelnden Kutschen herumsauste und damit alle Gegner besiegte, die sich ihm in den Weg stellten. „Mein Name ist Bond", murmelte er verträumt. „Heinrich Bond!"

Henriette wiegte das Baby und sah sich selbst einen Laufsteg entlangschreiten, bewundert und beklatscht von begeisterten Menschenmengen. „Seht meine pinken High Heels und meine Intimrasur!", seufzte sie zufrieden.

Anna-Amalia hatte am meisten Gefallen an der Wettervorhersage gefunden. Sie fragte sich, ob sie vielleicht auch das Zeug dazu hätte, eine Magierin zu werden, die so unfehlbar in die Zukunft sah. „Morgen weht der Wind aus Osten! Und der Niederschlag wird gewaltig sein, zittert, ihr Sterblichen, vor dem schrecklichen Regen, und bebt vor dem Wind mit 150 km/h, der euch heimsuchen wird!" Es klang ziemlich gut in ihren Ohren.

Fridolin und Theodor teilten sich einen Karton. Sie hatten beschlossen, dass es höchste Zeit war, dass sie mit dem Zigarrenrauchen anfingen und sich „coolere Klamotten" zulegten, damit sie an verbotenen Poker-Runden in versteckten Hinterzimmern teilnehmen konnten. Sie hatten vor, falsch zu spielen – selbstverständlich. Beide grinsten in konspirativer Übereinstimmung.

Lilli hingegen fand keine Ruhe. Eine Weile schwebte sie steif in der Zimmermitte, dann wehte sie wie ein weißes Wattewölkchen lautlos nach unten, um sich fest an die mächtige haarige Flanke von Cerberus zu schmiegen. Dort schloss sie ihre Augen, und ihr zusammengekniffenes Mündchen entspannte sich ein wenig.

Charlotta verblieb alleine am Küchentisch, bei einer weiteren Tasse heißem Kaffee und ihrer x-ten Zigarette. Sie hatte es nicht eilig, in die unwirtliche Winterwelt zurückzukehren, wo nicht nur die Kälte, sondern auch eine Lehre auf sie wartete, die sie erfolgreich zu Ende bringen musste. Es war wirklich nett von Ernestine gewesen, sie bleiben zu lassen – allerdings hätte auch Charlotta keine Angst, einen Fremden zu beherbergen, mit einem derartigen Monster von Hund im Hause. Sie schielte zu Cerberus hinüber: Er atmete tief im Schlaf, was sie recht beruhigend fand. Sie hatte zwar keine Panik in seiner Gesellschaft, doch genügend Respekt; schließlich kam sie aus einer nicht alltäglichen Familie und war dazu noch an der weltweit einzigen Eliteschule ausgebildet worden, die den Umgang mit paranormalen Erscheinungen auf dem Stundenplan hatte. Dieser Hund war mehr als nur ein Hund, das hatte Charlotta auf den ersten Blick erkannt. (Im Fach *Magische Kreaturen* hatte sie eine glatte 1,0 erzielt, ganz im Gegensatz zu Summer-Banana Parker, die es nur auf eine 1,3 gebracht hatte!) Dieser Hund war eine magische Kreatur. Zu welcher Art genau er gehörte, war ihr zwar noch nicht klar, jedoch ... Sie trat ein paar Schritte näher an Cerberus heran und entdeckte die Beule an seiner linken Halsseite. Leise pfiff sie durch die Zähne.

„Alle Achtung", flüsterte sie. „Alle Achtung, Erni, da hast du dir aber ein echtes Problem ins Haus geholt!"

Sie fläzte sich in den abgewetzten, schwarzen Ledersessel, in dem man beinahe bodentief versank, und hüllte sich in eine weiße Decke aus gehäkelten Totenköpfen. Ernestine war anders, als sie erwartet hatte. Alles war anders gekommen, als sie erwartet hatte. Die jungen Frauen hatten sich noch eine gute Stunde unterhalten, bevor Ernestine vor Erschöpfung beinahe zusammengebrochen war, und hatten sich in dieser Zeit einiges erzählt, was sie zuvor selten oder noch nie jemandem anvertraut hatten.

Ernestine hatte gejammert: „Ich habe eine tote Gräfin als Großmutter, die mich damit beauftragt hat, ein Monster zu bekämpfen! Und ich habe die schreckliche, schreckliche Nase meines Großvaters geerbt, der ein Schwarzmagier war!"

Woraufhin Charlotta mit ihrem Geheimnis herausgeplatzt war: „Dafür hab' ich die hässlichen roten Haare meiner Großmutter geerbt und das verdammt gute Herz meines Großonkels! Ich schaffe es einfach nicht, so skrupellos und durch und durch böse zu sein, wie sie es von mir verlangt! Ich schaffe es nicht! Es ist gegen meine dumme Natur! Ich habe sogar Mitleid mit Kaninchen! Wie soll ich da die Super-Killerin werden, zu der sie mich machen will? Wie nur?"

Trotzdem hatten sie diese Themen nicht weiter vertieft; sondern waren lediglich darin übereingekommen, dass Großmütter, egal ob lebendig oder tot, einen wahren Fluch darstellten.

Charlotta bereute inzwischen, dass sie sich vor Ernestine so hatte gehen lassen. Was war ihr nur eingefallen, ihrer Zielperson zu offenbaren, dass sie sich momentan in einer Ausbildung zur Killerin befand? Immerhin hatte sie nicht weiter erwähnt, in wessen Auftrag sie morden würde, oder doch? Nun, Ernestine war sowieso viel zu beschäftigt mit ihren eigenen Schicksalsschlägen gewesen und viel zu müde noch dazu, als dass sie so richtig kapiert hätte, was Charlotta ihr da so nebenbei unterbreitete. Apropos müde: Es war wunderbar warm und kuschelig in diesem Sessel, das Schnaufen von Cerberus wirkte so einschläfernd, und Charlotta war bereits seit fünf Uhr morgens auf den Beinen ... Da war es doch wohl nicht verwerflich, dem Wunsch nach einem Nickerchen nachzugeben, nur ein kurzes, harmloses Nickerchen, solange sich hier nichts weiter tat, was man beobachten müsste ... Nur einen Gedanken später schnarchte auch Charlotta friedlich. Sie wusste zwar, dass nach dem Aufwachen extrem unangenehme Dinge auf sie warteten, aber jetzt war jetzt und später war später. Welche Ironie es doch war, dass gerade die Eigenschaft, im Angesicht von Gefahr völlig entspannt zu bleiben, eine war, die ausgezeichnete Killer ausmachte.

Jetzt war jetzt, später war später. Und ein wenig später nur hatte Miss Biss sich ebenfalls in ihr geheimes Appartement zur Ruhe begeben, nachdem sie mit Damon die genauen Pläne besprochen hatte. Sie saß noch eine Weile gedankenverloren vor ihrem Frisiertisch und bürstete den Blondschopf des widerstrebenden Horror-Babys, das sie als Haustier mitgenommen hatte.

„Halt still, Schnuckelchen, halt still!", befahl sie fröhlich. „Mami wird dir gleich noch ein hübsches Kleidchen anziehen und dich ins Bettchen bringen, und wenn du aufwachst, gibt's ein leckeres rohes Steak. Na, wie klingt das?" Die kleine Scheußlichkeit in ihren Armen fuhr fort, sich unbehaglich zu winden. „Mami kann auch sehr böse werden, wenn das Baby sich nicht benimmt! Mami kann ihm Ketten aus Silber an die Flügel nähen, es daran aus dem Fenster hängen und warten, bis die Sonne richtig aufgeht!"

Die kleine Scheußlichkeit wurde schlaff und ließ den Rest der Behandlung über sich ergehen.

„Heute wird ein grandioser Tag! Heute werden wir ein paar Störenfriede aus der Welt schaffen und uns ein richtiges großes Monster besorgen? Na, klingt das nicht gut? Und jetzt kuscheln wir uns erst einmal in unsere flauschigen Decken, mein Schnuckelchen."

Damon hatte ebenfalls so etwas wie Frieden gefunden. Er warf sich zwar noch eine ganze Weile auf seinen verschmutzten Laken hin und her, doch beschwichtigte ihn der Gedanke, dass sein Rachedurst an diesem Abend gelöscht werden würde. Es würde ein blutiger Abend werden, ein Abend voller Gemetzel und Tod.

Ein glorioser Abend.

Und woanders, an einem nicht näher bestimmten Ort zwischen Hier und Dort, zwischen Morgen und Gestern, tauchte die aufrechte, durchsichtige Gestalt einer irgendwie alterslosen Frau auf und sagte:

„Ha! Das war`s also schon? So schnell? Enttäuschend, wirklich enttäuschend! Aber nun gut, was will man schon erwarten ... dafür bin ich diesen alten, verfallenen Körper los, nicht wahr? Oho, und wie gut ich wieder aussehe, erfreulich, sehr erfreulich! Kein Rheuma mehr, keine Falten, keine halbblinden Augen! Erfreulich! Hätte schon viel früher auf die Idee kommen können, einfach abzutreten, was? Hätte mir einiges an Ärger erspart. Aber nun gut. Nun gut. Werde wohl noch mal nach diesen hilflosen Kindern sehen müssen, glaube kaum, dass sie diese Situation ohne mich in den Griff bekommen! Ha! Und dann, mein lieber Luziferus, dann hänge ich mich an deine Fersen! Ob du ein Geist bist oder nicht, ich werde dich finden! Jawohl! Oh, wie wundervoll, wie wundervoll! Diese Freiheit! Diese Leichtigkeit! Der Tod ist eine Befreiung, ja das ist er!"

Der Morgen war fast schon vorüber und die Sonne hing fahl und lustlos über der düsteren Stadt. Ein trügerischer Schlaf hatte sich in den matten Köpfen und Gliedern eingenistet, wie eine Spinne, die bewegungslos in der Ecke ihres unsichtbaren Netzes darauf wartet, dass der Todestanz beginnt.

14
Die überraschende Geschichte vom verschwundenen Schneewittchen
Und: vom Tanz der Bösen und Schönen
Und: von einem unerwarteten Problem

Charlotta erwachte durch leise Hintergrundgeräusche, die sie sanft aus ihrem tiefen Schlaf flüsterten: das Klirren von Tassen, das Schlurfen von Schritten, das Tapsen von Pfoten, das Zischen, mit dem ein Streichholz entzündet wurde ... Ein harmonisches Orchester der Alltagsklänge, *moderato grazioso*.

Sie rieb sich die verklebten Augen und war sich einen Moment lang ihrer Umgebung nicht bewusst und in dem Glauben, sie befände sich in ihrem Hotelzimmer, als ihr mit einem dröhnenden Paukenschlag (*fortissimo*) wieder einfiel, was sich früher am Morgen ereignet hatte.

War sie etwa mitten in Ernestine Nordmoors Wohnzimmer eingeschlafen? Nachdem sie angeregt mit ihr über allerlei geheimen Geheimkram geplaudert hatte? Oh, verdammt, was für eine lausige Überwacherin sie doch war! Falls ihr Boss das mitkriegen würde ... Wann hätte sie sich spätestens bei ihm melden sollen? Und wie spät war es jetzt? Sie kramte in ihrer Hosentasche nach ihrem Handy. Zwei Uhr. Zwei Uhr mittags. Zwei unglaubliche Uhr mittags! Verdammt, verdammt, verdammt!

„Guten Morgen, Charlie!" Ernestine stand ihr frischgeduscht und neu angekleidet gegenüber. Sie trug einen tiefschwarzen Wollpullover, der ihr bis zu den Knien ging, dicke, schwarze Strumpfhosen und einen schwarzen Schal. Ihre Augen waren frisch von großzügig aufgetragenem schwarzen Kajal umrandet, und in ihren Ohrläppchen steckten als Schmuck zwei riesige schwarze Plastiktotenköpfe. Selbst für ihre Verhältnisse wirkte sie ungewöhnlich düster; normalerweise waren ihre Kleider trotz der Abwesenheit von Farbe verspielter und hatten auch mal ein lichtes Weiß an sich und hübsche, wenngleich stets morbide Stickereien. Außerdem schien Ernestine bei näherem Hinsehen beinahe formell und wie für einen seriösen Anlass gekleidet.

„Ich habe etwas Frühstück für uns, bevor ich gehen muss", fuhr sie ernst fort.

Charlotta war verwirrt. Sie strampelte sich aus der wunderbar warmen Decke frei und fuhr sich durch die zerzausten Locken.

„Okay, klingt gut. Frühstück klingt gut, aber ich hatte gar nicht die Absicht, so lange zu bleiben ... bin einfach eingeschlafen! So was! Sorry!"

„Aber das macht doch nichts", beteuerte Ernestine unverändert ernsthaft. „Ich bin froh, dass du noch hier bist. Ich hoffe, du magst Brot und Ziegenkäse. Ich habe gerade nichts anderes im Haus." (In Wahrheit hatte sie so gut wie nie etwas anderes im Haus.)

„Jaja, ich esse alles ..." (Charlotta hätte in ihrem Zustand des totalen Ausgehungertseins alles gegessen und als ausnehmend deliziös befunden.)

„Am liebsten aber leider Schokolade!", gab sie verschämt zu.

„Ich glaube, es müsste noch eine Tafel Dunkelbitter vorhanden sein."

„Dann immer her damit. Heute hab' ich einen Tag Pause von meiner blöden Diät!"

„Ich möchte dich um etwas bitten", sagte Ernestine aus heiterem Himmel mit leiser, aber eindringlicher Stimme. „Es ist ein ziemlicher großer Gefallen, befürchte ich."

Charlotta hatte keine Ahnung, worum es sich dabei handeln konnte, doch schwante ihr Übles. Dennoch bewahrte sie ihre Unbeschwertheit. „Lass hören!" Als jedoch im selben Augenblick ihr Handy in eine Kakophonie von durchdringendem Klingeln und scheppernden Vibrationen ausbrach, war sie über den Aufschub erleichtert. „Äh, 'tschuldige, da muss ganz kurz rangehen!"

Ihre Erleichterung hielt genauso lange an, bis sie den Anrufer auf dem Display erkannte. Der Boss. Rangehen oder nicht rangehen? Was würde ihr größere Probleme bescheren? Sie beschloss, sich der der Gefahr sofort zu stellen – Feigheit war schließlich keine ihrer Schwächen.

„Es ist mein Professor", flüsterte sie Ernestine zu, „der alte Kauz belästigt mich ständig mit seinen dämlichen Nachfragen! Kontrollfreak!" Laut sprach sie in das kleine, pinkfarbene Gerät. „Hallo,

hallo Professor Dödel! Wie geht es Ihnen? Mir geht es gut, habe alles im Griff, die Umfrage läuft einwandfrei, alles cool, alles cool. Äh? Ich sagte ... ich sagte ... ja, verstehe ... okay ... okay ... aber sicher ... jaja. Sofort? ... Auf der Stelle ... alles klar!" Sie klickte mit einem zitternden Daumen auf die Aus-Taste. „Scheiße. Mein Leben hat mich wieder! Sieht so aus, als müsste ich auf der Stelle los!"

„Warte!", flehte Ernestine und Charlotta hielt inne, nachdem sie von ihrem wackeligen Stuhl aufgesprungen war. „Warte! Ich werde die nächsten ein, zwei Wochen nicht hier sein! Ich brauche jemanden, der Cerberus versorgt und sich hin und wieder hier aufhält, damit meine Kinder ... also die kleinen Geister ... also du weißt schon ... nicht so einsam sind!"

„Äh, bitte WAS?"

„Jeden Moment wird die Ambulanz hier eintreffen, um mich mitzunehmen. Ich habe die Weißenhaupt-Klinik darüber informiert, dass ich mir selbst einen Finger abgeschnitten habe; deswegen werde ich jetzt wegen Selbstgefährdung augenblicklich abgeholt!"

„Äh, wie?"

„Der Hausschlüssel liegt hier, auf dem Tisch. Geld für Hundefutter auch. Der Sack mit dem restlichen Hundefutter steht unter der Spüle. Vergiss nicht, ihm täglich frisches Wasser hinzustellen. – Oh, hörst du? Da sind sie schon!"

Sirenen schrillten in der Ferne und kamen rasch näher.

„Das kannst du nicht machen!!!", schrie Charlotta völlig überrumpelt.

Doch Ernestine konnte. Ihr Schlaf war tief gewesen, doch nicht tief genug. Mutter Angst hatte nicht lange gebraucht, um mit ihren furchteinflößenden Melodien in Ernestines Geist vorzudringen und ihr einen Traum zu schicken, in dem ihre Großmutter bei lebendigem Leibe von abscheulichen kleinen Kreaturen gefressen wurde. Sie sah, wie Fleisch aus dem hilflosen Körper gerissen wurde, wie das Leben aus den alten, klugen Augen schwand, und war nicht in der Lage, etwas zu tun, sondern stand summ und starr wie ein Stein da und wartete, wartete darauf, die Nächste zu sein, die von dem hungrigen Schwarm erbeutete werden würde ... Das war der Zeitpunkt, an dem sie erwachte, mit rasendem Herzen, schmerzender Hand und einer festen Entscheidung im Kopf. Es war genug. Genug. Sie war zu schwach, um das Chaos zu ertragen, das über sie hereinstürzte. Sie wollte Frieden und es gab nur einen

Ort, an dem sie Frieden finden konnte: die Psychiatrie. Dort, unter dem Einfluss sedierender Medikamente, eingebettet in den immer gleichen Ablauf überschaubarer Tage, erwartete sie die Ruhe einer kühlen, weißen und sterilen Welt – dort war ihr wahres Zuhause!

Ihr Plan war simpel: Aktiv werden, bevor sie selbst es sich anders überlegte oder jemand anderes etwas dagegen einzuwenden hatte.

Sie mochte das rothaarige Mädchen, das bei ihr genauso Asyl gefunden hatte wie Cerberus und die Geisterkinder, und sie überlegte, dass es Charlotta nicht schaden könnte, hier einen Rückzugsort zu finden, während sie selbst ihre eigene Zufluchtsstätte aufsuchte. Also warf sie alles, was sie brauchte, in ihre großen, braunschwarzen Lederkoffer (die noch nicht einmal völlig entpackt waren. War es wirklich erst drei Tage her, seit sie aus der Klinik zurückgekehrt war? Unmöglich!). Dann zog sie sich an und wählte die Nummer, die als erste in ihrem altmodischen schwarzen Telefon eingespeichert war. Damit war alles getan, noch bevor sie weiter darüber nachdanken konnte. Beim Frühstück musterte sie verstohlen ihr Gegenüber: Ja, sie hatte ein durch und durch gutes Gefühl, was Charlotta betraf.

„Beim Telefon liegt die Nummer von Rico, der sich normalerweise um Cerberus kümmert! Ruf ihn an, wenn es Probleme gibt!", rief sie über die Schulter zurück, als zwei freundliche Sanitäter sie zu dem wartenden Wagen geleiteten.

Zurück blieb eine verdatterte Charlotta, die den unglückseligen Tag verwünschte, an dem sie geboren worden war, und die vor allem ihre eigene Dummheit verdammte, die Schuld daran war, dass sie sich mit dieser irren Ernestine Nordmoor eingelassen hatte. Nett, ja, das war sie schon, aber vor allem war sie verrückt, denn war diese Situation nicht ein Paradebeispiel für genau das, was Verrückte taten? Unvorhersehbare Dinge, die andere in Schwierigkeiten brachten.

„Was für ein mieser Tag!", brüllte Charlotta, bevor sie sich zurück auf den Stuhl sinken ließ und die restliche Schokolade in sich hineinstopfte. Warum sich jetzt noch an irgendwelche Diät-Regeln halten, wenn ihr Kopf so oder so bald rollen würde?

„Ich möchte wenigstens satt sterben!", verkündete sie dem Haus. „Und sterben werde ich. Ach was: Ich bin tot. Aber so was von tot!"

Mürrisch packte sie Ernestines Krankenakte, die neben ihr auf der Kommode lag und begann, sie durchzublättern.

„So eine blöde Scheiße", murmelte sie vor sich hin. „So eine ausgemachte, blöde Scheiße ... Ach sieh mal einer an, Veranlagung zum Exhibitionismus, wer hätte das gedacht ..."

Cerberus saß währenddessen stumm auf seinem Platz und starrte zur Tür, als hoffte er, dass sein Frauchen gleich wieder eintreten würde.

„Die kommt so schnell nicht wieder!", schmatzte Charlotta missmutig. „Glaube kaum, dass die sie da so schnell wieder rauslassen!"

Ernestine hingegen seufzte erst einmal mehrmals aus tiefster Erleichterung. Die Sanitäter missverstanden dies als Äußerungen von Schmerz und Kummer und jagten ihr eine Infusion mit starken Schmerz- und Beruhigungsmitteln ins Blut, bevor sie sich um ihren laienhaft versorgten Fingerstumpf kümmerten, der ausgepackt ungesunde rote Schwellungen zeigte. Also jagten sie auch in den Fingerstumpf eine Spritze unbekannter Zusammensetzung.

Ernestine war zutiefst mit sich zufrieden. Sie hatte schnell und rücksichtslos gehandelt, um sich in Sicherheit zu bringen. Weg von diesem Kuddelmuddel aus düsteren Mythen und überraschender Verwandtschaft, weg von stinkenden Ghulen und fleischfressenden Babys, weg von folternden, blonden Prinzen und schwarzen Briefumschlägen. Was zu viel war, war zu viel. Sie war nun einmal eine beglaubigt instabile Persönlichkeit und sollte rücksichtsvoll behandelt werden. Jawohl! Das war alles, was sie auf der Fahrt in die Klinik dachte, denn ihr Gehirn wurde von einer Welle einschläfernder Substanzen überschwemmt, die selbst den Gesang von Mutter Angst zum Schweigen brachten.

Erwin irrte unterdessen im nunmehr menschenleeren Schloss umher und versuchte, seine sieben Sinne wiederzufinden. (Als hätten die sich unter einem Sofakissen oder in einer chinesischen Vase versteckt!) Nachdem er den ersten (und dafür umso heftigeren) Schock über das plötzliche Dahinscheiden der Gräfin geschluckt und verdaut hatte, sah er sich einigen ganz unerwarteten Problemen gegenüber. Es gab keine Leiche und daher keine Möglichkeit, den Tod seiner Arbeitgeberin amtlich feststellen und beglaubigen zu lassen.

Ihr Tod selbst war für Erwin nicht so schwer zu akzeptieren – schließlich hatte seine Madame mit ihren achtundneunzig Jahren schon seit Jahren mit einem beharrlichen Fuß im nahen Grab gestanden. Sie hatten bereits ihren letzten Willen besiegelt und das Nötige organisiert, um nach ihrem Tod alles nach ihren Wünschen zu regeln. Das war auch der Hauptgrund gewesen, aus dem sie ihn vor zehn Jahren eingestellt hatte. Nichtsdestotrotz waren zehn Jahre eine lange Zeit, und Erwin hatte sich inzwischen daran gewöhnt, dass die Gräfin, entgegen aller Planung und Organisation, einfach nicht starb.

Es war jedoch die Art ihres Sterbens gewesen, die ihn zu einem zitternden Nervenbündel gemacht hatte. In seinem gesamten Leben war Erwin Winter, aufgewachsen als Einzelkind in guten Verhältnissen, bisher nur mit einem Minimum an Gewalt und keiner einzigen paranormalen Erscheinung konfrontiert worden.

Erwin ist sieben Jahre alt. Er trägt eine graue Stoffhose und ein weißes Hemd. Die anderen Kinder lachen ihn deswegen aus; sie nennen ihn „feinen Pinkel" oder, schlimmer noch, „Lackaffe". Sie nennen ihn übrigens auch „feige Fliege" und „Muttersöhnchen", das hat aber weniger mit seiner Kleidung zu tun, als damit, dass er bei ihren rauen Spielen nie mitmacht. Es ist nicht etwa so, dass er Angst vor Schmerzen hätte; er hat Angst davor, schmutzig nach Hause zu kommen und in die enttäuschten Augen seiner Mutter blicken zu müssen.

Erwin geht in die dritte Klasse. Ein Jahr hat er übersprungen. Scheinbar mühelos hält er mit den Älteren mit. Nur er weiß, dass er morgens schon um fünf Uhr aufsteht, um zu lernen, bevor er in die Schule geht.

Seine Mutter ist stolz auf ihn. Während er am großen Tisch sitzt und seine Hausaufgaben in Schönschrift noch einmal abschreibt, ruht sie sich in dem großen Ohrensessel vor dem Kamin aus. Sie ist dünn geworden in den letzten Monaten, und ihr sanftes Gesicht, das früher stets so fröhliche Apfelbäckchen hatte, ist schmal und wächsern. Seit sein Vater vor zwei Jahren gestorben ist, wurde sie immer müder und müder. Inzwischen steht sie nur noch auf, um von ihrem Bett in den Sessel zu kommen oder von ihrem Sessel ins Bett.

Das Kochen und Reinemachen übernehmen Fräulein Göbrich und Frau Schneider. Fräulein Göbrich kommt einmal am Tag, Frau Schneider zweimal pro Woche. Beide bleiben nie lange. Den Rest übernimmt er. Heute war er bereits einkaufen. Auf dem Heimweg haben ihn Johannes und Matthias geärgert; er hat so getan, als würde er sie gar nicht wahrnehmen. Außerdem hat er das Geschirr abgewaschen und die Pflanzen gegossen. Die große

Kuckucksuhr tickt die Zeit fort. Bald wird sie anzeigen, dass er anfangen muss, das Abendbrot zu richten.

„Wir sind anständige Leute", murmelt er, „Wir sind anständige Leute." Sie sind anständige Leute. Sein Vater war der Leiter einer Bank und seine Mutter stammt aus einer angesehenen Fabrikantenfamilie. Auch Erwin wird später einen Beruf ausüben, der respektabel ist.

„Erwin, mein Schatz, liest du mir später noch ein Kapitel aus „Anna Karenina" vor?", ruft seine Mutter leise vom Kamin her.

„Aber sicher, Mutter", antwortet er. Er liest ihr jeden Abend vor. Sie liebt Tolstoi. Er versteht es nicht wirklich, aber er mag diese abendliche Stunde ebenso, wenn er sieht, wie sie die Geschichten genießt. Er weiß, dass ihre Zeit begrenzt ist, auch wenn er versucht, nicht daran zu denken.

„Erwin, mein Schatz ..." Dieses Mal klingt ihre Stimme anders, eine Nuance eindringlicher. Er blickt auf, und sieht, wie ihr ein dünner Faden aus Blut aus der Nase läuft. „Wärst du so lieb und bringst mir ein Taschentuch ..." Ihre weiße Hand fährt irritiert zu dem Rinnsal aus Blut. Erwin springt auf und läuft zum Schrank. Als er seine Mutter erreicht, um ihr das Tuch zu geben, wird sie von einem heftigen Husten geschüttelt. Das Taschentuch, das sie vor ihren Mund hält, wird rot, tiefrot, als hätte sie eine Blüte vom Klatschmohn in der Hand. Es ist nicht das erste Mal, dass sie schrecklich husten muss, aber so heftig wie heute war es noch nie.

„Mir ist nicht allzu gut", sagt sie gepresst, als würde das Sprechen schmerzen. „Hilfst du mir ins Schlafzimmer?"

Erwin stützt seine Mutter, während die sich zu ihrem Bett schleppt. Ihr ganzes Gewicht ruht auf ihm. Wie kann jemand so dünn aussehen und doch so schwer sein?

Sie fällt mehr in ihr Bett, als dass sie sich hineinlegt. Ihr Atem geht jetzt schwer und rasselnd. „Würdest du bitte ... würdest du bitte Doktor Peters anrufen?", keucht sie.

Erwin rennt zum Telefon. Hastig wählt er die Nummer. Er bringt die Zahlen durcheinander, muss auflegen und noch mal von vorne anfangen. Doktor Peters verspricht, sofort zu kommen. „In zehn Minuten bin ich da!", sagt er. Erwin ist ein bisschen beruhigt. Er mag Doktor Peters, er ist ein großer Mann mit einer tiefen Stimme und warmen, starken Händen. Er wird dafür sorgen, dass es seiner Mutter gleich wieder besser geht. Eilig läuft er zum Wasserhahn, um ein Glas mit kaltem Wasser zu füllen und zwanzig von den Tropfen hineinzugeben, die seine Mutter immer nimmt, wenn sie einen Anfall hat. „.... achtzehn, neunzehn, zwanzig!", zählt er gewissenhaft. Wenn er alles richtig macht, wird alles wieder gut. Er läuft so schnell *er kann ohne etwas zu verschütten zurück ins Schlafzimmer. Seine Mutter liegt leicht gegen ein großes Kissen aufgerichtet da und starrt ihn an, ihre Augen sind riesig und starr, irgendetwas stimmt mit diesen Augen nicht ... Er beugt sich über sie. „Ich habe dir deine Medizin gebracht!", sagt er und hält ihr das Glas hin. Sie hebt eine zitternde Hand, langsam, ganz langsam, aber sie greift nicht nach dem Glas, sie greift nach seinen Fingern und drückt sie fest, so fest, dass es ihm wehtut. Ihre Lippen bewegen sich, aber er hört keinen Ton. Er beugt sich nah zu ihrem Gesicht. Ihr Atem riecht nach Krankheit. „Erwin", flüstert sie, „Erwin, mein Sohn ... Erwin ... ich will ... ich will dich doch nicht ... alleine lassen ..."*

Sie strengt sich an, um noch mehr zu sagen, aber es kommt kein Wort mehr aus ihrer Kehle. Ihr Mund verzieht sich, als wolle sie lächeln. Erwin hält ihre Hand mit seinen beiden Händen fest. Das Wasserglas ist längst auf den Boden gefallen.

„Mutter?", seine eigene Stimme klingt nicht wie seine Stimme. „Mutter?" Aber es kommt keine Antwort mehr. Ein Schwall von Blut stürzt über ihre Lippen, ihre Brust hebt sich in einem furchtbaren Röcheln, dann wird ihre Hand schlaff, und der Blick ihrer Augen, der bis zuletzt nach seinem Gesicht sucht, wird starr. Erwin hat davon gelesen, dass Augen im Tod brechen, aber er wusste nicht, dass es genau so geschieht. Ihre Augen brechen und dann ist kein Blick mehr darin. Ihr Mund steht offen, mehr Blut strömt heraus. Ihre Brust bewegt sich nicht mehr.

„Mutter?" Seine Stimme klingt wie klirrendes Glas. „Mutter? Mama!" Er streicht über ihre Wange und drückt ihre Hand. Auf dem Nachttischchen direkt neben dem Bett sitzt Susi, die uralte geliebte Porzellanpuppe seiner Mutter, mit der sie als kleines Mädchen gespielt hat. Erwin hat alte Fotos gesehen von seiner strahlenden Mutter mit Zöpfen und Schleifen und Susi. Er nimmt die Puppe in den Arm und drückt sie an sich. Dann legt er sich aufs Bett und schmiegt sich eng an den Körper seiner Mutter. „Es wird alles wieder gut, Susi", flüstert er. „Es wird alles wieder gut!"

Auf seinem ruhelosen Weg kreuz und quer durch das leere Schloss verharrte Erwin schließlich vor dem kunstfertig gedrechselten Telefontischchen im Empfangszimmer. „Ich muss es tun", flüsterte er und wählte mit bebenden Fingern eine Nummer. „Ich muss es tun!"

E̷s gibt zu viel Streit auf dieser Welt. Praktisch im Sekundentakt entstehen neue Querelen, indem jemand ein falsches

Wort verliert, welches vom Gegenüber als Beleidigung aufgefasst wird. Feinde streiten erbittert, Freunde mitunter noch heftiger. Stimmen werden in Empörung laut oder verstummen in schmollendem Schweigen ganz. Manch einer schlägt in aufflammender Wut zu, manch anderer zerschlägt nur das Geschirr. Es gibt viel zu viel Streit auf dieser Welt und nicht nur dort. Im Paradies mag es friedlich zugehen; in der Hölle keinesfalls, denn eines ist sicher: Je schwärzer eine Seele, umso schneller ist sie zum Streit bereit.

Es mochte also nicht verwundern, was sich zu später Stunde abspielte, als die Sonne sich bereits wieder verzogen hatte, eingeschüchtert von der langen Nacht, die mit all ihren dunklen Heerscharen aufmarschierte, um ein rauschendes Fest zu feiern.

Schauplatz war passenderweise ein Friedhof, einer von der schaurig heruntergekommenen Sorte. In der Aufbahrungshalle (in diesem Falle bedeutete *Halle* einen muffigen Raum mit Platz für allerhöchstens zehn Personen) war bereits die Beerdigungszeremonie für den nächsten Tag vorbereitet, Stühle standen ordentlich aufgereiht, und überall waren Blumen verteilt, die ihr betäubendes Odeur in dem kleinen Raum verbreiteten. Die Friedhofstore waren verschlossen, der Friedhofswärter hatte sich längst nach Hause in die warme Stube davongemacht, und eigentlich sollte an diesem Ort nun die Stille herrschen, die ihm gebührte. Was dort aber stattdessen herrschte, war Streit.

Zwei wohlbekannte, dubiose Gestalten hatten sich eingefunden, um einen teuflischen Plan auszuführen. Sie standen in der Aufbahrungshalle vor der Urne des armen Kerls, der beerdigt werden sollte, und es schien beinahe so, als würde nicht alles nach dem erwähnten Plan verlaufen.

„Wie dumm muss man sein!", brüllte die eine Gestalt, die ganz in affektiertes Schwarz gekleidet war und Maske und Handschuhe trug. An ihrer durch und durch schmierigen Aura ließ sich Damon eindeutig identifizieren. „Wie dumm, Missy! Das ist das letzte Mal, dass ich auf dich höre! Du dumme, dumme Kuh!"

Er hatte zusammen mit diesem Namen gewiss noch nie in einem einzigen Satz so oft das Wort *dumm* benutzt, und auch wenn *dumm* für seine Verhältnisse beinahe noch höflich war, so fühlte sich die andere Gestalt (groß, schlank, blond und böse: eindeutig Miss Biss) dennoch sofort beleidigt.

„*Du* bist dumm!", kreischte sie zurück. „Zu dumm, um zu

überleben! Wie hätte ich *das hier* ahnen sollen? Das macht keinen Sinn!"

„Einen Scheiß macht das! Einen Scheiß!", brüllte Damon. Ihr Anschrei-Duett war in diesem geweihten Raum gewiss mehr als nur eine Spur pietätlos, aber das war keine ihrer Sorgen. Ihr Problem war die schlichte Urne, die dort zwischen dem Blumenschmuck auf ihr Begräbnis wartete. Laut Miss Biss sollte sich dort nämlich keine Urne befinden, sondern die vollständig erhaltene Leiche eines Mannes, in dessen Adern noch vor kurzem das kostbare Blut geflossen war, das sie brauchten. Blut, das inzwischen nur noch von einem lebendigen Herzen auf der Welt gepumpt wurde: dem von Ernestines Nordmoor. In der Urne ruhte die Asche ihres Vaters.

„Wer hat den Scheißkerl verbrannt?", brüllte Damon. „Welches Arschloch hat den Scheißkerl verbrannt?"

Miss Biss sagte nichts. Schließlich war es ihre Idee gewesen, ihre grandiose und unfassbar verschlagene Idee, wie sie an das Blut gelangen konnten, das zum Öffnen des Verlieses nötig war, ohne sich mit der lästigen Ernestine abgeben zu müssen, die sich doch als erstaunlich schwer zu fassen herausgestellt hatte. Den toten Körper eines soeben Verstorbenen auf die letzten Reste Blut auszuquetschen – das schien eine so erfrischend simple Methode und eine durch und durch teuflische noch dazu. Sie hatte sich bereits ausgemalt, mit welchen Worten sie den Bericht ihres Erfolgs verfassen würde, nachdem das mächtige Untier geweckt worden wäre, um auf ihren Befehl zu hören, und genau auf diesen Teil wäre sie besonders stolz gewesen. Er zeigte so viel bösartigen Erfindungsgeist. Nun aber waren ihre Hoffnungen durch ein Häufchen Staub zunichtegemacht worden. Schade. Wirklich schade.

Wer sich das Scheitern ihres Plans aber wirklich zu Herzen nahm, das war Damon. Wenn Miss Biss vor allem ein vielversprechendes Geschäft in der Lindwurm-Sache sah, auch wenn es ihr durchaus ein persönliches Anliegen war, ihren Liebling Damon zu rächen, so war es für diesen der brennende Mittelpunkt all seiner Interessen, grausame Rache zu üben.

Mit einem wilden Schrei der Wut fegte er die Urne zu Boden, so dass sie zerbrach, und grauer Staub auf den steinernen Boden rieselte. Einzig das neue Haustier von Miss Biss freute sich daran, jenes Horror-Baby, das inzwischen deutliche Spuren ihres Einflusses zeigte: Es trug ein Leibchen aus silbernem Fell, die blonden

Löckchen waren gewaschen und gebürstet und die Krallen türkisfarben lackiert.

So nahm es die Gelegenheit wahr, um den widerlichen Duft von Shampoo und Bodylotion loszuwerden, indem es sich hingebungsvoll in der Asche suhlte.

„Du kleines Schweinchen!", schimpfte sein Frauchen. „Hörst du auf, dich dreckig zu machen!"

„Du dumme Kuh!", brüllte Damon abermals, „hast du keine anderen Sorgen? Kein Wunder, dass dein dummes Hirn nur solche Scheiß-Pläne ausdenken kann!"

„Hör auf, mich zu beleidigen, du hässlicher Wurm!", keifte Miss Biss und ihre eisblauen Augen blitzten. „Ohne mich bist du nichts weiter als ein kleiner Junge! Schwach und hilflos!"

Damon schlug mit voller Wucht zu und traf sie so heftig am Kinn, dass sie zurückgeschleudert wurde, strauchelte und fiel.

„Das wirst du büßen!", zischte sie und richtete einen drohenden Zeigefinger auf ihn. „Ich verfluche dich!" Sie murmelte unheilvoll klingende Silben in einer fremden Sprache, während sie Finger und Augen auf ihr Opfer gerichtet hielt und damit einen ihrer mächtigen Schmerzenszauber wirkte. Zu genüge waren Menschen darunter zusammengebrochen, hatten sich in winselnde Häufchen Elend verwandelt und um Erbarmen gefleht. Nicht so Damon. Wenn auch abscheulich entstellt, so stand er doch aufrecht da und blickte der Attacke direkt ins Gesicht. Als er sah, wie das puppenhaft perfekte Antlitz der Schönen sich von Hass über Erstaunen bis hin zu Ungläubigkeit verzerrte, lachte er laut auf.

„Deine kleinen Tricks wirken bei mir nicht mehr, Hexe! Hast wohl meine Beförderung vergessen: Bin zwei Stufen aufgestiegen! Hat dem Chef wohl gefallen, dass ich mich in ein Monster verwandelt habe! Meine Macht ist größer als deine! Ha ha ha ha!"

Er schien etwas von seiner früheren guten Laune wiederzufinden, als er verstand, dass seine neugeschenkte Kraft tatsächlich der schwarzen Magie der weißgekleideten Hexe standzuhalten vermochte. Diese hingegen konnte es kaum fassen. Über Jahre hinweg hatte sie eine Sonderposition eingenommen, die eine angenehme Überlegenheit mit sich brachte. So etwas zu verlieren war ein ... nun ja, ein echter Verlust eben. Doch Miss Biss war flexibel. (Man kam nicht weit in ihrer Branche ohne eine Vielzahl von herausragenden Eigenschaften, wobei „herausragend" alles andere als gleichbedeutend mit „gut" im moralischen Sinne war. „Flexibel" meinte in ihrem Fall zum Beispiel eher „opportunistisch".) Demnach verzichtete sie darauf, weitere nutzlose Beschwörungen oder provozierende Beschimpfungen auszusprechen und nahm einen neuen Kurs.

„Mein süßer Schatz, lass uns nicht streiten!", flötete sie süßlich. (Im süßlichen Flöten war sie gut!) „Es bringt niemandem etwas, wenn wir uns gegenseitig fertigmachen! Lass uns lieber überlegen, wie wir weiter vorgehen!"

„Ich schneide der blöden Tussi die Kehle durch! Da wird genug Blut rauslaufen!", knurrte Damon.

„Ich weiß nicht, ich weiß nicht!" Miss Biss richtete sich auf und rieb sich das Kinn und den Staub von ihrer adretten Rückseite. „Es ist so schwer, an sie ranzukommen. Das hast du am eigenen Leib erfahren, Dadalein!"

„Erinnere mich nicht daran!", brüllte „Dadalein", dessen Reizschwelle schon sehr tief gesunken war. „Mir reicht´s! Ich besorg' mir jetzt sofort die Hammer-Waffe und dann stürm' ich diese Scheiß-Hütte! Und mach sie alle platt!" Er knallte eine Faust gegen die Wand und stürmte dann davon, die personifizierte Entschlossenheit.

„Dadalein, warte! Vergiss nicht den Empfang! Wir werden doch beim Empfang erwartet!", rief die Sekretärin Satans etwas kläglich und stöckelte eilig hinterher. „Wenn du dich bei diesem Empfang nicht zeigst, wirst du gleich wieder degradiert!"

„Hör mit deinen Fremdwörtern auf!", schnaubte Damon.

Als die beiden Streithähne verschwunden waren, senkte sich wieder Stille über den Raum. Leise, ganz leise, rieselte die Asche aus der zerbrochenen Urne auf den steinernen Fußboden, doch das Geräusch war so dezent, dass es die Friedhofsruhe nicht stören konnte.

D er Empfang, von dem Miss Biss gesprochen hatte, war eigentlich kein Empfang. Wenn man einen passenderen Ausdruck im Wörterbuch suchte, so wurde man am ehesten unter *Rauschendes Fest, Mega-Event* oder auch *Party des Jahrhundert*s fündig. Die Gäste wurden mit ihren Privatjets eingeflogen oder mit Luxuslimousinen herankutschiert – das galt für die, welche durch und durch menschlich waren. Andere materialisierten sich mit einem grellen Blitz oder goldenen Funken, wessen es beides für diese magische Art zu reisen nicht bedurft hätte, aber es war nötig, um einen eindrucksvollen Auftritt zu erzielen, und jeder, beinahe ausnahmslos jeder, war hier darauf bedacht, Eindruck zu schinden.

Eine Ausnahme stellte die kleine, etwas pummelige Lady mit den roten Locken dar, die in ihrem Ballkleid alles andere als glücklich wirkte, wie sie da allein am Eingang der Festhalle herumstand und ihre Zigarette umklammert hielt, Rauchwölkchen ausstoßend wie ein winziger übergewichtiger Drache. Wer auch immer ihr Kleid für diesen Anlass ausgewählt hatte, tat ihr damit keinen Gefallen: Ein glänzendes, schwarzes Korsett schnürte ihren Rumpf dermaßen zusammen, dass nicht nur ihr Dekolleté überquoll, sondern ebenso der ganze rosige Speck ihrer Arme und Schultern. Der weite, fallende Rockteil mochte ihrer Figur mehr schmeicheln, doch da sie von der Natur mit eher kurzen Beinen bedacht war, wallten die üppigen, schwarzen Seidenbahnen nicht etwa wasserfallartig an ihr herab, sondern plumpsten einfach – zack – auf den nahen Boden. An Frauen mit einer Körpergröße von 1,80 m und dem Gewicht von fünfzig Kilo mochte dieses Gewand königliche Erhabenheit erzielen (solange sie nicht unter dem Gewicht des vielen Stoffes zusammenbrachen), an Charlotta Kramer jedoch hatte es einen traurigen Effekt, was ihr durch und durch bewusst war. Am liebsten wäre sie ganz in ihrer unbelebten Ecke verschwunden.

Aber was sollte sie tun? Sie hatte eine dominante Großmutter, die der Meinung war, sie hätte sich genauso zu kostümieren, um teuer und gefährlich, schön und böse auszusehen. Eine Großmutter, die sich selbst irgendwo auf diesem Fest herumtrieb, in ihrem smaragdgrünen Samtkleid umwerfend und zwanzig Jahre jünger aussah, und es überprüfen würde, ob ihre Enkelin auch das Kleid trug, welches sie ausgesucht hatte.

„Ich müsste den Mut haben, zu rebellieren", dachte Charlotta zum tausendsten Male, doch selten mit derartig großer Inbrunst wie zu diesem Anlass. „Ich hätte in zerrissenen Jeans und bauchfreiem Top erscheinen sollen, wie jeder anständige Teenager." Sie blickte an ihrem gequetschtem Bauchfett herab. „Naja, vielleicht nicht unbedingt bauchfrei!", seufzte sie trübe.

„Nein, wenn das nicht meine *liebe* Freundin Charlotta ist!", flötete da eine Stimme ganz in ihrer Nähe. „Charlotta Kramer! Wie *wunderbar*, dich hier zu treffen! Wir haben uns ja *so viel* zu erzählen nach der langen Zeit!" Eine Tussi-Stimme mit leichtem amerikanischem Akzent. Charlotta hob den Blick, um eine elfengleiche Gestalt in einem hinreißenden, beinahe durchsichtigen weißen Kleid zu sehen, das die strahlende Sommerbräune ihrer makellosen Haut betonte.

„Hallo Summer-Banana!", ächzte sie. Jetzt gab es keinen Zweifel mehr: Dieser Abend würde der peinlichste, furchtbarste, schrecklichste und demütigendste aller Abende ihres kurzen Lebens werden. Und noch war der Höhepunkt des Schreckens nicht eingetreten: Seit sie den Anderen bei ihrem kurzen Telefonat als „Professor Dödel" bezeichnet hatte, waren sie sich noch nicht begegnet. Das aber würde demnächst geschehen. Er musste bereits irgendwo hier sein. Sie wich weiter in ihre Ecke zurück, wie ein verängstigtes Meerschweinchen. „Oh, und da sind ja auch Anastasia und Angelique-Clarinette. Die ganze alte Clique von damals ...", brachte sie zwischen zusammengebissenen Zähnen hervor.

Der Andere stand in einer entfernteren Ecke des großen Saals und beobachtete das rege Treiben und die verschwenderische Pracht. Es durfte ein Vermögen kosten, ein ganzes Schloss für einen Ball zu mieten – aber Geld war kein Thema. Es gab sicher niemanden unter den Gästen, dessen Vermögen sich nicht im siebenstelligen Bereich bewegte. Reichtum war gewissermaßen eine Nebenerscheinung, wenn man in diesem Metier arbeitete.

Noch war er nicht mit seiner Privataudienz an der Reihe. Noch hatte er Zeit, sich zu amüsieren. Er grinste. Sich zu amüsieren ... Falls ihn dieser Abend amüsierte, dann nicht, weil er daran teilnahm, sondern weil er ein Zuschauer dieses gewaltigen Zirkus war. Er weigerte sich, wie stets, einen schwarzen Smoking zu tragen. Sein Anzug aus leichtem grauen Leinen musste dem Anlass genügen. Er war weit genug, um darunter ein kleines Waffenarsenal unterzubringen. Der Andere mochte keine Kleidung, die seine Bewegungsfreiheit einschränkte. Er fühlte sich einfach besser, wenn er gerüstet war, auch wenn die Bedrohungen des heutigen Abends nicht mit einem gezielten Schuss zu beseitigen waren, sondern eher mit wohlgewählten Worten. Möglicherweise war sogar das Verbot von Waffen aller Art ausgesprochen worden – doch wenn, hatte er es wohl überlesen.

Er schwenkte eine topasfarbene Flüssigkeit in seinem schweren Kristallglas und nahm einen tiefen Schluck. Gewiss, er würde nüchtern bleiben. Er war die letzten Jahrhunderte nüchtern geblieben. Aber verdammt, er wünschte sich gerade nichts mehr, als sich einen ordentlichen Vollrausch anzusaufen.

Noch einige wenige Aufträge, bevor die abgelegene Villa in Südfrankreich mit einer ausgesuchten Bibliothek auf ihn wartete, ebenso wie das weiträumige Anwesen, versteckt im Dschungel von Thailand, das einsame, doch luxuriöse Blockhaus in den wilden Wäldern von Kanada und die kleine Insel in der Südsee, die ganz ihm gehörte. Er hatte für die Unsterblichkeit ebenso gründlich vorgesorgt, wie manch anderer für die Rente. Eine Unsterblichkeit, in der er sein Album nach der letzten Seite friedlich schließen würde, um sich den schönen Dingen des Daseins zuzuwenden. Eine Unsterblichkeit, in der er frei war, frei von Krankheit und Verfall, frei von den üblichen Sorgen und Nöten, von denen die Menschheit im Allgemeinen geplagt wurde. Frei, um zu tun, was immer er tun wollte.

Er schlenderte durch die großzügigen Räumlichkeiten, in denen unzählige Kerzen das viele Gold zum Leuchten brachten, ließ seinen unruhigen Blick über herausstaffierte Körper gleiten und lauschte dem Rauschen der Unterhaltungen und dem schrillen Gelächter, das aufgesetzt klang in seinen empfindlichen Ohren, die lange, lange schon, dieses Karnevals der menschlichen Eitelkeiten müde geworden waren.

Ständig nickte ihm jemand zu oder grüßte ihn ehrerbietig; er wurde von neugierigen Augen gemustert und war Anlass für getuschelte Unterhaltungen, doch niemand wagte es, ihn direkt anzusprechen. Natürlich nicht.

Er verharrte, als er eine vertraute Gestalt sah. Klein, dick und rothaarig. Bald würde er sie ebenso los sein wie alle anderen Ärgernisse, die ihn noch an dieses Leben banden. Bald würde er nie wieder diesen naiven Blick aus veilchenblauen Augen ertragen müssen und diese quietschende Stimme, mit der die dümmsten Dinge gesagt wurden ...

Charlotta schwitzte. Feuchte Flecken hatten sich unter ihren Achseln gebildet und Tropfen für Tropfen rieselte salziger, heißer Schweiß ihren Nacken hinab. Möglicherweise wäre ein Treffen mit ihren ehemaligen Schulkameradinnen zu einem anderen Zeitpunkt an einem anderen Ort anders verlaufen. Möglicherweise hätte sie dann genug Selbstbewusstsein aufgebracht, um die gehässigen Sticheleien mit schlagfertigen Erwiderungen abzuwehren. Unter anderen Umständen war das Rotkäppchen (das im Moment eher ein Rotbäckchen oder Rotköpfchen war) alles andere als auf den Mund gefallen, doch heute ... in diesem beengenden Scheusal von einem Kleid, das sie mehr bloßstellte, als wenn sie nackt gewesen wäre ... einem Kleid, das sie zu einer grotesken Parodie auf Eleganz entwürdigte, während die anderen drei aussahen wie Königinnen ... heute hatte sie nicht den Hauch einer Chance.

„Ich wäre ja echt froh, wenn ich so mutig wäre wie du, Charlie!", säuselte Angelique-Clarinette gerade. „Ich finde es ja so toll, wenn Frauen wie du zu ihrem Körper stehen! Ich würde mich gar nicht mehr aus dem Haus trauen, wenn ich aus Größe vierunddreißig rauswachsen würde!" Sie kicherte zufrieden und streckte ihre Hüftknochen vor, die in einem traumhaften, rubinroten Kleid steckten, das enganliegend bis zum Boden reichte und einen reizvollen Schlitz bis zum kaum vorhandenen Oberschenkel aufwies.

„Ja, Angie, geht mir genauso!", stimmte Anastasia ein, „dabei will ich ja eigentlich gar nicht so dünn sein! Wirklich, ich kann essen, was ich will, aber bei dem ganzen Sport, den ich mache, da setzt einfach nichts an!" Zu allem Unglück trug sie ein Kleid, das beinahe mit dem von Charlotta identisch war – nur dass es an ihr genauso wirkte, wie es wirken sollte.

„Erzähl doch mal, Charlie", setzte Summer-Banana noch einen drauf, „man hört ja so Gerüchte! Anscheinend hat man dich ausgewählt, bei K. in die Lehre zu gehen. Als wir davon hörten, konnten wir es ja sowas von nicht glauben!" Die Drei wechselten einen Blick und kicherten. „Ist das echt wahr?"

Charlotta nickte das Nicken einer Angeklagten. „Doch, ja, ich bin sein Lehrling ..."

„Nein!", kreischten alle drei. „Wie hast du das nur geschafft?", wollte Anastasia wissen. „Bestimmt hat deine Familie ein bisschen nachgeholfen, was?" Noch mehr Kichern. Angelique stieß ihre Freundin in die Seite. „Das war jetzt aber nicht nett, Ani!"

„Man hört ja noch andere Gerüchte!", hakte Summer-Banana nach. „Anscheinend läuft es ja nicht ganz so gut mit deiner Ausbildung. Man munkelt, K. will dich wieder loswerden ..." Mit Raubvogelaugen taxierte sie hämisch Charlottas Reaktionen, während sie ihren Mund zu einem mitfühlenden Lächeln verzog. „Aber da

kannst du ja nichts dafür, Charlie! Es kann nicht jeder für eine derartige Laufbahn gemacht sein! Ist doch nicht schlimm, wenn du das nicht hinkriegst! Du warst eben schon immer ein wenig ... nun, wie soll ich es sagen ... ein wenig zu weichherzig!"
Die anderen kicherten.

Genau in diesem Moment, in dem Charlotta umkreist von drei graziösen Geiern mit dem Rücken zur Wand stand, sah sie zu ihrem unbeschreiblichen Schrecken, wie das Meer aus schillernden Partygästen sich teilte, um ehrerbietig der Gestalt des Anderen Platz zu machen, der zielstrebig auf sie zusteuerte. Die Andeutung eines Lächelns umspielte seine Mundwinkel, und Charlotta wappnete sich für die schlimmste Schmach, die sie jemals erlitten hatte: eine seiner niederschmetternden Zurechtweisungen im Angesicht ihrer Feinde. ‚Schön, dann bringe ich mich eben nachher um, na und?', war alles, was sie noch zu denken imstande war.

Die drei jungen Frauen wichen respektvoll zurück, als der Andere in ihre Mitte trat, ihre Augen leuchtend vor Aufregung und in der Hoffnung auf eine spannende Szene.

„Ah, Charlotta", sagte der Andere. „Es scheint mir, ich habe die hübscheste Lady des Abends endlich gefunden." Er beugte sich vor und hauchte ihr ein Begrüßungsküsschen an die Wange, auf der hektische rote Flecken erblühten. „Das Kleid steht dir ausgezeichnet, meine Liebe, auch wenn frischere Farben deine zarte Haut noch mehr zum Leuchten bringen – zum Beispiel wie die dieser Rose hier!" Er zauberte eine rosé-farbene Rosenblüte hervor, die er ihr liebevoll ins rote Haar steckte. „Reizend! – Und nun muss ich dich als meine Begleitung für diesen Abend leider entführen, es gibt einige wichtige Leute, die ich dir vorstellen will! Meine Damen ...", er schenkte den mit offenen Mündern starrenden Mädchen eines seiner hinreißenden Lächeln. „Ich hoffe, ihr verzeiht mir, wenn ich die Schönste unter euch entführe!" Und damit nahm er mit einer formvollendeten Gentleman-Geste Charlottas willenlosen Arm und führte sie von dannen. Sie trottete mit erstarrter Miene nebenher.

„Was machen sie für Gesichter?", zischte sie nach einigen Sekunden ohne die Lippen zu bewegen. Der Andere warf einen Blick zurück und winkte dem entsetzten Trio fröhlich zu. „Sie sehen aus, als würden sie innerhalb des nächsten Augenblicks entweder ohnmächtig werden oder sich übergeben. Oder beides."

„Oh gut. Gut!" Charlotta hob ihr Kinn umgehend um einige Zentimeter. „Gut!" Einen Moment lang schaffte sie es, die nähere Zukunft zu verdrängen und diesen einen Moment des Triumphs zu genießen, der sie inmitten einer Niederlage überrascht hatte, ohne sich zu fragen, womit sie ihn zu bezahlen hatte.

Der Andere reichte ihr einen der beiden Kelche Champagner, die er vom Tablett eines der unzähligen als Rokoko-Knaben verkleideten Bediensteten genommen hatte.

„Auf einen gelungenen Abend", sagte er mit lauter, tragender Stimme, „und auf den besten Lehrling, den sich ein Meister nur wünschen kann!" Er hob sein Glas zum Salut. „Lächle!", fügte er leise hinzu. „Alle in unserer Nähe starren dich an!"

Charlotta lächelte. „Ich sagte lächeln, nicht grinsen wie ein Kürbis!" Charlotta grinste nur noch breiter und kippte ihren Champagner wie Wasser hinunter.

„Jetzt muss ich mich entschuldigen, ich habe einen Termin!" Der Andere hob ihre kleine, rundliche Hand zum Abschied an seine Lippen, um den Publikum die Show zu bieten, die es sehen sollte. „Danach sprechen wir uns. *Privat!*" Sein Tonfall machte klar, dass er dann auf den Professor Dödel, die Diät-Verfehlungen und alles andere zu sprechen kommen würde, was sie falsch gemacht hatte. Charlotta grinste trotzdem ein Grinsen, das durch nichts auf der Welt getrübt werden konnte.

„Warum haben Sie das getan, Boss?", fragte sie ungläubig aber glücklich. „Warum?"

Der Andere, bereits zum Gehen gewandt, zuckte mit den Schultern. „Ich habe selbst nicht die geringste Ahnung." Und so war es auch.

„Hey Boss!", rief ihm Charlotta hinterher. Er drehte sich kurz noch einmal um. „Sie sehen in dem Anzug echt scharf aus!" Er verschwand kopfschüttelnd, aber lächelnd und ließ ein Geschöpf zurück, das in einem zu engen und zu pompösen Kleid so strahlte, als wäre es die aufgehende Sonne.

Kurz bevor man um Punkt Mitternacht zum Höhepunkt des Abends übergehen würde, hatte sich der Andere zur letzten Audienz des Abends in den ehemaligen Thronsaal begeben, in dem, nur für diesen Anlass, erneut ein Thron (aus Gold und samtenen Kissen) errichtet worden war.

Die Stimme aus schwarzem Sirup kroch durch den Raum.

„Sei mir willkommen, mein lieber Killer, du treuster meiner Diener!"

Der Andere neigte sein Haupt zum Gruß.

„Ich grüße Euch, Majestät!"

„Aber warum denn so förmlich? Wir sind doch schon längst die besten Freunde! – Außerdem bevorzuge ich eine andere Anrede; man nennt mich heutzutage *Präsident des Terrors*!"

„Ganz nach Eurem Wunsch, Präsident!"

„Hahaha." Sein Lachen war so süß wie eine Überdosis Zucker und so warm wie ein ausbrechender Vulkan. „Aber ich scherze doch, mein Lieber! Wir beide, nach all den Jahren ... wie viele Jahre mögen es sein? Eintausend? Zweitausend? Dreitausend?"

„Zweitausendeinhundertundfünf, Luzifer."

„Wir beide – nach zweitausendeinhundertundfünf Jahren sind wir mehr Brüder als bloße Freunde!"

„Gewiss, Luzifer!"

Auf dem Thron bewegten sich die Schatten, und dann erhob sich eine Gestalt, um die Stufen hinabzuschreiten, eine Gestalt wie aus feinstem Marmor gehauen, hünenhaft groß und gleichzeitig mit der feinen Statur eines Tänzers. Das Gesicht war überirdisch schön wie das eines Engels, mit blondgelocktem Haar und brennenden, obsidiandunklen Augen und der Körper weiß wie Schnee, Hitze verströmend wie ein Feuer. Wahrscheinlich wäre Nacktheit die einzig angemessene Bekleidung für derartige Schönheit gewesen, doch machte sich der weiße Anzug auch ganz gut, der aus so zartem, eleganten Stoff geschnitten war, dass er beinahe lebendig wirkte. Das lose übergeworfene Jackett stand offen und entblößte die breite Brust, die so glatt war wie ein Stein und so weich wie feinste Seide. Jeder Schritt der bloßen Füße brannte einen dunklen Abdruck ins Parkett.

Der Andere war nicht beeindruckt. Nicht nach zweitausendeinhundertundfünf Jahren. Aber er war auf der Hut. Nein – mehr als das. Jeder einzelne seiner Sinne war bis zum Zerreißen angespannt. Nur dadurch hatte er hunderte dieser Begegnungen bisher überlebt, und er hatte nicht vor, bei dieser, der hoffentlich letzten oder vorletzten, zu sterben.

Eine glühende Hand legte sich auf seine Schulter, schwer wie Stein und leicht wie eine Feder. Manche waren durch diese

Berührung wahnsinnig geworden, hatten die pure dunkle Energie nicht ertragen. Der Andere zuckte nicht einmal zusammen, obwohl auch er den Schmerz fühlte, der sich aus seiner Schulter wie ätzendes Gift zu seinem Herzen fraß. Doch er ignorierte es.

„Wie gefällt dir meine bescheidene Feier?", fragte die Stimme nahe an seinem Ohr, und auch dieser Klang, so schön und süß er auch war, hatte einigen bereits tödliche Qualen beschert.

„Sie gefällt mir ausgezeichnet, Luzifer."

„Dabei weißt du noch gar nicht das Beste daran ..." Ein sanftes Wispern, noch näher. „Es gibt einen Grund für dieses Fest, mein über alles geschätzter Killer, einen guten Grund!" Eine Pause, lang genug für den Anderen, um sich in unfreudiger Erwartung zu wappnen. „*Du* bist der Grund!"

Die brennende Hand auf seiner Schulter löste sich – der graue Stoff dort war verkohlt, sein Fleisch darunter gerötet, stinkende Rauchfähnchen kräuselten sich.

Ein schokoladencreme-geschmeidiges Lachen erfüllte den Raum. „Ja, nur du allein! Ich fand es angemessen, dir nach der langen Zeit wenigstens einen Ball zu widmen – und wie es sich gehört, erwartet dich eine Überraschung! Nichts Geschäftliches soll heute unsere Stimmung trüben! Heute sind wir hier, um dich zu feiern, mein Freund! Mein Bruder!"

Der Andere dachte an gar nichts, weil er sich das in der Anwesenheit Luzifers bereits vor langer Zeit abgewöhnt hatte. Er war sich ziemlich sicher, dass der *Präsident des Terrors* dazu imstande war, Gedanken zu lesen. Aber der Argwohn, der ihn bereits seit seinem morgendlichen Erwachen begleitete, verstärkte sich zur Gewissheit.

Der dramatische Ton einer überlauten Glocke läutete Mitternacht ein.

„Es ist so weit", säuselte die Stimme, „wir werden von unseren Gästen erwartet."

Vom sanften Druck glühender Fingerkuppen geschoben, bewegte sich der Andere zu Tür. Dahinter wartete die erregte, beschwipste Menge der Bösewichter und Schurken, der Egoisten und Skrupellosen.

Der Boden erzitterte und erhob sich unter den Füßen der beiden in die Höhe bis zu einer Empore auf einer feuerflackernden Säule.

Laute des Erstaunens und der Begeisterung rauschten durch die Versammlung: Es würde eine Show geben! (Nun, es gab immer eine Show, zu deren Höhepunkt meist irgendein Unglücksseliger unter Qualen höchst effektvoll ums Leben kam. Doch wenn der Killer bei dieser Show eine Hauptrolle spielte, war es besonders interessant.)

„Ich grüße euch, ihr bunten Maden an meiner Tafel der Herrlichkeit!", sang die Stimme über die hochgereckten Köpfe hinweg. Die bunten Maden jubelten eine lauter als die andere, um ihren Gefallen auszudrücken und selbst Gefallen unter dem Blick der obsidianschwarzen Tümpel zu finden. Der Andere rollte unbemerkt mit den Augen. „Bunte Maden" – nein also wirklich!

„Ich grüße euch, ihr verdammten Sklaven meines unendlichen Reiches! Erhaltet den Segen meiner tödlichen Liebe zu Euch!" Blitze zuckten aus den erhobenen Händen Luzifers, und der gesamte Saal jubelte, bis er durch eine Geste zur Stille gemahnte.

„Doch ist der Anlass heute ein Besonderer! Sehet, diesen meinen Wertvollsten unter Euch, sehet, diesen meinen liebsten Sohn unter meinen Kindern! Er war stets eifrig, meinen Willen zu erfüllen – durch seine Hand kamen Schrecken und Tod über die Welt, durch seine Hand spürte diese Welt meine grenzenlose Macht! Aus diesem Grund möchte ich ihm in meiner unbeschreiblichen Großzügigkeit ein Geschenk offenbaren!"

Erneuter Jubel.

„Höre, Killer! Ich werde dir die letzten Dienste erlassen, die du mir noch schuldig bist! Zehn Mal solltest du noch in meinem Namen töten, noch ganze zehn Mal! Doch da ich dich so sehr liebe, reicht mir ein einziges Mal aus! Nur einmal noch! Nur einmal noch sollst du deine Pflicht erfüllen, um danach frei zu sein!"

Jubel. „Scheiterst du allerdings an diesem letzten Auftrag, so sollst du deine Unsterblichkeit verlieren!"

Der Andere zeigte keinerlei Reaktion. Diese Entwicklung hatte er so nicht kommen sehen, doch kam sie auch nicht wirklich überraschend – sie war ganz der Stil seines Herrn.

Die Stimme senkte sich zu einem klirrenden Raunen aus tanzenden Schneeflocken hinab, die bis in den letzten Winkel des Saals wehten: „Dein letzter Auftrag lautet *Ernestine Nordmoor*. Finde und vernichte sie, bevor die Uhr zum nächsten Male Mitternacht schlägt – um die guten alten Traditionen zu wahren!"

Und die speichelleckerische Ansammlung verrotteter Seelen brach in beifälliges Gelächter und frenetischen Applaus aus.

15
Die lange Geschichte vom Pakt mit dem Teufel
Und: vom Tanz mit dem Ungeheuer
Und: vom Ende der Geschichte

„Ernestine Nordmoor." Der Andere nickte und lächelte. „Ich nehme dieses wirklich überaus großzügige Geschenk voller Dankbarkeit an!"

„Aber sicher tust du das, mein Freund!" Um die Mundwinkel, die eigentlich lächelten, spielte ein kleiner grausamer Zug, der dem Anderen nicht entging. Genauso wenig, wie Luzifer daran zweifeln konnte, dass der Andere genau verstanden hatte: An diesem letzten Auftrag sollte er scheitern, um sterblich zu werden und nach seinem Tod seine Seele an die Hölle zu verlieren (oder was auch immer damit geschehen würde – er hatte derlei Einzelheiten nie allzu genau nachgefragt). Es war das traditionelle Spiel, allerdings ging es hier um einen Einsatz, den er niemals freiwillig gewählt hätte. Doch Ablehnen kam nicht in Frage.

„Es gibt nur ein Problem", erklärte der Andere laut genug, um von allen gehört zu werden. „Ja, ich habe ein kleines Problem mit diesem Handel!" Die Menge verstummte augenblicklich – es war erstaunlich, wie der Mob tickte. Als hätte er ein eigenes Bewusstsein, das in diesem Fall gierig auf einen Skandal hoffte: auf einen Killer, der sich dem Teufel widersetzte, um vor ihrer aller Augen zermalmt zu werden. Das wäre die Nacht, von der sie sich später erzählen würden: „Warst du damals auch dabei, als K. glaubte, er könne es mit IHM aufnehmen ...?" – „Soll ich euch noch einmal die Geschichte erzählen, liebe Enkel, wie ich damals dabei war, als der berühmte Killer sich ein Duell mit Satan lieferte ...?"

Sie lauschten also, und der Andere sprach: „Es wird ein Kinderspiel, diesen Menschen zu töten!" Sein Lächeln war selbstsicher und überheblich. „Viel zu leicht!"

Die Menge seufzte auf.

„Lass mich dir zeigen, *wie* gut ich bin, oh, mein Gebieter!"

Selten waren die Worte *Oh, mein Gebieter* mit weniger Verve und so völlig ohne Demut ausgesprochen worden, doch wahrte er die Form. „Ich bin tödlich mit dem Revolver, mit dem Schwert, dem Messer, mit Pfeil und Bogen und mit jeder Waffe dieser Welt!" Applaus belohnte seine Worte. „Dir steht es zu, nach Deinem Belieben zu wählen, Gebieter, auf dass ich meine letzte Tat Dir zur Ehre mit der Waffe Deiner Gunst ausführe!"

Zustimmendes Gemurmel unter den Zuschauern. Natürlich, das gefiel ihnen. Brot und Spiele für die Dummen, damit sie brav blieben. Ein Prinzip, das seit jeher, in jeder Epoche und bei jeder Bevölkerungsschicht, für Erfolg sorgte.

„Und", fuhr er fort, die Hände beschwichtigend erhoben, um die begeisterten Zwischenrufe zum Verstummen zu bringen, „außerdem, ich muss es so drastisch formulieren, vergebt mir, beleidigt diese lange Frist mein Können! Warum die Traditionen nicht ein wenig spielerisch variieren und es den Glockenschlag sein lassen, der die Mittagsstunde ankündigt? Es sollte doch, wenn ich mich nicht irre, wenigstens eine kleine Herausforderung für mich darstellen!?"

Das Gemurmel im Publikum steigerte sich. Einzelnes, beeindrucktes Beifallklatschen ertönte. So viel Selbstüberschätzung kam bei dieser Art von Leuten einfach gut an.

Und auch Luzifer schien angetan. Seine engelsgleichen Züge erstrahlten wie der Schein eines nahenden Kometen, als hätte er so viel Kampfgeist bei seinem tödlichsten Untertan bereits erwartet. Er liebte Stolz an den Menschen; der machte sie verletzlicher und damit um einiges spannender. Möglich, dass ihn die völlige Abwesenheit von Angst bei seinem auserwählten Opfer enttäuschte – er genoss Angst wie einen ausgezeichneten Wein – doch die Vorfreude auf einen Sieg und damit den Anspruch auf die wertvollste Seele, die er jemals sein Eigen nennen würde, spülte jede Verstimmung hinweg.

„So sei es!" Die Stimme stieg wie ein Glockenspiel auf blanken Knochen in freudige Höhen. „Jahrtausende habe ich deine Werke mit Begeisterung verfolgt, habe mit Rührung beobachtet, wie du vom einfachen Krieger zu einem Meister deiner Kunst heranwuchsest – immer unermüdlich in Bewegung, um meinen Ruhm zu mehren. Ich sah dich zuerst mit dem Schwert, wie du als primitiver Krieger unter deinen Feinden wütetest, wie du Häupter von

Rümpfen trenntest, auf dass Ströme von Blut meinen Namen sangen. Ich sah, wie dein tödlicher Pfeil von der Sehne schnellte, um jedes Herz zu durchbohren, das dazu bestimmt war, zu verstummen, und das Summen deines Bogens spielte meine Musik. Ich sah dich mit dem Messer, wie es Adern durchtrennte, durch die das Leben fließt, so rasch und sanft, dass der Tod deine Opfer so zärtlich wie ein Streicheln ereilte, und ihr Seufzen war mein Chor der Lust. Doch selten sah ich dich, ohne all dies schmückende Beiwerk, welches du Waffen nennst; kaum sah ich dich ohne die Hilfe von Stahl und Feuer dem Feind gegenüber! Liegt aber nicht in der Beschränktheit der eigentliche Glanz? Liegt nicht in der Einfachheit die größte Schönheit? So wähle ich ..." Das Brennen der Schlunde, die dort waren, wo die Augen saßen, verstärkte sich. „So wähle ich die Hand! Töte mit deiner leeren Hand! Und lass es keinen blassen, leisen Tod sein! Ich will es zum Höhepunkt deines Schaffens machen, dass du mir ein menschliches Herz bringst, welches du mit bloßer Hand aus seinem fleischlichen Gehäuse gerissen hast!"

Die anwesenden machtgeilen, triebgesteuerten und milliardenschweren Möchtegern-Weltbeherrscher grölten begeistert. Herausgerissene Herzen schienen hoch im Kurs zu stehen. Der Andere schüttelte sich innerlich; diese Rede hatte geklungen, als wäre sie bereits vorbereitet gewesen, aber er war derlei pathetisches Gelaber gewöhnt – und er vermied es nicht einmal mehr, dies zu denken. Die Regeln waren gemacht. Sie ließen es nicht zu, ihn an Ort und Stelle zu vernichten, selbst wenn er, blasphemisch wie es seinem Wesen entsprach, zu erkennen gab, dass ihn alles andere als totaler Gehorsam und Hingabe erfüllte.

Das Spiel lief. Er spielte mit. Hob seine Hände. Brüllte: „Mit diesen Händen, so sei es!" Beugte sich vor dem endlosen Applaus. Lächelte. Die Leute mochten sein Lächeln. Wenn er lächelte, war es das Lächeln eines Helden, auch wenn der Held tief drinnen, so tief, dass es für niemandes Ohren nach außen drang, den Gedanken hegte, dass er diesmal womöglich besiegt werden könnte. Eines war klar: Es war nicht geplant, dass er diesen letzten Auftrag vollbringen würde. Man würde zwar nicht versuchen, ihn davon abzuhalten, es zu tun. Viel zu aufwendig. Man würde den sicheren Weg gehen und jemanden schicken, der es vor ihm tat. Gewiss, das war Schummeln. Aber ganz ehrlich, wer erwartete, dass der Teufel fair spielte?

Und so fügte dieser just in diesem Moment hinzu, wie das eben so war, wenn man von ihm sprach:

„Und falls du, gegen jedes Erwarten, das Herz nicht in deinen Händen hältst, bevor die Stunde zwölf Uhr Mittag schlägt, und falls du dann nach dem zwölften Schlage stirbst, so sei deine Seele auf immer mein!" Freudige Erwartung klang wie eine zweite Stimme in jedem Wort mit. Und dann gab er mit einem Blick auf die Menge eine letzte Anweisung:

„Mein Befehl für diesen Ball lautet: Niemand geht, bevor der Morgen graut! Und nun gebt euch den Freuden des Tanzes, der Speisen und der edlen Gesöffe hin, meine Kinder, zeigt mir, ob ihr es versteht zu feiern ... hahahaha!!!"

Auf seinen Wink spuckten die Lautsprecher wummernde Musik, deren Bässe die Wände zum Zittern brachten. Einen Moment später fuhr die Empore auf der Feuersäule mit einem Zischen nach unten, und Luzifer eröffnete den Tanz. Er liebte es zu tanzen, und ihn tanzen zu sehen war ein Anblick, den man nie wieder vergaß. Warum kriegten immer nur die Bösen eine anständige Party hin?

„Niemand geht, bevor der Morgen graut", murmelte der Andere. Er zweifelte nicht einen Augenblick daran, dass es unmöglich sein würde, das Gebäude früher zu verlassen. Selbst für ihn.

Er blickte sich gründlich um. Bisher hatte er ein vertrautes Gesicht vermisst; oder nein, vermisst bestimmt nicht. Ein vertrautes Gesicht, welchem er sich unter anderen Umständen nur mit Abscheu gegenübergesehen hätte.

„Suchst du etwa mich, mein Schatz?" Er fand sich in einer überschwänglichen Umarmung und einer Wolke aus süßem Parfüm wieder. Miss Biss strahlte ihn an. „Nun blick doch nicht so missmutig, Süßer, davon bekommst du Falten! Mach mir lieber ein Kompliment!"

Sie drehte sich einmal um sich selbst, was ihr einige bewundernde Blicke aus der näheren Umgebung einbrachte. Ihr enganliegendes Kleid war so weiß wie die Haut des Teufels, ihre zierlichen, zehn Zentimeter hohen Schuhe so rot, als wäre sie in Blut gewatet, und hatten den gleichen Ton wie ihre Lippen und der Schmuck um ihren Schwanenhals: ein Collier, dessen Dutzend Rubine wie Blutstropfen geschliffen waren.

„Ganz toll", der Andere sah sich weiter um, „wenn man dich so sieht, glaubt man kaum, dass du früher mal ein Mann warst!"

„Was?", zischte Miss Biss, „untersteh dich, das laut zu sagen! Ich bring' dich um!"

„Mit deinen falschen Fingernägeln vielleicht?"

„Ich weiß, nach wem du suchst, K., aber du wirst ihn nicht finden. Sein Zustand hat sich verschlimmert, und deswegen ist er für heute Abend entschuldigt! Er liegt einsam und alleine in seinem Bett, Damon, mein kleiner Liebling! Wie tut er mir leid! – Wo ist übrigens mein Baby schon wieder hin? Baby, komm sofort zu Mami!"

Das ertappte Horror-Baby, das in ein zur Garderobe seines Frauchens passendes blutrotes Kostüm mitsamt Schleife gezwängt worden war, fauchte wütend und riss sich eine Hühnerkeule vom benachbarten Büfett, mit der es flugs unter einem Tisch verschwand.

„Du ungezogenes Ding! Warte nur, bis ich dich erwische!" Sie warf dem Anderen einen letzten triumphierenden Blick unter aufgeklebten Wimpern zu. „Bis später, Schatz! Ich erwarte mindestens einen Tanz mit dir!"

Der Andere starrte ihr nach und griff nebenbei nach einem weiteren Glas Champagner. Wann hatte er sich das letzte Mal in einer Situation befunden, in der es um irgendetwas ging? In der es um sein Leben ging und er nicht ein einziges Ass in der Hand hielt? Er konnte sich nicht entsinnen ... damals wahrscheinlich, in den Zeiten, in denen er noch nicht den Pakt eingegangen war, der ihn auf tausende von Jahren binden sollte. Damals, als er noch den Namen getragen hatte, den seine Eltern ihm gegeben hatten ... seine Eltern ... er erinnerte sich nicht an ihre Gesichter. Er erinnerte sich nicht daran, jemals Eltern gehabt zu haben.

Bilder stiegen in ihm auf, die nicht aus seinem Album stammten, Bilder von strohbedeckten Hütten und Pferden mit geflochtenen Mähnen; er vermeinte den Duft des würzigen Holzfeuers zu riechen und in einer längst vergangenen Sprache die Rufe der Männer zu hören, die seine Männer gewesen waren ...

Damals, als noch jeder Kampf den endgültigen Tod in Aussicht gehabt hatte. Damals, als sein Name noch ... Er erinnerte sich nicht an seinen Namen. Womöglich hätte ihn das vor wenigen Tagen noch komplett kalt gelassen. Mit Sicherheit hätte es das. Warum schien es ihm auf einmal das Wichtigste auf der Welt, sich an seinen verfluchten Namen zu erinnern?

„Namen sind Schall und Rauch", knirschte er. Aber glaubte nicht mehr daran. Er spürte so etwas wie ... Furcht? War das tatsächlich Furcht? Er? Und Furcht? Nein, nicht ganz ... es war ... eine gewisse Erregung ... Er spürte das plötzliche Risiko drohend wie ein Damoklesschwert über sich schweben, und er empfand ... eine Mischung aus Furcht und ... viel schlimmer .... Spaß? Er empfand Spaß? Aber warum?

Der Andere leerte die perlende Flüssigkeit in einem Zug und genoss das Gefühl, wie sie berauschend durch seine Adern strömte. Und urplötzlich erkannte er: Das war kein Spaß. Das war das Ende der tödlichen, jahrhundertelangen Langeweile.

Wie elektrische Stöße jagte Adrenalin durch seinen Körper, um in seinem Gehirn eine feurige Spur zu hinterlassen, die in Sekundenschnelle zu einem Schriftzug aus klarem Eis wurde:

1. Augenblicklich versuchen, trotz des Verbots und der unumgänglichen magischen Barrieren einen Weg aus diesem Gebäude zu finden, um meinem Widersacher zuvorzukommen.

Was auch sonst. Warum fair spielen gegen einen übermächtigen Gegner, der sich nicht um Regeln scherte.

2. Zielobjekt vor zwölf Uhr mittags ausschalten.

Und zwar egal wann davor. Zwei Minuten vorher waren genauso akzeptabel wie zwölf Stunden. Kein Zeitstress. Stress war Gift fürs Denken, und er arbeitete lieber bei funktionierendem Verstand.

3. Sich auf das Positive der Situation konzentrieren: Das Ziel (die ewige Unsterblichkeit) liegt in unmittelbarer Nähe. Und nicht: Mein Ziel ist möglicherweise erstmalig ernsthaft gefährdet.

Er stellte den leeren Champagnerkelch auf einem vorübersegelnden Tablett ab und schlenderte zu den Treppenaufgängen. Oben gab es Bade- und Ruheräume. Und Fenster zum Öffnen oder Einschlagen. Auf jeden Fall einen Weg, um ins Freie zu gelangen.

„Ich setze einen Tausender auf dich, Killer!", rief ihm ein dicklicher Glatzkopf jovial zu, Jakob Kohlmann, Waffenfabrikant, mit einer Vorliebe für minderjährige Mädchen, wenn er sich richtig erinnerte.

„Warum so vorsichtig, Jakob?", lachte der Andere. Jeder Mann freute sich, wenn er lachte; es klang kumpelhaft und warm und wie eine Auszeichnung. „Häng drei Nullen dran, dann lohnt es sich." Und er dachte, als dächte jemand anders: ‚Warum mache ich mir noch die Mühe, mit einem unsympathischen Arschloch zu scherzen?' Und er sagte, im Vorbeigehen, ohne die Spur eines Lachens:

„Oder häng dich auf, damit gäbe es einen Idioten weniger." Und er dachte, als dächte jemand anders: ‚Gilt das nicht ebenso für mich?'
Die Kopfschmerzen setzten wieder ein, trübten den kristallklaren Gedankenfluss und beschleunigten einen Herzschlag, der vor vielleicht tausendneunhundert Jahren zuletzt aus dem Takt geraten war.

Der Andere jedoch ignorierte sein unruhiges Herz und suchte sich ein leeres Schlafgemach, um ungestört ein Fenster zu öffnen. Dort streckte er eine Hand in die schwarze, kalte Winternacht und spürte nur einen Moment lang die frische Luft auf seiner Haut, bevor ihn ein gewaltiger Schlag traf und hintenüberschleuderte.

Wow. Er lachte. Schwere Geschütze! Er erkannte einen unlösbaren Bann, wenn er von ihm getroffen wurde, doch umgehen konnte er ihn nicht, denn er hatte sich nie näher mit Magie befasst. Dieser Bann war wahrscheinlich selbst für die geschicktesten Magier unter den Anwesenden nicht zu brechen.

Der dunkle Hirte kannte all seine schwarzen Schäfchen eben ganz genau. Nun gut. Er würde seine Kraft nicht mit vergeblichen Ausbruchversuchen verschwenden. Sein suchender Blick fiel auf einen kunstfertig in die Wand eingelassenen Kühlschrank: Wusste er es doch. Im Eisfach fand sich zwar keine Flasche von sechzehnjährigem Lagavulin, sondern nur schnöder Wodka, aber der würde es auch tun. Das majestätische Bett unter dem Baldachin schien bequem; er machte es sich darauf gemütlich und öffnete die Flasche. Natürlich würde er nüchtern bleiben, aber diese Kopfschmerzen ... verlangten nach etwas Stärkerem als Kräutertee. Er schloss die Augen und dachte an Damon, der in diesem Moment versuchen würde, Ernestine Nordmoor zu töten. Aber er hatte genau dies zuvor versucht und war so kläglich gescheitert, dass es keinen Grund dafür gab, dass er ausgerechnet diesmal erfolgreich sein würde.

„Ich vertraue auf dich, liebe Ernestine!" Der Andere hob sein Glas auf sie.

Just in diesem Moment versuchte Damon tatsächlich, Ernestine Nordmoor zu töten, doch als er mitsamt seiner kleinen Armee aus Horror-Babys und menschlichen Meuchelmördern bei ihrem Haus ankam, war es leer. Nicht einmal dieser wunderliche Hund, von dem ihm Miss Biss berichtet hatte, war darin. Damon warf seinen entstellten Kopf zurück und brüllte seinen Frust hinaus. Wo sollte er anfangen, nach seinem Opfer zu suchen? Er musste Ernestine vor dem Morgengrauen finden, ansonsten hatte er den Anderen am Hals. Und den wollte er frühestens dann wiedersehen, wenn dieser nicht mehr länger der Günstling des Teufels, sondern tief gefallen und möglicherweise besiegbar war.

Der alte Apfel wurde von einem Winseln vor seiner Tür aufgeschreckt, als er schlaflos im Kirchenschiff herumspazierte und wechselweise uninspiriert an seinem neuen Werk *Die Opferung der heiligen Roberta* herummalte oder in alten Schmökern stöberte.

Nun hatte er in letzter Zeit die einprägsame Erfahrung gemacht, dass ihm beileibe nicht alles, was durch seine Tür hineinwollte, wohlgesinnt war, aber andererseits hatte er im Laufe der letzten Jahre auch das eine oder andere Geschöpf bei sich aufgenommen, das Hilfe nötig hatte. Dieses Winseln klang eindeutig nach einer verzweifelten Kreatur. Marie-Antoinette, die wieder einmal ihrem unaufmerksamen Herrchen davongelaufen war, sprang mit aufgeregt wippender Schleife an der Tür hoch und kläffte hysterisch. Ihr winziges Schwänzchen wackelte, wie es schien, freudig.

„Dämliches Getier!", murrte der Alte und schlurfte näher. „Keine Ruhe gönnt man mir, keine Ruhe!" Doch weil seine Neugier von jeher stärker gewesen war als sein Misstrauen (es handelte sich hier immerhin um einen Mann, der Ghule im Keller, einen Vampir im Glockenturm und wer weiß, was sonst noch, beherbergte), drehte er den widerstrebenden Schlüssel herum und öffnete die Tür einen Spalt. Noch bevor er diesen hätte wieder schließen können, schob sich eine gewaltige Tatze hinein und drückte die Tür mit Schwung auf.

A. „der Apfel" Apollo wich einige Schritte zurück; er sah sich einem Monster aus einem Alptraum gegenüber. Da jedoch Monster sein Hobby waren, sah er genauer hin und erkannte. „Ah!" machte er. „Das muss der berühmte Cerberus sein, nicht wahr, nicht wahr? Das muss er sein! Und er hat Schmerzen, die hat er, oh ja, ich sehe schon, ich sehe es! Er befindet sich mitten in der Verwandlung, der arme Kerl! Komm er nur herein, ich habe Linderung, ich weiß, was zu tun ist, ja das weiß ich!"

Cerberus schlich mit gesenktem Kopf herein, als wäre jeder Schritt eine Qual. Sein Körper schien aufgequollen und verformt; die Beule an seinem Hals war zu überdimensionalen, erschreckenden Ausmaßen angewachsen – und entwickelte genau zu diesem

Moment einen weiteren kleinen Abszess, der sich bewegte, flackerte – und sich zu einem gelb glühenden Auge öffnete. Cerberus heulte auf.

„Es schmerzt, ich weiß, es schmerzt!", redete der alte Irre beschwichtigend auf ihn ein. „Diese Transformation kostet Kraft, das tut sie! Aber sieh er doch nur, wie weit sein zweiter Kopf bereits gewachsen ist! Bald ist er ein gar prächtiger Höllenhund, ja, das ist er!"

Marie-Antoinette sprang wie ein winziges Insekt um die riesenhafte Gestalt herum, die die Größe eines Ponys bereits überschritten hatte. Sie sah beeindruckt und erfreut aus, und ein aufmerksamer Beobachter hätte die ersten Anzeichen einer sich anbahnenden Liebe beobachtet. Doch hätte auch er über besondere Augen verfügen müssen, um die kleine Lilli zu sehen, die, ihre Hände fest im dichten Fell verankert, auf Cerberus Rücken kauerte.

Ernestine schlief zu diesem Zeitpunkt den schweren, süßen Schlummer einer ordentlich sedierten Verrückten in ihrem vertrauten weißen Klinikzimmer, nicht ahnend, dass nur wenige Meter entfernt, in einem ebensolchen weißen Klinikzimmer, Erwin, der Sekretär, ruhte, der die gleiche Idee gehabt hatte wie sie. Vielleicht waren sich die beiden doch ähnlicher, als man es nach dem ersten Eindruck annehmen mochte?

Vielleicht schlummerte in dem ängstlichen Sekretär allem äußeren Anschein zum Trotz doch noch der Prinz, der Schneewittchen vor der bösen Hexe retten würde ... auch wenn es sich in diesem Fall um eine Hexe und ein Monster ohne Gesicht handelte. Ein bisschen viel für den Prinzen in spe und dessen erste Heldentat. Wenn man ihn sich so ansah, dann würde man ihm als Debüt vorschlagen, es erst einmal damit zu versuchen, Kröten über die Straße zu retten; das war ihm immerhin zuzutrauen. Und man sollte das nicht unterschätzen: Viele Menschen hielten es nicht einmal für nötig, Kröten zu retten.

Der Andere war nie der Typ gewesen, der Kröten rettete. Allerdings lebte er, was kaum jemandem bekannt war, seit ein oder zwei Jahrzehnten vorwiegend vegetarisch, wenn auch nicht aus Tierliebe. Er vermied es einfach, seinen wertvollen Körper mit Giften zu verseuchen – was beispielsweise ein Steak aus Massentierhaltung an Toxinen enthielt, war von keinem anderen

Lebensmittel zu toppen. Außer vielleicht von einer Flasche Wodka. Die Zeit bis zum Sonnenaufgang war lang und eine Flasche Wodka gute Gesellschaft. Allerdings hätte er bis vor kurzem eine solche Zeitspanne ohne derartige Gesellschaft problemlos überbrückt. Bis vor kurzem bedeutete: bis heute. So ungefähr. Allerdings hatte es schon ein wenig früher eingesetzt, dieses Gefühl von ... Dieses Gefühl. Ein Gefühl, wo vorher keins gewesen war. Ein Gefühl, dem Ziel ganz nah zu sein, um dann festzustellen, dass der Weg dahin eigentlich viel spannender gewesen war. Das heißersehnt Erwartete gefährdet zu sehen und Spaß dabei zu empfinden ...

Verdammt: Lag nicht nur im Wein die Wahrheit, sondern auch in einem halben Liter Wodka? Oder war das nicht die Wahrheit, sondern sentimentaler Quatsch, ein letztes Zucken seiner dummen Menschlichkeit, die sich gegen den zugegebenermaßen recht großen Gedanken von echter Unsterblichkeit wehrte? Einer Ewigkeit, die noch einmal zweitausend Jahre umfassen würde, und noch einmal zweitausend, und noch einmal zweitausend, bis ... bis die Menschheit es endgültig geschafft hatte, sich beinahe und diesen Planeten vollkommen zu vernichten. Dafür würde es dann sicherlich andere Planeten geben. Und dort zweitausend Jahre. Und noch einmal zweitausend Jahre. Bis die bis dahin zwar mutierte und technisch explodierte, doch noch genauso dämliche Menschheit es wiederum schaffen würde, sich auszulöschen. Was ihm im Grunde völlig gleichgültig sein konnte, weil ihn Menschen nicht weiter interessierten. Wenn das aber der Fall war, warum war er dann so scharf darauf, Äonen und Äonen in ihrer Gesellschaft zu verbringen?

Eine Stimme, nicht die seine, sondern die des Mannes ohne Namen, der er einmal gewesen war, wisperte: „Weil ich das Leben liebte und ein elender Feigling war, der Angst vor dem Tod hatte!"

Eine andere Stimme, die zu einer rothaarigen Nervensäge gehörte, quietschte in typisch unmelodiöser Manier: „Hey, Boss, da sind Sie ja! Ich hab' Sie überall gesucht! Was für eine Scheiße! Ich glaub´s ja nicht, dass ..."

„Schnauze!", brüllte der Andere. „Ich bin gerade in einer Sinnkrise!" Es war neunhundert Jahre her, seit er zuletzt gebrüllt hatte, und es fühlte sich ziemlich gut an.

Das Quietschen verstummte kurz, um gleich darauf, zaghafter, wieder zu ertönen: „Aber Boss, wir sitzen echt ganz schön in der Scheiße!"

„*Ich* sitze in der Scheiße, und es macht mir Spaß!", brüllte der Andere, einfach weil es sich so gut anfüllte, zu brüllen und brach in schallendes Gelächter aus, weil sich das noch besser anfühlte als Brüllen.

„Ähm, Boss, reißen sie mir nicht gleich den Kopf ab, also nicht wörtlich, haha, aber sind Sie sowas wie ... also Sie wissen schon ... sind Sie betrunken?"

Der Andere hörte auf zu lachen und die Wodka-Flasche zu schwenken. „Nein", sagte er nachdrücklich und fügte hinzu: „Nun ja. Vielleicht ein bisschen."

Charlotta schob sich vorsichtig näher ins Zimmer. Ihre Wangen waren gerötet, ihre Augen leuchteten noch immer – hübsch sah sie aus. Allerdings war ihre gute Laune längst verflogen und durch Angst ersetzt worden – welche sich durch den Anblick ihres Vorgesetzten verstärkte, der in bisher ungesehener Verfassung in den brokatenen Kissen thronte.

„Wir müssen irgendwas unternehmen!", rief sie verzweifelt. „Auch wenn ich eigentlich nicht will, dass Sie Ernestine das Herz rausreißen, verstehen Sie, ich hab sie nämlich so was wie kennengelernt, als ich sie ... äh ... observiert habe, und sie ist 'ne Nette, also keine, die es verdient hätte, dass man ihr Herz rausreißt oder so ... also ich weiß ja, wir sind die Bösen, aber trotzdem ... könnten wir nicht einfach mal denen Böses zufügen, die es verdient haben?"

„Charlotta, halt die Klappe und setz dich!" Der Andere wies ans Fußende des Riesenbettes und Charlotta ließ sich unbehaglich darauf nieder. Es stellte bereits eine nervliche Zumutung dar, sich mit K. im Normalzustand im selben Raum aufzuhalten – mit K. in einem derart unberechenbaren Zustand war es eine nervliche Zerreißprobe.

„Ähm, Sie tragen doch keine Waffen mit sich, oder? Weil ... ähm ... das ist hier verboten, hab' ich mir sagen lassen ..."

„Ich sagte doch, halt die Klappe. Hier, nimm einen Schluck, bevor du dir wieder ins Höschen machst!" Er warf ihr die Wodka-Flasche zu, in der auch nicht viel mehr als ein Schluck übrig war. Charlotta trank vorsichtig und schwieg beleidigt.

„Charlotta, du bist alles Mögliche, von verfressen über verzogen bis hin zu einer Intensität von nervtötend, für die kein geeignetes Adjektiv existiert, aber eines bist du nicht: *böse*. Nicht einmal gemein. Du bist ein liebes Mädchen mit einem butterweichen

Herzen, das es nicht einmal über sich bringt, eine Mücke zu erschlagen!"

„Das mit der Mücke haben Sie bemerkt?"

„Warum, verdammt noch mal, studierst du nicht sowas wie Kunstgeschichte, oder sagen wir mal, noch schlimmer, Kulturpädagogik, suchst dir einen ebenso lieben Jungen und zeugst mit ihm zwei liebe Kinder, oder was Menschen ebenso machen, wenn sie es auf ein normales Leben abgesehen haben – womit etwa 90 Prozent der Menschheit gemeint sein dürften. Warum hängst du gerade an meinem Rockzipfel, und vor allem, wie ist jemand wie du da hingekommen? Ich frage aus gewissermaßen wissenschaftlicher Neugier und weil ich dich jeden Tag sehe, ob ich will oder nicht."

„Man kann Kulturpädagogik nicht studieren", murmelte Charlotta trotzig. „So ein Fach gibt's nicht!"

„Entweder du erzählst es mir, oder die da erzählt dir was!"

Der Andere hatte auf einmal eine kleine Handfeuerwaffe auf dem Kissen neben sich liegen.

„Ich wusste doch, dass Sie Waffen reingeschmuggelt haben, Boss!" Seltsamerweise war sie erleichtert; diese Situation war vertraut und brachte wieder die gute alte bedrohliche Normalität zurück. „Ja, na schön, Sie haben ja Recht. Sie haben immer Recht, was? Ich krieg´s nicht hin. Ich hab' 'ne miese Charakterschwäche, ich hab' das gute Herz meines bescheuerten Großonkels geerbt, und ich kann´s einfach nicht ändern. Das ist wie ein Fluch; egal, wie sehr ich mich anstrenge, immer wieder empfinde ich so dumme Dinge wie Mitleid oder Reue. Meine Großmutter hat mich deswegen bereits als Kind in Therapie gesteckt, aber es hat nichts genützt. Auf dem Internat hab ich dann alles gegeben, alles! Aber es hört einfach nicht auf ... Ich tu' so, als wäre ich abgebrüht, ich spiel' allen was vor und das funktioniert meistens ganz gut. Aber wenn ich kleine Katzenbabys sehe, dann will ich sie knuddeln und nicht foltern! Ich bin abnormal! Ich bin krank! Ich bin ein totaler Versager!" Ohne Vorwarnung kullerten dicke Tränen die rundlichen Wangen hinunter, während Charlotta gleichzeitig versuchte, kläglich zu lächeln, was zu einem bemitleidenswert komischen Gesichtsausdruck führte.

„An deiner letzten Aussage ist was Wahres dran, aber ansonsten verstehe ich nicht, warum du nicht aussteigst? Warum ergibst du dich nicht deiner eindeutig gutmenschlichen Natur und führst ein ihr entsprechend glückliches Leben? Das kriegen Millionen anderer Leute auch hin, sogar die Versager!"

Charlotta schielte missmutig unter Tränen zu ihm hinüber. „Vielleicht sollten Sie es ja mal mit ´nem Psychologie-Studium versuchen anstatt mit Auftragsmorden, Boss!"

Der Andere lachte. „Mit einer Wartezeit von viertausend Semestern würde ich wahrscheinlich einen Platz bekommen, aber ich habe bereits auf Freuds berühmter Couch gelegen, aus reinem Interesse. Und seine Diagnose hat mich nicht gerade umgehauen. Aber wir reden nicht von meiner komplexen und vielschichtigen Persönlichkeit, sondern von dir bemerkenswert simplen Pummel. Tu mir einen letzten Gefallen: Sei ehrlich zu dir selbst, pack deine Sachen und verschwinde in Richtung neues Leben, in dem Charlotta kleine Katzen knuddeln darf!"

„Ehrlich Boss, ich weiß nicht, was ich davon halten soll, dass Sie so mit mir reden, das ist irgendwie unheimlich ... Wer weiß, was Sie damit erreichen wollen, aber ich hab' keine Ahnung, was ich für ein Leben will, echt nicht! Ich war immer nur damit beschäftigt, das Leben zu leben, das man von mir erwartet! Und wenn ich das nicht hinkriege, dann kann ich´s vergessen, dann brauch' ich zuhause erst gar nicht mehr auftauchen, dann bin ich enterbt und ausgestoßen und hab' Schande über die ganze Familie gebracht wie mein blöder Großonkel!"

„Ich kannte deinen Großonkel."

„Echt wahr?"

„Ich habe ihn umgebracht."

„Oh."

„Er war ein netter Kerl."

„Ich weiß."

„Es ist nichts falsch daran, nett zu sein."

„Ja, klar! Das sagen gerade Sie! Ich lach' mich tot!"

„Nicht so zynisch, das passt nicht zu deinem Kleid!"

„Ist doch wahr!", schniefte Charlotta. „Ich bin bei Ihnen in der Lehre, Boss, weil Sie der Übelste, der Gefährlichste und der Angesehenste sind und ich das beste Abschlusszeugnis seit zehn Jahren bekommen habe, und weil meine Großmutter Beziehungen hat. Sie können mir viel erzählen von wegen ‚Nett sein ist keine Schande'!"

„Du bist bei mir in der Lehre, weil es eines Ersatzes bedarf, sobald ich ausgeschaltet bin. Allerdings hätten sie mit dir keine schlechtere Wahl treffen können. Vielleicht bist auch bei mir, um mich in den Wahnsinn zu treiben, damit es leichter ist, mich zu beseitigen."

„Und, war das ein Erfolg?"

„Keine Ahnung. Jedenfalls bin ich unangemessen guten Mutes."

„Und was machen wir da?"

„Wir trinken darauf. Es dauert noch ewig, bis die Sonne aufgeht." Charlotta nahm noch einen Schluck Wodka.

„Die Flasche ist leer."

„Dann hol die nächste aus dem Eisfach."

„Ich wollte übrigens immer Balletttänzerin werden ..."

„Oh Teufel nochmal, so genau wollte ich das auch nicht wissen!"

Woanders, aber nicht so weit weg, in dermaßen anderen Räumlichkeiten, dass der Unterschied das verwöhnte Auge schmerzte, begann der nächste Morgen zeitig. Dieser Ort war keine Welt aus Gold und Kerzenlicht, aus schweren Parfüms und glänzenden Stoffen, aus erlesenen Köstlichkeiten und altem Wein, sondern eine Umgebung voller vergitterter Fenster und endloser, leerer Flure, in der auf abgewetztem spartanischen Mobiliar traurige Gestalten in billiger Kleidung hockten, in der es nach Desinfektionsmitteln und ungewaschenem Haar roch und in der pampiges Essen voller Transfette und Glutamate auf angeschlagenes Geschirr geschöpft wurde.

An der leichenweiß gestrichenen Wand des schnöden Raumes, in dem sich die folgenden Begebenheiten abspielen, hängen einige grausam gerahmte Kunstdrucke (van Goghs Sonnenblumen und Monets Seerosen, was sonst) und der Boden ist mit einem robusten Kunstfaserteppich undefinierbarer Farbe ausgelegt, den die Jahre ermüdet haben. Die Fenster sind zwar groß, aber es fällt – nicht nur der frühen Stunde wegen – nur graues Winterlicht hinein. Deshalb hat jemand die Neonröhre an der Decke angeknipst, durch deren grell-kaltes Licht die Szene noch trostloser wirkt als ohnehin bereits. In einem Kreis ist ein Dutzend unbequemer Holzstühle aufgestellt, die Sorte mit den spinnengleichen Metallbeinen, und darauf sitzen ebenso viele Leute verschiedenen Alters und Geschlechts, doch eines ist allen gemeinsam: Sie verströmen die Hoffnungslosigkeit von tief Gefallenen, die Unruhe von tief Verwirrten. Einer nur sticht aus der Gruppe heraus: der rahmenlos bebrillte junge Mann mit dem weißen Kittel und dem Schildchen mit dem Namen *Dr. Kern.*

Dr. Kern (räuspert sich): Nun, wer möchte heute den Anfang machen? Wer hat etwas besonders Wichtiges auf dem Herzen, worüber wir reden sollten?
Allgemeines Schweigen. Jeder der Anwesenden starrt irgendwohin, nur nicht in Richtung des Doktors. Einer fängt an, leise zu stöhnen und hin- und herzuschwanken.
Dr. Kern (begütigend): Ganz ruhig, Herr Schneider, Sie müssen selbstverständlich nichts sagen, wenn es sie so aufregt!
Herr Schneider beruhigt sich.
Dr. Kern: Nun, niemand? Dann vielleicht jemand von den neu Dazugekommenen? Wir haben hier zum Beispiel Ernestine Nordmoor, die seit gestern wieder bei uns ist. Frau Nordmoor? Möchten Sie uns nichts über die Umstände ihrer Einlieferung erzählen? Es geht Ihnen bestimmt besser, wenn Sie darüber reden!
Ernestine Nordmoor fängt an zu stöhnen und hin-und herzuschwanken.
Dr. Kern (seufzt): Nun gut, ... ich werde Sie natürlich nicht zwingen, Frau Nordmoor, wir warten, bis sie so weit sind, in Ordnung? Ich nehme an, Frau Nordmoor ist sowieso jedem hier noch ausreichend bekannt ... *(seufzt noch einmal)* Wir haben aber noch einen Neuzugang. Herr Winter, möchten Sie sich selbst vorstellen?
Herr Winter (sehr leise): Guten Tag, mein Name ist Erwin Winter.
Dr. Kern (erfreut): Sehr schön, sehr schön. Möchten Sie uns kurz erzählen, warum Sie hier sind, Herr Winter? Es gibt keinen Grund, sich zu schämen, wir haben hier alle sehr viel Verständnis, nicht wahr? *(Sieht sich bestätigungssuchend in der Runde um. Niemand erwidert seinen Blick.)* Also, Herr Winter, lassen Sie sich ruhig Zeit und schildern Sie ihre Probleme. Wir sind hier ganz für Sie da.
Herr Winter (mit gesenkten Augen und zitternder Stimme): Mein Name ist Erwin Winter, und ich leide ... ich leide unter Halluzinationen ...
Dr. Kern (nickt ermutigend): Sehr gut, sehr gut. Nur weiter!
Herr Winter: Mein ganzes Leben war ich immer ... war ich immer normal ... ich hatte eine respektable Arbeitsstelle ... und war stets stolz auf meinen ... auf meinen gesunden Verstand ... und plötzlich sehe ich Dinge, die nicht existieren! *Seine Stimme versagt.*
Dr. Kern: Sie machen das sehr gut, Herr Winter. Fahren Sie fort!

Herr Winter: Ich glaube nicht an übernatürliche Dinge, aber auf einmal habe ich ständig Visionen von schrecklichen Monstern! Ich bilde mir ein, dass ich Ghulen die Hand schüttle und mich mit Vampiren über Poesie unterhalte ... *Er bricht abermals erschüttert ab.*
Dr. Kern: Ja, das klingt wirklich erschreckend! Es ist verständlich, dass Sie verstört sind! Machen Sie sich keine Sorgen, es wird Ihnen bald schon besser gehen!
Ernestine Nordmoor (blickt zum ersten Mal neugierig auf): Erwin? Sind Sie das? Sind das wirklich Sie? Was, um alles in der Welt, machen ausgerechnet Sie hier?
Herr Winter (blickt mit panischem Blick zu Dr. Kern): Ist sie real? Diese junge Frau da drüben, ganz in Schwarz, mit der großen Nase, ist sie real?
Dr. Kern: Ernestine Nordmoor? Oh, die ist real. Oh ja, glauben Sie mir, die ist sehr real! *Er sieht so aus, als hätte er gerne das Wörtchen „leider" angehängt.*
Erwin Winter: Gott sei Dank!
Ernestine Nordmoor (entrüstet): Natürlich bin ich real! Aber warum sind Sie denn hier? Sind Sie völlig wahnsinnig, sich in eine Psychiatrie einliefern zu lassen?
Erwin Winter (trocken): Ich befürchte, das bin ich, ja.
Ernestine Nordmoor: Sie spinnen ja! Sie sind völlig normal! Das, was wir erlebt haben, das war alles echt!
Erwin Winter: Was nun, spinne ich oder bin ich völlig normal?
Ernestine Nordmoor: Jetzt spielen Sie hier nicht den Klugscheißer! Sie spinnen, weil Sie als total Normaler in eine Anstalt gehen!
Erwin Winter: Und was machen Sie dann hier, Ernestine?
Dr. Kern: Frau Nordmoor, würden Sie bitte aufhören, Herrn Winter anzuschreien! Er hat mit Sicherheit genauso gute Gründe wie Sie, hier zu sein. Fühlen Sie sich übergangen, Frau Nordmoor? Wollen Sie vielleicht sprechen und uns erzählen, wie Sie sich Ihren Finger abgeschnitten haben?
Ernestine Nordmoor (ruhig): Ich schreie nicht, Dr. Kern. Und ich habe mir nicht meinen Finger abgeschnitten. Das war einer von denen, die mich töten wollen!
Ältere Frau (aufgeregt): Mich wollen sie auch töten, mich wollen sie auch töten! Die bösen Geister aus dem Jenseits!
Dr. Kern (erhebt leicht seine Stimme): Keine Sorge, Frau Kleinhans,

niemand will Sie töten! Wir sind hier alle in Sicherheit! Und es gibt keine bösen Geister aus dem Jenseits.
Der Geist einer jungen, wunderschönen Frau erscheint mitten im Raum.
Geist: Ha! Da bin ich wieder! Ich grüße dich, Enkelin!
Ernestine Nordmoor: Oma? Was machst du denn hier? Und wie siehst du aus? Ich dachte, man kommt als Geist in der Form wieder, in der man gestorben ist!
Geist: Ach, Schnickschnack! Wer will schon als alte Schachtel wiederkommen?
Ernestine Nordmoor: Aber so hast du ja nicht mal als junge Frau ausgesehen!
Geist: Na und? Was hat es denn für Vorteile, ein Geist zu sein, wenn man nicht einmal bestimmen kann, wie man aussieht? So wollte ich schon immer aussehen! Wie findest du mich? *(dreht sich zufrieden um sich selbst)*
Ernestine Nordmoor: Nun, wirklich hübsch, aber ...
Dr. Kern: Frau Nordmoor, mit wem reden Sie da? Haben Sie eine Ihrer Erscheinungen? Frau Nordmoor?
Von den Anwesenden blickt jetzt keiner mehr aus dem Fenster oder auf den hässlichen Boden; alle wenden sich voller Neugier Ernestine Nordmoor und Erwin Winter zu.
Geist: Würden Sie mich bitte in Ruhe mit meiner Enkelin sprechen lassen, sie nervtötender, kleiner Mann!
Ernestine Nordmoor: Er kann dich nicht sehen, Oma. Du bist ein Geist!
Geist: Ach herrje, da hast du Recht! Wie lästig es sein kann, unsichtbar zu sein! Andererseits hat es auch durchaus Vorteile; ich habe einiges herausgefunden, aber zuerst einmal ... *(in strengem Ton)* Ernestine!
Ernestine Nordmoor (ergeben): Ja, Oma?
Geist: Schäm dich, Ernestine! Schäm dich!
Ernestine Nordmoor: Ich soll mich schämen?
Dr. Kern: Niemand muss sich schämen, Frau Nordmoor! Wir haben hier alle unsere Probleme und Nöte!
Ernestine Nordmoor (Dr. Kern ignorierend): Hör mal, Oma, ich kann nicht mehr! Das war alles zu viel für mich! Es tut mir übrigens leid, dass du gestorben bist ...vor allem, wie du gestorben bist!
Geist: Ach was! Ich brauche kein Mitleid, weil ich gestorben bin, sondern weil ich eine so überaus schwache und selbstsüchtige

Enkelin mein Eigen nennen muss!

Ernestine Nordmoor: Das ist jetzt nicht fair! Jeder wäre von einer solchen Situation überfordert ...

Geist: (sehr ungehalten): Und dann auch noch Sie, Erwin! Also wirklich! Von Ihnen hätte ich mehr erwartet! Ich habe Sie zwar nicht gerade für einen Ausbund an Tapferkeit gehalten, aber dass Sie sich einfach zusammen mit meiner feigen Enkelin in einem Irrenhaus verstecken, das hätte ich nicht von Ihnen gedacht!

Ernestine Nordmoor (seufzt): Er kann dich auch nicht sehen, Oma!

Dr. Kern: Frau Nordmoor, Sie sind hier, in diesem Zimmer! Egal, was Sie gerade sehen! Ich glaube, wir sollten Sie woanders hinbringen und Ihnen ein wenig Ruhe verordnen ...

Geist: Ha! Er kann mich nicht sehen? Dem werden wir abhelfen! *(macht ein konzentriertes Gesicht, ihre Konturen fangen an zu zittern)* Erwin, hören Sie mich!

Erwin (hebt den Kopf): Habe ich da etwas gehört?

Geist: Erwin, nun sehen Sie mich schon an! Hier bin ich! Jawohl hier! Genau vor Ihnen!

Erwin (sein Blick wechselt von Verwirrung zu Unglauben): Oh Gott! Ich sehe ... ich sehe einen Geist! Eine Frau! Mutter, bist du das?

Geist: Um Himmels willen, Erwin, machen Sie sich nicht lächerlich! Sie werden mich ja wohl nach einem Tag noch erkennen ... auch wenn ich gestehen muss, dass sich mein Äußeres ein wenig verändert hat.

Erwin (mit großen Augen): Das kann nicht sein! Das kann nicht sein! Madame, sind das etwa Sie? Sind das wirklich Sie? Das muss eine Halluzination sein, eine Halluzination!

Geist: Reden Sie keinen Unfug, junger Mann! Sehe ich etwa aus wie eine Halluzination?

Erwin (verstört): Nun, Sie klingen nicht wie eine Halluzination ...

Dr. Kern (etwas hektisch): Herr Winter, es ist alles in Ordnung! Lassen Sie sich von Frau Nordmoor nicht mit diesen Trugbildern anstecken! Nichts, was sie zu sehen glauben, ist real!

Herr Schneider beginnt wieder, laut zu stöhnen und sich hin und her zu wiegen. Frau Kleinhans bricht in Geschrei aus.

Frau Kleinhans: Die Geister aus dem Jenseits, sie wollen mich töten, sie wollen mich töten!

Geist: Oh, einen Schmarrn will ich! Sind denn hier alle irre? Erwin, reißen Sie sich zusammen! Ich bin hier, um Ihnen zu helfen!

Erwin (vorsichtig): Wirklich? Madame, sind Sie es wirklich? Sie sind zurückgekehrt?

Geist (ungeduldig): Davon rede ich doch die ganze Zeit! Ich bin hier, um euch beide, Sie und meine Enkelin, aufzufordern, sofort diese Klinik zu verlassen und euch wieder euren Pflichten zuzuwenden! Wer von euch hatte eigentlich diese dämliche Idee, euch hier zu verkriechen! Ha! Das warst du, Ernestine, nicht wahr? Erwin ist viel zu vernünftig, um sich für verrückt zu halten!

Erwin: Dann ist also alles wahr. Dann existieren diese Monster alle?

Ernestine: Das ist wirklich, wirklich unfair! Es war ganz allein seine Idee, hierherzukommen! Ich sagte ihm selbst, dass ich das für sehr dumm halte!

Erwin: Aber Sie sind doch selbst hier, Ernestine! So dumm kann die Idee dann gar nicht sein!

Geist: Es war von euch beiden dumm! Strohdumm! Und jetzt Schluss mit den Albernheiten! Ich halte es in dieser trostlosen Umgebung nicht länger aus! Wir treffen uns in einer Stunde auf meinem Schloss! Haben wir uns verstanden?"

Erwin (erleichtert): Ja, Madame!

Der Geist verschwindet.

Ernestine (erbost): Ach, da muss Ihnen also nur ein Geist erscheinen, der behauptet, er wäre Ihre Madame, und schon sind Sie wieder der Alte!

Erwin (sicher): Das war meine Madame, wie sie leibt und lebt.

Ernestine (gehässig): Sie lebt aber nicht mehr.

Erwin: Dann eben wie sie leibt und lebte! Haha!

Dr. Kern: Das geht zu weit, das geht zu weit. So etwas habe ich ja noch nie erlebt! Ich breche diese Gruppensitzung augenblicklich ab, wenn Sie beide nicht wieder Vernunft annehmen!

Erwin: Sie haben sie gehört, Ernestine. Es wird Zeit, dass wir uns wieder den Gefahren stellen, die uns erwarten!

Ernestine: Auf einmal, ja? Jetzt machen Sie mir bloß kein schlechtes Gewissen, weil ich wirklich keine Lust habe ...

Die Tür öffnet sich. Eine überaus attraktive, blonde Frau im weißen Kittel betritt den Raum.

Blonde Frau: Guten Tag, Dr. Kern, ich bin hier, um Ernestine Nordmoor abzuholen. Sie soll in unsere Klinik verlegt werden.

Dr. Kern: So? Davon weiß ich ja gar nichts ...

Blonde Frau (blickt ihm tief in die Augen): Das hat alles so seine

Richtigkeit.
Dr. Kern (hypnotisiert): Das hat alles so seine Richtigkeit ...
Ernestine: Oh ihr tanzenden Gerippe! Die Hexe!
Blonde Frau: Hast du etwa gedacht, du kannst dich verstecken, Ernestine?
Ernestine (springt auf): Ich werde niemals mit Ihnen mitgehen!
Blonde Frau (amüsiert): Dir bleibt keine Wahl.
Damon betritt unmaskiert und ebenfalls im weißen Kittel den Raum. Sein Gesicht sieht aus wie einem Alptraum entsprungen. Unter den Patienten bricht Panik aus. Nur Dr. Kern bleibt mit seligem Lächeln ruhig sitzen.
Damon: Hallo Erni, nett dich wiederzusehen!
Ernestine: Dr. Kern, holen Sie Hilfe, diese Leute sind böse!
Dr. Kern: Aber Frau Nordmoor, das sind Ärzte! Die werden Ihnen helfen!
Ernestine: Erwin! Wir müssen fliehen!
Erwin: Retten Sie sich, Ernestine, ich werde die beiden aufhalten! *(stürzt sich entschlossen auf Damon)*
Damon (lacht): Was für ein tapferer kleiner Mann! *(schlägt mit einem Fausthieb Erwin nieder, so dass dieser ächzend zu Boden geht und liegenbleibt)*
Ernestine (schreit): Nein! Erwin!
Damon und die blonde Frau packen Ernestine. Damon hält sie fest, während die blonde Frau eine Spritze zückt.
Die blonde Frau (jagt ihr die Spritze in den Arm): Damit werden wir dich ruhigstellen, du Schreihals! Ernestine zuckt und erschlafft.
Damon und die blonde Frau zerren sie aus dem Raum, in dem nun Chaos herrscht.
Erwin (stöhnt): Lasst ... sie ... in ... Ruhe ... ihr ... Halluzinationen!"

Irgendwann – es war schon später Vormittag – ging dann tatsächlich die Sonne auf – zumindest versuchte sie es. Schwarze Wolken hatten sich aufgetürmt und verschluckten jeden Strahl bevor er die Erde erreichte; winzige Winterblitze zuckten in dem dunklen Himmelsgebirge und kündigten einen Wetterwechsel an: Schon regte sich der Wind, der warme Luft mit sich brachte, und würde innerhalb weniger Stunden zu einem stolzen Sturm angeschwollen sein, der den Schnee hinwegfegen und die Eiszapfen zum Schmelzen bringen würde, die Vögel zum hoffnungsvollen

Zwitschern und die Leute dazu, ihre dicken Jacken auszuziehen. Die Stadt gab ein friedfertiges Bild ab; nur in dem winzigen Garten der Lindwurmgasse 9 drängte sich eine Ansammlung von finsteren Gestalten, und mitten unter ihnen befand sich ein gefesseltes, geknebeltes und völlig verzweifeltes Schneewittchen, welches barfuß im leinenweißen Nachthemd im Schnee kauernd von den sieben kleinen Geistern in höchster Aufregung umschwärmt wurde. (Nein, es waren nur sechs; Lilli war nicht aufzufinden.)

Die Lage sah ernst aus: An jeder Ecke des Gartens hatte ein schwer bewaffneter Wachposten, wahrscheinlich menschlicher Natur, Stellung bezogen, um etwaige Störungen von außen sofort zu eliminieren, ohne vorher groß Fragen zu stellen.

Zwei Dutzend Horror-Babys kreisten zeternd über Haus und Garten und warteten auf die Gelegenheit, irgendetwas zu zerfetzen und aufzufressen. Nur das persönliche Schoß-Baby von Miss Biss musste missmutig neben dieser hocken, festgeschnallt an einer strassbesetzten Leine, auf der es wütend herumkaute.

Die schöne Hexe, die sich trotz der prekären Situation Zeit genommen hatte, ihre Kleidung modisch den Umständen anzupassen, murmelte komplizierte Silben, während sich aus ihren Fingerspitzen silbrige Fäden spannen, die sich zu einem kaum sichtbaren Netz kuppelgleich über Haus und Garten wölbten und das unheilvolle Geschehen somit für alle Augen von außerhalb unsichtbar machten.

Damon schien nach langer Zeit erstmalig wieder blendender Laune zu sein, obwohl ihn das Grinsen, im Gegensatz zu früheren gutaussehenden Zeiten, inzwischen zum Fürchten aussehen ließ.

„Was meinst du, Erni, die Halsschlagader oder die Pulsader? Produziert beides gutes Blut, genug um dieses Ding da zu tränken, diesen Hokus-Pokus-Stein? Ja, genau, den hier. Haste nicht gewusst, was, dass es hinter deiner Hütte einen Opferstein gibt, der dein Blut will, was? Macht nichts, macht nichts ..."

Ernestine hörte ihm nicht zu. Sie war geschunden und verängstigt und außerdem vollauf damit beschäftigt, jemand anderem konzentriert zu lauschen:

„Jetzt pass gut auf, mein Kind! Ha! Wie konnte es nur so weit kommen. Kaum bin ich fort, fällst du in die Hände dieser proletarischen Scheusale! Aber nun hör zu, hör gut zu! Hörst du mich?"

Ernestine nickte, die Augen fest auf die verschwimmenden

Konturen ihrer geisterhaften Großmutter geheftet, die wahrscheinlich versuchte, so unsichtbar wie möglich für alle anderen zu sein. (Und verwirrenderweise immer noch aussah wie ein wunderschönes junges Mädchen.)

„Sie werden dich nicht sofort töten, Ernestine, auch wenn sie damit drohen! Sie brauchen dich, sie brauchen dein Blut weiterhin, falls es nicht beim ersten Versuch gelingt, das Monster zu befreien! Wenn es hingegen gelingt, herrje, dann wird es außer Kontrolle geraten! Doch wir haben noch einige Minuten, und die werden wir nutzen. Erwin ist bereits auf dem Weg hierher, um uns zu helfen ..."

Ernestine machte ein würgendes Geräusch.

„Denke nicht schlecht über ihn, den armen Jungen, er bemüht sich, er bemüht sich wahrlich sehr! Und er wird den alten Spinner hinzuziehen, wer weiß, was der noch auszurichten vermag! Ich verbiete dir, aufzugeben! Meine Enkelin wird nicht aufgeben! In dir steckt mehr, als du ahnst!" Sie sprach laut (was ihr nicht schwerfiel), um Damons Monolog zu übertönen. Ernestine nickte schwach, um ihre Zustimmung zu zeigen, ja, sie würde nicht aufgeben, sie war zwar nicht imstande, auch nur einen Arm zu bewegen, nicht einmal dazu, einen einzelnen Hilfeschrei zu produzieren – was ja das mindeste war, wenn man gerettet werden wollte –, aber sie würde nicht aufgeben.

„Beeil dich, Schnuckelchen!", flötete Miss Biss. „Er hat bestimmt rausgekriegt, dass diese rothaarige, fette Kleine mir breitwillig mitgeteilt hat, wo wir unsere Erni finden würden. Ich wette, er ist bereits auf dem Weg hierher! Also los, ich will Blut sehen!"

Die ältere Dame am Empfang der Weißenhaupt-Klinik sah sich einem irritierenden Gast gegenüber, der sich ihr über den Tresen vertraulich entgegenlehnte. Er trug einen teuren, wenn auch zerknitterten Leinenanzug, der wirkte, als hätte sein Träger sich darin die Nacht um die Ohren geschlagen, wilde Haare, die entweder einfach ungekämmt oder gewollt derartig frisiert waren, einen kupfernen Bartschatten und ein Netz aus Falten, die aussahen, als hätte er um einiges mehr Lebenserfahrung, als er Jahre gelebt hatte.

In diesen Punkten unterschied er sich eigentlich kaum von all den anderen, die nach Zeiten unerträglichen Wahnsinns hier vorbeischauten, um Linderung zu erlangen. Was ihn aber von all den

Verrückten absetzte, waren die vollkommene Ruhe und das Selbstbewusstsein, das er ausstrahlte.

„Hallo Fräulein", sagte er freundlich, „weisen Sie mir doch bitte den Weg zur Selbsthilfegruppe der Anonymen Auftragskiller."

Die Empfangsdame runzelte die Stirn unter ihrem kastanienbraunen Pony und überprüfte den Terminplan. „Tut mir leid, diese Gruppe findet nicht in dieser Klinik statt!", gab sie höflich Auskunft.

„Schade", seufzte der Andere. „Nun, dann bin ich eben zu Besuchszwecken hier, und zwar habe ich vor, eine gewisse Ernestine Nordmoor zu überraschen. Welches Zimmer, bitte?"

„Ernestine Nordmoor? Moment, den Namen habe ich gerade schon einmal gehört ... Ah, da sind ja die Unterlagen, richtig: Die wurde vor einer knappen halben Stunde in eine andere Stadt verlegt."

„Auch sehr schade." Der Andere zuckte mit den Schultern. „Aber gut. So ist es mit dem Glück: Da bleibt es einem zwei Jahrtausende lang treu, um sich dann eines Tages plötzlich mit einem Arschloch aus dem Staub zu machen! Das Glück ist eine Hure!"

Die Empfangsdame lächelte gezwungen. „Ich kann gern einen Termin mit einem Psychiater für Sie ausmachen, wenn Sie das wünschen."

„Nein, das wünsche ich wirklich nicht, vielen Dank. Ich bin ab jetzt ziemlich in Eile, auf Wiedersehen!"

„Wiedersehen", murmelte sie, und blickte ihm nach. Sie sagte sich, dass das nur einer wie die anderen Irren auch gewesen war, und fragte sich verwundert, warum sie trotzdem gern einen Kaffee mit ihm trinken gegangen wäre.

Erwin sah nicht viel besser aus, als der gerade beschriebene Andere: Er war in höchster Eile aus der Klinik geflohen – geflohen traf es gut; denn er hatte sich einfach davongemacht, ohne um Erlaubnis zu fragen, was seinem korrekten Wesen extrem widersprach. Er hatte sich sogar ein Taxi genommen, und den Fahrer aus Geldmangel um seinen Lohn geprellt. Er hatte sich zwei Straßen zu früh absetzen lassen, und war durch enge Gassen weggerannt, eine durchaus beträchtliche kriminelle Leistung, die sein Gewissen belastete. Aber nun war er hier, vor dem Tor, das zu Ernestines Haus führte, wo diese sich anscheinend in höchster Not befand.

Alles schien ruhig, bis auf den Wind, der sich heulend über die Dächer schwang und durch die Schneewehen kämpfte.

Erwin hatte dreiunddreißig Jahre lang das vorbildliche Leben eines bescheidenen Akademikers geführt, welches sich fest in der Realität und der Feingeistigkeit verwurzelte. Ihm wäre der Wahnsinn lieber gewesen als der Zerfall dieses Lebens in unbegreifliche, jede Konvention sprengende Dimensionen. (Der Wahnsinn war immerhin eine gesellschaftlich anerkannte Krankheit und damit auf eine bizarre Weise schon wieder erfreulich normal.)

Aber er hatte inzwischen begriffen, dass ein Mann manchmal nicht die Wahl hatte, wohin sein Leben führte. Nicht, wenn er nicht jeden Respekt vor sich verlieren wollte.

Erwin atmete tief durch und putzte seine beschlagene Brille an seinem Mohair-Pullover. Dann riss er das Tor auf und stürmte den Garten. Er hatte keine Vorstellung davon, was er tun sollte, aber er würde etwas tun und diesmal das Richtige. Wenn er tatsächlich in einer Welt lebte, die von Monstern bevölkert war, dann würde er sich ihnen stellen!

Ein Knall wie von einem Schuss ertönte, und ohne Vorwarnung riss es ihm die Beine unter dem Körper weg. Er prallte unsanft auf den Boden; ein heftiger Schmerz zuckte durch seinen Oberschenkel. Das Letzte, was er mitbekam, war ein Schlag auf den Hinterkopf. Dann umfing ihn nur noch warme, weiche Dunkelheit und die Dankbarkeit, nicht als Feigling gestorben zu sein.

Damon lachte und steckte den Totschläger wieder an seinen Gürtel. Er hatte, so schien es, an diesem Vormittag recht viele Gründe zum Fröhlichsein.

„War das dein Held, Erni?" Er trat nach der reglosen Gestalt, unter der sich rasch eine Blutlache im zertrampelten Schnee ausbreitete. „Das da? Ein Weichei mit Brille? Also, bluten kann er, alle Achtung! Schade, dass wir unbedingt deinen Saft brauchen, was? Sonst gäb´s hier schon mehr als genug!"

Ernestine rang nach Atem; der Knebel drückte ihr unsanft gegen die Kehle und ließ sie gegen einen ständigen Würgereiz ankämpfen. Jetzt machte sie die Erfahrung, wie schwierig es war, allein durch die Nase zu atmen, wenn einen die Panik packte. Es war das eine, sich den Tod zu wünschen und das andere, ihm so nahe zu sein, vor allem dann, wenn es auf einmal, nach langen Jahren der

Einsamkeit, Gründe gab zu leben. Tiefe Verzweiflung kroch ihr von den inzwischen dunkelblauen Füßen bis ins betäubte Gehirn.

„Willst du was sagen? Hm? Erni? Versteh' ich das richtig, dass du mir was sagen willst?" Damon beugte sich zu Ernestine herab und riss ihr den Knebel so heftig aus dem Mund, dass sie aufkeuchte.

„Oma, schaff die Kinder hier weg!", stöhnte sie, „sofort! Ich will nicht, dass sie das mit ansehen!"

Damon schlug ihr hart ins Gesicht. Ihre Lippe platzte auf, Sternchen tanzten vor ihren müden Augen. Sie meinte, den jugendlichen Geist ihrer Großmutter noch so etwas flüstern zu hören wie: „Vertrau dem Engel! Er wird dich nicht im Stich lassen!" Doch vielleicht wünschte sie auch nur, sie hätte das gehört. Denn welche Engel hatte sie schon in letzter Zeit getroffen?

„Ich wollte, wir hätten mehr Zeit miteinander!", zischte Damon dicht an ihrem Ohr, und das war real, denn sie fühlte heißen Atem und kalte Speicheltröpfchen. „Ich wollte das hier auskosten, wirklich! Ich wollte, dass du am Ende genauso aussiehst wie ich und lebendig genug bist, um dich im Spiegel zu sehen! Oh ja!" Er riss ihren Kopf schmerzhaft an den Haaren zurück und zwang sie, in sein entstelltes Gesicht zu sehen. Der Gestank von faulendem Fleisch schlug ihr entgegen. „Jetzt bleibt uns nur noch 'ne halbe Stunde, die reicht dazu, dich ausbluten zu lassen, mehr nicht. Dafür habe ich die Freude, einen anderen so richtig in die Scheiße zu reiten, der's verdient hat! Stell dir vor, dafür, dass dieser arrogante Wichser endlich bekommt, was er verdient, ist es mir sogar egal, dir einen viel zu schnellen Tod zu schenken! Ja, kleine Erni, du bist Teil einer Wette! Macht dich das nicht stolz und glücklich? Wer es schafft, dich vor zwölf Uhr mittags kaltzumachen, der hat gewonnen! Und wenn ich so auf die Uhr sehe ...", er blickte theatralisch auf seine Armbanduhr, „dann würde ich sagen: Ich habe gewonnen!"

„Jetzt mach schon, DaDa!", zischte Miss Biss ungeduldig. „Dieser Ort hier ist so grässlich schäbig und ich fange an, mich zu langweilen! Los, hol endlich dieses dumme Monster aus seiner Höhle, und lass uns mit ihm spielen!"

Annabelle verband ihren verletzten Arm notdürftig mit dem Rest an Mullzeug, das sie in ihrem Rucksack fand und raste vor Wut. Es war eine Falle gewesen und sie hatte sie nicht erkannt; oder, schlimmer noch: Selbst als sie sich bewusst gewesen war, dass es sich nur um ein Ablenkungsmanöver handeln konnte, war sie nicht dazu imstande gewesen, aufzuhören, bis alle ihre Feinde tot oder in die Flucht geschlagen waren.

Wer auch immer ihr diese Kreaturen auf den Hals gehetzt hatte, kannte ihre kleine Schwäche nur zu gut, in einem Kampf die Kontrolle über ihren Verstand zu verlieren und in Raserei zu verfallen.

Es war ein guter Kampf gewesen. Sie hatte genug von diesen Dingern erwischt. Kaskaden ihres schwarzen Blutes waren gespritzt, doch es hätte sie eher misstrauisch machen müssen, dass sie genau zu diesem Zeitpunkt von einer Heerschar Dämonen gejagt wurde. Während sie sich stundenlang bei einem Kampf auf Leben und Tod vergnügt hatte, fand das eigentliche Fest woanders statt. Das stumme Dornröschen war nicht eingeladen, und genau deswegen würde sie jetzt dort erscheinen. Sie würde diese Idioten daran hindern, aus Langeweile und Zerstörungsfreude einen rasenden Lindwurm zu befreien, sie würde dieses trübselige Mädchen retten, das keine Ahnung davon hatte, welche Talente in ihm schlummerten, und vor allem würde sie IHN endlich treffen und töten.

Warmer Wind spielte mit ihren losen Haarsträhnen; ihre Nasenflügel weiteten sich, als Dornröschen tief einatmete: Ja, dieser Wind brachte den schwachen Geruch von reifen Orangen mit sich und die Erinnerung an den Sommer. Der scheußliche Schnee würde schmelzen, und sie würde den besiegen, der als unbesiegbar galt. In weiten Sprüngen eilte sie auf ihr Ziel zu – den unheilvollen Kultplatz nahe der Heidenkirche – wo das Spektakel wahrscheinlich bereits in vollem Gange war.

Es tat nicht einmal besonders weh, als das Messer in das Fleisch ihres Armes schnitt. Natürlich schmerzte es, aber nicht mehr als ein Unfall beim Gemüseschneiden. Helles Blut quoll üppig hervor und benetzte den seltsamen kleinen Stein, den sie stets für eine nette Dekoration in ihrem Garten gehalten hatte – er wirkte so hübsch düster mit diesen unheimlichen Runen, die darin eingeritzt waren. Sie wehrte sich nicht, obwohl sie keine Fesseln mehr trug; wozu auch. Jede falsche Bewegung hätte einen noch früheren Tod bedeutet. Ihre Augen blieben auf die roten Tropfen geheftet, die langsam, aber konstant den Stein benetzten.

„Irgendwas an dir gefällt mir nicht, Erni!", überlegte Damon übertrieben nachdenklich. „Was ist das nur? Ah – jetzt hab ich's!

Du verletzt meinen Sinn für Schönheit! Deine Symmet ... Symmret ... du bist ungleich! Eine Hand mit fünf Fingern, die andere mit vieren ... sieht nicht gerade gut aus! Wollen wir das nicht ändern, während wir warten? Hm? Wäre das nicht nett, wenn wir dich ein bisschen hübscher machen?" Er winkte Miss Biss zu sich. „Hat dein kleines Schoßtier nicht einen Riesenhunger, Missy? Es mag doch Menschenfleisch, was?"

„Ja, leider", seufzten die perfekten pinkbemalten Lippen der Miss. „Das kleine Schleckermaul rührt sein Schweinesteak kaum an!"

„Wie wär´s dann damit?" Damon wedelte mit Ernestines unversehrter Hand. „Schau mal, du hässlicher Wurm, lecker Happa-Happa!"

Dieses Mal tat es weh. Es war ein fürchterlich reißender Schmerz, der ihr einen gellenden Schrei entlockte und Damon ein wollüstiges Stöhnen.

Seltsam unbeteiligt beobachtete sie dann, wie die zahnbewehrten Kiefer der gierigen kleinen Kreatur ein blutiges Ding zermalmten und schluckten, das bis eben noch ein Teil von ihr gewesen war.

‚Davon werde ich jetzt mit Sicherheit traumatisiert', dachte sie verärgert. ‚Davon werde ich monatelang Alpträume haben und wahrscheinlich endgültig eine Phobie vor Kleinkindern entwickeln. Na toll. Ich wollte zwar nie Kinder, aber trotzdem ...' (Noch eine Störung mehr, als wäre die „Veranlagung zum Exhibitionismus" nicht bereits lästig genug!)

Das Horror-Baby, dem es offensichtlich geschmeckt hatte, setzte zu einem erneuten Biss an, sein Frauchen zog es an der Leine fort. „Na na, du kleiner Teufel", schimpfte sie. „Das ist genug! Wir wollen doch nicht, dass das Blut am falschen Ende rauskommt!"

„Aber das macht doch nichts!", lachte Damon und hielt die frischverletzte Hand ebenfalls über den Stein. „Doppelt hält besser, stimmt´s Erni?"

‚Meine Zehen sind wahrscheinlich erfroren', dachte Ernestine. ‚Sie werden schwarz werden und abfallen. Meine Beine sind taub vor Kälte und mein Hintern wird langsam feucht vom Herumkauern im Schnee. Wenn ich das hier überlebe, dann nur, um danach mit einer Lungenentzündung langsam dahinzusiechen. Das wäre schön! Ein langsamer, friedlicher Tod in meinen Bett, während mir jemand heißen Tee und die Zeitung bringt.' Aber wer würde das sein?

In diesem Moment ertönte ein infernalisches Grollen und die Erde begann zu beben. Ein grässliches Knirschen von Fels auf Fels ertönte und Ernestine glaubte ihren Augen nicht zu trauen, als sich ihr gesamtes Haus in seiner Winzigkeit und Krummheit in Bewegung setzte, als würde es durch gewaltige unsichtbare Kräfte langsam beiseitegeschoben, bis es monströse Stufen offenbarte, die in einen riesigen, finsteren Abgrund führten. Nur der alte Holzschuppen blieb an seinem Platz – ein armseliges Relikt einer einstmals beinahe heilen Welt. Einen Moment hielt alles, was lebte, in der Umgebung den Atem an. Dann zerriss ein unsäglich bösartiger Schrei aus der neu offenbarten Tiefe die Stille. Als Antwort darauf frischte der Wind auf, als heiße er das willkommen, was dort in der Tiefe gewartet hatte und sich nun anschickte, in die Welt zurückzukehren.

„Und ich dachte immer, ich hätte keinen Keller!", murmelte Ernestine.

„Es ist auf dem Weg, es ist auf dem Weg!" Damon schüttelte Ernestine in freudiger Aufregung. „Hörst du, Erni, es hat funktioniert! Dein Blut hat fein die Tür geöffnet! Das heißt, es wird nun Zeit, dass wir uns verabschieden! Sag „adios", Erni, zum schönen Leben; ich schick' dich jetzt in die Hölle!" Damon warf einen letzten theatralischen Blick auf seine Armbanduhr. „Oh ja, es wird höchste Zeit. Nur noch fünfzehn Minuten! Und der arrogante Wichser hat´s nicht mal geschafft, rechtzeitig zu erscheinen!"

„Man wird sehr zufrieden mit dir sein, mein Schatz!" Miss Biss lächelte das Lächeln einer satten Hyäne. „Es wird große Belohnungen geben! Und du hast sie dir verdient!" Sie zückte eine teure Kamera. „Die Fotos werden unglaublich! Stell dir vor, ein echter Lindwurm in Aktion, wie er Leute zerfleischt! Mach dich bereit, Schätzchen, ich sage dir, wo du dich aufstellen sollst!"

Ein erneuter langgezogener, unbeschreiblich fremder Schrei ertönte, diesmal bereits näher als zuvor, und wenn man genauer hinhörte, gesellte sich dazu jetzt das Scharren von enormen Klauen, die sich über harten Boden zogen.

Das jähe Aufpeitschen von unzähligen Schüssen übertönte alles andere; plötzlich war der Platz übervoll von heftigen Bewegungen, übereinander stürzenden Körpern und lautem Rufen. Damon zückte ein neues seiner geschätzten Messer und zog die schlafferwerdende Ernestine enger an sich. Er hatte richtig geraten, denn als sich der Rauch aus zahlreichen Gewehrmündungen verzogen hatte und Ruhe eingekehrt war, erschien eine vertraute Gestalt unversehrt in der Mitte des Gartens, während jeder einzelne der Wachleute mausetot im Schnee lag.

„Hast du gerade von mir gesprochen, Arschloch?" Der Andere atmete nicht heftiger als nach einem kurzen Spaziergang, doch seine Augen glühten in einem neuerweckten Glanz. Selbst in seiner Stimme schwang ein zuvor noch nie dagewesenes Timbre mit – es klang beinahe nach Spaß.

„Kann schon sein, K., kann schon sein! Aber du kommst zu spät! Sieh nur, was ich hier habe! Ernestine Nordmoor! Das Objekt deiner Träume" kreischte Damon in einer Mischung aus überschäumender Überlegenheit und einem Rest begründeter Angst. „Und sieh nur, was ich noch habe! Ein Messer! Ich bin schnell mit dem Messer, das weißt du, K.! Ich halte es hier direkt an diesen dünnen Hals, und im nächsten Augenblick, bevor du einen Schritt machen kannst, bevor du mich mit irgendwas erwischst, ist die Hauptschlagader zerfetzt und unsere werte Erni so tot, wie du's bald bist! Sieh es ein! Du hast versagt! Du hast versagt, Mann! Zehn vor zwölf, aus die Maus, und du bist raus!"

Der Andere regte sich nicht, keinen Muskel.

Und dann erwischte es Damon. Von hinten. Kein Geräusch war zu hören, aber plötzlich ragte ein Pfeil aus seiner rechten Schulter, wo eben noch keiner gewesen war. Damon riss seinen Mund zum Schrei auf und ließ seinen Arm, der das Messer hielt, fallen. Der Andere, gerade noch nichts weiter als eine Skulptur des statischen Seins, stand von einem Moment auf den anderen bei ihnen, hieb einen rechten Haken gegen Damons Kinn und rettete sich selbst und Ernestine hinter den wackeligen Schuppen aus der Schusslinie des neuen Angreifers, wer auch immer das sein mochte. Nur weil dieser es auf Damon abgesehen hatte, hieß das nicht, dass er auf der Seite des Anderen war – er war sich wohl bewusst, dass es auf seiner Seite gerade nur einen gab: sich selbst. Aber das war ja auch mehr als genug.

Er hob das Kinn seines letzten, vom Blutverlust geschwächten Opfers, um ihm in die Augen zu sehen. Mochten es auch weniger als zehn Minuten sein; die Zeit für ein höfliches Kennenlernen war obligatorisch. So hatte er es bisher gehalten, und so würde er es beenden.

„Ernestine Nordmoor!"

Bei der Nennung ihres Namens fixierten ihre Augen durch flatternde Lider das fremde Gesicht und weiteten sich in unerwartetem Erkennen. Sie blickte in merkwürdig vertraute Züge, und das Lächeln darin schien ihr das Schönste, was sie in ihrem Leben bisher gesehen hatte. (Ja, die Frauen mochten es, wenn er lächelte.) „Ich habe noch genau acht Minuten, um dir mit bloßen Händen das Herz bei lebendigem Leib herauszureißen. Aus Erfahrung weiß ich, dass ich es innerhalb einer Minute schaffe." Seine Stimme war warm und übermittelte das Gefühl von Geborgenheit.

Der Schwarm der Horror-Babys tummelte sich aufgebracht schimpfend dicht über ihnen, doch ging er nicht zum Angriff über – die kleinen Dämonen verfügten über einen guten Überlebensinstinkt. Vielleicht hatten sie auch bereits die ein oder andere Erfahrung mit dem Anderen gemacht, was innerhalb von zweitausend Jahren sicher möglich gewesen wäre.

Ernestine erwiderte das Lächeln des Anderen, ohne zu bemerken, dass sie damit mit Leichtigkeit etwas tat, wozu sich ihr Körper bisher stets geweigert hatte. Sie spürte trotz der Kälte und der Schmerzen ganz kurz einen vollkommenen, allumfassenden Frieden, als sie die Klarheit des sicheren Endes empfing, das von diesem Mann ausging. Kein Zweifel und keine Angst trübten mehr ihren Geist, als sie dem Tod endlich ins Antlitz sah. (Es war ein attraktives Antlitz, was sicherlich hilfreich war.)

„In Ordnung", hauchte sie. Ihr Lächeln erblühte wie eine atemberaubend mutige Sonnenblume im ewigen Eis und machte ihr Gesicht zum ersten Mal schön. „Das Herausreißen von Herzen ist angemessen dramatisch." Dann wurde ihr flackernder Blick von etwas abgelenkt. „Oh. Da steht ein Lindwurm hinter dir!"

Der Lindwurm wirkte in lebensechter Größe und Farbe um einiges scheußlicher als auf den alten Zeichnungen, und vor allem wirkte er außer sich vor Wut. Man stelle sich ein Geschöpf von der Größe und Länge einer S-Bahn vor, das nur aus geschuppten Panzerungen, spitzen Klauen, einem stachelbewehrten Schwanz und einem riesigen geifernden Maul voller mörderischer Zähne zu bestehen schien. Dazu kamen noch drei Paar Augen, gelb wie schwefelige Säure, die vor Hass auf die ganze Welt und alles Lebendige darin sprühten. Die Macher von *Jurassic-Park* hätten sich bei diesem Anblick mit einem Schreckenskiekser von ihrem

Zeichenbrettern und anschließend von ihrem Bewusstsein verabschiedet; die hier Anwesenden blieben allesamt erstaunlich ruhig, – entweder, weil sie bereits Schlimmeres gesehen (und getötet) hatten oder weil sie bereits so gut wie tot waren.

„Er wird euch alle fressen", stellte Ernestine sachlich fest, in der befreiten Gewissheit, dass das sie selbst nicht mehr betreffen würde. Nichts würde sie jemals mehr betreffen.

Sie hörte Damon, den wandelnden Schrecken aller kleinen Kinder, vor Wut brüllen, als er wieder auf die Beine kam und feststellen musste, dass man ihm seine bereits sicher geglaubte Beute entrissen hatte. Er war nicht nur zu beschränkt, um sich zu fragen, warum er lediglich niedergeschlagen und nicht getötet worden war, sondern auch zu dumm, um zu bemerken, dass das Gebrüll nur Aufmerksamkeit auf sich ziehen würde. So wandte der Lindwurm sein Augenmerk ohne Umschweife ihm, dem augenblicklich Auffälligsten zu. Er bäumte sich auf – kaum zu glauben, dass ein derart plumpes Geschöpf zu einer solchen Bewegung in der Lage war –, doch bevor der Lindwurm Damon erreicht hatte, stürzte sich der Schwarm der Horror-Babys auf ihn. Ohrenbetäubendes Kreischen drang aus den Haifischmäulern, und das gerade erst seinem Verlies entronnene Monster antwortete mit einem Urschrei des Hasses. Jeder der im Gegensatz zu ihm winzigen Angreifer, den er aus der Luft schnappte, starb einen schnellen Tod zwischen seinen dolchartigen Zähnen – dafür klammerten sich die restlichen an seinem Körper fest und versuchten in wilder Raserei, seine Schuppen zu durchdringen, um es aufzufressen. Es war kein schöner, aber ein durchaus faszinierender Anblick. Miss Biss ließ einen verzückten Ausruf nach dem anderen hören, als sie versuchte, die blutrünstige Szene mit der Kamera festzuhalten.

Der Andere ließ sich davon nicht ablenken. Er zog Ernestines Gesicht nah an das seine heran und sprach mit einer Stimme, die so weich war wie Samt und so kalt wie Stahl: „Du glaubst, der Tod sei ein Geschenk. Aber du irrst dich. Dein Leben ist es." Es war ein Satz, der ihr bis an ihr Lebensende in den Ohren klingen sollte. Er bettete sie mit sanfter Hand gegen die Holzwand der Hütte und erhob sich mit Geschmeidigkeit einer Katze.

„Allerdings sind zweitausend Jahre wahrscheinlich mehr als genug", sagte er zu sich selbst und begab sich ruhigen Schrittes mitten ins Geschehen.

Noch sechs Minuten.

Das, was in dem bisher idyllischen Garten tobte, war inzwischen mehr als ein Kampf. Natürlich war es Annabelle gewesen, die den präzisen Pfeil auf Damon abgefeuert hatte und es sich jetzt in den Sinn gesetzt zu haben schien, erst die Horror-Babys zu erledigen, die sich von dem Lindwurm abgewandt hatten, und danach alle anderen in ihrem näheren Umkreis (außer hoffentlich Ernestine). Sie schwang eine tödliche Klinge in wildem Tanz, so dass ihr langer Zopf sich wie eine Viper hinter ihr her schlängelte und das Blut von Bestien ihr Gesicht und ihren Körper in roten Schnörkeln zeichnete.

„Welch wundervoll mühelose Eleganz", kommentierte der Andere ihren Kampfstil.

Und dann geschahen sehr viele Dinge beinahe gleichzeitig.

Zunächst erschien der alte Apfel mit Cerberus, doch war es nicht mehr Cerberus, wie man ihn kannte. Er überragte den alten Mann bei weitem; sein Körper hatte die Größe eines Stiers und deutlich mehr Masse; am auffälligsten aber war das Vorhandensein zweier Köpfe am Ende seines muskulösen Halses, zwei Köpfe, die absolut identisch waren und sein vertrautes Gesicht trugen. Das führte dazu, dass Ernestine, die so geschwächt war, dass sie kurz davor war, in einen traumähnlichen Zustand hinabzugleiten, glaubte bei dem Anblick ihres Haustieres, sie litte unter Bewusstseinstrübungen und sähe alles größer und doppelt. Doch da der graubärtige Parapsychologe so klein und drahtig und einköpfig war wie stets, schien Cerberus wirklich mutiert zu sein ... zu einer Art ... nun, zu einer Art Höllenhund. Was auch sonst. War er das nicht schon immer gewesen? Ein Höllenhundewelpe. Nun war er ausgewachsen zu einem stolzen, monströsen Tier, das jedoch von seiner zurückhaltenden Liebenswürdigkeit nichts eingebüßt hatte. Interessiert, doch ohne Angst, musterte er den tobenden Lindwurm. Sein Schwanz wedelte in wachsender Aufregung, seine Schlappohren stellten sich konzentriert auf.

„Ernestine?", brüllte der alte Apfel, und er musste brüllen, um sich in dem höllischen Lärm verständlich zu machen. „Wo ist sie? Ist sie am Leben?"

Cerberus hob seine Schnauzen, als hätte er ihn verstanden, und nahm mit seinen Nasen schnuppernd Witterung auf. Dann trottete er zu Ernestine hinüber, stets darauf bedacht, sich von dem wild peitschenden Schwanz der Bestie fernzuhalten. Der Alte Apfel folgte ihm geduckt. „Gott sei es gedankt, sie lebt!", brüllte er. „Ernestine! Höre! Nur du kannst sie aufhalten! Kapiert? Halte sie auf!"

Ernestine, von zwei schlabbernden Zungen in die Wirklichkeit zurückgerufen, richtete sich mühsam auf.

„Wen? Wen soll ich aufhalten?", fragte sie verwirrt.

„Sie ist nicht böse, sie ist nur in Panik!", brüllte der Alte, um plötzlich zu verstummen. Langsam fiel er auf die Knie. Der gewaltige Stachel, der sich durch seinen Rücken gebohrt hatte und nun wie ein obszöner dritter Arm blutbeschmiert aus seiner Brust ragte, zog sich zurück, als der Schwanz zu einem erneuten Schlag gegen alles, was er zu treffen vermochte, ausholte.

„Nein!", schrie Ernestine, wieder völlig wach und im Diesseits, auch wenn das der letzte Ort war, an dem sie gerade sein wollte. „Apollo! Nein! Nicht du auch ... Du darfst nicht ...!" Sie robbte verzweifelt und mit schmerzverzerrtem Gesicht zu der zusammengesunkenen Gestalt hinüber, ängstlich darauf bedacht, im relativen Schutz des Bodens zu bleiben. Der Alte hob sein schwaches Haupt. Mühsam formte er letzte Worte:

„Sie hat doch nur ... Angst, das arme Ding! Du musst ... sie beruhigen! Nimm ... Cerberus! Er kann das! Das ist seine ... Aufgabe!"

Und damit starb er so rasch und mühelos, wie es sich Ernestine bisher für sich selbst gewünscht hatte. Sie legte eine zitternde, blutende Hand an seine faltige, nicht länger rosige Wange. Die goldgerahmte Brille war verrutscht, die Augen leer. Ernestine konnte es nicht glauben. Starben sie nun alle? Würde jeder, den sie innerhalb der letzten Tage tiefer ins Herz geschlossen hatte als all die Jahre davor, nun vor ihren Augen umkommen? War das die Strafe dafür, dass sie sich so sehnsüchtig in der Nähe des Todes aufgehalten hatte? Wie ein Häufchen Elend saß sie blind für ihre Umgebung inmitten des martialischen Chaos`, das um sie herum tobte. Wieder und wieder berührte sie das graue, lockige Haar des Apfels, bis ein gefährlicher Schatten knapp über sie hinwegzischte und sie beinahe ebenfalls zu einer Leiche gemacht hätte. Ernestine sah von dem reglosen Körper des A. „der Apfel" Apollo hinüber zu Cerberus, der nunmehr in angespannter Haltung neben ihr aufragte, und ließ ihren Blick dann auf dem viel zu nahen Ungetüm ruhen. Und auf einmal fügten sich ihre verwirrten Gedanken zu einem logischen Gebilde, und sie wusste genau, was sie zu tun hatte.

Zeitgleich tobte genau vor dem Lindwurm (also recht weit weg, wenn man die Größe des Monstrums bedachte) noch immer der Kampf.

Nachdem die Situation sich langsam gegen all ihre Erwartungen ungünstig zu entwickeln begann, hatte Miss Biss beschlossen, sich selbst ins Geschehen einzumischen. Sie rief einen ihrer dunklen Zauber herbei, der sich wie ein erstickender Mantel um Annabelle legte und jede ihrer Bewegungen so erschwerte, als müsste sie ihren Körper durch träges Wasser ziehen, denn Annabelle hatte ihren zierlichen Reiterbogen bereits abermals gespannt, um Damon den Rest zu geben, bevor der Ernestine den Hals durchschneiden würde (was immer noch sein erklärtes Ziel darstellte).

Das war auch das Letzte, was die böse, schöne Hexe fürs Erste tun sollte, denn ihr eigenes ungehorsames Schoßtier wurde zu ihrem Verhängnis: Nachdem es eine leicht zu fassende Beute in Form eines schleifchentragenden Terriers erspäht hatte, welcher dem Höllenhund schwer verliebt bis hierher gefolgt war, war das verhätschelte HorrorBaby nicht mehr zu halten und stürmte los, wobei sich die Leine um die schlanken Beine seiner Herrin wickelte und diese mit einem Ruck zu Fall brachte. Ihr blonder Kopf schlug hart gegen den gefrorenen Boden, die Sinne schwanden ihr und damit auch der noch unfertige Zauber, der sich um die Kriegerin gelegt hatte.

In diesem Moment zerschnitt ein panikerfüllter Ruf misstönend alle anderen Geräusche: „Marie-Antoinette!" Eine mickrige, modrig riechende Gestalt stürzte sich beherzt auf das Horror-Haustier, das gerade dabei war, seine Krallen nach dem Schoßhündchen des Poeten-Vampirs auszustrecken, woraufhin ein heißer Kampf zwischen zwei erstaunlich gleichwertigen Parteien entbrannte.

Annabelle, befreit von dem magischen Kleber, schüttelte sich voller Erleichterung – um genau in den Lauf einer Mündung zu schauen, die aus wenigen Metern Entfernung auf sie gerichtet wurde. Damon machte es diesmal kurz. Er war vielleicht nicht der Hellste, aber nicht so dumm, sich eine derartige Chance durch viele Worte entgehen zu lassen.

„Stirb, Schlampe!", zischte er und drückte ab. Für einen kurzen Augenblick genoss er dieses Gefühl mit jeder Faser seines kaputten Körpers – was für ein Tag, an dem er eine seiner gefährlichsten Feindinnen so einfach beseitigte! Selbst wenn er den Anderen nicht daran hindern konnte, seinen letzten Auftrag zu erfüllen – sein Herr und Meister würde Wege finden, ihn dennoch zu vernichten. Aber er, Damon, war es, der das Dornröschen getötet hatte, und dafür würde sein Name noch in hunderten von Jahren genannt werden!

Die Kugel flog und dann, kurz bevor sie ihr Ziel erreichte, warf sich etwas vor die Kugel, um sie abzufangen.

„Hol ihn dir, Cerberus!", befahl Ernestine mit fester Stimme. Ein Aufatmen ging durch den nachtschwarzen Hundekörper, als hätte er sein ganzes Leben darauf gewartet. Dann drang ein Bellen von der Lautstärke einer Kirchenglocke aus seinem Schlund. Der raubtierartige Kopf des Lindwurms schwang herum, als hätte ihn ein Schlag getroffen. Fauchend stierte er zu dem neuen Gegner herüber, der ihm unerschrocken entgegensah. Erstmalig blähte sich ein Hautsack am Hals des Scheusals auf, und bevor der Höllenhund auszuweichen vermochte, traf ihn eine Wand aus grünem Feuer. Doch wozu ausweichen, wenn man nicht nur kugel-, sondern auch feuerfest war? Nicht das kleinste bisschen Qualm stieg von seinem unversehrten Fell auf. Cerberus wiederholte sein Bellen und tat dann etwas Unerwartetes: Er machte einen Satz nach vorn und krachte mit der Wucht eines Rammbocks in die Seite des Drachen. Dieser verlor kurz das Gleichgewicht und knickte seitlich ein, zappelte mühsam, um wieder auf die Beine zu kommen und tat etwas genauso Unerwartetes: Er floh.

Wie ein riesiges Bündel aus Muskeln, Kraft und Raserei preschte er durch die hintere Gartenmauer, als wäre sie aus Papier und raste hinaus auf die angrenzenden schneebedeckten Felder, Cerberus dicht auf den Fersen. Dort tanzten sie einen seltsamen Tanz im tobenden Wind. Jeder, der bereits einmal dergleichen gesehen hatte, wusste, dass es sich bei dem seltsamen Paar nicht um Todfeinde handelte, die sich gegenseitig jagten, sondern um die Arbeit eines Schäferhundes an einer in Panik geratenen Herde. Dass die Herde in diesem Fall aus nur einem Individuum bestand, wurde durch die Größe dieses Individuums ausreichend wettgemacht.

Cerberus biss drohend, doch nicht ernsthaft, nach den bebenden Monsterflanken und trieb das rasende Geschöpf in immer enger werdenden Kreisen vor sich her, als hätte er nie etwas anderes getan, bis dessen Bewegungen endlich langsamer wurden, müder, zögerlicher, und es schließlich mit hängendem Haupt stehen blieb und misstrauisch auf den Höllenhund schielte, als wäre ihm diese Situation nicht unvertraut.

Ernestine, die schwach, aber hingerissen mit einigem Abstand hinterhergewankt war, betrachtete das Schauspiel mit offenem Mund. Cerberus kam fröhlich zu ihr gerannt und hechelte zufrieden, als wolle er sich eine Belohnung abholen.

Ernestine reckte sich nach oben, um an seinen Hals zu gelangen und ihn zu tätscheln. „Gut gemacht, Cerberus!"

Der eine Kopf des Hundes fuhr ihr daraufhin liebevoll mit der Zunge durchs Gesicht, während der andere den schnaufenden und bebenden Lindwurm nicht aus den Augen ließ. Dann stupste er sein Frauchen vorsichtig mit einer ofengroßen Pfote an.

„Nein, nein, nein, Cerberus!", ächzte diese. „Das kannst du nicht von mir verlangen!" Doch er stupste sie erneut, diesmal heftiger, in Richtung des alptraumhaften Wesens, das wie ein abstoßender Fremdkörper inmitten der winterlichen Wiesen emporragte.

Ernestine erinnerte sich an den Tag im Tierheim, als sie ihren zukünftigen Hund das erste Mal gesehen hatte. Eigentlich war das heute auch nichts anderes.

Unter den kritischen Blicken aus drei Paar giftgelber Reptilienaugen trat sie einige Schritte näher und atmete tief durch. „Braves Mädchen!", stieß sie zweifelnd hervor.

Fassungslos starrte Annabelle auf den Mann, unter dessen Gewicht sie zu Boden gesunken war. Die Kugel hatte ihn tödlich erwischt: nicht direkt im Herzen, jedoch in der Lunge. Als hätte er ihre Gedanken gelesen, brachte er unter Anstrengung heraus: „Nicht das Herz. Ich wollte die Zeit ... für letzte Worte."

Annabelle kämpfte allein. Sie hatte keine Freunde (wen wunderte das), und erst recht existierte niemand, der sie mit seinem eigenen Leben schützen würde. Aber wenn jemand etwas so Verrücktes und Selbstloses tat, warum dann gerade dieser hier: derjenige, den sie zu treffen gefürchtet und begehrt hatte, derjenige, dessen Spur sie über Jahrzehnte gefolgt war, derjenige, dessen Tod sie durch eigene Hand herbeizuführen gesehnt hatte, um die stärkste Waffe des Bösen auszulöschen. Und nun lag sie zusammen mit diesem Killer im Schnee, während sein warmes Blut ihre Brust tränkte, und ihre eigene unversehrt geblieben war.

Annabelle hatte mehr gesehen und erlebt, als normale Menschen zu ertragen imstande wären. War der Andere die rechte Hand des Bösen, so stellte sie den kriegerischen Aspekt des Guten dar. Sie erledigte die Drecksarbeit, weil sie, eine abgebrühte Veteranin im Krieg gegen die Unterwelt, die nötigen Voraussetzungen dafür besaß. (Gewalt mit Gegengewalt zu begegnen war zwar nicht unbedingt die erste Wahl der Guten, aber hin und wieder unvermeidlich. Auch wenn darüber nicht gern gesprochen wurde.) Dieses eine Mal jedoch verlor sie ihre Sicherheit. Eilig kritzelte sie einige Zeilen mit zitternder Hand, um sie ihm unter die Nase zu halten, doch er winkte schwach ab.

„Nimm das weg. Ich sehe nicht mehr ... deutlich genug. Aber dein ... Gesicht ... sehe ich ..." Sein Atem ging immer schwerer. „Warum so ... finster, Schönheit? Ich ... hab´s nicht aus ... Edelmut getan, Dummerchen ... " Er hustete und ein Schwall dunklen Blutes ergoss sich aus seinem Mund. „Ich spiele nur ... unfair ... Er bekommt meine Seele nicht! Setz mich ... auf!" Sie tat es mit einer Behutsamkeit, die niemand ihr zugetraut hätte. Ihre Lippen bewegten sich, zitternd, mühsam. Dann erklang ein Flüstern, da, wo seit hundert Jahren keine Stimme mehr gewesen war.

„Warum?", fragte sie heiser und so leise, dass es der Wind hätte sein können, der da wisperte.

Der Andere lachte. „Ich dachte ... es könnte nicht schaden ... einen Engel zu retten ... wenn ich schon gehe ... Könnte ein paar Extrapunkte geben ... – Du bist doch ein Engel?"

Annabelle schluchzte auf; es tat weh zu sprechen. „Ja", sagte sie rau. „Und wer bist du?"

Die Stimme des Anderen wurde zu einem Röcheln. „Mein Name ... mein Name war ..." Er suchte nach dem letzten Funken Leben, das noch in seinem sterbenden Körper steckte. „Mein Name war Kynach. Ich bin Kynach." Wenn er Schmerzen hatte, sah man es nicht. Er lächelte ein letztes blutiges Lächeln. „Hey, Engel", flüsterte er, „ich weiß ... du hasst mich ... aber ich hab ... was gut ... bei dir ... Gib mir einen Kuss mit nach drüben ... Ich glaube, wenn jemand den Kuss ... eines Engels ... braucht, dann ... bin ich das."

Der Engel zögerte, dann verzog ein leichtes Lächeln ihr Gesicht. „Da hast du verdammt noch mal Recht." Sie beugte sich herab und berührte mit ihren warmen Lippen die seinen, die schon kalt wurden.

„Danke", sagte der Andere und das war ein letztes Wort, von dem er niemals geglaubt hätte, dass es genau dieses sein würde. Sein Atem verstummte, seine Augen verloren ihr wildes Licht, das Zeit seines langen Lebens darin gewohnt hatte, doch sein Lächeln blieb. Man sagt, im Augenblick des Todes zöge das eigene Leben in Bildern noch einmal vollständig vorbei. Der Andere jedoch sah jedes einzelne Bild seines Albums vor sich, beinahe eine Million Bilder, beinahe eine Million letzter verzweifelter Worte. Was auch immer er dabei empfand: Genugtuung war es nicht.

Doch sein Lächeln blieb, denn den Triumph, den Herrn der Hölle besiegt zu haben, nahm er mit in den Tod.

„Falls du versagst, wirst du nach zwölf Uhr mittags sterben, und dann gehört deine Seele mir." hatte es geheißen. Satan hatte nicht damit gerechnet, dass jemand, der seit tausenden von Jahren so sehr am eigenen Leben hing, dass er dafür leichten Gewissens zum millionenfachen Killer wurde, freiwillig sterben würde.

Nicht einmal der Teufel hatte damit rechnen können, denn es war eine Entscheidung, die außerhalb jeder berechenbaren Gleichung lag.

Das Lächeln eines Siegers blieb, und Annabelle mochte sein Lächeln. Einige Tränen rannen über ihre Wangen, als sie den toten Körper zurücksinken ließ. Sie hatte zu viel gesehen, erlebt und getötet, als dass sie oft Tränen vergoss, doch war ihr Herz immer noch das eines Engels und darum voller Liebe und Mitgefühl für alles, was lebte und litt. (Schwer zu glauben, wenn man sie erlebte, aber wie sollte man auch gegen das Böse antreten, wenn alle einen für eine sentimentale Heulsuse hielten?) So fühlte sie Trauer, aber auch Freude, dass sich hier an diesem Ort, in diesem vom Teufel beauftragten Killer etwas derart Gutes fand. Es war schön, auf diese Weise überrascht zu werden, und es war seelenzerreißend zugleich.

„Ich hätte dich dennoch getötet, Kynach", sagte sie, und ihre Stimme erwachte langsam aus ihrem Dornröschenschlaf. „Du verfluchter Hurensohn!"

(Wer hatte behauptet, Engel müssten weiße Kleider tragen und ätherische Lieder singen? Das Engel-Sein war eine der verkanntesten Daseinsformen des Universums. Engel, die auf die Welt kamen, um sie zu verbessern, konnten genauso gut auch in ihr umkommen. Dafür waren sie eindeutig unterbezahlt – was ihre allgemeine

Laune nicht unbedingt verbesserte, wie man an Annabelle deutlich genug erleben konnte.)

Damon, der selbst kaum glauben konnte, welches Ziel er getroffen hatte, fand langsam in die Realität zurück.

„Oh Scheiße, scheiße, scheiße!" Sein Unglaube verwandelte sich in den Jubel eines Torschützen, der einen unerwarteten Ball versenkt hat. „Killer! Ich hab dich alle gemacht! Ich hab dich sowas von alle gemacht! Ich!" Er fuchtelte mit seiner Waffe herum, um sie ein zweites Mal auf Annabelle zu richten. „Heute ist der Tag meines Lebens!"

Da ließ sich hinter ihm ein tiefes Knurren vernehmen.

Damon fuhr herum und sah ein Bild, das von seinem Gehirn nicht wirklich verarbeitet wurde, denn dort stand das magere Schneewittchen im blutbesudelten weißen Kleid, das lange, schwarze Haar wirr im Sturm, ihre linke Hand, an der ein Finger fehlte, am Hals eines stolzen Höllenhundes, ihre Rechte, an der ein Finger fehlte, am Hals des Lindwurms, welcher stumm und zahm neben ihr wartete.

„Heute ist der *letzte* Tag deines Lebens." Ernestine klang so entschieden wie das Jüngste Gericht. Sie nickte in einer kurzen Geste, und der Lindwurm verstand und folgte: Es benötigte nur einen einzigen Biss, um Damons Kopf sauber von seinem Rumpf zu trennen. Als ob nicht bereits genug Blut geflossen wäre, sprudelte eine rote Fontäne aus dem Halsstumpf. Lautes Knirschen ertönte, als der Kopf eines Arschlochs ohne Gesicht zerkaut wurde – und das war sein abruptes, viel zu gnädiges Ende. Wäre noch jemand mit der Kamera zugange gewesen – er hätte einen menschenverschlingenden Lindwurm in voller Aktion erwischt, doch auch Ernestine hatte sich von diesem Anblick längst abgewendet.

Ihr Blick irrte wild umher, um die nächste Bedrohung auszumachen, aber davon gab es keine mehr. Nur die Zweige der kahlen Bäume peitschten im heftigen Windessrauschen – ansonsten herrschte die Stille des Todes.

Miss Biss war verschwunden – sie erkannte eine Niederlage früh genug, um sich in Sicherheit zu bringen, und es darf bezweifelt werden, dass sie sich lange um den Ablauf dieses düsteren Vormittages grämte.

Basilius Wjatscheslaw Gennadi Jegorewitsch Koroljow, der Berüchtigtste unter allen Dichtern, hatte ein Patt im Kampf mit dem übriggebliebenen Horror-Baby erzielt – sie hielten sich reglos umklammert, so dass keiner von beiden imstande war, sich zu bewegen oder den anderen zu verletzen. Der Dichter hatte bereits einige Zeilen im Kopf, die würdig von seiner ruhmesreichen Heldentat berichten würden. Marie-Antoinette schlich in untypisch schweigsamer Manier um die beiden herum und warf hin und wieder einen schwärmerischen Blick in Richtung des Höllenhundes.

Der kleine Garten sah aus wie ein Schlachtfeld. Der Schnee war zertrampelt und blutig, überall lagen Tote herum. Die Leiche des alten Apfel starrte, ein gewaltiges Loch im Bauch, gen sturmgrauen Himmel. Die Leiche des Anderen ruhte lächelnd hingestreckt, wie im Schlaf.

„Dieser hier lebt", stellte das Dornröschen fest, das leider nicht ganz durch einen Kuss aus ihrem ewigen Schweigen erwacht war, und stupste Erwin, den Sekretär, vorsichtig an. Immerhin, er stöhnte.

„Gott sei Dank", seufzte das Schneewittchen, das zu lächeln gelernt hatte und diesmal war es ein Seufzen der Freude und Erleichterung. „Was sollen wir jetzt nur tun?", fügte sie hinzu und hob die Hand in einer schwachen Geste, die das gesamte Unglücksbild umfasste. „Und warum kannst du auf einmal sprechen?"

„Verfickt lange Geschichte." Annabelle mochte ihre Sprache wiedergefunden haben, aber sie war mit Sicherheit keine Frau der vielen Worte. „Du und dieser Typ, ihr müsst ins Krankenhaus, sonst gibt's gleich zwei Tote mehr." Sie machte sich an ihrem Rucksack zu schaffen. „Ich sorge inzwischen dafür, dass diese verdammte Müllhalde in die Luft fliegt und alles wie ein Unfall aussieht." Ernestine nahm ihr das sofort ab, wenn sie an den Keller der Kirche zurückdachte.

„Ihr habt versehentlich den Scheiß-Gashahn angelassen und es hat **BUMM** gemacht. Klar?"

Ernestine nickte. Momentan spürte sie weder Schmerzen noch Kälte, doch sie wusste, dass all dies in Kürze mit geballter Wucht zurückkehren würde. Ein Krankenhaus klang vernünftig.

„Und dieses ... dieser Lindwurm hier?" Die Drachen-Dame (woher der Apfel gewusst hatte, dass es sich bei dem Lindwurm um eine Dame handelte, war Ernestine nach wie vor schleierhaft) tappte nach ihrem scheußlichen Mahl zufrieden wie ein Kätzchen von einer Klaue auf die andere. Es fehlte nur noch, dass sie zu schnurren begann.

Annabelle zückte eine Granate. „Am Haus festketten und in die Luft jagen?", schlug sie vor.

„Nein!" Ernestine stellte sich schützend vor das Monster. „Sie kann nichts dafür, dass sie so groß und gefährlich ist!"

Ein warmes Licht blitzte zwischen ihnen auf, und die alte Gräfin materialisierte sich – jung wie zuvor.

„Ha! Ernestine von Hoch- und Nordenmoor, das war ausgezeichnet! Ganz ausgezeichnet!" trompetete sie. „Ich wusste, dass meine Enkelin sich als standhaft erweisen würde!" Sie räusperte sich verlegen. „Auch wenn sich alles etwas anders entwickelt hat, als ich es vorausgesehen habe. Du willst dieses ... dieses fiese Scheusal, diesen Alptraum meines gesamten Lebens, also behalten? Sehe ich das richtig?"

Ernestine nickte entschlossen, obwohl ihr inzwischen selbst das zu anstrengend vorkam. „Ich bin diejenige, die mit derartigen Geschöpfen umgehen kann. Ich habe die Gabe, und ich habe die Verantwortung."

„Nun gut, nun gut. In meiner jetzigen Verfassung sehe ich so manches anders als damals in meiner sterblichen Hülle ... Möglicherweise ist dies dein Weg, meine Liebe, der dich in die seltsamsten Gebiete führen wird. Aber so sei es. Deine Kleinen warten bereits auf dich. Ich muss schon sagen, diese Rasselbande würde mich in den Wahnsinn treiben! Deine Erziehung ist zu nachlässig! Ha! Das muss sich ändern! Vor allem diese Zwillinge ..."

„Wo?", hauchte Ernestine.

„Na, wo wohl, wo wohl! In eurem neuen Zuhause! Oder was glaubst du, wem ich mein Schloss vermache, wenn nicht der jungen Gräfin? Erwin wird sich zufriedenstellend um die amtlichen Dinge kümmern, wie stets." Sie blickte abschätzig auf die verletzte Gestalt des Sekretärs hinunter. „Nun ja, das wird er, sobald er kein derartig jämmerliches Bild mehr abgibt, nicht wahr? Oh, ihr jungen Leute!" Sie schenkte ihrer Enkelin ein letztes wohlwollendes Lächeln. „Jetzt muss ich mich um jemand anderen kümmern. Wir werden uns wiedersehen!" Dann verschwand sie.

„In fünf Minuten ist hier alles verbrannte Erde! Macht, dass ihr wegkommt!", verkündete Annabelle. Ernestine stellte fest, dass die erstarkende Stimme der Kriegerin (fragil und herb zugleich) zu ihrem Auftreten passte.

„Und meine ... Tiere?"

„Leih mir deinen Höllen-Köter und ich bring dein verdammtes Monster zu deinem Schloss."

„Kannst du das?"

„Sehe ich so aus, als könnte ich das nicht?" Annabelle grinste, so dass ihre weißen Zähne gefährlich blitzten, und ein zweites Mal in ihrem bisherigen Leben lächelte Ernestine vorsichtig zurück. Dann packte sie den halb bewusstlosen Erwin und legte sich seinen schlaffen Arm um die Schultern. Unter Schmerzen humpelte sie mit ihrem zusätzlichen Gewicht in Richtung Gartentor. Kurz bevor sie auf die Straße hinaustrat, drehte sie sich noch einmal um. Ihr war noch etwas eingefallen:

„Und was passiert mit dem Vampir und dem Baby-Dämon?"

Die beiden ungleichen Frauen betrachteten mit einem ähnlichen Gesichtsausdruck das sich umklammernde Pärchen.

„Die zwei Scheißer pack' ich mit ein. Kannst du dich ja dann drum kümmern. Scheint ja dein Ding zu sein, Geister und Monster und dieser ganze Quatsch."

„Und dann? Was passiert dann?"

Annabelle zuckte mit den Schultern. „Irgendwie geht's immer weiter." Und das waren die allerletzten Worte, die in dieser Geschichte gesprochen wurden. Dem Anderen hätten sie gefallen.

Epilog 1

Mildes Spät-Frühlingslicht tauchte die weitläufigen Rasenanlagen in freundliche Farben, so dass nicht weiter auffiel, wie verwildert sie inzwischen waren. Edle Rosen zeigten ihre Knospen neben wildem Rittersporn, und Löwenzahn blühte in fröhlichem Gelb mitten auf den Wegen.

Erwin und Ernestine standen nebeneinander an einem der riesigen Fenster und beobachteten eine entspannte Lindwurmdame, die ihren gewaltigen Hintern zufrieden an einer Ziereiche rieb, während Cerberus sich ganz in der Nähe in irgendetwas Unappetitlichem wälzte; wahrscheinlich in den Resten ihres letzten Mahles. Die untergehende Sonne ließ die Schuppen des Monsters in allen Regenbogenfarben schimmern und verlieh ihr für einen Moment die Aura von Eleganz.

„Meinst du, wir schaffen es, sie auf eine vegetarische Ernährung umzustellen?", fragte Ernestine. „Diese Unmengen von Fleisch sind eine echte Last! Es stinkt und lässt sich schlecht lagern."

„Glücklicherweise ist die Finanzierung kein Problem!" Der Sekretär hatte seine zersprungene Brille längst ersetzt, und sah in seinen praktischen Jeans und dem robusten Outdoor-Hemd richtig sportlich aus – sein neues Leben forderte eine Menge körperlicher Betätigung, für die bequeme Kleidung eine Erleichterung darstellte.

„Aber wer weiß; ich werde heute noch nachschlagen, ob Vegetarismus eine Alternative für Lindwürmer darstellt. Ich halte es nicht für unmöglich, schließlich konnten wir sogar König Ludwig von Bananen und Käsebrot überzeugen!"

König Ludwig war der Name des Horror-Babys, das unter der konsequenten, doch liebevollen Hand seiner neuen Familie erstaunliche Fortschritte erzielt hatte und nunmehr beinahe harmlos war. Der Dichter-Vampir – wer sonst – hatte ihm diesen Namen verliehen (nach dem verrückten König), weil er ihm nicht verzieh, dass er Marie-Antoinette zu verspeisen gedacht hatte. Er beschuldigte König Ludwig immer noch, gierig auf seinen winzigen Schoßhund zu schielen, aber bisher war nichts Schlimmes geschehen.

„Ich finde es übrigens wunderbar, dass du die Studien des A. „der Apfel" Apollo fortsetzt."

Ernestine lächelte schüchtern zu Erwin hinüber. Sie trug immer noch schwarz und weiß, aber die Totenköpfe waren verschwunden und ihre schneeweiße Fahlheit wich langsam einer Blässe, die den gesunden Hauch von Rosa trug. „Auch wenn dein erster Versuch mit diesen Beschwörungen nicht ganz so funktioniert hat, wie er eigentlich sollte."

Die beiden stießen einen einvernehmlichen Seufzer aus. Erwins erste Beschwörung hatte darin bestanden, den Geisterkindern zu ihrem lang versprochenen ewigen Frieden zu verhelfen. Stattdessen hatte er ihnen mehr Substanz verliehen, so dass sie nun in der Lage waren, Dinge zu berühren. Was das bedeutete, muss nicht näher erläutert werden. Man könnte es vielleicht so formulieren, dass die Geister diesen augenblicklichen Zustand ewigem Frieden deutlich vorzuziehen schienen. Glücklicherweise war das gräfliche Anwesen so riesig, dass es allerlei Unfug gnädig verzieh – und die ungleichen Bewohner mitsamt all ihren unterschiedlichen Eigenheiten bisher in erstaunlicher Harmonie zusammenlebten.

„Ob Annabelle wohl zurückkommt?", sinnierte Ernestine.

„Oh, sie hat das Zimmer, das wir ihr angeboten haben, abgeschlossen und den Schlüssel mitgenommen – ich denke, das weist darauf hin, dass es ihr gefällt."

„Ja, wahrscheinlich .... Ob sie tatsächlich ein Engel ist?"

„Da bin ich mir alles andere als sicher. Engeln dürfte es wohl kaum erlaubt sein, derartig zu fluchen, nicht wahr? Ich werde immer noch rot, wenn ich sie so höre."

Sie lachten, wie glückliche Menschen eben so lachen, wenn sich die Gelegenheit bietet, und für Ernestine war dies ein Wunder.

„Mir fällt gerade ein; ich kenne da einen ziemlich sympathischen Mann, Rico, der hat auch eine recht lose Zunge, aber ein echtes Händchen für Tiere ... Den könnten wir doch als Verstärkung gebrauchen?"

„Aber sicher. Verstärkung können wir auf jeden Fall gebrauchen!"

Ja, das konnten sie mit Sicherheit. Aber wenn man sie dort so sah, wie sie sich zaghaft, aber optimistisch, an den Händen hielten, dann traute man ihnen zu, dass sie nicht untergehen würden, das Schneewittchen mit der Gabe, Monster zu zähmen und der Mann an ihrer Seite, der vielleicht noch kein Prinz war, aber dafür auch kein Frosch, und das war immerhin schon mal ein guter Anfang.

Epilog 2

„Ich weigere mich! Ich weigere mich!"

„Alfred, nun sei doch nicht so stur! Du bist nun einmal tot, daran lässt sich nichts mehr ändern!"

„Wer sagt denn, dass ich daran etwas ändern will? Ich fühle mich gut, jawohl, das tue ich, mich gut fühlen, ausgezeichnet, ganz unglaublich! Nichts schmerzt mehr! Sieh nur, sieh! Ich kann eine Kniebeuge nach der anderen machen, nichts knackt mehr! Noch eine und noch eine ... hehe!"

„Gewiss, wie soll denn etwas knacken, du hast keine Gelenke mehr, du Dummerjan! Du bist, ich wiederhole es nur noch einmal, tot!"

„Sprich nicht mit mir wie mit einem Idioten! Ich weiß, dass ich tot bin! Auf diesem Gebiet bin ja wohl ich der Experte, nicht wahr? Ich, nicht die besserwisserische alte Schachtel!"

„Wer ist hier eine alte Schachtel? Hast du mich überhaupt angesehen? Ich bin eine Schönheit, du Rüpel!"

„Ach was, mich täuschst du nicht! Lug und Trug, Lug und Trug, eitles Weibsbild! Sieh nur, ich kann Handstand! Auf nur einem Arm! Hehe! Oho, oho, ich kann einen Handstand ganz ohne Hand, faszinierend, faszinierend!"

„Er gibt selbst an, der alte Geck! Ha! Und jetzt sei so gut und folge mir! Ich bin nur hier, um dich ins ewige Licht zu geleiten!"

„Ich weigere mich, ich weigere mich! Ich werde ein Geist werden, jawohl, und dann sehe ich sie endlich, all die anderen Geister, und dann werde ich all ihre Geheimnisse erfahren! So sieht's aus, so und nicht anders!"

„Du hast einen unsäglichen Dickschädel, Alfred! Man wird nicht freiwillig zum Geist! Das tun nur die armen und verfluchten Seelen, die ihren Weg nicht finden! Ich zeige dir den Weg, denn ich kenne ihn! Ha! Für mich war es kein Problem, gar kein Problem, ihn zu finden!"

„Aber ich will nicht, nein ich will nicht ...!"

Epilog 3

Der Boden war hart und kühl und von beinahe unnatürlichem Glanz. Charlotta nahm ihn deshalb so genau wahr, weil sie sich anstrengte, ihren Blick nach unten zu richten, während sie kniete. Es war das erste Mal, dass sie sich in einer solchen Audienz wiederfand, und es war einschüchternd. Noch einschüchternder, als sie es jemals vermutet hätte. Selbst wenn bisher nur wohlmeinende Worte gefallen waren, hegte sie Zweifel, diesen wahnwitzigen Riesenraum, vollgestellt mit dem verrücktesten Zeug, jemals wieder zu verlassen. Sie war der Stimme ausgeliefert, die sirupdick, leichensüß und raubtiermächtig von dem Thron herabfloss und sie ganz und gar fesselte.

„... und für diese Dienste soll dein Lohn mein weiteres Vertrauen in dich und deine Fähigkeiten sein. Du wirst hiermit deiner neuen Mentorin übergeben. Enttäusche sie nicht, denn ihr Zorn wird der meine sein!"

Charlotta befahl ihren versagenden Stimmbändern, zu gehorchen: „Ich werde Euch nicht enttäuschen, Präsident des Terrors!", krächzte sie, wie sie angewiesen worden war.

Miss Biss, dieses Mal ganz in schwarzem Leder und ohne sichtbare Spuren von Gram über den Verlust ihres Gefährten, zwinkerte ihr neckisch zu. „Willkommen im Club, Kleine!"

Epilog 4

Es hatte eine Weile gedauert, bevor Damon mit der neuen Situation klargekommen war. Eine zeitlose Zeitlang war er in warmer Dunkelheit geschwebt, körperlos und allein, ein Zustand irgendwo zwischen Träumen und Wachen, an einem Ort, an dem er bereits gewesen war, denn es fühlte sich vertraut an und alles andere als unangenehm.

Dann riss ihn etwas mit plötzlicher Gewalt in die Tiefe, doch schlug er nicht irgendwo auf, sondern fand sich in einer anderen Dunkelheit wieder, in einer nach Heu und Holz riechenden

Dunkelheit, in einem winzigen, beengenden Körper voller Fell, langen Ohren und Stummelschwanz.

Es hatte eine Weile gedauert, bevor Damon diese neue Situation richtig eingeschätzt hatte: Er war ein Kaninchen. Ein flauschiges, junges Kaninchen.

Das war nicht unbedingt toll, aber es hätte schlimmer kommen können. Wenn er bedachte, wie er gelebt hatte, dann hätte es sehr viel schlimmer kommen können. Ein Kaninchen. Ach du Scheiße! Einige Jahre Gras fressen und blöde vor sich hinmümmeln. Wenn das alles war, dann würde er diese Strafe oder was auch immer es darstellte, einfach absitzen, bis er sich im nächsten Leben wieder als Mensch inkarnierte.

Da pressten sich zwei riesige rosafarbene Gesichter an das Gitter seines Käfigs. Kinder. Ätzende Geschöpfe, die würden ihn ständig herumschleppen und ihn kraulen.

„Der ist süß!", sagte das eine mit einer unerträglich lauten Stimme. Aber wenigstens verstand er noch die Menschensprache.

„Aber nicht mehr lange!" Der andere lachte. Es war kein besonders nettes Lachen.

„Wenn wir ihm erst mal die Ohren abgeschnitten haben, sieht er aus wie eine hässliche Ratte!"

Moment mal. Da lief doch irgendetwas falsch. Hatte er da eben richtig gehört?

Eine eindeutig mütterliche Stimme gellte aus der Ferne:

„Ich warne euch Jungs, wenn dieser da wieder nur eine Woche lebt, kriegt ihr keinen mehr!"

Die beiden Gesichter grinsten sich böse an. „Ach was, das sagt sie jedes Mal!"

„Die Ohren lassen wir dieses Mal dran. Mich interessiert viel mehr, was man mit Feuer alles machen kann!"

„Jaaa, Feuer ist 'ne geniale Idee!"

Die Flamme eines Feuerzeugs flackerte in bedrohlicher Nähe auf, und Damons neu erwachte Kanincheninstinkte reagierten mit aufkeimender Panik.

Seine Angst hätte sich noch verstärkt, wenn er geahnt hätte, was in seiner längerfristigen Zukunft auf ihn wartete: genügend Inkarnationen als flauschiges Kaninchen in den Händen sadistischer Gören, um zu lernen, was Angst und Ohnmacht bedeuteten. Und er würde es überraschend schnell lernen.

Epilog 5

Der Andere, der Killer, der seinen Namen *Kynach* wiedergefunden hatte, machte ebenfalls die Erfahrung der warmen, fließenden Dunkelheit, doch blieb er er selbst. Das überraschte ihn. Er war fest davon überzeugt gewesen, in einem Einheitsbrei aus Licht zu verschwinden, seine Individualität zu verlieren und demnach nicht mehr zu existieren, aber er war er selbst. Jedenfalls beinahe. Befreit von einem ablenkenden Körper aus Fleisch und Blut, mit genügend Abstand von der chaotischen Welt, auf der er mehr Zeit in ein und derselben Gestalt verbracht hatte, als irgendwer sonst, erfüllten ihn Gefühle und Gedanken, die ihm zuvor fremd gewesen waren.

Ein leises Glück durchströmte sein Selbst und er lachte, weil er endlich verstand. Weil er alles verstand. Dann lachte er noch mehr, weil er immer noch in der Lage war zu lachen, und das gefiel ihm.

Und dann wachte er auf. Er stand in einer Landschaft aus Licht, die derart schön war, dass es ihm die Sprache verschlug, und gleichzeitig fühlte es sich so an, als käme er nach Hause. Es hatte also funktioniert – zu sterben war die bessere Entscheidung gewesen. Besser, als er es sich hätte träumen lassen. Er dachte an den Teufel, dessen Wut grenzenlos gewesen sein musste, und er lachte abermals.

„Willkommen!" Eine Gestalt, so strahlend wie die Morgenröte, sprach mit wohlklingender Stimme zu ihm, doch klang sie nicht sonderlich erfreut.

„Oh, noch ein Engel! Du kannst mir bestimmt sagen, wo ich hier gelandet bin, und wie es jetzt weitergeht ..."

Der Engel druckste ein wenig herum. „Nun, du befindest dich sozusagen in einer Art ... Warteraum. Zum Himmel. Also zu dem, was ihr auf der Erde in eurem Kulturkreis als Himmel bezeichnet. In Wirklichkeit ist es nur die nächste Ebene nach dem irdischen ..."

„Schon klar." Kynach wischte die erklärenden Worte beiseite. „Ich habe längst kapiert, dass die Erde nichts anderes ist, als die Hölle selbst, und alles, was danach kommt, ist die Befreiung davon."

„Oh." Der Engel schien erstaunt. „Die meisten sind erst einmal ziemlich überrascht."

„Nun, ehrlich gesagt war ich es auch. Aber es ist logisch."

„Ja, das ist es. Möglicherweise verstehst du dann auch, dass du eine Art ... eine Art Sonderfall darstellst. Du hast einen beträchtlichen Teil dazu beigetragen, die Erde nicht gerade besser zu machen ..."

Kynach roch an einer leuchtenden Blüte. „Diese Blumen besitzen ja sogar einen Duft! Wieso bin ich in der Lage zu riechen, wenn mir die Schleimhäute und Riechorgane dazu fehlen?"

Der Engel blieb geduldig. „Ein fleischlicher Körper beschränkt deine Sinne nur. Dies ist dein eigentliches, dein freies Ich. Aber wie ich bereits sagte, wir haben ein wenig Schwierigkeiten mit dir ..."

„Ja, schon klar, ich war ein böser, böser Junge." Kynach seufzte. „Aber was soll ich sagen? Ich habe diese Welt geliebt. Ich liebte ihre raue Schönheit, ihre Widersprüche, ihren Kampfgeist. Und ihr habt mir nie ein Angebot unterbreitet, dort ewig zu leben."

„Du hast es aber auch geliebt zu töten!" Der Engel klang ein wenig strenger.

„Stimmt. Eine Zeitlang. Aber eigentlich habe ich den Kampf geliebt und nicht das Töten."

„Du hast die Menschen geliebt."

„Ich habe sie verachtet."

„Und du hast sie geliebt."

„Unsinn."

„Du hast sie geliebt."

„Wer weiß das schon."

„Du hast das Leben, die Menschen und die Welt mit einer derartigen Intensität geliebt, wie sie Sterbliche sonst kaum empfinden."

„Wenn du das sagst. Du bist hier der Allwissende."

Jetzt war der Engel an der Reihe zu seufzen. „Und du hast mehr getötet als jeder vor dir."

„Ist das nicht ein Widerspruch? Oh, und im Ernst? Mehr als jeder andere? Ich befürchte, jetzt empfinde ich Stolz. Ist das falsch?"

Der Engel runzelte eine ansonsten faltenfreie Stirn. „Du bist eine seltsame Seele. Dein Wille ist stark und dein Ich ebenso."

„Ist das ein Kompliment?"

„Außerdem besitzt du das Talent, mich zu verärgern, was bei meinesgleichen selten vorkommt!"

„Das ist wohl kein Kompliment."

„Ich mache es kurz." Der Engel trat von einem Fuß auf den anderen, was Kynach amüsiert beobachtete. Manche menschlichen

Eigenschaften schienen sich auch ins Ätherische hinüberzuretten.
„Wir haben Folgendes für dich beschlossen ...", fuhr die genervte Lichtgestalt fort. „Du wirst auf die Erde zurückkehren."
„Wirklich?" Kynachs Augen leuchteten auf.
„Und für all den Tod, den du gebracht hast, sollst du nun die gleiche Anzahl von Seelen, die du aus dem Leben gerissen hast, aus der Finsternis retten."
„So." Kynach klang nicht begeistert.
„Ich warne dich: Es wird eine gefahrvolle Aufgabe sein!"
„Ach ..."
„Viele Seelen sind bereits tief in die Irre geraten und zu bösartigen Geschöpfen geworden. Manche haben sich in üble Dämonen verwandelt, die keine andere Sprache mehr verstehen als die der Gewalt!"
„Tatsächlich?" Kynachs Miene hellte sich wieder auf. „Bekomme ich dazu vielleicht ein Flammenschwert oder so?"
„Nein!"
„Nun, dann wenigstens ein normales Schwert, mit möglicherweise minimalen Zauberkräften?"
„Eventuell."
„Und, äh, wie lange darf ich ... ich meine *muss* ich mich mit diesen Dämonen herumschlagen?"
„Du sollst dich nicht mit ihnen herumschlagen, du sollst sie aus der Dunkelheit retten, die ihre gequälte Seele umfängt."
„Von mir aus. Also, wie lange?"
„Bis dass deine guten Taten deine schlechten Taten ausgleichen."
„Was bedeuten würde, wenn ich das mal so eben kurz im Kopf überschlage: die nächsten zweitausend Jahre?"
„Möglicherweise."
„Aber ich will meinen alten Körper zurück. Er ist gut ausgebildet, und ich habe mich an ihn gewöhnt."
„Du bist außerordentlich fordernd."
„Hey, Engel, ich habe die letzten zweitausend Jahre mit dem Teufel verhandelt. Glaub mir, das schult! Also: mein alter Körper."
„Dann soll es eben so sein."
„Und eine gewisse zusätzliche Unverwundbarkeit wäre auch nicht übel. Wegen all der Dämonen und so weiter ..."
„Nein!"
„Tja, doch wenn ich immer wieder sterbe, wäre das sehr lästig,

auf die Zeitspanne von zweitausend Jahren gesehen!"
„Du wirst verwundbar sein und Schmerzen empfinden. Sterben wirst du nicht."
„Also schön, einverstanden."
„Es ist völlig gleichgültig, ob du einverstanden bist oder nicht! So wird es sein!", brauste der Engel auf.
„Du warst als Mensch bestimmt recht temperamentvoll, richtig?" Der Engel schloss einen Moment lang die Augen und sammelte sich. „Ja, das war ich", gab er zu. „Deshalb ist es besser, du gehst jetzt und widmest dich deiner neuen Aufgabe!"
„Ich hätte da noch eine Frage ..."
Der Engel hob eine Hand, und die leuchtende Gestalt Kynachs löste sich auf und verschwand.
Ein Moment lang herrschte Stille. Dann wandte sich der Engel um. „Oh geliebter Vater", sagte er, „ich weiß nicht, ob er unsere Maßnahmen wirklich als Strafe empfindet. Wie konnte Luzifer, dessen Stärke keineswegs Geduld ist, jemanden wie ihn nur so lange ertragen?"
Eine Stimme erklang, süß wie frisch geöffnete Zitronenblüten, warm wie ein friedlicher Sommertag, kraftvoll wie die Brandung des Ozeans, dunkel wie der tiefste Wald, hell wie der leuchtende Himmel nach einem Regenschauer, und schön wie die Welt und die Ewigkeit und die Liebe, und sie sagte: „Mein armer irregeleiteter Luzifer ertrug ihn zweitausend Jahre als Freund, nun wird er ihn die nächsten zweitausend Jahre als Feind ertragen müssen!"
Und dann lachte Gott, und weil dieses Lachen perlte wie Tautropfen und leuchtete wie ein Regenbogen, schmunzelte sogar der ernsthafte Engel.

Hanna-Linn Hava

...wurde vor 202 Jahren als letzter Sohn eines uralten, längst ausgestorbenen Adelsgeschlechts mit moosgrünem Blut geboren und sofort im finsteren Wald ausgesetzt, weil sie kein Prinz sein wollte. Noch heute sind ihre Tränen türkisfarben, wenn sie weint, was stets nur bei schlechten Filmen geschieht.

Nachdem sie von einem Wanderzirkus tückischer Clown-Feen aufgelesen wurde, lernte sie schon früh die hohe Kunst der Hornissendressur und Irrlichterjonglage. Im Alter von fünf Jahren wurde sie von ihrer Adoptivfamilie wegen zu hohem Wuchs verstoßen und trieb sich daraufhin einige Jahrzehnte mit zwielichtem Volk in der Unterwelt herum. Über diese Zeit ist glücklicherweise wenig überliefert.

Um einige Erfahrungen reicher suchte sie in den südlichsten Wüsten ihr Glück, wo sie eine Weile friedlich ein Café für Geister unterhielt, bis sie von einem genmanipulierten Tagpfauenauge gebissen wurde und sich mit einem unheilbaren Überschuss an Fantasie infizierte.

Da sie dadurch Schwierigkeiten mit dem Unterschied zwischen Realität und Wahn bekam, musste sie lange ihren Lebensunterhalt mit dem Züchten von Seegurken verdienen, bevor sie auf die glorreiche Idee kam, Gedichte zu schreiben, wodurch sie zu unermesslichem Reichtum gelangte.

Heute kümmert sie sich um wildgewordene Oxymorone, die sie einfängt, zähmt und wieder freilässt.

http://hanna-linn.de

Edition Drachenfliege

ROBERT RESCUE:
„Der Intimitätendieb"

Ein Hexen-Thriller. Ein Berlin-Fiction Roman vom Terry Pratchett des Wedding. Softcover ca. 230 S., ISBN: 978-3-943876-68-0

August 1999. Der Zirkel der Berliner Hexen hat ein gravierendes Problem. Obwohl sie nach den Gesetzen der Anonymität leben, ist ihnen ein skrupelloser Mörder auf den Fersen. Die junge, naive Hexe Tasha Me bekommt den Auftrag, ihn ausfindig zu machen. Hilfe findet sie bei Hakim, dem Intimitätendieb, der die Geheimnisse von Menschen ausspioniert und sie in der temporären Kneipe, einer zwielichtigen Spelunke im Hier und Nirgendwo, verkauft. Doch nicht nur sie sind dem Mörder auf der Spur. Auch Kriminalkommissar Brückmann ermittelt und kann kaum glauben, was er herausfindet ... Robert Rescue ist vor allem für seine skurril-ironischen Lesebühnentexte über den Weddinger Alltag bekannt, die er auf den Lesebühnen Berlins vorträgt. Mit diesem fantastischen Thriller entführt er uns in ein geheimnisvolles Berlin abseits aller Fantasy-Klischees. Mit einem Cover von Holger Much.

CHRISTIAN von ASTER:
„TROLL!"

Fantasy-Meisterwerk über Trolle und Menschen.
1. Buch, Softcover 106 S. ISBN: 978-3-940767-52-3,
2. Doppel Audio CD: ISBN: 978-3-940767-44-8

Trotz weniger Jahre auf ihrem steinernen Buckel zählt Christian von Asters mit augenzwinkernder Lebensweisheit durchwobene Trollsaga bereits jetzt zu den Klassikern der modernen deutschen Fantasy-Literatur.

Versandkostenfrei (D) bei www.periplaneta.com
Auch als Kindle und E-Book für alle Reader.

Inhalt

Die kurze Geschichte von Karl-Heinz 5

Die wilde Geschichte von Ines 19

Die alte Geschichte von der Schönen und dem Arschloch 33

Die lästige Geschichte von der vererbten Nase 56

Die unheimliche Geschichte vom bösen, blonden Prinzen 73

Die grausige Geschichte vom kleinen Finger 90

Die unerfreuliche Geschichte von der bösen weißen Hexe 111

Die schmerzhafte Geschichte von einem, der sein Gesicht nicht verlor ... 133

Die verstörende Geschichte von einer unheilvollen Stimme 150

Die schreckliche Geschichte vom gemeinen Lindwurm 174

Die gefährliche Geschichte von einer nicht so netten Familie 201

Die mysteriöse Geschichte von einer Einladung 223

Die beunruhigende Geschichte von der Ruhe vor dem Sturm 247

Die überraschende Geschichte vom verschwundenen Schneewittchen .. 254

Die lange Geschichte vom Pakt mit dem Teufel 275

Epilog 1 317

Epilog 2 319

Epilog 3 320

Epilog 4 320

Epilog 5 322